ELLE, ADRIENNE

Edmonde Charles-Roux est provençale et fille de diplomate. Elle a vécu à Prague ses sept premières années puis elle a quitté la Tchécoslovaquie pour Rome où son père est nommé ambassadeur auprès du Saint Siège. La découverte de l'Italie, qui est la grande aventure de son adolescence, exerca une profonde influence sur son œuvre, mais c'est à l'Italie du Sud que vont ses préférences et à une certaine Sicile, celle qu'elle apprend à connaître à travers les romans de Brancati et de Vittorini.

En 1939, quand éclate la guerre, elle s'engage comme infirmière dans une ambulance du front. Elle est blessée à dix-sept ans et citée à l'ordre du Corps d'Armée. Après avoir milité dans la Résistance, elle est affectée pendant la campagne de France (1944-1945) à l'état-major du général de Lattre de Tassigny. Blessée à nouveau, elle fait l'objet d'une deuxième citation. Après sa démobilisation elle opte pour le journalisme. Elle débute au magazine ELLE *puis devient rédactrice en chef de l'édition française de la revue* VOGUE.

Son premier roman, OUBLIER PALERME, *a obtenu le Prix Goncourt en 1966.*

Les incertitudes de la vie en Europe Centrale ont fait d'Ulric Muhlen, gentilhomme tchèque, un officier dans l'armée allemande. La seconde guerre mondiale et le déferlement nazi en feront un envahisseur peu convaincu puis un vainqueur sceptique.

C'est à Paris, dans un de ces salons qui s'ouvraient aux Allemands et aux tenants de la politique de collaboration, qu'il rencontre Adrienne.

Qui est cette femme ? Le saura-t-il jamais. Elle est belle, libre, indépendante, elle a un métier et son talent de couturière lui confère une grande renommée. Ulric l'aimera de passion. Mais jamais il ne parviendra à percer son mystère et c'est en vain qu'il tentera de la comprendre, en vain qu'il cherchera à reconstituer le passé de celle dont il subit l'envoûtement. Adrienne incarnera toujours la conquête impossible.

Serge, le neveu d'Adrienne, en sait-il davantage ? Lui aussi éprouve pour elle un sentiment proche de l'amour. Enfant il l'admirait, adolescent il la désire. C'est Adrienne qui l'a conduit à Marseille par les routes bouleversées de l'exode et c'est là qu'elle l'a laissé. Et c'est le silence. Que fait-elle à Paris ? Qui aime-t-elle ?

Serge ressentira douloureusement « la trahison » d'Adrienne. Il en aura connaissance alors que ses dix-sept ans se rebellent et l'inclinent vers la Résistance.

L'initiation de Serge à l'action clandestine, son apprentissage de la révolte, Marseille lui apparaissant enfin sous son vrai jour, refuge des victimes d'un monde en *diaspora*, l'admirable amitié qui, jusqu'au combat final, le lie à Miguel, le républicain d'Espagne, le tableau de la vie des émigrés, le soulèvement de la ville à l'heure du débarquement allié. Ulric devenu un homme entre deux mondes, drame qu'Elle, Adrienne, exprime encore mieux peut-être qu'Oublier Palerme, font de ce roman, en même temps qu'une double histoire d'amour, une véritable biographie d'une Europe disparue : celle des années quarante.

Paru dans Le Livre de Poche :

OUBLIER PALERME.
L'IRRÉGULIÈRE.
UNE ENFANCE SICILIENNE.
UN DÉSIR D'ORIENT
Jeunesse d'Isabelle Eberhardt (1877-1899).

EDMONDE CHARLES-ROUX

Elle, Adrienne

GRASSET

« Il n'avait aucune maladie que cette plaie secrète de la mémoire. »

ARAGON,

La Semaine sainte.

PREMIÈRE PARTIE

HIER L'EUROPE

« Double croyance, double langue, double pensée et entre elles sur une mince passerelle, un homme. »

IOURI TYNIANOV,

La Mort du Vazir-Moukhtar.

CHAPITRE PREMIER

DE quel droit?

Tant et tant d'heures à l'écouter pour rien.

Que d'autres aient accepté d'être le jouet de ses rêves et de passer pour dupes, mais moi? J'étais revenu à froid. Je la retrouvais comme on tente une ultime expérience, un dernier contrôle des notions que j'avais d'elle. Et je croyais le passé effacé. Mais soudain, ce geste. Où voulait-elle en venir?

Elle était belle encore. Toujours cet air de complicité, toujours cette aisance dans le tête-à-tête. Alors? Etait-ce l'aveu d'une angoisse qui jaillissait d'elle tout à coup, la peur secrète de la nuit, du silence, brusquement libérée? Un geste irréfléchi en somme. Ou bien cette façon de me prendre la main exprimait-elle quelque chose de plus?

Je regardais, enserrant mes doigts, ses doigts à elle, nerveux, légèrement veinés, l'annulaire chargé de bagues, les ongles sans vernis, les poignets sans bracelet, le pouce orgueilleux, long, impérieux.

Tout ce que j'avais cru mort se levait entre nous : pas seulement ce que nous avions été l'un à l'autre, il y avait de cela plus de vingt-cinq ans, mais des gens, des choses, le Paris d'alors, le silence sur mes pas, les rues vides, sombres comme la coque d'un vaisseau abandonné, et dans ce vide, dans le ciel gris de ce vide, elle, Adrienne, qui m'avait exalté jusqu'au délire.

Puis, à un mot prononcé, je ne sais plus lequel, à un nom évoqué elle eut un mouvement de recul. Elle lâcha ma main et se retrouva dans son attitude unique, assise très droite, à peine posée sur la pointe des fesses, dans une profusion de coussins contre lesquels jamais elle ne s'appuyait. Elle avait ôté sa veste et je pouvais imaginer sous la soie blanche de sa blouse le corps ferme, sans chair superflue. La voix aussi était restée jeune, avec des violences qui évoquaient les tempêtes d'autrefois. Le temps des portes claquantes, des fâcheries nées en un instant, des réconciliations brusques, ce temps où tout cessait et tout recommençait toujours.

Vingt-cinq ans. Il y avait plus de vingt-cinq ans de cela.

J'ai dit dans quel esprit j'avais tenté l'expérience. J'essayais de retrouver ce qu'il faut de froideur pour réussir à démonter un mécanisme humain. Le terrible était que j'avais beau faire, je n'y parvenais plus. Je cherchais à fuir. Il était tard. Mais au moment de la quitter elle insista : «Non! Pas encore! Est-ce l'ennui qui vous chasse?» Langage de l'effroi ou défi? Je suis resté, ce soir-là. Et puis la semaine et les derniers mois. Jusqu'à sa fin.

Elle me parlait comme au travers d'une vitre. J'étais une surface offerte contre laquelle elle projetait ce qui lui restait de mémoire. De cet étrange face à face émergeaient incertains les lambeaux de notre passé. «Il faut que je vous parle...» J'écoutais. Miroir parmi les miroirs, mon silence lui suffisait.

Les autres, les vrais, je veux parler des miroirs sertis de cristaux, encadrés d'or qui, dès l'entrée, créaient un malaise étrange, surprenant le visiteur et l'empêchant de

*mesurer la profondeur de l'espace où il pénétrait,
ceux-là demeuraient sans destination. Elle ne les consul-
tait plus. Au temps où le désordre naissait de chacun de
nos gestes, son regard, auquel rien n'échappait, établissait entre elle et eux le dialogue bref d'un compa-
gnonnage sans complaisance. Mais cela aussi était le
passé.*

*Maintenant les miroirs n'étaient là que pour réfléchir
les jeux irréels de lustres énormes, et qui ne compor-
taient ni lampes ni bougies, multiplier à l'infini l'ordonnance des paravents, avec les réserves d'ombre et les
vides, les vides surtout qu'ils ménageaient, donner vie et
nom à ce qui ailleurs aurait eu autre vie, autre nom,
autre raison d'être, sphères géantes qui servent aux
magiciens, aérolithes tombés du ciel de Chine, toute une
ménagerie immobile, des fauves couchés un peu partout,
un chat de bronze marchant entre les livres, un droma-
daire poudré de sable et, posés au sol, figés l'un contre
l'autre dans une attente muette, un cerf et sa biche.
Enfin, oubliés sur une table basse, de gros ciseaux de
couturière révélaient brutalement leur présence et
laissaient comme sous le coup d'une trouvaille. Son
univers.*

*On pouvait, dans l'assemblage d'objets aussi hétéro-
clites, ne voir que la volonté de provocation d'une femme
riche. Mais je savais qu'il fallait considérer cette profusion comme l'unique remède à sa solitude. Là, sous le
regard de ces bêtes arrêtées, son angoisse s'apaisait.
Cette pièce? Son dernier refuge.*

*Qu'elle ne fût plus que l'imagination d'elle-même cela
aussi je le savais, et pourtant je l'écoutais. Je la suivis
dans le labyrinthe où elle se barricadait, tissant inlassablement une vie irréelle, se défendant contre toute
tentative d'expulsion par la seule force de ses inventions.
Elle exigeait d'un interlocuteur qu'il se laissât consumer
au feu de sa parole. Dans le sillage des mots, la vérité
s'éloignait à tire-d'aile. Mais je ne faisais rien pour*

l'arrêter. Je me laissais emporter aux limites de la raison.

Parfois on lisait sur son visage une satisfaction puérile. C'était lorsqu'elle mentait. D'une certaine façon sa tricherie lui ressemblait. Parler, pour elle, c'était dissimuler. Elle savait mieux que personne déconcerter, imposer son jeu et, avec une impassibilité souveraine, forcer son partenaire à miser, sans l'avertir que les as manquaient et que les dés étaient pipés. Alors se manifestait sa nature intime mieux que dans la plus franche confidence.

Je feignais de la croire. J'avais mille raisons de l'accepter ainsi. Pourquoi se contenter de la vérité? Il y avait aussi ce qu'elle voulait cacher, ses tromperies, ses mensonges. Les mécanismes d'une aussi obscure dissimulation me retenaient autant que le reste.

Elle me racontait à sa façon ses amants, son passé, comme un roman qu'elle n'aurait guère aimé. Elle escamotait l'essentiel, sautait des chapitres entiers, intervertissait l'ordre des pages, changeant au passage un nom, une date, un lieu, apportant à cette entreprise une fougue joyeuse où se dévoilaient à la fois son désir d'arracher le passé à l'oubli et son horreur instinctive de la vérité. Je la laissais faire. On la sentait si vulnérable. Toujours et depuis toujours consciente d'une souveraineté précaire, toujours au bord de la peur.

De cette peur je sais que l'on doutera. Que l'on m'explique pourquoi? Pourquoi la singularité mettrait-elle à l'abri du doute, de l'appréhension? Tout affranchi vit en état d'alerte et c'est naïveté que de croire à sa désinvolture.

Mais revenons au tressaillement qu'il y avait en elle. J'affirme que la peur des premiers jours, celle de l'époque où Adrienne attendait d'oser, ne l'a jamais quittée. J'affirme aussi qu'il n'est d'autre moyen pour tracer un portrait ressemblant que de commencer par čette peur afin que de bout en bout il ne naisse que d'elle.

Adrienne était parvenue au-delà du renoncement, de l'âge, de la mort peut-être, à l'époque où nous nous retrouvâmes. Ce qui avait commencé pour elle? Une forme obscure de survie. De l'avoir vue soudain s'affaisser tandis qu'elle me parlait fit que je sus aussitôt à quoi m'en tenir.

Légère, elle était plus légère qu'une plume. Et mince. Je le savais aussi, mais j'avais oublié qu'elle l'était à ce point. Ce que cela aurait pu être avec une autre... Un corps inerte... Le poids des pieds qui traînent, l'horreur. Et je me souvenais de cette phrase : «Il faut mourir maigre, c'est quand même moins répugnant», prononcée jadis avec un geste de la main qui tranchait impitoyablement dans l'opulence de quelque nature qu'elle fût : graisse, bijoux, cheveux, ampleur, argent. Elle avait aussi SA façon de dire : «Trop de tout» qui équivalait à la pire condamnation.

Que s'était-il passé? Elle était tombée tout d'une pièce, je ne sais plus exactement à quel moment, ni ce que nous disions. Je me souviens seulement de l'obstacle entre sa lèvre et le son, la réduisant au silence. Un silence effrayant, comme un linceul sous lequel on la sentait vivre encore et lutter à tâtons. Ses mains cherchaient un appui. Elle se cramponna aux rideaux. Il fallait faire vite. Je n'eus que le temps d'étendre les bras. Vraiment elle ne pesait rien. En la portant vers la chambre voisine j'eus le sentiment d'être victime d'une illusion. Il n'était pas possible que notre longue complicité finisse ainsi dans un craquement de tissus. Et cette interminable partie de colin-maillard entre sa mémoire et son imagination, sa vérité et ses mensonges, et mes vains efforts pour la convaincre de renoncer à m'égarer ainsi, et l'amour renaissant sans cesse de la fatigue, de la sueur du jeu, comme un phénix de ses cendres, n'aboutissaient-ils qu'à cela? Une chute, ce silence de livre refermé et que meure avec elle SA vérité?

Non.

Outre que tout cela n'était qu'un mauvais rêve j'allais les bras vides.

Ce que je portais? L'ombre abolie de mon désir. Rien. Le poids de ce qu'elle m'avait refusé : comprendre, connaître, savoir. Moins que rien : une inconnue, chez qui le mensonge était habitude.

Bien des fois, dans le passé, j'avais surpris des regards complices, des tutoiements suspects, toute une camaraderie de mauvais aloi. J'avais souffert à me tuer ou pis : je l'aurais étranglée. Et ce que j'éprouvais maintenant ressemblait à de la honte.

Comment avais-je accepté de vivre dans la hantise de cette vérité dont elle m'avait frustré? Etait-ce calcul de sa part, ce défi intolérable? De qui tenait-elle une rouerie si singulière? Où avait-elle appris? Il se peut, après tout, que l'impossibilité de m'affranchir d'elle ait tenu davantage à ce qu'elle me refusait qu'à ce qu'elle m'accordait.

De l'absence qui la retint quelque temps prisonnière je la vis resurgir inchangée, avec un air de gaieté secrète. Son visage exprimait une curiosité sans bornes. Jamais elle ne m'avait paru plus présente, plus lucide. Se rendait-elle compte? Le pas suivant serait la mort. Mais il n'en paraissait rien.

Son premier geste fut de passer les doigts dans la broussaille de sa frange, de l'éparpiller sur son front, puis d'assurer l'ordre d'une mousseline qu'elle portait toujours, répandue en plis fous, mêlée à ses colliers. Soudain sa longue main, que le travail avait déformée par endroits, cessa de tracasser le tissu et d'un geste brusque vint se nouer à la mienne.

«*Je vous ai fait peur? Ce n'était rien, pourtant. En tout cas pour cette fois... Pas même un étourdissement. Un coup de sommeil, je crois... Mais j'aime à vous voir désemparé. J'avoue que j'y mets quelque malice.*»

Etait-ce coquetterie chronique? Ou bien croyait-elle que renoncer hâterait sa mort et que toute hypothèse, même la plus vaine, valait mieux que d'admettre la chute oblique, le glissement perfide dans l'inconscience? A ma surprise, elle ajouta, d'une voix où la crainte semblait dissoute au creux de sa volonté:

«*Pendant le temps où vous m'avez crue morte, je réfléchissais.*»

Elle ne désarmait pas. Elle ne désarmerait donc jamais.

Alors, mais alors seulement, je mesurai ce qui nous unissait.

Voici les faits.

C'était la nuit. Il y avait eu les derniers bruits de la ville, devinés plutôt qu'entendus, un frémissement de voitures entre les hautes façades et un écho de pas, sans doute des gens qui se hâtaient au croisement. Aux murs, les miroirs reculaient les limites du vide, du silence et, de pièce en pièce, se renouvelait la fête légère des lampes, cette lumière comme à fleur de peau dont personne mieux qu'elle ne sut dispenser la magie. «*Il faut toujours laisser sa chance à la nuit*», disait-elle. Et l'ordre me vint de tout cela, de la nuit, SA nuit, du silence, SON silence, d'elle dressée sur ses coudes et qui me regardait, avec cette détermination que rien n'altérait et qui là, à ce moment, l'heure presque venue, demeurait entière.

Je l'aimais de ne point céder bien que la mort, comme une issue secrète, surgît sous ses pas. J'aimais que sa naissance, son enfance, son adolescence restent son secret et que, jusqu'au bout, elle n'accorde à personne le droit de juger ses années d'innocence, ni ceux dont les abandons successifs avaient fait d'elle, le temps passant, cette éternelle orpheline.

J'avais souvent et passionnément souhaité la juger à la lumière de son passé. Souvent j'avais essayé de savoir et je n'en faisais pas mystère.

Jamais je n'aurais pu agir à son insu.

Au plus fort de la passion qui nous avait unis, au temps du plein émerveillement, lorsqu'elle était couchée près de moi, étroite et lisse comme une divinité d'Asie, et que tout d'elle me bouleversait, sa voix aux inflexions imprévisibles, sa réserve, ce je ne sais quoi d'un peu lointain dont elle ne se départait jamais en amour, une sorte de majesté triste qui appelait le sacrilège, la frénésie, un soir, par l'effet d'une de ces illusions où les amants se laissent entraîner et qui, contre toute raison, semblent rendre possible ce qui ne saurait l'être, le cœur à nu, l'esprit délivré du passé, le présent sans poids, l'avenir en suspens, comme si le geste de leurs bras refermés faisait le monde autre et les lois pour eux différentes, ce soir-là je lui avouai la puissance des moyens dont je pouvais disposer si je le voulais. Or, je le voulais... Je voulais savoir.

« Je suis sûre que vous aboutirez, me dit-elle, avec une indifférence glaciale. Tout se sait toujours... »

Et sur le même ton elle ajouta :

« Je m'en doutais un peu... Et pour une fois vous avouez la nature réelle de vos activités... Alors vous établissez des fiches ? En vue de quoi ? Un rapport ? Un roman ? Sachez qu'il ne faudra pas compter sur mon aide. Moi, voyez-vous, j'ai toujours préféré l'imagination à la compilation. J'aime les poètes, mais surtout lorsque la voix qui les habite parle à leur insu. Et les virtuoses... Pour autant qu'ils oublient ce que veut dire ce mot... »

Puis elle se tut et laissa peser sur le reste de la nuit un silence intolérable.

Je n'aurais jamais dû exiger une confiance que tout en elle me refusait. Le mensonge lui était nécessaire.

Elle eut bien par moments quelques velléités de me satisfaire, mais si fugitives. Un jour je lui parlais d'Anteil, comme ça, à propos de rien. Il y eut une ombre sur son visage, vite effacée. Soudain sa voix : «Je n'y suis jamais allée, mais j'aimerais...»

Sous la lumière grise d'Anteil je l'ai vue céder à la toute-puissante conspiration des maisons vides, des fermes abandonnées, à l'hostilité des rues désertes, des mares dormantes. Les grilles et les portes battaient au vent, avec un grincement aigu. On ne pouvait imaginer lieu plus inhospitalier. Pendant que je l'observais, elle errait au hasard, entre les pierres tombales. Mais elle n'en vit aucune portant le nom de sa famille. Elle leva sur moi un visage décontenancé, comme si à travers ce néant elle touchait au cœur d'une vérité qui, pour une fois, la dépassait.

Fantomatique, garée en surplomb d'un horizon vitrifié, d'un entassement de collines nues, la Cadillac attendait et le chauffeur désœuvré poussait du pied les cailloux.

Sur le chemin du retour j'étais mal à l'aise. Nous roulions dans une brume tenace. Le jour déclinait. Recroquevillée, elle ne disait rien. Je fouillais du regard ce coin d'ombre d'où je sentais sourdre une extraordinaire animosité. Elle était cette ombre qui me bravait.

«Cela vous amuse donc tant de jouer au voleur de momies?» me demanda-t-elle d'une voix mauvaise.

Et à l'hôtel, ce soir-là, elle voulut une chambre aussi éloignée que possible de la mienne.

Plus tard, plus tard encore, je ne sais plus exactement quand ni pourquoi, je lui parlais de Vyx où le colonel Pflazen prenait les eaux, et aussi d'Oulins, cette garnison en basse Auvergne d'où je revenais et, ce jour-là, je crus toucher au but. J'eus la conviction que sa volonté de silence était vaincue. Tout cela parce qu'elle ne se fâchait pas, parce que je ne lisais pas dans ses yeux un de ses impitoyables rappels à l'ordre, que sa voix était contre mon oreille et que je la trouvais belle — d'une beauté d'enfance retrouvée.

« Quand cesserez-vous de me tendre des pièges? me dit-elle. Ne me demandez rien, Ulric, ces années ne sont plus en moi. Et vraiment, non vraiment je ne sais plus quelle femme j'étais au temps où je vivais dans ces villes... Ces villes où vous affirmez que j'ai vécu. »

Et elle me laissa dans la lumière assombrie où je perdis l'image de sa vérité, un instant entrevue.

Puis vint cette nuit de demi-mort pour elle, pour moi nuit décisive où mon âme se délivra de ses doutes. C'est dans cet état de vacuité que me surprit enfin l'exaltante lucidité de celui qui, quoi qu'il en ait, aime pour toujours. Que m'importait ce qui, pendant si longtemps, m'avait rongé, cette jalousie du passé exaspérée, dévorante? Que m'aurait dit de savoir, puisque ce qui résistait au plus profond d'elle-même, c'était très précisément CELA sa vérité, CELA que j'avais aimé; c'était ELLE.

Alors j'éprouvai comme un éclatement douloureux, instantané : ma détermination tirée hors de moi. De cet appel au silence naquit une paix étrange et je sentis s'éteindre peu à peu, diminuer jusqu'à disparaître, un reste de pensée, comme une ardeur secrète encore attachée aux pas de l'inconnue que je renonçai à démasquer.

Ceci n'est donc qu'un acte de reconnaissance.

Je consens enfin à ne plus faire mystère de ce que j'ai été : l'amant jaloux, inquiet, émerveillé et parfois malheureux d'une femme de vingt ans son aînée, un des secrets de sa vie parmi d'autres, mais aussi l'homme auquel sa persévérance valut d'être seul auprès d'elle à l'heure de sa mort.

Nous avons suscité l'indignation. Nous avons été, elle une femme méprisée et moi « le gigolo, le Boche, l'espion d'Adrienne » selon les expressions adoptées dans le Paris d'alors. Mais ce qui fut le scandale d'une époque ne sera pas retenu contre nous. Ce qui prévaut désormais? Que cela ait été.

Le reste? Poussière, ragots, bavardages, résidu de ces calomnies qui montent des salons, tripots faussement amicaux où de tout temps les ont récoltées les mouchards qui s'y recrutent. Et qu'est-ce que tout cela en comparaison de l'édifice fabuleux de notre amour? Du fond de moi-même s'est levée la certitude que de toute défaite peut naître une victoire mystérieuse.

La victoire d'Adrienne...

Car je consigne ici avec respect que cette femme m'a échappé dans sa totalité. Elle m'a aimé, pourtant. Elle m'a trompé aussi, je le sais. Et je sais la dérision que provoquent ces sortes d'aveux.

Mais ainsi tout est dit.

Et je puis maintenant, sans regrets, demeurer jusqu'à la fin de ma vie cet Allemand qui ne parlera pas.

Ici finit la confession d'Ulric. En vue de quoi la rédigea-t-il ? Et les lettres d'Adrienne, que voulait-il en faire ? Et les notes hâtives prises au jour le jour, les témoignages recueillis, soigneusement consignés dans les cahiers mais sans aucune liaison discernable, étaient-ce les fragments d'une biographie ?

Ulric avait des amis et des amies, mais il ne leur avait jamais fait la moindre confidence.

Jamais un mot sur Adrienne. Et rien non plus au sujet de cette confession. A qui eût-il souhaité qu'aillent ces feuillets ?

Les seules volontés qu'on lui ait entendu formuler étaient muettes sur ce point. Elles concernaient seulement quelques livres auxquels il tenait plus qu'à d'autres : ils lui rappelaient un temps frivole où il avait vécu botté, éperonné et heureux sur des terres désormais interdites.

Il les destinait au musée de la Guerre, à Vienne.

C'était comme des rescapés, ces livres, comme les rares vestiges d'un monde englouti. Dans la maison des bonheurs perdus ils avaient longtemps figuré près de la sellerie, parmi les coupes et les trophées. Ulric les feuilletait parfois. Eux seuls lui remettaient en mémoire le fragile assemblage de terres noires et de forêts, cet état fantôme, sa patrie secrète.

Il y avait là des ouvrages d'érudition militaire, des instructions hippiques, des autographes, collectionnés au cours des ans, achetés au hasard des vacances. Ah ! ces départs ! Aux premiers jours de l'été, des housses blanches encapuchonnaient les meubles, les lustres et jusqu'au piano à queue qui se dissolvait dans l'ombre comme un revenant. On roulait les tapis, on sortait les malles et adieu... Tout le passé d'Ulric, toute son enfance tchèque, toutes ses pérégrinations à travers une Europe disparue, ses premiers rêves aussi étaient là, dans ces livres.

Les Principes d'Avril de Pignerolle ? C'était la Bohême traversée, puis l'Autriche, puis l'Italie où l'on s'était procuré cet ouvrage, Rome enfin et l'audience qui avait suscité de si sévères réprimandes. Au moment de baiser l'anneau pontifical Ulric avait joint les talons avec un claquement sec, oubliant de mettre un genou en terre, attitude que le tribunal familial avait jugée mondaine, cavalière, pas pieuse du tout, voire indécente, affirmant qu'Ulric aurait pu agir de même pour inviter une dame à valser. Mais le pape ?

Les Relations sur le dressage méthodique de certains chevaux déclarés immontables, réunies en dossier et reliées aux armes, c'était sa mère bien emmitouflée, sa mère à Vienne, et l'odeur poivrée des zibelines. C'étaient aussi ses belles amies rencontrées à l'heure de l'assiette de bœuf au Sacher, toutes les Antonia, Sita, Ida, Hanna sur les mains desquelles Ulric devait s'incliner, et les talons à claquer, et le dos à raidir, et les « Ulric, ne te prosterne donc pas ainsi... Tu n'es pas à la messe », parce que les réprimandes se faisaient en français et qu'Ulric devant les femmes se sentait plus ému qu'à

l'église. C'étaient les emplettes à longueur de journée
parce qu' «on manque de tout à la campagne» et cet
ouvrage longuement marchandé, puis acheté parce qu'il
avait appartenu à Elisabeth d'Autriche et que sa mère,
en Hongroise bon teint, lui vouait un culte à la Sissi. A
ne pas laisser échapper. Un livre offert par les magnats
de Bud à l'impératrice magyarophile qui l'avait bradé
avec tous les chevaux de son écurie à l'époque où, s'étant
brusquement dégoûtée de l'équitation, elle s'était mise
au grec. La folle ! L'impudente ! Un cadeau de ce prix.
Ce qu'on l'avait détestée, à Vienne ! Inutile de laisser
traîner ça. Ainsi mille raisons rendaient-elles inévitable
l'acquisition de cet ouvrage et mille autres évident qu'il
avait coûté trop cher. Et de gémir.

Ulric avait passionnément aimé cette mère tendre et
déraisonnable.

L'ouvrage du général von Edelsheim, *De la tenue du
sabre courbe dans le duel,* c'était son père posant ce
cadeau sur la table familiale. Ses randonnées à Innsbruck étaient bien trop fréquentes. Une patineuse,
disait-on. Mais il était bon mari et bon père. Jamais il ne
revenait sans une rareté pour se faire pardonner.

Tout se mêlait dans cette bibliothèque, le meilleur et
le pire. Certains livres étaient des cadeaux pour toujours
confondus avec les silhouettes de leurs donateurs ou les
circonstances de leur visite. Les belles éditions ? Des
concours hippiques. Les albums ? Des lieues et des lieues
de forêt parcourues, de blonds amoncellements de gibier,
des repas bruyants, des gargantuesques parties de
chasse. Et d'autres trésors encore... Les premières
amours d'Ulric, ses amours du samedi lorsqu'il allait à
Prague tout d'une traite, retrouver sous son édredon
rouge, dans le haut de la Nerudovà, une petite qui, le
soir, au Théâtre national, dansait la polka de *La Fiancée
vendue.* Dieu que cela faisait mal Prague et que
n'était-il né tchèque ? Le cœur lui manquait quand sa
pensée le ramenait vers cette ville d'où il était exclu...

Prague encore somnolente, ses matins blancs, ses trottoirs vierges de toutes traces, quand un soleil pâle
laissait aux statues du pont Charles leur calotte de neige
et que la petite, en peignoir râpé derrière ses doubles vitres et sa rangée de cactus en pots, le regardait
partir.

Qu'avait-il acheté, Ulric, le jour où il traversait
Prague à toute vitesse pour reprendre le train ?
Qu'avait-il acheté au vol ? Dans la Václavské náměstí,
arrachée avec quel mal au marchand d'estampes, une
page d'écriture, un pensum imposé par son maître de
manège au seigneur de Tachlowitz, de Kasov, de Ploss-
kowitz, de Bushtierad, je veux parler du duc de Reichstadt puisque tel fut le titre imposé au fils de Napoléon
pour faire de lui un étranger à sa patrie et qu'ainsi on le
nomme encore, oubliant que le mot Reichstadt convenait mieux aux valets de François-Joseph que Zakoupy,
cela leur raclait un peu moins la gorge, mais que
Reichstadt et Zakoupy sont une seule et même ville et
qu'être duc de Zakoupy en Bohême donnait à l'Aiglon le
droit d'occuper au cœur secret de la petite mère Prague,
au Hradčany, au centre de ce Kremlin, de cette ville dans
la ville, une maison que personne jamais ne signale
parce que jamais l'Aiglon ne fut autorisé à vivre en ce
quartier où Ulric, une fois la semaine, courait se blottir
dans les bras de Josefina. « Ulric, mon hospodar, mon
voïvode ! » Elle n'entendait rien à la géographie cette
Josefina, et son vocabulaire amoureux manquait de
précision. Il la préférait dans ses effusions musicales
quand, entre deux baisers, elle l'appelait « Mon chevalier, mon Octavián ». Josefina aux bras si chauds, si
tendres qui, le soir venu, sous les feux de la rampe,
devenaient ces bras glorieux que lorgnait le tribunal des
loges...

Diligence des hanches dans la balance des talons,
l'enfant Bonaparte-Reichstadt-Zakoupy avait copié
trente fois et en français, n'en déplaise à M. de Metter-

nich, un aphorisme de la Guérinière (1) dont le souvenir
obsédant — cette suite de syllabes, ces *an* et ces *on* qui
se confondaient jusqu'à n'être plus qu'un ronron magique, une formule incantatoire sans rapport aucun avec
la pensée du génial écuyer — aidait Ulric à retrouver sa
chambre de jeune homme où le document encadré avait
longtemps figuré comme une traînée d'encre au mur. Et
son pendant ? Une litho : *Laruns, cheval entier.* Toujours le marchand de la Václavské. Toujours en revenant de chez Josefina. Mais pourquoi elle encore ? Et
qui parle du demi-jour de cette chambre, du poêle en
faïence et de ses flammes mortes ? Nous sommes dans la
chambre d'Ulric, sa chambre de jeune homme. Au mur,
il y a cette précieuse litho. Elle porte en marge l'appréciation suivante : *Laruns avait le dos bas et la côte
n'était pas irréprochable. Mais son port de queue en
trompe lui donnait un cachet tout à fait oriental,* phrase
qui, bien que tracée de la main du général L'Hotte (2),
avait occupé une place à tout prendre extrêmement
exagérée dans l'arsenal des plaisanteries familiales. On
s'en servait à tout bout de champ. Les soirs de fête
surtout, lorsque la tante Božena faisait son entrée et que
les enfants se tordaient et chuchotaient : « Elle a le dos
bas et la côte... et la côte... » Pour ce qui était du cachet
oriental on guettait l'arrivée de l'oncle Zdenko, suité de
ses tziganes. Il les racolait avec leurs violons, histoire de
ne jamais laisser les enfants manquer de musique. Un
rigolo...

Bizarrerie des mots qui par mille fils relient au passé
et tiennent captif celui qui se les répète. Mais après tant
et tant d'années, et de drames vécus, tant de pays, tant
de peuples frappés de malheur, après une si longue

(1) Robichon de la Guérinière, né en 1688, directeur du Manège
royal des Tuileries jusqu'à sa mort en 1751.
(2) Général L'Hotte (1825-1904). Elève de Baucher. Ecuyer en chef
de Saumur de 1865 à 1870.

guerre et l'abominable cortège de ses disparus, de ses suicidés, après la mort polonaise, hollandaise, française, serbe, la mort européenne sous tous ses aspects, vue si souvent et de si près, comment Ulric pouvait-il encore s'attendrir sur de pareils souvenirs ?

Jamais il n'avait pu se détacher de la vieille Europe légère et valseuse : son « Empire du Milieu » comme il l'appelait. Et pourtant longtemps avant de mourir elle fermentait déjà avec son assemblage de minorités enne-mies, son unité fallacieuse, sa société tiraillée entre l'Est et l'Ouest, ses gens de château qu'un lien très ténu et toujours prêt à rompre reliait encore à l'aristocratie d'Occident, ce monde d'esthètes entichés de musicologie et d'héraldique, de patriotes, de bons seigneurs et de mauvais garçons, de coureurs de filles et de lourdauds, ce monde d'originaux aux manies poussées jusqu'à l'absurde, aux singularités devenues quasi bouffonnes avec le temps et la nouvelle aurore qui s'était levée là-bas, avec l'éclat rouge de cette nouvelle aurore...

Non, Ulric ne s'était jamais remis de cette Europe-là. Une Europe vaste, familière et qui se laissait caresser. Une Europe où aucune frontière n'était infranchissable, où les militaires et les douaniers eux-mêmes paraissaient inoffensifs. Cette Europe... Comment se faire à l'idée de sa ruine ?

Ulric ne se sentait pas fils de notre après-guerre.

Il s'appelait Ulric Muhlen de Horach Litič et il avait Octávián et Egon, et aussi Václav et Ondřej parmi ses prénoms, tout cela avec une orthographe et une pronon-ciation variables selon que l'on optait pour l'accent morave, le parler rauque des Slovaques, le ton chantant des gens de Vienne ou l'inflexion plus traînante, plus langoureuse en faveur à Budapest.

Ainsi Ulric avait plusieurs prénoms.

Il en avait des magyars, des slaves, des germaniques, des autrichiens. C'était de tradition dans sa famille, qui possédait en terre tchèque diverses propriétés toutes plus ou moins frontalières, si bien que l'enfant Ulric, à force d'être allé d'un pays à l'autre au hasard d'une marelle, d'avoir toujours entendu utiliser des expressions telles qu' «entrer en Hongrie d'un coup de pied», «faire trois pas en Allemagne», «passer la tête en Pologne» ou encore «prendre le tramway pour l'Autriche», et j'en passe, Ulric avait de la patrie une notion assez singulière.

Il s'y était attaché à ce croisement de routes, de religions et de langues, à ce mystérieux Etat-carrefour. Pour tout dire il l'aimait et si on lui avait donné le choix entre ses prénoms il n'en aurait retenu qu'un, le plus neutre, un prénom d'ici et de là, sans patrie précise, un prénom à ne déranger aucun gouvernement : Octaviàn. Les meilleurs souvenirs d'Ulric étaient là, dans ce qu'évoquait ce prénom. Il y faisait tenir tout un capital de musique, de lumières qui baissent, de violons qui s'accordent. Octaviàn c'était d'abord l'Opéra de Prague et puis c'était le prénom d'un adolescent, vêtu d'argent, qui tournait la tête d'une jeune fiancée, c'était l'amant indispensable de la maréchale, c'était *le Chevalier à la rose*. Oui, Octaviàn, avec un *e* ou un *a*, avec un accent aigu sur cet *a* ou pas d'accent, écrit comme à Prague ou comme à Vienne, peu lui importait à Ulric, il s'en fichait, ce qu'il aurait voulu c'était porter le prénom d'Octaviàn.

Il avait consulté son père à l'époque. Mais impossible. Pas conforme à ses vœux, et, de plus, contraire aux intérêts familiaux. Ulric devait continuer à s'appeler Ulric parce que des trois fils du comte Norbert il était l'aîné, celui auquel, dès avant la naissance, on destinait une propriété en pays sudètes. Or, dans ces provinces-là, mieux valait vivre sous un nom de brouillard et de forêt, un nom gris-vert, mieux valait être, aux yeux des voisins, des villageois, des paysans, le comte Ulric.

Ne fallait-il pas demeurer dans la réalité de l'époque ? Etre de Bohême n'impliquait pas que l'on fût sourd ou aveugle. Et la menace allemande ce n'était pas du vent. Les beaux messieurs du Quai d'Orsay, les grands esprits de Downing Street pouvaient bien aligner toutes les garanties qu'ils voulaient. Accepterait-on de mourir pour Prague ? Ah ! ce serait à en rire si ce n'était pas si triste ! Le comte Norbert était sans illusion. Il espérait surnager au prix de quelques manigances.

Aussi, avait-il envoyé son épouse à Dresde à quelques semaines de la naissance d'Ulric. Un passeport allemand, sait-on jamais ? Toujours devant les yeux le péril germanique. Puis, un an plus tard, il l'avait envoyée à Budapest pour la naissance du petit Matyáš, celui de ses fils auquel il comptait léguer une terre sur un bras du Danube. Il lui fallait un passeport hongrois à cet enfant, les revendications magyares étaient si lassantes. Jamais la Hongrie n'avait digéré la part de Slovaquie que les croquants de Versailles avaient incluse dans le gâteau tchèque.

Restait Maximilián qui, lui, était né à Vienne par hasard.

Sa mère, ce jour-là, faisait des emplettes et crac... Mais pas de revendications territoriales à craindre de ce côté-là. Les Autrichiens se disaient satisfaits de leurs frontières. Aussi, quoiqu'il fût né à Vienne, lui avait-on laissé sa nationalité tchèque, à Maxy, afin qu'il pût un jour devenir châtelain en Bohême.

Rien de tout cela n'étonnait : le pli était pris de longtemps. Comme si le goût des solutions bifides survivait à l'Aigle bicéphale et à la monarchie qui les avait imposées. Aussi ne mettrait-on pas le moindre sentiment dans le choix d'un passeport qui, aux yeux d'une aristocratie cosmopolite, apparaissait une formalité et rien de plus. Cela se discutait, comme on discute d'un placement ou de l'avenir d'une valeur. Avait-on exigé des bourgeois français qu'ils se conduisent en fidèles sujets du tsar sous prétexte qu'ils avaient souscrit à l'emprunt russe? Certes pas. Eh bien, la stratégie familiale du comte Norbert était du même ordre. En faisant ses héritiers des *convertibles* aux nationalités limitrophes, il croyait répartir les risques. Simple question d'intérêt.

Seule la mère d'Ulric avait éprouvé quelque peine à s'habituer. Elle doutait moins que son mari de la pérennité d'une république qui laissait aux aristocrates l'usage de leurs biens. Alors pour se familiariser avec les nationalités imposées à ses fils en prévision des aléas de l'avenir, elle se les remémorait à tout propos. « Mon Magyar... Viens ici, mon gros Magyar » : ça, c'était pour appeler le petit Matyás. Tandis que : « Mon Saxon... Où diable est passé mon grand Saxon ? », c'était pour Ulric. Elle aurait eu horreur d'appeler son fils « mon Allemand ».

De ses jeunes années, où on l'avait laissée aux bonnes et aux gouvernantes berlinoises, elle gardait l'horreur de ce qui était germanique. Elle avait toute l'étourderie, toute l'insouciance des nobliaux de son pays, ne se plaisant qu'aux farces, à la vie de famille, aux exercices violents et à la musique légère. Parce que pour elle la musique, ce n'était que la vitesse des violons, la course folle d'un archet tzigane sur une corde tendue, rien que cela. Alors l'Allemagne, dans tout ça, avec ses histoires de discipline... Elle concrétisait tout l'ennui du monde.

Mais qu'y faire ? Ulric, n'est-ce pas, était sujet allemand.

On ne saurait tenir rigueur au comte Norbert de ce que ses plans échouèrent. Il avait prévu la trahison des puissances garantes, ça oui. Il avait aussi prévu la mutilation de sa patrie tchèque, mais il ne pouvait quand même pas imaginer qu'elle allait s'opérer aux cris de « Vive la paix » et provoquer de joyeux attroupements de par le monde. Quant à la suite... Ce qui allait résulter de Yalta... Quelle apparence de vraisemblance aurait-elle eue cette paix, s'il avait pu l'imaginer ?

La guerre lui tua un fils, Maximilián, et le sépara des deux autres. Elle fit qu'il ne revit jamais Matyáš et fort peu Ulric. L'après-guerre le priva de ses biens. Il essaya de se convaincre que ce qui lui était confisqué l'était au nom d'une certaine logique et pour le bonheur d'autres que lui. Mais où était la logique de Yalta ? Où était le bonheur de la Bohême ?

Alors, en joueur qui sait perdre, le comte Norbert, constata la maldonne et s'en alla. Les vainqueurs avaient, d'un revers de main, disposé selon un ordre imprévisible les pièces du puzzle européen et c'en était fini de ses droits. Pouvait-on en douter ? Son temps de chance était passé. Le temps d'une certaine Europe.

Il alla se réfugier à Vienne. Il y apprit à vivre en exilé c'est-à-dire mal et face à des problèmes sans solution. Il y apprit aussi, entre autres choses utiles, à nouer seul sa cravate, geste qu'un valet fidèle demeuré là-bas, dans la haute bâtisse aux dix clochetons, ne lui avait jamais laissé faire sans aide.

Ainsi mit-il beaucoup de délicatesse à n'importuner personne. Pas même Ulric, surtout pas lui. On devinait l'amertume du comte Norbert à ceci seulement qu'il ne disait jamais « la paix », mais « le dépeçage ».

Quant à Ulric, en août 1939, il ne croyait pas à la guerre. On avait pourtant tout tenté pour faire de lui un Allemand. Mais le respect de la force, qui avait été un des principes de son éducation, ne l'avait pas pénétré. Il y voyait un principe de sottise. En somme il était allemand moins les convictions. Par exemple dans sa tenue, dans sa façon d'être il avait des fantaisies qu'un Allemand de stricte observance ne se serait jamais permises. Des cheveux trop bouclés, trop longs, trop bruns. Une moustache inattendue et de style indéfinissable. A la fois effilée et tombante. « Ta moustache de

voleur de chevaux » disait sa mère. Pour rien au monde il
ne l'aurait coupée. Une façon de dire : « Wagner ! Je
n'appelle pas ça de la musique, c'est de la propagande. »
Enfin mille particularités admises à Prague et interdites
à Dresde.

Et ce n'était pas faute de s'être donné du mal.

Car on aurait pu fort bien l'éduquer, à Prague, ce
curieux garçon.

Or, le printemps de sa première communion fut son
dernier printemps en Bohême. Après quoi il fut envoyé
au prytanée militaire de Wahlstatt, en Silésie, où il passa
une bonne dizaine d'années, sans cesse tourmenté par le
mal du pays.

Dix ans d'uniforme, dix ans d'exercice dans un gym-
nase hostile, vaste comme une cathédrale, dix ans de
dortoir glacial, de cuisine écœurante, dix ans d'études et
de jeux et de sommeil surveillés par des pions en
uniforme eux aussi : les autres supportaient tout. Pas
Ulric, qui jamais ne s'était habitué aux rugissements des
sous-off, aux ordres aboyés, « Allez ! Oust ! Dehors !
Rassemblement ! », à l'exercice dans les brouillards de
l'aube. Un froid de chien. Un pays glacial, la Silésie. Les
autres trouvaient cela normal. Mêmes les brimades,
mêmes les inspections impudiques. On fabriquait à
Wahlstatt une race d'hommes que l'on voulait soldats
jusqu'au bout des ongles. « Allons ! Plus vite ! Montrez
vos mains. » On était bien forcé de les examiner de près,
ces futurs chefs, et en détail, comme des bêtes destinées
à une boucherie supérieure, une boucherie de luxe.
« Silence dans les rangs. Défaites votre pantalon. Oui,
vous... et maintenant baissez votre caleçon. » On passait
en revue jusqu'à la semelle des brodequins. « Décidément je n'aurai jamais l'esprit prussien, se disait Ulric. Avec trois générations d'officiers derrière soi
on doit naître plein d'ardeurs guerrières. Tandis
qu'avec un arbre généalogique comme le mien...
Rien que des rêveurs, des paresseux. Si j'en parle

je serai classé parmi les décadents, les irrécupérables. »

Mais il se gardait bien de parler.

De ce couvent transformé en caserne il était allé à Berlin faire son apprentissage de la danse, du bal, des femmes du monde, des paysages urbains et de la Faculté. Ulric fut de ces jeunes gens dont la haute société raffola mais qui, au bout du compte, encore que par courtoisie il fît mine de prendre plaisir aux mondanités, n'avait de goût au cœur que pour le cheval, la terre, la liberté profonde des forêts et les gambades sous l'édredon rouge de Josefina.

Non, Ulric ne croyait pas à la guerre. L'été sentait trop bon sous les arbres. Mais l'engrenage militaire l'avait happé et n'allait le lâcher de longtemps. Prague sous le soleil flamboyait. La guerre le prit pourtant, faisant de lui un lieutenant un peu trop recommandé et qui risquait le pire.

Il fut de ceux qui envahirent la Pologne. Il vit se briser sur le blindage des chars les dernières charges de l'Histoire. Il vit des lanciers de théâtre à deux pas des canons. Il les vit — personne ne possédait comme eux l'art de gaspiller la vie — charger sans casque parce que le *chapska* favorisait une monte plus légère et que le casque était un sujet de plaisanterie entre messieurs de la cavalerie. La guerre avec ça sur la tête c'était comme l'amour en caleçon, disaient-ils : inesthétique. Tout juste bon pour un palefrenier. Et les chevaux là-dedans... Cabrés, butant, forcés, exténués, haletant et pour finir broyés, écrasés. Et les chevaux... La piétaille barbotait dans leurs tripes. Ah ! ne plus penser à tout cela ! Il fallait aussi tuer les chevaux.

Ulric occupa le Danemark, culbuta la Hollande, puis la Belgique, pénétra la France molle et ses hordes de fuyards effarés, entendit une voix chevrotante annoncer l'armistice, crut la guerre finie, et c'était vraisemblable car, jusque-là, il n'avait eu d'autre mission que la surprise — se montrer, la faiblesse de l'adversaire n'exigeait guère plus d'une Panzerdivision — et la campagne qu'il mena à travers l'Europe agonisante ne prit d'autre signification que celle des trouées fulgurantes, de la course vertigineuse, une espèce de folie, l'éclair, l'audace comme une ivresse, la victoire, enfin.

Mais la guerre n'était pas finie.

Il y eut sur la Loire la rébellion des cadets de Saumur, seule raison pour laquelle Ulric resta en France plus que prévu. *Kavalerie Kadetten... Kavalerie Kadetten.* Pendant trois jours le choc de ces deux K fut sur toutes les lèvres, sanctifiant les compagnons d'Ulric, faisant d'eux, tardivement, des combattants parfaits. La mort régna, anachronique, avec le romanesque polonais et la boucherie chevaline en moins. Car en fait de chevaux il ne restait à Saumur que des demi-sang faméliques, expédiés de Bruxelles, on ne savait diable pourquoi. Il en était arrivé seize wagons qui, il est vrai, contenaient aussi des carrosses. Les attelages de la cour de Belgique. Des bêtes que le voyage avait épuisées. Celle-là, en cas de siège, on les mangerait. Les autres, les chevaux du Cadre, les chevaux de carrière, de concours, tous étaient partis vers le sud. Ainsi les écuries étaient vides. La guerre pouvait commencer.

Ce fut un règlement de compte entre tribus rivales, mais éduquées dans un même respect de la gloire des armes et la même suspicion à l'égard des fantassins.

On se battit en famille.

Sanglant hallali où l'on assumait entre frères tous les rôles, celui du gibier et celui des chasseurs, chacun faisant à sa manière assaut de perfection. Cérémonial subtil, grâce auquel des combattants se précipitant au feu à vélo, des officiers cahotés en side-car, des cavaliers démontés, esclaves de leurs bottes, prisonniers des rites du combat à pied et des berges fangeuses de la Loire, gardaient toute leur dignité face aux autres, les guerriers en noir, les tankistes de vingt ans à leur tourelle.

Rien ne fut imité ou parodié, rien ne manqua à cet

acte poétique où chacun fit preuve d'une conscience théâtrale exemplaire. L'aspirant qui avait décidé de ne jamais se séparer de son chien se fit tuer avec lui, celui qui conduisait une attaque un stick sous le bras et une cigarette au bec fit en sorte de ne lâcher aucun de ces précieux accessoires jusqu'à l'accomplissement final, se fiant à la rigidité cadavérique pour que soient fixés à jamais ce stick, ce mégot et une légende.

Enfin, les hasards eux-mêmes se voulurent efficaces. Ainsi, au lieu dit Jardin des Abeilles, un massif de roses s'offrit à recevoir le corps criblé d'un lieutenant français qui y tomba, un sourire aux lèvres, paré d'une grâce si virile qu'elle hanta longtemps ses adversaires.

Kadetten... Kadetten...

Il y en avait partout. Dans les barques, dans les vergers, accrochés aux saules. On présenta les armes aux dépouilles, à moins que ce ne fût au sable, aux îles plates, aux gentilhommières écornées, à l'école qui flambait, à la Loire endormie, aux roses, aux roseaux. On échangea entre ennemis des marques d'estime à l'usage des foules. Puis on rédigea de ces communiqués en forme d'hommages qui sont comme les manifestes de l'inconséquence militaire.

Et la guerre n'était pas finie.

Il fut question d'envahir les îles Britanniques, en vue de quoi Ulric et sa division allèrent attendre la destruction de Londres en faisant le guet le long du Pas-de-Calais.

Mais l'automne vint, puis l'hiver, pendant lequel Ulric fut de ceux dont la présence sur la frontière des Pyrénées avait pour but d'inciter l'Espagne à sortir de sa neutralité, et qu'ensuite on précipita sur les bords de la mer Noire pour monter la garde autour du pétrole roumain. Ulric fit campagne dans les Balkans, s'empara de la Bulgarie, attaqua les Serbes et ne fut pas témoin de la capitulation d'une armée archaïque à souhait, sans dandysme néanmoins, sans dandysme aucun, Dieu sait.

Des terribles, ces Serbes. Mais il fallut prêter main-forte aux Italiens et voilà Ulric avec ses blindés fonçant sur les Thermopyles, jetant les Anglais à la mer et prenant Athènes.

Vint le front russe.

Allait-on vraiment ?... Impossible d'en douter. Ulric y fut expédié. Il survécut aux boues de l'automne et aux premières neiges de novembre jusqu'au jour où il se retrouva, promu capitaine, la hanche déchiquetée.

Il fallut cette blessure et une longue convalescence pour qu'après avoir erré d'hôpital en hôpital, on l'autorisât à aller en terre bohême revoir la maison qui se dressait au-dessus des forêts, toujours intacte, toujours au port d'armes.

Vingt-quatre heures.

Ce fut le temps qu'on lui accorda pour revoir les seules choses qui lui tenaient au cœur. Il crut vivre une trop courte permission. Il se trompait. C'étaient ses adieux au meilleur de sa vie.

Il avait tout juste trente ans quand un médecin lui annonça que la cicatrisation de sa hanche ne serait jamais satisfaisante, que la raideur de l'articulation persisterait longtemps et que l'adénite... Mais il n'était pas mort et bien moins mutilé que beaucoup de ses camarades. Ce qui se formula ainsi dans sa tête : « J'ai encore mes deux jambes, c'est juste assez pour tenir à cheval. » Mais il pensa aussi que la guerre, la vraie, la guerre de découverte et de reconnaissance, celle qu'il avait menée jusque-là, était finie pour lui... A moins que ce ne fût qu'un espoir absurde.

Il vécut quelque temps au dépôt de son régiment sans pouvoir augurer de l'avenir. La vie de dépôt est dans l'ordre du provisoire ce que l'armée a inventé de plus éprouvant. Les aller et retour popote-chambrée, le rien, le vide à longueur de journée, les soirées traînardes dans la buvette enfumée, l'engourdissement, l'ivrognerie générale, la torpeur silencieuse ou bien une fièvre de se

raconter, pis que tout cette rage d'énumérer les nuits
intenables, les jours de pilonnage, les obus en pluie, oui
pire que le pire ennui cette frénésie qu'ont les militaires
de placer la mort et ses éclaboussures au centre de la
table parmi les verres sales et la cendre répandue. Cet
épuisement dans le néant dura un mois pendant lequel
Ulric pensa que la guerre rendait l'air des dépôts
irrespirable.

Il se mit à attendre le courrier de Bohême avec
frénésie.

Mais les lettres de sa mère ne faisaient qu'aggraver
son inquiétude quant au sort des siens. Il ne fallait pas
être grand clerc pour comprendre : Maximilián avait été
inculpé de menées antinazies. Là-dessus le n°3 du Reich
amoché à Prague, salement touché Heinrich, liquidé en
pleine rue, celui dont le sobriquet était : *Blutheydi*,
« Heydi le Sang ». On ne l'appelait jamais autrement en
Bohême. Une bombe et le corps du Reichsprotektor
avait volé en morceaux. Et Maximilián ? Que risquait
Maxy ? Je vous demande toutes précisions à ce sujet.
Maximilián était toujours à Prague et toujours en
prison. Et alors ? Mais répondez-moi donc, quels risques
courait-il ? Allait-on faire des otages ? On ne savait pas.
Et Matyás ? Il avait quitté ses terres. Il avait tout quitté.
Il vivait dans la forêt. Pourquoi dans la forêt, avec qui ?
Il y avait donc des gens qui avaient pris la montagne en
Slovaquie ? Ne posez plus de ces questions, mon fils, on
ne sait pas. Je vous l'ai dit : On ne sait rien. Et
Josefina ? Il était sans nouvelles d'elle depuis plusieurs
mois. Pourquoi ? Où pouvait bien être passée Josefina ?
Elle avait disparu. La Josefina de ses vingt ans, celle
dont chaque mot lui était caresse, chaque lettre douceur.
« Mon Octavián, mon chevalier... », Josefina si douce,
disparue ? Pourquoi ? Pourquoi elle ? Beaucoup de Juifs
ont disparu, mon fils.

Ulric devinait ce que sa mère cherchait à dissimuler :
une haine grandissante, la haine de l'Allemagne plantée

comme un couteau en pleine Bohême. Et ce n'était là qu'un premier acte. Après viendrait la terreur. C'était clair.

Le courrier d'Ulric lui apporta néanmoins une nouvelle satisfaisante : il était affecté à Paris, dans une commission. Il lui fallait se présenter à la *Delegation für Wirtschaft*. Qu'allait-on lui confier au juste ? Peu importe. Cette lettre était le point final qu'il n'osait plus espérer. Il la mania du bout des doigts. Il eut peur de la déchirer, de la lâcher, de la perdre, peur, la touchant, de mettre un terme à ce qu'elle contenait. Mon Dieu, était-ce possible ? La mort marquait un temps d'arrêt, la vie recommençait. Il pensa que rien n'allait être pareil à Paris et, avec la certitude, héréditaire dans son monde, que les liens du sang résistent à tout, il se vit retrouvant auprès de cousins français une sorte de vie de famille, faisant des visites, aidant les uns, s'intéressant aux autres.

Il ne se trompait pas.

Ou du moins il ne se trompait qu'à moitié.

Les cousins, oui. Ils furent ainsi qu'Ulric les imaginait, sceptiques, indifférents, loyaux à leur caste et non à leur patrie, tenant pour sottise le patriotisme s'il interdisait de jouir des avantages que donnent les liens de famille avec le vainqueur, et jugeant héroïque la lutte engagée contre l'Union soviétique.

« Staline ?... Allons ! Allons ! Mieux vaut Hitler ! »

Mais parce que partout ailleurs le malheur était trop grand, l'hospitalité de ce « haut du pavé », dont Ulric attendait tant, la germanophilie qui, sous des dehors d'antibolchevisme, y était de mise, accentuèrent plus qu'elles ne dissipèrent une angoisse, un sentiment de culpabilité que tout en lui trahissait. Enfin il y eut ce qu'Ulric pouvait moins que tout imaginer : elle, Adrienne.

Pas de femme comme elle, en Bohême.

CHAPITRE II

Au début, il y avait eu la vie différente.

Et comment appeler autrement la tortueuse aventure qui avait arraché Serge aux horizons gris de son collège versaillais ?

Aussi longtemps qu'avait duré l'évasion — cela avait bien pris deux semaines — les sujets d'étonnement n'avaient pas manqué. La défaite, d'abord, avec ses colonnes de fuyards, ses charretées de meubles entassés, ses enfants égarés, ses vieillards que l'on poussait dans des brouettes, ses soldats par grappes accrochés aux camions, enfin, déménageant dans une confusion innommable, la France, le Reich aux trousses.

La stupeur de Serge était celle de tous ceux qui, comme lui, apprenaient à connaître leur patrie à travers la déconcertante géographie d'une nation effondrée. Mais le plus étrange était la franchise avec laquelle on se vautrait dans la peur. C'était cela qui le surprenait le plus, et aussi une bonne conscience ubuesque. Elle faisait des fuyards une masse titubante, tantôt pitoyable, tantôt goguenarde, installée dans la panique comme un ivrogne de quartier dans sa pochardise. Mais il n'y avait pas eu que cela.

Un temps comme un triomphe. Le baromètre ? Au beau fixe. Des fleurs partout. Dans les champs un luxe de marguerites et les haies d'un jaune... Rien que des genêts. Personne n'avait en mémoire plus bel été.

Et puis, surprise jamais imaginée, Serge découvrait les plaisirs de sa condition nouvelle. Promu compagnon de sa tante Adrienne. Elle voyageait vêtue de blanc, mais d'un blanc qui n'était qu'à elle, un mélange de tons insaisissables, un rose changeant, un bleu fugitif. Et il était seul à partager avec elle l'honneur d'être assis au fond de sa Cadillac, cette mécanique plus infaillible que le pape et sur laquelle la défaite semblait n'avoir aucune prise.

Nulle trace de désordre. Pas un colis sur le drap de la banquette et, au costume d'Adrienne, pas un pli.

Quant au chauffeur il affrontait la marée furieuse des carrefours avec un sang-froid imperturbable. Il disait avoir vu pis aux dernières heures de la guerre. Celle d'Espagne. Il était né à Barcelone. Un drôle, ce chauffeur, jamais fatigué, le poil noir, le nez chaussé de lunettes, une moustache épaisse qui le vieillissait et à laquelle on ne réussissait pas à s'habituer, comme si elle avait poussé par erreur sur ce jeune visage. On lui aurait donné à peine plus de vingt ans. Il parlait peu, mais à une vitesse vertigineuse et sans presque ouvrir la bouche. *« Tan qué lé avions né sé mèttent pas dé la partie »*, la señorita pouvait s'estimer heureuse. Parce que l'exode avec les Maures aux fesses et, tournant au ciel, les Fiat qui canardaient à l'aveuglette civils et militaires, ça, c'était une autre paire de manches.

Adrienne acquiesçait.

Elle aimait que Miguel fût peu loquace et résolu. Elle s'étonnait bien un peu qu'il connût tant de chemins écartés que par hâte, peur ou ignorance, le flot sombre des réfugiés laissait libres. Et trop étroits pour que les convois militaires s'y aventurent. A peine des chemins, à vrai dire. Des passages plutôt. Il en connaissait qui tortillaient à travers bois à l'usage des bûcherons, à travers champs pour la voiture du laitier et la bicyclette du facteur, d'autres, pour le halage, qui filaient droit le long des canaux. Et les gués ? Et les ponts branlants, mais qui tenaient encore ? Les hésitations de Miguel étaient rares et brèves. A ces moments-là il prenait une mine désolée : celle d'un élève qu'un trou de mémoire paralyse. Mais à peine le voyait-on ôter ses lunettes et les nettoyer d'un geste nerveux, qu'il était reparti.

Jamais Adrienne ne cherchait à savoir ce qu'il avait fait avant de se présenter à elle.

Une cliente, installée du côté de Perpignan, lui avait recommandé un réfugié. C'était Miguel. Il avouait un passé d'étudiant et une mère corsetière. Mais savait-il conduire ? La señorita n'avait rien à craindre. Aux heures difficiles il s'était souvent chargé des affiquets maternels, trousseaux, linge, harnais de toutes sortes, au volant d'une voiture de livraison. Jamais d'accident.

Bien que ce petit jeune homme n'eût rien de ce qu'elle avait, jusque-là, exigé de ses chauffeurs, Adrienne l'avait engagé aussitôt. Il lui allait, ce Miguel. Elle connaissait Barcelone où la circulation était démente, et faisait grand cas des corsetières. Un métier ingrat. Et quelle patience ! On leur rendait si rarement justice aux corsetières. La mauvaise foi des femmes... Au reste il ne lui déplaisait pas non plus de dire tout le bien qu'elle pensait des livreurs. Quant à ce général joufflu qu'elle ne parvenait pas à prendre au sérieux — car enfin comment un militaire osait-il s'affubler d'un bonnet de police avec un pompon ridicule qui lui bringuebalait sur l'œil ? — quant à ce Franco, que Miguel ne pouvait pas piffer, c'était son droit à ce garçon. Il avait ses raisons... Catalan jusqu'à l'os. Elle ajoutait : « Et rouge sur les bords. » Mais cela aussi c'était son affaire.

Chose étrange, elle en était encore à dire *aéroplane* et,

d'apprendre que ce mot devenait avion dans le langage courant, la contrariait. Cela lui ôtait toute légèreté, toute magie.

Jamais elle n'utilisait le mot « chauffeur ». Parlant de Miguel elle disait « mon mécanicien », et avec plus de respect qu'elle n'en témoignait d'ordinaire à la gent domestique. Il lui était même arrivé d'appeler Miguel « mon motoriste », ce qui, appliqué à cette espèce d'étudiant, était d'un comique... Serge avait aussitôt pensé que sa façon de parler et ce qui s'y alliait d'admiration, d'étonnement inexprimé, la vieillissaient.

Motoriste ! Mécanicien ! On lit ça dans les livres.

Il n'en revenait pas. Pourquoi, en présence d'une femme qui était tout ce qu'il avait imaginé et même plus, avec ce goût barbare pour les bijoux, cette profusion de perles autour du cou, des blanches, des roses, des noires emmêlées, une voix aux sonorités profondes et un peu voilées, cette façon brûlante de parler, de regarder, cette attention qu'elle mettait à écouter, pourquoi, pour un mot, se mettait-il à penser à son âge ?

Il n'en savait rien.

Quel âge au fait ? Ses mains, que révélaient ses mains ? Dans les cinquante, sinon davantage. Alors, sur les mains d'Adrienne, ces quelques veines gonflées, à peine visibles, troublaient Serge, le touchaient au cœur. Il lui prenait des envies de la protéger, de la défendre contre Dieu sait quels dangers. C'était singulier.

D'où ces pensées lui étaient-elles venues ? Des façons de parler d'Adrienne qui, à plusieurs reprises, l'avaient infiniment surpris. « Faites appeler mon mécanicien... » D'un démodé ! Ça faisait l'autre avant-guerre, les pionniers de l'automobile, le chevalier de Knyff « à la barre » de sa six-chevaux Panhard. Cela faisait même Albertine à Balbec, l'auto qui lui servait à montrer sa nouvelle toque, le chauffeur équivoque, les reproches de Mme Proust à son fils : « Il me semble que tu pourrais avoir mieux comme ami qu'un mécanicien. »

Ce qu'elle aurait ri, Adrienne, s'il lui avait dit : « Vous faites Proust. »

Mais peut-être n'aurait-elle pas ri...

« Tante Adrienne ? »

Elle avait une façon de faire « Quoi ? » des yeux, qui imitait les mots et troublait Serge plus qu'il n'était possible. Enorme se fit sa peur de lui déplaire. Il répondit tout à trac :

« J'aime Proust. »

C'était ce qu'il avait imaginé de plus anodin.

Elle s'était écriée : « Pas moi ! » avec un geste de dénégation violent. Elle avait Proust en horreur.

« Toutes ces roucoulades en hommage à des duchesses au long nez, et fringuées il fallait voir comme. Des robes imitant l'ancien ! Fidèlement historiques ! Les peignoirs de l'abominable Fortuny : un type qui ne jurait que par Titien ou Carpaccio, les pillait, les copiait. Je te demande un peu. Comme si l'élégance se nourrit de ça ! Proust lui trouvait du génie à ce Fortuny. Toujours cette admiration béate pour un mode de vie d'une prétention imbécile. Ah ! non. Et ses hantises d'être ou ne pas être reçu par telle ou telle vieille barbe. Une société dont je me fous... Mais alors à un point... Je n'ai rien de commun avec ces gens-là. »

On avait fait comme ça près de mille kilomètres.

Que d'autres pleurent.

Des jours extensibles, des nuits à la belle étoile, la routine abolie, c'était donc cela la liberté. Et les entraves tranchées, et l'habitude reniée, ô joie ! Ce qui restait d'enfance en Serge, brusquement libéré de la tyrannie des études, se laissait aller à la délicieuse incertitude des lendemains imprévisibles. Une allégresse folle mais inexprimable. Car il aurait fallu être un monstre pour avouer qu'il s'amusait. Avec ce qui déferlait sur les routes depuis une semaine, cette panique...

Cependant un autre Serge, tout neuf celui-là, un homme déjà, et que ce voyage révélait à lui-même, épiait avec une curiosité farouche la femme assise à ses côtés. Sans doute avait-il tort de la dévisager ainsi. Ce n'était pas poli. Mais il faut comprendre Serge pour qui, depuis la mort de sa mère, Adrienne représentait à la fois l'inconnu et le notoire. Jusque-là, il s'était inventé une Adrienne à partir d'impressions vagues laissées par ses brèves visites, et surtout à partir de ce qui découlait des récits de sa mère. Les amours d'Adrienne ! Un sujet en or. Et Dieu sait qu'elle ne se privait pas, sa mère. Intarissable. La discrétion n'avait jamais été son fort. Adrienne n'était-elle pas la seule des sœurs Chrétien à avoir réussi ? La seule à s'être fait une carrière, un nom et même un grand nom ? Parce qu'il y avait aussi ça : la réussite d'Adrienne, le talent d'Adrienne, la fortune d'Adrienne... Ses thèmes favoris. Elle ne manquait jamais de mettre ce sujet sur le tapis, et de préférence lorsque sa sœur était là. Comme un besoin de la flatter.

Mais Adrienne ne l'entendait pas de cette oreille :

« Que vas-tu encore inventer, ma pauvre Alice ! Et de quel nom parles-tu ? Je me suis fait tout juste un prénom. Rien de plus. Rien de moins. Un prénom. Et mon œuvre ne me survivra pas. Alors, laisse, va... »

Les sœurs s'affrontaient du regard, puis se taisaient.

Elles se ressemblaient. Adrienne non plus qu'Alice régulièrement belle mais toutes deux brunes, semblables de taille et se copiant l'une l'autre dans leurs gestes et leur façon de parler. Et qu'avaient-elles toutes deux à être restées filles ? Serge se l'était souvent demandé.

Une énigme en guise de père — celui dont il portait le nom n'était évidemment pas le bon — avait assombri son enfance. Et des présences masculines, aussi, dans l'intimité de sa mère, d'aimables parâtres, élus à titre temporaire. De préférence étrangers, souvent russes, parfois anglais. Tous demandaient que Serge les traitât en amis. Mais il était rare qu'ils demeurassent en place plus d'une saison. Après quoi il fallait décamper. Toujours il en avait été ainsi : changer d'ami exigeait que l'on changeât aussi de ville et d'appartement. Une de ces confusions ! Et aussi une occasion pour sa mère de se montrer sous son vrai jour. Toute dolente, toute en sanglots renfoncés dans la gorge à coups de mouchoir. Ce qu'il avait pu détester ça.

Au bout du compte le peu qu'il avait deviné avait autant pesé à Serge que ce qu'il avait en vain cherché à comprendre. Encore ce peu n'était-il bon qu'à être oublié. Eh oui, oublié et maintenant plus que jamais. Car enfin il n'allait pas consentir que de vieilles histoires viennent le tarabuster. Allons ! L'heure était venue de rompre avec ce qui dans sa vie avait été honte ou tourment. Et se détournant de son passé, Serge trouvait assez de férocité ou assez de rancœur pour évoquer des désagréments trop souvent éprouvés.

Les vacances avec sa mère. Cette comédie. Il lui fallait toujours la proximité d'un casino, à sa mère. Mais pas de places retenues dans le train. Elle ne pensait jamais à rien. Alors, dans les couloirs bondés, l'âcre relent des toilettes. Ou bien la tabagie du compartiment « fumeurs » mêlée à l'odeur douceâtre de la banane rituelle, seule nourriture emportée, qu'il fallait manger et faire semblant d'apprécier, tout ça pour obéir aux us du folklore familial. Serge hésitait longtemps à jeter la pelure parce qu'une fois sous la banquette elle lui faisait l'effet d'une charogne.

Tandis qu'aujourd'hui... Dans cette campagne si complètement, si fastueusement abandonnée, une France découverte village après village et si différente de ce que lui avaient appris les livres, avec ses champs blonds et vides, ses foins coupés pour rien, sur des routes qui sentaient l'aubépine et le sureau, dans cette voiture, enfin, comme un royaume privé, tandis qu'avec Adrienne, oui, il s'émerveillait. Ainsi, entre deux regards, celui du lycéen évadé, grisé d'air pur, et l'autre, le regard de l'adolescent avide, occupé d'une femme pour la première fois, la guerre, comme une ombre, passait au bleu.

On s'était nourri de fromages et de fruits à l'heure d'avoir faim, on avait beurré du pain lorsqu'il s'en présentait, bu du lait à l'heure d'avoir soif, et cela n'importe où. On avait aussi joué les Robinson et parfois dormi à la belle étoile, Adrienne ayant méprisé les châteaux dont Miguel lui signalait la proximité. La señorita se souvenait certainement. Cette grande demeure perdue au milieu des arbres. Elle se souvenait n'est-ce pas ? On y était allé en avril par la nationale 7 jusqu'au croisement où... Se souvenait-elle ?

Adrienne n'avait rien voulu entendre.

On ne ferait halte ni dans ce château ni dans aucun des manoirs où Miguel l'avait conduite. Sûr qu'elle se souvenait. Mais plutôt coucher à jeun. Merci bien... Les corvées du dimanche avec les directeurs, les commanditaires, toutes ces amitiés à consolider, à rajeunir. Quand j'y pense... Cette rançon, mes enfants ! Pas de demeures historiques ce coup-ci. On s'y embêtait assez en temps de paix et dans un confort déjà approximatif. Des repas interminables. Des cuisines en sous-sol d'où les plats arrivaient froids. Toujours des nourritures indigestes. Des béchamels pâteuses assorties à la couleur des murailles. Ce qu'elle pouvait détester ce passé de douves et de ponts-levis. Mener là une vie seigneuriale au rabais ! Tout cela lui paraissait insensé. Alors maintenant ! Mais vous délirez, Miguel, vous délirez... Sonner à leur porte maintenant ! Mieux valait une auberge. Elle en connaissait de peu fréquentées, et Miguel aussi, pour l'y avoir souvent conduite. Serge n'osait demander quand ni pourquoi.

Mais son étonnement passait vite car il était rare que l'on s'y attardât. Folie que de songer à s'y loger. Tout isolées qu'elles étaient, juchées sur une colline ou coincées entre une forêt et un étang, pas un lit qui n'y fût occupé.

Parfois, à entendre son nom, les garçons accouraient, la voix coupée par la surprise :

« Alors, ça ! »

Puis venait un flot de paroles :

« Mademoiselle ! Vous ! Mais c'est Paris tout entier qui se replie ! Comment êtes-vous arrivée ? Des réfugiés nous ont dit que tous les ponts avaient sauté. Alors c'est pas vrai ? Et les Allemands ? Vous en avez vu ? On dit qu'ils sont partout. A Chantilly, à Senlis, à Mantes. Plus rien pour les arrêter, le vide, quoi... La radio prétend que non, mais les gens... Et Paris ? Va-t-on défendre Paris ? Les gens pensent que oui, mais le poste... A propos, votre maison ? Vous l'avez abandonnée votre maison, mademoiselle Adrienne ? »

Et Adrienne, de sa voix la plus calme :

« Abandonnée ? Que voulez-vous dire ? Je l'ai fermée, oui, et en moins de deux. Vous me voyez travaillant en ce moment ? Et pour qui, grands dieux ! Les beaux quartiers sont vides. Les gens d'argent ont fui, avec plein leurs valises d'or, d'argenterie, de bijoux. Il faut l'avoir vu pour le croire. Répugnant. Comme de surprendre quelqu'un faisant dans ses culottes. Et comment s'étonner ? Déjà, l'été dernier, à Monaco... La panique dépassait tout. Ils avaient peur des Italiens. Dans ces conditions... D'ailleurs j'ai charge d'âme. »

Et elle présentait Serge :

« Mon neveu, Serge Lenah. Alors pas de chambre ? »

Tantôt ils expliquaient qu'ils hébergeaient une maison de convalescents, tantôt un orphelinat, qu'une chatte n'y reconnaîtrait pas ses petits, une pagaille jamais vue, qu'on leur avait aussi demandé de loger des fous, mais plutôt la guerre chez soi que des paroissiens de ce genre, alors quand était arrivée une sanitaire où s'entassaient des tirailleurs, ceux-là on les avait acceptés. Tant qu'à faire... Les bicots c'était tout de même mieux que les dingues, non ? On leur avait mis des lits dans la cave à ces pauvres bougres. Salement amochés. D'ailleurs on

les entendait. Il y en avait un, la gueule ravagée, qui ne
cessait de gémir. A croire qu'il ne passerait pas la nuit.
De la chair à canon. En 14-18 déjà...

— Assez, faisait Adrienne qui s'impatientait, d'autant qu'elle devinait chez ses interlocuteurs une sorte de
complaisance dans l'infortune qui la mettait hors d'elle.
Alors ? Vous n'avez pas de chambre, c'est bien ça
n'est-ce pas ? C'est ça que vous cherchez à m'expliquer ?
Pas de chambre ? Bon. Eh bien, j'ai compris et puisque
vous n'avez rien il ne nous reste qu'à repartir. »

Et s'adressant à Miguel, elle avait un geste de tête
impérieux qui de toute évidence signifiait :

« Fichons le camp d'ici et sans tarder. »

Or, il était arrivé au moins une fois qu'on la retienne.
C'était précisément dans cette auberge devant laquelle
stationnait une ambulance. Le propriétaire, qui pâlissait
à l'idée de lui déplaire, avait été saisi d'une inspiration
de dernière minute. Un lit de camp dans la lingerie,
est-ce que ça lui suffirait ? Elle avait répondu :

— Une lingerie ? Ça me connaît. C'est blanc, ça sent
le propre... Va pour la lingerie. »

Et cette nuit-là Serge était allé dormir dans la voiture.
Elle était rangée sur un terre-plein que cernait la forêt.
Un ciel splendide. Serge avait envisagé ce campement
avec allégresse. Un sommeil d'adolescent s'arrange de
tout. Mais Miguel ? Qu'avait-il au juste ? Que les blessés
de l'auberge soient marocains était-ce ça qui le troublait ? Des Marocains ? Mais jamais Miguel n'utilisait
ce mot. Il disait soit *les Maures,* soit *les mercenaires.* Ça
ne va pas, Miguel ? Non ça n'allait pas. Ça n'allait
même pas du tout. Les mercenaires... L'image qui
l'assaillait tenait du cauchemar, mais Serge ne pouvait
pas comprendre. *« Dou moment qué tou n'as pas vou... »*
Mis en confiance par ce tutoiement imprévu, Serge avait
encouragé Miguel à s'expliquer. Sans y parvenir. Miguel
s'était borné à répéter : *« Dou moment qué tou n'as pas
vou... »* tout en remettant ses chaussures.

Et soudain à cinquante mètres... Sortis du bois.
« Les Maures », dit Miguel.

Etaient-ce leurs visages sombres qui les rendaient si
peu discernables ? Leur démarche assurée était celle des
gens habitués de longtemps à l'obscurité, leur pas celui
des hommes du désert. Deux tirailleurs.

Serge avait eu le temps de voir Miguel se saisir d'un
revolver. Il avait aussi entendu le bruit sec du cran
d'arrêt que l'Espagnol libérait. Puis l'attraction de cette
arme et la conscience d'être, pour la première fois, seul
à pouvoir décider du sort de deux hommes, tout cela
l'emportant sur le reste il n'avait plus eu conscience que
de la main crispée sur la crosse d'acier. Alors, avec une
lenteur réfléchie : « Miguel ! Voyons ! Miguel ! A quoi
penses-tu ? » Il lui avait saisi le poignet puis, d'une
poussée plus brutale, l'avait contraint à lâcher prise.

Miguel n'avait pas bougé mais sa main gisait ouverte
sur la banquette, comme privée de vie. Il avait lâché le
revolver et, à l'instant de renoncer, au moment où
l'absurdité de son geste lui était apparue, Serge avait vu
passer sur son visage quelque chose à la fois d'effrayant
et d'incompréhensible, une expression de désespoir
comme il n'aurait jamais pu imaginer.

Les tirailleurs avaient marché droit sur la voiture.
Impossible de deviner ce qu'ils voulaient. Serge avait
remarqué qu'ils semblaient sortis d'un même moule et
paraissaient à peine plus âgés que lui. Tous les soldats
rencontrés en cours de retraite avaient l'air de porter la
défaite jusque dans le désordre de leurs vêtements. Mais
pas eux. Leur beauté jumelle était celle de deux adolescents robustes, astiqués, surgissant invulnérables du
désastre, et celle, aussi, de deux enfants, nullement
déconcertés par la présence d'inconnus occupés à dormir
tandis qu'ils couraient les bois, en cette nuit de juin

1940. La guerre n'était-elle pas comme un jeu où tout
était rébus, charade, malentendu, gendarme et voleur ?
Alors ils levaient vers les inconnus des yeux bruns et
confiants, des yeux un peu perplexes, que cernait la
fatigue d'une longue marche nocturne.

Serge avait baissé la vitre.

Que signifiait ce jargonnement ? Miguel les comprenait mieux que Serge. Ils disaient que leur colonel, qui
tenait solide dans la ville voisine, les avait expédiés *dria* à
la recherche de l'ambulance du régiment. Ça pressait.
Compris ? L'ennemi s'infiltrait de partout. *Bhal'el ma*,
comme de l'eau. Or il fallait transmettre l'ordre de se
tirer avec les blessés. Se tirer. Compris ? Celui qui
parlait paraissait dans un état de jubilation inexplicable.
Il répétait : « *Le toubib ?* Les civils n'auraient-ils pas
rencontré le *toubib ?* » Comme un gosse auquel l'excitation d'une escapade monte à la tête.

Et ce n'était pas tout. L'autre aussi avait quelque
chose à dire. Il avait un camarade parmi les blessés qu'il
appelait tantôt *mon frère*, tantôt *mon cousin*. Les civils
n'auraient pas vu passer la sanitaire qui avait emporté
son frère, c'est-à-dire son cousin, enfin son camarade ?
Ce regard d'homme, et d'homme anxieux, dans un
visage juvénile, cette bouche entrouverte, comme prête
au cri, c'était cela le terrible.

Miguel fut le premier à réagir. Il montra l'auberge au
bas de l'allée. C'était par là, au creux du pré. Il les
encourageait du geste, de la voix. La porte de la cave
était par-derrière, sous l'escalier. Ils ne pouvaient pas se
tromper : la sanitaire était arrêtée juste à l'entrée. Le
reste ne fut que saluts irréprochablement militaires,
suivis d'un murmure de souhaits comme une mélopée
improvisée : *Allah aoun koum.* Du fond de la nuit deux
nomades formulaient à l'adresse d'étrangers obligeants
des vœux magiques :

« *Allah aoun koum.* »

Mais, déjà, le souci de mener leur mission à bien

mettait dans leur regard une sorte de détermination hautaine qui les transformait. La nuit n'était pas si noire qu'on ne les pût suivre des yeux, marchant du même pas élastique, et qu'on ne distinguât, planant sur l'ombre des champs, puis s'effaçant comme un songe, dure et précise, la forme ronde de leurs casques.

Peut-être s'était-il trompé. Serge avait cru entendre Miguel marmonner quelque chose comme : *« Diré qué ché nous ils avaient réouci à en faire des bêtes... »*, la voix toujours aussi rocailleuse. Mais peut-être Serge avait-il rêvé. Lorsque, à demi réveillé, il avait demandé : « Tu dis quelque chose, Miguel ? » l'autre avait toussé et n'avait rien répondu.

Et puis, alors là tout à fait clairement, Miguel, un instant plus tard : *« Jé n'aimé pas cetté noui... On va êtré fait aux pattes... Va prévénir la señorita... »*

Il ne se l'était pas fait dire deux fois, Serge. Il s'était hâté vers l'escalier qui conduisait à l'entresol où dormait Adrienne. Et là, un instant à peine après qu'il eut frappé, elle, toute blanche dans la porte entrebâillée, habillée, coiffée de frais, prête à partir, elle, Adrienne qui n'avait fait ni « oh » ni « ah » quand Serge lui avait dit pourquoi il était là. « A croire qu'elle m'attendait », pensa Serge.

« Vous dormiez ? demanda-t-il avec une sorte de gentillesse mondaine.

— Bien sûr, répondit-elle. Et qu'aurais-tu fait à ma place, espèce de gourdiflot ? »

Il lui aurait bien demandé comment elle avait fait pour être prête aussi vite et si elle couchait avec tous ses colliers, car il n'était pas possible qu'elle eût réussi à les fixer aussi vite, et aussi bien mêlés à la mousseline de son écharpe. Mais, un peu offensé par ce « gourdiflot » qu'elle lui avait asséné, il opta pour le silence. Elle s'en aperçut et d'une voix adoucie :

« Parce que tu t'étonnes... Oh ! inutile de me dire le contraire... Je devine tout. Et ça étonne toujours. Je me

déshabille à la même cadence, tu sais. L'habitude...
D'avoir si souvent houspillé ma cabine et montré aux
filles comment s'y prendre pour passer en vitesse une
jupe, une manche, une veste, j'ai fini par faire mieux
qu'elles. Mais qu'est-ce que tu as ? C'est parce que je
t'ai traité de gourdiflot que tu fais cette tête ? Tu as l'air
de ne plus m'aimer... Allons, viens ! Les Allemands ne
vont pas nous laisser le temps de nous disputer. Et puis
c'est une mauvaise heure pour des querelles... Quatre
heures du matin, c'est plutôt une heure pour s'embrasser... »

Ils avaient marché côte à côte vers la zone sombre où
Miguel chauffait son moteur. Ils avaient marché comme
s'il n'y avait pas de quoi s'étonner d'être levé avant le
jour et comme si, à cela aussi, Adrienne s'était entraînée
toute sa vie. Puis, pour aller plus vite, elle avait pris à
travers champs et Serge avait de nouveau admiré ce
corps familier et mal connu dont chaque mouvement lui
était surprise. Il s'étonna de sa démarche, d'un balancement de hanches qui ne l'avait jamais frappé auparavant, de ce pas léger, de cette aisance campagnarde,
d'une vigueur enfin qui la rendait plus humaine qu'à
l'ordinaire. En ville, son comportement rendait tout cela
insoupçonnable. Cet air fragile qu'elle avait à Paris,
toujours pelotonnée dans une pelisse. Etait-ce quelque
chose de trop ostentatoire dans le luxe ? A Paris, Serge
ne trouvait rien à lui dire. Pour ce qu'elle lui accordait
d'attention... Il osait à peine la regarder. Elle n'avait été
guère plus qu'une lointaine favorite dans le harem
inavoué, inavouable, que tout adolescent porte en son
cœur. Tandis qu'à présent... Mais à quoi bon comparer ?

Et qu'avaient-elles en commun l'Adrienne du passé que
Serge apercevait en visite chez sa mère, une dame dont
l'élégance fascinait le collégien qu'il était, et l'Adrienne
d'aujourd'hui, cette Adrienne de l'aube aux vivacités
insoupçonnées ? Rien. Rien, si ce n'était son parfum, ce

froissement d'air qu'elle laissait après elle, signe secret qui, enfant, l'avertissait de la présence d'Adrienne ou bien témoignait de son passage, longtemps après qu'elle fut partie, rien, non rien excepté ce souffle frais qui avait jadis dissipé l'atmosphère où se plaisait Alice, masquant l'incommodante odeur des ragoûts ou, pire encore, la lourde, la rampante odeur d'opium qui filtrait sous la porte, les jours où elle disait à son fils : « N'entre pas, mon chéri, aujourd'hui je fais mes bêtises... », rien, non vraiment rien ne rappelait à Serge l'Adrienne de jadis, hormis son sillage, comme un bouquet de senteurs, comme mille et mille roses associées, les unes douces, les autres brûlantes et qui, aujourd'hui encore, dans ces vastes prairies, fleurissaient sous ses pas.

Vint la Loire.

Ils avaient été parmi les derniers à passer. Et grâce à Miguel encore. Un hasard. Une connaissance rencontrée, le seul homme de sang-froid dans une cohue de retardataires affolés, un vieux à l'air solide, un drôle de petit vieux maigre, ridé et plus jaune qu'un citron, qui affirmait avoir vu les soldats du génie, de planton à côté de leurs foutues charges. Il fallait faire vite, le pont allait sauter. Un pont qui faisait le gros dos avec un air d'avoir connu Jeanne d'Arc, un pont arqué depuis quatre siècles, enfoncé de toutes ses piles dans la profondeur des eaux lentes. N'empêche qu'il allait sauter. A minuit. Or, la quantité d'explosifs accumulés laissait prévoir une de ces nom-de-Dieu de casses...

Parce qu'Adrienne avait salué d'un clin d'œil complice cette rencontre providentielle, Miguel avait tenu à préciser que c'était là un homme qui savait de quoi il parlait. Un spécialiste en somme. Alors elle, intriguée : « Qui est-ce ? » Miguel avait répondu : *« Ouné connèssance... »* sans rien ajouter. Bon. On était passé avant la tombée du jour. C'était l'essentiel. Mais en fait d'auberge plus rien, Miguel s'étant empressé, aussitôt le fleuve franchi, d'appliquer sa stratégie des détours.

Une ferme, aux murs énormes, avait été le seul refuge s'offrant cette nuit-là encore que, ses occupants l'ayant abandonnée toutes portes verrouillées, il ne restât qu'à s'arranger du verger, des granges et de la cour où erraient les poules, abandonnées elles aussi.

La voiture à peine arrêtée, Adrienne avait crié : « Je vais aux œufs. » C'était dit sans affectation et d'un tel appétit. Le connaisseur en explosifs était loin. La guerre aussi. Une fois de plus tout s'accordait à la bannir.

Elle avait bondi avec un geste vif pour maintenir sa jupe et Serge s'abandonna à la voix rieuse qui le menaçait :

« Si jamais tu me fais l'affront de manifester un sentiment pour une de ces créatures qui descendent de voiture en exhibant une large tranche de cuisse nue... Pouah !... Ce jour-là, Serge mes amours, je te maudis, je te déshérite. »

Il en était encore à se répéter : « Serge mes amours... Elle a dit : Serge mes amours » qu'elle avait disparu dans le poulailler.

Miguel avait fait main basse sur un couple de pigeons, trouvaille qui lui donnait bonne conscience, les pigeons d'après lui n'étant que des oiseaux. Voler, c'eût été prendre une poule.

Tandis qu'il explorait les bâtiments, les dépendances, tout cet ensemble de constructions dont l'aspect sévère évoquait davantage une citadelle ou quelque abbaye fortifiée qu'une ferme, Adrienne s'était avisée qu'un feu gâcherait tout. Sa prétention était de contraindre Miguel à gober vifs les œufs qu'elle avait trouvés. Alors à quoi bon un feu ? Pour rôtir les pigeons ? Ça ne rimait à rien cette idée. Avec tout le lait qu'elle rapportait... Une vache qui meuglait à croire qu'elle allait éclater. Il avait bien fallu la traire. « Parce que vous savez aussi traire les vaches ? » avait demandé Serge, la voix hargneuse. Cette femme allait-elle bientôt cesser de l'étonner ?

Miguel fit celui qui ne comprenait rien et son évidente désapprobation s'était perdue dans un bruit de bois qui craquait.

« Voilà que j'ai la dent », s'était écriée Adrienne comme si c'était de voir le feu qui lui donnait faim. Drôle de femme. Ce parler paysan... Soufflant sur les tisons, avec une lueur fauve dans le regard et sa frange qui lui allait jusqu'aux yeux, elle avait un air de Bohémienne.

« Je le lui dis ou je ne le lui dis pas qu'elle a un air de... » se répétait Serge.

Mais il savait bien qu'il n'en ferait rien.

Miguel veillait à tout. Au moment d'égorger les pigeons, il avait tiré de sa poche une lame acérée, si disproportionnée avec l'usage qu'il voulait en faire qu'Adrienne avait laissé échapper un cri d'effroi :

« Mais c'est un couteau comme pour tuer un homme, Miguel !

— Aujourd'hui il servira pour les pigeons... »

Il n'avait pas daigné en dire davantage.

Reprenant sa besogne, il s'était exécuté d'une main experte. Une coulée de sang avait giclé et Serge avait détourné les yeux.

Il s'était éloigné. Il allait cueillir des fruits, disait-il.

Il avait suffi de secouer un arbre pour que pleuvent des prunes auxquelles restaient accrochées des abeilles, gorgées de suc à en mourir. Et là, que s'était-il passé ? Cette marée rouge, au sol... Et ces maudites abeilles, agglutinées, engluées dans la pulpe éclatée, prisonnières de ces cavités béantes, et ses mains à lui, ses mains rougies... Que s'était-il passé que soudain tout cela lui devînt intolérable ? Il était comme sous l'effet d'une attente trop longue. Mais peut-être n'était-ce rien. Rien qu'une tension passagère, sans doute venue des profondeurs nocturnes où se préparait l'anéantissement du pont.

Serge s'adressa quantité de reproches. Il alla jusqu'à
se forcer à ramasser à pleines mains sa haïssable récolte.
Mais quand il posa son cabas aux pieds d'Adrienne, il
était aussi désemparé que si brusquement, s'étant transformée en une divinité impitoyable, elle avait exigé de lui
qui sait quelle expiation.

Et Serge se faisait toutes sortes d'étranges réflexions.

Aucun bonheur, aucune émotion, jamais, ne dépos-
séda Serge du souvenir de cette nuit. Longtemps plus
tard, pendant les mois qu'il vécut à Marseille, à se
pencher souvent sur l'image qu'il en gardait, à souvent
récapituler les hasards qui avaient fait cette nuit sienne
et d'Adrienne son inconsciente complice, Serge parvenait
à en revivre chaque instant.

Il retrouvait la ferme, les hauts murs qui se dressaient
dans le ciel et mettaient une limite sévère à ce bout de
terre sans possesseur, ce paradis sans maître où, dans les
champs, l'herbe était laissée folle et les animaux en
liberté, il retrouvait le calme fallacieux de cette nuit et
Adrienne, il retrouvait aussi Adrienne, couchée au creux
d'un pré et lui, Serge, étendu non loin d'elle, et le
va-et-vient sur la route, et la progression lointaine des
chars était bien, comme cette nuit-là, la voix grave de la
guerre, tenue en respect par cette intimité soudaine
entre eux et leur volonté de n'en rien perdre.

Mais quelle était cette rage de la mémoire, cette
volonté sauvage à laquelle Serge devait se soumettre ?
Alors que, par la suite, il aurait souvent souhaité ne
retrouver que quelques épisodes de cette nuit et l'essentiel du plaisir qu'elle lui avait donné, à son appel, sa
mémoire le forçait à tout reconstituer, sans rien omettre.

Pourquoi fallait-il qu'il se remémorât l'instant où une
vache avait fait irruption dans la cour ? Et comme
Miguel s'était levé ? Puis, jouant de sa veste, comment il

avait improvisé autour de la bête folle une sorte de corrida à laquelle la lueur dansante du feu accordait un caractère étrange, un air de cérémonie.

Il lui fallait aussi se souvenir du moment où, le repas fini, Miguel était allé aux nouvelles le laissant seul avec Adrienne, devant le feu qui baissait.

Pendant le temps qu'avait duré leur tête-à-tête, Serge avait enfin osé avouer à Adrienne que jamais il n'oublierait ce voyage :

« J'y penserai toujours, Adrienne, toujours. Vous comprenez ? »

Elle avait paru surprise.

« Que veux-tu dire ? »

Si surprise qu'il s'était fait scrupule de cet aveu.

« J'en ai trop dit », pensa-t-il.

Mais elle n'avait manifesté aucun mécontentement.

Elle lui avait passé un bras autour des épaules.

« C'est très gentil ce que tu me dis là... »

Sa main était ensuite allée jusqu'à sa nuque où elle s'était arrêtée

« C'est comme de dire que tu ne m'oublieras jamais. »

Dans un élan de confiance enfantine, Serge avait laissé aller sa tête tout doucement, jusqu'à sentir contre sa joue le contact de l'étoffe blanche, la présence chaude d'Adrienne.

Alors elle se mit à parler avec volubilité, comme chaque fois qu'un mot éveillait en elle son humeur vive et plus vif encore son désir de séduire.

MONOLOGUE D'ADRIENNE SUR UNE HAUTEUR
DOMINANT LA LOIRE

Ça n'existe pas les voyages. N'existent que les gens avec qui on part.

Pas un souvenir de voyage que n'éclipse dans ma mémoire le souvenir mille fois plus net et plus sûr de mon compagnon d'évasion, le souvenir d'une manie, d'un mot, d'un geste, des riens peut-être, mais des riens qui lui appartenaient en propre.

Parfois un paysage fait exception. Si son image, plus tenace, domine, c'est que le cœur était libre et que l'indifférence par ailleurs régnait, sinon, je te le répète, quand le cœur monte à la tête, les deux images se confondent : voyage et compagnon, compagnon et voyage.

Parfois une ville surnage ou toutefois un peu de son atmosphère, mais c'est presque toujours la preuve qu'elle a été découverte quand l'essentiel du voyage, c'est-à-dire le sentiment, avait sombré.

Et sais-tu ce qui me laisse moins de souvenir encore que tout le reste, moins que les villes, moins que les pays où j'ai séjourné ? Les musées. Plus ils sont riches, moins ils me touchent. J'y ai toujours pénétré avec angoisse. J'en suis toujours sortie avec un sentiment d'écœurement. Des provisions artistiques. Des réserves... Je te demande un peu ! Quelle foutaise ! Il faudrait remettre tout ça en circulation, que des gens s'en emparent, y trouvent une jouissance exubérante, excessive, allant jusqu'au dégoût, jusqu'au remords.

Sais-tu ce que m'a dit Licia un jour ? Licia, tu as sûrement entendu parler d'elle ? Ta mère l'aimait bien Licia. Alors que je lui demandais s'il était vrai qu'elle avait laissé perdre un poème où Verlaine la comparait à une rose et des dizaines de menus sur lesquels Toulouse-Lautrec avait fait toutes sortes de croquis, sais-tu ce qu'elle m'a répondu ? « C'est vrai... C'est vrai... Balayés avec les miettes. »

Et, pour couper court à toute critique, elle ajoutait : « J'ai toujours cru que les artistes avaient plus besoin d'amour que de respect. »

Ah ! le respect ! Nous en crèverons.

Si Vinci avait pu imaginer l'usage qu'on allait faire de sa Joconde il l'aurait brûlée. C'est que tout s'use, vois-tu. Le magnétisme des choses, des gens, le mystère, la beauté, le prestige de la nouveauté, l'amour, tout... Et c'est ainsi qu'il faut que ce soit.

Ne pas essayer de conserver surtout, moins encore de retenir. Mais perdre. Laisser aller jusqu'au seuil de l'oubli. Ce qui compte finit toujours par réapparaître, parfois sous une autre forme, parfois méconnaissable, comme rajeuni d'avoir été longtemps hors d'atteinte. Parce que l'œil, comprends-moi, l'œil est le plus implacable des sens.

Et puis assez parler de ça... Assez. Personne ne m'ôtera de l'idée que les plus grands chefs-d'œuvre, eux-mêmes, n'échappent pas à cette loi, et que le temps passé dans les musées est du temps volé à la vie.

Je ne sais comment te dire... Est-ce ma faute si les civilisations éteintes m'ennuient ? Les vestiges, les collections, les vitrines, tout cela me déplaît. Tandis que certaines fêtes ! Ah ! Parle-moi de ces matins... Quand une présence et l'émotion qu'elle suscite font que rien ne peut être indifférent. Voilà ce que j'appelle un chef-d'œuvre. Ah ! mon petit ! Dire le miracle des matins où l'on perçoit brusquement la beauté d'un mur, l'intelligence d'un pont, le luxe d'un jardin, le fracas des floraisons. Je puis t'affirmer, telle que tu me vois ici, avoir ressenti au moins une fois dans ma vie un bonheur tel que j'ai perçu l'inaudible.

Il y a longtemps de cela, j'avais alors l'âge que tu as aujourd'hui.

Un matin. C'était en forêt de Compiègne. Tiens ! C'était un peu comme ici. Une ancienne abbaye. Enfin, ta mère a dû te le dire, j'y ai vécu quelque temps prisonnière d'une bande où tout était mis en commun : le cœur, l'argent, les maîtresses. Tu nous aurais vus ! Les filles, des cavales échappées. Les garçons, des jeunes bourgeois. Ils n'avaient de rigueur qu'équestre. Des

enragés de l'équitation et des courses. Mais entendons-
nous bien. Leur monde n'était pas celui du pesage ou des
tribunes. C'était bon pour leurs pères, ça. Eux, c'était le
monde des boxes, des éleveurs et des jockeys. Les
coulisses en somme. Ce monde marginal d'où j'ai eu tant
de mal à sortir.

Personne ne savait aimer là-dedans. Personne... On
tenait le cœur pour suspect. Peut-être étaient-ils nés
comme ça, ces gens-là, le cœur atrophié.

C'est fréquent dans une certaine société.

Mais ils avaient d'autres qualités : la curiosité du
plaisir et le goût du risque. Et il ne faudrait pas se baser
sur ces quelques confidences pour en conclure que je ne
les ai pas aimés. Nous nous aimions. Mais d'une façon
qui ne me convenait plus.

Je n'avais pas d'instruction bien qu'à force de lire...
Alors je leur faisais la leçon : « Vous n'entendez rien au
sentiment. » Ils répondaient : « Nous ne parlons pas
d'amour, nous le faisons. » ou bien : « Notre langue
n'est pas le français, c'est le cheval. »

Un matin... Il y avait un grand marronnier devant la
maison. Je cirais mes bottes à la fenêtre. De tous ces
cabochards, le plus impertinent, le plus sceptique, celui
qui était allé le plus loin en tout et depuis le plus
longtemps, Lewis — ta mère t'aura certainement parlé
de Lewis — Lewis donc est entré dans ma chambre, son
chien sous le bras.

Curieux de penser que cet homme, qui me faisait si
peur, était le seul que j'étais prête à suivre jusqu'au
bout du monde.

Ce matin-là, il avait l'air horriblement malheureux.
Pour tout dire : au bord des larmes. Il a tenté de faire
usage de notre jargon habituel, mais avec une telle
maladresse que je l'ai cru souffrant : « Tu sais bien que
je ne sais m'exprimer qu'en cheval. Alors pose les
mains, et tâche de comprendre. Cesse de dilater les
naseaux, Adrienne. Cette habitude que tu as... Tu

m'ôtes tous mes moyens. Je viens... Enfin si tu m'accordes ce que suis venu te demander, ce sera comme si nous avions l'un et l'autre volontairement envoyé dans le décor ton meilleur ami et le mien. Il va être sonné, très sonné. C'est moche. Je le sais... Mais comment faire ? Je t'aime. Voilà, c'est comme ça, je t'aime. Alors en selle. Et serre les genoux. Parce que la fantasia va être rude. »

A l'instant de m'engager, je me suis sentie si libre, si sûre de moi, et la paix qui s'est épanouie entre nous était telle que tout était changé.

Plus de passé, le monde commençait.

Jusqu'à la qualité du silence qui avait changé. Un silence complice, comprends-tu ? Et ma chambre ? Complice, peut-être, cet abri qui était mien depuis trois ans et que j'ai quitté comme le gîte d'un soir. Jusqu'au marronnier sous ma fenêtre, comme un spectateur déconcerté cherchant à participer à la fête générale.

L'arbre, lui aussi, s'épanouissait.

Il était plein de crissements, d'efforts et de hâte à faire naître son éphémère parure. Eh bien, crois-moi, ce matin-là je l'ai *entendu* fleurir. La musique rose du marronnier... Je l'ai *entendue*.

Serge se taisait sans que sa tête eût quitté l'épaule qui l'avait accueillie. Mais il se sentait comme alourdi par ces confidences, et plus anxieux que jamais.

Il détestait ce monologue sous le poids duquel sa connaissance d'Adrienne, de minute en minute, s'effritait. C'est que pesait sur lui non pas le passé d'Adrienne, notion vague dont il s'était toujours arrangé, mais, bien plus pesant, un de ces mille passés. Si bien que, plus elle parlait, moins il lui semblait la connaître.

Vingt images d'elle gisaient dans son esprit, dépréciées, vidées de toute vérité, quand survint Miguel. Il pouvait être onze heures du soir. Il était apparu à quelques mètres au-dessous d'eux. Brusquement, Serge et Adrienne l'avaient entendu qui, de loin, criait :

« *Lé vacarmé cé séra por plou tard !* »

Et ce fut au premier qui dirait « Alors ? », comme si l'un et l'autre avaient désiré cette sorte de diversion que l'on attend des messagers.

Messager de l'ombre, Miguel parlait par rafales. Une continuité de sons gutturaux lui tenait lieu de parole. Or, cette nuit-là, sa voix balayait tout, les confidences d'Adrienne, son premier rêve, sa fuite vers un bout du monde qui n'existait pas, ne laissant place qu'à la conscience du désastre.

« Alors, Miguel, alors ? »

On allait se défendre sur la Loire.

Sur la Loire, ce glacis d'eau que limitait le rideau touffu des saules ? Serge se répéta : « Sur la Loire. » La Loire nonchalante qui ne sait que faire de ses bras qu'elle traîne après elle comme une frange écumeuse, qu'elle abandonne, puis qu'elle oublie. « Sur la Loire », se répéta Serge. Cela paraissait à peine croyable.

Oui, sur la Loire.

L'armée commençait à prendre position, là en bas. Il s'y préparait un grand désordre de tout : fantassins, artilleurs, cavaliers arrivaient en ordre dispersé. Et le pont ? Toujours là. L'équipe de destruction avait reçu l'ordre de surseoir. Mais il allait quand même sauter avant le jour ce pont, et, si éloigné qu'il fût, il fallait s'attendre à quelque chose comme la foudre.

Pour le départ du lendemain ce serait à l'aube. Mais le jour était encore loin.

Restait à trouver où dormir. « Tu viens Serge ? » Miguel déconseillait les granges. A cause de la paille. Le risque d'un bombardement n'était pas exclu. Et à la moindre flammèche... Adrienne consentait le sacrifice de coucher en plein air à condition que Serge ne la quittât d'un pas.

« Tu sais, je fais la faraude comme ça. Mais dans le fond je n'en mène pas large. »

Elle avait avancé de quelques pas et, la cour traversée, était entrée dans la nuit, un *plaid* sur le bras. Serge songea qu'il ne suivait pas, qu'il ne suivait plus sa tante Adrienne, mais une forme féminine, une passante, et il frissonna à constater que l'idée qu'il se faisait d'elle ressemblait un peu trop à l'idée que ses camarades de collège avaient des femmes. Enfin de certaines femmes... Ce que Serge avait pu mépriser les bavardages de dortoir... Sa seule connaissance de l'amour était là, dans le sursaut de dégoût qui le prenait à les écouter et le silence farouche dans lequel il s'enfermait.

Et maintenant Adrienne.

Il se força à la révolte : « C'était sa faute aussi. » Elle lui en avait trop dit. Ce baratin. La musique des fleurs ! A d'autres. En fait de musique, c'était ce Lewis qu'elle avait suivi et au pied levé encore, sans un sac, sans un sou, pour ne rien devoir à l'autre, rien sinon les bottes et l'amazone qu'elle portait ce matin-là.

Bien sûr qu'il était au courant, Serge.

Lewis, cheval de bataille du récital maternel. Lorsqu'elle y allait de ses trémolos. Parce qu'Adrienne et Lewis c'était fou ce qu'ils s'étaient aimés. Le Lewis de Morand, tu sais, *Lewis et Irène,* eh bien c'est le Lewis d'Adrienne. Bon. Mais l'autre ? Le premier ? Qui était-il ? De celui-là, sa mère ne lui avait jamais parlé. Pourquoi ? Et que sous-entendait-elle, Adrienne, avec cette histoire de cavales échappées et de fils de famille qui avaient mis tout en commun. Une bande de partousards, peut-être... Pas de quoi se vanter. Mais plus il s'essayait à la révolte, plus il se sentait isolé, démuni, mieux convaincu aussi qu'Adrienne seule pouvait le guérir.

Elle cherchait en guise de lit une meule de foin où s'étendre et Serge, en trébuchant dans une masse herbeuse, avait crié :

« En voilà !

— C'est bottelé en carré, dit Adrienne. Tâte... Je te dis que c'est dur comme une brique. Ce doit être du trèfle. Viens. Nous trouverons mieux plus loin. »

Il ne répliqua pas mais, une fois de plus, constata qu'il y avait bien des lacunes dans les récits de sa mère. Car enfin il ne datait pas d'hier ce parler d'Adrienne, ce ton paysan qui la reprenait comme par surprise ? Or, de l'enfance d'Adrienne Serge ne savait rien.

Faute de foin elle n'avait trouvé, conforme à ses vœux, qu'un creux à flanc de prairie, adossé à un épais bosquet. On ne voyait pas l'éventail d'eau claire qu'en arrivant Serge avait aperçu du pont. Mais on la devinait, la Loire, tout embuée et confuse. C'était de là, de derrière le moutonnement des arbres entièrement baigné par l'obscurité, que montait une rumeur indéfinissable, comme le bourdonnement incessant d'une fièvre.

Elle avait déployé le *plaid* non sans avoir, au préalable, soigneusement choisi l'emplacement exact du pré assez déclive, assez profond pour épouser la forme d'un corps. Puis, agenouillée au centre de la couverture et les bras levés, elle avait noué une mousseline blanche autour de sa tête, faisant et défaisant à plusieurs reprises la coque qu'elle voulait lâche dans la nuque, alors qu'au contraire la coiffe ne lui paraissait jamais assez serrée, craignant pour ses cheveux, répétant que sans cette précaution elle ne fermerait pas l'œil de la nuit.

Serge avait cru qu'elle agissait ainsi en prévision d'une alerte. Sans doute sa coquetterie interdisait-elle qu'on la vît décoiffée. Mais telle n'était pas sa crainte. C'étaient les chauves-souris qu'elle redoutait.

Puis, elle s'avisa qu'elle ne craignait rien tant que les vêtements froissés. Elle ajouta, à l'intention de Serge et sur un ton d'amabilité mondaine :

« Je veux te faire honneur lorsque nous arriverons à Marseille. »

Et la sérénité avec laquelle elle envisageait la fin du voyage infligea à Serge un mal profond, terrible, un de ces chagrins irrémédiables comme en connaissent les enfants quand vient la fin des vacances.

Avec une célérité extraordinaire, sa ceinture à peine dégrafée, Adrienne s'enroula dans la couverture et de trois coups de hanches semblables à de brèves ruades, comme si une connaissance approfondie de cette presti-digitation inspirait chacun de ses mouvements, elle réussit à se débarrasser de sa jupe qui, glissant sous la couverture, fut rattrapée au vol avant de toucher le sol.

Elle était restée un moment immobile, les coudes écartés, tenant d'une main sa jupe, s'appuyant de l'autre au creux de ses reins afin de maintenir la couverture en place, avec une contorsion de danseuse, une ondulation de tout son corps qui lui donna brusquement, dans ce paysage champêtre, un caractère nouveau à la fois naïf et provocant. Serge, à la regarder en spectateur hostile mais que chacun de ses gestes accaparait, délaissait une comparaison pour une autre.

Il s'exerça au sarcasme : « Elle est belle. Bon. Mais avec ce foulard elle ressemble à une diseuse de bonne aventure, une gitane échappée d'une baraque foraine. Agréable, bien faite, ça oui. Mais à la façon des filles dont on se passait les photos entre camarades. Et ce déhanchement. Cliché. La carte souvenir. Bons baisers du Cambodge... »

Mais cela manquait de conviction et Adrienne lui apparaissait presque aussitôt sous un tout autre jour.

Peut-être était-ce dû à l'éclairage d'un dernier quartier de lune que par moments des nuages voilaient. Cela suffisait, néanmoins, pour que se détachât, sur la masse de verdure, non pas Adrienne tout entière mais ce qui, sur elle, était blanc : la soie de son chemisier dont les longues manches suivaient chacun de ses mouvements comme une traînée neigeuse, la courbe irréprochable de sa coiffe qui s'ordonnait au-dessus d'un visage invisible et, blanches aussi, les larges raies de la couverture qui mettaient en évidence la sveltesse des hanches.

Assis un peu plus haut qu'elle, feignant l'indifférence, Serge avait l'air de regarder au-delà de sa silhouette, en direction de la vallée, le point précis où se concentraient les rumeurs qui, certaines fort assourdies mais à la longue grinçantes et presque insupportables, d'autres plus graves et plus profondes, finissaient par se trouver un lien secret et produire toutes ensembles une modulation soutenue, douloureuse, avec laquelle Serge se sentait en parfaite harmonie.

Il y avait longtemps que Serge entendait vanter la beauté d'Adrienne. Une fois de plus, ce soir-là, la voyant étendue, la tête reposant sur son bras replié, Serge pensa que c'était vrai. Adrienne était belle, très belle. Elle s'était couchée, le buste légèrement renversé, le visage tourné vers le ciel et vers Serge qui s'émerveillait. Il y avait en elle un naturel, une majesté presque animale, quelque chose de la grâce des bêtes.

Cette force d'où lui venait-elle ?

Elle différait selon qu'il la regardait de la tête aux pieds ou des pieds à la tête et Serge se demandait, des deux Adrienne accolées, laquelle il préférait, de la silhouette étroite, aux jambes captives, aux hanches drapées de telle sorte que la couverture la plus banale prenait sur elle des airs de *sarong*, de cette divinité des prairies venue d'on ne savait quelle Indonésie, ou de l'autre, celle dont il apercevait le buste, les longues manches pareilles à des ailes, cette blanche apparition plus irréelle, plus lunaire qu'Ondine au soir de ses noces avec le chevalier Huldibrand.

Mais au lieu de s'apaiser Serge sentait gronder en lui une voix toujours plus rageuse, plus insatisfaite. L'idée qu'il n'était rien pour elle l'exaspérait. « Rien. Je ne suis rien... Ce qu'elle attend de moi ? Ni plus ni moins que d'un chien, qu'elle ferait coucher à ses pieds. Ce soir, le chien de garde c'est moi... »

Il soupira, se leva et alla marcher dans l'herbe, le long du boqueteau.

Une voix le fit tressaillir.

Sa voix : « Tu n'es pas raisonnable, Serge. Viens. »

Sa voix calme : « Le pont *nous* réveillera bien assez tôt, tu sais. »

Le mot « nous » associé à la notion de sommeil rendait un son bizarre et Serge s'était interrogé sur l'accentuation qu'elle y avait mise.

Il s'était allongé à côté d'elle, essayant de prendre le moins de place possible. Mais quand, d'un geste involontaire, il lui avait effleuré la hanche et qu'il avait sursauté, elle lui avait souri d'une façon très douce et très inattendue. Puis elle s'était tournée vers lui, avec des paroles murmurées :

« C'est bon de t'avoir là, Serge, c'est doux. Ne va pas croire que je sois indifférente, je suis touchée, tu sais. Et plus que tu ne peux l'imaginer. Mais ne sois pas triste. Toi aussi... Le marronnier, sa musique... Tu l'entendras. »

Puis avec un sourire :

« Tu ne me crois pas ? »

Il avait fait « non » de la tête et sans mot dire, sans hésiter non plus, elle l'avait tenu contre elle, l'avait embrassé puis, sans hâte, avait retrouvé le creux du pré où elle s'était tue. Enfin elle s'était endormie, et Serge avait profité de son sommeil pour s'assurer qu'il lui restait quelque chose d'elle, une trace de parfum, un goût persistant, enfin quelque chose.

Mais rien.

Rien ne subsistait et il était resté longtemps, les lèvres appuyées sur ses deux mains ouvertes, déçu, s'attendant à un enchantement moins bref et à un apaisement qu'il ne ressentait pas. Un baiser ce n'était donc que ça.

Il envisagea différents subterfuges qui lui auraient permis de se rapprocher d'elle comme par mégarde. Mais le risque de l'éveiller était grand. Elle dormait si bien.

Des pensées fugitives traversèrent l'esprit de Serge qui le détournèrent brièvement d'un désir grandissant. Il se répétait : « Ma vie durant elle sera mon idéal. » Mais revenant à la réalité, il se disait : « Pourquoi penser à cela puisqu'elle est là ? »

Tout aussi brusquement, il se demandait comment il se pouvait qu'Adrienne couchée à terre parût si à l'aise ? A la regarder, on aurait pu croire qu'elle n'avait jamais connu d'autre lit. N'était-ce pas surprenant ? Serge ne parvenait pas à s'expliquer une particularité où se révélait, parmi les innombrables passés d'Adrienne, le plus insoupçonné.

Il en concevait toutes sortes de doutes.

L'ordre de ce qui suivit ne fut jamais clair. S'était-il assoupi ? Cette force qui l'avait aspiré, cette marée dont la puissance aurait suffi à le jeter au sol s'il n'y avait déjà été couché, avait-elle eu raison de son sommeil ou de ce songe éveillé qui l'occupait depuis le début de la soirée ? Et qu'avait-il entendu en premier ? Le bruit fracassant qui montait de la vallé ou le cri d'Adrienne ?

Le temps de subir le choc répercuté à l'infini, puis cet appel aigu montant de la nuit illuminée, le temps de penser : « Ce cri, c'est mon nom », et d'avoir reçu les bras d'Adrienne autour de son cou, de sentir contre le sien ce corps frémissant, crispé de peur, et Serge avait été pris dans les remous d'un vertige inconnu. Des sons inarticulés avaient pris forme jusqu'à ressembler à une plainte qu'il réprima aussitôt. Très vite, ils avaient surgi à nouveau, plus pressants, comme un râle, un sanglot, à moins que ce qui lui vint à la bouche ne fût le nom d'Adrienne.

Toujours est-il qu'il ne cria point. Rien ne sortit de ses

lèvres, muettes de surprise, à l'instant de l'éblouissante évasion.

Dès lors, Serge se demanda pourquoi le sol avait irrésistiblement vacillé. Mais jamais il ne sut ce par quoi la combe avait si fort tremblé, de la déflagration lointaine ou du courant torrentiel qui l'avait traversé, du feu qui avait emporté le pont ou de cette folie dans son corps qu'il hésitait encore à désigner par son nom : le plaisir.

Il avait retrouvé la couche dure où Adrienne le tenait embrassé comme il aurait retrouvé la terre après un vol dans l'inconnu. Il avait resserré son étreinte, tâtonné dans le noir pour ramener sur elle la couverture que dans son effroi elle avait rejetée, obéissant à ce qui en lui exigeait qu'il rassure et protège. Puis, étaient venus d'eux-mêmes les mots d'apaisement :

« Nous sommes vivants, Adrienne. Regardez, c'est là-bas que ça flambe... »

Il était resté auprès d'elle jusqu'à l'aurore.

Vers quatre heures Miguel était apparu. Ordre de cesser le combat. Ordre de qui, Miguel ? Il ne savait pas au juste. Mais le nom lui disait quelque chose. Celui d'un vieux qui avait eu à faire avec l'Espagne. En bas, l'affolement était général. Certains étaient prêts à se soumettre, d'autres, qui se disaient trahis, d'autres encore, auxquels cet ordre faisait l'effet d'une insulte, allaient continuer en Afrique. En attendant, l'avance ennemie se poursuivait.

On disait que l'armistice était pour le lendemain.

Il fallait partir et vite.

Adrienne et Serge, assis côte à côte, avaient voyagé en silence. Midi les trouva rangés le long d'une voie ferrée. Un train vide était gardé par une dizaine d'hommes, assis sous l'inscription : « Hommes 40. Chevaux 8. » Ils attendaient. Quoi ? Ils n'en savaient rien. Trois d'entre eux s'en allaient à la corvée d'eau. Miguel décida de les suivre. Son moteur avait soif.

Serge le regarda qui s'éloignait avec ses trois compagnons. L'un portait des lorgnettes de théâtre, l'autre était armé d'un fusil de chasse, quant au troisième il marchait l'oreille collée à un petit poste où grésillait un saxophone.

Dans la campagne quelque chose d'incandescent réduisait à la torpeur. Serge et Adrienne se sentaient brusquement accablés. Miguel les retrouva à moitié endormis. Pas pour longtemps. Le désastre ne faisait plus de doute. Tout était fini.

Dans le petit poste une voix brisée avait pris la relève du saxophone. Miguel l'avait fort clairement entendue. Qui, Miguel, qui ? Le vieux dont le nom lui disait quelque chose. Toujours le même. Et Miguel se souvenait de la première phrase : « *C'é lé cor serré qué jé vous dis...* »

Serge se répétait : « C'est le cœur serré... » Mais ces mots ne pouvaient rien effacer de ce que la nuit avait laissé en lui.

Ils avaient roulé jusqu'au soir, puis jusqu'au matin et tout le jour suivant, à travers un morceau de France bossu, chantourné et qui se croyait libre, cette « zone sud » où l'on n'allait jamais parvenir à se représenter ce que l'autre, la zone envahie, avait vécu.

Au début, le paysage n'avait accepté de se transformer que lentement et avec réticence. Comme un scrupule à ne pas demeurer dans l'état d'exubérance qui était sien à l'instant où l'espoir avait sombré.

Mais, dès le lendemain, Serge dut se rendre à l'évidence, le pays changeait. L'image devenait plus sèche, plus précise. L'herbe était moins verte. Les pâturages moins gras. Les troupeaux des bords de Loire, uniformément blancs, avaient disparu, cédant la place à des troupeaux crayeux, puis tachetés. Dans les arbres le frisson des feuillages était devenu frémissement. Un faux mistral se levait. C'était presque le Midi.

Seuls les toits avaient hésité, longtemps.

Dans les provinces indécises, les clochers demeuraient
fidèles à l'arête aiguë et à la sombre verticalité de
l'ardoise, tandis que, sans raison apparente et dans le
même bourg, d'autres bâtisses que l'on eût dites ennemies adoptaient déjà des contours roses.

Enfin, le premier cyprès surgit du roc comme une
flamme noire qu'aspirait le ciel.

Puis la brique et la tuile s'installèrent seules au soleil
et ce fut Marseille emplie de vent.

Là c'était l'été de toujours et ses jours vides qui
sentaient la mer. Des filles allaient par les rues, leur
costume de bain roulé sous le bras. Elles avaient la vraie
jeunesse, celle qui n'a jamais vu la mort, jamais appro-
ché le malheur, une vraie beauté aussi, inconsciente.

Serge admira leur aisance, leurs mouvements justes,
leurs visages frais. Il n'avait qu'à se mentir un peu pour
s'imaginer les escortant. C'était la première fois que le
danger des inconnues ne lui paraissait pas mortel.

Alors sa dette envers Adrienne lui apparut.

Il lui devait la conscience exacte de sa jeunesse. Tout
en elle, son langage, son allure, ses ironies l'aidaient à se
trouver. Près de ce corps qui offrait tant de certitudes,
au son de cette voix profonde, Serge frémissait de
reconnaissance. Il se sentait à l'aise. Il était heureux. Et
comme la main d'Adrienne était à portée de la sienne, il
s'en saisit. Et comme d'autres jeunes filles passaient
dans la rue, d'autres sportives allant vers quelque bassin
municipal, les joues frottées d'huile et de citronnelle, Serge
s'imagina à leur bras, puis risquant dans l'eau des gestes
hardis. La présence d'Adrienne, sa main dans la sienne,
ne le dérangeait en rien. Il dut même constater qu'elle
l'aidait. N'ayant jamais connu de femmes avant elle,
jamais aimé, l'aimant il les aimait toutes.

Ainsi tout ce que le collège, tout ce que les confidences de dortoir avaient brouillé en lui, ces mots qui lui
avaient soulevé le cœur, ces mots de nuit et d'aube dont
il restait meurtri, tout cela s'était effacé.

Le souvenir d'une pérégrination qui, pour d'autres, distillait tant de malheur demeura pour Serge sans maléfice. Souvent il se surprit à constater que la seule idée qu'il eût d'un voyage sentimental s'identifiait dans sa mémoire avec cet itinéraire aventureux où, pris dans le courant de la grande peur française, ils avaient, Adrienne et lui, lutté de ruse et d'agilité contre le raid allemand.

D'autres disaient « la retraite ». Serge appelait cela : « La route d'Adrienne. »

La défaite, pour lui, n'eut jamais d'autre nom.

CHAPITRE III

« LE présent m'a fouettée. J'ai vécu dans l'engrenage du quotidien, prisonnière de mon métier, prisonnière aussi de mon corps et de ses implacables limites, cherchant à me confondre avec mon temps, sans pour autant abdiquer.

« Cet au-jour-le-jour est devenu comme une seconde nature.

« Mes vingt ans ? Mes trente ans ? Une galerie de portraits. Des visages qui ne vieillissent pas, conformes à ce qu'ils étaient du temps où je les voyais chaque jour, chaque nuit. Qu'y puis-je ? C'est ainsi. De ce que fut ma vie, au lieu de préserver une infinité de sensations, d'impressions fugitives, de décors, de lieux, de dates, comme des matériaux prêts à être utilisés, seul demeure le souvenir des êtres dont j'ai partagé l'existence. En dehors de cela ? Rien.

« Je n'ai mémoire que de mes amours.

« Ainsi, jusqu'au plus profond de moi-même, je réussis à effacer l'empreinte du temps, le sentiment qu'il passe et que choses et gens changent. Ma façon de me souvenir n'est qu'une manière d'oublier ce que je suis, l'année de ma naissance, mon époque. Je hais ce mot, ce mot affreux d'« époque ». Je me veux d'aujourd'hui. Et sachez, cher Ulric, combien je plaindrais celui qui chercherait à m'interroger. Il se trouverait comme devant un échiquier vide essayant de reconstituer une partie.. Tâche impossible, n'est-ce pas ? »

Pourquoi Ulric avait-il gardé cette lettre ? Et depuis combien de temps était-il l'amant d'Adrienne lorsqu'elle la lui écrivit ? Un ou deux mois peut-être. C'était bien la première fois qu'il recevait d'une femme qu'il avait tenue toute une nuit à pleins bras une pareille description d'elle-même. Ce qu'il eût ressenti d'émotion si Adrienne lui avait tenu le langage de la passion et avait posé des points d'exclamation au terme de chacune de ses effusions épistolaires, selon une tradition qui avait encore cours en Europe centrale, cette surprise, cette contraction du cœur, il l'avait ressentie en raison de ce que cette lettre ne contenait pas.

Adrienne avouait de précédentes aventures et se contentait de lui écrire à la machine.

Il se demanda longtemps ce qu'il devait en penser.

La lettre d'Adrienne avait rejoint Ulric pendant une tournée de prospection. Il avait été affecté à une commission de remonte. Qui aurait jamais cru ça ? Les chevaux, oui. Aux approches d'un quatrième hiver de guerre, l'étoile retrouvée était celle des divisions montées.

D'où la présence d'Ulric en Normandie.

« Il nous faut des chevaux. » Le malheur était qu'on s'y fût pris si tard. « Réquisitionnez ». Facile à dire. On était confronté avec toutes sortes d'incidents. A Etampes, un lot magnifique trouvé les jarrets coupés, à peine sélectionné. Les terroristes, n'est-ce pas...

Il aurait fallu s'y prendre plus tôt. Et plus vite, aussi.

Car il ne suffit pas d'une saison pour reconstituer une cavalerie. Dans l'armée rouge 600 000 chevaux ! On ne pouvait en dire autant de la Wehrmacht. Et les blindés

dans la neige, quel chiendent... L'enlisement total. Une
sorte d'étouffement. Se dégager ? Pas mèche. Des chevaux, il fallait des chevaux pour prendre la relève des
carburateurs gelés, de l'huile solidifiée. Il en fallait à
faire avancer au fouet, à tirer par la bride sur des pistes
où les chenilles patinaient jusqu'à se rompre, où les
hommes titubaient jusqu'au suicide. Parce que pour ce
qui était de se faire barboter par les Russes, mieux valait
se tuer. Alors il fallait des chevaux solides, des percherons. Et les haras allemands voulaient aussi de quoi
produire rapidement une race petite et robuste, susceptible d'égaler en vaillance les chevaux des steppes, courts
de jarrets et longs de poil, rapides comme le vent, sur
lesquels les partisans, en harcelant la Wehrmacht, lui
infligeaient, été comme hiver, une modeste mais impitoyable leçon de mort.

« Non mais... Non mais, soupirait Ulric qui ne l'entendait pas de cette oreille. Les gens de Berlin s'attendent
peut-être que je trouve des étalons kirghizes dans les
herbages du pays d'Auge. Et c'est maintenant qu'ils
découvrent les qualités d'une race que les cosaques du
feld-maréchal prince Koutouzov ont utilisée contre les
armées de Napoléon. Des chevaux qu'on laisse dehors
par — 40°. Non mais... Ces gens sont fous. Des chevaux
à poils longs. C'est ça qu'ils veulent ? Et puis quoi
encore ? »

Entre les barrières blanches des enclos normands
Ulric se voyait rendue intacte une des joies de sa
jeunesse : découvrir un cheval, le suivre du regard, le
convoiter à en avoir le souffle coupé, autant dire atteindre un degré de bonheur au-delà duquel il n'y a rien. Et
tandis qu'on lui présentait des bêtes groupées par robe,
des cobs superbes, étrillés, brossés, des percherons aux
queues tressées, ses réflexes se remettaient à fonctionner
comme par le passé, comme si la guerre ne comptait
pour rien et que ces chevaux lui étaient destinés.

Brève inconséquence.

Il avait le poids d'une apocalypse dans les bras, dans les jambes, et la hantise de ce qu'il avait vécu le reprenait. Alors sachant à quoi étaient voués ces chevaux dont la beauté l'éblouissait, il s'efforçait de ne penser qu'à elle, l'imaginait perdue, victime de l'enfer. Et c'était lui qui... Sur lui que l'on comptait pour ça. Il s'y refusait.

De jeunes vétérinaires, des benêts sortis on ne savait trop de quelle école et qui hors la gale et la gourme n'entendaient exactement rien à rien, figuraient auprès d'Ulric à la commission de remonte. On les sentait mal préparés à leur tâche. Sur un pré communal, devant des bestiaux peut-être. Mais pour ce qui était de juger d'un cheval... Ulric, que leur ignorance irritait, en dirigeant insidieusement leur choix les encourageait à l'erreur. Il les laissait s'égarer sur des sujets médiocres que les éleveurs à force de ruse et de fourrage avaient réussi à parer de qualités factices.

« Tant pis pour les carnes », pensait Ulric tout en cherchant ce qu'il pourrait bien dire à voix haute.

« Voilà un sujet qui mérite d'être considéré », affirmait-il sur un ton de conviction profonde.

Son instinct le trompait si rarement que ses camarades le considéraient infaillible.

Aussi suffisait-il de quelques mensonges de ce genre pour que sa ruse aboutît.

On embarquait la rosse.

Les éleveurs s'entreregardaient à la dérobée, ravis.

Alors Ulric était pris d'un accès de gaieté folle. Il riait à perdre haleine, avec plein la bouche de phrases qu'il n'achevait point. Les vétérinaires s'étonnaient bien un peu des sautes d'humeur de cette espèce de Bohémien tout en rires qui portait si négligemment l'uniforme.

Un drôle de capitaine. Tout le contraire d'un Allemand. Mais ils se disaient aussi que c'était là un effet de la guerre. Voilà un homme qui avait bien passé huit mois dans les plaines russes, de quoi rendre n'importe qui fou.

Et ça ne lui ôtait pas le génie du cheval.

Tandis que ses innocents collègues allaient battre la campagne à la recherche de produits typiques — c'était le *calva* surtout qui les intéressait — Ulric trouvait un prétexte pour s'enfermer dans sa chambre. C'est qu'il n'en finissait pas de se demander pourquoi il aimait Adrienne. Il l'aimait, c'était clair. Il n'aimerait jamais qu'elle. Tout ce qu'il restait de paix au monde, de douceur, d'entente se résumait en elle, tout ce qui lui tenait encore à cœur, ses espoirs, ses illusions, la fin des luttes, le renouveau possible, elle était cela. Il tremblait à l'idée du moment où il allait la retrouver. Il l'aimait tant qu'en rêve il lui donnait toutes sortes de noms : « Ma Mélusine, ma belle cavale, ma pouliche. »

Mais quand il essayait de comprendre, impossible.

D'ailleurs il ne savait même pas comment tout cela avait commencé.

Lorsqu'il cherchait à se représenter les circonstances de leur première rencontre, il revoyait la salle à manger de l'hôtel, trop vaste et un peu sombre, un soir où il était entré seul et tard. Des abat-jour d'un rose cru papillotaient sur les tables à demi vides. Il n'y avait d'animation qu'autour de la grande du milieu, celle qui était réservée aux officiers. Ils en étaient au dessert.

Au fond de la salle dînaient quelques habitués du *Paris*, fidèles au point d'y être tolérés en dépit de la réquisition. C'étaient des Français qui trafiquaient dans le champagne, l'alimentation ou le tissu, à moins que ce ne fût dans la récupération des métaux, des types euphoriques, avec de l'adiposité jusque dans les zygomatiques que raidissaient de brusques contractions pour compenser et faire viril.

Du temps où il avait collectionné les invitations à danser dans les salons de l'Europe centrale, Ulric n'avait gardé de considération que pour une sorte d'élégance qui alliait le manque d'imagination des Allemands à la réserve britannique. Un homme qu'il jugeait bien mis avait toujours un peu l'air d'un portrait de famille. Alors le burlesque de ces individus ! Trop de rembourrage à la carrure, de rubans à la boutonnière, de semelle à leurs souliers. Et puis des gestes d'une impudeur inconsciente, assurant ostensiblement le confort de leur braguette, tirant à tout propos sur leurs manchettes pour se dégager l'aisselle, trouvant mille prétextes pour faire remarquer la gourmette qu'ils avaient au poignet, gravée à leur nom et à leur adresse, ou leur chevalière frappée d'un monogramme faute de blason, ou encore leur montre à multiples cadrans avec de quoi fixer le mois, le jour et l'heure de leur moindre lâcheté, et un chrono, bien sûr, un rutilant chronomètre pour prendre le temps de quoi ? De leur trouille peut-être. Pour se mesurer le souffle ou l'agilité des guibolles. Cocasses ces montres, portées par des personnages que le goût de la ripaille avait rendus podagres avant l'âge. Et leur familiarité à l'égard du maître d'hôtel ? Et leur : « Vous connaissez mes habitudes, hein ? » adressé au barman ? D'une vulgarité à pleurer.

Les notables de l'époque.

Ulric ressentait leur indignité avec une lucidité qu'il ne s'expliquait pas. Aussi se libérait-il de la désapprobation qu'ils lui inspiraient en accordant au reste de la salle une attention rageuse.

Un peu à l'écart, dînaient quelques diplomates des pays de l'Axe, Roumains, Italiens ou Hongrois, des messieurs grisonnants et tout ce qu'il y avait de convenable, agrémentés de leurs épouses, genre coussin-pour-tout-divan, qui à force d'avoir adopté, les unes après les autres, les idées pratiques des diverses capitales où elles avaient séjourné, n'avaient plus que cela de remarquable : l'air pratique. Enfin des Allemands en civil et des neutres en mission, qui chuchotaient entre eux et recevaient avec cérémonie des convives résumant à leurs yeux toute la France mais qui, eux, étaient fort conscients de n'être que des pique-assiettes qu'occupait le brutal souci de manger.

Ulric s'était assis à une table qui créait comme des distances avec le reste de la salle parce qu'elle se confondait avec le piano, lovée dans la courbe de son grand S noir.

Ce n'était une table ni pour parler, ni pour boire. On ne pouvait s'y asseoir que seul et, de plus, on s'y emplissait de musique. Ulric était sûr de la trouver toujours libre.

Ce soir-là, les officiers avaient eu beau lui faire toutes sortes de signaux, Ulric s'était excusé. Il voulait souper tranquillement en écoutant le pianiste dévider plein de trémolos autour de la *Sérénade* de Schubert. Brave, brave Sandor qui jouait la tête rejetée en arrière, les yeux extasiés. Doigts cérémonieux. Phrasé onctueux. De la musique au beurre.

C'est alors qu'il entendit rire.

On n'aurait pas su dire d'où cela venait.

Sans doute — mais était-ce bien sûr ? — de derrière un paravent à trois feuilles que l'on avait déployé, ce soir-là, en travers de la petite loggia qu'il masquait complètement. Pas très neuf. De ce rouge qui, associé à l'or et aux miroirs, est le privilège des théâtres et des bordels. Pas sale, non, mais d'avoir été trop manipulé il avait gagné cette usure particulière, cette dégradation nécessaire que l'on nomme patine et qui donne leur beauté aux accessoires du spectacle.

« Pourquoi ce théâtre ? » pensa Ulric.

Là derrière, il ne pouvait y avoir qu'un homme et une femme qui dînaient. Pas de quoi se frapper. Est-

ce qu'il y avait de la viande ? Il y en avait, oui, pour
lui.

La salle à manger se vida peu à peu.

Ulric resta seul avec les arpèges du pianiste, l'équivoque du paravent, son steak de privilégié et ces rires
lointains que la musique par moments rendait à peine
audibles.

Il y eut des allées et venues, des chassés-croisés entre
le maître d'hôtel et les valets. On s'empressait autour de
la table invisible. Petit ballet épiscopal avec le sommelier
dans le rôle de l'évêque. On enlevait le vin. On apportait
un guéridon, puis un seau à champagne. Deux verres
seulement sur le plateau. C'était bien ça : un tête-à-tête
dans une manière de salon particulier. Cela faisait un
peu drôle quand même. Au *Paris*... Pas du tout le genre
de la maison.

Mais voici que le pianiste mettait dans la *Méphisto
Valse* plus de soupirs que de notes, c'était à sortir son
mouchoir, et puis brusquement, là, sans prévenir et hop,
comme on change de pied au galop, il enchaînait sur le
Temps des cerises pour revenir ensuite à la *Valse*. Un
pot-pourri de son invention.

Ulric tenait de sa mère un goût avoué pour cette sorte
de musique au fond de laquelle il trouvait un remède au
dépaysement, à la solitude et à la peur aussi, cette peur
qu'il avait rapportée de Russie avec la certitude que tout
se gâtait et que l'Europe était morte de mort nazie.

On ne vit pas avec ça dans la poitrine. Alors la
musique lui servait à oublier Kalinine, Viazma.

Souvent il réussissait.

L'habitude.

Cela faisait longtemps qu'il pratiquait cette méthode.
Trois ans de guerre avaient fait de lui un piètre mélo-
mane. Il écoutait n'importe quoi à condition que ce
n'importe quoi le rendît à l'illusion de la vie douce. Mais
ce soir-là, rien n'agissait. Rien ne ramenait le souvenir
des rues aux palais baroques, des escaliers qu'il montait

quatre à quatre, le cœur battant à se rompre, des mots
qu'il entendait une fois là-haut, ces mots fées, rien ne lui
rendait Josefina, la Bohême de ses seize ans et le parfum
des magnolias, au loin. Il avait la tête ailleurs. Au
bonheur peut-être, aux amours qui se cachent.

Alors il eut un mouvement d'humeur.

Il n'allait tout de même pas passer sa nuit à surveiller
un paravent ? Puisqu'il s'en fichait de ce qui se passait
là derrière. Un salon particulier on sait pourquoi c'est
faire, non ? Tout à coup, Ulric eut le sentiment qu'il se
préparait quelque chose. Le pianiste cessa de jouer, la
main prête au pourboire. Il y eut comme un souffle
derrière le paravent dont un battant s'ouvrit. Apparut
une femme, en tailleur noir, avec des franges dans le bas
de sa jupe et une blouse qui finissait en ruché autour du
cou. Du lamé blanc. Ulric n'avait jamais rien vu de plus
délicat que le reflet métallique de ce buste mince dans le
halo sombre de la veste, ce jeu d'ombre et de lumière et
le recours frileux de la main posée sur l'encolure.

C'est ainsi qu'Adrienne entra dans sa vie.

Etait-elle petite ? Il n'avait jamais sa taille en tête. Et
ce n'était pas une femme dont on disait qu'elle était
grande ou petite. Ce n'était pas ça qui comptait. Ce qui
retenait c'était quelque chose de fragile et de solide à la
fois. Une grâce légère presque dansante. Et puis son
visage. Triangulaire. Etrange. Peut-être à cause de la
chevelure très sombre qui semblait l'encadrer de partout
— elle portait une frange drue et naïve — ou bien à
cause de la blouse et de cette encolure montante qui
soutenait la tête comme une fraise, la mettait hors
d'atteinte, prêtant au visage une gloire particulière.
Peut-être. Ulric remarqua aussi qu'elle était sans
joliesse, faite pour étonner plus que pour charmer, avec
une liberté d'attitudes qui permettait, sans la connaître,
de l'imaginer avec d'autres gestes, en d'autres heures, ce
qui ouvrait grandes les portes du rêve. Il en fut décontenancé.

Elle s'arrêta.

Quelqu'un, derrière elle, tardait. L'homme, sans doute, occupé à payer. Elle se retourna comme pour dire : « Venez. » Ce fut une femme qui parut.

Une femme... Ulric repoussa l'idée qui faisait son chemin en lui. Une femme... Et alors ? Qu'allait-il imaginer ? Il en avait le front plissé d'étonnement.

Mais ce ne pouvait être ça.

L'autre était sans vraie beauté. Trop robuste. Pas dépourvue de charme pour autant. Une sorte d'opulence orientale. Alors ? Il y avait bien quelque chose entre ces deux femmes sinon pourquoi le paravent ? C'était très singulier cette idée de s'afficher dans un hôtel aussi respectable.

Elles se tenaient par le bras, pas gênées pour un sou. Elles se parlaient sur un ton de confidence. Un drôle de peuple, ces Françaises. Elles remerciaient le maître d'hôtel, glissaient un billet et disaient : « Bonsoir, Sandor » au pianiste, en passant, et les valets autour d'elles faisaient toutes sortes de manières, avec des courbettes et des façons de s'effacer dans les portes. Un vrai carrousel.

Encore une fois Ulric pensa : « Un sacré culot quand même... Au *Paris...* »

Mais Adrienne avançait vers lui.

Sa démarche, d'une aisance unique, le mouvement à peine perceptible de son buste, s'opposant à celui de ses jambes entre les franges de sa jupe, ce geste qu'elle avait pour jouer sans cesse de son écharpe, tout cela fit à Ulric l'effet d'une tornade. Il en tremblait. La pire des provocations. Il se répéta qu'il n'avait jamais rien vu de semblable et que cette femme marchait comme on chante. Elle passa tout contre sa table, à portée de sa main, de ses bras. Inconsciemment il se pencha en avant.

Il n'aurait eu qu'un geste à faire pour se saisir d'elle, de cette inconnue qu'il ne parvenait pas à quitter des yeux, qui se dirigeait vers la dame du vestiaire entre ses portemanteaux, vers le groom dans sa porte tournante, d'elle, cette étrangère qui s'éloignait et qu'il n'allait peut-être jamais revoir.

Qui était-elle ? Ulric aurait pu interroger le maître d'hôtel. Rien de plus facile et l'autre se serait sûrement laissé faire. Mais quelque chose l'arrêtait. Son uniforme et aussi le fait qu'il était seul. A deux, ils auraient pu poser la question sur un tout autre ton, à la rigolade, en hésitant sur l'interprétation à donner au tête-à-tête des deux femmes. Mais seul... « De quoi aurai-je l'air ? Les domestiques croiront à une investigation. On me prendra pour un policier. On le lui répétera. On lui fera peur. Non, je ne peux pas. »

Une gêne atroce.

On commençait à éteindre les lustres. L'ombre descendait sur la salle vide. Ulric se sentait un peu honteux, comme s'il s'était fait surprendre l'œil collé à un trou de serrure. « Etre sans personne depuis si longtemps, l'isolement, et puis la tyrannie de l'uniforme, tout cela fait d'un homme un voyeur. » Il savait bien que ce n'était pas tout à fait vrai, mais enfin c'était ce que pensait Ulric.

Là-dessus les mains du pianiste reprirent leur nonchalant va-et-vient. A nouveau il les regarda, attendant d'elles sa délivrance. Et une fois encore, ce soir-là, il eut la preuve que le sortilège de ce passage du blanc au noir, de l'ébène à l'ivoire, cet enchaînement toujours semblable et jamais pareil, demeurait sans effet. Comme si le clavier cherchait à se soustraire à la caresse un peu vulgaire de ces doigts et que les touches se dérobaient.

C'est que tout, dans son esprit, se confondait avec l'instant privilégié où Adrienne lui était apparue sous le casque sombre de ses cheveux, dans ce costume qui la rendait aussi changeante que la lumière dans un ciel d'orage, avec sa lente progression à travers la salle et sa disparition. Tout fuyait comme elle, comme le clavier sous les doigts du pianiste, comme la musique, cette issue magique, cette évasion sans pareille qui, une fois de plus, se refusait.

L'avait-elle remarqué ?

Il avait cru que leurs yeux s'étaient rencontrés. Il le crut longtemps. Tout au long des semaines pendant lesquelles il fut incapable de penser à quoi que ce soit hormis à l'inconnue du *Paris,* à sa démarche, à sa minceur, à la frange drue qui lui dévorait le front. Tout au long de journées où ce qui angoissait le monde le laissait indifférent, où rien ne l'atteignait, pas même l'évidence. Ainsi la haine dans certains regards ou la réprobation dans d'autres. Pas même ça. Il était aveugle.

Mais l'inconnue ? L'inconnue l'avait-elle vu ?

Il le crut parce qu'il ne réussissait pas à l'imaginer les yeux baissés. Il le crut tout au long de nuits où aucun stratagème ne le délivrait de la suspicion qu'avait fait naître en lui l'image des deux amies, rien non plus de la question qu'il se posait inlassablement (existait-il une raison, une seule pour qu'il revît jamais cette femme ?), rien enfin de cette hantise : on peut voir sans voir tout à fait. Et si cela avait été le cas ? Si elle ne l'avait pas vu, après tout ? Mais alors comment se pouvait-il qu'Ulric fût à ce point certain que le feu clair de son regard s'était arrêté un instant sur lui ? Allons... Elle l'avait vu, c'était indéniable.

Il le crut jusqu'au jour où il entendit Adrienne répondre distinctement « Non » au « Vous connaissez ? » banal de la maîtresse de maison qui les présentait l'un à l'autre. La terre entière lui parut alors secouée par ce « Non » brutal, il en éprouva comme une asphyxie, et très vite, aussi instinctivement qu'un homme sauvé de la noyade reprend souffle, il essaya de lui prouver qu'elle le

connaissait, qu'elle l'avait vu. Mais elle fit encore « Non »
de la tête avec un air buté et Ulric, qui savait qu'elle
disait vrai, se crut perdu.

Bien à tort. Une femme qui dit « Non » à un homme
qui dit « Oui », c'est déjà presque une conversation. Un
simple enchaînement de gestes allait ôter à ce « Non » ce
qu'il comportait d'alarme : elle s'asseyait.

Ulric respira.

Elle avait ôté ses gants. Elle secouait sa frange, et tout
en se disant : « Elle ne me déçoit pas », tout en ne
perdant rien d'elle, rien de ses jambes fines, ni de
l'émotion de l'avoir ainsi, si près de lui, si près qu'il
pouvait entendre son souffle, Ulric se disait qu'il avait
failli ne pas venir. Craignant de ne rencontrer, une fois
de plus, que les dix femmes disposées à se montrer avec
des officiers allemands, les inviter chez elles et prendre
plaisir à leur compagnie, Ulric avait hésité à se rendre à
cette réception. Finalement il y était allé. C'est qu'un
homme a toutes sortes de raisons pour résister mais
aussi pour s'abandonner à ce qui le tente le moins.

Mélanie d'Esquebout — que tout le monde appelait
Lou pour ne pas avoir à prononcer un non aussi long
que le sien —, toutes lèvres offertes, recevait le dimanche. Et ce jour-là, Ulric était partagé entre la crainte de
mesurer ce qu'il y avait de monotone dans sa vie et le
désir de se débarrasser de l'image qui le hantait. Quitte à
la profaner si l'occasion se présentait. Car s'il y avait
bien des chances pour qu'il rencontrât ces dix femmes,
toujours les mêmes, dont aucune ne l'attirait, il se
pouvait aussi qu'apparût une inconnue pour de bon, une
jamais vue. C'est qu'il en avait terriblement assez de ce
qui montait sans cesse du fond de sa mémoire, s'installait en plein cœur de ses pensées, et ne le lâchait plus.

D'évidence il cherchait à se désenvoûter.

Ce qui chassait aussi Ulric de chez lui, c'était ce qu'il
voyait de ses fenêtres et ce qu'il imaginait au-delà.
Autour de l'hôtel le silence des rues, le gris des murs,

dans les vitrines le vide faisant place à l'orgueil du commerce, les rideaux de fer tirés, les portes closes sans pardon, et muré aussi le visage des rares passants. Plus loin, sous les arcades de Rivoli, c'était la lente déambulation des hommes en uniforme, avec un pas comme pour aller nulle part, routinier, navrant, prisonnier de tant et tant d'interdits informulés. Echapper à tout cela. C'était simple. Il suffisait de passer la Seine.

Changer de rive.

Le faubourg Saint-Germain cessait d'être Paris pour la majeure partie des Allemands. Ils ne s'assemblaient que là où flottait la croix noire, dans les larges avenues de la rive droite où, son bavoir d'acier pareil à l'œil du Cyclope, la Feldgendarmerie s'offrait à renseigner les égarés, dans le quartier des grands hôtels où l'on vivait au rythme des claquements de talons, des commandements brefs, au son des paumes contre le canon du fusil à chaque épaulette, à chaque haute casquette qui passait, sur les places que des guérites pourpre et deuil, zébrées comme des totems, et des sentinelles, armes à l'épaule, interdisaient aux civils, quartier où le rire des fifres et le tonnerre grondant des tambours résonnaient dans le vide, où les doubles croches de la Wehrmacht et ses chants obstinés clouaient les bourgeois de Paris sur leurs chaises plus sûrement que la faim, quartier des parades, des mots en K, des *Soldatenkino,* des *Klubs* pour officiers, des lieux où dans une odeur de tabac, de sueur et de bottes on annonçait « *Tanz, Bier, Musik und Femmes* » car pour plus de séduction on laissait ce mot-là en français.

Ainsi suffisait-il de quelques pas pour changer de ville et se trouver au seuil de chez Lou. Là, Ulric pouvait enfin se dire : « On m'attend... Je suis agréé », enfin il voyait un visage s'éclairer, le premier de la journée, celui du domestique qui ouvrait la porte en disant : « Bonsoir, capitaine Muhlen », de la voix reconnaissante d'un serviteur que l'habitude confirme dans son rôle.

Ainsi Ulric était allé chez Lou.

C'est que le besoin d'échapper à des doutes accumulés depuis des mois et qui brusquement, à Paris, étaient devenus des remords, le prenait comme une rage. Ah ! ne plus être englobé dans la haine, ne plus se poser de questions. Redevenir un homme qui vit selon des usages établis, un homme écouté, admis, reçu par des femmes aptes à servir ses rêveries. Après tout il ne s'agissait que d'entrer dans la ronde. Puisqu'elle existait cette ronde et que ce climat sentimental, cette rage d'être agréé était une nécessité vitale chez Ulric. Son côté viennois. Une bizarrerie de l'hérédité... Aux yeux du comte Norbert l'humanité entière se divisait en deux espèces distinctes : celle qu'il agréait et celle qu'il n'agréait pas. Bien qu'Ulric en eût souvent éprouvé de l'agacement il lui en restait quelque chose.

« Vous connaissez ? »

Lou, infatigable animatrice des divertissements parisiens — personne ne savait comme elle faciliter les liaisons de ses amis — toujours disposée à prêter sa chambre, servir de poste restante, d'alibi ou de garçonnière, la compréhension même et spirituelle avec ça, témoin ce propos souvent adressé à ceux qui venaient d'utiliser son lit : « C'est que maintenant, mon cher, je connais tes pensées... », ceci au nez de l'épouse trahie, qui n'y pouvait rien comprendre, Lou, écouteuse attentive des moindres médisances, gibier facile, au lourd fumet, se frayait un chemin parmi ses invités, paumes tendues.

J'approche, je t'accroche, je te harponne, je te pelote : nous sommes intimes. Car toucher pour elle suppléait à tout. Cela faisait partie de la conversation ; c'était mieux que comprendre, mieux que parler.

« Vous connaissez ? »

Elle passait le bras autour de ces épaules connues, flattait hâtivement ces mains connues, glissait ses doigts entre ces doigts connus, les nouait autour des cous et des coudes si connus que le nom fusait avec une aisance redoutable, comme si quelque commerce insoupçonné existait entre ses doigts et ses lèvres au point qu'elle ne pouvait parler sans palper.

Pour Ulric Muhlen elle avait bien répété dix fois son constat d'identification, dévidant prénoms et noms sans lui faire grâce de rien, sans omettre un Horach ni même un Litič, ni surtout ce titre auquel Ulric ne songeait plus depuis la guerre tant l'habitude des grades était prise, mais que, pour rien au monde, Lou n'aurait consenti à oublier dans quelque endroit où elle mettait les mains, col, aisselle, revers, poche, braguette, allez savoir...

« Vous connaissez le comte ? Et vous, comte, vous connaissez ? »

Et dix fois Ulric avait répondu « Oui ».

Elles étaient toutes là, l'exaltée, la mystique, l'ancienne égérie de la Cagoule, la théoricienne de la grande Allemagne, deux ou trois dévoreuses, nul n'en réchappait, l'aventurière, pas très intéressante et d'un modèle courant, plus pitoyable la studieuse, brusquement saisie par une fringale de bombance — elle suscitait chez Ulric la même stupeur navrée qu'une pouliche de sang faisant soudain panache... Qu'est-ce qui lui avait pris à celle-là — la championne de quelque chose, skieuse peut-être, s'assurant une nouvelle espèce de records pour ne pas être privée de ses hivers en palace, la poivrote qui trustait le schnaps, la virile, héroïne de toutes les guerres, Rif, Dardanelles et le reste, elles étaient toutes là, merveilleusement installées dans la défaite.

Et puis la directrice... Une sentimentale celle-là.

Mais la comédienne ?

Ulric la connaissait aussi, avec cette voix de gorge aux accents faubouriens dont elle avait réussi à faire un titre de noblesse.

Il lui trouvait de la distinction.

La distinction ! Encore un héritage du milieu familial

où le mot semblait avoir été créé à l'usage exclusif du comte Norbert pour devenir synonyme du meilleur. La distinction... Son unique pensée. Elle donnait droit aux stèles, aux monuments publics, aux plaques commémoratives ; c'était, à l'en croire, de l'immortalité garantie.

Et voilà qu'Ulric s'y mettait, lui aussi. Voilà comment il était fait. La faute en était au comte Norbert, et non à lui qui n'y pouvait mais.

Mais déjà Lou entraînait Ulric et se croyait tenue de lui saisir le bras à chaque nouvelle rencontre. Or, Ulric ne supportait pas qu'on le touche. Alors il mettait une hâte maladroite à serrer les mains qui se tendaient, à dire n'importe quoi dans l'espoir de se dégager, au plus vite, de l'étreinte importune.

Le roi de l'hôtellerie courbé sous le poids des plus grands palaces de France ? Un homme écrasé de haras, de jockeys, d'écuries, ne parlant que fourrage, embrocation, paille, crottin et qui avait tant fait pour l'amélioration de la race chevaline ? Il connaissait mais oui, et l'épouse aussi qui était d'Europe centrale.

Et Moll ? Vous connaissez Moll, bien sûr ?

Il la connaissait.

Belle, celle-là, et très grande dame. Une Américaine avec un secret pour faire paraître légers les chapeaux chargés de fleurs, de choux, de bouillonnés en velours, de nuages en voilette qui étaient une des bizarreries de l'époque. Tout lui convenait à Moll. Rien n'alourdissait une démarche magnifique, un piaffer royal, ni la lourdeur orthopédique des chaussures, ni même les hautes semelles à talon compensé. Et la coiffure à la mode ? Cette profusion de frisettes, ces bouffants qui donnaient si facilement aux femmes l'air de caissières endimanchées. Mais pas à Moll... Elle s'arrangeait de tout. Longue, élancée. Le mari fabriquait du champagne.

Le bras de Lou enserrait la taille d'Ulric, sa main se glissait sous les boutons de la vareuse. Une poigne de

fer. Elle le poussait, le tirait de groupe en groupe avec
une ferveur de néophyte, un zèle de matrone guidant une
débutante.

Ulric se laissait faire tout en maugréant contre lui-
même. Que tout cela était donc absurde ! Brusquement il
aurait préféré être seul. Mais puisqu'il était là il n'avait
plus qu'à se prêter de bonne grâce à ce lourd badinage.

Non, les présentations n'étaient pas terminées et il
fallait qu'Ulric se laissât faire afin que nul n'ignorât
qu'il était adopté. Bien sûr qu'il connaissait la petite de
Menorde que galvanisaient les succès allemands et qui
s'ennuyait tant dans son domaine du Limousin qu'elle
offrait, dès son retour à Paris, de grands dîners où l'on
buvait à la victoire du Reich. Et la frétillante épouse du
génie de la banque, une blonde un peu canaille qui
parlait toujours à Ulric de trop près ? Oui, il
avait remarqué la charrette anglaise et son trotteur
qui piaffait sur la place. C'était à elle ? Un
joli attelage... Encore une fois Ulric pensa : « En voilà
assez. »

Mais Lou lui happait le bras.

Il y avait à l'autre bout de la pièce, faisant cercle
autour de leur chef, les membres de la délégation de
M. de Brinon. Ils incarnaient la politique de collaboration dans le sens le plus conforme à la pensée du
président Laval : « La collaboration était dans l'ordre
naturel des choses... » Déjà un an de cela. Au cours d'un
banquet où l'on fêtait Luchaire. Un an déjà... Et que de
tribulations entre-temps. Laval écarté du pouvoir, victime d'une machination. Un homme d'une telle valeur.
Enfin, il était revenu en vainqueur. Et l'estime de ces
fonctionnaires allait au politicien qui, le premier, s'était
exprimé avec cette clarté : « ... Dans l'ordre naturel des
choses. » Des lavalistes de haut rang. Des gens qu'il
fallait écouter en silence.

Le Gauleiter Fritz Sauckel était de retour à Paris et ils
discutaient de savoir si la France serait ou non en

mesure de lui procurer les 150 000 spécialistes qu'il réclamait au titre du S.T.O.

« Du sérieux », dit Lou avec un sorte de ravissement.

Emerveillée de l'importance des propos tenus chez elle, elle s'éloigna sur la pointe des pieds.

Elle eut encore le temps de présenter à Ulric un jeune voisin venu lui faire ses adieux : Richard Ducrecq. Un curieux garçon qui dansotait d'un pied sur l'autre. Que venait-il chercher chez Lou ? Des relations ?

Engagé de la veille, disait-il. Dans quelle milice, dans quelle légion ?

Lou l'observait et hésitait.

Il était en bras de chemise avec un écusson tricolore sur l'épaule gauche. Tout cela très neuf. Le pantalon râpé n'avait rien de militaire : une vieille tenue d'équitation. Son cantonnement était à Versailles, caserne de la Reine.

« Belle adresse », fit Lou que cette précision n'avançait guère.

Ensuite ce serait le camp d'instruction de Kruzina et puis le front de l'Est. Précision qui se planta au cœur d'Ulric, mais qui ne suffisait toujours pas à tirer Lou de ses doutes. Etait-elle bleue cette chemise ou grise ? Elle s'y perdait.

Ulric, lui, était fixé. Viazma le reprenait comme une nausée. Viazma la veille du jour où il avait été blessé. Rien ne pouvait effacer ça. L'offensive déclenchée par — 40°. Le lac de Djoubkovo gelé. Et les Français... Il n'oublierait jamais ces Français-là.

Ils avaient pour chef un colonel en retraite, un incapable, tout féru des campagnes de l'Empire et pour qui les ordres ne voulaient rien dire. Il ne savait pas un traître mot d'allemand. En quelques secondes deux cents hommes, la vie arrachée. Les corps laissés en plan. Pas de volontaires pour y aller. Un régiment sans compagnie de ramassage, sans voitures sanitaires. Qu'est-ce que c'était que ces gens-là ?

Le régiment 638.

Une caricature.

Personne n'en voulait, ni von Kluge ni von Bock. On se l'offrait pour s'en débarrasser. Des soldats sans fraternité qui se battaient entre eux, se volaient, se dénonçaient mutuellement, étrangers à tout, avec des variations d'opinions infinies, des rivalités sans fin, les uns parlant au nom de Déat, les autres pour Doriot mais n'aimant personne apparemment, brûlant de colère. Contre qui ? Contre tout. Des militants de la haine. Ajoutez à cela le peloton d'exécution. Il fallait bien. Des pillards de la pire espèce. Pouvait-on appeler ça des Français...

Ce que revoyait Ulric ? Au bord d'une route comme une tourbière blanche, un homme. L'avait-il volé ce manteau qu'il portait ? C'était lorsque l'encerclement de Moscou n'était déjà plus qu'un rêve. La Wehrmacht se repliait. L'homme en touloupe criait : « Moi ! Prenez-moi ! » sans faire un geste. Les deux mains gelées.

C'est intolérable.

Ulric regardait Richard Ducrecq. Il le regardait scandalisé et, sans cesse, l'autre image lui revenait, celle de l'homme abandonné. Mais Ducrecq ? Allait-il mourir ? Et qu'avait-il à expier, cet ignorant ? Que savait-il de l'hiver, de l'appétit furieux de la glace, du vent ?

« Futur cadavre », pensa Ulric.

Et Lou ? Elle demandait au hasard : « Est-ce là l'uniforme des francistes ? » et piqué au vif le jeune homme lui tournait le dos.

Il tirait une gloire aristocatique de s'être engagé dans la L.V.F.

« J'aurais dû m'en douter, dit Lou d'une voix navrée.

— Section spéciale, chasse aux partisans », ajouta-t-il à l'intention d'Ulric qui regardait le sol, indifférent.

Il s'était réfugié dans la pensée de l'inconnue du *Paris*. Ça, au moins, c'était l'avenir, l'espoir.

Ducrecq se tut.

Lou conduisit elle-même jusqu'au buffet le fier défenseur des valeurs de l'Occident et là, pour le préparer aux épreuves de la vie militaire, il y eut la minute sacrée du champagne dont Moll faisait déposer deux caisses avant chaque réception.

Par les fenêtres, à peu de distance, apparaissait le portique du palais Bourbon avec ses hautes colonnes et la vaste perspective d'une cour que rien n'animait. Parmi les invités, un journaliste se crut obligé d'évoquer le procès qui s'était déroulé au fond de cette cour et en présence de Stülpnagel quelques mois auparavant.

Le palais Bourbon servait de tribunal militaire.

Il évoqua les sept jeunes gens qui avaient pénétré enchaînés dans ce qui avait été l'hémicycle de la Chambre des députés. Un ouvrier fourreur, un modeleur sur métaux, un maçon, deux étudiants, un télégraphiste, un mécanicien. Le plus jeune avait dix-sept ans, l'aîné moins de vingt ans.

« Tous des communistes, tous fusillés », ajouta le journaliste.

Lou était atterrée.

Ce n'étaient pas des choses à dire.

Elle en voulait à celui qui, par ses propos, jetait sur l'assistance un froid mortel.

Rattraper à tout prix.

Alors elle fit à Ducrecq compliment sur compliment. Elle en remettait. Ça n'en finissait plus. Sous chaque phrase bondissait l'inquiétude de n'en pas dire assez. Regards éplorés à l'adresse de Ducrecq : « Promettez-moi que vous ne m'en voulez pas. » Lui : « bien sûr que non. » Il allait y avoir une remise de fanions dans la cour des Invalides. Deux sur quatre des marraines étaient bien nées. « De nos familles », disait-il. Voulait-elle être la cinquième ?

Le jeune homme en parlerait à l'aumônier, un vieil ami de son père. Comment s'appelait-il ? De Lupé. Un *monsignore*.

Jean de Lupé ? Lou poussa de grands cris attendris. Mayol ! Le bon Mayol ! Elle l'avait rencontré au Maroc. Il y avait des années de cela.

Lou avait donné aussi dans le sublime colonial.

Il lui en était resté quelque chose.

Dans sa conversation, certaines expressions apparaissaient qui témoignaient d'un passé irréfutable comme des esquilles témoignent d'une ancienne fracture.

Enfin elle s'arrêta.

Tout le monde connaissait tout le monde : il ne restait qu'à jouer aux cartes.

Il y eut un désordre de tables tirées, un va-et-vient de gens qui poussaient des chaises, fouillaient des tiroirs, sortaient des boîtes puis, dominant le brouhaha, la voix de Lou disant que le jeu était le seul moyen d'attendre en gaieté la fin du couvre-feu. Puis il y eut un silence pendant lequel Lou reprit son souffle et la porte s'ouvrit.

C'est alors qu'apparut Adrienne.

CHAPITRE IV

LA situation de Serge en ville avait bénéficié longtemps de ce qu'Adrienne l'avait accompagné, recommandé, et s'était montrée avec lui en des lieux orthodoxes où sa présence avait fait sensation. La rigueur de ces jerseys, auxquels elle n'avait jamais retiré sa faveur, alors qu'à Marseille toutes sortes de fantaisies avaient cours et que l'été, la défaite aidant, on se laissait aller, jusque dans la meilleure société, au négligé des cretonnes et des fleurettes, le fait qu'elle s'était préoccupée elle-même du logement de cet adolescent auquel elle semblait témoigner de l'intérêt et qu'elle avait veillé, en personne, à l'organisation de ses études, tout cela avait produit la meilleure impression.

En voiture sport on se serait méfié. Mais le sérieux de cette Cadillac si neuve, si noire. Se payer une voiture rapide ayant la gravité d'un corbillard, cette sagesse !

Et puis le jeune chauffeur toujours en casquette, rassurant jusque dans son expression rébarbative. Cela aussi avait plu.

Une femme de tête, cette Adrienne.

Qu'elle était le luxe même, de cela les bourgeois

marseillais n'étaient guère conscients, pas plus, du reste, que de la qualité d'une élégance dont le mystère leur échappait. Qu'il puisse exister une façon de pacte entre le costume et le mouvement, le costume et la vie et que ce soit *cela* l'élégance, voilà qui leur était bien indifférent.

Ce que le bref séjour d'Adrienne avait satisfait en eux, était non point des penchants au raffinement, mais une volonté de sérieux qui, chez eux, primait tout. Elle leur était dictée par la crainte de révéler l'importance de leur fortune.

Mais qu'importe ? Partis de ce jugement erroné, ils ne l'avaient pas moins convoitée.

Ils l'avaient rêvée, fixée à Marseille, recevant d'eux, en secret, la clef d'une garçonnière du côté du Petit Nice ou bien du Prophète, quartiers sans risques où n'habitaient que quelques vieilles cocottes et des retraités de la colonie, puis s'étaient monté la tête jusqu'à imaginer une Adrienne occupée d'eux, s'évertuant à leur faire oublier la monotonie de leur vie conjugale.

Car il n'est pas de riche Marseillais en qui ne s'affrontent deux êtres dissemblables : l'un, homme d'habitudes, auquel l'hypocrisie dicte une sorte de réserve morose, l'autre, un imaginatif qui se laisse emporter jusqu'au bout de ses rêves.

L'expérience de Serge avait été d'un tout autre ordre. Jamais auparavant il ne s'était montré avec une femme sur laquelle on se retournait dans la rue. Ses promenades dans Marseille lui avaient appris qu'avec Adrienne on ne passait pas inaperçu.

Elle l'avait accompagné à la faculté libre de droit. Ils avaient été vus montant la Canebière. Puis on avait pu les reconnaître dans les allées Gambetta, haut lieu de la traînasserie bourgeoise. Elles n'avaient pas été faciles à trouver ces allées. Serge s'y était repris à plusieurs fois. Les allées Léon-Gambetta c'est plus haut ? *Vous vous retournez et c'est plus bas.* Adrienne avait donné assez soudainement des signes de mauvaise humeur. Ses traits s'étaient durcis. Quelque idée déplaisante lui avait-elle traversé l'esprit ? Serge ne savait qu'imaginer. D'une voix qui s'efforçait au calme, il avait demandé :

« Quelque chose vous contrarie ?

— Oui, Gambetta. Ah ! celui-là !... Avec sa Léonie. Quel emmerdeur !

— Que vous a-t-il fait ?

— Rien. Il m'assomme le *Grambeta*. Et de toujours... C'est tout. »

Le ton n'engageait guère à poursuivre. Tranchant comme un rasoir.

Serge, que cette brusque sortie laissait muet de surprise, avait fait quelques pas en silence. Mais il aurait quand même voulu savoir qu'est-ce que ça pouvait bien lui fiche Gambetta, à Adrienne.

Elle s'était très vite reprise et, la seconde d'après, s'était montrée enjouée, égayée pour un rien, presque enfantine.

Des jeunes gens fumaient à l'ombre des platanes. L'un d'eux la gratifia d'un long sifflement, hommage que Serge avait peu apprécié. Il avait eu un geste menaçant qu'elle avait aussitôt découragé en passant son bras sous le sien :

« Bête, va ! Quelle importance. Laisse siffler. Tu ne vas pas devenir de ces hommes qui se battent à tout propos. Déjà ton père... »

Une fois encore elle s'était ressaisie et n'avait rien ajouté.

Mais Serge ne s'était pas laissé faire, disant d'une voix sarcastique :

« Lequel de mes pères ? L'officiel ou le clandestin ?

— Allons, Serge ! Ce n'est pas le moment. Et que te servira de savoir ? Si je te dis que ton père n'était pas français, en vivras-tu mieux ? De plus ce n'est pas mon secret. Alors ? Tu ne vas pas gâcher cette dernière journée ensemble par des questions intempestives,

n'est-ce pas ? Et ne t'attends pas à ce que je m'apitoie...
Rien de plus méprisable que les gens de qui on peut dire
« pauvre un tel ». Retiens bien ceci : que jamais on ne
puisse dire de toi « pauvre Serge ».

Puis elle s'était bornée à des commentaires sur les
avantages qu'il pouvait y avoir à ne pas se connaître de
père, s'attardant sur la liberté enviable des bâtards et des
orphelins.

Après un silence, elle avait ajouté :

« Crois-moi, un père ça peut être affreusement gênant.
Ainsi le mien. Je me demande souvent ce qui me pousse
à ne jamais parler de lui. Il nous a pourtant abandonnées assez jeunes, ta mère et moi. Nous n'avions pas dix
ans. Eh bien, il aurait dû se décider plus tôt. La réponse
est là. Si je l'avais moins connu j'en parlerais peut-être
plus volontiers. Alors de quoi te plains-tu ? De ne pas
croire à l'existence de ce monsieur Lenah ? Tu as tort et
tu as raison. Parce qu'il existe, qu'il t'a donné son nom
et qu'il n'est pas ton père. Et alors ? Ce père tu ne sais
pas qui il est ? La belle affaire. Moi je ne sais que trop
qui était le mien. Je ne t'avouerai pas depuis combien
d'années je le renie, ni combien de légendes j'ai tissées
autour de sa modeste personne. Et le silence que je me
suis imposé à son sujet l'a si bien enfoncé en moi que le
souvenir en est noyé. D'ailleurs j'ai fait mieux : je m'en
suis inventé un, conforme à mes vœux. Un produit
spontané de mon imagination. De celui-là j'ai souvent
parlé : le négociant en chevaux, personnage romanesque
dont nul n'oserait désormais mettre l'existence en doute.
A partir de ça je me suis aussi forgé une enfance. La
mienne ne me convenait pas. Fais comme moi. Tu
verras, on finit par y croire. Et si j'ai une nostalgie au
cœur, une vraie, ce n'est pas de mon enfance réelle, c'est
de l'autre, l'enfance rêvée. La seule qui eût valu la peine
d'être vécue. Aussi, lorsque quelque regret m'emporte
c'est toujours celui d'un pays montueux où une petite
fille mène une vie de poulain indompté, monte à cru les

chevaux de son père, saute par-dessus les eaux claires d'un ruisseau, se baigne, fouille de ses pieds nus les touffes de cresson, galope à fond de culottes, et rentre chez elle fourbue, à travers les prairies violettes. Tout ce que je n'ai jamais fait, jamais été. »

Ils avaient contourné le kiosque à musique, longé les bancs qu'un protocole spontané répartissait de façon immuable entre diverses communautés — les soutiers noirs sur l'un, les Nord-Africains sur l'autre, le banc des joueurs, le banc des vieux retraités —, ce que Serge, s'il avait été seul, n'aurait peut-être pas remarqué, tandis qu'Adrienne avait les yeux partout.

Et cela laissait Serge rêveur, qui se souvenait de ses confidences. Si elle l'avait aimé davantage elle n'aurait eu de regard que pour lui. Jamais elle n'aurait eu le cœur assez libre pour noter à cette vitesse ce qui faisait la magie de cette ville d'aventure.

Mais de se sentir associé à ses surprises compensait un peu.

Elle tenait serré le bras de Serge et lui disait tout bas : « Regarde... Regarde. »

C'était sa façon de le faire participer à ses découvertes.

Des filles, aux genoux ronds, se hélaient de vélo à vélo, des filles dorées et saines, qu'elle trouvait belles, bien que trop bronzées : « A la longue, le pain d'épice c'est lassant. » Des garçons, la chemise ouverte, le chandail jeté sur les épaules ou roulé autour des hanches avec une feinte négligence, des *nervi*, le froc tendu, des mecs ténébreux, des suiveurs casqués de boucles, avançaient sous le soleil avec un air de fatale indifférence.

Marseille, gonflée de tout ce qui avait fui devant l'invasion, oubliait sa peur.

Une foule qui se croyait libre allait à la mer à petits pas, sans se presser, comme on danse la java.

« Regarde... Mais regarde. »

Rien ne lui échappait à Adrienne. Elle avait, pendant quelques secondes, observé les trocs clandestins, les, trafics autour de l'escalier conduisant aux toilettes publiques, les conversations brèves, les conciliabules menés à voix basse sur le seuil du souterrain.

« Regarde... »

Mais Serge avait regardé ailleurs.

Elle en avait de bonnes, Adrienne, avec son enfance rêvée, inventée.

Il fallait pouvoir.

Les toilettes publiques... Serge se serait bien passé de l'expérience qu'il en avait de ces saletés d'endroit. Il connaissait par leur nom toutes les dames-téléphone, les dames-vestiaire, toutes les dames-toilettes des casinos que fréquentait sa mère et cela depuis sa plus tendre enfance.

« Tu as emporté ton livre ? Tu seras sage ? Je vous le confie, madame Josette... »

Alice laissait Serge à leur garde.

Des après-midi entiers entre les murs carrelés, à côté de la table, du napperon blanc et de la soucoupe où les pièces faisaient « bing », à chaque client. Les madame Josette étaient toujours à leur tricot. Elles comptaient « un point à l'endroit, un point à l'envers », et comme ça jusqu'aux diminutions où il leur fallait le silence et la concentration, ne s'interrompant que pour lancer le « merci » rituel au client qui s'en allait, ou bien pour se plaindre de certaines innovations qui nuisaient à leurs recettes.

« La table de jeu retient assez comme ça. Il a fallu qu'on nous en rajoute. Comme si la roulette et le chemin de fer ne suffisaient pas. Voilà qu'on donne dans le spectacle, dans le récital, les grands solistes, et tout le bataclan. Et sans entracte, encore. Jamais d'entracte. C'est le plus beau, non ? Tout le monde assis et que personne ne bouge pour ne pas la couper au grand artiste. Bon, et nous là-dedans ? Quand c'est pas le jeu, c'est la musique. Autant fermer boutique et n'en plus parler. Les clients iront sur le gazon... Pour ce qu'on leur laisse de temps ! Mais pour toi, Sergeot, c'est gratuit hein ? Tu peux y aller à la moindre envie, mon joli. Et ta pauvre maman qui ne revient pas. Encore en train de prendre une culotte... C'est que ça retient le jeu, ça retient... »

Mais il y avait pis.

Les jours où Alice l'expédiait au casino dès le matin :

« Va vite Serge, va. Tu entres par la grande porte et tu descends. Tu suis les flèches jusqu'aux toilettes. C'est facile. Là, tu te renseignes. On te confiera certainement un paquet pour moi... »

Sa drogue.

Il était tout gamin qu'il avait déjà compris. Sa mère avait beau prétendre que le paquet contenait du café. En fait de café ! Et les déités du sous-sol qui traitaient Serge avec une impatience... Les hontes les plus fortes de sa vie.

« Non, mais elle est pas un peu piquée ta maman ? Comme si on pouvait remettre ça à un galopin de ton âge. Ma parole elle est dingo ! Dis-lui que s'il y avait eu un paquet, il aurait fallu qu'elle vienne le chercher elle-même. Du reste il n'y a rien. Compris ? Rien de rien. Et qu'on ne te revoie pas surtout... »

Souvent, lorsqu'il revenait les mains vides, Serge discernait une espèce de haine dans la façon dont Alice l'accueillait. Ah ! ce qu'il se serait passé volontiers de ces souvenirs-là...

Comme s'ils s'étaient concertés Serge et Adrienne avaient pressé le pas.

Peut-être étaient-ils encore inconsciemment accordés, comme au cours de la nuit sur les bords de la Loire. Ou bien le malaise de Serge, son désarroi, qu'il croyait indécelables, étaient-ils au contraire flagrants ? Mais il était possible aussi que le don de divination, dont Adrienne parlait souvent, fût une réalité.

D'une ou d'autre manière elle avait deviné :

« Je sais à quoi tu penses. J'ai compris. »

Et Serge savait qu'elle savait.

« Alice... C'est à elle que tu pensais, n'est-ce pas ? Dis-toi que j'ai tout tenté pour la sauver. Tout et pendant des années. Elle seule m'a aimée. Et je ne me suis dévouée pour personne autant que pour elle. Enfants, nous ne nous quittions pas. Je sais, je la dominais. Mais c'était ce qu'elle souhaitait. Elle aimait jouer les confidentes, les suivantes. C'est un rôle qu'elle a tenu longtemps. Jusqu'à l'acte final, celui d'une fenêtre ouverte et de ce saut dans le vide. Le suicide... Quelque chose la rongeait de *l'intérieur*, quelque chose que je ne soupçonnais pas. Je comprenais si mal l'état d'absence dans lequel elle avait vécu ses dernières années, et l'impossibilité où elle était de réagir. Une femme détruite, cette tragédie... J'ai refusé obstinément de la voir sous cet aspect. Quand je venais chez toi, c'était toujours l'Alice du passé que je revoyais. Je n'ai jamais eu d'autre amie qu'elle, tu sais. Moi qui ai vécu murée dans mes secrets, à elle je disais tout. Un temps vient où la vérité est nécessaire. Ce besoin que j'en ai, elle était seule à savoir l'assouvir... Et maintenant je vis à tâtons. Tu n'as pas idée de la peur que j'ai, sans elle, de ne plus retrouver ce qu'a été notre innocence, notre fraîcheur. Tu n'as pas idée, Serge, jusqu'où va ma détresse parfois. »

Adrienne tenait la tête baissée. Lorsque Serge avait dit : « Maintenant c'est moi qui vous aime », Adrienne l'avait regardé dans les yeux comme pour s'assurer qu'il disait vrai.

« Je ne vous oublierai jamais », dit encore Serge.

Il pensait à elle dans la nuit, Adrienne après le cri, si belle dans la peur. Il répéta :

« Je ne vous oublierai jamais, Adrienne, jamais...
— Ne promets rien », dit Adrienne.
Ils se quittèrent.

La société locale l'avait accueilli en beau parti. On l'invitait le dimanche. Serge fréquenta les familles dont les maisons s'alignaient en bordure du Prado et s'appropriaient ce dont Marseille est le plus avare : l'ombre des arbres.

Il crut savoir que l'on s'informait discrètement de ses moyens d'existence.

On s'inquiétait aussi de ses habitudes, de ses relations. Serge n'y vit point de mal.

Il se fit remarquer par son humeur studieuse et ses dons sportifs. On ne lui connaissait pas de tendance politique. Il nageait bien. Toutes choses surprenantes chez un Parisien.

On lui sut gré de n'avoir pas le goût des distractions coûteuses et de s'amuser du peu qu'on lui offrait : de longs bains de mer, suivis de maigres pique-niques et, l'hiver venu, un thé clair, des ersatz de gâteaux et de vieux disques pour danser, cela en compagnie de jeunes filles qui accusaient un certain tempérament. Les pères étaient dans l'huile, le savon, la construction navale ou le négoce. Parfois de tout un peu.

L'actualité ne leur inspirait aucun commentaire. Mais on pouvait quand même se demander ce qu'il adviendrait de leurs entreprises avec la défaite. Sans doute n'en parlaient-ils qu'entre eux. Et puis il y avait encore l'Afrique et les Forces de Haute Mer.

Ils comptaient sur l'Empire, les yeux fermés.

Les mères, elles, avaient quelques sujets favoris : l'ogre moscovite, les pestiférés — communistes, Juifs, étrangers — ah, si La Rocque ne s'était pas laissé bâillonner, le ravitaillement difficile et les attraits du corps consulaire qui, à lui seul, résumait leurs aspirations mondaines.

Mais là encore que de sujets d'inquiétude ! Cela faisait neuf mois que le bon monsieur Bode, si musicien, avait plié bagage avec tout le personnel du consulat général d'Allemagne. Chassé par la guerre. Et voilà que maintenant tout ce qui, de près ou de loin, était anglais venait de quitter la ville, tandis que les nouveaux consuls d'Allemagne et d'Italie faisaient feu des quatre pieds. Que faire ? Devait-on se remettre à les voir ? L'Italien se prenait pour Dieu le Père. De façon générale mieux valait s'en tenir aux neutres, du moins pour le moment. L'Espagnol ne manquait pas de charme, le Suisse était *brave*. Ensuite on verrait bien.

Serge ne négligea rien. Il fit preuve de la même assiduité partout.

Il ne manqua pas un cours, embrassa celles des jeunes filles qui voulaient être embrassées, serra de près et nagea cuisse contre cuisse avec celles qui le souhaitaient. Avec les autres, il fit le gentil, le poli, le réservé, s'assurant ainsi de la sympathie générale.

Depuis six mois qu'il habitait Marseille, sa vie se bornait à cela.

Pas qu'il s'ennuyât. Il n'en avait pas le temps. La mer, le soleil, l'étude, les jeunes filles, trop à apprendre, trop à regarder et il n'avait l'habitude de rien. Surtout pas de vivre seul. Adrienne était responsable de cette inconscience qui confinait au somnambulisme. Et sans le savoir l'encourageait.

Tout avait commencé lors de son séjour à Marseille, quand un ancien représentant en parfumerie qui avait occasionnellement veillé sur ses intérêts, convoqué en hâte, fut chargé de trouver un logement dans un quartier convenable. Plusieurs solutions avaient été envisagées. Saint-Giniez ? « Trop loin... » La rue Paradis ? « Trop triste... » Du côté de la Préfecture ? « Trop sombre. » Adrienne mettait autant de passion à repousser les suggestions qui ne lui convenaient pas que s'il s'était agi de choisir cet appartement pour elle-même.

A quelques heures de son départ, elle avait arrêté son choix sur deux chambres et une terrasse tout en haut d'une vieille maison de la rue Venture. La concierge accepterait d'autant plus volontiers d'assurer le ménage qu'elle logeait sur le même palier, Marseille offrant, entre autres particularités, celle d'installer ses rares concierges sous les toits.

« Excellent », dit Adrienne en s'animant.

Le représentant en parfumerie fit remarquer que la rue n'était guère passante, ce qui permettrait à Serge d'étudier au calme. La faculté où il avait pris ses inscriptions était à quelques minutes de marche. A deux pas aussi la rue Saint-Ferréol, ses élégances, son chemisier *bien*, ses cinémas *bien* et surtout Castelmuro, le seul salon de thé où donner rendez-vous à une demoiselle *bien* sans la compromettre. Enfin une plaque apposée sur une maison voisine rappelait que Stendhal avait logé rue Venture.

« Fameux, vraiment fameux... », dit encore Adrienne.

Elle disait ça sans l'ombre d'ironie. Comme si elle s'apprêtait à gober d'un trait Castelmuro, le chemisier, Stendhal et la concierge.

Le représentant en parfumerie n'ayant rien d'autre à signaler, Adrienne n'en demanda pas plus, n'en sut pas davantage.

L'absence de tout mobilier posait aussi quelques problèmes. Mais le représentant en parfumerie connaissait une vieille, d'humeur difficile, qu'utilisaient en qualité de rabatteuse les collectionneurs locaux. Peut-être acceptera-t-elle. A moins que... Elle avait ses têtes. Une Arménienne.

On s'y précipita.

Bien que vivant dans un état proche de la clochardise et grommelant plus qu'elle ne parlait, la vieille inspira à Adrienne une confiance aveugle.

« Exactement la personne qu'il nous faut », dit-elle à Serge.

Et sans se soucier le moins du monde de l'odeur affreuse ni de la saleté du logement elle ajouta :

« Nous n'allons plus pouvoir nous passer d'elle, tu sais. »

A chaque *nous* Serge s'indignait.

D'où lui venait cette fièvre d'emménagement ? A quoi jouait-elle ? Au couple qui s'installe ? A faire semblant d'être deux ?

Mais un je-ne-sais-quoi dans sa voix laissait entendre que ces *nous* lui échappaient par habitude. D'avoir emménagé souvent et avec des hommes souvent différents ? Tout autour d'Adrienne comme les traces d'autres vies. Ineffaçables.

Serge ne voulait pas y penser.

L'heure du départ approchait. Sur le pas de la porte Adrienne donna d'ultimes instructions.

« Rien de doré... Rien de curé... Rien de mauresque... Pas de capitonné... Pas d'anglais... Pas d'italien... Pas d'espagnol... Du provençal seulement, et du meilleur. »

Puis elle ajouta à l'intention de Serge :

« Je te parie qu'elle a parfaitement compris ce dont nous avons besoin. »

A quelques semaines de là, rentrant chez lui, Serge trouva un lit là où il avait laissé un sommier, une table au lieu d'une planche posée sur deux caisses, une haute armoire d'Arles à la place du fil de fer auquel avaient été accrochés ses vêtements.

Il marcha de long en large.

Jamais on ne lui avait fait le moindre cadeau. Il ne résista pas à l'envie d'ouvrir l'armoire, de s'asseoir à la table, puis il se mit au lit en répétant : « Quelle fée cette Adrienne, quelle fée... » Brusquement il était dans ses meubles.

Il s'endormit.

Cependant les rêves qu'il fit cette nuit-là étaient

l'effet d'autres convoitises. Une jeune fille les animait avec qui il avait passé la journée. Clairette... Une demoiselle *bien*. Longue virée à vélo. De belles jambes brunies. Une belle peau. Clairette. Clairette. Le rire fou des mouettes. Une avancée de rochers, blanchis de soleil, déchiquetés comme une forteresse ancienne. Bain. Clairette, les tétons pointant brièvement hors du costume à chaque plongeon. Les îles au loin, pointant aussi. De temps à autre une figue pour se couper la faim. Soleil. Silence. Désir. O Clairette ! Mais à peine éveillé la vue du mobilier rendit Serge à Adrienne et de tout le jour il n'eut de pensées que pour elle.

Dans les mois qui suivirent d'autres meubles furent livrés comme par enchantement : une chaise longue cannée, deux bergères tapissées de coutil, une panetière pour ranger sa vaisselle, quelques jarres pour décorer sa terrasse.

Un message de l'Arménienne précisait : « Tout a été réglé. »

Quelle fée, cette Adrienne.

Et les surprises se prolongèrent, empêchant le souvenir de s'éteindre.

L'argent du mois lui était apporté à domicile par un grouillot de la Marseillaise de Crédit. Des inconnus déposaient à son intention un paquet hebdomadaire contenant toutes sortes de raretés : lait en poudre, beurre en boîte, biscuits anglais, vieux porto, café. De quoi se faire arrêter.

Serge reçut aussi une lettre. Mais pourquoi à la machine ?

En guise de signature un grand A noir, campé en bas de page, les jambes écartées, sans paraphe, sans point, sans rien. A se demander si ce A était d'elle.

Serge s'interrogeait.

Soudain lui revinrent en mémoire certaines propos dont sa mère était coutumière : « Je ne suis pas Adrienne, moi... Je n'ai pas de secrétaire, moi. Je n'entretiens pas de poète, je n'ai pas d'écrivain à ma solde. Mon écriture aussi est moche mais je n'ai pas les moyens de me payer quelqu'un pour écrire à ma place, moi... Et puis tant pis pour les fautes. »

C'était donc ça.

Ainsi Adrienne faisait mystère de son écriture et, plutôt que d'en dévoiler les maladresses, elle avait dicté la lettre qu'elle lui adressait. Miguel s'était chargé de la faire passer d'une zone dans l'autre Les paquets aussi. Par des amis. Souligné : *des amis.* La poste aurait présenté trop de risques. Que disait-elle encore ? Que les affaires avaient un peu repris. Elle avait rouvert sa maison, mais quantité de difficultés nouvelles lui compliquaient la vie. Trouver de l'essence était une aventure. Elle avait renoncé à sa voiture et fait de Miguel son manutentionnaire.

Des phrases vagues laissaient entendre qu'un homme sans emploi encourait à Paris toutes sortes de risques. Elle était heureuse d'avoir réussi à planquer Miguel. Toujours aussi débrouillard. Et les raretés ? C'était Miguel, bien sûr. Encore lui. Un as... Mais Serge ne devait sous aucun prétexte accuser réception des colis. Les cartes interzones étaient de la foutaise. Souligné deux fois. Et que Serge ne manque pas de céder quelques provisions aux concierges. C'était indispensable. Souligné une fois. Et ne pas oublier le mari dans la distribution. Toutes les cigarettes lui étaient destinées. Parce qu'à en croire Miguel, il était brave homme, gros fumeur et dans la police.

On ne pouvait être mieux renseigné.

Brave homme le concierge l'était, que les générosités de Serge laissèrent pantois. Avant le don providentiel il avait commencé, en prévision du pire, à faire la culture en chambre de plantes d'espèces variées et qui n'avaient avec le tabac que des rapports lointains. Il prit Serge sous sa protection, lui conseilla de ne pas traîner, la nuit, rue Venture — il disait : « Pas une rue pour vous »

— et proposa de bricoler, pour y ranger ses raretés, un des ces garde-manger extérieurs, en épaisse toile métallique, auxquels Marseille demeurait fidèle en dépit des inventions récentes.

Ils avaient bien un inconvénient : le bruit qu'ils faisaient, les jours de mistral, en battant contre les façades à se décrocher. Mais pour ce qui était de tenir au frais, rien de mieux. On l'installerait à l'abri des regards.

Très vite Serge et ses concierges firent garde-manger commun. Puis vint le temps des cartes de pain, des cartes de viande, l'instauration des tickets de ci et de ça. On en fit un seul lot que l'on jeta pêle-mêle dans la même boîte. En commun. Tout en commun.

Enfin la femme réclama à Serge comme une faveur de lui préparer son café du matin. Seul moyen de le remercier, dit-elle. Et puis ça l'occuperait. Elle se languissait depuis que, par prudence, ils avaient mis le pitchoun dans les Basses-Alpes. Un mouflet de trois ans. Chez sa mémé...

De braves gens, les Minelli.

Elle, brune, la tête tout en nattes. Née dans la région. On l'appelait Roseline mais plus souvent Line, Linou ou Linounette. Elle n'était qu'un rire. Lui ne disait jamais monsieur, toujours Serge. Sérieux comme un pape. Il avait de la famille en Afrique du Nord.

Telles furent les circonstances de la découverte par Serge d'un milieu où tout l'étonnait. Ses nouveaux amis s'intéressaient à ce que ses amis du dimanche semblaient ignorer. Toutes sortes d'événements proches ou lointains, d'étranges choses qui se passaient en Inde, au Cameroun, en Côte d'Ivoire, à Tahiti, où les gens, c'était bizarre, préféraient de Gaulle à Pétain. Pas que l'on eût, au dernier étage de la rue Venture, des nouvelles plus précises qu'ailleurs. Mais on y était ouvert aux échos de la ville.

Dans les quartiers du port, les bavardages entre

marins, les rencontres entre officiers de l'armée d'Afrique, les derniers pots, bus au dernier soleil des quais, entre ceux qui venaient aux nouvelles et ceux qui s'en allaient sans esprit de retour, tout cela apportait, avec un parfum d'outre-mer, la certitude que la colonie ne se résignait pas. Et Marseille donc... Là pas de doutes possibles. Car enfin on n'est pas de la police pour rien. Et comment Minelli n'aurait-il pas tenu compte des consignes ?

Celles de la Préfecture en particulier.

A cause d'un tract où Vichy était accusé *de faire peser sur le peuple la dictature des forbans,* ordre avait été donné d'aller cueillir à domicile « certains individus connus pour s'être faits les instruments de la propagande de gauche ». Les interroger. Les coffrer à la première occasion. Encourager à la dénonciation toute personne susceptible d'aider à les reconnaître.

Or, bien qu'il ne fût affilié à aucun parti, encourager la dénonciation et coffrer des gens démobilisés de la veille, ce n'était pas dans ses idées à M. Minelli.

Mais ce qui indignait les gens de la rue Venture laissait les gens du Prado indifférents.

Ainsi la zone occupée était interdite aux nègres et aux Juifs. La nouvelle en fut apportée à Serge avec son café.

« Le fond de tout ça m'échappe », lui avoua Roseline, la voix troublée.

Elle se montra plus définitive quant à l'arrestation de Georges Mandel et de Léon Blum :

« Mauvais ça... Très mauvais, non ? »

Serge ne savait trop que penser.

Un jour il en parla à ses amis du dimanche, histoire de meubler un trou dans la conversation.

« Que dites-vous là ? demanda la dame qui le recevait.

— Je dis... »

Serge répéta ce qu'il avait entendu rue Venture : Juifs

et nègres suspects, Mandel et Blum internés, qu'en pensait-elle ?

« Pas trop tôt », dit la dame du Prado.

Ainsi s'écoula un deuxième hiver marseillais puis un deuxième printemps au terme duquel Adrienne annonça sa visite.

Il lui fallait le soleil de Nice, de vraies vacances.

Serge se rendit au rendez-vous qu'elle lui fixait.

Mais dans son impatience, il se trompa, arriva avec deux jours d'avance et peu d'argent. Une pension de la rue des Ponchettes accepta de l'héberger. Minable. Pleine d'étrangers, à craquer. Des gens d'Europe centrale qui attendaient une occasion de quitter la France, des engagés volontaires hâtivement démobilisés, des Israélites allemands, des familles entières ou bien des isolés, tous vivant là, dans le désordre, depuis plusieurs mois.

Furieux contre lui-même, Serge passa ses journées sans quitter un coin de terrasse d'où il apercevait la Promenade des Anglais, les réconfortantes rotondités des cariatides et les dômes de l'hôtel qui allait être le cadre de ses retrouvailles avec Adrienne.

Il était presque étonné, presque heureux que l'attente ne lui fût pas plus pénible. Les gros palmiers tout verts, qu'agitait mollement la brise, les petits fiacres en stationnement, avaient des airs de jouets. Serge se sentait plein de force et d'espoir. Le ciel était plus tendre qu'à Marseille, la mer moins bleue, le vent plus tiède. Il y avait à Nice une suavité que Marseille, poussée on ne sait trop comment, dans son grand vide blanc, ignorait. Comment croire au malheur par un temps pareil ?

A heure fixe, chaque matin, une femme en collant rose, les cheveux pris dans un serre-tête, chaussée de ballerines élimées, avançait sur la terrasse d'un drôle de pas, les pointes en dehors. Elle levait une jambe, très

haut, qu'elle laissait comme vissée à la balustrade,
tandis qu'elle s'inclinait avec un sérieux imperturbable,
tantôt à gauche, tantôt à droite, les bras joliment
arrondis.

Une danseuse. Son heure d'exercice. Elle avait un nez
relevé et la peau blonde. Serge essaya de lier connaissance. Mais ils ne parvenaient pas à se comprendre. Et
dès qu'on lui parlait, se révélait en elle quelque chose de
fiévreux, d'apeuré. A moins que ce ne fût une fragilité.

Un vieil homme la suivait qui battait la mesure avec
sa canne, d'un geste machinal. Lui aussi fragile. Serge
ne l'avait vu rire qu'une fois. Mais alors là, rire vraiment, haut et fort. C'était quand la femme avait traversé
la terrasse de bout en bout et à un train infernal, en
faisant de jolis moulinets avec son mouchoir.

Ça vous avait un air de polka, cette danse-là.

Soudain l'homme s'était levé. Comme entraîné par
son rythme à elle et d'un pas chancelant, il avait
esquissé une danse, une sorte de réplique à la sienne,
mais que sa silhouette, son long manteau et son âge
rendaient affreusement triste. Après quoi il avait chanté
de bon cœur, dans une langue inconnue, et, s'étant livré
à toutes sortes de pitreries, faisant mine de sauter en
frappant ses talons l'un contre l'autre, manquant son
coup, se rattrapant, puis agitant son chapeau, il avait
fini à ses pieds, un genou en terre, le poing sur la
hanche.

Comme pour faire rire une enfant.

Mais d'après l'expression de ses yeux et cet air
d'absence sur son visage, on aurait pu croire que la fille
l'avait à peine vu.

Alors, sa gaieté passée, le vieillard avait retrouvé son
regard vide, son attitude accablée. Ces gens-là man-
geaient-ils à leur faim ? Serge demanda :

« Réfugiés ? »

Mais elle ne semblait pas connaître ce mot. Elle
secoua la tête à plusieurs reprises.

Serge répéta :

« Réfugiés ? Oui, vous, vous, d'où venez-vous ? »

Elle ne comprenait pas. Elle répondait avec un drôle d'accent :

« Moi, Josefina. Lui, Pappy. »

Elle ne savait dire que ça.

« Moi, Josefina. Lui, Pappy. »

Impossible d'aller bien loin avec des réponses pareilles. Serge avait jugé bon d'en rester là. Mais il garda longtemps comme un remords de n'avoir rien tenté, pas même essayé d'en savoir davantage. Et puis le regard de ces gens...

Le lendemain ne lui offrit que déconvenues.

Adrienne arriva. Elle n'était pas seule. Licia l'accompagnait. Et il n'y avait pas de place pour lui à l'hôtel où les deux amies, faute de mieux, s'étaient résignées à partager la même chambre. La direction s'excusait. Des clients de la zone occupée n'étaient pas arrivés. D'autres étaient bloqués à Nice, leur *ausweis* refusé, on ne pouvait tout de même pas les jeter à la rue.

« Ça c'est un comble, cria Adrienne hors d'elle. Tout ce voyage pour rien. »

Et à bout d'arguments elle ajouta :

« C'est une duperie.

— Une duperie qui a commencé avec l'armistice, madame. »

L'employé était outré que l'on pût le tenir pour responsable.

On vivait des temps où pour un rien naissaient d'affreuses rancunes.

Adrienne décida que de la semaine, elle ne sortirait de sa chambre.

Allez parler de vacances, après ça.

Il y eut donc cette colère qui, si elle fut à Serge de quelque consolation, n'arrangea rien. Il alla loger sur les hauteurs de Cimiez dans une maison tout encombrée de pianos. On devinait qu'avec son gaspillage de salons elle

avait dû connaître une autre vie. Les murs avaient l'air
de protester contre un désordre envahissant. Une plaque
la distinguait des maisons voisines : « Piano, guitare,
solfège et chant. Leçons particulières et groupes. » Une
idée de Licia d'aller loger en ce bout du monde. Son
frère occupait seul la vaste bâtisse. Il était professeur de
musique.

Serge prit en horreur Cimiez, Licia, son frère, la
musique et Nice en général.

Les matinées n'en finissaient pas. Il fallait attendre
midi pour aller frapper à la porte d'Adrienne. Elle avait
tant besoin de repos. Aussi traînait-il dans le jardin
pendant que le professeur arrachait à ses élèves des
vocalises, comme des cris de femmes égorgées.

Ou bien Serge se postait sur le perron pour assister à
l'arrivée du général.

Un grand moment.

C'était un Italien, de la commission d'Armistice, dont
on pouvait un jour ou l'autre avoir besoin. A ménager.
« Un vrai physique de cinéma », disait le professeur.

Un jour pendant la classe de guitare, décrivant les
cheveux blancs, les traits vigoureux, le regard dur, le
menton volontaire de son nouvel élève, le professeur
avait parlé d'un physique de héros. La classe s'était
esclaffée. D'où marche arrière sur le physique de cinéma
dont personne ne pouvait s'offenser, d'autant qu'on
aurait eu mauvaise grâce à n'en pas convenir. Les
quelques Italiens que l'on rencontrait en ville, gradés ou
pas, avaient tous l'air prêts à figurer dans un film de
guerre.

Le général arrivait strict et tout botté. Il bondissait
hors de son automobile. Son ordonnance le suivait, d'un
pas, une valise à la main.

Le professeur s'asseyait à son piano pour se détendre
les doigts, avec des gammes rapides, des passages de
pouce, des notes piquées, quelques arpèges.

Le général disparaissait dans une pièce voisine où il se

changeait. On l'entendait, s'échauffant la voix avec des
« ah » légers et des petits « mhi ! mha ! mho ! ».

La porte s'ouvrait.

Surprise.

Le général apparaissait toujours martial, mais en
pyjama. Ample pantalon, cordelière à peine serrée, veste
à larges raies bleu ciel et vert tendre.

Une tranche napolitaine.

Il s'en était expliqué avec le professeur : l'uniforme
lui coupait la voix. Une manière d'impuissance.

Aussi avait-il retenu une heure d'étude quotidienne à
condition que cette leçon, il pût la prendre dans le
costume de son choix

Le négligé de sa tenue avait terriblement surpris le
professeur, dans les premiers temps. Après quoi il s'y
était fait. On ne choisit pas ses élèves. Et Nice n'était
plus le glorieux rendez-vous de jadis.

Mais la surprise de sa voix avait été plus grande
encore. On se serait attendu qu'il attaquât en force, avec
un physique comme le sien... A de la bravoure, de la
vaillance. Tandis que ces accents suaves, ces pianissimi
angéliques...

Le général avait la voix légère et une façon très
particulière d'aborder une mélodie. Il chantait les paupières closes, les lèvres à peine animées, puis il écartait
les bras, en avançant de quelques pas, avec un geste de
supplication muette. Sa musicalité ne faisait nul doute.
Il n'y avait rien à reprendre. Mais cette voix éthérée, ce
visage d'absence... Et s'avançant en costume de nuit,
bras tendus, cette figure aux yeux clos...

Ne rien dire. Eviter l'éveil subit. Le professeur traitait
le général en somnambule.

Serge écoutait sans entendre, regardait sans voir.
L'impatience le rendait fou. Tantôt la peur d'arriver
trop tôt chez Adrienne le retenait jusqu'à le mettre en
retard. Après quoi il lui fallait courir à travers la ville, se
mettre en nage, à moins de réussir à emprunter la

bicyclette du professeur qui faisait mille manières, pré-
textait des leçons à l'extérieur pour la lui refuser, puis,
de guerre lasse, cédait la précieuse machine à l'adolescent hargneux, tout en geignant que sa sœur lui prenait
tout et ne lui donnait rien.

Une fois à l'hôtel, Serge se sentait étouffé par des
bouffées d'angoisse. Il se croyait suant, poussiéreux,
puant. Il faisait arrêter l'ascenseur, redescendait et
restait une heure dans les toilettes à se laver de la tête
aux pieds.

Parfois Licia annonçait qu'elle passerait. Serge pourrait utiliser sa voiture pour descendre en ville.

Mais Licia ne venait pas et la journée était perdue.

Ou bien elle arrivait avec un retard incroyable et
Serge, méfiant, partait sans l'attendre. Il ne manquait
jamais de la rencontrer en chemin. Elle ordonnait au
chauffeur d'arrêter et se démenait, n'ayant de cesse que
Serge ne monte avec elle. Adrienne n'était même pas
réveillée, disait-elle. Il ne restait qu'à obéir et faire
demi-tour.

Alors il attendait à l'ombre d'un arbre qu'elle eût
terminé sa visite au professeur et, de loin, observait leurs
orageux tête-à-tête. Elle, plantureuse et vêtue de bizarre
façon — « à la mamamouchi » pensait Serge qui cherchait tout ce qui pourrait lui être le plus désagréable —
lui en alpaga, les cheveux taillés à l'artiste. Elle le
traitait de bon à rien. Il lui répondait en polonais tandis
que Serge s'affolait du temps qui passait. De terribles
discussions éclataient à propos de la maison. Le professeur voulait vendre et aller s'établir à Paris. Licia disait :

« Personne ne voudra de toi, à Paris. Et du reste je ne
veux pas vendre. J'ai trop de souvenirs, ici... »

Il répondait de sa voix de Polonais geignard :

« Tu as les souvenirs et moi les soucis. C'est pas
juste... »

Licia se fâchait en disant que cette maison ne lui était
plus rien avec lui dedans, criant misère.

Une atmosphère sordide.
Serge sous son arbre était pris de bâillements nerveux.

Il ne restait qu'une journée pour que finît un voyage qui laissait Serge décontenancé. Ce jour-là Adrienne le voulut jusqu'au soir avec elle. Si attentive soudain... Il semblait qu'elle cherchât à effacer toute trace de déception.

Ce furent des heures de gaieté, de douceur. Licia était occupée en ville. Ils allèrent des chaises longues de la terrasse à celles de sa chambre, entourés de toutes sortes de bonnes choses, qu'Adrienne appelait des « inutilités » et qu'elle faisait sans cesse renouveler. Des amandes, des raisins secs, des olives.

« Parlons, disait-elle. Fais-moi rire et parlons. »

Il lui raconta les Minelli, Roseline et ses visites matinales, le bang-bang du garde-manger les jours de mistral, les gentillesses de la rue Venture, les paquets partagés, et aussi les hautes vagues de confiance entre les Minelli et lui. Elles emplissaient l'appartement.

Elle l'interrompait en criant presque, tant elle était joyeuse.

« Je te l'avais bien dit. Tu vois, tu vois... Ah ! la chance que nous avons ! »

Puis il décrivit les bains de mer avec les demoiselles *bien* et ses dimanches chez les gens du Prado.

« Je ne vous ennuie pas, au moins ? »

Elle se récria :

« Je t'écouterais jusqu'à demain, tu veux dire. Mais donne plus de détails... »

Elle exigea qu'il lui décrivît les villas du Prado, pièce par pièce. Mais ce qui l'intéressait n'était pas tant de savoir de quoi elles avaient l'air ces demeures, que de les remettre, en paroles, à son goût.

Elle les réinstallait.

« Des commodes dans les salons ? Drôle d'idée.

— Ce sont des commodes rares, des meubles de musée, Adrienne.

— Raison de plus pour les utiliser. Et où placer une commode sinon dans une chambre ? Tu ne me feras pas dire le contraire. Dans une chambre à coucher... Ça va de soi. »

Lorsque Serge en arriva aux tapisseries que l'on appelle des verdures, elle demanda :

« Combien en ont-ils ?

— Au moins quatre, répondit Serge que cet appétit de précisions étonnait un peu.

— Si on peut acheter quatre verdures c'est qu'on a de quoi s'offrir une seule et belle tapisserie, éclatante de couleurs, avec un Triomphe, un char, des Rois et des Reines resplendissants, un amoncellement de vaisselle d'or et des vaincus prosternés. Quelque chose de glorieux, de terrible. Enfin... de quoi rêver. Mais des verdures ! Qu'est-ce que c'est que ces décorations au rabais... »

Serge allégua le goût des ombrages, des cascades, des tapis d'herbe, des fraîcheurs, Marseille n'offrait rien de tout cela. La ville n'était qu'un grand corps de pierre couché dans le vent. Alors les verdures, c'était de l'ombre que les Marseillais accrochaient à leurs murs.

« Tu ne me convaincras pas. Rien ne remplace les plantes. Et ne me parle pas des fleurs artificielles. Il faut laisser ça aux Américains. As-tu jamais tenu une fleur serrée dans ta main, Serge ? Cela m'est arrivé souvent, dans mes moments de solitude : cueillir une fleur et la tenir longtemps. Cette fraîcheur que l'on a dans la paume, c'est la vie. La vie d'une plante. Alors laisse-moi tranquille avec tes verdures. Et tu ne vas pas me dire que tu aimes ça ? Allons... Raconte, encore. »

Serge parlait sans se faire prier.

« Mets-toi à l'aise, dit Adrienne. Tu as l'air en visite. »

Serge ôta sa veste et endossa le peignoir qu'elle lui

tendait. Blanc avec des fleurs. Un peignoir d'Adrienne.

« Allons... Raconte, maintenant. »

Serge fit le compte des vitrines. Les maisons de Marseille en étaient pleines. Dans chaque salon une vitrine, avec éclairage indirect et tout.

« Pour y mettre quoi ? demanda Adrienne.

— Des faïences, répondit Serge.

— Des faïences, répéta Adrienne, la voix songeuse. J'ai rien contre. Encore faut-il savoir lesquelles.

— Des soupières, dit Serge.

— Une soupière en vitrine, pour quoi faire ? Ces gens sont fous... »

Elle riait à perdre haleine.

Serge se souciait très peu des soupières. Mais il se sentait ivre d'orgueil à l'idée que c'était lui qui l'amusait à ce point, lui qui déchaînait ce rire éclatant, alors il parlait d'abondance, discourait, développait, comme si sa vie entière, son avenir, tout son bonheur avait tenu, avec les soupières, dans les vitrines des bourgeois marseillais. Entre deux éclats il plaçait : *Décor aux Chinois, ou Décor aux grotesques*. Il faisait le savant : « Influence de Berain »... Il susurrait : « Veuve Perrin » en fermant les yeux, comme s'il avait été brusquement question d'un vin rare. Il disait : « Assiette à la Camargo, cuite au petit feu » et il avançait des lèvres goulues, comme s'il avait été question, non pas d'une faïence, mais de quelque gourmandise dont il se serait délecté. Il répétait au hasard ce que lui avaient appris les dames du Prado, il les singeait.

Et Adrienne se tordait.

« Tu ne me diras pas que tes Marseillais ne sont pas des drôles de gens. Une soupière en vitrine. Je n'ai jamais rien entendu de plus drôle. Une soupière... Je te demande un peu ! Alors qu'elle est faite, si belle soit-elle, pour être placée, toute fumante, au centre d'une table et pour servir jusqu'à ce qu'elle casse. »

Là-dessus, elle se mit à vanter la magnificence de

certains potages, chauds à la bouche, leur velours, leur parfum qui monte aux narines, le beau geste rond et lent de la main qui mesure, puis qui penche la louche et, dans un bruit de source, emplit l'assiette, elle utilisa en début de phrase des « mon cher... » qui laissèrent Serge sans voix : « Ah ! mon cher... Comment te dire ? On m'a appris à respecter le potage. Et pourquoi renoncer à ce qui comble cinq sens à la fois ? » Elle ajouta que les gens *bien* voulaient à toute force donner dans le distingué, c'est-à-dire l'insipide, le fruit exotique sur force glace pilée, tout ce qu'il y a de malsain, du coup les cuisinières en avaient perdu la main, quant aux maîtres d'hôtel ils en étaient arrivés à ignorer jusqu'à l'usage des soupières et comment s'en étonner, maintenant que les familles plaçaient les chères vieilles choses en vitrine, on n'avait pas idée...

Elle fit une sorte de pause pour reprendre haleine et dans un gigantesque accès de gaieté s'écria :

« Commandons une garbure. Ah ! j'ai une de ces envies de garbure... A moins que ce ne soit d'une potée. Non, d'une garbure. Oh ! un lait de poule avec beaucoup de vanille. Non, non, une potée... »

Serge courut au téléphone. On pouvait avoir du minestrone.

« Aucune raison de se laisser faire », dit Adrienne, qui tenait pour la potée.

Elle était d'humeur belliqueuse. Serge, qui avait conscience de l'indécence de ses exigences, cherchait à l'adoucir.

« Voyons, Adrienne. C'est la guerre. »

Elle s'impatientait. S'il y avait de quoi pour un minestrone, à plus forte raison pour une potée.

Des paroles aigres furent échangées avec le garçon d'étage interloqué par le singulier tête-à-tête de ce lycéen en peignoir brodé avec cette belle femme, que ni l'approche de l'âge ni la guerre ne semblaient préoccuper. Il alerta l'ennemi personnel d'Adrienne qui, retranché dans le bureau directorial, donna par téléphone les causes de son refus : si l'hôtel avait à proposer du minestrone et non de la potée, c'est que Nice était revendiqué par les Italiens et non par les Auvergnats.

Serge baissa la tête et ne répliqua rien.

Mais Adrienne déclara avec dégoût que cet hôtelier avait un genre déplorable. «Une plaisanterie d'aubergiste», ajouta-t-elle.

Ils dînèrent néanmoins. Adrienne prit un cocktail puis du vin et son appétit l'emporta très vite sur son indignation.

«Tu as encore faim ? Encore soif ? » demandait-elle à Serge.

En milieu de repas elle alla baisser les lumières. Serge se sentait comme un homme dans une barque sur le point de chavirer.

Licia, à son retour, les trouva attablés dans la pénombre. Ils ne se quittaient pas des yeux, et Serge s'empressa de refermer son peignoir dont la cordelière déroulée traînait au sol.

«Cela vous contrarie-t-il si j'éclaire quelque peu ? » demanda Licia.

Elle les soumit à un rapide examen.

«Vous n'avez vraiment pas l'air de vous en faire tous les deux. »

Adrienne en convint et assura qu'il fallait mettre cette atmosphère joviale sur le compte d'un rosé insidieux.

Et puis ils s'étaient parfaitement amusés. Elle ajouta :

«Oh ! Serge j'aurais voulu que cette soirée ne finisse pas. Je ne suis jamais lasse de parler avec toi...

— Il faut que je m'en aille, dit-il évasivement. Mon train part dans une heure. »

Mais Licia le retint.

Elle avait récolté toutes sortes de rumeurs alarmantes. Des gens étaient arrivés de la zone occupée. Il y avait eu de nouveaux sabotages. Le trafic ferroviaire avait été interrompu. A Caen, des convois allemands avaient déraillé à deux reprises. Plusieurs wagons supplémentaires avaient été accrochés au train des amis de Licia, afin que des permissionnaires puissent continuer leur voyage. Ils allaient en Italie. Des garçons, jeunes, sains, qui ne cessaient de répéter :

«Les Français sont des voyous. Ils ne savent que détruire. »

Aux murs un avis annonçait que trente otages avaient été fusillés.

«Mais enfin où as-tu appris tout ça ? demanda Adrienne.

— Je n'ai pas eu à aller loin. Nous nous sommes rencontrés dans le hall. Ils étaient assaillis de questions. Tous les trains ont du retard. Alors les gens s'inquiètent, forcément. Des contrôles incessants, paraît-il. Une lenteur incroyable. Bloqués plusieurs heures sur la ligne de démarcation. Et un Allemand qui voyageait en civil leur avait dit qu'en raison des derniers attentats le Führer avait fixé lui-même le caractère des représailles : pour les gens à fusiller on allait se limiter aux communistes et aux Juifs. Et il avait ajouté : «En somme tout peut encore s'arranger. »

L'Allemand s'était présenté : Krug von Nidda, consul général à Vichy. Il devait quand même savoir ce qu'il disait ce diplomate...

«Pas plus diplomate que moi, dit Adrienne. Un ancien journaliste. A Paris depuis au moins dix ans. Tout le monde sait ça. »

Entre les deux femmes l'humeur tournait au noir. Elles se détestaient brusquement. Et Adrienne paraissait furieuse.

Licia reprit, les yeux toujours fixés sur eux :

«Je n'aurais peut-être pas dû vous annoncer ces nouvelles d'un coup. Je vous ai tirés un peu brutalement de votre paradis, n'est-ce pas ? Excusez-moi. »

Elle était plantée des deux pieds devant eux assis,

presque gênés, et les observait avec une attention minu-
tieuse.

« Ah ! et puis ce n'est pas tout, dit encore Licia. Les
étoiles jaunes... Elles vont devenir obligatoires. Je le
tiens de notre excellente Mme Griesbaum. Elle a réussi à
passer. Aidée par des paysans. A vélo...

— Comment Mme Griesbaum ? Mais c'est une de
mes clientes ! » s'écria Adrienne, comme si cela aurait dû
suffire à protéger Mme Griesbaum et à interdire qu'on
lui infligeât de pareilles avanies.

Elle paraissait profondément scandalisée.

« Je sais, je sais, Adrienne. Mais qu'y faire ? Elle l'a
pourtant portée cette étoile. Le temps de trouver une
filière... Elle m'a même dit : « Si vous voyez Adrienne,
« dites-lui que c'est encore sur ses tailleurs que c'est le
« moins laid. »

— Il est temps que je parte », dit Serge.

Adrienne réfléchit.

« Tu ne pars pas », dit-elle.

Serge, croyant qu'il s'agissait encore d'un de ses
caprices, répéta :

« Il faut que je me sauve, Adrienne. J'ai à peine le
temps. Ma valise est chez le concierge.

— Eh bien, va la chercher et remonte. Tu dors ici. Je
n'ai pas envie d'être veuve d'un neveu. »

La voix d'Adrienne ne laissait aucun doute là-dessus.

« Mais que je parte ce soir ou demain, où est la
différence ? insista Serge.

— La différence ? La différence est dans la nuit,
Serge. La nuit, tu sais... Tout est à craindre la nuit. »

Elle affirmait que la nuit aggrave tout, malheur,
inquiétude, soupçons, qu'elle rend la fièvre plus pois-
seuse, plus menaçants les dangers.

Elle en avait les larmes aux yeux. Il y eut l'intervention de Licia. La dureté qui était apparue autour
de sa bouche s'était effacée, et son visage n'offrait
plus que la courbe délicate de son menton, ce men-

ton félin d'où semblaient naître toutes ses expressions.

« On va s'organiser », dit-elle.

Des deux lits l'un fut attribué à Serge.

« Licia et moi, nous dormirons dans l'autre », dit Adrienne.

Vint l'heure que Serge appréhendait plus que tout. Il se mit au lit à reculons, comme on introduit un cheval dans ses brancards, geste qu'il accomplissait d'instinct pour s'ôter toutes chances de rencontrer le regard d'Adrienne.

Il ne céda ni à l'envie de se retourner lorsqu'il entendit qu'elle se couchait à son tour, ni à celle de lui répondre lorsqu'elle demanda : « Tu dors déjà ? » avant que Licia ne la rejoigne. Il ne céda pas à leur gaieté quand il les entendit chuchoter entre elles, et rire, mais loin, si loin de Serge.

Il était fermé à tout, indifférent, insensible au déploiement de ces deux corps si contraires l'un à l'autre, la lourde, la débordante poitrine de Licia sans doute proche du torse menu d'Adrienne, les hanches massives de l'une comme un rempart dressé contre le corps sans épaisseur de l'autre, cuisses pleines contre cuisses plates, indifférent, oui, à cet étrange contrepoint, insensible au murmure de ces femmes puis à la houle légère de leurs respirations accordées.

Elles dormaient.

Mais Serge ne céda pas au sommeil.

Il ne céda qu'à l'angoisse qui l'assiégeait par vagues brûlantes. Fallait-il redouter la nuit ? Fallait-il, comme le prétendait Adrienne, la tenir pour responsable de tout, cette nuit d'étoiles et de lune que Serge passa, assis sur son lit, les yeux fixés sur ce qui, dans l'entrebâillement des rideaux, annonçait l'approche du jour ?

Mais cet obscurcissement en lui, ces espérances si longtemps bercées et qui, là, lui étaient brusquement arrachées, ce mal inconnu qu'il chercha à esquiver, jusqu'au bout, jusqu'à l'aube, était-ce la faute de la nuit ?

Elles dormaient encore lorsqu'il s'en alla.

Un miroir lui renvoya le reflet d'une fuite longuement préméditée. Il se vit gagnant la porte, ses souliers à la main.

CHAPITRE V

ÇA vacille dans l'esprit d'Ulric, tout est nouveau, tout est instable et ça tangue, et ça roule, et sa joie fond, car ce que dit Adrienne tandis qu'il lui révèle les circonstances de leur première rencontre, chaque parole prononcée le déconcerte.

Il y a d'abord eu ce « Non ». Voilà le fait.

Et cependant Ulric insiste. Pourquoi ? Elle ne l'a donc pas remarqué ce soir-là au *Paris ?* Adrienne a un geste qui peut signifier : « Qu'est-ce qui vous prend ? Et pourquoi vous aurais-je vu ? »

Sa main balaie l'air.

Mais il insiste encore : elle l'a vu. Alors Adrienne d'une voix froide :

« Quand je suis heureuse, je ne remarque rien, je ne vois personne. »

Ulric n'est pas homme à poser des questions mais enfin, heureuse, qu'entend-elle par là ? Heureuse ? Elle veut dire : « Quand je suis avec quelqu'un que j'aime. »

« Aimer ? Vous aimez donc ?

— Bien sûr, répond-elle sur le ton de l'indignation, bien sûr que j'aime Licia. »

Ulric la regarde, perplexe.

Il a beau la connaître peu. Il sait qu'un mot de plus suffirait à tout compromettre, tout ruiner. Alors il lui parle du paravent rouge, derrière lequel elle dînait, ce soir-là. Il croit s'exprimer en causeur désinvolte. Bien que l'inquiétude gronde en lui et qu'il y ait comme un tremblement dans sa voix.

Encore un mouvement d'impatience : Adrienne a presque tapé du pied. Mais Ulric est emporté. Il n'y peut rien. Il mesure les risques et librement, sans hésitation, les prend.

Il a le droit, n'est-ce pas, de juger singulier ce besoin de se dissimuler derrière un paravent ? Elle cherche à l'interrompre : quels droits ? Il n'en a aucun. Il lui tient tête. Il crie presque qu'il a tous les droits, tous, et peut-être sait-elle, dès ce moment-là, ce qu'il lui cache, peut-être a-t-elle deviné. C'est une discussion et ce n'est pas une discussion. C'est une déclaration d'amour et ça n'en est pas une encore.

Tout autorise, ici, à penser que déjà Adrienne sait.

Par la suite, Ulric pensera souvent à cet instant où, jouant de la surprise, il aurait pu exiger d'elle la vérité et l'obtenir. Mais trop tard. L'occasion est passée, elle ne se représentera jamais. Et d'ailleurs Adrienne parlant de Licia ne s'exprime déjà plus de la même façon. Comme si la spontanéité s'était évanouie.

Nul doute que, consciemment ou non, elle cherchait à se dominer.

Entre ces deux attitudes opposées, la première où il entrait autant de bravade que de liberté, et la plus récente faite de prudence et de retenue, se situe la révélation de l'amour d'Ulric. Libre, indépendante, Adrienne pouvait tout oser. Convoitée, face à une impatience qui telle une rafale la menace, par calcul ou par crainte elle dresse hâtivement une façade, elle dissimule sa vérité comme une ville investie dissimule ses richesses.

Elle se voit vaincue.

Et maintenant elle dit de Licia : « C'est une amie de vingt ans », d'une voix indifférente. Elle dit aussi qu'il n'y a pas plus célèbre à Paris. Un morceau d'histoire, Licia. Un moment de l'art. Comment est-il possible qu'Ulric n'en sache rien ? Une insolence lui vient aux lèvres. Il est sur le point de dire que cette sorte de célébrité ne va pas jusqu'à retentir au fond des forêts de Bohême. Mais ce que ce propos a de désobligeant l'arrête. Alors il se réfugie dans l'ignorance où il est des gloires mondaines. Et elle se récrie :

« Licia n'est pas une mondaine. »

Au loin, c'est le silence de la pièce où l'on joue et la cacophonie de la pièce où l'on cause, avec la voix de Lou dominant les autres. Au milieu, il y a le boudoir, zone neutre, où Adrienne se jette dans l'histoire de Licia, le divan, usé mais indestructible, où chacun de ses gestes fait tressaillir Ulric, et, derrière chacun de ses mots, la crainte d'Ulric qu'Adrienne ne se lève, s'en aille et qu'il la perde à nouveau.

Peu lui importe ce qu'elle dit. Seule compte la musique de cette voix et ce qu'elle sous-entend : une sorte de passé. Qu'Adrienne le veuille ou non, ils en sont à leur deuxième rencontre. Ils se sont presque connus, une fois, déjà. Et maintenant, ils parlent d'une amie d'Adrienne qui a été la confidente, l'inspiratrice des peintres, des musiciens, des poètes, cette Licia qu'Ulric a aperçue un soir, et qui, quoi qu'en dise Adrienne, est comme une amie commune. Oh ! enfin, presque...

Et Adrienne fronce le nez.

Ses doigts impatients vont et viennent, ouvrant sur son front le bonnet épais de sa chevelure. Elle hausse les sourcils jusque sous la barre noire de sa frange, et plonge son regard ironique dans les yeux d'Ulric, mais elle ne le contredit pas.

Adrienne en parlant se transfigure. Son visage s'éclaire, ses mains se portent à son cou, cherchant le contact de l'écharpe. Ce doit être important ce geste pour Adrienne. Elle le refait souvent. Les doigts nerveux s'ébrouent, fouillent la soie, s'attardent dans une aise et avec une sorte de complaisance qui confère à ce geste une signification mystérieuse. Tandis qu'elle parle, elle joue de ses mains comme les chats de leurs pattes et, comme eux, s'arrête soudainement figée dans une immobilité que l'on ne s'explique pas.

Ulric pense à cette fille avec laquelle il a couché à Athènes, très belle, très désirable et qui, au moment où elle s'abandonnait, touchait une médaille vierge de toute empreinte sur l'avers comme sur le revers. La médaille pendait à une chaînette fixée à son cou. Et ce qui portait sa main vers cette médaille secrète paraît à Ulric aussi difficile à justifier que le geste d'Adrienne. Toutes deux obéissaient à un élan plus fort que la raison.

Mais à quoi va-t-il mêler Adrienne ? Pas qu'il songe à lui raconter sa vie. D'autant qu'elle ne ressemble ni à cette Grecque, ni à Josefina, ni à personne, Adrienne.

Elle est là qui le regarde, et il est émerveillé et fier comme un jeune homme à sa première maîtresse. Elle dit : « Licia... Licia » et ce nom n'est plus pour Ulric un poison mais ce qui justifie l'animation d'Adrienne... Adrienne en jersey noir, avec des chaînes d'or qui lui cascadent autour du cou et lui cernent la taille, Adrienne qui lui sourit.

Elle n'est plus jeune, c'est évident, mais quel âge peut-elle avoir ? Quarante ans passés ? Bien passés ? Et même plus ? Ulric fait un calcul confus. Très vite il se perd dans les années. D'ailleurs qu'importe... L'âge ne paraît pas avoir prise sur elle.

Il retrouve le souvenir des jeunes filles qu'il a plus ou moins courtisées et il songe que toutes l'ont ennuyé à crier. Encore heureux lorsqu'elles ne lui inspiraient pas une gêne intolérable. Alors pourquoi se mentir ? Josefina, déjà, n'était-elle pas son aînée de dix ans, au temps

où il l'aimait ? Il la berçait comme une enfant et
l'appelait « ma petite ».

Il avait à peine vingt ans lorsqu'il l'avait rencontrée.
Il se sentait plus fort qu'un archange. Impossible
aussi de ne pas se souvenir qu'il est resté aveugle et
sourd aux charmes des pucelles de Prague, de Vienne
ou d'ailleurs que sa mère cherchait à lui jeter dans les
jambes. Alors ?

Il n'aime que les femmes habiles, il est sur le point de
penser « mûres » mais il regarde Adrienne, il s'emplit les
yeux d'elle et se presse d'arrêter ce mot, de le faire taire.
Épanouies, c'était cela la vérité. Les femmes épanouies...
Il n'avait jamais aimé qu'elles. Quant à l'âge d'Adrienne ? L'âge où l'on sait aimer, se dit Ulric qui commence
à l'imaginer dans le plaisir.

Il n'écoute pas ce qu'elle dit. Il lui prête des gestes
qu'elle n'a pas mais qu'elle doit avoir parfois. Toutes
sortes de détails le surprennent, toutes sortes de précisions qu'il ne veut pas fuir.

Il accepte Adrienne telle qu'il l'invente, sans retou-
ches.

Il la voit dans une chambre ouverte sur une ville
obscure, vide de bruit et de vie, un Paris écrasé d'ombre
épaisse, les lèvres scellées. Adrienne se confond avec le
bruit de la pluie sur le zinc des toits. Et le désordre, dans
cette chambre, c'est encore Adrienne. Elle est ce qui fait
battre son cœur, le lit défait qui a gardé sa forme, la
silhouette incertaine penchée sur des vêtements tombés à
terre, la robe noire qui a glissé du fauteuil, la manche
encore fidèle à la courbure du coude, les chaînes de sa
ceinture qui font une traînée d'or sur le tapis, ce
spectacle en contre-jour, cette confusion d'un matin
étrange dont il s'emplit les yeux, tandis qu'elle parle et
qu'il ne l'écoute pas.

Ulric s'irrite contre lui-même.

Il se dit qu'il est encore temps de se ressaisir, de lutter
contre l'irréalité de ses pensées et d'écouter Adrienne.

Elle répète « Licia... Licia », un nom dont le mystère retient Ulric, l'attire à la façon d'un aimant.

C'est comme jaillit une flamme ce nom, comme prend un feu qui s'élève et qui danse dans l'âtre, et qu'Ulric regarde sans réussir à dominer le cours de ses pensées. Ils sont, elle et lui, devant ce nom, lui tout occupé d'elle, avec une folle envie d'avancer la main, de la saisir par les épaules, de la chavirer contre lui, et elle ? Que fait-elle ? Elle attise le feu. Elle dit « Licia, la magicienne... » de cette voix rauque dont les accents nocturnes troublent Ulric au point qu'il entend et n'entend pas.

Un bruit étrange, ces mots, une rumeur disproportionnée qui monte vers Ulric comme le brouhaha de ces théâtres où trône Licia les soirs de générale, et s'enfle avec l'accent des scandales qu'elle encourage pour le bien de l'Art — du moins est-ce ce qu'Adrienne affirme — puis pâlit et se tait telle Licia immobile dans l'aube tumultueuse des avant-gardes.

Et que dit encore Adrienne ?

Que les gens qui n'ont jamais vu Licia la reconnaissent à cause des portraits qu'on a faits d'elle. Elle dit « Renoir... Van Dongen » et attend d'Ulric un mot, une phrase, une appréciation, enfin, quelque chose qui ne vient pas. Il fait « Ah ! », comme un homme qui ne sait pas de quoi on parle mais qui sait le danger qu'il y a à se présenter ainsi en provincial ignorant de toutes choses, et qui s'en moque parce que, brusquement, il a décidé de se montrer à son pire pour la choquer, pour la forcer à ne remarquer que lui.

Il pourrait mentir, aligner de ces phrases passe-partout, de ces banalités qui nourrissent les conversations, absurdement. Il ne le fait pas. Il ne prétend pas connaître les peintres dont elle cite les noms. Il fait mieux : il prend plaisir à dire qu'ils lui sont indifférents et qu'elle parle avec des mots trop grands, des mots trop vrais qu'il faut réserver à d'autres sujets. A eux par exemple...

A eux ? Elle le regarde interloquée.

Oui, à eux et à ce qu'ils feraient si au lieu d'être à la merci de la curiosité des gens qui les environnent, sous la surveillance de Lou qui patrouille et les observe comme un chasseur en quête de gibier, si au lieu d'être là ils étaient ailleurs.

Et voilà Ulric, pareil à un cheval emballé. Le voilà insolent à force d'impatience, dévoilant à Adrienne la soif qui n'a cessé de lui brûler les lèvres pendant qu'elle cherchait à le distraire de la violence qui l'habitait, cette violence qui maintenant éclate. Qui est-elle ? Pourquoi ne termine-t-elle jamais ses phrases ? Que fait-elle à tâter sans cesse la soie de ses écharpes ? Est-ce un talisman ? De qui tient-elle un pareil regard ? Des yeux gris vert avec un éclat végétal, allongés, comme deux algues fixées aux tempes. De son père ? De sa mère ? Lui a-t-on déjà dit qu'il y a, chez elle, du faune, enfin quelque chose d'indompté, oui, du faune ? Non, non. Il insiste. On ne le lui a jamais dit ? Jamais ? Et pourtant... La même sauvagerie... Est-ce cela qui plaît à Licia, la sauvagerie ?

Elle entend mais ne daigne répondre. Elle ne proteste pas non plus. Elle perd pied devant la plaisanterie un peu lourde et le nom de Licia jeté là, en pleine conversation.

Elle l'écoute avec bon vouloir mais sans indulgence. Il va cesser de la quereller à propos d'un paravent, oui ou non ? Oui. Il la détaille en maquignon pressé de conclure. Où est-elle née ? Pourquoi ne veut-elle jamais parler d'elle-même ? Pourquoi ?

Elle secoue la tête.

« Parce que je ne suis pas un sujet de conversation. »

Elle a répondu de sa voix basse un peu hésitante et il la regarde interdit. Elle ajoute :

« Laissons ces sortes de bavardages, voulez-vous ? »

D'un geste méprisant elle montre la pièce où Lou fait du zèle et se mêle du jeu avec de grands éclats de voix :

« Laissons ça à ces gens...

— C'est que, dit-il, vous êtes tout ce qui m'intéresse. »

Ulric est-il fou ? Et il faut qu'il le soit pour se lancer ainsi à tâtons dans l'inconnu. La nuit profonde des prémices... Un brouillard indicible. Folie que de vouloir voir clair là-dedans, quand il suffit de fermer les yeux et de laisser faire le cœur. Et Ulric est fou qui ne cesse de quémander la vérité, et de vouloir, inquisiteur de l'obscur, mettre partout la lumière. Comme si la confusion des commencements était évitable ! Mais que faire ? Maintenant qu'il est résolu, maintenant qu'il a choisi.

Et peut-être était-ce le seul moyen de lui plaire, à Adrienne ?

Elle hésite encore. Elle lève sur Ulric l'interrogation de ses yeux que le contraste de sa frange, épaisse et noire, fait paraître pâles.

Se peut-il que cela lui arrive à elle ? Le spectre de l'âge est là qui la domine. Se peut-il qu'il l'ait aimée, comme il le dit, tout de go, à cause de sa démarche et de l'énigme qu'elle lui posait ?

Quand il parlait et se fâchait, quand il la pressait de questions cela favorisait l'illusion. Mais maintenant qu'il se tait, Adrienne s'interroge. C'est que l'on juge mal dans le silence et elle ne sait que penser.

Ulric l'aime-t-il vraiment ?

Il se prétend jaloux et conquis, n'est-il pas plutôt grisé par Paris, les femmes et tout ce qu'il voit, ce hors-venu, ce guerrier d'on ne sait quel ailleurs, sauvé de la mort, de la peur, et qui croit aimer simplement parce qu'il est enfin rendu à la quiétude.

Mais Ulric ne se tait pas longtemps. Il porte en lui sa jalousie houleuse. Il la porte piquée au flanc et sans cesse renaissante. Il lui suffit d'en appeler à ses souvenirs pour se demander ce qu'Adrienne faisait au *Paris*. Que faisait-elle, nom de Dieu ? Que faisaient-elles toutes deux ?

Licia ? Une rivale ?

Elles formaient une paire de femmes, cela crevait les yeux. Et pas seulement les siens. Ceux du personnel, ceux de tous les dîneurs présents.

Il la revoit, traversant la salle à manger et pivotant sur les hanches avec cette démarche dansante qui, jusqu'à ce soir-là, lui semblait le privilège exclusif des tziganes. Jeune homme, sur les routes de Moravie, Ulric suivait les filles aux longues jupes en disant des douceurs pour les entendre rire ou se fâcher. Des folies, quoi... Mais Adrienne ? On n'avait pas le droit de marcher ainsi et de danser des hanches devant les gens. Et pourquoi s'il vous plaît ? Ah ! non. Il n'allait pas recommencer à l'importuner de ses questions. Et puis là, sans qu'il puisse s'expliquer comment ni pourquoi, tout le ramène à l'image d'Adrienne lors de leur première rencontre. Adrienne inconnue, imaginée, cachée, Adrienne au paravent, elle, elle... Adrienne avec Licia.

Il voudrait se montrer plus tolérant mais à peine prises ses résolutions fondent comme neige au soleil. C'est qu'il y a en Ulric une espèce d'austérité, une incapacité à faire alliance avec le libertinage, une raideur en somme, réduite à sa plus militaire expression, mais intacte en lui, solide et qui, bien que datant du collège des Cadets de Wahlstatt en Silésie, n'a jamais cédé.

On ne se défait pas aisément de principes pendant dix ans inculqués.

Et Ulric est là, à côté d'Adrienne, ses longues jambes repliées sous lui, respirant court, criant bas, répétant : « Pourquoi vous cachiez-vous ? Pourquoi ? » d'une voix à peine saisissable.

« Songez, dit-il, que je vous attends depuis bientôt sept semaines. »

D'un mouvement dont il n'est pas maître Ulric l'attire par l'épaule et s'appuie contre elle comme il lui aurait demandé secours. Et au lieu de s'emporter Adrienne sourit. C'est seulement quand on aime que l'on ose se montrer sous un jour aussi défavorable, et faire cette figure d'enfant buté et serrer les lèvres et poser d'une voix qui trébuche les mêmes questions, inlassablement. Et seulement parce qu'on aime que naît cette inimitié dans la voix et ce désir hargneux, à peine dissimulé, de provoquer. Elle reconnaît la passion au premier coup d'œil.

Aussi ose-t-elle le premier geste de possession. Sa main se referme comme inconsciente sur cette main qui lui pèse à l'épaule. Il craint que ce ne soit qu'un geste d'apaisement et qu'elle aille se retirer, mais elle ne desserre pas son étreinte.

Maintenant il y a entre eux ce geste qui change tout et Ulric se tait, hanté par la crainte que le charme ne se rompe et qu'un mot suffise pour mettre un terme à un bonheur aussi surprenant. Que voit-il à ce moment ? Rien. Malgré le tapage de Lou, ses applaudissements et ses va-et-vient, seules existent pour lui sa main prisonnière et la voix qui le bouscule :

« Je vous trouve bien indiscret », dit-elle.

Et elle, encore, très bas, très vite :

« Ne comptez pas sur mes confidences, je n'en fais jamais. Et quel besoin avez-vous de savoir ? Est-ce un paravent qui vous choque ? Cette fiction ? Savez-vous, Ulric, que vous êtes blessant ? »

Soudain les mots atteignent Ulric. Enfin pas tous... Certains seulement qui font en lui un tel bruit qu'il demeure sourd à ce qui suit. Ainsi cette façon qu'elle a eue de l'appeler Ulric pour la première fois. Comme une fanfare dans la tête. Des éclats de trompettes. Quel besoin a-t-on de parler après ça ?

Mais d'une pression de la main elle lui fait comprendre qu'elle entend poursuivre et être entendue. C'est sans réplique : elle lui interdit de dériver. Une main légère et douce commande, Ulric obéit. Il écoute :

« Le vrai, dit-elle, est que j'habite toute l'année l'hôtel où vous m'avez rencontrée, vous comprenez ? »

S'il comprend ! Sept semaines. Ce temps perdu entre eux. Ce gaspillage.

Il faut avoir été longtemps soumis aux incertitudes de la guerre pour ressentir, comme une douleur ou comme une trahison, tout ce que le hasard vole au bonheur. Ces incertitudes, on se jure de les effacer. Et c'est de s'en souvenir qui rend impatient ou téméraire.

Ulric ne répond rien.

Adrienne, un instant, s'efface dans son esprit devant cette autre question : comment font ceux qui se soumettent et acceptent aussi aisément les désaveux du sort ? Sept semaines... Adrienne ne peut pas comprendre. Ulric le sait. Elle n'a pas les mêmes raisons que lui d'être pressée de vivre, de sentir cette rage au cœur, cet appétit d'aimer, ni d'éprouver là, sans presque pouvoir se l'expliquer, un pareil dépit. Sept semaines... Mais pas un mot ne sort de ses lèvres. Sept semaines. Adrienne est une terrible devineuse de pensées. Elle sait qu'il lui cache quelque chose :

« Est-ce moi qui vous rends triste ? Vous m'en voulez ? »

Lui, feignant l'étonnement :

« Pas le moins du monde. »

Et elle :

« Vous voilà renseigné maintenant. C'était bien ce que vous souhaitiez, n'est-ce pas ? Et puisque vous tenez tant à tout comprendre, sachez qu'il n'est pas toujours agréable de dîner devant une cinquantaine d'officiers occupés à vous dévisager. On peut accepter un temps et puis, brusquement, n'en plus pouvoir et tout haïr à cause de cela. Vous comprenez ? Laissez-moi espérer que vous êtes de ceux qui comprennent. »

Ulric murmure :

« Je ne sais pas... Enfin, il me semble. Oui, je crois. »

Et c'est le silence, le noir.

Il pense à ce qui les sépare, la guerre entre eux, la mort.

Mais il y a sa main, la chaleur de cette paume qui le pénètre, il y a ce lien frémissant, les longs doigts d'Adrienne qui glissent entre les siens, il y a ce geste devant lequel tout cède, la peur, l'hostilité, la haine, tout s'ouvre. Et Ulric se demande si ce qui les sépare ne se limiterait pas, après tout, à quelques mètres de couloirs, rien que ça, rien qu'une trouée profonde, une route humaine, silencieuse qui fuit comme en rêve, entre deux rangées de portes toutes semblables, un labyrinthe aux détours imprévisibles, aux brusques crochets, où l'on s'enfonce, résolu, guidé par le fil rouge du tapis. Un ascenseur à prendre. Même pas à sortir. Ulric n'a plus peur. Plus peur du tout. Il la rejoindra un jour. Plus tard. Demain. Il ira. Il n'est plus seul.

Alors seulement il se souvient de Lou disant : « Adrienne. Vous connaissez Adrienne ? » Et puis rien. Pas commode à retrouver une femme qu'on ne connaît que de prénom. Et s'il allait la perdre à nouveau ? Ulric s'imagine demandant « la chambre d'une nommée Adrienne ». Cette idée... De quoi aurait-il l'air ?

Un sentiment vague le gagne et se fortifie en lui jusqu'à devenir une certitude : à savoir l'impossibilité manifeste où il se trouve de demander à Adrienne son nom. Les mots qui lui viennent ne sauraient convenir. Les morts peut-être comprendraient... Et les absents... Peut-être seraient-ils sensibles à leurs grâces, eux, à leur naïve rouerie. Mais pas Adrienne qui les jugerait dépourvus de sens et, sans doute, le sont-ils.

Tel est Ulric que des raffinements d'un autre âge, des scrupules aussi, tout un langage connu de lui seul paralysent.

Ainsi cette personne qui n'a pas de nom tient la main d'Ulric et voilà Lou qui va, qui vient, passe et passe encore, et voilà que d'une certaine façon Ulric est las. Il ne sait pas de quoi. De se sentir étranger peut-être,

différent et devant Adrienne toujours, de question en
question, comme devant l'inconnu.

Et voilà qu'elle se lève, sans donner une seconde
d'attention aux silencieux personnages qui, cartes en
main, se tiennent immobiles autour des tables dans un
brouillard de fumée ; la voilà allant vers la porte, ne
témoignant à ceux des amis de Lou qui cherchent à la
retenir qu'un désir avoué d'en arriver à des adieux sans
ronronnement. Des adieux abrupts, suprêmement inso-
lents.

Des bras se tendent vers Adrienne.

Elle ne cache pas sa hâte.

« Le couvre-feu n'est pas levé », dit Lou d'une voix
hostile.

D'un seul regard elle embrasse la place silencieuse, le
cœur noir de la rue de Bourgogne, les deux guérites sur
le trottoir d'en face avec, les joignant, le pas mécanique
des sentinelles, la vaste perspective de la rue de l'Université et au loin l'Esplanade vide. Il n'y a de mouvement
dans le ciel que celui d'un grand drapeau flottant sur le
palais Bourbon. Lou montre du doigt l'étendue des rues
et sa main a un mouvement de guillotine.

C'est qu'elle ne pardonne pas à ceux qui s'en vont
ainsi.

Ces départs-là ressemblent trop à des fuites.

Elle dit encore :

« Tu devrais le savoir qu'il y a le couvre-feu. »

Mais il n'y a pas de couvre-feu pour Adrienne. Ulric
est là qui la suit.

« Adrienne quoi ? »

Tandis que la nuit lente s'éloigne et que la place, en
bas, se libère petit à petit de sa chape d'ombre, la statue
de l'homme à la toge, le César haut situé au sommet de
son étroite colonne ayant en premier bénéficié des lueurs

de l'aube, tandis que tout dort ou, pour plus d'exactitude, que, de loi allemande, dort tout ce qui a reçu l'ordre de dormir dans cette ville prisonnière, Ulric lui, ne dort pas. Il a tenu Adrienne serrée contre sa poitrine, l'a aimée sauvagement. Il a eu pour lui seul le corps nu qui maintenant s'est éloigné, emporté par le sommeil, envolé de lui. Ce qu'il y a d'apaisé en Ulric regarde Adrienne menue, toute lisse, capricieuse jusque dans le dormir. Ce qui reste en lui d'insatisfait se répète : « Adrienne quoi ? » jusqu'à ce qu'il n'ait plus en tête que cette question mille fois répétée, rien que ça :« Adrienne quoi ? »

A peine s'il perçoit un pas cadencé au loin. Une première patrouille remonte la rue.

Donc « Adrienne quoi ? »

C'est terrible à penser.

Il voit maintenant, clairement, comment il aurait dû s'y prendre chez Lou. Questionner Adrienne tout bonnement, sans égards. Mais dans l'état de son cœur, il n'y songeait pas. Et, de plus, ce n'était pas dans ses moyens. A cause de la malice qu'il devinait en elle, une sorte de malice paysanne qu'il s'explique mal et qui habite encore le corps endormi à côté de lui, à cause de la façon dont elle le regardait chez Lou, de ses yeux qui n'ont pas leur pareil, cela est certain, mais où il a surpris tant de gaieté moqueuse, tant d'insouciance, à cause de tout cela Ulric n'a pas, non plus, eu recours aux sacro-saints artifices qu'on lui a enseignés enfant. Elle aurait ri. Elle en aurait fait des gorges chaudes, Adrienne.

Ulric se dit que, dès les premiers instants, il leur a manqué un langage commun. Il lui aurait fallu aussi une autre éducation, une autre enfance. Ce qui l'a façonné ? Un mode de vie désuet, oublié, comme une langue morte. Avec les siens, à cause d'eux, il a cru à l'avenir de tout ce qui a sombré. Il s'est même trompé de patrie, à cause des siens.

Jamais Ulric ne retrouvera cette clairvoyance ; jamais,

comme dans le silence de cette nuit, il ne mesurera aussi froidement ce qui le sépare d'Adrienne ; jamais non plus le langage de son passé, ce parler fait de mots fantômes, jamais ces dissonances, ces modulations, jamais la mystérieuse alchimie de la langue tchèque n'éveillera chez lui plus grand désespoir. Car ce dont la guerre l'a dépouillé, ce n'est pas tant d'une façon de vivre que d'une façon de s'exprimer, quelque chose de plus vaste, de plus divers qu'une patrie, de plus essentiel que la vie même : un langage.

Vivre dans les mots des autres comme dans une installation d'emprunt, en cela consistait sa solitude. Et voilà que par bribes, par à-coups aussi brusques que les crochets d'un lièvre, d'étranges petits fragments lui reviennent à l'esprit. Ce qu'il retrouve ? L'alliage d'intonations, de tournures de phrases propres à son milieu. Langue particulière, impénétrable à qui n'en connaissait les usages, c'est cela qui refait surface. Et voilà Ulric dialoguant avec des esprits parents. Comme si des voix de rêve montaient dans le noir de la chambre. Comme si, formant une chaussée imaginaire, des mots perdus et retrouvés le ramenaient, et cela malgré Adrienne endormie, au cœur de l'Europe, dans le giron d'une race presque éteinte, cette aristocratie d'entre-deux-guerres qui avait fait son enfance heureuse.

L'univers verbal de cette société... Tétanisée, figée en un éternel garde-à-vous... Et pour toujours marquée au pli de l'ancienne monarchie. Les mots pour elle ? une crampe laissée par des siècles de badinage obligatoire, de propos inoffensifs et de légère folie. Des mots comme une grimace heureuse que commandaient de majestueuses demeures, des escaliers sonores et glacés, de trop hautes salles, le cadre d'une grandeur envolée, tout un décor devenu inutile mais qui consentait à servir encore. Comme une négation désespérée du présent ces mots, comme une bouée à laquelle cette société demeurait passivement accrochée. Cette idée que l'on se faisait des lois de l'hospitalité... Un cérémonial ne signifiant plus rien d'intelligible mais auquel on prêtait une valeur magnétique et que chacun observait.

Cela aurait été du chinois pour Adrienne si on avait cherché à lui en rendre compte. Tout ce qui importait dans ce cérémonial, tout ce qui faisait poids lui serait apparu aussi inutile qu'un feuillage mort. Alors à quoi bon essayer ? Du chinois.

Ainsi pour demander son nom à un inconnu fallait-il se limiter à des allusions et s'exprimer comme si ce nom tout le monde le *savait*. Il fallait, en somme, sauver les apparences en restituant à cet homme sa dignité d'homme connu. Procéder autrement, le questionner de but en blanc, équivalait à traiter cet inconnu en voyou s'introduisant chez autrui par effraction et participer, de ce fait même, à son indignité en admettant la présence d'un voyou chez soi. Cette exigeante convention engendrait tout un réseau de formules irréductibles dont l'entourage du comte Norbert subissait encore l'envoûtement.

Cela se remarquait au printemps surtout, quand les Muhlen tenaient maison ouverte.

Comment pourrais-je faire comprendre tout cela à Adrienne ? se demande Ulric qui, dans un état de demi-veille, revoit son père déambulant sous les arbres.

Le comte Norbert... Il croit l'entendre : « Quand dit-on ? », « Quand peut-on ?, « Quand doit-on ? », laissant à M. Célestin le soin de lui donner la réplique. Le précepteur français, en ces circonstances, était son interlocuteur le plus attentif. Ils n'en finissaient pas, tous les deux, ils n'en finissaient pas d'ergoter là-dessus.

Le comte Norbert... Il jouissait d'un pouvoir considérable dans le pays. En bottes fauves. Avec cette étrange casquette. Toile blanche et courte visière. Aux premiers soleils :

« Bohush, criait-il, apporte-moi mon couvre-chef socialo-populiste. »

Et le valet s'empressait, tenant l'objet comme s'il s'était agi d'une relique alors que le comte Norbert n'avait rien de plus pressé que de pétrir cette casquette entre ses doigts, la défoncer autant qu'il le pouvait, avant que de la bahuter sur l'oreille, de la basculer au besoin, la visière dans la nuque, ceci afin d'être certain qu'il était le seul à la porter ainsi.

Car il avait eu un geste inconsidéré : celui d'en offrir une semblable.

Et pas à n'importe qui.

Sa casquette des dimanches au professeur Masaryk, celle qu'il portait lorsque sa jeune République, enfant aux frontières fragiles, lui laissait des loisirs. La casquette de ses randonnées dans les bois du prince Fürstenberg, devenus propriété de l'Etat, blanc signal auquel se ralliaient en foule paysans ou bûcherons, toujours prêts à gratter du violon, donner de la voix et reprendre en chœur *Coule, petite source, coule*, sa chanson préférée au petit père des Tchèques.

Mais cette « Adrienne quoi » sait-elle seulement qui était Tomáš Masaryk ? Et si je lui disais, comprendrait-elle ? Comprendrait-elle qu'il y avait du Jan Hus dans cet homme-là ? Comprendrait-elle ? « Ah ! pensait Ulric avec lassitude, il faudrait aussi lui expliquer ce qu'étaient les hussites ! »

Pareil au pêcheur qui va ⁻poser ses lignes, Ulric marche le long de ses souvenirs comme au bord d'une grève, s'arrêtant chaque fois que du fond des eaux remuées monte une question.

Ainsi cette question à propos de Masaryk : Ulric cherche à s'expliquer pourquoi le comte Norbert faisait si bon accueil à un aussi timide cavalier. Pourquoi ? Lui si sourcilleux et qui avait, pour des vétilles, barré de la liste de ses invités tant de gens dont la position à cheval lui déplaisait. Mauvaise main, trop de cravache, le rein creusé... Un rien suffisait pour que le comte Norbert se fâchât, traitât son invité de cosaque et ne le revît jamais.

Mais Masaryk ? Posé sur son cheval avec si peu de conviction et de surcroît champion de la morale laïque... Pourquoi le comte Norbert acceptait-il de lui ce qui, chez d'autres, l'aurait fait trembler de colère ? Pourquoi ? Il l'admirait, se dit Ulric, et ce sentiment favorisait singulièrement une indulgence qu'il aurait, par ailleurs, refusée à tout visiteur ayant le pied enfoncé à ce point dans l'étrier. Pour ne rien dire des coudes...

Et puis le comte Norbert voyait en lui un sauveur. A ceux qui qualifiaient le président de scélérat, de fossoyeur de la monarchie austro-hongroise, d'antéchrist, le comte Norbert répondait : « Ce qui subsiste de notre Europe, nous le lui devons. » Et Masaryk le savait, qui s'arrêtait volontiers chez les Muhlen, en route pour Lány. Et le comte Norbert, ces jours-là, exigeait de la casquette que lui tendait son domestique qu'elle n'eût rien de cette raideur un peu militaire, cet air de shako qu'elle prenait une fois associée aux loisirs présidentiels.

« Monsieur le comte, voilà la casquette de Monsieur le comte.

— Tu ne l'as pas amidonnée, au moins ? Tu ne m'as pas fait ça, Bohush ?

— Moi, monsieur le comte ! »

Un quart de siècle que Bohush veillait à ce que l'objet pour être portable fût laissé souple et un rien culotté, et un quart de siècle aussi que le comte Norbert attendant l'arrivée des chasseurs discutait avec les mêmes gens, des mêmes usages.

« Tout est question de jugement, disait-il. On ne voit pas pourquoi un inconnu devrait forcément être traité en intrus. Ce peut être tout bonnement un cousin oublié, chose si triste, non ? »

Et le précepteur d'acquiescer :

« Certes, certes... Cela va de soi... Il y a inconnus et inconnus. »

La conversation n'allait pas plus loin. M. Célestin,

avec quelque cérémonie, profitait du silence pour
demander la permission de se retirer.

Mais Adrienne ?

Elle n'aurait pas été dupe, Ulric le sait, des savantes
périphrases auxquelles le comte Norbert excellait. Pas
dupe un instant. Réfractaire. Insensible à la force
d'attraction de ces mots qui avaient servi de ciment à
une société mourante. Elle n'avait plus que cela pour la
tenir, rien que le ton particulier de sa conversation. Mais
ce n'était pas l'affaire d'Adrienne.

Et pendant que le calme de la nuit se brise et que
l'ombre lourde et grise se délaye et se glisse entre les
fentes des volets — il était quelque chose comme cinq
heures du matin —, Ulric se laisse envahir par un
tourbillon d'images qu'il a souvent et vainement essayé
de retrouver auparavant, mais qui, maintenant, lui
reviennent en foule, comme si le lit où dort Adrienne
était le creuset où reprend forme ce qui de façon vague
et imprécise ne cesse de le hanter. L'Europe d'hier... Elle
est partout. Elle emplit la pièce. Et partout où Ulric
pose les yeux, c'est elle qu'il voit ; c'est le gosse qu'il a
été et les mots de son adolescence qu'il entend.

Et le voilà dans la liberté imaginée des mots.

D'aucune utilité ailleurs qu'en Bohême les *répétez-
moi-votre-nom-c'est-pour-la-prononciation,* ou les *ne-se-
rions-nous-pas-un-peu-parents,* innocents subterfuges
prônés par des précepteurs qui, après avoir enseigné le
français et les usages à travers les plus belles capitales
d'Europe, échouaient chez les Muhlen avec un fort
accent de terroir, toujours bons patriotes, arborant une
pochette tricolore les jours de fête nationale, et fidèles
avec ça, casaniers au point de ne jamais retourner dans
leur Bourgogne ou leur Tarn-et-Garonne natal, à cause
de la fatigue, de la dépense et parce que l'habitude de
l'exil était prise de longtemps. Il se ressemblaient tous,
ayant tous plus ou moins débuté, à peine bacheliers et
tout jeunots, en Russie tsariste chez quelque grand-duc

occis depuis, tous échappés de justesse aux mêmes tribulations, tuerie dans un château du côté de Petrograd ou jacquerie en Bosnie-Herzégovine, enfin de bons barbus, un peu gâteux mais denrée rare et fort recherchée en Bohême.

Que sont-ils devenus ? Qui est parti ? Qui est resté ? C'est de ne pas savoir, la torture d'Ulric.

Devenus vieux on les gardait d'une génération sur l'autre. Ainsi le comte Norbert avait hérité du Baptiste Goutte de son père. Puis était venu le temps de Célestin Flambée, le précepteur d'Ulric, M. Célestin, mis au vert comme un vieil étalon lorsque son élève avait été envoyé au collège. M. Célestin... Une singulière association d'idées. Aucune raison de l'évoquer dans la paix de cette aube naissante.

Et pourtant c'est à lui que pense Ulric et à une certaine lettre de sa mère. Comme s'il la recevait une deuxième fois cette lettre. Plus pénible qu'un cauchemar. Ulric ne peut s'empêcher de laisser courir sa main sur l'épaule d'Adrienne tel un enfant qui cherche à se protéger.

Un geste qui lui a échappé.

Chaude l'épaule au creux de sa main, chaud le corps étendu près de lui, d'une nudité palpitante et qui accepte de n'être que ça : une femme endormie dans un désordre de draps, une blancheur contre lequel vient battre le passé d'Ulric. Douloureux... Il appréhende presque d'aller de l'avant.

Mais la lettre est là.

Elle couve comme une fièvre, flotte un instant puis surgit tout d'un bloc.

Chaque mot prend corps.

Une voix pâle dit avec une légèreté feinte des choses atroces.

Sous le couvert du jargon qui lui est propre, sa mère laisse entendre qu' « hélas ! il a fallu mettre en caisse le cher vieux M. Célestin ». Tout a commencé au moment de ce que la comtesse Norbert appelle pudiquement « les événements ». Le lâchage de la France, n'est-ce pas... Sa trahison.

Bien changé M. Célestin. Lui si bon enfant, impossible de lui tirer trois mots. Et puis là, brusquement, après tant de temps écoulé, quand on pouvait espérer qu'il avait oublié, pardonné, plus de M. Célestin. Disparu. Recherché par toute la domesticité jusque dans la rivière.

Mais rien.

Jusqu'au jour où sous le grand rhododendron, celui qui est tout au bout de la grande allée, tu sais... Elle se promenait, Pschtt sur ses talons, quand le chien s'est mis à gémir puis à aboyer comme un furieux. Tu connais Pschtt... Elle s'est approchée et là, à genoux, la tête appuyée contre l'arbre, les yeux ouverts, M. Célestin, la barbe raide de sang, sa pochette tricolore et le revolver dans la même main. Et deux lettres dans sa poche, l'une d'excuses pour la comtesse, l'autre inachevée qui commençait par : *Nuit qui viens ici, ferme derrière toi le livre et laisse-moi seul.* (Une citation ?) Et se terminait sur ces deux mots : « Merci Holan... » Un poète tchèque, Vladimir Holan, l'auteur d'une *Réponse à la France* dont la comtesse Norbert avait ignoré le nom jusqu'à ce jour, mais dont le poème devait encore parler à l'oreille de Célestin Flambée, le pauvre.

Ça avait été plus fort que lui, ce poème.

France, France, la honte des tiens est aussi profonde que notre humiliation.

Comme un chagrin profond que rien n'efface. Mais Célestin remerciait le poète qui lui avait donné la force de se tuer.

Tu es la voix sans audience. Tu es le drapeau qui s'accoutume à sa honte. Tu es l'avenir qui ne se réalisera pas. Tu te réjouis. Tu exprimes ta joie. Assez Paris. Plus un pas dans tes parcs. Assez France. Assez de paroles sur la fraternité. Tu ne peux donner désormais que la mesure posthume de ta peur...

C'était toute l'idée que M. Célestin se faisait de sa patrie qui s'en allait avec ce poème, toute sa patrie qui ne voulait plus de lui. D'autres s'arrangent des idées mortes. Transigent. Les perdent en route. Pas lui. On a beau vivre à l'étranger... « Ce que j'ai pu pleurer, écrivait la comtesse. Tous mes essuie-larmes y sont passés. » Elle disait aussi : « Aux murs les miroirs sont voilés. »

C'est qu'ils s'entendaient à merveille, elle et lui. Il lui baisait la main à tout propos en murmurant : « Vénération... Vénération » comme d'autres disent : « Mes hommages. » Mais aussi personne ne faisait, comme elle, rire le grave M. Célestin. Son meilleur public.

Il faut dire que les incongruités de la comtesse dépassaient tout. Elle avait des idées à elle et des manières en tout personnelles. Quand on s'en étonnait, elle mettait en cause la Grande Plaine où elle était née. Elle était du pays où l'on habille les mariées de noir, où les veuves vont en blanc, où les filles chaussent leurs bottes pour aller danser et où l'on couche dans le même pétrin les nouveau-nés et le pain. Rien ne se passait comme ailleurs aux confins du banat de Temesvár. Il fallait comprendre et ne pas lui en vouloir.

Ce n'est pas lâcheté de la part d'Ulric cette incapacité d'évoquer sa mère autrement que dans sa plus extrême drôlerie, mais impossibilité. A l'autre image il ne veut pas penser. Un serrement de cœur à crier. N'y pas penser. Mais dans sa drôlerie, ça oui... Quand, à la saison des chasses, rappliquaient, venus du plus profond d'on ne savait quelle terre, quel bois, des hobereaux que l'été avait assemblés et que l'hiver allait remporter bientôt, qui dans les contrées subcarpatiques, qui en Moravie, en Transylvanie, en pays souabe ou saxon, mais qui ce jour-là arrivaient en grand arroi, précédés de leurs chevaux, de leurs valets... N'empêche que pour ce qui était de leurs noms... Un vrai rébus.

On s'y perdait.

D'une drôlerie quand elle fonçait sur eux, l'amazone relevée à deux mains pour en finir plus vite, la phrase au bout des lèvres avec un clin d'œil, à l'intention de Célestin et l'air de dire aux inconnus : « Mes chérubins, tout bons chasseurs que vous êtes j'entends que vous tombiez sans résistance dans les filets que je m'en vais vous tendre. » Et vlan ! Elle y allait de sa phrase piège quant à ses hésitations sur l'orthographe. Ah ! comme elle y allait, le catogan serré dans la nuque, sa chevelure, cette énorme masse d'un noir oriental, réduite à ce rien que maintenait un étroit ruban, ah, comme elle y allait, distribuant à la ronde du *mon cousin,* comme s'il en pleuvait, du *mon cher voisin* et du *cher ami,* tout cela afin de cacher son ignorance.

Ce toupet. Ça ne ratait jamais. Elle : « Passez-moi votre carte. Je fais collection. » Ou : « Rappelez-moi vos titres. » Il était bien rare que le nom ne suivît. Certains s'étonnaient. Leurs titres ? Pourquoi faire ? « Je ne veux en oublier aucun. C'est pour mon acte furtif. » Où avait-elle pris cette expression ? Elle entendait par là son journal intime : « J'en fais un morceau chaque soir. » Un de ces baragouins. Elle parlait toutes les langues en français. Jusqu'à M. Célestin qui se prenait à parler comme elle. Car elle le mettait en cause et plus il la suppliait de n'en rien faire, plus elle s'acharnait.

Lui : « Voyons, voyons, comtesse, je vous en prie ! Cessez ce jeu. Personne ne vous croira. »

Elle : « Que si, monsieur Célestin. Vous verrez. C'est tout saucisse pour eux... *Ganz Wurst !* » Et aux visiteurs : « Signez là. C'est pour M. Célestin. Il est grapho... Grapholo... Enfin c'est un savant. Il étudie les autographes. Mais il n'ose pas les demander lui-même. Il est trop timide. Regardez-le. Il a reçu une tête toute rouge. » Et effectivement Célestin était rouge de confusion. Mais elle insistait. Un démon... Et les chasseurs de s'exécuter. C'est qu'elle était irrésistible dans son ama-

zone verte avec un gilet à tout petits boutons. Oui,
irrésistible.

Et puis le gibier n'attend pas.

Chambre d'Adrienne, chambre noire où Ulric retrouve
ce que la guerre lui a arraché, chambre obscure où la
nuit ne se fait pas.

Lit d'Adrienne, serre chaude où les pensées se
dénouent, où le réseau tout vif du souvenir fuse vers le
ciel.

Nuit d'Adrienne, où ce qui s'envole est ce qui pèse.

Amour d'Adrienne.

Ulric, immobile, sent monter du corps couché contre
le sien une chaleur qui l'envahit. Il éprouve une plénitude vraiment souveraine, une sensation comme il n'en a
jamais connu. Et ce n'est pas tellement cette sensation
qui l'étonne mais le fait de l'éprouver auprès d'une
femme avec laquelle il couche pour la première fois. En
même temps il distingue là une nouvelle raison d'aimer.
Il lui suffit d'évoquer d'autres nuits pour s'enfoncer
davantage dans l'amour d'Adrienne.

La copropriété d'un lit, cette torture... Combien de
fois n'a-t-il lutté contre un outrageant désir de fuite ? Et
toujours venait le moment où lutter devenait impossible
et où la fuite immédiate s'imposait. Une fuite nette,
tranchante comme une lame.

Ensuite il se reprochait d'avoir fui et l'abandonnée lui
faisait pitié. Trop tard. Le vent avait tourné qui l'emportait.

Qu'avais-je à attendre de vous, ô compagnes, dont
chaque geste nocturne faisait de moi votre otage et
révélait jusque dans l'inconscience du sommeil votre
infernal instinct de domination ?

Mais pas Adrienne.

Toute rassemblée, elle prend appui sur son bras replié comme si de sa vie elle n'avait requis le secours d'une épaule, ni même d'un oreiller. C'est à se demander si elle n'a pas mémoire d'un temps où elle aurait couché à la dure. Il n'y a que les nomades pour dormir ainsi, se dit Ulric qui s'émeut à l'idée qu'il associe Adrienne pour la deuxième fois au souvenir des filles aux longues jupes. L'élégance de ces errantes... Ce qu'elles étaient belles ces filles qui, du plus loin qu'il s'en souvienne, avaient inspiré à Ulric à la fois crainte et attirance et qui une fois encore, là, dans le lit d'Adrienne, lui apparaissent telles qu'adolescent il les convoitait.

Ainsi, dans sa nudité nocturne, Adrienne justifie-t-elle les espérances qu'elle suscitait sept semaines auparavant quand, vêtue de noir, elle glissait entre les tables de l'hôtel de *Paris*

Ainsi est-elle tout ce qu'Ulric souhaitait et tout ce qu'il désire.

A chaque inspiration, ses cheveux au centre desquels elle a le visage enfoui s'animent. Ils sont soulevés par son souffle. Attendri, Ulric les écarte du bout des doigts et tremble qu'elle ne s'éveille. Elle a un visage tout simple. D'une simplicité paysanne. Elle dort sans vête-ment mais avec tous ses colliers. Ulric en compte au moins quatre superposés.

Parure. Parure séculaire des tziganes.

Les bagues qu'elle porte, contre lesquelles sa tête pèse, lui laissent au front une empreinte. Elle a comme une chaînette rouge au-dessus des sourcils. On dirait un tatouage tribal. Qu'as-tu fait de ton tomahawk, mon Indienne ? Dors, ma Bohémienne, dors !

Une grande étrangeté émane de la façon dont le drap moule étroitement son buste, l'interdisant au regard, l'entourant comme d'un suaire, faisant d'elle une manière de sphinge manchote dont la nudité des mem-bres inférieurs, et aussi la nudité des hanches, du ventre, du creux des reins n'est de ce fait que plus provocante, tout cela mettant Ulric comme face à une femme en deux tronçons ou bien encore comme face à deux femmes différentes et curieusement assemblées, l'une pudique et qui se refuse, l'autre offerte. Ulric l'adore doublement.

Il l'aime pour cette image d'elle endormie : dénouée mais distante.

Car c'est de cela finalement qu'il lui sait gré, cette absence de mollesse chez elle, c'est de cela qu'il se délecte. Et c'est cette idée qui, de sommeil en sommeil bref, l'emporte et le fait reprendre souffle comme de port en port.

Et voici Ulric arraché à la réalité. De guerre ? Plus. Rien ne compte. Rien ne résiste au désir qu'il a de s'attaquer à tout ce qui l'empêche d'aimer à cœur ouvert, de se montrer partout avec cette femme, de l'imposer. C'est le monde qu'il lui faut, le monde entier.

Ulric rêve. Il ferme les yeux au paysage habituel de ses songes : un univers que domine l'horreur de la violence et où toutes les femmes ont les traits de sa mère. On galope beaucoup dans les rêves d'Ulric. Les forêts sont pleines de filles douces et sauvages. Une force irrésistible efface la moindre trace de contrainte, de conflit, d'interdit. Cent mille violons jouent dans les rues de Prague. Les murs sont couverts d'affiches. Partout les panneaux, des pancartes proclament que Mozart est roi. Et il y a des petites musiques de nuit et des chandelles allumées derrière chaque fenêtre. Une facilité immense a raison de Paris qui disparaît sous une sorte de buée, une gaze légère aux formes changeantes. Ulric serre dans ses bras Adrienne et le fantôme de cette paix retrouvée.

Son Europe est heureuse.

Ici commence la fuite immobile qui le ramène, sans qu'il l'ait voulu, jusqu'aux marches d'un des domaines de son enfance. Lequel ? Il ne sait pas au juste. Une demeure qui paraît déserte, dévorée de silence.

Tout ce qui avait été dur et triomphant s'effrite. Les armoiries au plafond, les murs eux-mêmes s'écroulent si on les touche du doigt. Ni sourires, ni voix. Rien ne reste. Un double escalier offre ses degrés poussiéreux qu'il gravit, entraîné par une curiosité anxieuse. La salle de bal ? Il y pénètre en voleur. Mon Dieu ! Mon Dieu ! Qu'on n'ait pas touché à cette salle où des générations successives ont tourbillonné, rien changé aux murs couleurs de layette, où le bleu dragée et le rose dominaient, rien changé à ses miroirs ronds comme des hochets. Gaieté, folle niaiserie des bals ! Et qu'elle éclate toujours en lustres et en balcons cette salle, car nos joues s'enflammaient à peine le seuil passé. Sais-tu, mon Adrienne, sais-tu que tout ce que tu vois, ici, dissous, annihilé, a été d'une douceur insensée ? Sais-tu qu'une salle de bal est une fête en soi. Les lampes papillotent, les miroirs clignotent et vide il faut que tout y danse avant même qu'un danseur y ait pénétré. Le sais-tu ? Sais-tu qu'on peut, ici, évoquer la musique dans le silence, et le mouvement dans l'obscurité ? Sais-tu qu'elle garde le pli de la gaieté comme une cuirasse garde la forme du corps auquel elle était destinée ? O mon premier cotillon, les joues en feu, ma Josefina qu'on applaudissait... Etoile déjà. Sa révérence jusqu'à terre. Et comme le comte Norbert l'avait embrassée sur le front pour la remercier de l'honneur — il avait insisté sur ce mot — de l'honneur qu'elle lui avait fait en venant. Il l'appelait : « Ma chère enfant » et elle rougissait.

Et le lendemain le comte Norbert encore. A un voisin : « *Nos Juifs* ont tous les talents. » Souvent il disait « mes Juifs » en parlant de ceux du village, comme il aurait dit « mes terres ». Aucune haine à leur égard. On en avait hérité comme du reste.

Ulric pénètre dans une galerie vide et qui n'avait jamais été que cela : vide. Pas d'objets. Rien. L'espace seulement et le droit de s'y perdre. Ce qui comptait ici c'était l'inutile, c'était cela. Des murs et des murs. Tous nous ont été serviteurs fidèles, de ceux qui, jusqu'au bout, avec une argenterie absente et des plats fêlés, font les gestes que l'on attend d'eux. Ils ont servi nos illusions. Vois-tu, Adrienne, il ne faut pas mépriser ceux qui ont vécu ici. Il ne faut pas.

Ma nocturne, ma clarté, ma sommeillante, Adrienne, mon passé, essaie de me comprendre. Nous étions nés inutiles, mais ce n'était pas notre faute et ce rôle nous ne l'avions pas choisi. Viens...

Adrienne flotte à ses côtés. Elle est nue et luisante. On dirait une statue.

Une suite de pièces immenses s'ouvre pour Ulric qui s'y engouffre et les occupe l'une après l'autre, tandis que monte en lui le désir de prendre Adrienne et de vivre en elle complètement. S'arrêter enfin. Connaître ici la paix des appartenances qui ne se réclament d'aucun ordre. Et vivre loin. Mais tout est sans cesse à recréer ; la maison à l'abandon, les marches qui se dérobent, l'escalier qui tourne sur lui-même, l'épaule en dedans comme un cheval vicieux, la galerie, la patère, les vêtements qu'elle offre, et jusqu'aux traits flottants d'Adrienne qu'Ulric étreint à bras-le-corps pour s'assurer que c'est bien elle, cette fille en vert, cette fille des bois et de la pluie, que c'est bien son Adrienne métamorphosée. Ça lui fait drôle quand même de la voir soudain autre, un peu sévère mais belle, crénom de nom, belle à faire peur. Coiffée d'un feutre.

Adrienne ? Cette chasseresse ? *C'était hier à Prague.*

On pourrait aisément le contester. Cette veste ? Cette veste à brandebourgs ? Et ce gilet gansé d'argent ? Hier, à Prague ? S'habillait-on ainsi ?

Les mains d'Ulric glissent, s'attardent, pèsent, vérifient.

Aventure sans merci que d'être livrée au pèlerinage aveugle de ces doigts, cette quête obstinée qui n'a pour guide que le souvenir. *C'était hier à Prague.* Ni du corps d'Adrienne, ni de la longue jupe maternelle, illuminant les ténèbres, ne naissent les témoignages irrécusables que le rêve d'Ulric lui impose. *C'était hier à Prague.* Seule cette phrase commande aux formes qui surgissent devant lui, sorties des dalles nues et froides de la maison comme des pièces à conviction, elle seule suscite les surprises qui s'offrent, ces silhouettes qui s'enfantent elles-mêmes, passent et brusquement s'immobilisent. Ainsi ce nouveau fantôme. Ulric a un geste d'étonnement, presque d'effroi, devant cette figure de bois toute vêtue de drap. Que fait-elle là ? Un mannequin comme on en voyait chez le tailleur en vogue, celui chez qui les amazones avaient le caractère immuable des armures. Vraie à crier, le torse bombé, que fait-elle là, debout dans l'ombre ? Il n'y a rien à comprendre, rien à expliquer. *C'était hier à Prague...* Une ondée d'enfance a tout submergé. Une ondée active qui s'est emparée des choses les plus courantes de la vie de jadis.

Magie des rêves. Rien ne manque. Pas même le grand flandrin qui passait une fois l'an récolter les commandes. Pas même son catalogue avec ses figurines d'un autre âge.

Cette année encore toutes nos amazones sont vertes. Dans l'attente de vos ordres...

Et les femmes d'obéir. Et de l'endosser sans hésiter cette armure verte. Encore du Sissi, là-dessous, encore de l'Elisabeth, de l'impératrice assassinée. Morte depuis bientôt quarante ans, mais l'amazone couleur de bronze qu'elle portait à son retour d'Irlande avait toujours cours. Elle n'avait pas fini d'éblouir...

Ne ris pas, Adrienne. *C'était hier à Prague,* tout allait être différent, bouleversé et nous vivions hors du temps, je le sais, mais ne ris pas, car ceci est mon passé.

Adrienne ne rit ni ne lutte. Elle se soumet à la voix qui dit : « Dans mon rêve, je t'habillais de vert. »

Elle consent.

Corps flexible et complice, elle est dans les mains

d'Ulric comme l'argile humide sous les doigts du sculpteur. Sur elle, il tente tous les gestes. Elle accepte d'être pour lui la bouleversante image du présent et du passé confondus et que les lèvres d'Ulric scellent sur elle l'alliance de la mélancolie et de la joie, cette cantate par laquelle un corps proclame qu'il veut aveuglément ce que veut l'autre, cet hymne qui éclate tandis que le jour prend possession de Paris et que tout entière attirée sur Ulric Adrienne, enfin vraie, s'éveille.

Et que croule le passé. Qu'on en finisse avec le cérémonial.

Adrienne l'embrassait. C'était...

C'était à en perdre la mémoire.

DEUXIÈME PARTIE

LES GENS D'UN CERTAIN TEMPS

« L'histoire du monde, en effet, est pour moitié au moins une histoire d'amour. Bien entendu en comptant toutes les espèces d'amour. »

ROBERT MUSIL,

L'Homme sans qualités.

CHAPITRE VI

Le charme de Marseille n'agissait plus.

On s'accommode mal de l'attente à dix-sept ans.

Or qu'avait-il fait d'autre, Serge ? Soudain l'évidence lui apparut. Attendre. C'était certain ! Il n'avait jamais rien fait d'autre. Les événements de sa vie quotidienne prirent tous un sens injustifiable. Injustifiable l'état d'anesthésie dans lequel il avait vécu jusque-là, injustifiable cette indifférence à ce qui se passait dans le monde, et sa façon d'accepter, d'excuser le goût que l'on avait autour de lui pour la vie facile.

Cherchant les causes de ce lent envoûtement, Serge réussit à ne pas en tenir Adrienne pour responsable. A force d'avoir guetté ce qui aurait pu être un signe d'elle ou la promesse de sa venue il avait perdu notion de cette attente et plus encore de ce qu'il attendait.

Alors il s'en prit au soleil. Le soleil était cause de tout.

Hors la lumière aveuglante qui le vengeait d'une enfance grise, hors les horizons marins et les rivages rocheux où Serge passait le plus clair de son temps, Marseille avait cessé de lui plaire. Il s'y sentait « coincé ».

Le mot lui venait sans cesse à l'esprit : « coincé. » Et il

l'était. Pris entre des aspirations informulées et la grande nuit des gens de bien.

Pas qu'il eût de cette nuit une conscience bien nette, Serge, ni qu'il en fût très affligé. Les termes de comparaison lui faisaient défaut. Autour de lui le degré de conscience politique était nul. Vers qui se tourner ? Ses professeurs ? Ils convenaient eux-mêmes qu'ils vivaient à Marseille en « repliés » et aucun terme ne pouvait mieux les définir. Venus de Paris, ils se sentaient partagés entre le soulagement de s'être casés en zone libre et la certitude qu'ils avaient échoué dans une lointaine province, quelque chose comme une colonie, un lieu d'exil, qu'accentuait la ligne de démarcation. Marseille avait entre autres torts celui de n'être pas Paris ; ils en usaient avec ennui et amertume.

Vivre en repliés...

Cela excluait tout effort pour essayer de mieux connaître la ville. Cela permettait aussi d'en parler en termes féroces. Ils ne se recevaient qu'entre eux. Et, pour la plupart, rendaient grâce au mythe de la révolution nationale et du maréchal Pétain, nouvelle Jeanne d'Arc.

L'un de ceux auxquels Serge aurait été tenté de témoigner une certaine confiance enseignait l'histoire du droit. Le professeur titulaire était prisonnier. Un remplaçant, en somme. On lui prêtait de belles relations. Il avait de la prestance, un masque impérial et des yeux d'hypnotiseur ; il parlait sans notes, se voulait dégagé des manuels et souvent citait les poètes. Un agrégé.

En dépit de l'ennui que lui inspirait l'histoire du droit, Serge fit preuve d'une grande assiduité à ses cours. Par esprit de représailles ; pour mieux mépriser ensuite ceux de ses maîtres qui ne quittaient jamais des yeux leur « polycopié » et le serinaient, de saison en saison.

Mais ce n'était pas la seule raison. Il y avait dans le visage de ce professeur quelque chose qui l'intriguait, un je-ne-sais-quoi de désordonné, une zone furtive où tout se défaisait. Et on le sentait dévoré par une furieuse envie de réussir.

Serge l'observait. Comme tous ceux qui ont plus de facilité à se faire des camarades que des amis, il aimait ça, observer. L'observation était la route latérale sur laquelle il s'échappait lorsqu'on le croyait occupé à écouter.

Un jour, l'idée vint à Serge de mettre à profit un vide entre deux cours pour faire avec le professeur quelques pas sur les allées. Il était heureux qu'aucun règlement ne le lui interdise, mais il ne voulait pas laisser voir tout ce qu'il attendait de cet entretien. Il fallait traîner un peu avant d'aller vers lui.

Ils ne commencèrent à parler qu'après que le professeur eut, par un sourire bienveillant, fait comprendre qu'il ne voyait pas d'inconvénient à être vu marchant avec un étudiant aussi attentif. Cela faisait partie de cette réserve bourgeoise en vertu de laquelle une prudente circonspection sert de préambule aux cordiales poignées de main.

Les condisciples marseillais de Serge l'observaient. Il sentait vaguement leur défiance. Mais il ne se doutait pas qu'on commençait à le trouver bizarre. Comment en aurait-il été autrement ? Quelques particularités suffisaient à l'accabler.

Il y avait, d'abord, qu'il *ne faisait pas son âge*. A dix-sept ans il en paraissait quinze. Et il ne cherchait pas à se vieillir. Il n'avait aucune de ces coquetteries auxquelles avaient recours ses camarades, aucune de ces façons de se plaquer les cheveux, de crier : « Allons boire un verre » qui, jeté sur un certain ton, pouvait laisser entendre qu'ils avaient, derrière eux, une longue expérience des bars. Serge faisait terriblement gamin à leurs yeux. Les cheveux trop raides. Toujours une mèche rebelle en travers du front. Toujours en bleu foncé. Habillé sévère. Ils disaient : « habillé à l'anglaise » ce qui, à les en croire, donnait le genre pensionnaire, démodé.

Or, d'eux tous, Serge était le seul à jouir d'une liberté dont il usait avec une ostentation irritante. Les fils de famille n'avaient même pas une chambre en ville : ils habitaient chez maman. Serge agissait à sa guise. Il était son maître. Personne ne l'attendait. Aux heures où ses condisciples étaient tenus de se précipiter vers les ruta-bagas familiaux, il allait s'asseoir sur un banc, un sandwich à la main. Comment faisait-il ? Parfois il avait rendez-vous avec une brune, la tête tout en nattes. Où l'avait-il pêchée ? Ce jour-là le sandwich était plus gros. Et c'était elle qui le lui apportait. Ils le partageaient.

Un mode de vie surprenant.

C'est qu'il n'avait pas à ruser avec un horaire, Serge. Rien ne le pressait. D'où ces paisibles tête-à-tête dans le silence de midi.

Il était aussi le seul à posséder un appartement, une sorte de garçonnière, pour parler franc. Et pour quel usage ? Jamais il n'avait organisé de ces sauteries distinguées qui auraient été la seule façon de se justifier à leurs yeux comme à ceux des dames mères. Comment imaginer que c'était par déférence à l'égard d'Adrienne que Serge agissait ainsi ?

La seule raison qu'il avait d'interdire l'accès aux trois petites pièces de la rue Venture était d'espérer qu'un jour Adrienne y viendrait. C'était dans cet esprit qu'il préservait le caractère sacré de ce logement. Son caractère secret, aussi. La meilleure preuve était qu'il l'aurait brûlé de ses mains plutôt que de le livrer aux trémoussements de ces dadais frisotés et qui se donnaient tant de mal pour avoir l'air *zazou*.

Serge s'était forgé dans la solitude une sorte de réserve qui le rendait particulièrement chatouilleux sur certains points. Pas que ses camarades marseillais lui fussent antipathiques. C'était plutôt qu'il éprouvait, à Marseille, ce qu'il avait souvent ressenti ailleurs ; rien n'était tout à fait sa patrie. Et il ne savait trop comment s'y prendre avec des Méridionaux.

Le sexe, *leur* sexe les occupait beaucoup. C'était une véritable obsession de la virilité. Rien n'étonnait autant Serge que cette façon qu'ils avaient d'en parler comme d'un capital, d'en vanter les records, en paroles claires, la main précise. Au moins ces propos étaient-ils tenus sans honte, et le sérieux avec lequel ces grands bougres bruns abordaient un sujet qui était prétexte à fanfaronnades de toutes sortes et jusqu'à des études comparées dans les lavabos avait quelque chose d'ensoleillé, de réconfortant. Cela valait quand même mieux que les confidences à voix basse du collège de Versailles, se disait Serge.

Mais à peine avait-il penché pour l'indulgence que les pantalons trop serrés de ses camarades, leurs vestons trop longs, le parfum sirupeux du cosmétique dont ils s'enduisaient la tête pour réussir le contraste qu'exigeait la mode de l'époque, l'opposition entre les frisons de la houppe et les bandeaux nécessairement calamistrés des tempes jusqu'à la nuque, faisaient renaître ses rigueurs. Sans se l'avouer il sentait qu'Adrienne rendait pesant tout ce qui n'était pas elle.

Mais ses camarades, eux, comment auraient-ils pu s'en douter ?

Impossible d'imaginer que, confronté avec sa première passion, celui qu'ils traitaient en gamin réagissait en adulte.

Et voilà que Serge faisait les cent pas avec le professeur dont l'enseignement trop brillant les inquiétait tous. N'allait-il pas les fourvoyer, ce Parisien ? Avec cette façon qu'il avait de mépriser les manuels. C'est que ça peut coûter cher, ces libertés-là. Un échec, un certificat manqué... Et de quoi pouvaient-ils parler, ces deux-là ?

Leur conversation n'avait que peu de rapports avec l'histoire du droit. C'était Serge qui interrogeait. Il demandait ce qu'il fallait penser des manifestations auxquelles, pour la première fois, Londres avait encouragé les Français. Elles venaient d'avoir à Marseille un retentissement exceptionnel. Un 1er Mai mouvementé. On avait évalué à cent mille personnes la foule des manifestants. Laval conspué, la police sur les dents. Et de singulières affiches étaient apparues un peu partout. Ronéotypées. Elles reproduisaient l'appel de la B.B.C. Non, mais ce culot...

Les arracher des murs.

L'autorité militaire, l'autorité civile, la gendarmerie, tout le monde s'y était mis. M. Minelli n'était pas rentré de la nuit et Roseline, en larmes, s'était imaginé toutes sortes d'horreurs. Serge avait fait de son mieux pour la calmer.

A l'aube, Minelli, enfin. Sur les genoux. Mais il rapportait un tract à titre de souvenir. Plié cela ressemblait à un journal. Roseline, en femme avisée, avait jugé bon de le brûler. Non sans l'avoir lu, non sans l'avoir fait lire à Serge. Ah ! ils ne se gênaient plus les Français qui parlaient aux Français...

Alors Serge interrogeait le professeur. Qui croire ? Londres ou Pétain ? Le professeur regardait droit devant lui.

Sans doute redoutait-il cette question. Il avait eu un mouvement de recul. Longue mine du tapir dans sa cage. Mais il ne répondait pas. Serge répéta : c'était l'un ou l'autre, c'était Londres ou Pétain.

Ici se produisit cette chose singulière : la bienveillance du professeur avait cédé à une sorte d'arrogance. Le nez resta ce qu'il était. Mais sa voix changea. D'enjouée elle devint sèche puis narquoise. Une voix d'examinateur. Sa bouche se fendit largement. Il n'avait plus de lèvres, rien que des incisives posées sur un menton. Ses yeux disparurent. Bientôt ce fut au tour du nez de perdre son onctuosité professorale. Le nez devint terrible. Et Serge ne vit plus qu'une paire de sourcils en auvent et, sous ces sourcils, quelque chose de féroce qui le guettait. Le regard d'un mérou.

« Pétain ? demanda le mérou. Vous voulez probablement parler du Maréchal ? »

Serge se reprit :

« Le Maréchal, si vous préférez. »

On était dans un long silence.

De temps à autre l'appel d'une sirène montait du port. La brise soufflait de la mer. Elle agitait, en passant, les vieux platanes qui bordaient les allées. Pour regarder le ciel il fallait contracter les paupières.

« Quel beau temps ! » dit le professeur.

Il avait retrouvé une voix bienveillante. Mais Serge en restait au regard inquiétant qui l'avait guetté. Et puis marcher... Serge continuait à faire les cent pas. Il fallait bien, maintenant qu'il avait commencé.

Encore deux aller et retour, faculté-kiosque à musique, kiosque-faculté, et le professeur parlerait de boire une limonade, il y aurait le goût fade de la saccharine, puis Serge s'inclinerait, il ferait, à tout hasard, adresser ses respects à l'épouse, quelques pas encore et l'on se séparerait.

S'esquiver. C'était sa seule pensée quand il entendit :

« Je vous ai parfaitement compris tout à l'heure. Vous voulez savoir ce que je pensais de la manifestation d'hier. Une manifestation ! J'espère que vous plaisantez...

— Parce que ?

— Parce que c'était une plaisanterie. Vous ne voyez pas que c'était une mascarade, un désordre honteux qui, pour un rien, aurait pu tourner à la tragédie ? Quant à Radio-Londres chacun peut avoir son opinion là-dessus. Je l'écoute parfois. Cela ne m'empêche pas de garder mes distances. Pour des raisons pratiques. J'ai des travaux en cours. Des travaux littéraires, comprenez-vous ? Je n'ai pas de temps à perdre en discussions politiques. Et tout cela n'a rien à voir, croyez-moi, avec la culture. Notre culture...

— Ne mérite-t-elle pas d'être défendue ?

— Elle court moins de danger entre les mains du Maréchal qu'entre celles des énergumènes que vous avez vus défiler sur la Canebière. Il y a des frénésies coupables...

— L'hitlérisme est une frénésie coupable, dit Serge.

— Certes. Mais il y a encore quelques barrières entre cette frénésie et nous. Vichy en est une. Et je ne vois pas l'intérêt qu'il y a à entreprendre quoi que ce soit contre le gouvernement. Pour le moment, du moins. Vous ne soupçonnez pas combien il est facile de mettre en difficulté un homme seul. Un mot suffit, parfois. Un mot lancé à bon escient. Je suis historien, vous savez... C'est en vertu de ces réalités que je considère les gueulards d'hier comme de criminels imbéciles. Comment un garçon aussi doué que vous peut-il se laisser distraire par un pareil carnaval ? Je ne comprends pas... Vous avez mieux à faire, bon sang. Si le droit ne vous suffit pas, lisez, améliorez votre culture générale. Je ne sais pas moi... Faites du grec. C'est toujours utile. Il faut de la culture générale, croyez-moi. Hélas ! vous n'êtes pas seul à être impressionné par ces tartarins. Il y a eu des manifestations à Bordeaux, à Paris. Jusqu'aux lycéens de Buffon qui s'y sont mis. Je ne comprends pas... »

Il n'acheva pas sa phrase.

« Je pensais bien que vous ne comprendriez pas », dit Serge.

Ils arpentaient les allées. Ils marchaient comme s'ils avaient en tête un but précis. Soudain le professeur s'arrêta.

« Sachez attendre », dit-il.

Puis il tendit la main à Serge.

Ils restèrent quelques instants muets, face à face. Ils n'avaient plus rien à se dire. Serge pensa que de ce côté-là aussi il était *coincé*.

Deux ans s'étaient écoulés depuis l'arrivée de Serge à Marseille, exactement deux ans moins trente-deux jours, quand Adrienne cessa d'écrire. Et Dieu sait combien de temps ses dernières lettres étaient restées en route et par quels détours elles lui étaient parvenues. Elles étaient arrivées salies, froissées et à des dates si espacées que Serge ne les attendait presque plus.

Il avait perdu espoir. Et avec l'espoir l'envie de les lire.

Il essayait en vain de se persuader que cet ultime lien entre elle et lui s'était brisé par suite d'un contrôle plus sévère, d'un durcissement sur la ligne de démarcation. Il faisait en sorte de se l'imaginer comme une muraille infranchissable cette ligne, une barrière énorme étirée sur des kilomètres et des kilomètres, ou comme une saignée profonde, au-delà de laquelle était demeurée Adrienne, perdue, prisonnière.

Mais quand il en fut à la quatrième semaine de silence, cette hypothèse lui parut, elle aussi, tout à fait invraisemblable.

C'était comme si la France était devenue soudain démesurément grande, qu'il n'y avait plus de poste en France, plus de train, plus de ville, oui c'était bien ça, plus de ville, rien que des habitations dont les occupants auraient vécu toutes portes closes, barricadés dans leurs tanières, enfouis, repliés, comme les professeurs, comme eux pleins de mépris à l'égard *des autres* (ceux qu'ils traitaient de tartarins, de matamores) et, eux aussi, occupés de culture personnelle c'est-à-dire indifférents aux événements.

Serge, sans le savoir, était au bord de l'exigence qui allait le submerger. Il venait d'entrer dans la révolte.

Un monde froid et gris. La vie même.

Pour la première fois depuis qu'il vivait à Marseille, Serge se représenta le lieu où était Adrienne comme une contrée lointaine, étrangère, d'où les nouvelles n'allaient plus jamais lui parvenir. Il en conçut une peine aiguë mais sans lien et presque sans influence sur son compor-

tement quotidien, une peine hors de laquelle quelque
chose l'entraînait déjà. Il se représenta sa solitude non
pas telle qu'il l'avait imaginée mais comme une liberté
grande. Seul ? Et après ? Avait-il jamais vécu autrement ? Il se rappelait avoir été entouré de solitude toute
sa vie, jusqu'au pont sur la Loire, jusqu'à la nuit
incendiée. Alors ? Pourquoi ce cinéma ?

Il ne lui restait plus qu'à vivre sans Adrienne mais en
bonne intelligence avec son chagrin. Ce n'était pas
inconciliable.

Manger.
Tel était le souci majeur de Serge.
Il ne se nourrissait plus d'Adrienne. Tout à coup les
événements de la vie courante lui apparaissaient. Ainsi
la misère de Marseille.

Et il s'étonnait lui-même qu'Adrienne ne fût plus sa
seule préoccupation ; s'il se demandait, parfois, comment il y était parvenu, la réponse à sa question était
peut-être celle-ci : avoir faim empêche de penser. Or, il
avait faim et les Minelli aussi.

Au dernier étage d'une maison de la rue Venture,
quand se levait le mistral, un garde-manger vide battait
au vent. Et du port, où de moins en moins de navires
accostaient, où presque rien ne roulait, ne klaxonnait,
où aucun moteur ne grognait, où les freins ne crissaient
plus, où les poissonnières lourdement enjuponnées, leurs
socques aux pieds, après avoir tant crié le long de la mer
s'étaient tues, aucun bruit désormais ne montait qui pût
dominer ce crissement métallique.

Comment échapper à ce bruit ?
Serge l'écoutait qui vibrait entre les maisons, se
glissait jusqu'aux terrasses voisines, revenait, repartait,
devenait inaudible quand le vent tombait, reprenait dès
qu'il se levait. Quelle différence y a-t-il entre moi et ce

garde-manger vide, se disait Serge. Comme lui je ne sers à rien. Je ne suis qu'une cage d'os qui se laisse balloter. Il n'est pas possible que la vie ce soit ça...

Les heures passaient.

Le front appuyé aux volets clos, Serge savait qu'il allait devoir descendre, errer, marcher longtemps à la recherche d'un peu de nourriture, passer devant des magasins qui affichaient « Plus rien », pour découvrir enfin ce qui, à peine mangé, se mettait en poussière dans la gorge, ou bien n'en finissait pas d'avoir mauvais goût, de faire une pâte dans la bouche, n'en finissait pas d'être ce dont jusque-là on ne voulait pas : pépins, peaux de fruits, eau du lait, fibres de la viande, ersatz.

Alors il ne bougeait pas.

Il écoutait le crissement métallique, les yeux fixés sur la rue.

Parfois, le souvenir d'un moment avec Adrienne, quelque chose de fugitif, lui apparaissait et l'éblouissait. Un éclat bref comme celui du soleil dans une vitre et soudain, là, dans la rue où soufflait le mistral, flottait immobile la fleur épanouie d'un marronnier et les mots MUSIQUE ROSE.

D'autres fois, c'était, pendant un dixième de seconde, une silhouette qui surgissait de la chaussée. Elle avançait vers lui et il reconnaissait un visage brun, la forme ronde d'un casque, celui de l'enfant en kaki, cette figure énigmatique, l'ange en armes qui avait émergé des abîmes de l'exode. Le *mercenaire*, le *Maure*, que Miguel avait menacé... C'était lui. Engoncé dans un long manteau il fixait Serge en silence, il lui souriait tristement, puis disparaissait morceau par morceau, comme un nuage que le vent déchire. Un enfant-brume, un soldat-mirage dont l'image le hantait souvent et qui toujours faisait refluer tout son sang au cœur de Serge. Mais ce qui lui semblait plus troublant encore était qu'en dépit du caractère angoissant de cette apparition, il restait longtemps sous son charme, longtemps incapable de s'en libérer.

Tels étaient les faux-semblants dont Serge s'emplissait les yeux, le jour où il remarqua le singulier comportement d'un homme sur le seuil de la maison d'en face. D'autant plus incompréhensible qu'il avait longtemps cru cette maison inhabitée.

Elle était fermée, propre, avec une porte peut-être un peu plus massive que celle des maisons voisines. Une fumée s'élevait parfois des cheminées. Certains soirs on voyait une lumière s'allumer à la fenêtre du rez-de-chaussée. Toute la vie de la maison devait se concentrer sur la façade opposée, car sans doute cette maison, comme tant d'autres en ville, ouvrait-elle sur une sorte de cour où poussaient quelques arbres. C'était probable. Et peut-être qu'au fond de la cour existait une autre issue sur une autre rue. Rien d'étonnant à cela...

A Marseille toutes les maisons se ressemblent. Elles tournent souvent le dos à la rue.

Mais cet homme que faisait-il là ? Et pourquoi ces hésitations ?

D'ailleurs ce n'était pas un homme, c'était un monsieur, avec chapeau, veste, cravate et tout. Il tenait le battant entrebâillé, il regardait à droite puis à gauche, mais il ne sortait pas.

Quelqu'un passait.

Il refermait la porte.

Un instant après, il passait le nez. Va-t-il sortir ? se demandait Serge. Un pas résonnait. Un pas de femme qui remontait la rue. Des socques de bois claquaient sur le trottoir. Ces femmes étaient deux. Va-t-il sortir ? Les femmes aux souliers qui claquent vont-elles croiser l'homme au chapeau ? Les femmes approchaient et voilà que la porte se refermait. Pourquoi ? Les deux femmes s'éloignaient. Va-t-il... ? Le voilà qui réapparaît. Il hésite. La rue est déserte. La porte s'ouvre davantage. Elle est grande ouverte. L'homme avance sur le seuil.

Trois marches le séparent de la chaussée. Le voilà qui sort. Mais pourquoi en oblique ? Il se présente à la rue de profil. Il quitte cette maison comme on quitte un autobus avant l'arrêt. Il descend dans le sens de la marche, puis il s'éloigne à grandes enjambées. Il file le long des murs, comme un rat. Il paraît affreusement pressé. Mais une fois le carrefour atteint, il s'arrête et allume sans hâte une cigarette.

Sorti de la rue Venture, il a le temps, il fume, il s'immobilise.

Trouver la signification de l'énigme. Savoir pourquoi l'homme au chapeau éprouvait une telle hâte à s'éloigner de la maison d'en face, pourquoi il voulait avoir l'air de passer devant cette maison et non d'en sortir.

Le temps passait. Serge restait les yeux collés au volet. Il ne bougeait pas.

Bouger impliquait de quitter sa chambre et d'aller à la recherche de sa nourriture. S'interroger n'était qu'un prétexte pour rester là, comme au théâtre, derrière le rideau baissé.

Or, Serge avait faim. Une faim d'enfer. Il ne savait pas combien d'heures s'étaient écoulées depuis qu'il se laissait accaparer par l'énigme, mais il savait que ce qui le brûlait au creux de l'estomac allait tôt ou tard le pousser dehors et qu'il se retrouverait traînant rue de la Tour, comme cela lui arrivait si souvent, cognant aux vitres des *Speak easy* où, moyennant deux consommations, une danse payée comptant à la fille maison et de longues discussions avec le costaud de garde, il parviendrait à se faire servir, dans un recoin confidentiel, un morceau de pain et quelque chose d'interdit, caché par-dessous.

Pain...

Une seule pensée de ce genre et Serge se savait perdu, soudain projeté vers les quartiers obscurs.

Pain...

Voilà qui suffisait pour qu'il fasse corps avec sa faim,

qu'il ne soit plus que ça, une faim épaisse, une faim comme un autre soi.

Et la solution de l'énigme lui apparut. Simple association d'idées. Tout était clair, la réponse surgissait irréfutable parce qu'il ne la cherchait plus. Je suis fou, se dit-il. Ou bien je deviens stupide au point de me laisser égarer par une maison aux volets fermés. Tout cela est simple, banal : j'habite en face d'une officine de marché noir...

Le mot *officine* avec son intonation suspecte avait quelque chose d'infiniment plus attirant que la notion de bar louche, dont il avait épuisé les attraits.

Serge d'un pas assuré se dirigea vers la maison qui tournait le dos à la rue.

La femme qui lui ouvrit demeura, l'espace d'une seconde, tout à fait interdite mais, l'habitude reprenant vite le dessus, elle le fit entrer et, avec une admirable aisance, le reçut dans ce qui était son domicile.

Il aurait fallu être plus familiarisé que ne l'était Serge avec les secrets de la ville pour comprendre que le manège, auquel il avait assisté de sa fenêtre, était celui d'un client de l'établissement de Mme Lhoste.

Il avait vu un Marseillais de la classe moyenne sortant d'une maison close, rien de plus.

Si, à partir de la découverte qu'il fit ce jour-là et des rencontres qu'elle entraîna, la ville prit un nouveau visage pour Serge, c'est qu'il y mena une nouvelle vie.

Comme l'éclatement d'un mur. Derrière le trou béant, une autre ville, d'autres gens. Et ceux d'avant, les gens des premiers temps, les gens du Prado, les demoiselles *bien*, les jeunes filles, les Clairette, s'estompant peu à peu jusqu'à ne plus exister, jusqu'à n'être personne. Tandis que les nouveaux venus, eux, se multipliaient, formaient une foule toujours plus dense. Des inconnus certes, mais dont l'existence pesait terriblement. Tous ensemble ils formaient la Ville, la ville nouvelle, celle d'après. Et tant pis pour ceux qui s'étonnent car telle fut l'expérience que fit Serge et ces mots expriment ce qu'il ressentit au cours du mois de juillet 1942.

Mais il faudrait que ces mots à peine prononcés fassent un bruit terrible, qu'ils éclatent, qu'ils résonnent longtemps, sans règle ni obligation absolue toutefois, puisque ce sont parfois les mots les plus anodins ou les plus banals, tels que *femmes, lit blanc, amitié, nuit chaude, camaraderie, corps savant, entente,* qui provoquent la rumeur la plus forte, alors qu'au contraire des mots tels que *rupture, blâme, réprobation, critique* ne représentent qu'un glissement silencieux, presque imperceptible, comme le bruit d'une gomme sur un trait de crayon, à peine une ombre dans l'esprit, un silence.

Une distance se mit entre Serge et les gens du Prado par une sorte de volonté tacite qu'il en fût ainsi. Serge vit de moins en moins ceux qui au début l'avaient accueilli. Il les décevait et par sa faute. Aurait-il voulu se nuire qu'il ne s'y serait pas pris autrement.

Il avait eu des phrases malheureuses. Des confidences aussi qu'il fit, et qu'il aurait mieux valu taire. Lui, un jour, lors d'une rencontre avec un honnête père de famille : « Figurez-vous que, par pur hasard, j'ai découvert que je logeais en face de chez Mme Lhoste. C'est d'un pratique ! » Mine épouvantée de l'homme *bien* qui, fidèle client, craint d'être démasqué et se dit : « Je ne veux plus de ce jeune homme chez moi. Ce n'est pas une relation pour mes filles. » Alors Serge, réalisant le détestable effet produit, ajoute pour se rattraper : « Quelle personnalité attachante cette Mme Lhoste ! Et puis c'est fou ce que l'on mange bien chez elle. » Et au lieu de se rattraper il se coule davantage. *Primo,* il devient dans l'esprit de son interlocuteur un intime, un habitué de la maison, ce blanc-bec. *Secundo,* le mot *personnalité* qu'aggrave la notion *attachante* ne peut en aucun cas s'appliquer à une tenancière de maison close même si le Marseillais en question vient parfois s'asseoir, lui aussi, à la table de Mme Lhoste, fait appel à son jugement, la traite en amie, la tutoie et l'appelle Blanchette.

Familiarité que Serge ne se serait jamais accordée.

Mais il y eut pis. A une dame qui l'interroge sur sa famille : « Pas idée de qui est mon père », dit Serge. Et enfin ceci, sa pire gaffe : « M'apprendrait-on que je suis un peu russe sur les bords et je n'en serais pas plus étonné que ça... » Alors la dame : « Qu'entendez-vous par là ? Russe blanc, sans doute ? » et Serge : « Allez savoir... »

Il fut rayé d'à peu près toutes les listes.

Serge eut aussi des initiatives malheureuses comme le jour où parce qu'il était le chouchou de Mme Lhoste et qu'il obtenait d'elle tout ce qu'il voulait, que d'autre part on était déjà presque en vacances et qu'enfin il faisait si jeune que vraiment... il fut autorisé à accompagner Précieuse dans ses courses pour la maison.

Serge l'aimait bien, Précieuse.

Il l'appelait Précieuse-des-bords-de-Loire parce qu'elle était née à La Charité et qu'elle avait presque pleuré, un jour, lorsqu'il lui avait dit qu'il n'avait jamais rien vu et ne verrait jamais rien de plus beau que le fleuve, à cet endroit-là, glissant entre les arbres pâles, pleins de cris d'oiseaux, cette lente coulée, cette masse liquide et brillante dont les brouillards du matin effaçaient les contours, si bien que la Loire, aux petites heures du jour, pouvait être prise pour un lac ou pour un bras de mer.

Précieuse, émue, lui avait fait ses confidences, dans son parler à elle, avec cette façon qu'elle avait d'escamoter les r : « La Cha'ité-su'-Loi'e. »

Et le jour où, pour la première fois, ils étaient sortis ensemble, elle lui avait même avoué ce qu'elle n'aimait confier à personne : le nom qui était sien, et dont ce Précieuse-des-bords-de-Loire la vengeait si bien.

Elle s'appelait Mangetout, Précieuse Mangetout.

Ici, Serge eut droit à quelques larmes accompagnées de souvenirs déplaisants sur son enfance puis sur son père. Un homme qui avait vécu dans toutes sortes d'endroits où personne ne va, toutes sortes de terres gelées, d'îles brûlantes, de côtes inconnues, de ports déserts. C'était un ancien *margis* de la coloniale qui avait pratiqué divers métiers inavouables, une nullité, un minable, un menteur, là des sanglots, Précieuse devenait fontaine, torrent, mais elle tenait quand même à ce que Serge le sache, *rhumffe-rhumffe*, c'était fou ce qui sortait de son nez, les passants se retournaient, on les dévisageait, *rhumffe-rhumffe*, Précieuse se mouchait, oui il fallait que Serge le sache : Pacifique Mangetout ce vantard, ce sale négro, était le roi des saligauds, un vicelard, un vrai satyre, l'empereur patenté des pochards, un sale mec, une cloche quoi, si bien que Serge, pour la consoler d'un père tel que le sien, avait fini par lui offrir un bijou de rien du tout, un petit rang en cristal biseauté où circulaient des reflets marrants, mille éclats irisés, comme d'avoir des gouttes d'eau autour du cou.

Trois fois rien, vraiment.

Mais Précieuse était aux anges. Elle avait séché ses larmes et lui avait collé un gros bisou sur la joue, bruyamment appliqué. Tout ça très innocent.

De ce jour, il circula des rumeurs selon lesquelles Serge s'affichait avec une mulâtresse.

CHAPITRE VII

UNE semaine après leur rencontre chez Lou et cette première nuit passée ensemble, Ulric n'avait toujours pas revu Adrienne.

Au petit matin elle s'était levée, comme obéissant à un ordre magique alors qu'Ulric commençait tout juste à s'assoupir, elle s'était rhabillée rapidement, en silence, et serait repartie sans qu'il s'en aperçût, si le tintement des chaînes qu'elle portait en guise de ceinture ne l'avait réveillé.

En la voyant au pied du lit, identique à ce qu'elle était lorsqu'il ne la connaissait pas, vêtue avec autant de recherche, autant de soin et cet air lointain et dur d'une femme pressée qui court à un autre rendez-vous, Ulric s'était senti tout entier rendu au malheur. Elle partait, il était perdu.

Et que pouvait-il comprendre ?

Il était comme tombé d'une autre planète.

Ulric revenait de si loin. Et les expédients auxquels il avait eu recours l'avaient démonté autant que la guerre.

Il s'était fait aux gentillesses matinales. Celles des rôdeuses de garnison, choisies sans y regarder de trop près les jours de grande fringale amoureuse, lui étaient devenues habitude. Elles faisaient partie du scénario comme le papier mural élimé à l'appui du lit, comme les draps douteux, l'odeur fade des armoires trop rarement ouvertes et le paravent planté en arc de cercle autour du bidet.

Le premier « chéri » de ces matins-là l'étonnait aussi peu que le caractère immuable des petits hôtels où cela se passait, réquisitionnés, et gardés par une sentinelle.

Quant au « chéri » plus raffiné des belles qui, à la faveur d'une danse ou d'alcools bien dosés, s'étaient données au jeune homme qu'il avait été avant-guerre, il l'avait terriblement oublié. Mais pas au point d'avoir perdu le souvenir de ce que sous-entendait ce « chéri-là » : une prétention presque toujours avouée que l'étreinte passagère devienne habitude.

Tout de suite les grands mots, la grande musique. Des sottes...

Et cette façon qu'elles avaient d'exiger. Il fallait leur fixer rendez-vous pour le lendemain sans quoi... Oui, des sottes. Il s'efforçait de chasser de sa mémoire les Hanna, les Léna, toutes les Mania, les Eva de Prague, de Berlin ou d'ailleurs.

A peine si elles avaient compté. C'était terrible à penser mais il avait peu aimé.

Et voilà qu'Ulric se sentait en défaut. Que savait-il des femmes indépendantes ? Une fois de plus, Adrienne échappait à toutes les conventions.

Il ne s'attendait tout de même pas qu'elle se conformât à l'idée que les gens d'Europe centrale se faisaient de la Parisienne. Les gazettes publiées à Vienne tenaient encore registre d'une courtisanerie imaginaire. Elles continuaient à faire régner sur la capitale française un type de femme ne se laissant déshabiller qu'à force de bijoux et de rentes, déesse du firmament viennois, à mi-chemin entre Nana, Mata-Hari et Hortense Schneider, figure légendaire qui acculait au suicide diplomates,

princes ou financiers et, tous, les ruinait, la démone...
Bien que fort ignorant, Ulric n'ignorait pourtant pas
que la bouillante femelle dont l'évocation arrêtait net les
conversations pour peu qu'épouses ou enfants puissent
entendre — mais elles reprenaient aussitôt les hommes
entre eux —, cette lionne, Ulric le savait, avait disparu à
jamais. Alors ? Alors ? Adrienne ?

Ni bourgeoise, ni fille.

Tout chancelait.

Parce qu'elle était levée tandis qu'il dormait et qu'elle
s'apprêtait à partir, Ulric se sentait captif, prisonnier de
sa nudité, du lit, des draps, incapable du moindre geste,
enfin quelque chose d'effrayant le paralysait. La chambre devenait cachot, le lit cage, sa vie lui échappait et
cela à cause d'une silhouette qui d'un seul coup de reins
mettait en place sa jupe étroite, le double enlacement de
sa ceinture, de ses colliers et, avec une tranquille
assurance, s'éloignait.

« Adrienne ! »

Celle qui pouvait tout allait disparaître dans la ville
dont Ulric sentait la menace derrière les volets clos ;
Paris l'attendait. Il fallait agir.

« Adrienne ! »

Qu'elle fût la coquetterie même, cela ne faisait nul
doute, mais trompeuse ?

Elle était déjà sur le pas de la porte. Là, elle s'était
retournée. Aucun laisser-aller. Tout, en elle, donnait une
impression de calme, et elle souriait.

« Tu vois... Il faut que je m'en aille.

— Retrouver qui ? »

Ulric avait crié, dressé hors des draps.

Il se voyait, le torse nu, trop maigre, trop blanc dans
un tumulte d'oreillers, les cheveux à rebours, victime
révoltée rendue à ses incertitudes et laid sans doute,
maladroit à faire peur. Il avait la brusque vision de la
panique qui le tenaillait. Car les jaloux se voient.

Comment pouvait-on éprouver pareil désarroi ? Cette

envie qu'il avait de crier, de crier encore. C'était la guerre, peut-être, qui l'avait rendu à ce point vulnérable et l'espoir de retrouver un bonheur simple, qui aurait pu l'occuper tout entier, une idée qu'il se faisait de l'amour, disparue avec Josefina. Il craignait à l'avance les pensées qui allaient l'assaillir dans l'absence, et contre lesquelles il se savait incapable de lutter. D'autres mains que les siennes sur Adrienne, d'autres doigts, d'autres bras autour de sa taille.

Une obsession.

Mais Adrienne, comment pouvait-elle l'aimer, tel qu'il était, là, abandonné sans la moindre pudeur à ses doutes ?

Il l'étonnait mais il ne l'effrayait pas.

Il se croyait laid dans ce grand affolement matinal. Or c'était la jeunesse d'Ulric qu'Adrienne découvrait et, à son contact, sa jeunesse à elle, soudain resurgie.

Elle se supposait insensible à tant d'intransigeance. C'était qu'elle y cédait insensiblement.

Et chaque fois que face au tourment d'Ulric elle croyait mesurer l'ampleur de son pouvoir, en vérité elle fléchissait devant ce à quoi elle s'attendait le moins : un homme qui ne cherchait pas à la manœuvrer, un homme sans habileté — pour rien au monde il n'aurait voulu jouer les conquérants pour mieux la gagner —, et c'était la mesure d'une certaine gratitude qu'elle prenait, c'était cela qui se glissait inopinément dans sa vie et qu'elle éprouvait déjà, sans le savoir.

Non, Ulric dans son intransigeance ne l'effrayait pas.

Et comme il la questionnait à nouveau avec une violence accrue, qu'il répétait encore et encore : « Retrouver qui ? » elle avait répondu : « Mon lit » sur un ton de douceur qui l'avait fait taire.

C'est que pour une fois il l'avait crue.

Il se leva, plus empêtré dans sa nudité qu'il ne l'aurait été, vêtu devant elle, si elle avait été nue. Elle riait aux éclats.

« Il faut que je rentre, dit-elle. Partir, oui. S'en aller pour toujours. Mais quitter sa chambre pour une nuit. C'est juste le temps de regretter les choses connues... »

Ulric l'enveloppait d'un regard inquiet.

« Alors, vous regrettez ?

— Il faut que je m'en aille... »

Elle riait toujours. Des dents magnifiques. Il l'embrassait et l'envie d'elle le reprenait. Il la serrait dans ses bras, jamais rassasié, décidé à la posséder, là, tout habillée. Ce qu'il fit, tandis qu'elle riait encore.

« Laissez-moi », dit-elle.

Elle était assise au bord du lit où il la tenait par les épaules. Une mainmise tranquille, rassurée.

« Si je vous revois... »

C'était bien la preuve qu'il se ressaisissait, cette façon désinvolte d'envisager qu'il pourrait ne jamais la revoir, fantaisie pure, envie de jouer, de faire mal.

Elle riait si clair.

« Si jamais nous nous rencontrons ailleurs, dit-il, m'accorderez-vous encore le privilège de vous appeler Adrienne ? »

Elle le regarda, incrédule. Il devait bien sentir qu'elle doutait un peu de sa question.

« Un privilège ? Quel privilège ?

— Celui de vous appeler Adrienne tout court.

— En fait de privilège... »

Ce qu'elle avait ri ! A pleine gorge... Elle en tremblait. Un rire somptueux, narines ouvertes, une sorte d'extase qui lui tirait les yeux jusqu'aux tempes, en faisait à peine des fentes puis la forçait tantôt à les fermer, tantôt à les rouvrir, et l'on ne voyait alors que la pupille dilatée et brillante, d'un vert doré.

« Répondez-moi. »

Elle riait, il ne savait de quoi, et « Adrienne tout court », cette phrase, c'était là le miracle qui traversait sa gaieté dans un bruit de cascade, « Adrienne tout court », redit sur un ton d'enjouement, avait un effet singulier :

elle cessait d'être cette femme un peu trop belle comme peut l'être une œuvre trop achevée, ce produit d'un monde un peu trop épanoui, trop civilisé au goût d'Ulric. Son rire, le visage renversé, était un rire du fond des âges, le rire de toutes les joies, de tous les vertiges, un rire comme il en existera tant qu'il y aura, dans une chambre, un homme, une femme, et des commencements émerveillés.

Cela s'écoutait comme une chanson ce rire.

Mais comment, si réelle, si bien armée en tant d'ordres divers, Adrienne pouvait-elle brusquement devenir cette apparition égarée hors du temps, ce rire comme une troisième personne ? Un phénomène acoustique qu'aucune science n'aurait pu expliquer. Mais qu'Ulric percevait.

« Vous êtes... Tu es... »

Elle riait toujours.

« Adrienne, ma jeunesse, tu es ce que j'entends. »

Le rire des connivences. Le rire que les adolescents contiennent avec peine. Le rire qui tombe comme un couperet entre les générations et fait soudain sentir leur âge aux grandes personnes. Le rire, tu sais, le rire qui fusait chez les Rostov, le jour de la fête des Nathalie. Comment, tu ne sais pas ? Vrai de vrai ? Tu n'as entendu parler ni de la comtesse Apraksine ni de Pierre Kirilovitch, si inconvenant, ma chère, ni du commissaire de police ligoté sur le dos d'un ours ? Et le terrible dragon ? Non plus ? O merveille ! Je serai ton guide et tu me suivras. Tu assisteras à cette fête. Je te ferai les honneurs de la rue Povarskaïa où Natacha rit, comme toi, d'un rire de poursuite parce que, comme elle, tu as dû être une fillette trop maigre et trop noire, mon petit cosaque...

Je t'expliquerai.

Je ne te ferai grâce de rien. Je te raconterai tout ce que j'ai aimé sans toi, mes premières lectures, mes nuits blanches, tous mes paradis, Tolstoï à n'en pas dormir,

Tolstoï à s'user les yeux, la prose du comte Léon, comme disait mon père, dévorée en cachette sous mes draps, je te raconterai tout, car je peux tout quand tu ris.

« Mais ce rire, Adrienne, ce rire d'avant, d'où te vient-il ?

Ah ! rends-moi le temps où nous étions des enfants. Rends-moi le rire des courses à travers bois, quand les crinières s'envolaient et que la crainte des branches basses courbait le cavalier sur son pommeau, *Gare, gare, elle est pour toi celle-là,* et de pouffer quand une casquette restait accrochée, ce rire de galop, de glissade, de valse sur des parquets cirés à se ficher par terre, à se ficher de tout, *Messieurs, messieurs, je vous en prie, à vos places,* c'était le drôle de nos bals quand la voix du préposé au quadrille nous imposait un face-à-face traditionnel : *Allons, choisissez vos cavalières, en place pour la beseda,* un nez-à-nez réglé de longue date, je te raconterai cela, je te décrirai ces formalités, une à une, en tout cela en faisait dix, sans compter la lente déambulation, l'inévitable, l'apaisante progression à pas mesurés avant le galop final, sans parler des saluts et des révérences, une débauche de politesses chorégraphiques, je te salue, tu me salues, nous nous saluons, inclinez-vous, messieurs, et vous mesdames brève flexion des genoux, et les débutantes de s'affoler, de s'avertir à grands clins d'œil, à coups de coudes, et de sourire en coin, les malignes : « C'est le moment... Ne va pas « oublier ça... Ton *knix,* vas-y de ton *knix »,* c'est que nous pratiquions d'étranges danses, je te les danserai, si tu veux, je te les danserai toutes pour réentendre ce rire de farandoles à l'aube que tu as, de culbutes dans le foin, d'amours neuves, ce rire, plus fort que le pire chagrin, plus fort qu'une patrie perdue, ton rire d'oubli, mon Adrienne... »

Ulric en était fou. Vraiment fou.

Mais l'écoutait-elle ? Allait-elle enfin lui répondre ?

« Répondez-moi. »

L'impatience remontait en lui.

Elle l'examina.

Il s'était trop longtemps contenu. Il fronçait le sourcil et répétait :

« Alors, alors ? Adrienne tout court, en public je peux ? »

Il ne fallait pas se moquer de ce vainqueur chez qui la candeur dominait.

Il y a ceux que la guerre détraque, qui en reviennent fêlés, vacillants comme une vieille ruine et puis il y a ceux pour qui la guerre est comme un long congé. A ceux-là, elle confère une sorte de beauté vivace, une façon de jeunesse prolongée. On les retrouve avec sur le visage une expression d'insouciance, un masque angélique qui est le propre de presque tous les enfants et de quelques criminels. Adrienne avait trop d'expérience pour ignorer que c'était là l'essentiel du charme d'Ulric. Cela la changeait des esprits secs et de certaines débilités parisiennes dont elle s'était lassée.

Elle lui répondit posément :

« En fait de privilège... Je suis Adrienne pour la terre entière, vous savez. Enfin pour beaucoup de femmes et plus d'hommes que je ne saurais dire. »

Plus d'hommes... Plus de femmes.... Ulric la regardait atterré. Se moquait-elle ?

Elle ne se moquait pas.

Ils se quittèrent en pleine incertitude.

Ulric partait en mission le lendemain. Il y avait dans la région de Nîmes un étalon arabe sur lequel le colonel Pflazen avait des vues. Fin comme une lame, disait-on. Et célèbre. Il avait paru avant-guerre en couverture de *L'Eperon*. Sans compter diverses photos dans le *Tattler* et la *Reiter-Revue* qui le montraient participant à des chasses.

Une vedette.

Ulric soupçonnait bien le colonel de quelques irrégularités et sans doute convoitait-il ce cheval pour lui-même. Mais enfin... Mieux valait feindre n'en rien savoir. Cela servait son propos.

Aleph était son nom. L'étalon justifiait sa réputation. Ulric en fut convaincu à peine le vit-il, guêtré de blanc, le jarret effilé, la croupe à la fois mince et divinement enveloppée. Il tournait, léger sur ses sabots, tenu par un palefrenier fantomal.

Le cheval avait déjà fait quatre tours de piste avant qu'Ulric n'ait remarqué que le palefrenier dégingandé était une femme.

Au-delà des barrières s'ouvrait une plaine qui régnait d'un bout à l'autre du paysage, une étendue brune qui sentait le romarin, la menthe sauvage et d'où rien n'émergeait sinon, de loin en loin, un roc blanc, bien lisse, planté là comme un monument. On entendait le chant strident des cigales et un chien qui aboyait infatigablement.

Tout était net, dur, et la lumière éclatante décuplait la puissance des choses.

Aleph avait l'air échappé d'une toile de Géricault. Sa robe, qui de loin était grise, sous le soleil et vue de près avait des reflets d'argent. Elle brillait comme une plaque de tôle. L'œil humide, humain, ourlé de noir, paraissait maquillé. La crinière était comme de l'écume. Une force mystérieuse l'habitait. Ulric n'avait jamais rien vu de plus séduisant.

Mais comment priver une femme de ce qu'elle aimait tant ?

Sa propriétaire — c'était elle qui tenait Aleph par le licol — une femme sans apprêt, en feutre mou et culotte râpée, portant une veste taillée dans un de ces matériaux inusables comme seuls les cavaliers en ont le secret, avait un accent étranger perceptible même pour Ulric. Et il y avait dans cet accent — dans la veste aussi, peut-être... «whipcord», pensa Ulric — quelque chose qui lui ôta la parole pour un instant. Une originale, cette femme. Elle laissait vide une grande maison que des platanes ombrageaient et qui, comme eux, s'écaillait. Un appentis lui servait de chambre, qui communiquait avec la stalle d'Aleph. Elle vivait là, à l'écurie.

Nul doute que ce cheval était sa raison d'aimer, sa fatalité.

Ulric n'en fut pas choqué, attendri plutôt.

Elle traitait Aleph en enfant farceur et venait quêter des baisers, ses lèvres sans fard appuyées à ses naseaux. Il hennissait de plaisir et la laissait faire. Du reste ils se ressemblaient, elle et lui. De cette similitude qui naît des longs envoûtements. Celle des vieux missionnaires avec les vieux bonzes, des femmes entre elles qu'apparient de secrètes étreintes et qui vieillissent toujours plus semblables l'une à l'autre, celle aussi qui persiste entre amants désunis et apparaît à la longue entre ennemis mortels, enfin une de ces ressemblances comme il en existe entre toutes sortes d'adversaires honorables que lient des codes mystérieux.

La dame parlait d'abondance. Ignorait-elle les raisons pour lesquelles Ulric était là? A moins qu'elle ne cherchât à se soûler de paroles afin de n'y point penser.

La rencontre de cette femme et de ce cheval était un récit teinté d'exotisme, tout emmêlé de péripéties interminables, et entrecoupé de «Oho! Oho!» énergiques destinés à faire prendre patience à Aleph qui jouait du sabot dans la poussière. Elle disait : «C'est au Maroc que je l'ai rencontré.» Elle ajoutait : «Après quoi j'ai divorcé.» Et elle regardait Ulric longuement, comme si elle lui cachait quelque chose d'indicible.

Dès le premier abord Aleph n'avait supporté qu'elle. Sa toilette matinale était comme un lever royal auquel les palefreniers assistaient respectueusement et de loin. Elle seule pouvait l'approcher, le brosser, l'étriller. Il était, entre ses mains, d'une docilité émouvante. Tandis qu'avec les pouliches... Sa fonction de mâle une fois accomplie, il témoignait d'une férocité sauvage, les mordant au sang, terrifiant les valets d'écurie, faisant voler en éclats tout ce qu'ils cherchaient à interposer entre l'étalon et la jument que l'on parvenait à lui arracher à grand-peine. « L'aurait-on laissé faire qu'il les aurait tuées », ajoutait-elle avec une certaine satisfaction. « Quelle peste, pensa Ulric. On n'a pas idée d'être garce à ce point... »

Avant la guerre, Aleph avait bénéficié d'un van capitonné pour ses départs en villégiature et d'une cabine aussi, car on l'emmenait en croisière. Jamais elle ne se déplaçait sans lui. « Nous étions riches, mais mon mari s'est lassé », dit-elle en levant sur Ulric un regard admirable que des cils très longs bordaient d'un cerne noir. Autour de ses yeux, un réseau de rides petites et fines, qu'elle plissait en parlant, témoignait de longues stations au soleil. Elle était hâlée. De ce hâle léger que confèrent le vent, la pluie ou l'eau froide d'un broc matinal et non de ce hâle forcé qui est la marque de vacances hâtives au bord des piscines. Une sorte de patine. A sa manière, elle était belle ; d'une beauté un peu lâchée. « Mon mari est parti, comprenez-vous... », dit-elle d'une voix résignée. Ulric comprenait.

Alors elle n'avait plus qu'Aleph.

Elle ajouta que le cheval obéissait en plusieurs langues, qu'il savait aussi poser pour les peintres, les photographes, les sculpteurs — ainsi, lorsqu'un célèbre animalier était venu tout exprès de Londres, Aleph avait respecté une immobilité inquiétante, on l'aurait cru empaillé —, qu'il ne s'endormait qu'à condition de broyer tendrement quelque chose ayant été au contact de sa peau, des gants, un bas, un jupon parfois, que tout avait craqué le jour où il avait refusé avec horreur une cravate de son mari : « Peut-être seriez-vous parti vous aussi ? » dit-elle. Ulric fit un geste de protestation. « A ce train-là, je vais être forcé de coucher ici, pensa-t-il. Elle va me raconter sa vie de bout en bout. »

Tout en marchant ils avaient regagné l'écurie.

« C'est drôle, dit-elle, à vous voir, je vous aurais pris pour un Hongrois.

— Pourquoi ?

— Comme ça. Question de moustache. »

Elle invita Ulric à visiter sa chambre, après avoir ouvert toute grande la trappe par où l'on apercevait Aleph qui piaffait dans sa stalle.

« Il adore la compagnie, dit-elle, le bruit des conversations, la musique. La nuit, quand je dors, il doit me croire morte. Il fait un raffut effroyable, hennit, tape contre la paroi à croire qu'il va se briser les os. Souvent je me laisse glisser par la trappe pour le calmer, comme si je tombais d'un arbre. Il me reçoit sur son dos. Je promène doucement mes paumes sur son encolure. Je chuchote à son oreille, je le flatte, je le caresse. Je le serre entre mes cuisses nues. Je le sens frémir à mon contact. Et puis tout cède. Il se calme, comprenez-vous ? »

Ulric comprenait...

Il y avait de tout dans cette chambre. Du pain séché, des sacs d'avoine, des balles de foin, un piano droit. Ulric vit sur le porte-musique une partition ouverte. C'était une transposition assez sommaire du concerto pour violoncelle de Dvořák.

« Vous connaissez ? » demanda-t-elle.

Ulric connaissait.

« La mélodie est jolie, dit-elle, mais je n'ai pas de voix, savez-vous ? Alors je siffle. Il aime ça. L'accompagnement est gai, non ? Je le joue très bien. »

Elle se mit à siffler entre ses dents comme font les cochers.

Aleph dansait dans son box.

« Vous êtes tchèque, n'est-ce pas ? demanda Ulric.

— Comment savez-vous ?

— Comme ça... »

Alors, tremblante de rage, elle éclata :

« Vous n'allez pas me le prendre, hein ? Je ferai n'importe quoi... N'importe quoi, vous entendez ? Savez-vous, savez-vous que je le tuerais plutôt... »

Son regard se heurta aux quatre murs de la chambre. Aleph s'agitait furieusement. « Elle cacherait un parabellum sous son lit que je n'en serais pas autrement étonné », pensa Ulric. Elle avait l'air tout à fait folle. Pas rassurante en tout cas.

« Vous vivez seule, ici ? demanda Ulric.

— Oui.

— Vous n'avez par un lad, pas un palefrenier avec vous ?

— Tous partis, mon fils aussi.

— Votre fils ?

— Parti avec eux. Il avait seize ans.

— Où cela ?

— Partis.

— Je vous demande où ?

— Au pays d'Aleph...

— Ah ! » fit Ulric.

Il y eut un silence. Elle semblait attendre qu'il parlât.

« Il faut que ce cheval ait disparu dans les trois jours, dit-il sur le ton de la menace. Dans les trois jours, compris ? »

Ulric n'avait pas vraiment envie de lui parler sur ce ton, mais il ne voulait pas non plus s'attendrir. Il se sentait comme ces sauveteurs qui face à un nageur en danger commencent par l'assommer pour le sauver plus aisément.

Elle ne bougeait plus. Elle se résignait. Elle mesurait peut-être ce qui venait de prendre forme entre eux, cette réalité vague et qu'elle distinguait mal : l'avenir sans Aleph.

« Avec moi vous n'avez rien à craindre, dit encore Ulric. Rien. Mais il en viendra d'autres. On peut en être

sûr. Nous manquons de chevaux, alors... Vous m'écoutez ? »

Elle semblait très attentive mais on ne savait à quoi.

Elle alla jusqu'au piano et debout tapota quelques
notes distraitement. Le cheval se remit aussitôt à danser.
Aleph levait les pieds et pirouettait sur ses hanches. On
entendait battre ses sabots contre le bat-flanc. On le
respirait aussi. Son odeur emplissait la chambre.

« Pourquoi tenez-vous tant à m'aider ? demanda-t-elle.

— J'aime bien les chevaux, moi aussi.

— J'aimerais vous remercier. J'aimerais. Je cherche.

— Ne cherchez pas. Jouez plutôt. Jouez encore un
peu, voulez-vous ? »

Elle enfourcha le tabouret, se laissa glisser sur les
reins, escamotant ainsi ses fesses garçonnières, et se tint
là, le dos droit, les cuisses écartées, appuyée de la pointe
des bottes aux pédales du piano. « Bien descendue
dans sa selle, pensa Ulric. Très bonne assiette, étrivant
long, à coup sûr bonne cavalière. Mais mauvaise pianiste. »

Sous ses doigts les accents désespérés de Dvořák
sonnaient comme une musique de cirque.

A l'instant de partir, Ulric lui fit renouveler sa
promesse. Qu'Aleph ait disparu lorsqu'il reviendrait.
Car il reviendrait. Il tenait à contrôler lui-même. Elle
répétait : « Oui, oui. Vous avez raison. » Elle acquiesçait
mécaniquement.

« Je vous reverrai à mon retour de Tarbes. »

Et, tout en disant cela, Ulric pensait qu'elle n'était
pas d'un modèle ordinaire, cette grande femme sauvage
qui sentait bon le cuir, l'embrocation, le foin, le vinaigre, le cirage, enfin tout ce que ne sentent jamais les
femmes. « Privée de son compagnon elle aura besoin de
consolations », pensa-t-il encore. L'imagination d'Ulric
galopait. Il avait toujours eu le don du rêve et cette
volonté folle de bonheur qui à chaque instant le reprenait. Comment pouvait-on perdre à Paris tant de beaux

jours quand il y avait en France d'aussi vastes espaces ?
Il se voyait avec elle dans la plaine de Crau et brusquement, au moment où elle s'y attendrait le moins, lui
dévoilant la vérité à peine croyable, son enfance en
Bohême dans ce pays qui était aussi le sien.

La guerre ? Tout lui devenait égal. Il eut envie de
seller Aleph, là, immédiatement, de prendre la dame en
croupe et de piquer avec elle droit sur l'horizon.

La guerre ? cela devait se voir qu'il n'y pensait plus.

Elle s'était retournée tout d'une pièce en faisant
pivoter le tabouret et toujours dans la même position le
contemplait avec attention. Pour la première fois Ulric
remarqua un certain intérêt dans ses yeux.

« Je m'en vais, dit-il. Il faut vraiment que je reprenne
la route. »

Il sentait qu'elle avait une question au bord des lèvres,
mais laquelle ? Immobile, avec de longues mèches blon-
des tombant sur ses épaules, elle avait l'air de lutter
contre ses hésitations.

Après un temps elle lui tendit la main.

« On ne peut être sûr de rien en ce moment, dit-elle.

— De rien, en effet.

— Alors, adieu...

— Pourquoi adieu ? A bientôt. Vous voyez, je suis
optimiste.

— Dans ce cas vous feriez mieux de me dire aussi
votre nom. Un jour, peut-être aurez-vous envie de
connaître la suite des aventures d'Aleph.

— Mon nom est Ulric Muhlen. »

« Si elle ne me demande rien c'est qu'elle n'a rien
deviné », pensa Ulric.

Elle ne demanda rien.

Il prit congé.

Trois jours plus tard Ulric s'arrêta chez elle, ainsi
qu'il l'avait promis. L'écurie était vide. Vide aussi
l'appentis. Ulric fit le tour méthodiquement, comme un
policier à la recherche d'indices. Le foin, le pain séché,

les bottes, tout avait disparu. Plus de draps au lit dont le matelas avait été posé sur le piano en guise de protection. Ulric monta deux fois dans l'appentis, alla de meuble en meuble, fouilla, s'énerva, soudain plus cambrioleur que policier. Il allait renoncer quand il aperçut une enveloppe posée, bien en vue, sur le paillasson de la sellerie. Pas un nom sur cette enveloppe. Rien. Mais Ulric l'ouvrit sans douter un seul instant qu'elle lui était destinée. Guère éloquente, la lettre. À peine deux lignes : « Ce n'est pas un jour gai que celui où l'on quitte notre vieille Europe. Aleph, lui, est heureux. Il va retrouver sa terre natale. Un cargo s'est chargé de nous. Ne m'en veuillez pas. »

C'était tout.

Mais c'était écrit en tchèque.

Au bas du message, pas de signature.

Juste un grand *Nazdar!* tracé à la va-vite.

Ulric reçut ce « Salut ! » en pleine poitrine. Il resta cloué sur place, tête baissée comme au bord d'une tombe.

Puis il monta en voiture.

Le chauffeur lui jeta un regard inquiet.

« Sind Sie nicht krank(1)? »

Il devait avoir une sale gueule.

Ulric se réfugia sur la banquette du fond et ferma les yeux. L'image de la Bohême surgit avec une telle violence qu'il eut envie de vomir. Maudite lettre... Et puis laisser traîner un message comme celui-là, dans une maison ouverte à tous vents. Quelle bécasse ! Cette femme était folle. Adrienne... Il n'y avait qu'elle. Alors, là où la route fuyait à perte de vue entre une double barrière de cyprès, Ulric plongea la main dans sa poche, retira l'enveloppe puis la lettre et déchira le tout en autant de morceaux que possible. Puis il gratta une allumette et mit le feu au petit tas que cela formait, une

_____

(1) « Etes-vous souffrant ? »

fois amoncelé dans le cendrier. Enfin il ouvrit la fenêtre
et vida le cendrier.

Le vent de la Crau fit le reste.

De retour à Paris le rapport qu'il présenta n'avanta-
geait guère Aleph. Ulric lui prêta un passé douteux. Né
à Meknès. Ce n'était pas une référence. Et l'on ignorait
ses origines.

Mais comme ces inconvénients ne semblaient pas
suffire à décourager les convoitises du colonel Pflazen
qui l'écoutait sans trop le croire, Ulric s'efforça d'en
inventer d'autres. Poulain mal nourri. Puis cheval de
manège. Confié à n'importe qui. Malmené par tous les
voyous de la garnison, fils d'adjudants ou de pachas.
Une bouche atroce. Peut-être était-il réquisitionné d'office, les jours de fantasias. Il n'en fallait pas davantage
pour claquer un cheval. Là-dessus, une touriste l'achète,
une Française, celle chez qui il vit désormais. Une
solitaire qui l'aime de toute sa féminité déçue. Et voilà
qu'Aleph tombe d'un excès dans l'autre. Après trop de
misère, trop de confort. Installé dans l'intimité de cette
femme, le cheval s'était alangui.

« Dans l'intimité ? Que voulez-vous dire *dans l'intimité ?* »

Le colonel doutait un peu de son histoire. Mais Ulric
s'exaltait. « Dans l'intimité, parfaitement. » Il faisait les
demandes, les réponses et s'exaltait si fort qu'il obtint
gain de cause.

Non sans mal.

Ce colonel rêvait d'exercer sa souveraineté sur les
richesses hippiques de l'Europe entière. Mais ce n'était
pas un homme de violence, un maniaque plutôt, un
collectionneur. Un bilieux, un bouffi aussi, qui avait
sacrifié sa santé à ses ambitions, au cours de prospec-
tions en Estonie, en Calvados, dans l'Ulster et la

Gironde, tous lieux où il était difficile de se contraindre. Trop à boire dans un endroit, trop à manger dans l'autre, trop de chevaux partout. Il affirmait que le coup de grâce lui avait été donné à la table d'hôte de l'hôtel Reina Cristina, au cours d'un long séjour à Algésiras. Un excessif en somme, un gourmand qui bâillait en parlant et devait au mauvais fonctionnement de son foie d'être à Paris en affectation spéciale.

Ulric ne lui déplaisait pas et c'était à peine s'il donnait quelques signes d'impatience en l'écoutant évoquer la solitude hautaine qu'il fallait aux étalons si l'on voulait qu'ils gardent l'esprit de lutte, la fougue rageuse qui leur tient lieu de plaisir. Il n'avait pas tort, ce garçon. Et sans doute ne se trompait-il pas davantage quand il déplorait la féminité perverse de la propriétaire d'Aleph qui à force de caresses, de soins — elle était sans cesse à le bichonner, le frisoter, le faire reluire comme une pièce d'argenterie — avait réussi à faire de ce cheval un sujet délicat dont on ne pouvait attendre plus rien de bon.

Un chien de manchon, cet Aleph. Rien de plus.

« Mauvaise affaire », dit Ulric en manière de conclusion.

Le colonel Pflazen accepta d'en convenir.

Il renonçait à Aleph.

Mais cela ne l'empêchait pas de trouver le capitaine bien outrancier. Il l'agaçait avec cette façon qu'il avait de parler des chevaux et des femmes sur le même ton passionné. Et excentrique, en plus. Un hurluberlu, ce Muhlen.

« Dites-moi, capitaine, on ne sait jamais très bien où on en est avec vous. N'êtes-vous pas en train de développer une sentimentalité exagérée ? Et vous devriez aller plus souvent chez le coiffeur. Méfiez-vous, capitaine Muhlen, méfiez-vous... A la première inspection, vous êtes bon. C'est un poste très envié que le nôtre. Alors, je vous en prie... Votre coiffure est déplorable, votre moustache impossible. Dans un pays primitif je comprendrais encore. Je comprendrais vos hésitations, vos craintes de ne pas trouver chez les coiffeurs du cru une compétence susceptible de satisfaire vos exigences. Car vous êtes exigeant en la matière, cela crève les yeux. Mais en France, capitaine, en France. Profitez-en. Vous occupez le seul pays qui, à ma connaissance, ait offert l'exemple d'une famille royale battant tous les records de fantaisie en matière de moustache. »

Le temps de réprimer un bâillement et le colonel reprit avec une espèce de hâte saccadée :

« Un jour j'écrirai quelque chose sur ce sujet-là. Oui, un morceau... Une étude... Enfin quelque chose. Les fils de Louis-Philippe ! Quels artistes ! La frisée du duc de Nemours, la relevée du comte de Paris, l'effilochée du duc d'Aumale, la tombante du prince de Joinville, la pleureuse... Ne craignez rien, je ne vous les citerai pas toutes. Mais remarquable effort en un siècle où l'imagination capillaire des rois ne fut jamais plus déficiente. Toujours la même coupe d'abord sur la tête du père, puis du fils... de tous les fils... Sans parler d'une barbe conventionnelle à souhait qui s'est promenée, pendant des générations, de capitale en capitale, sautant les frontières, passant de cour en cour, faisant l'objet d'échanges entre cousins, les rendant si semblables les uns aux autres qu'il était presque impossible de ne pas prendre le tsar de Russie pour le roi d'Angleterre et *vice versa*... Ah ! triste, trop triste. »

Il soupira.

« J'ai encore la migraine. Enfin, c'est égal. Continuons. Où en étais-je ? Ah ! oui... Bien que je vous conseille vivement d'améliorer votre apparence, ne serait-ce que pour *vous*, pour *nous* éviter des ennuis, n'allez pas croire, mon cher Muhlen, que je sois le moins du monde hostile à la moustache. Celle de notre Führer est très caractéristique. Ce n'est pas la moustache de n'importe qui. J'en porte une moi-même. Depuis mon retour d'Algésiras et mes ennuis biliaires elle s'est considérablement clairsemée. J'en conviens. Mais elle existe néanmoins. »

Il se rembrunit et adressa au miroir un regard plein de tristesse.

« J'approuve la moustache et je suis prêt à la défendre devant quiconque. J'ai toute une théorie là-dessus. Je vous l'exposerai, un soir et en détail si vous me faites l'honneur de vous asseoir à notre table au lieu d'aller vous réfugier dans l'angle de ce piano où le bruit est à décourager quiconque d'échanger la moindre idée. Mais sachez au moins ceci. Une moustache donne de la gueule et rend inutiles des fantaisies vestimentaires particulièrement répréhensibles chez les chefs d'Etat désireux de frapper l'imagination des foules. Un homme qui a de la gueule n'a pas besoin de se déguiser, sans compter que lorsqu'il s'agit d'un roi il n'a pas le choix : lorsqu'il se déguise, il se déguise en militaire. Et c'est parfois pénible, mon ami, pénible... Quels Fregoli ces gens-là... Le tort qu'il nous ont fait. C'est vrai que vous êtes trop jeune, pour savoir. Tout ça n'est pas de votre âge. Tandis que moi hélas ! je me souviens. Je dois vous paraître bien vieux, hein ? »

Par une mimique rapide Ulric lui fit comprendre qu'il n'en était rien. Mais le difficile était de placer un mot. Et du moment qu'il n'y avait rien à faire, le colonel remettait ça.

« J'étais tout gosse que, déjà, certaines mascarades me paraissaient indignes. Je me demandais au nom de quel principe on était en droit d'exiger d'un soldat qu'il présente les armes à un faux général... Tenez, prenez Alphonse XIII. Général français en France, d'infanterie à Versailles, des lanciers à Vincennes, il devenait brusquement général prussien avec un casque sommé d'un plumet gigantesque pour assiter, aux côtés du kaiser, à la prestation de serment des recrues de la garde. Et c'est encore lui qui s'en tirait le mieux. Elégance naturelle, voyez-vous. Petite moustache il est vrai, bien trop petite. Mais là, rien à dire. Les Espagnols, pas vrai, connaissent que ça : moustache de chat. Mais revenons au kaiser... »

Là le colonel avait baissé la voix pour continuer sur un ton de confidence.

« Il y a des choses, mon cher, des choses que l'on peut se dire entre gens de chevaux, sans risquer de passer pour un mauvais patriote, n'est-ce pas ? »

Et il baissa encore d'un ton.

« Croyez-moi, notre souverain était d'un ridicule achevé. Et sa moustache n'arrangeait rien. A la chien. Crocs relevés. Grotesque. Accentuant ce qu'il y avait de pire en lui : son côté cabot, roquet, enfin tout ce que vous voudrez à condition que ça aboie. Et je ne parle pas à la légère, non : mon père avait été son aide de camp. Il l'accompagnait partout. J'ai encore en mémoire les photos qu'il avait rapportées du voyage à Tanger ! Qui n'a vu l'empereur Guillaume dans l'uniforme qu'il s'était composé en cette occasion, ignore jusqu'où pouvaient aller les ridicules royaux. Un burnous, mon cher, un burnous à capuchon rabattu sur le casque à pointe. On aurait dit un paratonnerre, pris dans un filet à papillons. Tout ça pour impressionner les musulmans. Risible... Risible... Et pour aller en Sicile ! Ulster à triple cape et vaste panama. Les paysans d'Agrigente, tenus en respect par un important service d'ordre, ne le voyaient que de dos. Comme ils ne pouvaient imaginer un souverain vêtu de la sorte, ils le prirent pour une vieille cantatrice. Voulant être aimables, ils criaient : *Canta, vecchia... Canta.* « Drôles de gens. Pourquoi veulent-ils que je chante ? » demandait l'empereur qui n'y comprenait rien. Affreux voyage pour mon père. Enfin, que ceci reste entre nous, n'est-ce pas ? Ces incidents ne sont jamais parvenus à la connaissance du grand public. Et c'est tant mieux. *Canta... Canta...* Navrant, non ? »

Ici, au comble de l'indignation, le colonel retrouva sa voix habituelle, haute et un peu haletante.

« J'ai la personne des rois en horreur, mon cher. Et

cela depuis mon plus jeune âge. Mon aversion n'a fait
que croître depuis. Et je suis demeuré foncièrement
antiroyaliste, capitaine Muhlen, sachez-le, foncièrement.
Mais ne croyez pas que ce soit un parti pris. C'est un
sentiment raisonné, basé sur des griefs précis. Depuis un
siècle, les rois ont été comme des chanteurs qui joue-
raient toujours à contretemps, chanteraient toujours
faux. Tenant mal leur rôle quoi, savonnant leurs vocalises, dépassant les bornes jusque dans leurs goûts pour la
simplicité. Que penser d'un descendant de Saint-Louis
qui, bien qu'en voyage officiel, s'installe dans la locomo-
tive pour faire le trajet de Calais à Paris ? A son arrivée,
le service du protocole se précipite, le cherche éperdument. Pendant ce temps le prince apparaît à l'autre bout
du quai, coiffé d'une casquette, avec des lunettes d'auto-
mobiliste lui couronnant le crâne. C'était le futur tsar de
Bulgarie. Noir de suie. On se serait cru en plein
vaudeville. Indécent, non ? Et je n'invente rien : un de
mes oncles était attaché militaire à Paris, à l'époque.
Avec grade de colonel. Tous officiers dans la famille,
mon cher, tous. Eh bien, vingt-cinq ans plus tard il
n'avait pas encore oublié les cauchemars que lui avait
causés le prince héritier bulgare. C'est que nos Hohenzollern souhaitaient vivement que ce jeune homme soit
de leurs alliés, le moment venu. On l'avait à l'œil, le
Ferdinand. Alors comprenez dans quelle situation se
trouvait mon infortuné parent, obligé, entre deux cérémonies officielles, d'aller courir les buvettes, les consignes de gare, les voies de garage, les dépôts, afin de
retrouver Audoine et Mercier, deux bonshommes hilares,
les mécaniciens du train officiel qu'il fallait faire taire à
tout prix. Ils étaient prêts à confier aux journalistes
que... Enfin que le prince les avait considérablement
gênés dans leur travail par ses... Enfin ne me forcez pas
à en dire plus long. Vous voyez d'ici le scandale. Ah ! le
mauvais goût de tout ça ! Et les Russes, mon cher, les
Russes eux-mêmes... Voyez Alexandre III ! Il se vantait,

comme d'un haut fait, de pouvoir toucher du doigt le
plafond de sa chambre à coucher. Ce colosse... En séjour
à Gatchina il avait décidé de loger dans les chambres de
bonnes. Pouvez-vous imaginer quelque chose de plus
ridicule qu'un géant allant se nicher dans un entresol
tout juste digne d'un demi-castor. A pleurer. Deux
mètres de plafond, cent quatre-vingts millions de
sujets. Enfin ne parlons plus de tout ça. Assez, assez.
Ne plus penser à ces gens. Je ne vous retiens pas,
capitaine. Allez... »

Il n'y avait plus qu'à saluer. Mais Ulric eut juste le
temps d'atteindre la porte que le colonel Pflazen le
rappelait :

« Encore un mot, Muhlen... J'oubliais la meilleure.
Dans le mauvais goût on ne fait pas mieux. Savez-vous
ce qu'un tanneur français nommé Lepage a eu le front
d'offrir à Alphonse XIII après l'attentat de la rue de
Rohan ? »

Ici Ulric secoua la tête.

« La peau, mon cher, la peau des chevaux tués par la
bombe que l'on destinait au souverain. Transformée en
carpette. Et savez-vous ce que fit le roi ? »

Ulric disait toujours non de la tête, mais, emporté par
son élan, le colonel poursuivait son discours sans plus se
soucier si le capitaine savait ou ne savait pas...

« Eh bien, il a accepté ce cadeau, oui, accepté et il
s'est même dit ravi. Marcher sur la peau de... Aucune
idée ne m'est plus intolérable. Une abomination. Ces
horreurs me réveillent le foie. En d'autres temps on
aurait chargé un attaché d'ambassade de rapporter les
deux colis au sieur Lepage avec des phrases bien senties.
Mais l'accord était déjà total entre un monde sans
grandeur et des rois dont chaque geste prenait une allure
de blasphème. Alors il ne restait plus qu'à trouver
normal le don de l'immonde sacripant dont je ne peux
même pas prononcer le nom sans cracher, se croire
obligé de le remercier et peut-être, sait-on jamais,

utiliser les chevaux du capitaine Schneider et du briga-
dier Charton en guise de descente de lit. A devenir fou,
non ? A devenir vraiment fou. Mais excusez-moi, capitaine. Je vous retiens, je vous retiens. C'est que les gens
sont rares avec qui on peut parler en confiance. Alors,
tant pis hein ? Et ne m'en veuillez pas. Allez... Et
trouvez un bon coiffeur. »

Ulric laissa son colonel à ses vaticinations historico-
capillaires. Il le laissa à ses bâillements, à ses rois
pataugeant dans l'erreur, à ses « hein », ses « mon cher »
et à son parler double. Mais Ulric écoutait tout cela et le
reste, et les appartements trop petits des souverains trop
grands, et les chevaux réduits à l'état de carpette, sans
déplaisir.

Au fond il regrettait presque de ne pas s'entretenir
plus souvent avec le colonel Pflazen.

Disposition native : il savait comment on écoute ces sortes de ronronnements-là parce que des générations successives de Muhlen s'en étaient arrangées avant lui.

Il lui suffisait de se souvenir de son enfance et des
réceptions de sa mère.

Les propriétés du voisinage regorgeaient d'originaux,
la bouche pleine de balivernes. Personne ne s'était
jamais demandé s'ils étaient ennuyeux ou non. C'étaient
des questions que l'on ne se posait pas. Aussi naissait-on
chez les Muhlen en sachant épouser la vague des propos
baroques, c'est-à-dire penser à autre chose, sans se
laisser noyer. On savait tendre aux bourdes une oreille
distraite. On savait aussi s'arranger des conversations
anodines, s'en faire une espèce de fourrure dans
laquelle, une fois enveloppé, on ne laissait filtrer que
quelques mots, juste de quoi marmonner une réponse.

On savait s'ennuyer.

Ulric sortit de chez le colonel Pflazen comme d'un
rendez-vous avec quelque chose de très doux, de terne et
de lent, quelque chose de vaguement lourd aussi, le
rythme de sa vie ancienne.

Il oublia assez vite les moustaches des fils de Louis-Philippe pour ne songer qu'à la nécessité où il était, tant par esprit de discipline que par prudence, de se confier aux soins d'un coiffeur. Il se retrouva, errant dans Paris, cette ville où ses pensées d'autrefois n'avaient pas cours. Quel homme était-il donc ?

Il avait parcouru l'Europe, sauvé sa vie et gaspillé sa jeunesse. Une fois de plus il mesura sa solitude. Du moins, ce que cette solitude avait de spécifiquement parisien, ce que de refus, de silence, d'absence reflétaient les façades, ce que contenait de paroles prisonnières le visage des hommes et des femmes qu'il croisait, et, solitude suprême, la pensée d'Adrienne qu'il portait plantée en lui comme une aiguille dont la présence se faisait sentir au moindre mouvement de son corps.

Adrienne... Que devenait-elle ? Etait-elle partie ?

Pas un message d'elle. Pas un mot. Rien.

Ulric reprenait un à un les prétextes qu'il aurait pu invoquer pour susciter leur rencontre. Mais en vain.

Nul ami à qui se confier.

Il aurait fallu disposer d'un être, plus muet que le dictionnaire que l'on feuillette.

Déjà sa détresse renaissait.

Rechercher Adrienne c'était la compromettre.

Il continuait à errer, surveillant chacun de ses gestes, cherchant à ne pas remettre en mouvement l'aiguille et les pensées qu'elle suscitait, mais il les sentait ces pensées, posées sur un fond lointain, prêtes à fondre sur lui. Il se disait qu'il marchait sur une terre morte, définitivement immobilisée dans un ciel vide d'étoiles, une terre où plus rien ne faisait battre son cœur. Il allait enfin se décider à entrer chez le premier coiffeur venu et se résoudre à n'importe quoi : la faire tailler cette moustache et n'en plus parler, la supprimer au besoin.

Son découragement était grand.

Quand soudain il aperçut deux femmes dans une vitrine. Des femmes offertes en boutique. Plusieurs idées

LES GENS D'UN CERTAIN TEMPS 201

lui traversèrent l'esprit, mais brèves. Il évoqua le Zee-
dijck d'Amsterdam où une certaine Flora l'avait hélé un
soir. Et puis Hambourg aussi où il avait choisi parmi
toutes les femmes exposées une gosse nommée
Marianne.

Mais ce n'était pas de ces sortes de femmes-là qu'il
s'agissait, rue de la Paix.

Les deux silhouettes qu'il apercevait étaient celles
d'Adrienne et de Licia. Elles parlaient entre elles, tout en
poussant des fauteuils. Elles refaisaient une vitrine.

Il respira. Son cœur se remit à battre et la terre à
tourner. Il revivait. Alors il ouvrit la porte d'un geste
brusque et aussi définitif que celui qu'il aurait eu s'il
avait voulu la défoncer et tout mettre sens dessus
dessous, là-dedans.

Sur la porte il vit le mot « Adrienne » écrit en capitales
noires.

CHAPITRE VIII

QUELQUE chose les avait réunis.

Un bruit de pas qui marchent.

Et Serge avançait.

Il marchait avec les autres, entraîné par ce *quelque chose* qui lui interdisait de s'arrêter. Je marche. Je marche avec eux. Il allait vers le port conduit par le son qui glissait le long de la chaussée, ce son confus qui, par moments, semblait non point naître des pas mais les précéder et jaillir des trottoirs de la Ville comme une plante monte de la terre. Ils étaient le bitume des routes. Ils étaient les pierres de la rue.

Rien de rythmé, rien de fort ou de martial, rien de ce qui entraîne ou claque ; ni cuir, ni clous. Ce qui allait par les rues de Marseille étaient les pas légers de l'été, les pas chaussés de corde et de toile, les pas chaussés de gomme, les pieds en sandales qui frottent, traînent et glissent mais ne frappent pas.

Serge marchait.

A chaque instant de nouveaux arrivants rompaient, très loin en arrière, l'ordre des rangs et, à partir de cette poussée, une onde lente se propageait qui précipitait le rythme et créait un remous submergeant hommes et femmes.

Serge était poussé en avant. Il flottait quelque temps entre deux rangs puis il se retrouvait parmi de nouveaux compagnons, de nouveaux visages plus loin, beaucoup plus loin dans la foule.

Un homme, près de lui dit : « Le groupe fait des petits. » Ça ne réclamait pas réponse et l'on entendait mal ce qu'il disait... A cause du bruit des pas, qui semblait être venu des collines et s'enfonçait dans la Ville, en direction de la mer.

Ils avaient été dix à marcher entre les maisons pavoisées. Dix à obéir aux journaux clandestins.

C'était le 14 juillet.

Au sortir des quartiers hauts ils étaient déjà vingt ou trente à dévaler les rues en pente, puis cinquante et il avait fallu quelque temps à Serge pour comprendre qu'il manifestait. Est-ce moi qui suis ici ? Est-ce moi ? Je suis avec eux. Je marche à leur rythme. Je fais les mêmes gestes, je longe les mêmes maisons. Je suis eux. Au bout de cette rue il en viendra une autre et une autre encore dans laquelle s'engouffreront ces gens aux visages figés et qui ont l'air de sortir des murs ; je suis avec eux.

Sur le passage des marcheurs la vie ne s'arrêtait pas. Des fenêtres s'ouvraient, des visages apparaissaient qui ne proclamaient rien. Ni surprise, ni inquiétude. Tout ce que charrient ces raidillons prend des airs de torrent. Alors ? Ils passaient comme roulait l'eau les jours de pluie ou comme fonçait le vent. Rien n'aurait servi de s'étonner. Il en venait d'un peu partout et personne ne s'opposait aux marcheurs.

Soudain quelqu'un se mit à chanter, loin, dans les premiers rangs. On pouvait adhérer à ce chant et le suivre jusqu'à la mer. Pas lieu d'avoir peur. Les manifestants prenaient possession de la Ville, rue après rue, ils se la partageaient, ils se répandaient en tous sens, une cocarde à la boutonnière. Et leur chant s'amplifiait mais personne ne s'opposait. C'était tout naturel, un 14 juillet.

Avant même d'avoir atteint les quartiers à immeubles, les rues larges, les avenues à tramways, ils étaient une foule à faire un bruit de *Marseillaise* et chaque nouvelle silhouette qui apparaissait devenait aussitôt une voix, un chant sans fin.

Il y eut... Mais quand ? D'où venait-elle la voix qui cria ? Il y eut cette voix. Que disait-elle ? On l'entendait à peine. Un homme avertissait les marcheurs. Il disait quelque chose comme : « On a vu des types à brassard... Les hommes à Sabiani... Armés... » Quelque chose comme ça. Il y eut cette voix que personne n'écouta. L'homme qui criait avait l'air de chuchoter tant on l'entendait mal.

Mais au premier coup de feu on aurait dit que les gens s'y attendaient.

Un effet de coup de frein.

La foule se mit à osciller sur place. « Alors, comme ça, on va y laisser sa peau ? » demanda le voisin de Serge. Et quelqu'un répondit : « On va crever. » Sur un ton d'absolue certitude. Puis il ajouta : « Des fumiers, ces gangsters », et il cracha.

Il y eut une deuxième balle tirée en direction de la foule et plusieurs bouches pour crier. Serge oscillait sur place avec les autres. Et le chant était toujours là dans le ciel de la Ville.

Mais il y eut aussi l'ordre venu des premiers rangs : « A la Mairie. »

Le type tendait le bras.

Alors tout changea.

Il y eut la charge folle, une course de dingues. « A la Mairie » cela signifiait aller droit, suivre le bras tendu. Les maisons et les platanes se mirent à fuir, à monter et à descendre à une allure de montagnes russes, pendant que se mêlaient le chant et les cris. Ensuite ?

Ensuite Serge se mit à courir avec les autres. Mais était-ce lui ? Est-ce moi qui cours ? Est-ce moi qui suis là ? Et puis était-ce courir ? Il était précipité vers la bâtisse, dressée au pied des quartiers vétustes. Les mouvements de la foule la laissaient tantôt apparaître toute dorée de soleil, tantôt l'engloutissaient comme ces récifs qui font surface entre deux vagues. Serge n'avait qu'une pensée : ne pas tomber. Continuer de courir, sauter les parapets, dévaler les escaliers mais ne pas tomber, surtout, car cela signifiait être tué. Il entendait la trépidation des pieds derrière lui. Il fallait faire gaffe : ne pas tomber.

Il y eut des policiers pour s'écarter, il y en eut un pour rattraper au vol une femme qui s'effondrait. Il y eut une voix pour dire : « Sont pas tous les vaches qu'on croit » et une autre pour crier : « On y est ! » Mais on entendait : « Oniè... Oniè... » répété très vite, comme une nouvelle en langue étrangère.

Et la Mairie était là.

Elle avait l'air d'avoir attendu trois siècles entre ses deux frontons et de n'avoir été construite que pour devenir, ce jour-là, vérité cruelle, espoir, capitole et bastille de ceux qui allaient tenter de l'investir.

Il y eut...

Les balles frappaient de droite et de gauche. Mais d'où tirait-on ? Cela faisait un son qui n'était pas celui d'un fusil. Il y eut donc la trrrttt... d'une arme automatique et le cri d'une femme qui s'abattait au sol. Il y eut aussi un corps dans les eaux tachées du port. Il y eut Serge, poussé sous un porche, une voix qui ordonnait : « Mets-la à l'abri, camarade » et on lui mettait une femme dans les bras. Etait-elle blessée ? Mais elle reprenait conscience. Rien qu'un étourdissement. Des inconnus descendirent des étages pour lui porter secours. Sur le pas de la porte l'homme, toujours le même, criait : « Tous à l'abri. »

Et les balles giflèrent à nouveau.

Serge et l'homme qui criait se jetèrent à plat ventre. Le porche où ils avaient trouvé refuge était juste dans l'axe de la fenêtre qui tirait.

« Qui est-ce ? demanda Serge.

— Ne bouge pas », répondit l'homme.

Il avait plein de dents en or. Ça brillait à chaque mot qu'il disait.

« Qu'est-ce qui tire ? redemanda Serge.

— Lève pas la tête », dit l'homme.

Tout cela à plat ventre, toujours.

Enfin vint l'ordre de dispersion, haut donné.

Quelque part dans la foule un premier groupe fit mouvement.

C'est alors qu'il y eut la femme au visage éclaté.

Quelque chose de mou dans lequel on risquait de marcher. Des cheveux noirs répandus. Serge lui arriva dessus comme aurait pu le faire une voiture dans la surprise et l'obscurité. Quelqu'un disait : « C'est affreux non ? C'est affreux hein ? » La femme au sol gémissait. On lui ouvrit son sac. Elle s'appelait Emilienne Trouillard et elle saignait à mort. De visage ? Plus. Arrêtés devant elle les gens se taisaient.

Il y eut ce silence si grand ; ce silence comme un gouffre dans lequel les uns après les autres tous ceux qui arrivaient se noyaient. Il y eut surtout ce silence face au sang sur la chaussée.

Une ambulance arrivait. Des motards. Encore du sang qui gouttait. Mais pour Serge tout était joué.

Marseille chauffée à blanc.

On s'efforçait de croire aux joies de l'été. L'été, l'été n'est-ce pas... Mais depuis le jour où deux femmes avaient été tuées en ville et cinq hommes blessés, quelque chose proclamait que tout allait changer.

Ainsi le beau temps.

Il portait sur les nerfs, et aux heures où le ciel atteignait un degré de luminosité presque insoutenable, la Ville tout entière haletait comme une femelle insatisfaite.

Des journées trop magnifiques.

Un ciel gris aurait été seul supportable avec ce qui se passait.

Roseline, Roseline elle-même, si vaillante, avec ce rire clair, ce rire du matin qui sonnait comme un clairon, et cette façon qu'elle avait de noyer les pires inquiétudes dans ce rire-là, tantôt houspillant Serge, toujours fourré chez les pépés d'en face, tantôt ronronnant et se frottant à son Minelli, tournant autour de lui en chatte, en plante grimpante, lui faisant un lierre de ses bras, une fête à ressusciter un mort, le pressant contre elle à l'étouffer, lui collant des baisers d'une précision dévastatrice, tout ça sous le nez de Serge, et pourquoi se gêner, il en savait peut-être plus long qu'eux avec les fréquentations qu'il avait, et de remettre ça et de reprendre son numéro d'arapède amoureuse, Roseline, elle-même, n'avait plus cœur à rien.

Le mois de juillet tournait au drame.

Tout d'abord se répandait la nouvelle que la fusillade du 14 juillet avait été le fait de tueurs professionnels. Il allait de soi que seule la presse clandestine en avait fait état. Rien dans la presse officielle, pas le moindre compte rendu.

La censure existait.

Mais un hasard avait fait éclater l'évidence aux yeux de Minelli.

Stupéfiant, l'effet que cela peut faire de se cogner au tournant d'une rue contre des truands notoires, MM. Carbone et Spirito pour ne pas les nommer, de les entendre se vanter, comme d'un haut fait, d'avoir tiré sur la foule, d'additionner vivement les ignominies que ces bonshommes-là ont en travers de la conscience, de se dire : « Je les tiens », de se précipiter chez son supérieur, de s'attendre à des félicitations et qu'aussitôt les purins en question soient surveillés, filés, mais le diable vous emporte Minelli, ces messieurs sont protégés en haut lieu et vous raisonnez comme un tambour, ils sont en cheville avec ce qu'il y a de plus influent à Vichy, à Paris, et pas seulement avec les grosses têtes de la Cagoule, ou les caïds des brigades spéciales, alors cessez donc de nous rebattre les oreilles avec vos connauds du Service d'ordre légionnaire.

Bon bon et rebon, vos messieurs fricotent du côté de cette légion-là, on vous dit pas le contraire. Et avec la Légion antibolchevique par-dessus le marché. Bon. Mais croyez bien qu'ils se foutent pas mal des bénédictions du cardinal Baudrillart, et qu'une Eminence les range ou non parmi *les meilleurs fils de France,* c'est le cadet de leurs soucis à nos Al Capone ; très peu pour eux.

Mais du gros *bizness,* ça oui. Des missions sur Paris, franco de port, avec le cigare et tickets de repas en poche, excellent ça, excellent. Ou bien *ausweis* permanent pour aller et venir, entrer et sortir en zone *nono* à leur convenance... C'est ça qu'ils cherchent. C'est une table *Au Châtaignier* où se montrer à chaque séjour dans la capitale, et la satisfaction d'entendre un garçon en veste blanche les appeler par leur nom. « Par ici, monsieur Carbone, votre table est là... » Ce qu'ils veulent ? Se farcir plein de boustif, au nez des péquenots qui souffrent pour leur porte-monnaie à chaque bouchée avalée et, quand l'occasion s'en présente, la possibilité de cogner sur la gueule d'un brutal, sans risquer les poursuites. Vous voyez le tableau ?

Et puis fini le temps où ils acceptaient de jouer les gardes du corps.

Aujourd'hui c'est eux qui se l'offrent le service de protection et pas piqué des hannetons, vous pouvez m'en croire, tout ce qu'on fait de mieux dans le genre et sans qu'il leur en coûte un sou. De vrais morbacs, vos clients. Logés, blanchis, nourris tout, on vous dit, gîte, couvert, baisouille, poufiasse garantie grand teint et sans parler des suppléments : petit gars bien roulé à tignasse frisotée dernière mode, pour faire les cent pas dans la rue avec un parabellum sous le bras, la grande vie quoi...

Et il faut avoir vu le service de protection de ces messieurs. Il faut l'avoir vu, à la porte des lieux où ils s'empiffrent, vous balancer une giclée de projecteur à travers la rue à chaque rombier qui passe, et le style vieil arroseur public que prend le petit gars pour ajuster le rombier et le tenir sec dans le rayonnement du projecteur en lui foutant une pétoche à tout casser, il faut avoir vu le rombier, collé au mur, convaincu qu'il va être refroidi en moins de deux, il faut avoir vu pour comprendre.

Tâchez de pas vous frotter à ces mecs-là, Minelli. Tenez-vous à distance. Ils ont leurs petites et grandes entrées là où on s'attend le moins à rencontrer des dégueulis de leur espèce. Ne vous salissez pas les mains, Minelli. Ce serait peine perdue, vu ? Qu'on les arrête aujourd'hui et l'ordre de les relâcher arrivera demain. Pas besoin de vous en dire plus long, vous avez deviné la suite, hein ? Ils sont branchés en direct sur le boulevard Lannes, aux ordres d'Oberg si vous préférez, au service du balafré. Ça vous suffit ? Il faut en prendre votre parti. Ils peuvent mettre n'importe quel coin de France à feu et à sang.

Manque de pot, c'est Marseille qu'ils préfèrent.

N'avons plus qu'à fermer les yeux, Minelli. Faites comme nous. Alors *balek* comme on dit chez vous.

Plus de Minelli.

Il était revenu lessivé.

Il menaçait de foutre le feu à la baraque, un jour où les gradés s'y trouveraient réunis et d'attendre qu'ils aient cramé pour se barrer en douce. Rien de moins. Roseline avait tenté deux ou trois de ses plus brillantes métamorphoses, rire d'ensorceleuse toutes nattes dehors, puis son numéro de souris bécoteuse en lui collant une série de baisers, flac-floc, à tout casser, et reflac et refloc, sans le moindre résultat.

Minelli restait noir comme de l'encre.

Alors Roseline avait traversé le palier en ouragan. Minelli parlait de se tailler. Il y avait longtemps que ça le travaillait cette idée-là. Il fallait que Serge intervienne.

« Seigneur ! S'il allait mettre son projet à exécution... C'est qu'il en est bien capable. Depuis le temps qu'il dit qu'il veut s'en retourner à Alger. S'engager dans les troupes d'en face. Fais quelque chose, Serge, je t'en prie, je t'en prie... »

Cela faisait un moment qu'on se tutoyait, entre habitants de la rue Venture. Et plus on se tutoyait plus la vie quotidienne en était simplifiée. Serge entrait chez les Minelli à toute heure du jour ou de la nuit. Linou en faisait autant chez Serge. Toujours pour emprunter un objet ou annoncer une nouvelle.

Autre chose : pendant que Linette allait au ravitaillement Serge jouait au concierge. Une responsabilité qui l'avait pas mal angoissé, les premiers temps. Ensuite, il y avait pris goût et gueulait dans l'escalier aussi fort que Roseline.

« C'est vous, madame Roseline ? demandait une voix anonyme venue des profondeurs.

— Non, non, faisait Serge, c'est un remplaçant... »

Il laissait le visiteur s'essouffler jusqu'au tiers de sa course et là, d'une voix céleste, le halait jusqu'à la porte voulue.

Et c'était Roseline que Serge avait devant lui, une Roseline en peignoir léger, une vraie mousmé. Mais une mousmé en pleurs. Elle voyait son Minelli parti. Alors elle suppliait Serge d'avoir une idée.

« Trouve quelque chose, Serge. Tu as fait des études, toi. Tu es instruit. Trouve un argument, je ne sais pas moi... Quelque chose... N'importe quoi qui le retienne. »

Serge se mettait la tête à sac. En vain. Que dire ? Que faire ? Crâne vide. Panne de secteur. Et en avant les grandes eaux, les sanglots de Roseline redoublaient. N'importe, pleurante ou pas, ce qu'elle pouvait être appétissante cette Roseline. Une caresse pour l'œil, pensa Serge.

Et l'idée fut là.

Dire au mari que sa femme était une tentation ambulante, c'était tout le plan de Serge.

Il lui en coûterait, mais il s'appliquerait. Et quel autre moyen employer ?

Ainsi l'idée fusa.

A coup sûr, née du peignoir de Roseline, qui était tout ce qu'il y a de folâtre, avec garniture en ruché et effet de transparence aux bons endroits. Le plus étonnant fut comment Serge commença par l'écarter cette idée, pour la rattraper *in extremis,* et la servir toute chaude à Minelli.

« On ne laisse pas un garçon de mon âge en tête-à-tête avec une femme comme la tienne, Minelli. Franchement, je ne sais pas comment te dire ça, mais si tu avais un tant soit peu de bon sens, tu ne me ferais pas confiance. Enfin je préfère te l'avouer : Roseline me rend tout chose... »

Quant à savoir ce qui se déroulait dans la tête de Minelli pendant que Serge passait aux aveux, impossible. Il était de ces Méditerranéens impénétrables qui accueillent catastrophes et plaisanteries avec le même visage. Absolument inexpressif. Un sérieux de plomb.

Mais il n'en renonçait pas moins à partir. Il s'était ressaisi. Il promettait de ne les abandonner ni l'un ni l'autre.

« C'est que je t'aime bien toi aussi », disait-il à Serge.

Parvenu à ce point de mansuétude il ne put cependant s'empêcher de revenir sur d'aussi singuliers aveux.

« Alors, à toi, plus rien ne te suffit ? dit-il avec une nuance d'admiration dans la voix.

— Plus rien, répondit Serge.

— Tu n'as pas peur que ça tourne à l'idée fixe ?

— Je réussis encore à me contrôler », dit Serge.

Tranquillisé, Minelli disparut avec Roseline. Enfermés dans leur chambre, à double tour. Vint tout naturellement à travers la porte l'inévitable rire de Roseline, son rire des dimanches au lit, quand elle batifolait avec Minelli jusqu'à midi passé. Ça s'entendait jusque sur le palier.

A quelques instants de là on pataugeait à nouveau dans le désastre.

Serge s'apprêtait à faire un tour chez Précieuse quand vlan ! le téléphone. Bizarre, à minuit. La sagesse aurait voulu qu'il laissât sonner. Alors pourquoi avait-il décroché ? C'était pour Minelli. Une voix d'homme. Du côté de la chambre, pas la moindre réaction. Serge avait beau frapper, ils devaient piquer un somme. Il se mit à cogner plus fort.

A la fin des fins, un pas.

C'était Roseline en nuisette extra-courte avec plein de volants aux épaules, genre star.

« Qu'y a-t-il ? demanda-t-elle. On ne peut pas nous laisser tranquilles ? D'ici à ce qu'on renonce à se coucher... »

Et elle alla secouer Minelli entre ses draps.

« C'est pour toi.

— Qu'on me fiche la paix, cria Minelli. Je ne suis pas d'humeur à causer. »

Mais la voix d'homme insistait. Elle paraissait choquée.

« Serge ! Demande donc qui c'est ? » cria encore Minelli.

Finalement pas moyen d'y couper. C'était son chef à Minelli. On l'appelait d'urgence, il était de service.

« Service de quoi ? cria Minelli, toujours de son lit. Dis-leur que je viens de rentrer, qu'il n'y a même plus moyen de faire ouf ! et que je dors. »

Il parlait appuyé sur ses oreillers.

A l'autre bout du fil le chef repiquait. Pas de discussion. On avait besoin de lui pour des vérifications d'identité. Toute une tapée de métèques, incapables d'articuler un seul mot de français. Planqués tous ensemble dans une pension de la Corniche. Alors pas de discussion.

A l'instant de raccrocher Serge crut entendre qu'il faudrait voir à ce que Minelli cesse de faire son Mohammed ou quelque chose d'approchant. Façon de faire comprendre qu'il commençait à leur courir.

La voix claquait sec.

Tout en s'habillant Minelli n'avait pas cessé de grogner des récriminations.

« Vérifications d'identité... Je demande à voir. »

Des menaces aussi.

« Qu'ils n'exigent rien de plus, sans quoi... »

On sentait qu'il en avait plein le dos.

Quand Serge annonça à Roseline qu'il allait faire un tour en face, elle prit un air offensé.

« Tu vas rejoindre Précieuse, à minuit passé ?

— Elle est de repos, ce soir, et elle m'attend.

— Ben vrai ! On ne se gêne plus. C'est à croire que tu y dors, en face.

— Sûr que j'y dors, Linette. Mme Lhoste ferme les yeux. C'est les vacances, la maison est presque en sommeil, comprends-tu ?

— Alors, comme ça, tu vas aller là-bas et me laisser seule ici, à guetter le retour de Minelli, toute la nuit... »

Serge crut qu'elle allait fondre en larmes.

« On ne peut pas passer sa vie à se ronger les sangs », ajouta-t-elle.

Elle n'était qu'un reproche.

« Ecoute, écoute, Linounette... »

Une de ces séances ! Et Précieuse qui attendait. Il n'y avait guère de sens à vouloir raisonner Roseline, mais Serge essayait quand même.

« Ecoute, ma Linette, faut tout de même pas te biler à ce point. Des vérifications d'identité ça ne va pas chercher loin. Et puis c'est sans risque. Un coup d'œil aux passeports et il va être de retour. Simple routine. »

Mais Roseline, pas plus que Minelli, n'y croyait tout à fait à cette histoire de vérification. Elle continuait d'affirmer que cet appel en pleine nuit cachait quelque chose. Alors pour liquider la discussion Serge lui fit une proposition.

« Prends ça », dit-il.

Il lui tendit un sifflet, un gros sifflet à roulette qui traînait depuis toujours sur la table d'entrée.

« Qu'est-ce que tu veux que j'en fasse ? C'est un jouet du petit qu'on a oublié là... »

Serge lui proposa de se pencher par la fenêtre et de siffler s'il y avait du mauvais.

« La chambre de Précieuse donne juste en face. Le temps d'entrouvrir les volets pour que tu saches que j'ai entendu et j'accours...

— Tu es fou, non ? »

Ce fut sa première réaction.

Mais Serge insistait. C'était une excellente solution au contraire. Un remarquable compromis. Comme de dormir dans la chambre à côté.

Roseline continua d'affirmer que c'était choquant, grotesque, que jamais elle n'oserait, mais il était évident qu'elle se faisait à l'idée.

Serge put enfin s'en aller.

Curieux que discuter, tourner en rond lui donnait toujours envie d'aller faire un tour chez Précieuse. Un état de faim perpétuel.

CHAPITRE IX

LEUR rencontre fut toute simple et comme concertée. Quand Adrienne avait vu entrer Ulric elle avait jeté sa cigarette et lui avait souri. Tout d'abord elle n'avait pas cru au hasard de cette rencontre. Difficile à croire mais c'était pourtant le hasard qui avait conduit Ulric jusque devant la porte de... Il cherchait ses mots. Comment fallait-il dire : « Jusque devant la porte de votre magasin, de votre commerce » ?

« La porte de chez moi, dit-elle. Je suis couturière, vous ne le saviez pas ?

— Comment l'aurais-je su ? »

Tout aussitôt il lui demanda ce que signifiaient ces sièges qu'elle disposait en vitrine. Et ces miroirs ?

« Que mettre d'autre ? »

Les nouveaux tissus ne méritaient guère d'être montrés. Tous à base d'ersatz. Alors quoi ? Des parfums ? Trop rares. Et puis on ne *regarde* pas un parfum. On ne peut pas non plus *croire* en lui, de loin. D'objection en objection elle avait opté pour des sièges, à la patine soyeuse, beaux comme des trônes et paresseux à souhait. Quant aux miroirs, sertis de malachite, d'une bizarrerie assez provocante pour en devenir belle, renflés, sculptés, sans âge, complètement fous, ils étaient sommés d'une sirène couchée, verte elle aussi, de ce vert profond qu'ont parfois les eaux montagnardes au creux des rochers. Une trouvaille de Licia. Comme tout le reste d'ailleurs. Personne ne savait mieux qu'elle s'arranger des difficultés de l'heure. C'était sinistre non, ces vitrines vides comme on en voyait tant ?

Ulric se sentit brusquement responsable du vide des cœurs, des estomacs, des garde-manger, des chaudières, des boutiques, des rues, responsable de tout.

Ne pas se laisser abattre.

Qu'y pouvait-il après tout ?

Dès lors cessa la lente avancée d'Ulric dans l'inconnu. Tout s'éclairait. Il découvrait celle qui aimait à commander, celle qui régnait à la fois sur le peuple actif des employés et sur l'élite languissante des demoiselles mannequins, celle à qui une foule anonyme obéissait à distance, les femmes, toutes les femmes, Merveille que de découvrir cela lorsqu'on est de ceux qui jamais n'auraient su l'imaginer. Une femme qui invente, lance, dicte, impose, dirige, une femme s'avançait pour l'accueillir, belle dans cette robe couleur de maïs ou bien de miel, c'était un détail à élucider ultérieurement, belle avec son visage triangulaire et cet air de ne s'étonner de rien, Adrienne, l'énigme d'hier, était cette femme-là.

C'est ici qu'Ulric sentit naître l'espoir. Qu'avait-il à redouter ? Longtemps attendu, voici que venait aussi le temps de Licia. Avec elle il allait démailler, un fil après l'autre, l'invisible réseau où Adrienne tenait son passé hors d'atteinte. Le champ était libre. Nul piège. Il allait enfin la posséder toute ombre arrachée.

Ulric se trompait doublement. Il se trompait à propos d'Adrienne car on ne taillade pas dans le secret de certaines vies. Il se trompait sur lui-même qui se croyait toujours voué à des bonheurs paisibles. Et il se connaissait mal. La curiosité était dans son cœur. Ses exigences sont imprévisibles, qui ne peuvent se comparer qu'à celles de la faim.

Il espérait, malgré ce démon, être arrivé au bout de ses peines. Il n'avait fait que changer de cachot.

Licia apparut, grave, le sourcil froncé, un peu essoufflée. Présentations. Elle non plus ne paraissait pas étonnée de le trouver là.

« Vous nous surprenez en plein travail », dit-elle.

Ulric fut choqué par ce *nous* qu'il jugea déplaisant.

« Je suis venue prêter main-forte à Adrienne, poursuivit-elle. Dans une ville comme la nôtre et en pareilles circonstances on voudrait... Comment dire ? On voudrait combattre efficacement le dénuement et la banalité. Aussi ai-je apporté ce que j'avais de plus beau. Autant que la rue en profite. »

Sur quoi elle se servit un petit verre d'alcool, soigneusement choisi parmi plusieurs carafons assemblés.

Il y en avait toute une parure sur une table basse, et la lumière de l'unique lampe allumée jouait sur les cristaux et les faisait étinceler comme des joyaux. Les apéritifs étaient-ils aussi à vendre ? Que faisaient ces boissons dans une maison de modes ? A moins qu'elles n'y aient élu domicile, ces deux-là. Elles y étaient comme chez elles. Et que dire de ce sérail ? L'atmosphère en était étrange et elle n'avait rien de commercial, cette pièce immense, aux hautes fenêtres d'un bleu profond. Le papier par lequel on les avait aveuglées recouvrait chaque carreau, scrupuleusement, sans laisser à la lumière la moindre chance. Partout des canapés, des paravents, des replis d'ombre, des pans de glace appuyés à des chevalets, qui émergeaient de l'obscurité, d'un seul jet, comme les trouées d'une clarté inexplicable.

Ulric se sentait d'instant en instant plus mal à l'aise. Il lui semblait qu'entre ces deux femmes les moindres propos étaient troués de silences complices.

Licia, elle, souriait.

« Adrienne m'a parlé de vous, dit-elle. Lorsque nous ne voulons pas être comprises, nous vous appelons *von X.* »

Elle rit à l'idée de ce *von X*, leva sur Ulric deux yeux mongols, avec une expression de chatte aux aguets qui venait peut-être de ce que sa bouche était grande, de forme un peu carnassière, à cause des lèvres, aussi, relevées dans les coins, de ses dents très blanches et d'un menton à la fois rond et court. Elle consulta Ulric du regard, presque effrayante d'attention.

Mais comme il n'avait pas l'air d'apprécier sa malice, elle se tut.

Deux languissantes, marchant comme sur des œufs, firent une brève apparition, serrées dans des sarraux sous lesquels l'os des hanches pointait. Adrienne les chassa de la main à petits gestes bourrus comme on en a avec les enfants.

« Plus tard, plus tard. Allez manger, allez. Je vous rejoins. »

L'une des demoiselles mannequins, une brune assez funèbre, parlait à Adrienne le corps incliné en avant, avec une sorte de patience résignée ; attitude déférente, complice aussi. Elle éveillait en Ulric des souvenirs proches qui coïncidaient avec l'image présente au point de se confondre avec elle. Recrue recevant les consignes de son chef, pensa-t-il. Et presque aussitôt : résignation des conscrits aux premières heures de leur encasernement. Ceux des récentes fournées, trop jeunes, trop maigres. Même indigence de la chair, même déférence un peu nigaude. Ces demoiselles avaient des airs de conscrits. Mais la complicité ? L'explication se levait d'abord vague, imprécise. Brusquement, elle était là. Vite l'attraper au passage et puis l'engranger. Mais ne pas se laisser distraire et continuer à suivre la conversation. Donc, la complicité des demoiselles mannequins. Exactement celle des recrues, promues à la dignité d'ordonnances. Affamées d'approbation, de compréhension béate. Tout ça c'était le genre conscrit.

La déité funèbre s'en alla, le derrière moulé de près par le sarrau et Ulric remarqua qu'Adrienne, ce soir-là, portait, passée dans les chaînons de sa ceinture, une paire de grands ciseaux d'aspect assez redoutable et qui pendaient à son côté, comme un poignard. Tout à l'heure suave, fragile, faible femme en robe pâle, voilà que de près Adrienne apparaissait sous la forme nouvelle et inquiétante d'une conquérante qui, dans cette pièce enténébrée, et comme verrouillée derrière ses fenêtres aveugles, était seule à détenir la puissance réelle, celle de ses ciseaux.

De toute évidence elle ne se préoccupait pas plus de la présence de Licia que de celle d'Ulric.

Ce qui le vexa.

Pas un signe d'elle, pas un geste de connivence, comment était-ce possible ? Elle si consentante l'autre nuit.

Elle allait d'un pas affairé avec des arrêts çà et là. Ulric restait interdit devant cette étrangère, soudain livrée aux troubles sollicitations de forces inconnues de lui. Course sans but. Manège, pensa-t-il. Elle fait semblant d'être occupée pour me forcer à vider le plancher. Mais je ne partirai pas. Il alluma une cigarette, tandis qu'Adrienne comme un oiseau de nuit reprenait son volettement dans la pièce obscure. On l'entendait qui se parlait à elle-même d'une voix sourde, entrecoupée, par moments, d'accents coléreux.

« Quel capharnaüm ! Je ne me lasserai pas... Ah ! ces filles... Elles ont le désordre dans le sang. »

Le mot « filles » dans sa bouche. Affreux vocabulaire. Je ne veux plus de ça, pensa Ulric, auquel ce jargon de métier paraissait d'une impudeur extrême.

Et comme Adrienne était revenue devant lui, il se mit à déplacer, sans raison, flacons et verres du plateau dans l'espoir de retenir son attention. Inventer quelque sortilège, tracer un cercle magique hors duquel jamais elle ne pourrait s'échapper.

Elle passa sans même lever les yeux.

Le visage tendu, elle repérait sur la moquette une trace suspecte, *je ne me lasserai pas,* ployait les genoux d'un mouvement rapide, et, indifférente à tout sauf à ce qui traînait, allait sans bruit ramasser boutons égarés, bribes de fils ou d'élastique, rognures de tissu, de galon, de ganse, de tresse, de ruban, rouleau de passementerie, qu'elle entassait dans une corbeille, et des épingles en quantité et des aiguilles à coudre qu'elle portait à sa bouche où elle les tenait entre ses dents, serrées, comme ces fleurs des champs que mordillent les écolières.

«Méchante femme, la bouche pleine d'épines, un bouquet de ronces entre les lèvres», pensait Ulric. Une femme à l'image de celle qui continuait à fouiller chaque recoin, en glaneuse obstinée.

Cependant chaque mouvement d'Adrienne, avec ce qui s'y mêlait d'inconsciente provocation, éveillait des chœurs invisibles. D'abord des mots disjoints. Puis une chanson qui, vaille que vaille, s'imposait. C'était l'aube, et les lavandières agenouillées, c'était l'envoûtante promiscuité de leur faction, face à l'eau claire, leur balancement rythmé, le roulis incantatoire de leur ronde, et Ulric, le cavalier brun, et Matyâŝ et Maximilián, ses frères blonds, rient quand, longeant la rivière, ils aperçoivent ce bataillon de postérieurs alignés, ce régiment. Ils se livrent à toutes sortes de facéties, ils saluent du chapeau, ils tendent la cravache, ils sont housard, dragon, garde française, mameluk, ils jouent. Ils défilent dans le vent des jupons, ils hurlent : «Tête droite» en l'honneur de ces croupes multicolores, de ces arrière-trains superbes, et cela, aussi longtemps qu'une voix faussement sévère ne les a fait taire. Oh ! les remontrances maternelles, oh ! les réprimandes dans ce français extravagant. Et cette voix joyeuse jusque dans la gronderie.

«Honte à vous, indécente progéniture.»

Alors sourcils froncés et mine scandalisée quand maîtrisant son fou rire, donnant à la fois de l'éperon et de la voix, elle parvenait à remettre sa troupe en marche.

« Assez de ces très cochonnes impudeurs. Et en avant, donc ! »

C'était dans sa manière ce *donc* final. Ainsi terminait-elle souvent ses phrases. Ainsi Ulric avait-il pris lui aussi l'habitude de ce *donc,* en bout de discours, comme un coup de cymbales en musique. Mais pourquoi se souvenir ?

Seul remède, écouter Licia.

« A quoi riment ces rangements ? demandait-elle. C'est absurde. Il fait noir. »

Adrienne fit un geste docile pour acquiescer. Puis une dernière fois, entraînée par son élan, elle se baissa, le visage voilé par le rideau tombant de sa frange, masque épais et d'un noir total, l'arrondi du dos flottant à l'horizontale, reins offerts, la forme de ses hanches, pleine encore que si peu prononcée, exposée au regard d'Ulric qui l'épousait avec une joie secrète. Il la dévêtit en pensée, s'efforçant, malgré la robe boutonnée jusqu'au cou et étroitement ceinturée, de faire l'inventaire des particularités de ce corps, qu'il retrouvait, une à une, aussi aisément que s'il l'avait tenu embrassé, nu et libre, livré, sans honte, à son emportement.

« Je ne me lasserai pas », répétait-elle.

Mais elle se lassait et s'accoudait au dossier de la chaise où Licia était assise.

« C'est trop d'ordre, Adrienne, et j'ai le dos scié rien qu'à te regarder. »

Adrienne capitulait.

« Tu as raison, ma Licia. D'ailleurs il se fait tard. Je vais monter travailler. »

Elle enlaça le cou de Licia puis, de la joue, prit appui sur les cheveux de son amie.

Ce qui rendait cette attitude singulière, c'était son

caractère éphémère, aussitôt esquissée, aussitôt quittée. C'était aussi son naturel irrépressible.

Il y avait entre ces deux femmes un lien fatal et Ulric ouvrait de grands yeux.

Il s'offensait de tout.

Ce quelque chose de défendu qui s'exprimait en un lieu aussi solennel, aussi public, lui parut on ne peut plus condamnable. L'idée de métier pour lui, la notion de travail aussi allaient toujours de pair avec un certain cérémonial.

« Allez dîner, vous autres. »

La voix d'Adrienne.

L'ordre était donné avec un détachement intolérable.

« Moi je reste, dit-elle d'une voix résignée. Tout est prévu là-haut. Il y a peu à manger et beaucoup à faire. Bref, de quoi tenir jusqu'à demain. »

Rien à ajouter à cela.

Expulsion des gêneurs, pensa Ulric. On joue les victimes vouées à une nuit sans sommeil, mais je ne marche pas. Elles sont de mèche, toutes deux. Sinon comment Adrienne me laisserait-elle en tête-à-tête avec Licia ? Interrogée, celle-ci ne dira que ce qu'Adrienne consent à dévoiler. Aucun doute, là-dessus.

Mais à l'instant de prendre congé Ulric fut gratifié d'un sourire de magicienne. Adrienne, comme prise de remords, le remerciait d'être venu, des deux mains à la fois. Et la voyant ainsi seule, et toute menue, dans cette pièce immense, imaginant la nuit laborieuse à laquelle elle était promise, Ulric éprouva un sursaut de tendresse.

Résister à ce qui bondissait en lui. Retenir la terrible envie de l'attirer et de rester longtemps contre elle. Non, il ne fallait pas.

Il ne fallait ni châtier ces mains qui s'étaient nouées au cou de Licia, ni les prendre pour les enserrer dans les siennes. Renoncer, *donc*. Ne rien faire.

Et des deux mains d'Adrienne, tendues, joyeuses et

comme à lui dédiées, Ulric n'en prit qu'une, s'imposant d'y appliquer les lèvres brièvement et avec cérémonie.

Une ville chaque soir effacée, une ville que l'obscurité ensevelissait, tel était le Paris d'alors que la nuit forçait à mourir. Partout le noir, le vide. Une immobilité hallucinée. Qui se souvient du Paris de ce temps-là ?

Soudain démesurée parce que privée de vie, la ville suscitait cette sorte de transe, que l'on éprouve parfois en présence de la mort, le même vertige.

Certains cadavres déconcertent.

Ceux devant lesquels on ne peut se défaire de l'impression qu'à mourir, ils ont grandi.

Tel était Paris. Tel était Paris réduit à merci.

Une fois dans la rue, l'idée vint à Ulric, comme d'une chose naturelle, d'emmener Licia chez Maxim's. Il y avait bien quelques brasseries encore ouvertes. Mais on n'y entendait pas de ces musiques à *spleen* dont il avait la secrète manie.

Ulric était un homme d'habitudes. Il préférait toujours s'en tenir à ce qu'il connaissait le mieux.

Or, il avait déjà passé là quelques soirées, soit à discuter pur-sang avec le colonel Pflazen, soit à échanger des niaiseries distinguées, faire le magnanime à force d'Impérial brut et dansoter avec ces quelques Françaises qui l'appelaient « mon cousin ». Elles s'évertuaient à laisser entendre qu'elles n'attachaient d'importance qu'aux liens familiaux et Ulric faisait mine de les croire. Mais comment ne pas voir qu'elles étaient toutes là pour les mêmes misérables raisons : un urgent besoin de manger ? Leur regard s'embuait au passage de chaque plat. On aurait dit des chiots dans l'attente de leur pâtée. Elles en étaient attendrissantes, les mignonnes. Bref, il fallait bien les nourrir. Ulric était sans illusion.

Mais alors que tout chez Maxim's révélait une volonté

de dépaysement, et manifestait une exubérance telle que les plus blasés en subissaient la fascination, Ulric, bien au contraire, s'y trouvait moins dépaysé que partout ailleurs. La prolifération des volutes cuivrées, le jeu suspect des glaces, la débauche florale sur lesquels ouvrait le plafond ne lui causaient pas le moindre étonnement. Il ne réussissait même pas à comprendre que ce lieu puisse être, aux étrangers, prétexte à curiosité alors que lui, plus étranger que quiconque, s'y sentait aussi à l'aise qu'en pantoufles au coin du feu.

Et cela ne tenait pas seulement à la couleur des banquettes, de ce rouge absolu auquel les wagons-lits de l'Orient-Express l'avaient habitué de longtemps.

Cela tenait au *modern style*.

Pour s'expliquer cette particularité, il suffira de savoir que la demeure des Muhlen, en Moravie, avait été touchée par l'art nouveau et cela bien des années avant la naissance d'Ulric.

L'auteur des quelques vitraux dispersés à travers la maison était un jeune peintre qui avait ses entrées partout parce qu'il était né dans la région, qu'il se livrait passionnément à l'étude de la peinture, que ses goûts allaient à ce qui plaisait le plus, femmes opulentes, lourds bijoux, fleurs délicates, mais surtout parce qu'on tenait à s'attacher un artiste dont la mère était à ce point unique qu'on se l'arrachait entre gens fortunés : elle était gouvernante. Réclamée jusque dans la *Erste Gesellschaft* de Vienne.

Jamais il n'avait été question, bien sûr, de confier au jeune homme la décoration des pièces de réception ni même de la *Wohnstube* dont l'orgueil demeurait prisonnier des capitonnages Biedermeier (1), des hauts poêles en faïence, des sofas d'angle, surmontés d'étagères, des vastes poufs en centre de salon, d'une prédilection

(1) Style de décoration « digne bourgeois » en faveur en Europe centrale de 1815 à 1848.

pour l'ébène et les «confortables» garnis de têtières en
dentelle, et d'une manie de tout draper, chevalet, piano,
murs, corbeilles, cheminées ; moins encore de lui livrer
les enfilades des couloirs, dont la parure exclusive était
des coqs de bruyère naturalisés et une bonne centaine de
bois de cerf, oui une multitude de bois baroques,
quelques-uns à vingt-deux et vingt-quatre pointes dont
les Mulhen ne songeait pas à se défaire. On ne lui avait
d'abord accordé que la création de vitraux, destinés au
jardin d'hiver.

Puis, à quelque temps de là, pour lui prouver en
quelle estime on le tenait, liberté lui avait été laissée
d'imaginer ce que bon lui semblait aux murs d'une pièce
dont on venait tout juste de décider l'aménagement.
Dans la plus haute tour du château : une salle de bains.

Cela paraissait une folie, cette pièce, aux yeux même
de ceux qui en avaient eu l'idée ; les Muhlen de l'époque
— ceux qui voyaient le siècle approcher de sa fin —
n'avaient aucunement l'intention de renoncer à des
usages auxquels présidait un valet, convoqué selon leur
fantaisie, dans leur chambre, à l'écurie, en plein air
parfois, et qui charriait, avec une célérité de porteur
d'eau, des récipients d'une infinie variété : baquet,
chaudron, bouilloire, cuve en bois de bouleau, bac en
zinc façon marbre, bidet pudiquement enfermé dans un
coffrage d'acajou qui le faisait ressembler à un violon
(on en passait commande à mi-voix et en latin : «*semi
cupium*, je vous prie»), lessiveuse pour les enfants,
demi-baignoires pour les dames, tout ça tellement pratique *donc*.

Mais il fallait encourager les arts et vivre avec son
temps.

Les exigences des hôtes étrangers auxquels cette salle de
bain était destinée ne laissaient pas de surprendre...

Quand vingt ans plus tard un autre Muhlen, le comte
Norbert, en âge de se marier et follement épris d'une
demoiselle hongroise, qui montait à cheval comme per-

sonne, l'avait épousée, ce fut tout naturellement l'appartement dans la tour qui leur fut attribué.

La découverte de la salle de bains avait laissé à la jeune femme un souvenir ineffaçable.

Dans ce château au faux air de burg et qu'elle avait jugé sévère à première vue, juché comme il était sur une dent rocheuse, aucune pièce ne lui plaisait davantage. Se dévêtir sous une treille, s'allonger entre des murs assaillis par un foisonnement de fleurs exotiques, s'abandonner à la violence des plantes, à la douceur de l'eau et cela, tandis qu'à quelques pieds au-dessous, la forêt tremblait sous sa fourrure de neige, lui causaient un perpétuel ravissement.

Elle n'avait jusque-là jugé dignes d'être regardés que les seuls tableaux consacrés au monde animal et de préférence au monde cruel de la chasse. Et voilà que brusquement dans cette pièce, comme un belvédère contre lequel venaient se dénouer les rafales, elle découvrait le lyrisme d'une flore inconnue. Qu'elle en fût redevable à un peintre né au pays des longs hivers, et qu'entre toutes les fleurs il eût choisi celles qui, grelottantes, ne se seraient jamais épanouies sans lui sous le ciel de Moravie, ne la préoccupaient guère.

Son indifférence en matière artistique n'avait rien de surprenant. C'était de tradition dans une société où la bienséance pour les femmes — et pas seulement pour les candidates au mariage — consistait « à ne rien savoir ».

Prague, en cela, n'accusait qu'un retard d'une trentaine d'années sur le reste de l'Europe.

Perdican dont le « Courrier de Paris » était la seule rubrique dont on aimait à discuter entre abonnés de *L'illustration,* l'ineffable Perdican avait longtemps qualifié de « choléra scribien » le désir de s'instruire chez les jeunes Françaises. Et les médecins ? Ils mettaient en garde les familles : la course aux diplômes altérait les dents. La rage d'apprendre était déplorée jusque par les critiques. Comment le Salon osait-il accueillir des toiles où des petites filles se jetaient sur leurs cahiers aussi goulûment que les enfants de chœur de Brispot sur le vin de messe ? Mais, cela va sans dire, d'une facture tellement plus *lâchée*. Scandaleux !

Ainsi les méprises de la comtesse Norbert, pour qui Nigg et Redouté ne pouvaient être que des chevaux de course, n'avaient rien que de très excusable. L'ignorance restait de bon ton.

Et elle disait « Frontin-Latour » croyant que tel était le nom d'un portraitiste dont la renommée était parvenue jusqu'à elle, on ne savait trop comment. Célestin Flambée avait souvent cherché à la corriger.

« Fantin, madame la comtesse, Fantin. »

Mais rien à faire.

C'était *Frontin* qui lui était resté en tête.

Elle confondait avec un cheval du duc de Castries qui avait battu les Anglais au Grand Prix de Paris. Elle n'en démordait pas.

Pas plus d'ailleurs que pour l'artisan habile qui avait fait éclore tout un jardin sur les murs de la salle de bains.

M. Célestin lui avait pourtant répété que ce peintre s'était fait un nom en France et qu'il était revenu célèbre, dans sa province natale. Pour preuve de cette affirmation, il lui avait montré les premiers timbres du jeune Etat tchèque dont l'auteur était l'inconnu de jadis.

Et cette photo publiée dans les journaux locaux ?

« Anarchiste ou grand-duc ? » avait demandé la comtesse en contemplant le document.

Une courte barbe, des cheveux longs, une de ces blouses à la russe, longue, large et laissée flottante sur le pantalon, n'étaient-ce pas là les caractéristiques irréfutables des disciples du prince Kropotkine ?

Mais la barbe n'était pas assez longue, ni les dents assez rares. L'homme avait l'air jovial. Ce ne pouvait être qu'un grand-duc, en exil.

Célestin Flambée avait longtemps tenu bon.

Cet homme n'était ni anarchiste, ni grand-duc, il était peintre.

C'est qu'il en rêvait Célestin. Il rêvait de le connaître, de l'interroger sur Edmond Rostand, Anatole France et même sur Robert de Flers. Etre l'ami d'un artiste lié à tout ce que Paris applaudissait, un homme qui avait voyagé, qui était allé jusqu'à New York.

Il en rêvait.

L'Amérique pour un Célestin Flambée! Parler de l'Amérique, lui qui de trente ans n'avait quitté la Bohême. Par moments il n'en pouvait plus. Il étouffait. Sa foi absurde. Sa foi du début, lorsqu'il espérait encore faire partager ses enthousiasmes, ses curiosités. Mais maintenant? Sans doute la comtesse lui tournait-elle un peu la tête. Ce n'était quand même pas une raison pour renoncer à tout. Alors? Alors, il fallait qu'il entende parler de Sarah par un artiste ayant travaillé pour elle, avec elle, au point qu'on avait laissé entendre... La tigresse. Amants? L'amant de la Dame aux camélias était leur voisin et il ne le connaissait pas?

C'est que tout ça c'était sa jeunesse à Célestin Flambée, c'étaient les souvenirs d'un temps où il espérait encore se faire un nom, lui aussi, être publié, s'en sortir. Si seulement la comtesse avait bien voulu l'écouter. Il aurait tant aimé qu'elle fût sensible au monde des arts et, sous sa garde, qu'elle y pénétrât.

Mais jamais il n'avait eu raison de son indifférence.

Elle continuait à affirmer que la salle de bain du château était l'œuvre d'«un protégé du cher bon vieux *gross papa*». Que l'inconnu de jadis se fût acquis une gloire internationale? Elle ne s'en souciait pas.

Alors M. Célestin renonça.

Exiger de cette femme qu'elle accueillît Alphonse Mucha, c'était peut-être trop lui demander, après tout. Son espoir lui apparut dans son immense absurdité. Il n'allait jamais rencontrer ce peintre, jamais lui parler.

« Je dois l'embêter avec mes aspirations artistiques », se dit-il.

Il la connaissait si bien. Il savait tout d'elle et qu'en dehors de quelques chansons hongroises et de deux mauvais romans anglais, toujours les mêmes, elle n'était sensible à rien. Mais de quoi parler ? De chevaux ? Il se serait couvert de ridicule. Alors de ses trois élèves ? En somme on en revenait toujours à cela. Aux enfants... Eux, toujours. Eux seuls, pour nourrir le fil monotone de leurs confidences.

Elle en était si fière.

Surprenante, imprévisible jusque dans ses méthodes d'éducation.

Longtemps « un bain chez maman » avait été la plus haute récompense à laquelle ses fils aient eu droit, en être privés la plus cruelle punition. Et une fois les trois garçons plongés dans la même eau : « Quelles sont ces plantes ? » demandait-elle, la voix sévère. Elle leur faisait réciter les oliviers, les fougères, les agaves, toutes les fleurs de Mucha, toutes les feuilles, et au moindre doute, elle faisait appel à Célestin Flambée : « Entrez, entrez, monsieur Célestin. Là, sur le mur, là qu'est-ce ? Myrte ou lentisques ? »

Il revenait toujours de ces séances les pieds trempés.

Ainsi dans la salle de bains qui de si haut dominait la forêt, ses étangs, ses brouillards, ses mystères nocturnes, les panneaux de Mucha avaient tenu lieu aux petits Muhlen à la fois de bons points et d'histoire naturelle. Si bien que ce qu'Ulric éprouvait pour l'art nouveau pouvait s'identifier avec ce singulier attendrissement que suscite le souvenir d'un premier livre d'images.

Alors Maxim's pour lui ? C'était un peu plus que Maxim's pour un autre.

Mais l'imprévisible arriva. Licia ne voulut rien entendre. Affreux décor. Une atmosphère de caf-conc'. Aux murs des nouilleries dont elle avait horreur, des grosses dames couronnées d'hortensias qui rêvassaient en mastiquant des plantes vénéneuses. Triste époque. Bref elle trouva mille raisons pour convaincre Ulric qu'ils seraient mieux chez elle.

« Qu'en pensez-vous ? »

Il ne fut pas dupe un instant.

Elle ne voulait pas être vue avec lui. C'était son droit. Passer la soirée à parler d'Adrienne était tout ce qui importait à Ulric. Il ne put toutefois s'empêcher de ressentir terriblement son indignité. Etre ce qu'il était. Etre la honte des femmes.

Il aurait tellement aimé vivre sans cette tristesse en lui. Ce désir qui le prenait d'être heureux.

EXTRAIT DES CAHIERS D'ULRIC

Je crois que je suis resté seul longtemps. Elle habite à quelques pas d'Adrienne.

Pendant qu'elle se changeait j'ai feint d'admirer la vue pour ne pas montrer que je m'impatientais.

Ses fenêtres ouvrent sur le jardin des Tuileries, désert à cette heure, et aussi triste qu'un théâtre vide. Au-delà des grilles, des rangées de chaises désœuvrées, échouées en rond autour de la pièce d'eau, avaient quelque chose de lugubre. Leur attente me pesait. Voilà qui ferait l'affaire d'un psychanalyste. Je suis de plus en plus sujet à ces sortes de malaises.

Enfin la porte s'est ouverte.

Je sais que le plus clair de notre entretien a consisté pour Licia à guetter les effets de ma surprise. Je sais aussi qu'elle aspirait à me renseigner, à m'expliquer ce que j'ignorais, à m'instruire peut-être, à me blesser sûrement. Mais Adrienne seule m'occupait. Et c'est à son sujet seulement que mille questions me brûlaient les lèvres.

Déconcertante Licia. Quelque chose en elle me

déplaît. Une aversion bien injuste. Je ne le nie pas. C'est d'aimer Adrienne qui me rend ainsi. On n'aime personne quand on est amoureux.

Licia est revenue le corps flottant dans un vêtement... Comment appeler ça? Une tenue théâtrale, une robe de sultane. Nue là-dessous? Pas sûr, mais on pouvait le croire. Sans bas en tout cas, les pieds dans des sandales. Hanches larges. Poitrine fastueuse. Et un décolleté hardi, plongeant jusqu'aux creux des seins que l'on entrevoyait lorsqu'elle se penchait. Gros.

Elle a commenté pour moi chaque tableau au mur, sur un ton qui m'a paru tantôt savant, tantôt d'une agressivité inexplicable. Pour je ne sais quelle raison elle avait l'air convaincue que j'avais connu tous les peintres, lu tous les livres. Je la suivais comme à tâtons.

Face aux jardins, une suite de panneaux de même facture. Etranges. Multicolores. Presque criards. Que m'a-t-elle dit? Quels peintres a-t-elle cités? Ils se confondent dans ma mémoire et j'hésite, peut-être à cause de sa volubilité étourdissante, peut-être aussi parce qu'elle a mentionné des noms, tous inconnus de moi. Mais je sais qu'elle m'a affirmé avoir découpé ces toiles elle-même, avec des ciseaux de tailleur, prêtés par Adrienne. Ce dernier détail m'est seul resté en tête et là, j'ai risqué une question. Pourquoi découper des tableaux? Elle m'expliqua que depuis l'époque où ils avaient été peints · pour une certaine maison qu'elle occupait avec un certain mari dont elle vivait séparée, elle avait souvent déménagé. Mais elle avait toujours tenu à adapter ces toiles aux proportions de ses logements successifs. A coups de ciseaux.

« Le scandale aurait été de m'en séparer, d'en faire argent. On ne vend pas un moment de sa vie. »

Elle s'attendait certainement à une réaction de ma part. Je n'ai pas bronché. Elle a continué :

« Quelques toiles ont pour moi la valeur d'un signal. Aussi invraisemblable que cela puisse paraître, leur

seule présence au mur permet aux êtres qu'elles lient de
se retrouver après de longues séparations aussi accordés
que s'ils ne s'étaient jamais quittés. Les murs peuvent
avoir changé. Les meubles, les pièces, les visages, les
cœurs, tout peut avoir changé, mais le tableau est là,
rendant inutile ce que l'on ne se dit pas.

« Le regard suffit.

« Il est là. Aussi convaincant qu'une tache de sueur ou
de sang. Il témoigne.

« Cette croyance est forcément à l'inverse de ce que
j'ai entendu Derain appeler, et avec quelle ironie, « l'esprit de génuflexion ». L'ennui. La révérence à la valeur
établie. Des millions accrochés à un clou, le luxe
suprême de quelques-uns : l'investissement.

« C'est peut-être, j'en conviens, par excès de familiarité que je n'ai éprouvé aucun scrupule à faire subir à
ces toiles le traitement qui, jadis, était infligé aux robes
que l'on se passait de génération en génération, robes de
cérémonies, de couronnement, manteau du Sacre auquel
on ôtait un lys ici ou là, tailladant dans la pourpre,
l'hermine et le fil d'or lorsque le souverain avait un peu
plus de bedaine et un peu moins de carrure que son
prédécesseur. Ainsi j'ai mis mes tableaux à la taille de
mes murs, comme un vêtement. Je vous choque ? Non ?
Vous me plaisez, Ulric. On fera quelque chose de vous.

« Tandis que Gertrude Stein ! Le scandale qu'elle a
fait ! Elle m'a traitée de tout : vandale, iconoclaste,
barbare. Jamais elle n'a voulu croire que j'avais, au
préalable, obtenu l'accord du peintre. « Vas-y Licia... Je
« viendrai t'aider. Et si un jour tu as encore moins de
« place, je t'autorise à les couper encore. Tu en feras des
« miniatures... » Cher Bonnard... Ce que nous avons
ri.

« Tandis que ce gros éléphant prétentieux, cette Stein
qui marchait les jambes écartées, suivie à distance
respectueuse de sa bien-aimée Toklas. De même origine
que moi, la nymphe moustachue. Polonaise, elle aussi.

Mais de New York. Ah ! l'horreur de l'intellectualisme
saphique ! Et ce que le prêchi-prêcha de ces femmes a
pu m'ennuyer ! Incapables de faire la différence entre
l'amour de la peinture et l'esprit de collection le plus
agressif. L'affreux couple. Vollard les détestait. On se
payait leurs têtes sous leur nez ! Un jour c'était Picasso
qui réussissait à leur faire croire qu'il cherchait à
ressembler au président Lincoln et leur demandait des
conseils pour modifier sa coiffure, ou bien c'était Apolli-
naire qui voulait à toute force leur faire entonner des
hymnes peaux-rouges. Elles étaient au bord des larmes.
Seulement voilà : la Stein achetait. Cela forçait à des
égards. Et puis c'était toujours un repas de pris. Ah ! et
puis en voilà assez de ces bonnes femmes... »

De toute évidence elle se parlait comme à elle-même.
Mais qu'avais-je à faire de ces femmes ? Et Derain ? Et
Bonnard, qui était-ce ? Qu'avais-je à faire de ces gens ?

Licia glissait d'un sujet à un autre avec une aisance
démoniaque.

Ce fut par la phrase : On vous dira que j'ai l'esprit de
saccage, *prononcée d'une voix râpeuse et avec un petit*
rire enroué que s'acheva ce moment-là de la soirée. Elle
parut attendre. Mais ces anecdotes n'éveillaient en moi
qu'indifférence. La brève allusion au mari m'occupait
l'esprit plus que le reste.

Ainsi Licia avait eu un mari.

Mariée.

C'était là une donnée nouvelle.

Peut-être Licia aurait-elle été heureuse que je
m'étonne d'un dîner raffiné, de hors-d'œuvre russes,
d'une vodka d'origine, d'un borchtch *succulent et autres*
mets dont je n'ai plus souvenance. Mais je me souviens
qu'elle mangeait solidement, ce qui n'était pas pour me
déplaire. Les jeûneuses m'attristent. O plaisir de voir
Licia lécher en tous sens la cuillère du pot de crème. Et
tandis qu'elle m'observait avec une convoitise de chatte,
les yeux fixés sur sa proie, sans doute attendant de moi

les compliments d'usage, je me demandais si Adrienne
elle aussi avait si belle part d'appétit et de rire et de
santé, et j'évitais d'aborder les courtoisies d'usage afin
d'en arriver plus vite à l'essentiel : Adrienne.

    Un jour, qui sait, ce qu'elle m'a révélé et qui me
paraît si décevant en comparaison de ce que je souhai-
tais apprendre, un jour les propos de Licia s'éclaireront.
C'est dans cet espoir que, primo, j'ai couché par écrit
cette version d'Adrienne, changeant une expression pour
une autre, lorsqu'elle me paraissait susceptible de mieux
rendre le climat de cet entretien, veillant à ne rien
oublier, ajoutant des détails et plus particulièrement les
brusques variations de ton de Licia au fur et à mesure
qu'ils me revenaient en mémoire, mais sans chercher à
retoucher ou à arranger, puisque ces notes ne sont
destinées qu'à moi; et secundo, que je n'ai pas avoué
mes ignorances. Fallait-il l'interrompre ? L'interroger ?
J'aurais eu l'air d'un sot. J'ai préféré simuler des
connaissances que je n'ai pas et l'écouter d'un air
expert. Un goût de l'intrigue que je devinais en elle m'y
contraignait.

    Mais me voilà injuste à nouveau.

    Une femme témoigne peut-être du goût de l'intrigue
du fait même qu'elle parle de sa meilleure amie. Et
c'était mon instinct qui me dictait cette attitude : je me
surveillais. L'amour rend prudent.

    Ah ! si Licia avait pu se douter des questions que je
réprimais. « Dites-moi la vérité : vous l'avez aimée ? Si
vous avouez je ne vous en parlerai plus. Je n'en parlerai
à personne, pas même à Adrienne. » Au lieu de quoi je
m'entendais dissimulant mon besoin de vérité sous
un : « Parlez-moi d'elle » indifférent à force de retenue.

    Et Licia ironisait.

    « Ainsi vous ne savez aimer qu'en terre de connais-
sance. Je vous plains ! Il vous faut les albums de famille
pour constater les ressemblances frappantes et découvrir
de qui tient l'aimée. Il vous faut l'arbre généalogique sur

lequel ont droit aux plus gros caractères ceux qui ont
réussi. Il vous faut les legs qui permettent de juger du
goût des ancêtres. Vous êtes mal tombé, mon pauvre
ami. Le naufragé recueilli en mer porte plus de témoignages de son passé que n'en possède Adrienne.

« Pas une photo, pas une médaille, pas une lettre, rien.

« Elle est une évadée.

« Aussi ne lui ai-je jamais posé la moindre question,
au sujet d'une famille dont elle ne me parlait pas. Une
évadée, vous dis-je. Il faut l'aimer telle ou renoncer.
Sans quoi vous tiendrez un rôle dont elle se lassera vite.
Vous deviendrez suspicieux, donc ennuyeux. Tous les
évadés sont des récidivistes, vous ne l'ignorez pas. Alors
elle vous échappera à vous aussi. C'est dans son caractère.

« Je l'ai vue partir souvent, je savais toujours avec qui,
elle n'en faisait pas mystère et nous avons souvent ri de
sa prédilection pour les étrangers, enfin elle partait avec
celui-ci ou celui-là et puis brusquement elle plaquait
tout, comme si des démons l'entraînaient hors d'elle-
même et elle me revenait, toujours avec la même
plainte : « Ah ! que de questions j'ai endurées, ma Licia,
que de questions ! »

« Une singulière détresse.

« Hantée par cette volonté de ne pas céder, ne pas
capituler, de ne rien dire, jamais.

« Alors je l'interrogeais sur les villes où elle était allée.
Je lui demandais de me raconter Venise ou Londres. Elle
me répondait : « Je n'ai rien vu, ma Licia, rien. Je
« n'aimais pas assez ».

« Ou bien : « Que veux-tu voir dans l'obscurité ? Tu
« sais bien que notre seule lumière est l'amour... »

« Une pareille réserve au sujet de ses origines doit
avoir une raison. Ce qu'elle cache ? Non pas une naissance modeste. De cela elle m'aurait peut-être parlé.
Mais une mesquinerie suffocante, sans issue, pire que la
pire misère. Une vie rétrécie. Une famille qui végétait.

Les gens ordinaires, résignés, ou même satisfaits et cousus de certitudes.

« Il n'y a que cela d'inavouable.

« C'est dans ces couveuses-là que se cultivent les pires haines. C'est à cela qu'elle a voulu échapper. Parce que la faim, le taudis, le père ivrogne, les coups, tout cela s'avoue. Il arrive même qu'on en tire gloire, le moment venu. Encore que jouer les Madame Sans-Gêne n'est pas donné à tout le monde. Il faut la faconde, l'accent faubourien. Peut-être cela se gagne-t-il à lessiver les caleçons et les chemises de toute une garnison. Adrienne était d'une autre espèce et une franche misère sécrète, souvent, moins de maléfices que la terrifiante parcimonie des milieux de la petite épargne. Or, l'adolescence d'Adrienne — je mets les choses au mieux — ce devait être ça : quelque chose d'étriqué, de sordide. Elle ne m'en a jamais rien dit, remarquez. Les asphyxiés n'avouent rien. »

Adrienne...

Je pensais à son attitude lorsque nous nous étions retrouvés quelques heures auparavant. Elle m'avait paru si indifférente. Mais je revoyais aussi ses mains, ses deux mains tendues vers moi presque implorantes. Comme les mains des orantes dans le ciel d'or des icônes; et je les sentais encore dans les miennes, ses mains, dures et chaudes.

Où en était Licia? Avait-elle deviné?

Elle essayait de me rattraper en parlant plus vite et plus fort.

« J'avais trente ans et deux divorces à mon actif, quand je la rencontrai pour la première fois. Pour moi les jeux étaient faits. Tandis qu'Adrienne... On la connaissait à peine. Et que faisait-elle là? Pourquoi était-elle venue? De tous les endroits où j'aurais pu la rencontrer, celui-là était le plus imprévisible. Tout y était à l'opposé d'Adrienne. C'était chez Sarah Bernhardt, le lendemain de sa mort.

« Les curieux s'attroupaient. Une bousculade éhontée autour du trop célèbre cercueil exposé dans le hall d'où l'on n'avait pas eu le temps d'ôter les décors de son dernier film. Alors au décrochez-moi-ça du boulevard Pereire, ce bric-à-brac innommable, aux trophées de chasse, aux palmiers en pots, aux tentures orientales, aux sofas, aux glapissements de la guenon familière enfermée dans quelque lointaine salle de bains, venait s'ajouter une toile de fond, oubliée par les cinéastes, contre laquelle l'œil allait buter : une porte-croisée donnant sur le Sacré-Cœur de Montmartre. Et ce dôme blanc, là, dans la demi-ténèbre de cette caverne, on le regardait avec la peur d'être devenu fou.

« Dehors la foule attendait en rangs serrés depuis la place Wagram jusqu'à l'avenue de la Porte-d'Asnières.

« Enfin j'étais là, et Adrienne aussi, conduite par un de ces patrons de la presse comme il y en a toujours eu à Paris. Aventureux, indiscret, faisant trafic de ses relations, parlant haut. Il semblait avoir pris Adrienne en affection et s'adressait à elle sur un ton protecteur. Elle l'écoutait avec attention. Mais c'était l'air étrangement réservé d'Adrienne dont je me souviens le mieux, et aussi quelque chose en elle de libre et de fragile, de déterminé et de perdu, qui tranchait sur le reste de l'assistance. Et cette première impression était juste. Rien d'Adrienne ne peut être catalogué. »

ADRIENNE ! On aurait dit que ce mot me parvenait hurlé par un porte-voix. Au choc que j'éprouvais je mesurais mon impatience d'en savoir davantage. D'autant que Licia abordait le vif du sujet.

« Notre amitié date de ce temps-là. Etrange amitié. A peine avions-nous échangé quelques mots que déjà je savais que nous nous ressemblions. Et pourtant... Qu'avons-nous en commun elle et moi ? Pas grand-chose.

« Je sais... Inutile de me dire que vous vous impatientez : ça se voit. C'est d'elle que vous souhaitez m'enten-

dre parler, n'est-ce pas ? D'elle et d'elle seulement. Bon
j'y viens, j'y viens ! Mais auparavant, il est juste que je
vous parle un peu de moi. Cela vous aidera et nous y
verrons peut-être plus clair. »

*Je n'avais pas envie d'apprendre d'elle quoi que ce fût.
Je serais même parti volontiers. Mais comment le lui
avouer ? Encore une de ces situations dont je ne savais
pas me tirer. Pas préparé. A quoi tout ça rimait-il ?*

Ça devait être un vice chez Licia, ce demi-délire.

« Pas de société qui accepte volontiers les gens de ma
sorte. Qui avoue un père polonais, plus décorateur que
peintre, plus maquereau que volage, une grand-mère
russe, enragée de musique et toujours endettée, un
grand-père violoniste et d'opinions avancées comme on
dit, est rarement adopté d'emblée. De belles maisons, de
beaux quartiers, de belles marâtres qui toutes cherchè-
rent à faire ma conquête, voilà de quoi mon enfance a
été faite.

« Conquise, moi ? Je ne le fus jamais. Je ne me
connaissais d'autre patrie que la villa niçoise de mes
grands-parents. Dressée sur les hauteurs de Cimiez
comme un vieux vaisselier dans un jardin à l'abandon,
elle attirait toutes sortes de virtuoses venus on ne savait
d'où. Ils montaient l'allée leur valise à la main, souvent
encore vêtus du frac qu'ils avaient endossé la veille, la
queue noire de l'habit dépassant du manteau, les souliers vernis couverts de poussière. Ils s'arrêtaient chez
nous, le temps de reprendre souffle, puis ils disparaissaient vêtus du même uniforme, prêts à reparaître en
scène.

« On ne les revoyait de longtemps, ni en frac ni sous
aucune autre forme.

« Je les croyais voués à de mystérieuses migrations,
comme ces hirondelles venues du Sud que je trouvais
parfois sur le balcon, pantelantes. Elles restaient là, à
portée de nos mains, exténuées. Parfois elles mou-
raient... Les artistes aussi.

« Pas plus que ma grand-mère, je ne puis m'étonner qu'un pianiste de nos amis, fort malade, tombât mort à son clavier, tandis qu'il jouait une étude de Scriabine. Nous n'étions pas loin de penser que l'obligation de tenir les malades au lit n'était qu'une façon déguisée de leur rendre la mort plus pénible. Une manifestation du masochisme bourgeois. L'ami, lui, avait eu la seule fin qu'il pouvait souhaiter.

« A douze ans je ne connaissais d'autre jeu que le piano, d'autre tentation que celle de ces partitions reliées en cuir vert dont la bibliothèque regorgeait. Je réclamais mes chères sonates comme d'autres réclament des contes. Qu'aurais-je fait d'un livre ? On avait oublié de m'apprendre à lire. On avait aussi oublié de me baptiser.

« Et la vie ? Et l'amour ? Et Dieu ? Et les hommes ?

« De cela non plus on ne m'avait jamais parlé.

« Elle serait longue à établir, la liste des oublis dont j'ai été victime.

« Ainsi la notion de société m'était étrangère. Un premier mariage ne m'ayant guère éclairée sur ce point, il a fallu les explications réitérées de mon deuxième mari pour que je comprenne ce qu'était une race d'individus inconnus qu'il appelait les « gens du monde ». Avant cela je ne connaissais que deux catégories sociales : les artistes et leurs protecteurs, rois ou mécènes. Mais à quoi bon en parler ? Et pourquoi vous raconter cela à vous, Ulric, qui êtes l'homme qui pouvez le moins me comprendre ? Me croyez-vous seulement ? Ah ! et puis on ne vit plus ainsi... N'avoir d'autre appartenance que la musique, on n'oserait plus. Née d'un piano...

« Tandis qu'Adrienne... »

Licia baissait la voix chaque fois qu'elle prononçait le nom d'Adrienne. Et je m'entendais, lui disant : « Continuez, Licia, continuez » d'une voix conciliante.

Elle commençait à m'intéresser cette Licia aux deux maris.

Soirée in fine *assez instructive.*

« Adrienne aussi a été une enfant ignare, mais je la suspecte, dans ses très jeunes années, d'avoir été prise en main par les sœurs. Les indices ne manquent pas. Elle est restée sensible aux pièges de l'Eglise. Je l'ai entendue fredonner des cantiques d'une niaiserie effrayante. Elle aime les processions, les cornettes. Dans la rue, elle sourit aux nonnes inconnues et les larmes lui viennent aux yeux quand passent les communiantes. Et puis, elle a une immobilité apprise. Je l'ai surprise plus d'une fois dans son atelier, assise, les mains croisées sur les genoux, les pieds pendants, d'une sagesse d'orpheline au catéchisme. Et le ruché d'organdi, la guimpe de couventine, le ruban bleu Madone qu'elle sait poser sur certaines robes d'une candeur combien inattendue, venant d'elle qui, le plus souvent, exploite les ressources d'une sensualité magnétique, c'est là, peut-être, l'hommage qu'elle adresse, en secret, à ce qui fut l'âge d'or de son cœur.

« Et l'encens... Il y a quelque chose entre Adrienne et l'encens. Quoi ? Ce n'est pas avec moi qu'elle s'en expliquerait et je sais bien que, devant à son goût des parfums le plus clair de sa fortune, elle a flairé et humé (elle dit travailler des narines) plus que personne. Un jour, j'ai eu droit à ce commentaire : « L'encens, quel « asile. » Et quelque temps plus tard : « Se parfumer à « l'encens... Mais personne n'oserait. Nous vivons des « temps bien timides. » Et ceci encore : « Ah ! si l'Eglise « n'avait pas mis la main sur ce parfum ! Ce que j'en « aurais fait... »

« Les mots d'Adrienne.

« Ce n'est pas souvent qu'on entend de ces mots-là. Elle a une justesse d'appréciation paysanne. Mais oui, je dis bien paysanne. Cela vous surprend ? Moi aussi j'ai mis longtemps à le comprendre... Tout ce qui n'est pas terroir en elle, tout ce qui n'est pas agreste, solide, têtu, est déguisement. Sous ce miracle de grâce, d'aisance, se cache une créature un peu épouvantée par la vie, une

Adrienne d'innocence, l'Adrienne que j'ai eu tant de mal à joindre et qui, maintenant encore, en dépit de ses succès, de sa notoriété, m'apparaît toujours comme l'une de ces intrépides fillettes, décidées à aventurer leur vie à tout coup, dont Maupassant a célébré l'audace mieux que personne.

« C'est qu'elle n'est pas simple à décrire notre Adrienne.

« Rien de balzacien en elle, rien de stendhalien, non plus. Mais proche parente des provinciales de Maupassant, ça oui. Vous voyez ce que je veux dire ? Vous avez sûrement lu Maupassant, Ulric ? Tout le monde a lu Maupassant. »

Et là-dessus Licia me fit un sourire bizarre, mélange d'autosatisfaction et de cruauté, d'amusement aussi : un sourire piège.

Elle se servait de moi.

J'étais l'auditoire qui allait lui permettre de tout insinuer, sans rien révéler.

« Mon influence, peut-être, ou la vie qu'elle a menée depuis que la célébrité lui a ouvert toutes les portes, il se peut que tout cela l'ait modifiée. Mais en surface seulement. Dans le fond, Adrienne a gardé de son enfance paysanne le goût des gens vrais, des vrais actes aussi, des choses solides et qui pèsent assez pour qu'il ne soit point nécessaire de les faire briller.

« Elle a été l'idole d'un certain monde pour qui elle a symbolisé tout le luxe de Paris. Mais ce monde ne lui a inspiré ni confiance, ni attachement. Toujours elle restera ce qu'elle a été à ses débuts, cette lointaine parente de *Mouche,* canotant dans les méandres de la société parisienne comme Mouche entre les berges de la Seine, et qui, comme elle, fait à la fois l'apprentissage du plaisir et celui du chagrin.

« Par des chemins divergents nous avons abouti, elle et moi, au même point : en marge. Rejetées ? Sans doute.

Sans doute les gens aux côtés de qui Adrienne se serait
rangée volontiers n'ont-ils pas voulu la reconnaître
comme une des leurs. Coupable d'être différente. Mais
très vite ce destin elle l'a revendiqué.

« C'est cela notre vraie ressemblance.

« Pour elle, comme pour moi, se fixer signifie s'as-
treindre. »

*Je me meurtrissais à ces pour elle comme pour moi,
ces l'une et l'autre que Licia m'assenait et qui témoignaient d'une sorte de parenté, d'une volonté de similitude qui m'était insupportable, mais aussi d'un désir
évident de me choquer. Je crois lui avoir dit que de tels
propos m'étaient odieux. Ceci ne vaudrait pas la peine
d'être relaté si ce n'était pour ce que ma remarque
entraîna : elle me coula un regard d'inimitié comme
seule peut en avoir une femme qui brusquement cesse de
feindre.*

Qu'y avait-il donc de changé entre Licia et moi ?

*Rien, sinon Licia, sinon moi et cette jalousie brusque-
ment avouée.*

*Licia ne sembla pourtant pas me garder rancune ni
conserver de l'humeur de ce qui avait été presque un
incident.*

« Quittez ce visage malheureux, Ulric, vous paraissez
vexé. Cela vous déplaît-il tant d'apprendre qu'Adrienne et moi avons quelques goûts en commun ? Je ne vois
rien là d'offensant. À moins que le fait d'avoir vécu
avant de vous connaître ne vous soit offense.
Adrienne a un passé, comme on dit. Vous ne suppo-
siez quand même pas avoir fait la connaissance d'une
jeune vierge ?

« A l'époque où nous fîmes amitié, elle n'avait pas
l'assurance qu'elle a aujourd'hui. Elle attachait plus de
prix à sa vie de femme qu'à un métier dans lequel elle
débutait à peine. Quelques années allaient s'écouler
avant qu'elle ne lui accorde l'attention aiguë avec
laquelle elle s'y consacre aujourd'hui.

« A la voir dans le tohu-bohu funèbre où les Parisiens trouvaient l'occasion de se donner en spectacle, à la voir si différente et comme hors d'atteinte, j'aurais dû deviner le chagrin profond qu'elle portait en elle. Si elle était là, c'est qu'elle était assez lasse pour y être. Elle ne me l'a avoué que plus tard et à contrecœur.

« Jamais elle n'a aimé se confier.

« Elle émergeait à peine d'une de ces défaites sentimentales qui ôtent aux femmes le plus clair de leurs moyens. Mais jusqu'au fond du désespoir Adrienne gardait l'horreur de l'échec et, bien que je sois consciente de ce qu'elle me doit, tôt ou tard elle se serait ressaisie. Oui, tôt ou tard, et sans moi, cet appétit qu'elle a de tout connaître l'aurait reprise. Mais sans prétendre l'avoir « faite », je puis affirmer que c'est à mon amitié qu'elle doit d'avoir vite retrouvé conscience d'elle-même. Ce que je lui ai appris ? La juste distance à garder si l'on veut déjouer la force meurtrière de l'amour. Je ne lui ai pas seulement appris que la passion malheureuse qui l'occupait à l'époque était guérissable, je l'ai guérie pour toujours de la volupté d'être exploitée. Sensuellement... Cela va de soi.

« Et il est possible, après tout, que ce soit à mon influence qu'Adrienne doit de n'être pas de ces excessives qui d'incendie en incendie ne se sentent vivre que consumées.

« Mais j'y pense. Vous n'avez sans doute jamais entendu parler de Lewis ?

« Il a été longtemps l'amant d'Adrienne.

« Une liaison dont je sais peu de choses et ce peu est tout ce que je sais de sa vie amoureuse, avant qu'ait commencé notre histoire, à elle et à moi.

« Va pour histoire.

« Le mot amitié me paraît insuffisant et parler d'union n'aurait d'autre effet que de vous faire grincer des dents. »

Licia s'était penchée pour tirer un livre de sa biblio-

thèque, découvrant, l'espace d'une seconde, une poitrine
massive et superbement nue. Je fis celui qui n'avait rien
vu. J'essayais même de me convaincre que ces seins
lourds et dorés avaient quelque chose de rassurant. Mais
dans mon étonnement — car enfin Licia démontrait,
face à ses sortes d'incidents, une impassibilité confon-
dante — et puis aussi parce que c'était ce Lewis que
j'avais en tête dorénavant, et lui seulement — j'oubliai
de lui demander le titre du roman qu'elle ouvrait. Et elle
se garda bien de me le révéler.

« Aimez-vous la lecture, Ulric ? J'ai toujours entendu
dire que la vie militaire était la saison rêvée pour s'initier
à la joie de lire. Je vous prêterais bien volontiers tout ce
qui pourrait vous tenter. »

Licia feuilletait au hasard le livre dont j'ignorais
toujours le titre et l'auteur.

« Voilà qui vous en dira, sur Lewis, plus et mieux que
je ne saurais le faire. Ecoutez une phrase comme
celle-ci : « De beaux yeux bruns, durs, rapides, de la
« mâchoire, des cheveux massifs, très noirs, en désordre,
« un gilet de chasse entrouvert... » fait apparaître Lewis
tout entier.

« Ou encore : « Il était exactement ce que Balzac près
« d'un siècle avant appelle un *bâtard de banquier.* »

« Le personnage de Lewis est partout dans ce livre : « Il
« était parvenu l'un des premiers de sa génération à l'air
« libre... Cela lui valut de connaître les mêmes blâmes qui
« toujours s'élevèrent contre la gloire fraîche. »

« Des phrases qui n'ont l'air de rien. On les croirait
écrites d'un revers de main, mais on s'aperçoit vite que
tout est dit, tout est exprimé. Quel magicien ce Morand !
Pas besoin de chercher plus loin.

« Ah ! reste ceci : « Des femmes : il lui en faut tout le
« temps, il ne sait pourquoi... Pour voyager surtout », la
phrase qui a fait pleurer Adrienne.

« C'est qu'elle a beaucoup maraudé dans cette bibliothèque. Mais au fait, peut-être avez-vous lu Morand ? »

Ici Licia a marqué un temps d'arrêt comme pour m'aider à rassembler mes souvenirs.

Sans résultat.

Mon visage, s'il exprimait quelque chose, ne pouvait manifester que ma complète ignorance.

Alors elle a eu son rire bref qui pouvait s'interpréter de plus d'une façon. C'était soit un rire qui se voulait indulgent, soit un rire de compassion qui sous-entendait : «J'aurais dû m'en douter : il est tombé de la Lune. »

Je suis un piètre causeur.

Fallait-il en convenir ou se taire? Quel compliment ai-je tourné, puisque cela je sais le faire? Sous le silence, qui me servait à masquer mes lacunes, surgissait en éclair la longue silhouette de celui auquel je devais le peu que je savais, un Célestin échevelé, rouge de colère, s'embrouillant dans ses reproches, la cravate sous l'oreille, comme cela lui arrivait lorsqu'il se fâchait.

«Doucement, monsieur Célestin, doucement. Personne ne vous reproche rien. Vous ne m'avez jamais parlé de Morand mais vous avez fait de votre mieux... Et ce n'est certes pas votre faute si les lumières de la culture contemporaine ne parvenaient pas jusqu'en Bohême.

«Mais Dieu me garde de vous oublier jamais.

«De vous oublier chantant les louanges de Voltaire ou tapant du pied en cadence pour faire goûter les beautés du Cid à l'enfant que j'étais.

«Dieu me garde de vous oublier, monsieur Célestin, dans vos sublimes enthousiasmes du matin.

«Je me rappelle comme vos doigts tremblaient. Je vous vois encore, le jour de mon départ, quand les conversations avaient pris un tour peureux et que l'on sentait, tapi partout, insaisissable, sourde, glisser sans bruit, le cauchemar géant que nous menaçait. Vos mains tremblaient en cachant le Discours sur l'inégalité *dans ma cantine, puis en le retirant parce qu'un livre français*

m'aurait compromis. L'épouvante commençait. Et vous disiez : « La guerre, mon petit garçon, la guerre, ce « vide-crâne... »

« Et mon uniforme vous faisait horreur, je le sais.

« A l'instant incertain où le passé me happe c'est à toi que je pense, mentor en col cassé, ami d'avant, vieil étudiant. Je voudrais te dire la terre brûlée. La terre, Célestin, toi qui l'aimais tant, je voudrais te dire qu'on peut la vider de tout, en faire une prison, un entonnoir imbibé de sang, on peut en mettre plein les bouches qui crient, les poumons qui ahanent, on peut en faire ce qu'un homme crache avant de mourir. Je te voudrais vivant pour te donner raison.

« Alors je te dirai la pâleur des visages, les yeux fous, la vérité bafouée, la musique asservie. En avoir fait la voix du Mal...

« Wagner, ta bête noire, diffusé en préambule des fausses nouvelles, des fausses victoires, pour réchauffer une armée qui claquait des dents, pour lui rendre souffle. Wagner sur les treuils et les leviers tordus, sur les obus éparpillés et les corps méconnaissables, Wagner pour décoincer les tourelles et serrer un garrot, Wagner sur Smolensk qui brûlait. Vous prétendiez que cette guerre était faite par wagnérisme*. Vous n'aviez pas tort. Et puis la guerre, monsieur Célestin, la guerre est bien le vide-crâne que vous disiez... »*

Le livre est resté sur la table où Licia l'avait posé.

De quelque nature qu'il fût, il ne pouvait rien changer à ce que j'éprouvais pour la personne de Lewis. Un roi de cœur. Un bellâtre. Je le haïssais et l'enviais à la fois. Puis la haine reprenait le dessus, comme si quelqu'un m'avait soufflé qu'Adrienne n'avait jamais aimé que lui et n'aimerait jamais personne d'autre. J'avais beau me dire que mieux valait m'en tenir au silence, je m'épuisais en vaines contradictions. Lewis... Lewis...

Il arrive qu'une préoccupation rende insensible à tout ce qui n'est pas elle. C'était ce que je ressentais lorsque *j'ai prié Licia d'une voix très haineuse, je crois de me dire « ce qu'il avait de si extraordinaire, ce fichu Lewis » et c'est ainsi qu'elle m'a appris sa mort.*

Pourquoi fallait-il que je me représente Lewis toujours vivant ? Comment cette éventualité ne m'était-elle pas venue à l'esprit ? Lewis est mort et Licia le déteste. Pourquoi ?

Un détail significatif : je me revois imaginant la mort de Lewis, avant que Licia ne m'ait précisé qu'il avait été victime d'un accident de voiture, l'accident banal, survenu à Nice. Or, pour moi, il allait de soi que Lewis avait été tué au combat. Où ? Quand ? Au cours de quelle guerre ? Je n'en savais rien, mais tué à l'ennemi, de cela j'étais certain. J'avais comme oublié qu'on pouvait mourir autrement. L'habitude...

Cependant Licia parlait de défi. Lewis aimait à faire peur. Il s'amusait, ce jour-là, avec un moteur de son invention. A écouter Licia une joie folle m'envahissait : Lewis n'était pas mort à la guerre. Une de ces joies qui vous déchirent le cœur : je n'avais pas tué Lewis. Pour une fois je n'étais pas l'ennemi. C'était toujours ça de moins entre Adrienne et moi.

Mais il fallait cesser de penser pour mon compte. Licia parlait toujours, on aurait dit que rien n'avait été encore abordé. Elle en était à exposer, avec une recrudescence de passion, de nouveaux griefs contre Lewis. Que voulait-elle dire encore ?

« Le drame d'Adrienne, celui dont elle portera toute sa vie la marque, n'est pas que Lewis soit mort. Il n'était pas mort que le mal était fait. Il s'était marié. Le beau mariage que l'on pouvait attendre de l'ambitieux qu'il était, cherchant à la fois succès mondain et sécurité financière tout en tenant Adrienne en coulisse.

« C'était la ranger parmi les humiliées.

« C'était — mais s'en est-il rendu compte ? — c'était aussi prendre officiellement rang parmi les coureurs de dot, race moribonde partout ailleurs qu'en France où

aucune révolution, aucune guerre, aucune défaite n'en
vient à bout. Lewis est l'homme qui réussit une carrière
de séducteur sans la frivolité viennoise, ni la sombre
vaillance méditerranéenne, sans l'insatisfaction slave,
mais avec la froide détermination de l'arriviste. Il est
l'homme de la plus triste société qui soit : celle des don
Juans français. »

Elle me lança un regard meurtrier qui sans aucun
doute s'adressait à Lewis.

De toute évidence elle le détestait.

Parler de lui la mettait hors d'haleine.

« Je l'ai toujours eu en horreur. Adrienne me l'a
présenté peu de temps après notre première rencontre.
Elle continuait à le voir par faiblesse. Elle essayait de me
faire apprécier le « style Lewis », et souhaitait me voir
rire à ses histoires où il n'était question que de conquêtes et de tours affreux joués à ses meilleurs amis.

« Je n'y voyais que perfidie.

« Il téléphonait à sa femme devant Adrienne. Elles
avaient droit aux mêmes effets de charme, aux mêmes
mots, mais sur des tons différents. Les gentillesses
conjugales étaient offertes avec accent plaintif et en
mineur pour faire passer la mauvaise nouvelle : ses
affaires le retenaient. Il avait un dîner important.
Tandis que les gentillesses à l'adresse d'Adrienne étaient
lancées avec un rinforzando, et sur le mode majeur qui
sous-entendait : « A nous deux... »

« D'un geste vif, il ôtait son alliance en disant :
« Fais-moi penser à la remettre, hein ? Pas de blague. »
Je les écoutais. Je ne pouvais me retenir de penser :
aura-t-elle le courage de fuir, de tout risquer, la
solitude, la misère, l'échec ? Moi je n'ai jamais hésité. Mais elle ? L'envie me prenait de la saisir aux
épaules et de la pousser dehors. Une envie de leur
crier : « Vous êtes tous deux engagés dans un jeu féroce
« et sans issue. » Et à elle : « Tu ne l'aimes que pour le
« mal qu'il te fait. » De la serrer dans mes

bras : « Ma pauvre, pauvre belle... Va-t'en. C'est tout
« ce qu'il te reste à faire. »

« La muflerie de cet homme ! Infidèle mais jaloux.
Jaloux de tout ce qui n'était pas lui. Au point qu'il a
longtemps essayé de dégoûter Adrienne de son travail. A
l'avoir vue tirailler toute une nuit sur les différentes
pièces d'un vêtement qu'elle ne parvenait pas à emman-
cher selon son désir, à constater son ardeur à l'ouvrage,
Lewis sentait qu'une telle volonté de réussir ne pouvait
être dirigée que contre lui. Il ne se trompait pas.

« Faire acte d'indépendance, c'était le blesser à coup
sûr. Elle le quitta.

« Adrienne s'était enfin résignée à se montrer cruelle.

« Mais tout le bénéfice qu'elle en escomptait s'en alla
en pitié pour le blessé. Si bien que de cette cruauté, c'est
elle qui allait souffrir et plus longtemps que lui. Et c'est
moi qui fis acte de guérisseur.

« Qui pouvait lui rendre cette chaleur plus nécessaire
que l'air respiré ? Qui pouvait la rassurer ? Lui ôter la
peur de dire « nous » ? Bon. Mettons que vous ne pouvez
comprendre. Mettons que ce soit de votre part impossibilité atavique d'admettre telle situation d'où l'homme est
exclu. Féru de conquête, il n'est pourtant pas le refuge que
cherche une femme trop blessée pour feindre.

« Parents, enfants, c'est d'eux que la femme attend
réconfort et des maris, puisqu'il en est, divorcés ou non,
qui se prêtent à ce rôle. Tout ce dont Adrienne ne
disposait pas. Mais au risque de vous choquer, je vous
dirai que certaines plaies pansées en famille, c'est cela
que je trouve révoltant. Les lécheries domestiques, c'est
bon pour les chiens... N'importe quelle bête sauvage a
plus de dignité qui, blessée, quitte la harde et va se terrer
jusqu'à tant qu'elle guérisse ou qu'elle meure. Adrienne,
elle, est panthère, lionne ou chat. Le même orgueil. Ce
qu'elle cherche pour les jours noirs, c'est l'ombre d'un
abri connu d'elle seule.

« Quand le passé d'Adrienne vous pèsera et que les

questions que vous vous poserez à son sujet ou au mien deviendront par trop lancinantes, dites-vous que je lui ai été cet abri. Elle était si bas... Et je l'aimais tant.

« Eh bien, oui, je l'aimais.

« Voilà la confirmation que vous attendiez. »

Tout en parlant Licia avait appuyé sa tête aux coussins du divan. Elle se laissait aller, soudain alanguie, et sombrait dans une masse fauve qui l'enfouissait. La lumière était faible, les lampes voilées, et dans la demi-obscurité j'apercevais, à peine esquissé, son visage de chatte aux aguets et deux courbes, d'un blanc très pâle, comme deux dunes que gonflait son souffle. Cette fois je n'ai pas détourné les yeux et je n'ai pas eu à me rassurer sur les raisons profondes d'une impudeur souveraine. Je savais à quoi m'en tenir. Licia était de long-temps installée au-delà du scandale et je savais que s'il entrait une certaine délectation dans la façon dont elle aimait à me braver, du moins cette provocation ne se donnait-elle pas un but précis. Je n'étais pas celui qu'elle cherchait à séduire.

La brusque conscience de l'heure me mit debout. Il était grand temps de m'en aller. Mais Licia m'engagea à me rasseoir d'une voix ensommeillée.

« Le jour est presque levé. Ne voulez-vous pas attendre ? »

Attendre quoi ? Je fus frappé de l'acuité de son regard quand elle ajouta :

« Adrienne ne va pas tarder. »

J'ai le souvenir persistant de ses yeux rivés aux miens, cherchant à capter mes moindres pensées, à l'instant où elle ajoutait :

« Nous pouvons même nous assoupir, vous et moi. Adrienne a la clef. »

Il se fit un silence. Licia disait :

« Je croyais que cette surprise était de nature à vous faire plaisir. Mais on ne le dirait pas. Vous paraissez furieux. »

Je l'étais.

C'était donc chez Licia que se rendait Adrienne, une fois son travail terminé. Il me semblait m'être jeté, tête première, dans un piège. Que me voulaient ces femmes ?

Cette fois, j'étais décidé à m'en aller. Mais la voix de Licia était posée sur moi comme une main enchantée. Elle cherchait à me retenir et elle y parvenait. C'était bizarre cette voix qui s'élevait, tantôt douce, tantôt abrupte, une voix de confession, la voix de Licia, tout entière prisonnière de l'ombre, moins le blanc des dents, moins les yeux gris et brillants, qui rôdaient dans le noir comme ceux d'une bête au fond de son gîte, tapie dans un grand désordre de fourrures.

« Vous êtes un homme à préjugés, Ulric, et vous n'êtes que ça. Faites-les taire un instant. Essayez, au moins. Vous n'en mourrez pas. Vous n'êtes venu ici que pour m'entendre parler d'elle. Pour rien d'autre. Vous ne le niez pas ? Auriez-vous appris, ce soir, qu'Adrienne était passée des bras de Lewis dans ceux d'un riche consolateur, quelque banquier d'un âge respectable ou, mieux encore, dans les bras de l'influent personnage avec lequel elle était le jour où nous nous sommes rencontrées elle et moi — et il n'aurait pas dit non, croyez-moi — qu'auriez-vous dit, vous, aujourd'hui ? Vous vous seriez fait à l'idée comme on dit. Eh oui ! Fait à l'idée. Mais que moi... »

Elle haussa les épaules.

« Moi vous me détestez, je crois, est-ce bête... »

L'étrangeté de tout ça... Si inexplicable que puisse paraître un tel revirement je me sentais gagné, peu à peu. Fatigue peut-être. Je ne voyais plus ni provocation ni scandale, et Licia me paraissait soudain d'une beauté extraordinaire.

Elle émergeait de ses fourrures avec une lourdeur princière. Elle disait :

« Vous me détestez, n'est-ce pas ? Et pourtant... C'est pour vous aujourd'hui qu'Adrienne est vivante. »

Je ne m'endormis pas. Je me levai. Je marchais de long en large. Je montais la garde au chevet de Licia qui reposait. Je croisais au large de son sommeil

Et j'écoutais.

J'écoutais cette respiration ample et régulière, ce souffle calme qui s'élevait, s'abaissait et me retenait comme la rumeur sourde qui gronde au fond des coquillages. Je laissais ce roulis m'envoûter, me prendre, me lâcher, me reprendre, me guérir de mon ressassement, cette honteuse envie que j'ai des images anciennes, des amours mortes.

Licia me rendait à la douceur de la nuit comme elle avait peut-être, jadis, à l'époque du désespoir, délivré Adrienne des mauvais songes.

Un instant plus tard la porte s'ouvrait sans bruit. Un mystérieux parfum filtrait. Adrienne était devant moi.

CHAPITRE X

Un drôle d'oiseau, Précieuse.

Ce qui fascinait Serge c'était sa faculté de jacasserie.
Elle parlait de choses qu'il n'aurait jamais écoutées,
dites par une autre qu'elle. Il s'agissait toujours d'achats
qui s'imposaient avec un caractère d'urgence. Elle y
attachait une importance capitale. Il lui fallait de nouveaux dessous, des porte-jarretelles couleur d'oriflamme,
d'un chou si tu savais, mais qu'elle ne réussissait pas à
se procurer, son fournisseur ne recevant plus rien et ce
qu'elle aimait étant toujours fabriqué à New York,
spécialité d'un certain Silverstein qui exportait aussi des
petits slips avec des trous partout, trognons, trognons,
mignons tout plein. Ou bien elle envisageait des changements essentiels ; elle allait adopter une nouvelle coiffure, un nouveau parfum, celui qu'elle avait ne lui
convenait plus, il faisait mémère, elle voulait quelque
chose de frais et de chinois qui ait goût de riz glacé, avec
cette chaleur, et elle allait se faire limer les dents, mais
pour ce qui était des ongles elles voulait les porter plus
longs et plus pointus...

Tout ce qu'elle pensait devenait réalité. Il n'était pas

possible de s'abstraire. Lorsqu'elle disait : «On ne trouve plus de bas», Serge se sentait aussi démuni qu'elle, les jambes nues. Il était entraîné dans son sillage, enveloppé dans ses paroles, aspiré.

C'est qu'elle ne disait et ne faisait rien à moitié. Quand elle parlait, elle parlait. Elle dormait, elle mangeait, elle aimait de même et où qu'elle soit elle était toute. Parce qu'elle se laissait aller, en parlant, parce qu'elle débordait, on ne pouvait douter, en l'écoutant, que ce jaillissement voluptueux, abondant, ininterrompu, n'était qu'un préambule à d'autres fusions.

Touché par ce naturel-là, un homme est emporté.

Ainsi en allait-il de Serge qui, à l'abri de ces volets clos, se sentait plus libre que partout ailleurs. Il ne faisait même plus de différence entre le jour et la nuit. Quel jour de la semaine était-on ? Depuis combien de mois était-il sans nouvelles d'Adrienne ? Et depuis combien d'heures était-il au lit avec Précieuse ?

Serge constatait qu'il était facile, une fois trouvé l'équilibre entre l'oubli et la mémoire, de passer de l'état d'amoureux passionné et malheureux à celui d'amant satisfait et indifférent. Comme de vivre en mécanique bien rodée.

Il y avait eu, cette nuit-là, une première empoignade comme il s'en était offerte rarement. Puis ils s'étaient arrêtés. A regret. Il fallait bien. Léger répit entre les cordes avant la reprise. Court entracte consacré à la conversation.

Vint un deuxième assaut qui avait laissé Précieuse essoufflée et pour quelque temps silencieuse. Elle avait sucé des bonbons qu'elle tenait toujours à portée de main. Encore de menus propos, entrecoupés de baisers acidulés et de bizarres digressions sur son enfance.

Elle en avait vu de rudes.

Serge, de peur d'être entraîné trop loin, avait un peu brusqué le mouvement et, comme le corps de Précieuse avait répondu avec une vitesse exemplaire, il en était résulté un troisième round plus frénétique encore que les précédents.

Alors vint un changement de plan, qui tenait autant du rêve que du sommeil. Enfin le sommeil l'emporta et il n'y eut plus qu'une douce béatitude, à arrière-goût de *Pierrot Gourmand*.

Soudain Serge ouvrit grands les yeux.

Un coup de sifflet. Roseline. Un son long glissait dans le silence de la rue. Quelle heure était-il ? Etait-ce déjà le jour ? Sur quoi, à sa surprise, il entendit clairement un deuxième son, identique. S'était-il rendormi entre deux appels ? Ou rêvait-il ?

Il se rua hors du lit.

Il essaya d'ouvrir les volets. Il y avait une barre de fer qu'il empoigna. Elle ne permettait qu'une ouverture de quelques centimètres. A peine de quoi passer le bras. Serge réussit néanmoins à apercevoir Roseline. Son émotion était si visible, si effrayante que Serge en eut des battements de cœur. Que s'était-il passé ?

Il faisait à peine jour.

Une aube déjà chaude, alourdie de gros nuages.

Quelque chose comme cinq heures du matin, mais tout poissait déjà.

Que s'était-il passé ? Que signifiaient ces traits entiè-rement changés, ce visage d'une Roseline comme étran-gère ? Elle si pleine de joie. Douce, chaude, gaie comme une sœur. Qu'il ne te soit rien arrivé, surtout.

Il lui suffisait qu'elle soit heureuse.

Vite, mettre en déroute ce qui s'était inscrit de façon si atroce sur le visage de Roseline. Effacer cet effroi. Se grouiller, la secourir. Plier bagage.

Assise sur son séant, Précieuse, prise de panique, se retenait pour ne pas crier.

« Fais vite. Va-t'en... *Cou's... Cou's...* C'est *sû'ement* les flics... »

Affolée, *pauv'e P'écieuse*, épouvantée, émergeant d'un fatras d'oreillers et d'une pénombre entretenue à grand

renfort de pendouillis de toutes sortes, écharpes, fou-
lards, vieux bouts de madras, morceaux de ci et de ça
voilant les lampes. O souk, ô bazar, ô grouillante
chambre de Précieuse !

« *Cou's, cou's, Se'ge.* Dépêche-toi. »

Précieuse-des-bords-de-Loire, ses longues jambes cuivrées étalées sur les draps, était entièrement livrée à une
peur d'un autre âge. Une peur issue d'un passé de sueur
et de crasse, de logis envahis, de mains inconnues
fourrageant les paillasses, de coups reçus, coups de pied,
de poing, de bâton, de cravache, de botte, coups jamais
rendus, peur venue d'un temps où tout ce qui était *elle*
était proie, victime désignée, corps à vendre, peur, peur,
du fauve, du Blanc — où était la différence ? — l'un
comme l'autre assassins de sa race, peur qui avait
contraint ses ancêtres à se masquer, à se vouloir en
chaque point de leur corps plus forts que le plus fort,
griffus, cornus, ithyphalliques, peur jadis gravée aux
parois des cavernes et qui renaissait là, rue Venture, à
cause d'un coup de sifflet, évoquant des cris oubliés,
jetés, Dieu sait quand, au plus profond d'une quelconque foutue jungle.

« Fais vite, mon loulou, c'est les flics... »

Presque pâle maintenant, agenouillée sur le lit, le
corps agité d'un mouvement machinal, Précieuse,
comme soumise au rythme d'un invisible tam-tam,
suppliait Serge de s'en aller.

« Vite, vite biquet, c'est *sû'ment* la police. File.
Cou's... Cou's Se'ge, va-t'en. »

Il suffisait d'un coup de sifflet pour que Précieuse se
crût coupable.

La peur du gendarme, notre cadeau à l'Afrique.

Cela se lisait dans ses yeux, ses gestes, cela se
déchiffrait comme un bas-relief d'Egypte où les pouvoirs, le trône et l'aspect divin du pharaon seraient échus
à un agent de police.

Tout en se rhabillant Serge s'efforçait de la rassurer.

«C'est rien, je t'assure, rien qu'un signal. Quel-qu'un... Je... »

Pas le temps d'en dire plus.

Il dégringola l'escalier, laissant Précieuse devant un lit vide, libre d'interpréter l'incident à sa guise.

.

Sa décision était prise : il partait.

C'était à peu près tout ce que l'on pouvait tirer de Minelli. Encore fallait-il comprendre. C'était comme si sa voix était sortie d'un microphone débranché. Lorsque Serge essayait d'en savoir davantage, Minelli regardait Roseline.

« Elle t'expliquera. »

Mais ce qu'elle disait était à peine plus clair. On entendait *Bien sûr* ou *Je comprends* ou *Ça devait arriver*. Sorti de là, rien. Une phrase, cependant, revenait plus saisissable qu'une autre.

«Je ne veux plus voir mourir une femme», disait Minelli.

Puis se tournant vers Roseline, il ajoutait :

« C'est chaque fois comme si c'était toi... Je n'en peux plus. »

Ensuite de la même voix sourde il laissait entendre que la peur sur un visage de femme c'était un peu comme la mort et que de cela aussi, Minelli ne voulait plus. Jamais plus.

« Je comprends », disait Roseline.

Elle semblait tout aussi bouleversée.

Serge commençait à se sentir mal à l'aise. Que faisait-il là ?

Enfin Minelli, ayant retrouvé une élocution plus normale, annonça qu'il allait sortir sa voiture de la remise. Il s'agissait d'abord d'embarquer Roseline, *la fille*, et d'emmener le tout dans les Hautes-Alpes. Plus une minute à perdre.

La *fille ?* Quelle *fille ?*

« Fais tes paquets et n'oublie rien. Parce que tu ne reviendras pas. »

Et la pauvre Roseline de s'exclamer :

« Comment ? Maintenant ? Tout de suite ? »

Il n'y avait pas d'autre solution.

Sans la moindre explication Minelli ajouta qu'à son retour, il passerait par Marseille et qu'il confierait sa voiture à Serge. Elle était vieille mais elle pouvait encore servir. Il fallait aussi que Serge garde un œil sur l'escalier, un autre sur les boîtes aux lettres, et qu'il réponde que Roseline était malade si on lui demandait ce qu'elle était devenue. N'est-ce pas ? Tu es d'accord, hein Serge ? On aurait dit que ces bouleversements allaient de soi.

D'ailleurs sa décision était prise. Il partait. Il allait de l'autre côté.

La raison de tout cela, Serge finit par le comprendre, était qu'il y avait eu rafle cette nuit-là à Marseille. Les « métèques », dont il avait fallu vérifier les identités, étaient tous juifs et tous sur le point de franchir clandestinement les Pyrénées. Aussitôt « donnés » aussitôt pris. Ils avaient été dirigés sur des camps du Sud-Ouest qui avaient longtemps servi de lieux d'internement aux « rouges » d'Espagne.

Et ceci encore. Plus de doutes, des fonctionnaires allemands s'installaient dans la région. Minelli était formel. On signalait leur présence dans l'Hérault et aussi dans un château qui avait été réquisitionné à leur intention, on ne savait pas exactement où, mais pas loin, quelque part entre Marseille et Lyon.

Laval avait admis la coopération entre police allemande et française.

« Ça devait arriver », répétait Roseline.

Moins claires étaient ses allusions à *la fille.* Serge allait questionner Roseline mais il abandonna l'idée. Toujours au moment où on sentait qu'elle allait révéler quelque chose, elle dévidait, au petit bonheur, des phrases qu'elle avait l'air de sortir d'un fourre-tout. A un *Il fallait bien* faisait suite un *Comment faire autrement?* Les mots partaient à la dérive. Une étrange conversation.

Progressivement Serge comprit que *la fille* était dans la pièce voisine. Il s'attendait à quelque chose de ce genre. A vrai dire la nouvelle ne l'étonnait guère. Pas plus que d'entendre Roseline affirmer qu'*elle* devait avoir faim. On l'avait mise sous le lit.

Mais il se sentait bougrement honteux que tout cela se soit passé alors qu'il se trouvait chez Précieuse.

Il essaya de le dire à Roseline.

« Je regrette, tu sais.

— Te tracasse pas. »

Serge était plein de remords. Alors il fit une offre : il fallait des provisions de route.

« Sinon vous êtes perdus, dit-il. Je vais voir ce que je peux trouver. »

La faim qui resurgissait. On ne pensait qu'à ça.

Serge était déjà sur le seuil. Mais Roseline en plein pessimisme provençal affirmait :

« Trop tôt. Tu ne trouveras rien. »

Tandis qu'il battait le pavé, cognant à celles des portes qui, pourvues d'un judas, s'ouvraient avec précaution et seulement pour des visiteurs agréés, Serge se répétait qu'il avait prévu le coup... Voilà que Minelli hébergeait une Juive. Rien d'étonnant. Et pourtant... c'était quand même bizarre de vivre en un temps où l'on devait toujours s'attendre à tout.

Si l'antisémitisme que l'on manifestait plus ou moins ouvertement dans divers milieux avait choqué Serge, cela n'impliquait pas qu'il fût conscient de l'ampleur de la persécution. Comment s'en serait-il douté ? Ce qui filtrait au travers de la ligne semblait venir d'un autre monde, et l'on avait presque désappris à croire ce que l'on entendait. Alors les rafles, la nuit du Vél d'Hiv ? Rares étaient ceux qui y croyaient en cette fin de juillet 1942.

Plus avertie des affaires de la France d'Afrique que de celles de la France métropolitaine, Marseille remâchait d'anciennes humiliations. Ainsi Mers el-Kébir. Quelque chose de solide avait vacillé ce jour-là, qui deux ans plus tard vacillait encore. Comme d'avoir une boussole déréglée à la place du cœur. Mais le Vél d'Hiv ? Rien n'était sûr.

Serge revint avec un air de triomphe. L'accueil de Roseline fut à la mesure de son exploit : il rapportait un paquet de nouilles dissimulé dans une boîte à chaussures et six sandwiches roulés dans un journal. Elle exultait. Il fallait qu'aussitôt en profite celle qui, sous le lit, devait commencer à trouver le temps long.

Plus troublante fut la suite. Quand ils furent face à face, elle et lui, Serge et cette femme recroquevillée.

Ce visage... On aurait dit un animal apeuré.

Il y eut comme des vaguelettes dans l'esprit de Serge. De celles qui froissent la surface de l'eau, dures et pressées, un jour calme, un jour tranquille, parce que loin derrière, le vent s'est levé. Mais ce visage ? Ce visage comme la houle qui annonce le vent. Il se muait peu à peu en une évocation précise : celle d'un serre-tête rose, de bras légers, d'un envol de jambes. Nice, parbleu... La danseuse de Nice. C'était elle. Il réentendait sa voix, une drôle de voix, son accent, un drôle d'accent, et la phrase : « Moi Josefina, lui Pappy », plusieurs fois répétée. « Moi Josefina... »

On dit le *souffle* des bombes.

Il faudrait, dans le même sens, parler du *souffle* des guerres qui éparpille les hommes puis les assemble et fait qu'ils s'entrechoquent, provoquant l'inimaginable. Ce visage... Il pouvait s'attendre à tout, Serge, sauf de l'avoir vu quelque part, comme on dit.

Et Pappy ? Mais où diable était passé Pappy, avec son manteau à martingale et son chapeau pelucheux ?

Abel Chapirak remontait la Canebière assis sur un tabouret de cuisine.

Il louait le Seigneur d'avoir accordé à la France de braves gendarmes et subissait son destin, calme, sinon résigné.

Lorsqu'il sentait la nostalgie comme autant de flammes folles lui brûler la gorge, il se murmurait un psaume de sa composition et les flammes s'apaisaient, comme autant de douces chandelles.

Abel Chapirak remontait la Canebière. Bouche close, assis sur son tabouret de cuisine, le buste bien droit, sa canne entre les jambes, il se répétait les versets de ce psaume qu'il avait fait réciter aux écoliers de Prague et qui lui avaient valu les réprimandes du rabbi : « Qui te crois-tu, Abel, pour t'adresser au Très-Haut sur ce ton ? Les saints versets devraient te suffire. Sache que le Tout-Puissant est averti des merveilles de la soupe à la carpe et qu'il n'est pas nécessaire de l'en entretenir. » Abel Chapirak avait voulu enseigner aux enfants à louer le Seigneur en invoquant les beautés innocentes de la vie, la blancheur des oies, la gaieté des poulets, la chair tendre des brochets et l'excellence des *knedlíky (1)*.

Il était poète. Et maître en récitation psalmodiée de surcroît. Cela pour assurer dignement l'existence de Jacoba, son épouse, qui était de bonne naissance — fille de Nathan Bing, le violoniste, devenu sur ses vieux jours chef de musique chez les princes Lobkowicz —, et permettre à sa fille unique de se consacrer à la danse.

Fragile Josefina...

Il semblait qu'elle n'embellissait et ne grandissait que pour mieux danser.

(1) Plat à base de farine dont les Tchèques sont particulièrement friands.

Elle voulait tout dire pour lui.

Sans doute, par moments, tandis que le camion roulait, Abel Chapirak aurait-il souhaité éprouver un sentiment violent, haine ou colère, car l'une et l'autre sont signes de force et maudire allège le cœur. Mais jamais il n'avait pu. Pas même à l'époque de la mort de Jacoba, tôt disparue, pas même durant ses longues années de veuvage. Et quand était venu le temps des mortifications, tel un vent d'orage arrachant Abel Chapirak à toutes ses habitudes, le privant de ses droits, lui prenant ses élèves un à un, lui interdisant l'accès des brasseries enfumées où il allait chaque soir attendre l'heure où le rideau tombait sur la scène de l'Opéra et le retour de Josefina, quand il n'y eut plus de journaux à Prague et plus d'éditeurs autorisés à publier ses poèmes, plus de synagogue où prier, plus de fidèles, oscillant selon le rythme traditionnel, d'avant en arrière, d'arrière en avant, plus de cierges, plus de vieux livres où poser ses lèvres, quand on lui eut aussi pris cette maison qu'il aimait et dont Josefina, devenue étoile, assumait tous les frais, ô douce, ô bonne, quand il ne fut plus qu'un Juif sans abri comme tant d'autres, Abel Chapirak avait enduré l'épreuve, sans en vouloir à Dieu.

Il pouvait tout accepter du Ciel sauf que l'on attente à la vie de Josefina.

Et c'était que Josefina fût sauvée qui faisait éclater son chant d'allégresse silencieuse.

Sois louée pour ta beauté, sois louée pour la chaleur du quartier clos où je suis né, Prague, ma petite mère; sois louée pour la blancheur immaculée, le pas traînant et l'innocente bêtise de tes oies, ô ma Bohême; ici un blanc, un très regrettable trou de mémoire, le diable seul savait par quel bout de son cantique Abel avait réussi, jadis, au temps heureux, à introduire les poulets, les brochets, les *knedlíky* et la soupe à la carpe, diable de mémoire brusquement à sec, mais aussi il avait des excuses, tiré de son lit aux petites heures du matin, et qu'importe, béni soit Dieu, Josefina n'avait plus rien à craindre.

Elle allait trouver aide, secours, amour, car les hommes étaient bons.

Impossible d'en douter après qu'un représentant de la force française et républicaine eut donné de sa bonté une preuve aussi éclatante. Digne militaire... Comme il avait su feindre ! Digne, digne garçon qui aurait fort bien pu se ficher que l'on raye un Chapirak de plus ou de moins de la liste des vivants. Oui, le Ciel avait accordé à la France de braves gendarmes et les hommes étaient bons, tous bons et estimables, à l'exception de la clique de dévoyés responsables du malheur de la race élue. Risibles fantoches du Mal... Pauvres méchants... Tôt ou tard allaient s'ouvrir devant eux les portes de l'enfer et Dieu, le moment venu, saurait, en personne, donner le signal du châtiment.

« Ha ! Ha ! » N'aurait-il craint de passer pour un vieux détraqué, aux yeux de ses compagnons de voyage qui, par respect pour son grand âge, lui avaient cédé l'appréciable tabouret et se trouvaient tous assis à même le plancher de tôle, Abel Chapirak se serait laissé aller à rire haut et fort.

Il lui était facile de lâcher bride à son imagination.

Alors il assistait à la déconfiture finale des risibles fantoches.

Rien qu'à se représenter le tribunal où siègerait, auprès de Moïse et de tous ses patriarches, le rabbi de Prague et d'autres morts chers à son cœur, à seulement imaginer l'instant où le Juge suprême poserait sur l'un des méchants un index vengeur et d'une voix de tocsin s'écrierait : « Qu'as-tu fait de mon fils, oui, toi, réponds. Qu'as-tu fait d'Abel Chapirak ? » et les patriarches de dodeliner du chef et de se frotter les mains de joie et de se tirer mutuellement la barbe en signe de satisfaction, rien que de sentir en lui la certitude que sa mort toute proche, éventualité qui ne faisait nul doute, allait servir

.

de ferment à la vengeance divine et allait, de ce fait même, permettre que lui, Chapirak, humble descendant de Chemariah Davidovitch et d'Alja son épouse, qui avaient fait commerce de duvet en Ukraine avant qu'un pogrome ne les ait chassés jusqu'au cœur de Prague, que lui Abel, poète sans renom et maître en psalmodie, soit pour quelque chose dans la condamnation finale, l'emplissait d'une joie telle qu'il ne parvenait pas à la réprimer. Un rire sauvage lui montait à la gorge et le secouait comme un sac vide, ha, ha, c'était plus fort que lui.

Et il rit, assis dans le camion qui l'emmenait vers une destination inconnue, il rit par deux fois, sans même savoir que c'était lui qui avait fait ha, ha, très haut et très fort.

« Ha ! Ha ! »

L'effet de stupeur une fois effacé du visage de ses compagnons — tous semblaient effrayés — Abel Chapirak avait cru devoir s'excuser, comme si ce rire scandaleux avait été un bruit malséant. Ce n'était pourtant ni signe qu'il fût gâteux ni qu'il y eût désordre dans son corps. Ainsi devait-il sonner aux oreilles de ses compagnons, ce rire.

Et Abel Chapirak se disait : « Je sais pourquoi ils me croient fou. C'est parce qu'ils ont peur. Ils tiennent à la vie. Ils n'ont pas comme moi le cœur en fête. Qu'ai-je à redouter ? Je peux bien mourir. Josefina est sauvée. »

C'était l'essentiel de sa joie.

Abel Chapirak ne semblait plus voir ses compagnons.

Qu'ils pensent de lui ce qu'ils voulaient.

Il les dominait de toute la hauteur de son tabouret et considérait avec attention un point éloigné du paysage. La mer... Elle était là, comme une vallée d'un bleu inconnu au bord de laquelle se pressaient les maisons.

Les choses viennent trop tard, pensait Abel. Toujours trop tard.

Ils avaient souvent parlé de quitter Prague, un été, et

d'aller en vacances jusqu'à la mer. Comme ils en avaient eu souvent envie de cette mer qui était là, installée dans la ville, à portée de ses yeux ! Et à Nice donc... On ne voyait qu'elle. La mer, partout. La nuit, le ressac s'entendait de leurs lits.

Il avait tant espéré que Josefina trouverait un apaisement à Nice, un peu de plaisir aux couleurs vives, aux côtes, aux caps, aux fleurs, aux arbres qu'elle voyait pour la première fois. « Abel, les palmiers que tu vois ont une beauté pareille à celle des palmiers de Terre sainte. Loué soit Dieu ! » se répétait-il chaque matin assis sur un banc de la Promenade des Anglais.

Il retrouvait confiance, au soleil.

Tandis que Josefina regardait sans voir.

On aurait dit qu'elle n'était pas là.

Tout commençait à aller mieux pour eux et pourtant Josefina restait devant cette beauté, les yeux vides. C'est à peine si elle la remarquait.

Certes, c'était la guerre et ils vivaient des jours affreux. Tant de pays traversés, tant de gares, tant de villes étrangères, mais aussi tant d'inconnus disposés à les aider. Certes, il y avait eu l'horreur de cette fuite, le départ, la nuit de Prague, vue pour la dernière fois, et la peur quand, après plusieurs jours de voyage, il avait fallu se glisser sous les barbelés.

Abel Chapirak avait rampé hors de sa patrie.

Il avait senti le sol humide de son pays lui racler la poitrine ; sa terre natale lui collait aux paumes. Il en avait emporté sous les ongles.

Mais quand ils s'étaient retrouvés sains et saufs, au lieu de se réjouir Josefina avait éclaté en sanglots.

Elle lui cachait quelque chose. Et à Nice encore... Pourquoi allait-elle, chaque jour à la poste, chercher des lettres qui n'arriveraient jamais ?

Abel Chapirak la regardait partir, compatissant. Elle quittait la Pension, sûre d'elle, pleine d'espoir. Il la suivait des yeux, rien que pour le plaisir de la voir courir dans la rue des Ponchettes, sous le soleil. Avec cette foulée qu'elle avait, rapide et précise. Légère comme la brise.

Elle était vêtue d'une robe en gros crêpe avec des petits plis au corsage, à la mode tchèque. Mais sur elle tout devenait tulle, tout s'envolait. On ne pouvait jamais oublier qu'elle était danseuse. Quelque chose dans la cambrure du mollet, dans la façon de poser le pied, dans le port de tête aussi. Oui. La tête jaillissait des épaules. Et les bras ! Jamais lourds, jamais appuyés au corps. Posés sur le vide comme un défi à la pesanteur. La fascination qu'exerçaient ses bras !

Abel Chapirak essayait par la pensée de la suivre jusqu'au guichet maudit, certain qu'il la verrait revenir les mains vides. Il aurait fait tout au monde pour partager avec elle le fardeau écrasant de son secret. Qu'allait-elle chercher, poste restante ? Qu'espérait-elle ? Comme il aurait aimé pouvoir lui dire : « Dis-moi... Dis-moi ce que tu attends. » Mais jamais il n'avait essayé et peut-être suffisait-il à Josefina de sentir son père peiné et prêt à comprendre...

Le pire était qu'il ne parvenait plus à la faire rire. Voilà ce que n'avait cessé de se répéter Abel Chapirak aussi longtemps qu'avait duré son séjour à Nice.

A croire qu'elle ne savait plus.

Et pourtant, s'il y avait eu un Juif de Prague connaissant plus de bonnes histoires que tous ses coreligionnaires réunis, c'était bien Abel Chapirak. On lui en réclamait sans cesse. Il y en avait pour toutes les circonstances qu'il savait varier à l'infini, présenter de mille façons différentes et faire durer.

Il était poète.

Jamais il ne manquait son effet. Son auditoire exultait. Mais personne ne riait plus longtemps et de meilleur cœur que Josefina. Elle explosait littéralement. Elle en gargouillait : « Encore, encore ! criait-elle. Encore une de tes *schubertiades*, Pappy. » Car elle affirmait que

racontées par lui ces histoires auraient fait la joie de
Schubert, que le gros Franz aurait ri aux larmes à
l'entendre, et Clara et Schumann aussi, parce que tous
trois aimaient ce qui était puéril, ce qui rappelait le
langage de l'enfance, qu'ils les auraient chantées ces
histoires de Pappy, qu'ils les auraient jouées au piano,
mises en musique, qu'ils en auraient fait des impromp-
tus, des valses nobles et des *lieder*. Un débordement de
joie.

Mais cela aussi était fini. Nulle gaieté. Alors Abel
Chapirak chargeait, en faisait trop, redoublait d'inventions et de grimaces. A voir Josefina, elle semblait
l'écouter. A la voir évidemment. Mais rien. Pas un
sourire.

Pourquoi fallait-il que cet échec lui laissât une
impression aussi douloureuse ? C'était comme si Josefina
l'eût insulté. Mort, son rire. Porté disparu à Nice.

Plus rien ne pouvait être comme avant.

Un autre, moins tenace, aurait abandonné. Mais, avec
une sorte de confiance déraisonnable, Abel Chapirak
avait repoussé ce que formulait son esprit concernant le
désespoir si évident de Josefina, pour ne retenir que les
inquiétudes inévitables relatives à sa carrière. Voilà. Ce
devait être ça et rien d'autre. Son public perdu et
l'impossibilité de le retrouver ailleurs qu'à Prague.
C'était cela. Josefina redoutait l'avenir.

Alors, comme il aurait cherché à jeter un pont sur
l'abîme, Abel Chapirak se mit à lui parler de New York.
Puisque c'était là qu'ils allaient, là qu'ils étaient attendus. Puisque c'était New York l'avenir. Tant et tant
d'artistes y étaient déjà. Tous heureux de l'accueillir, de
la fêter. Tous. Pourquoi en douter, Josefina ? Pourquoi
désespérer ?

La sécurité ? New York.

La paix qui t'est nécessaire ? Les théâtres frémis-
sants ? New York. Les épaules nues en rang d'oignons,
les huissiers raides comme de vieux routiers de la

musique, grognons et toujours prêts à la semonce, un auditoire jeune, un public neuf ? New York.

A quel point l'Europe était morte.

Il n'y avait que New York.

Brusquement il se souvint d'un nom, puis d'un autre. Elle savait, n'est-ce pas, que les plus grands artistes avaient quitté Prague ? Tous à New York. Tous. Et pour lui rendre l'espoir, il déversait le contenu d'une ville dans une autre, comme aurait pu le faire un prestidigitateur. Prague, New York, deux vases communicants dont l'un se vidait à vue d'œil de ses musiciens, de ses compositeurs, ses chefs d'orchestre, dont l'un disparaissait goutte à goutte, devenait silence, immobilité, néant, tandis que l'autre s'alourdissait sans cesse, aspirait à grand bruit les Kubelík, les Firkusny, les Novotna, les Martinů, les Szell et faisait son plein, en drainant hors de Prague voix, cordes, talents et doigts.

« Il ne manque que toi là-bas, ma fée. Tes jambes, tes beaux bras. Il y a tant de choses que tu ne connais pas, Josefina. Tant de choses à apprendre. Qui peut prévoir l'immensité de la carrière qui s'ouvre à toi ? Un jour, qui sait, tu considéreras comme une chance d'avoir été chassée de ton pays. »

Il étendait New York à ses pieds. Il lui en faisait un tapis de pourpre. Abel l'Enchanteur, le Magicien... Abel le Menteur merveilleux. Josefina allait prendre la ville d'assaut.

Mais c'était peine perdue.

Elle tournait vers lui son visage meurtri, ses grands yeux cernés, le temps d'un éclair on pouvait croire qu'il avait réussi à la convaincre et Abel Chapirak imaginait, imaginait... C'était comme si le pont avait franchi l'abîme et que le vide entre eux était aboli. Elle revivait, il avait réussi, elle était guérie.

Et puis tout se défaisait.

Elle restait là, la tête appuyée à ses mains, totalement absente, aussi indifférente au monde qu'elle quittait qu'à ce New York qu'il lui offrait comme une Terre promise.

Mais tout allait changer. Sans savoir pourquoi Abel Chapirak en était certain : Josefina retrouverait le goût de la vie. La bonté de Dieu était sans limite.

Et c'était cette pensée qui l'occupait et l'accompagnait par les rues de Marseille, ces rues qui s'ouvraient, se fermaient et qu'il ne voulait pas voir. Il n'était occupé que de sa joie. Des gens allaient et venaient sur les trottoirs. Mais nul regard ne se posait sur le camion bâché qui se dirigeait vers les faubourgs. Et Abel Chapirak dans un manteau à martingale qui lui allait aux chevilles, ses belles mains refermées sur le pommeau de la canne, sur laquelle il s'appuyait à peine et qui était comme le symbole de sa dignité, coiffé d'un feutre pelucheux à larges bords, Abel ne regardait pas davantage les passants.

C'était toujours le même ronflement qui sortait du moteur. Il ne l'écoutait pas.

Petit à petit la ville se diluait, comme si le vide réussissait à s'imposer plus vite que les maisons, et que c'était lui, le vide tout-puissant, qui les forçait à diminuer, à se faire de plus en plus basses, puis à disparaître. La route montait, maintenant, la chaleur devenait presque intolérable sous la bâche, et le camion roulait sans jamais s'arrêter. Bientôt il n'y eut plus rien à regarder qu'une étendue de rochers tous pareils, des rochers blancs, surchauffés et qui se confondaient avec la ligne du ciel.

Alors pour la première fois Abel Chapirak pensa qu'il était seul. Seul et diminué de cette part de lui-même qu'il avait laissée dans un petit hôtel de la Corniche.

Comme elle avait été longue à convaincre, Josefina, et difficile ! Il lui avait fallu toute la nuit, et cela en faisant mine d'échanger des propos indifférents, avec un sourire aux lèvres qui ne révélait rien.

Les autres étaient étendus partout. Ils dormaient ou

faisaient semblant de dormir. On les avait sortis de leurs chambres et tous parqués dans la même pièce. Les policiers...

Du divan qu'il s'était attribué, Abel Chapirak, sans presque bouger, pouvait ouvrir une des portes de l'alcôve. Elle dissimulait un placard. Il avait pris Josefina dans ses bras, comme une petite fille. Il lui parlait à l'oreille. Derrière eux il y avait la porte presque invisible, recouverte d'un papier uni, comme le mur.

Le placard.

« Faufile-toi donc là-dedans, ma gazelle, glisse-toi. Tu es si souple, si adroite. Et personne ne te dénoncera... »

Mais elle demeurait dans ses bras, sans bouger.

Et Abel Chapirak tenace, la bouche tremblante, impatient aussi, recommençait à chuchoter :

« C'est parce que tu ne crois pas aux miracles que tu ne veux rien tenter, rien risquer. Tu devrais croire, Josefina. Tu as toute la vie devant toi et Dieu t'aime. Une belle vie, crois-moi, Josefina. Ecoute le vieil Abel. Le jour où nous nous retrouverons, tu auras conquis New York. Mais ce jour-là tu ne réussiras pas à susciter le moindre étonnement chez ton vieux Pappy. Il viendra t'applaudir sans avoir jamais douté de toi... Jamais. C'est qu'il croit aux miracles, lui. Il y croit. »

L'aube commençait à envahir la pièce. Elle ne bougeait toujours pas. Il fallait faire vite pourtant.

Et Abel Chapirak reprenait.

Pas un instant il n'avait perdu l'espérance.

« Si tu ne crois pas aux miracles, alors essaie d'imaginer qu'il y a là une alcôve de théâtre et que tu es en scène. Tant de portes s'ouvrent et se ferment dans la tête des auteurs, tant de placards dans les comédies et dans les opéras. Essaie d'imaginer que tu es Chérubin et que tu joues *Les Noces de Figaro*. Essaie, Josefina. Fais-moi ce plaisir. Tu aimais tellement la scène... Tu sais, la scène du comte, quand il arrive à l'improviste.

— Je n'ai pas envie de jouer, Pappy... Pas envie. »

Il entendait encore sa voix. Il l'avait toujours dans l'oreille avec le frémissement de ses lèvres, au creux de son cou.

Mais il en fallait plus que ça pour décourager Abel Chapirak.

Josefina était une enfant. Et il avait eu affaire à tant d'écoliers têtus au cours de sa vie.

De la douceur. De la persévérance. Trouver le chemin du cœur. Et réussir avant que le jour ne soit levé. « C'est ma faute, se disait-il, si je ne parviens pas à la convaincre. » Alors il essayait de se souvenir de ce qu'ils avaient aimé quand, une fois la semaine, elle venait le chercher et qu'ils allaient ensemble à l'Opéra.

Les nuits de Prague, pleines de musique. Ah ! la bonne odeur de la salle ! Et les spectateurs qui arrivaient armés de petites lampes électriques, chargés de partitions. Et toutes les dames repeintes de frais. Ah ! dire que tout ça est fini et que je suis devenu ce Juif errant.

Abel Chapirak cherchait à gagner du temps.

Il espérait toujours que Josefina dirait quelque chose mais elle gardait le silence, immobile dans ses bras.

Alors il s'encourageait : « Allons, allons Abel, fils de Chemariah le débrouillard, allons ! Un peu d'imagination que diable ! » Ou bien il se grondait : « Tu t'y prends mal, tu te fais vieux, Abel. Est-ce à dire que tu ne connais plus ta fille ? » Il s'injuriait : « Maladroit, va... Bon à rien. Vieux gâteux. Incapable de trouver le chemin du cœur. Et pourtant en avons-nous passé des soirées à discuter ensemble de ce qu'elle aimait, de ce qui lui donnait plaisir ou émotion. Sans parler de toute cette musique écoutée. Alors ? Où as-tu la tête ? C'est au cœur qu'il faut frapper... »

Et sur ce, de se remettre à penser : *Opéra*. Le mot lui virevoltait dans la tête. Pourquoi ? Beaucoup plus qu'une rêverie, une idée fixe. Peut-être était-il sur la bonne piste.

Brusquement il se souvint du visage de Josefina,

radieusement heureux, avec une expression angélique.
Belle comme une figure de l'Ancien Testament. Plus
belle que jamais, ce soir-là. Une expression dont Abel
Chapirak allait se souvenir toute sa vie. Et ce visage de
bonheur restait lié à l'opéra qui se jouait, ce soir-là, à
Prague : *Der Rosenkavalier.* Le Chevalier à la rose.
C'est à peine si l'on osait respirer.

Le tribunal des loges était aux anges.

A la chute du rideau l'explosion des bravos avait
gagné toute la salle. Et quelqu'un avait fait parvenir une
rose à Josefina, quelqu'un qui l'avait reconnue. Elle
avait eu l'air émue.

Ton Octavián. C'était écrit sur un billet.

Abel Chapirak avait eu le pressentiment que le jour
approchait où on allait lui prendre le cœur de sa
Josefina. *Ton Octavián...* Il s'était retenu pour ne pas se
retourner et chercher des yeux qui ?

Qui ?

Lorsque Abel Chapirak reprit ses chuchotements il y
avait dans sa voix une assurance surprenante. La certitude que Dieu l'inspirait donnait un ton nouveau à ses
paroles.

« Allons, Josefina, fais un effort d'imagination. Ne
laisse pas tout le travail à ton vieux père. Et réponds-moi
franchement. Si je te disais qu'au lieu d'être, comme
nous le sommes, à l'étroit sur ce divan, nous étions en
train de nous prélasser dans deux bons fauteuils d'orchestre offerts par notre vieil ami Paul Sonnenschein,
qu'il repose en paix, il t'aimait tant. Si je te disais qu'au
lieu des ronflements et des gémissements de nos infortu-
nés compagnons de voyage nous entendions plein de
notes légères, qui volent clair, plein de Strauss, et qu'au
lieu d'être cloués là, tous deux, par le va-et-vient incessant des policiers devant notre porte, nous emportait
irrésistiblement le rythme d'une valse, comme glissée en
filigrane sous chaque voix, une valse sans cesse sous-en-
tendue. Si je te disais qu'au lieu d'être toi, ma Josefina

désespérée, ma noyée dans son chagrin, tu étais de nouveau la Josefina de jadis, celle de Prague, radieuse, confondue avec la musique que tu aimais, suivant passionnément le jeu d'Octavián, sur scène, ce jeune amoureux que la Marschallin pousse dans un placard, et amoureuse toi aussi, amoureuse au point d'aller te cacher avec lui. Hein ? Où est le mal ? Et qu'en dirais-tu ? »

Elle avait gémi toujours blottie au creux de son épaule. Si fort qu'il avait eu peur.

Seigneur, comme elle avait gémi !

Mais Abel Chapirak ne voulait pas s'attarder à cette pensée. Ce gémissement lui coupait le souffle. Josefina disait :

« Pappy, Pappy, pourquoi parler de ça ? Et pourquoi prononcer ce nom ? Rien ne nous sera rendu. Jamais. »

Et elle gémissait.

« Bon. Bon. Ferme tes parenthèses, Chapirak, si elle gémissait tant c'est que tu avais frappé fort et juste. » La main de Dieu aussi paraît rude, parfois. Le nom d'Octa-vián lui a déchiré le cœur, c'est certain. Mais n'était-ce pas justement un point faible que tu cherchais ? Tu l'as trouvé. Tu voulais qu'elle obéisse. Or, elle a obéi. Alors de quoi te plains-tu ? »

Il revoyait Josefina se levant très lentement. Il la revoyait se glissant vers la porte invisible, pleine de grâce superflue.

L'heure était au drame. Mais elle était la grâce.

Elle avait disparu, escamotée par le mur. Le placard l'avait engloutie comme une machinerie subtile.

Théâtre, ô vous théâtre parfait de la vie...

Mais ce n'était pas à ce moment-là qu'Abel Chapirak avait ressenti, pour la première fois, sa solitude. Il avait encore un lien avec Josefina : la porte, cette barrière comme un trait d'union entre eux. Il y avait encore cette mince cloison derrière laquelle en tendant l'oreille il pouvait l'entendre respirer.

Sa solitude avait commencé avec le jour, lorsque le policier, chargé de les emmener, avait cherché partout dans la pièce, pour s'assurer qu'il n'y laissait personne caché. Il avait vérifié chaque recoin. Il avait regardé sous le divan et derrière les rideaux.

Quand le policier ouvrant, toute grande, la porte du placard l'avait refermée en feignant de n'y rien voir, alors avaient commencé, avec le miracle qu'il attendait, la solitude d'Abel Chapirak et sa joie.

Une solitude extrême.

Seigneur comme elle avait gémi au moment où... Ah, Seigneur !

Mieux valait prier.

TROISIÈME PARTIE

LES SURPRISES DE COMPIÈGNE

« Le mensonge ne peut se loger que dans la vérité. Il n'a pas d'existence distincte. Son rapport avec la vérité est une relation de symbiose. Un bon mensonge révèle plus de choses que ne le pourra jamais la vérité. A celui qui cherche la vérité, s'entend. »

HENRY MILLER,

Sexus.

CHAPITRE XI

La première nuit ? Exercice. Opération de reconnaissance. Découverte. La première nuit n'avait été que ça.

Tandis que la deuxième, cette nuit commencée chez Licia de si bizarre façon, il avait fallu cette nuit-là pour qu'Ulric et Adrienne se lient irrévocablement.

L'explication ? Ni l'un ni l'autre ne s'interrogeaient.

Adrienne s'était saisie de l'occasion qui passait avec une vague intuition que, la perdant, elle n'en aurait plus d'autre. Elle résistait mal aux envies de son corps. Or, Ulric l'attirait. Aussi s'était-elle laissé emporter. Calcul, intérêt, n'entraient pour rien dans une décision que les événements n'influaient ni dans un sens, ni dans un autre, les seuls conflits pour elle se situant au niveau du cœur. Patriotisme ? Solidarité ? Héroïsme ? Pas dans ses cordes.

A quelqu'un qui un jour lui parlait défaite, opérations militaires, elle avait répondu : « Je n'ai pas été consultée. »

Et elle encore : « Je ne suis pas Jeanne d'Arc. »

Ainsi son aventure lui apparaissait-elle sous le jour le plus simple, celui du bonheur qu'elle portait en elle et dont pouvait encore profiter un homme : Ulric. L'uniforme qui était sien, les circonstances de sa venue à Paris, les conséquences de sa liaison et cette image d'elle-même, telle qu'elle allait se former dans l'esprit de ses contemporains, tout cela était du domaine des sacrifices sans lesquels il n'y a pas d'amour.

Ulric, lui, était fixé. Inutile de définir mobiles ou circonstances déterminantes. Lui aussi jugeait de la passion en termes simples. Ce n'était pas un homme de raisonnement mais de conquête. Or, une conquête paraît souvent irrationnelle... *Toutes ces causes — des milliards de causes — se rencontrèrent pour produire l'événement. Et par conséquent aucune n'en fut la cause exclusive et l'événement se produisit uniquement parce qu'il devait se produire.* Tolstoï avait suffisamment épilogué là-dessus pour qu'il ne fût plus nécessaire d'y revenir. Lorsque Ulric se sentait entraîné à chercher des explications logiques au comportement d'Adrienne, à la facilité avec laquelle elle s'était donnée à l'issue de leur rencontre chez Lou, au naturel avec lequel elle l'avait accueilli en sortant de chez Licia et comme elle s'était installée facilement dans le rôle qu'il la forçait à jouer, maîtresse de ses nuits jamais de ses jours, lorsqu'il cherchait sans y parvenir à démêler le bon du mauvais, il se répétait : *Quand une pomme est mûre et qu'elle tombe, pourquoi tombe-t-elle ?* et sa quête s'arrêtait là. *Quand une pomme...*

Le comte Léon. Encore lui. Lev Nikolaïevitch, disait aussi le comte Norbert.

Tolstoï n'avait-il pas donné à cette question une réponse en forme de roman, dont Ulric avait réussi à ne jamais se séparer malgré le désordre de sa vie ? Tout ce qui pouvait être perdu dans les quelques objets personnels qu'un militaire parvient à glisser dans son paquetage, tout ce qui pouvait être disloqué, démoli, mis en pièce, l'avait été. Mais par extraordinaire quel que fût le point de destruction dans lequel, une fois rejoint le cantonnement, Ulric retrouvait son bagage, *Guerre et Paix* toujours resurgis-

sait. Parfois les pages éparpillées par poignées, mais toujours récupérable. Comme une famille secrète qu'il n'était
même plus nécessaire de consulter tant ses réponses pouvaient être, à l'avance, prévues.

Quand une pomme est mûre et qu'elle tombe...

Un phénomène auquel ni Ulric ni Adrienne ne cherchaient d'explication.

Mais savoir ce qu'elle avait été *avant*, mais connaître
sa vérité.

C'était cela qui hantait Ulric.

Et ce qu'il ne s'expliquait pas restait suspendu entre
eux, telle une menace que le temps aggravait.

Ainsi le *pourquoi*, le *comment* de certains moments
d'un passé proche. Ainsi sa brusque apparition chez
Licia.

Eperdument. Ulric avait éperdument cherché les raisons de sa venue chez Licia, le jour à peine levé. Il s'était
obstiné. « Comprendre, lui répétait-il, comprendre c'est
aimer, ce n'est pas espionner. Aidez-moi. » Il l'avait
pressée de questions. Elle avait invoqué quantité de
prétextes, tous plus ou moins abracadabrants : permis
de circuler périmé, modèle, à peine terminé, qu'il lui
fallait à toute force montrer, enfin la soif, la faim,
l'impossibilité de se coucher après une nuit de travail,
trop fatiguée pour dormir et ainsi de suite.

Mais une fois mis bout à bout, on finissait par douter
de tous ces prétextes à la fois. D'autant que rien jamais
n'était fortuit avec Adrienne. Souvent quand elle invo-
quait le hasard ou quand elle parlait de surprise, il
fallait comprendre rendez-vous.

Il arrive néanmoins un moment où, devant le vide que
crée le mensonge, un homme a le réflexe qu'il aurait
devant n'importe quel gouffre : se raccrocher. Un jour
vient où, sans regarder, il ferme la main sur ce qu'on lui
tend, à seule fin de ne pas se laisser emporter ou de ne
pas sombrer.

Ainsi en advint-il d'Ulric. Quelque chose lui commandait de renoncer. Un certain mépris de lui-même et peut-être un instinct. Adrienne était double, triple, elle n'avait de vérité que physique, elle n'était sienne qu'à l'instant où elle se donnait. Après quoi elle lui échappait, morceau par morceau... Possession qui entraînait dépossession, un monde révélé et aussitôt perdu, sa conquête se ramenait à cela. Encore fallait-il, dans ce domaine tout au moins, que la conquête fût totale. Moins orgueilleux ou moins jaloux, Ulric se serait montré moins résolu. Car c'était bien par jalousie que le tenaillait la curiosité de découvrir un à un les secrets de son corps — et son corps en avait beaucoup. Et c'était bien par orgueil qu'il se sentait tenu d'effacer de la mémoire d'Adrienne tout souvenir de ses amours passées.

Le projet d'Ulric était vaste.

Il se voulait possesseur unique.

Il ne fut donc guère question d'amour cette nuit-là.

Possession, possession seulement, possession obstinée sans paroles ni concessions et, une fois cela établi, rien.

Adrienne en fut parfaitement consciente. Ulric, lui, n'allait jamais oublier l'instant où le regard d'Adrienne entre ses paupières mi-closes, le frémissement de ses lèvres, tout son visage, lui avaient révélé pas seulement son plaisir mais son acceptation. Toute sa vie il se rappellerait cette Adrienne-là, Adrienne dominée et consentante.

Le besoin qu'ils eurent l'un de l'autre n'en devint que plus impérieux. Ainsi sans qu'ils s'en fussent jamais expliqué, leurs vies s'organisèrent-elles très exclusivement l'une en fonction de l'autre. Comme s'il avait suffi qu'il allât une seule fois chez elle... Ils vivaient pareils à deux astres accordés dans le secret du ciel.

Les journées d'Ulric se passaient à mettre hors d'atteinte une partie de lui-même. Soustraire aux réalités de sa vie quotidienne son *moi* secret, le dissocier de son *moi* public, cette nécessité le poussait à se montrer attentif, silencieux.

Chaque matin, à la même heure, Ulric franchissait le seuil de l'hôtel Majestic. Il s'installait à son bureau comme il aurait purgé une peine. Mais personne ne pouvait s'en douter. Il dépouillait son courrier. D'abord les dépêches, puis les rapports, enfin les dossiers semblables à de longs tunnels dans lesquels il s'engouffrait.

Les réprimandes s'amoncelaient. Le grand quartier général exprimait son plus vif mécontentement. Quelle sorte de bouffons avait-on affectés à la commission ? L'armée allemande avait épuisé ses réserves équestres. Et que faisait la Wirtschaftssektion ? De qui se moquait-elle ? Quel cas faisait-on à Paris d'avertissements si souvent donnés qu'ils auraient dû sonner comme un glas aux oreilles des membres de la commission ? Mesurait-on la gravité de la situation ? Le 10e corps, empêtré dans les marais, avait été contre-attaqué par la XXXIVe armée soviétique. En majorité des cavaliers. Ainsi la preuve était faite que l'ennemi utilisait des unités mixtes char-cavalerie nouvellement créées. Manstein avait été appelé à la rescousse. Il était parvenu à dégager von Leeb. Mais la Luftwaffe avait en vain essayé de repérer les attaquants : évanouis dans la nature, insaisissables. Supériorité de la cavalerie. La commission allait-elle enfin considérer la situation telle qu'elle se présentait ? Les bouffons de Paris finiraient-ils par comprendre qu'ils étaient en France pour réquisitionner ? C'était le dernier avertissement. On commençait à concevoir des doutes.

Le colonel Pflazen haussait les épaules. Du diable ! Que ces gens-là viennent faire le travail eux-mêmes. On verrait un peu à quoi ils étaient bons.

Ulric enquêtait, interrogeait.

Les sous-commissions établissaient d'autres mémoran-

dums, adressaient d'autres dépêches, d'autres rapports.
Les plantons entraient, sortaient. D'autres nouvelles
grossissaient d'autres dossiers. Le parc à fourrage de
l'armée allemande avait été incendié à Angers et un
convoi de chevaux en partance avait été attaqué à la
grenade. Il avait fallu abattre le lot. Des rescapés ? Pas
un seul. Et l'avoine ? Détournée de sa destination.
Retrouvée sur des voies de garage. Etiquettes faussées.
Erreur d'aiguillage. Une enquête était en cours. Mais
l'avoine dans tout ça ? Perdue. Pourrie.

L'affaire remontait jusqu'au colonel Pflazen. Il prenait un air chagrin, secouait les épaules, lâchait quelques « Du diable », puis constatait que ces machinations
lui secouaient le foie.

Il parlait d'aller faire une cure à Vyx.

Ulric constatait avec quelle facilité l'état d'indifférence dans lequel il accomplissait sa tâche, se générali-
sait.

Pour réussir à paraître zélé tout en ne mettant en
campagne qu'une moitié de soi tandis que l'autre évolue
à quelque distance de là parfaitement taboue, il ne
suffit pas de penser à deux choses à la fois. Il faut au
contraire être soumis, poings liés, à une seule pensée,
mais plus absorbante qu'une manie, et si forte qu'elle se
dresse comme une barrière entre le travail et le lieu où
l'imagination s'accorde quartier libre, assurant ainsi la
protection de l'un comme de l'autre.

Adrienne était cette pensée unique.

Il ne devait qu'à elle de pouvoir se fabriquer à l'insu
de tous une demeure secrète.

A la nuit tombée, le plus souvent fort tard et sans
avoir dîné, s'étant borné à faire un tour parmi ses
camarades, il allait la rejoindre dans son appartement. A
ceux qui s'étonnaient de le voir déserter la table à
laquelle il tenait tant au creux du piano, Ulric avouait
sans honte qu'il surveillait son poids, que, les suites de
sa blessure lui interdisant tout exercice, il lui fallait

moins manger, moins boire, moins fumer, et ceci encore, et ça, rien qu'un verre d'eau à minuit, le hammam à l'aube, enfin n'importe quoi débité avec le sérieux qui est de mise entre cavaliers lorsqu'il s'agit de se tenir léger, oui n'importe quoi, mais réussir à s'éclipser sans donner l'éveil et couper à la corvée de la salle à manger où il lui suffisait bien de paraître à midi.

Il n'y trouvait plus une place tenable.

Enfin la nuit. La nuit enfin, jamais assez longue et d'une incroyable félicité. Prenaient forme, alors, les paradis dont il avait rêvé tout le jour, passait la nuit qui semblait tenir toutes choses en suspens.

Mais l'aube balayait ce bonheur. C'était l'heure pour Ulric de se relever, de s'habiller complètement et de quitter l'appartement d'Adrienne par des escaliers aux détours compliqués. Il suivait une enfilade de corridors silencieux, plongés dans une demi-obscurité. Il s'enfonçait dans les profondeurs de l'hôtel. Il traversait plusieurs vestibules vides, d'un rouge sombre, des espaces déserts qui, à quelques heures de là, seraient livrés aux bottes, aux saluts, aux palabres, où les officiers se réuniraient par groupes comme ils l'auraient fait sur une place publique.

Mais rien encore. Rien que vide théâtral et silence funèbre. Le nom d'Adrienne lui chantait par la tête et Ulric allait, ses souvenirs d'elle encore vivants, et vivant encore sur lui le contact de tout son corps. Il allait d'un bout de l'hôtel à l'autre, guéri par elle et par la nuit.

Il se retrouvait seul, dans sa chambre, avant que les bruits légers qui précèdent l'éveil, la rumeur des conciliabules domestiques, des premiers appels, des coups de sonnette, n'aient filtré sous les portes.

Et il lui arrivait de penser que l'hôtel était à l'image de son aventure avec Adrienne : un labyrinthe écarlate dont chaque porte entrouverte était comme les demi-vérités auxquelles les demi-confidences d'Adrienne donnaient accès et chaque porte close comme les silences

d'Adrienne qui masquaient toujours un peu plus d'inconnu, d'inexpliqué.

Et jamais une longue nuit commune.

Une fois couché, il ne parvenait plus à se rendormir.

Sa félicité l'avait quitté et tout se passait comme si, à
peine expulsé du monde d'Adrienne, aussitôt déraciné, il
se retrouvait projeté par une main frénétique dans son
monde à lui, le monde de la mort. Or, la terreur était
partout. Dans les rues de Paris où les francs-tireurs
avaient vingt ans. Dans les wagons en partance pour les
fours crématoires. Parmi les sentinelles distraites que
l'on fusillait. Pour une voiture incendiée. Pour de l'essence volée. Dans les lettres de Bohême. Pour un
attentat, trois cent vingt-six exécutions.

Alors, dans l'espoir que le sommeil lui fût rendu,
Ulric tentait de s'imposer d'autres pensées. Il s'efforçait
à évaluer combien de chambres, de lampes, de portes, de
marches, de pas il y avait entre Adrienne et lui. Peut-être
étaient-ils seuls éveillés à cette heure ? A quoi pouvait-
elle bien penser ? Peut-être s'était-elle rendormie. Il
s'évertuait à faire le compte des sommeils emmurés qui
le séparaient de son sommeil à elle.

Mais cela ne servait de rien. Alors il renonçait. Il ne
luttait plus. Il s'abandonnait aux pensées sombres et, le
cœur alourdi, attendait que vienne l'heure de se présenter au colonel Pflazen, à grands bruits de talons, l'œil au
fixe.

Ce qu'Ulric savait des femmes se trouvait profondément modifié par le comportement d'Adrienne. Jusque-là, ses conquêtes s'étaient classées de façon fort
simple : il y avait eu Josefina et puis les *autres*. Josefina
l'avait tiré hors de son adolescence et, longtemps, l'impatience de retrouver Prague s'était confondue avec le
désir qu'il avait d'elle. Et maintenant encore... Adrienne

aurait-elle pu comprendre ? L'impossible... Il aurait fait
l'impossible pour être certain qu'un jour, rien qu'un
jour, rien qu'une fois... Mais qu'était-elle devenue ? La
reverrait-il jamais ?

Cet attachement n'empêchait pas qu'à l'âge où il
l'avait connue il avait sans doute été plus amoureux de
l'amour que de Josefina. Tandis qu'Adrienne lui faisait
perdre trace de lui-même, jamais du temps de Josefina il
ne s'était perdu de vue *lui*, Ulric, dans ce rôle qu'il tenait
pour la première fois : celui d'amant. Il n'avait jamais
cessé de s'observer dans ce rôle et même de s'applaudir
et même de s'émerveiller qu'il fût sien. Ce qu'il avait
aimé c'étaient *ses* courses folles à travers Prague pour
passer quelques heures avec elle, entre deux trains ;
c'était *son* intimité avec celle qui, le soir venu, apparaissait à des centaines de spectateurs comme l'incarnation
de la grâce. Il aimait que fût *sien* le privilège d'acclamer
en cette silhouette hors d'atteinte *sa* Josefina, celle avec
laquelle il riait, mangeait, dormait et qui brusquement,
dotée de petites ailes et de pouvoirs mystérieux, jaillissait
du sol comme une fleur de tulle, disparaissait dans les
nuages ou passait à travers les murs. Il s'aimait, à
l'heure des bravos, quand, par-dessus la fosse d'orchestre et les crânes chauves, il était gratifié d'une révérence
qu'elle n'exécutait que pour lui. Il s'aimait forçant la
porte de sa loge et l'arrachant à ses admirateurs. Il
s'aimait autorisé à la reconnaître, un soir, dans la salle
et bien que son père, le vieil Abel Chapirak, fût assis à
côté d'elle, lui adressant avec une rose — oh ! tant pis !
tant pis pour Abel ! — des mots tendres signés d'un nom
secret, ce nom qu'elle était seule à lui donner, Octavián.

Il s'aimait aimant Josefina.

Etait-il seulement conscient de l'adoration qu'elle lui
portait ? Mais de quoi est-on conscient à cet âge ? Ses
désirs étaient ceux d'un adolescent, d'un homme-enfant.

Et puis les autres.

Il fallait en convenir, elles n'étaient guère nombreuses

celles qui avaient compté. A Berlin, il avait donné dans les femmes du monde, de celles qui ont une réputation de beauté et que l'on se passe entre étudiants fortunés, de celles qui ont des principes, un mari, un amant, des visages lisses à tout âge, et qui coûtent cher.

Mais la désillusion avait été grande.

Privé d'une maîtresse qui, comme la plupart des ballerines, associait des qualités contradictoires, déesse et créature solide, ancrée à la fois dans le rêve et le quotidien — et ça avait été un des aspects de Josefina qui l'avait le plus séduit cette faculté qu'elle avait, à peine sortie de scène, à peine ses voiles ôtés, ses diadèmes et l'or de ses légendes, de retrouver une forme très charnelle furieusement occupée à tricoter des jambières — Ulric avait supposé qu'il allait enfin connaître des femmes plus détachées et pour tout dire supérieures.

Bien au contraire.

Sans légende elles n'étaient qu'exigences, désœuvrées qu'impatience. Ne sachant comment s'occuper elles ne savaient pas non plus attendre.

Elles l'avaient assommé.

Ce qu'il avait pu redouter les regards impatients, les « Je t'attendais » derrière lesquels on devinait l'anxiété à peine déguisée d'une femme aux aguets, aussi à l'aise, chez elle, que chatte sur braise, une âme en peine, grillant de sortir, de se montrer, d'afficher sa nouvelle conquête, et de ne rien manquer de ce qui se passait en ville.

A quel point il s'était vite lassé de Berlin !

Il y avait en Ulric une persistante nostalgie des grands espaces et des menus incidents que suscitent dans le train-train campagnard les rigueurs hivernales. Une idée de bonheur, que la guerre n'avait fait qu'accentuer, avait toujours été liée pour lui aux demeures isolées, aux routes que la neige efface, au hasard des forêts où les coqs de bruyère à l'ouïe trop fine, les sangliers trop rusés faisaient droguer les chasseurs, et, les obligeant à zigzaguer, les entraînaient dans une direction qui n'était jamais celle du feu qui flambait, des femmes qui disaient *en attendant je mets de l'ordre*, de l'en-cas préparé *à tout hasard* avec ses pâtés, ses jambons, ses marinades, ses régiments de verres alignés, et de cette demeure familiale où l'on avait des femmes, des hommes, de l'amour, de l'heure, du temps et de la hâte une autre notion qu'à Berlin.

Personne ne le comprenait.

C'est qu'Ulric ne comprenait rien à la façon dont il fallait galoper par la ville pour rester dans le mouvement. Tout un passé l'occupait. Un passé de tables dressées pour des voyageurs que la neige retardait et que l'on accueillait avec plein d'interrogations dans la voix, plein de *crescendi* rituels sur les mots clefs, et plein d'alors, alors ?

« Alors ? Vous êtes tombés en panne ? Enlisés ? Le chasse-NEIGE n'était donc pas passé ? Et il a fallu sortir vos CHAINES ?

— Oui, nos CHAINES ?

— Et dans la MONTEE ?

— Il a fallu descendre.

— Avec vos pelles ?

— Avec nos PELLES.

— Et des toiles de sac, en aviez-vous, à glisser sous les roues ?

— DIEU merci. BOHUSH avait pensé à tout. »

Après quoi on se mettait à table et l'heure inhabituelle ajoutait au charme, la bonne chère se dégustant mieux la nuit.

Mais à Berlin ?

Rien ne lui avait été familier dans cette ville et Ulric avait eu horreur des impatiences citadines.

Quant à Adrienne elle était tout ce que les autres n'étaient pas. Jamais Ulric ne s'était attendu qu'existât une femme pareille. Sans faire ouvertement un secret de rien, elle faisait de tout un mystère. Rien, avec elle, n'était jamais établi ou définitif. Positive elle n'en vivait pas moins dans le provisoire. D'où le vertige d'une continuelle remise en question, d'où cette sensation, chaque soir éprouvée, qu'il ne la possédait pas et l'état de confusion dans lequel il la regardait vivre, une confusion proche de la stupeur, d'où, enfin, la soif toujours renouvelée et ce tumulte du cœur chaque fois qu'il mesurait tout ce qu'elle avait changé en lui et le peu qu'il avait changé en elle.

Et pourtant le corps d'Adrienne n'était que tendresse, ses gestes, quête hardie, faim et hâte. Elle lui jetait les bras au cou à peine la porte franchie, elle l'attirait contre elle des deux mains et il restait là, adossé au mur, avec la chaleur de ce collier et son poids de douceur aux épaules. Il l'écoutait. Il l'entendait. « Tu es mon bien », lui disait-elle. Comment la croire ? Et le mot « bien » quel sens lui donnait-elle ?

Ulric attendait ou, plus exactement, il subissait la tyrannie de l'attente. Et comme on ne saurait vivre ainsi, sans cesse aux aguets de la vérité, comme il n'est pas d'endurance humaine qui le permette, il acceptait le gouffre qu'était cette femme, l'immensité de son mystère. Il capitulait. Il était conquis.

Parfois, très fugitivement, Ulric entrevoyait une réaction, un geste, presque rien, mais du déjà-vu, un point de repère sur lequel il se jetait comme sur une clef longtemps cherchée.

Ainsi les soirs où il se trouvait retenu au-delà de l'heure habituelle, soit qu'il ait eu à endurer les vaticinations du colonel Pflazen — ce qu'il appelait « bavarder un instant » et il était vain de le décourager, Ulric le savait — soit qu'il y ait eu incidents à Paris — et ils allaient pesamment leur train, on se faisait bel et bien assassiner en pleine rue — ces soirs-là, Adrienne dans la façon dont elle l'accueillait, à minuit passé, ne manifestait ni étonnement ni impatience.

Ulric en oubliait ce qui avait causé son retard et aussi

les angoisses qui en avaient résulté. Toujours à se dire
qu'Adrienne allait se lasser de cette vie, se lasser pour de
bon de ces amours de recluse... Mais non. L'attente ne
lui pesait pas. Etait-elle sortie ? Non. S'était-elle
ennuyée ? Non. Avait-elle reçu du monde ? Non. Elle
savait s'occuper comme personne.

Le plus étonnant était comment elle interrompait
l'une des mystérieuses besognes dans lesquelles il la
surprenait, soit occupée à mêler une abondance de
pierres fines jusqu'à ce qu'elles s'accordent selon l'harmonie adoptée, saphir sur rubis rose, perles sous tur-
quoises, c'était sa façon de créer des bijoux, sompteux
pile ou face, aux jetons d'un cristal invincible, et elles les
brassait ces cabochons avec autant de désinvolture que
s'il s'était agi de vulgaires billes, soit s'ingéniant à verser
le contenu d'une cupule dans une autre et de mêler les
deux liquides et de soulever par ce geste comme une
marée de parfums, et de renifler successivement l'un des
mélanges, puis l'autre, de s'en humecter les paumes, de
s'en frictionner, de s'en frotter les mains très fort puis
de humer encore et encore, son passe-temps favori,
semblait-il, qui lui laissait sur le visage, autour de la
bouche et jusque sur les lèvres un goût de seringa et de
résine, à moins que ce ne fût de Perse ou d'Arabie, ou
peut-être une saveur d'Asie qui s'insinuait partout, dévalait le long du cou, glissait sous les seins, devenait, selon les endroits, presque imperceptible
ou parfois, mêlée à la sueur, se faisait poivrée, presque mordante, et, se levant, disait : « Eh bien, dé-
jeunons » comme si, encore que précise dans son travail, cette femme était, dans la vie, la distraction
même et que la notion de l'heure lui faisait défaut
au point que minuit, pour elle, ou midi c'était tout
comme.

Ulric, à peine franchi le seuil des trois pièces où elle
logeait, de grandeur moyenne mais dont les portes
restaient toujours ouvertes si bien qu'elles formaient,

associées, un ensemble assez vaste, retrouvait aussitôt son goût de vivre.

Etait-il possible qu'en un instant, on subisse des variations aussi extrêmes ?

De voir Adrienne se lever pour l'accueillir, qu'elle fût là, en chair et en os, lui suffisait pour passer d'un état d'apathie, de dégoût de soi qui ne laissait de place à rien, à un état d'exaltation sans limite. Elle était l'image vivante qui chassait les images de sang et de ruine qui le hantaient. Il cessait d'être l'étranger, l'ennemi que Paris faisait de lui. Il n'était auprès d'elle qu'un voyageur retrouvant sa demeure, un chasseur égaré devant lequel se levait le fantôme magnifié des femmes de son passé.

Et pendant de longues minutes il la tenait contre lui. Il lui disait :

« Tu es ma Bohême. »

Et comme elle entendait *bohème* dans le sens que l'on donne à ce mot en France, elle répondait :

« C'est d'être née en voyage, sans doute. »

Brusquement cette allusion à ses origines.

Ulric, qui se souvenait des confidences de Licia, se gardait bien de la contraindre. Ce n'était pas le moment de lui poser des questions. Mais qu'avait-elle à cacher ? Etait-ce calcul, chez elle, cette façon de lui jeter la vérité par bribes ? Ulric restait l'oreille tendue comme à l'écoute d'une transmission captée par hasard et brusquement coupée.

Peut-être ce brouillage avait-il une raison.

« Un jour je saurai, se disait Ulric ; demain, plus tard, une fois, j'aurai le dernier mot. »

Peut-être la force d'attraction d'Adrienne ne tenait-elle pas uniquement au mystère qu'elle entretenait autour d'elle-même mais plutôt au contraste entre le vague de ses propos, quand il s'agissait de son passé, et ce qu'il y avait par ailleurs de si défini en elle. Elle était sans comédie et ce goût du secret n'était pas un masque dont elle jouait, c'était de toute évidence l'effet d'une volonté délibérée. Mais n'étant pas non plus insensible aux désirs des autres il arrivait, presque à son insu et sous l'influence d'une pression extérieure, que sa volonté de silence cédât fort soudainement, pour la plus grande surprise d'Ulric.

Il y avait en particulier quelque chose de déconcertant dans la façon dont elle réagissait à l'atmosphère de ces médianoches qu'Ulric trouvait, chaque soir, tout servis quelle que fût l'heure de son arrivée.

Un changement profond s'opérait en elle dès qu'elle s'asseyait à table.

Elle s'entendait en vins, elle parlait des légumes et des fruits avec une tendresse que l'on réserve d'ordinaire aux humains, faisait grand cas de ce qui était riche, savoureux, utilisait d'étranges expressions, ainsi, quand un mets lui plaisait plus qu'un autre, elle s'exclamait « ô quel péché ! quel péché ! », mais il n'entrait dans cet enthousiasme que peu de gourmandise et bien qu'ayant le goût des bonnes choses elle se bornait à mangeoter.

Elle ne se pourléchait pas à la façon de Licia dont elle n'avait ni les avidités ni les appétits félins. C'était plutôt qu'elle trouvait là une occasion de manifester sa sensualité *autrement*.

Elle prenait possession de la table, non pas d'une façon superficielle ou mondaine, en maîtresse de maison cherchant à faire valoir l'excellence de ce qu'elle offre, mais d'une manière naturelle et profonde que chacun de ses gestes établissait de façon définitive. Elle, si menue, gagnait ainsi une sorte de majesté. Elle restait belle, mais avec quelque chose de plus fatal. On la sentait comme projetée hors d'elle-même, brusquement submergée par un désir accru de connaître et de donner.

S'asseoir à la table d'Adrienne équivalait à s'en remettre entièrement à sa volonté. C'était se soumettre au redoutable pouvoir de ses mains et au privilège qu'elles avaient de magnifier tout ce qu'elles touchaient, c'était se laisser prendre dans le filet invisible que tissait chacun de ses gestes, c'était aussi s'abandonner à l'effet incantatoire de cette intime et mystérieuse liturgie.

Et le repas terminé quelque chose de singulier subsistait en elle, comme l'aura d'une confiance soudaine.

Seules occasions où elle laissait apparaître un désir de s'expliquer et de dévoiler, brièvement, un aspect fugitif d'elle-même.

Un soir, il devait être fort tard, minuit passé de longtemps, cependant qu'ils se levaient de table et qu'ils s'asseyaient à ras du sol, sur l'un des divans, ils s'attardèrent à feuilleter un fort volume, un peu martyrisé par l'usage. Elle ne le rangeait jamais avec les autres, ceux qui tapissaient l'un des murs. Celui-là traînait toujours sur une table basse, aux dimensions extravagantes, plateau de laque sombre qu'encombraient toutes sortes d'objets.

C'était, abondamment illustrée, une *Sociologie de la mode*.

Alors glissant d'un chapitre à un autre, montrant toute l'étendue de son savoir, Adrienne avait parlé tantôt avec passion, tantôt avec émotion, tantôt d'une façon joyeuse et presque juvénile.

Et ce fut avec délice qu'Ulric l'écouta.

Alors que l'érudition de Licia lui avait inspiré une indifférence sans remède, tout ce que disait Adrienne le plongeait dans un état de joyeuse exaltation. Qu'est-ce qu'il y pouvait ?

Et jamais ils n'étaient las de parler ensemble, jamais rassasiés.

Ulric se sentait fait de même substance qu'elle. L'écouter, quel que fût le sujet abordé, était un plaisir intense. Ulric se laissait glisser dans sa conversation. Il se laissait prendre par elle. Et une fois pris, une fois débordé, il éprouvait une volupté comparable à celle qui s'offrait, la nuit, lorsque l'amour d'Adrienne l'emportait.

Les admirations d'Adrienne allaient aux uniformes de quelques pays qu'ils fussent. Elle faisait aussi grand éloge des anciennes livrées et plus particulièrement de celles du personnel de voiture où le rapport entre le costume et l'emploi s'établissait au premier coup d'œil.

Pour les mêmes raisons c'étaient les cavaliers, et eux seuls, dont elle gardait éblouissement, parce que vêtus indépendamment de toute idée de grandeur et dans la seule optique acceptable : celle du confort, de la ligne et de la couleur ; l'élégance pour elle ne prenant un sens qu'associée à la liberté des routes et au galop des chevaux, ce qui suffit à mettre Ulric en extase.

N'était-ce pas dans cet esprit-là qu'avaient été conçues les tenues guerrières de la Renaissance ? Et que de qualités elles prêtaient à leurs possesseurs !

Ulric acquiesçait.

Merveille de soirée.

Là-dessus elle n'avait pas honoré d'un regard les chapitres consacrés aux grandes tenues. L'esprit de gala dans sa conception militaire souffrait toujours, à l'en croire, d'un excès de clinquant. Et puis la puérilité de tout ça. Toujours trop d'or, trop d'épaulettes, trop de plumet, trop de vernis. Enterrées les grandes tenues cavalières et en peu de mots :

« Pas intéressant, dit-elle. On perd de vue le cheval. »

Puis, sans transition, elle lui avait raconté, très vite et sans insister, que des parents éloignés, auxquels elle avait été confiée enfant, s'étaient inquiétés de l'insistance avec laquelle elle dévisageait cochers et militaires. Ils avaient vu là les signes d'une possible dépravation et cela avait contribué à alimenter leur hargne.

Elle avait dit aussi comme une chose toute naturelle :

« Ils ne s'étaient engagés ni à me comprendre, ni à m'aimer. A me nourrir seulement... »

Elle n'avait cité ni un nom, ni une date, ni un lieu. Et Ulric, qui avait espéré qu'elle en dirait davantage, resta une fois de plus devant le vide qui l'emprisonnait. Mais ce soir-là il était prêt à contempler la beauté de sa bien-aimée et à endurer cette prison pendant mille ans s'il le fallait.

Parfois, sans prétexte apparent, Adrienne sautait, d'un coup, un grand nombre de pages, sa curiosité la conduisant partout à la fois, et il fallait, vaille que vaille, cingler avec elle vers l'Orient et ses magies polychromes — qu'elle n'avait connues, disait-elle, qu'à travers les Ballets Russes de Diaghilev — et de là, tout naturellement, se jeter à corps perdu sur les pelisses des boyards, les lourds caftans, le style byzantin des parures et la magnificence de la Russie des tsars.

Ulric l'écoutait avec une indicible surprise. Il l'observait à la dérobée.

Elle parlait comme d'une terre natale, tant sa familiarité avec eux était grande, de tous les Boris et les Cyrille, tous les Constantin et tous les Serge de la famille impériale, ses grands-ducs aux jambes d'échassiers, ses princesses exaltées et leurs familiers abusifs. Quand, où, avec qui les avait-elle connus ? Elle avait une façon de juger et de parler des derniers Romanov, une façon de décrire leur regard, ce vaste regard d'inconscience qui est celui des bêtes à l'abattoir, vraiment c'était à croire qu'elle les avait connus.

Ulric était décidé à la laisser jusqu'au bout et il se moquait bien de savoir si ce qu'elle avançait était ou n'était pas exact. Les paroles qui jaillissaient d'Adrienne, ces propos imprévisibles, décousus, bouillonnants, et parfois baroques, l'ensorcelaient. Il se sentait étreint par elles au point que plus rien n'existait au monde.

C'est dire que ce qui se passait entre eux lorsqu'ils

parlaient — et ils parlaient parfois des nuits entières — relevait d'une forme très intense de communion. A ces instants-là tout se métamorphosait et Ulric connaissait un bonheur parfait.

Adrienne s'était prise pour la Russie des tsars d'un intérêt si fort qu'elle en oubliait presque le reste de l'ouvrage. C'était ce chapitre-là qui la stimulait et celui-là seulement.

Une image sur laquelle une autre aurait passé sans même s'arrêter faisait se lever en elle des idées à foison. Et il était manifeste qu'elle en savait long sur le sujet. C'était un trait d'elle ; un de plus.

Elle évoquait toutes sortes de personnages, peu connus, mais dont Ulric avait souvent entendu parler dans son enfance sans qu'il y ait là de quoi s'étonner. Ce qui s'était passé en Russie au début du siècle ne laissait personne indifférent en Europe centrale et il était normal qu'Ulric eût en mémoire les noms des plus obscurs figurants de ce qui était jugé par les uns tragédie, apocalypse, par les autres juste retour des choses. Mais il était stupéfiant de les entendre mentionnés par Adrienne.

Du costume pendant les dernières années du tsarisme elle était passée, avec la même frénésie, à des appréciations sur les vêtements considérés en eux-mêmes, sur les modifications profondes qu'ils entraînent chez leurs possesseurs, au point qu'au sein de certaines sociétés affaiblies, l'uniforme apparaît comme le seul garant de leur réalité.

Ainsi expliquait-elle l'étonnant mimétisme qui avait existé non seulement entre le tsar et les membres de sa famille, ce qui pouvait à la rigueur découler des liens du sang, mais aussi entre le tsar et les officiers supérieurs, généraux ou amiraux. Ce phénomène limité en ses débuts à une similitude dans l'uniforme avait fini par s'étendre au corps, à la voix, puis à l'esprit.

Légèrement hébété, Ulric l'écoutait citer des noms,

des faits, et quoi que dît Adrienne, il se sentait prêt à acquiescer.

L'amiral Rojdestvenski, commandant en chef de l'escadre du Pacifique, le général Karangosov, gouverneur d'Odessa au moment de la révolte de 1905, tous tenaient du tsar autant qu'un membre de sa famille. Et le fils du général Koudratenko ? Dans sa blouse à collerette veillant le cercueil de son père sur le pont du *München,* il ressemblait au tsarévitch autant qu'un frère perdu.

« Vous ne me direz pas, Ulric, qu'il n'y a pas d'explication à cela ? C'est une affaire de style projeté sur toute une société. Le style voyez-vous c'est ça. C'est quelque chose d'impitoyable devant lequel tout plie. Chacun de ces généraux, de ces amiraux était comme l'un des chaînons d'une énorme chaîne dont dépendait la solidité d'un édifice aujourd'hui détruit. Et les révolutionnaires ? Et les mutins de la flotte ? Ce qu'ils rejetaient, entre autres, ce n'était pas seulement un certain pouvoir, un certain ordre, c'était aussi ça, un style, celui d'un uniforme, et les gestes et les attitudes qu'il avait trop longtemps impliqués, et toutes les manifestations de sa monstrueuse influence sur la personne humaine. Ils étaient révolutionnaires jusque dans leur façon de laisser enfin ouverte une vareuse taillée pour n'être portée *que* fermée et de basculer un béret fait pour n'être porté *que* droit. »

Pendant un long moment, Ulric eut la sensation d'être ailleurs, dans une autre époque, et auprès d'une femme qui n'était plus Adrienne.

Lui aurait-on dit qu'elle avait porté d'autres noms, vécu en d'autres temps, qu'elle avait régné en pays aztèque ou qu'elle avait mené en Asie une vie despotique, lui aurait-on dit qu'elle avait vécu en souveraine insoupçonnée de quelque Horde d'or, qu'il l'aurait cru.

Dieu sait depuis combien de temps il était assis là à l'écouter. Des heures peut-être. Mais comment savoir puisque le temps, avec elle, devenait autre chose ? Il se sentait comme ivre. Se serait-il levé qu'il aurait titubé, il en était certain.

« Je suis possédé », se répétait-il et le désespoir de savoir, de comprendre le reprenait.

Le chapitre consacré aux parures retint l'attention d'Adrienne mais quelque chose l'avait quittée. Bien sûr, elle restait inflammable mais elle n'était plus le feu. Et il y avait en elle plus de douceur, plus de musique. La stimulation était d'un autre ordre et sans doute lui venait-elle de souvenirs fort différents. Changer d'images pour elle était comme changer de passé.

« Mes mains », dit Adrienne.

Voilà qu'elle disait *mes,* voilà qu'un possessif apparaissait dans sa conversation.

« Un jour quelqu'un m'a dit : « Tu penses avec tes « mains et par elles seules tu crées. Par elles, tu atteins « *le champ immense de l'indéfinissable.* » Personne, jamais, ne me dira rien de plus beau. Cette phrase me revient toujours. Et c'est vrai, n'est-ce pas ? Qu'y a-t-il de plus révélateur ? Une main n'apprend pas à sourire. Une main ne se farde pas. On me disait aussi : *La main ne ment pas.*

Ulric l'interrompit :

« Qui est ce *on,* si je puis me permettre... »

Elle hésita un instant sur le point, peut-être, de livrer ce nom. Mais se reprenant très vite, elle dit :

« Un poète. Il s'est laissé oublier, volontairement, comme on s'attacherait une pierre au cou pour être plus sûr de se noyer. Un jour je vous parlerai de lui. Il m'a appris que la main mérite au moins autant d'attention que le visage. Il faut lui ménager des refuges, à la main, organiser autour d'elle des surprises et aussi quelques artifices. Un jour je vous expliquerai. Il faut à la main, comme au reste du corps, quelque chose qui se laisse désirer ou deviner, ce qui revient au même. Un jour... »

Ulric regardait ses mains. Il se souvenait de les avoir

regardées, à leur première rencontre, avec le même désir de les prendre, de les serrer dans les siennes. Mais il venait de poser une question et ce n'était plus le moment de tenter quoi que ce soit. Sûr qu'elle les aurait retirées ses mains, s'il avait cherché à s'en saisir. Sûr qu'elle les aurait brusquement glissées dans ses poches pour punir Ulric d'avoir demandé : « Qui est ce *on ?* »

Alors, avec des battements de cœur, il regardait émergeant des douces blancheurs de la blouse ses mains à la fois dures et fragiles, fortes et délicates, de ces mains qui ne vieillissent pas.

Il ne restait plus qu'un chapitre.

Mais elle referma le livre en disant : « Pas ça. »

Ce que l'auteur pensait du costume paysan lui était d'évidence profondément indifférent. Quelque chose s'était éteint.

« Vous n'aimez pas les paysans ? » demanda Ulric.

Leurs regards se croisèrent.

C'était clair : elle les détestait.

« Les jours de fête chez nous, dit Ulric, les paysannes ressemblaient à d'immenses coquelicots et quand elles dansaient, les hommes, à côté d'elles, étaient comme de minces flammes noires. Ils faisaient cercle autour des coquelicots, un cercle qui devenait toujours plus étroit, plus menaçant, qui diminuait sans cesse, dans un grand bruit de talons, jusqu'à ce que la masse rouge des femmes disparaisse derrière le mur aveugle des corps. Et puis brusquement un coquelicot, le plus jeune, le plus beau, jaillissait comme une source écarlate qui, trop longtemps captée, était soudain libérée et projetée jusqu'au ciel, à bout de bras. C'était merveilleux. On pouvait vraiment croire à cette femme-coquelicot et à ces hommes-flammes. Mais vous n'aimez sans doute pas les paysans... »

Adrienne mit du temps à répondre.

Ulric se demandait si elle en dirait davantage.

« Chez vous peut-être. Tandis qu'ici... Ils ne pouvaient pas nous sentir. Je les déteste », dit-elle.

Il y avait dans sa façon de s'exprimer un ton extraordinairement pathétique. Et que signifiait ce *nous* ? Si elle désignait ainsi sa famille, pourquoi les paysans avaient-ils eu les siens en horreur ?

Elle confia ensuite à Ulric qu'à sa haine des paysans s'ajoutait celle du primitivisme rural et de tout ce qui s'y rattachait. Elle avait enchaîné sur ce qu'elle appelait le « snobisme rustique », celui des gens qui prétendent retrouver la pureté des mœurs rurales et recréent pour leur détente le décor grossier des fermes.

Elle utilisait à dessein le mot *grossier*, sur lequel elle insistait comme quelqu'un qui mesure toute la portée d'un mot. Et comme Ulric ironisait lui disant : « Mais alors qu'aimez-vous ? Vous dites des gens de château le plus grand mal, vous vous exprimez sur les gens d'argent en termes presque aussi sévères, vous trouvez la petite bourgeoisie guindée, et maintenant vous vous en prenez aux paysans. Que vous ont-ils fait les paysans ? » Alors, en termes à peine voilés, elle lui avait avoué que très jeune, elle avait été *bousculée*.

C'était dans une ferme éloignée où elle allait travailler chaque semaine. Le manège avait commencé le jour où un paysan avait essayé de l'enfermer dans une resserre.

« Ses mains glissaient sur moi comme des serpents. »

Elle avait essayé de ne plus être envoyée dans cette ferme, sans oser expliquer pourquoi. Mais ses réticences avaient été mises sur le compte de sa paresse, ses *grands airs*, et sa *tête de cochon*.

Alors, tentée d'avouer les avances dont ce paysan l'accablait, elle avait renoncé craignant qu'on n'en rejetât la responsabilité sur elle.

Jusqu'à ce jour d'été où le soleil couvait comme un incendie.

La ferme était momentanément vide. Elle y avait

pénétré avec une peur panique. Il l'avait renversée sur une table et, comme elle se débattait, il avait fini par abandonner la lutte non sans l'avoir *blessée jusqu'au sang*, puis il l'avait menacée, si elle parlait, de dire qu'elle l'avait bien cherché. Elle avait seize ans. L'incident l'avait laissée bouleversée d'horreur, écœurée jusqu'au vomissement.

Ulric la regardait. Son visage ruisselait de larmes.

Elle s'était enfouie dans le divan et s'agrippait au bras d'Ulric : «Oh! Ulric, Ulric quelle horreur la vie... Ces gens-là nous jetaient des pierres.» Et comme elle lui avait mis les bras autour du cou et qu'elle sanglotait, il lui avait dit tout bas : «Mais parle, parle donc, Adrienne. Pourquoi les paysans te jetaient-ils des pierres ? Si tu as des secrets, je peux les partager avec toi. Si la vie t'a infligé des blessures, je peux les guérir. Comment ne vois-tu pas que je ne suis pas là pour t'espionner mais pour tout partager avec toi.»

Et il ressentait une pitié horrible. Lentement elle l'envahissait. Comment Adrienne ne devinait-elle pas que cette pitié détruisait ce que la moindre franchise aurait suffi à ranimer ?

Peut-être le comprit-elle.

Elle lui avoua très bas et d'une voix effrayée que la blessure lui avait causé des *désagréments* qui, bien des années plus tard, la laissaient presque inapte à l'amour. Et cela, jusqu'à ce que guidée et conseillée par *une amie* — mais qui ? quelle amie ? se demandait Ulric — elle se fût résignée à aller consulter un médecin. Alors une intervention avait définitivement mis fin aux désagréments en question.

Et Ulric sentait sa pitié fondre et son amour croître à la mesure des épreuves qu'Adrienne avait endurées.

Il l'étreignit longuement avant de la laisser s'endormir. Mais sans la lâcher. En la tenant toujours étroitement embrassée. Il l'entendit plusieurs fois pleurer, dans son sommeil. Plusieurs fois il la sentit qui se crispait. C'était peut-être une vieille peur qui la reprenait.

Et Ulric ne put dormir, cette nuit-là, à force de penser au passé d'Adrienne, à force de l'écouter respirer.

Chaque fois qu'il commençait à s'assoupir, un visage montait de l'ombre qui le réveillait.

Un visage d'effroi.

Comme il était étrange que ces révélations, faites hors de toute précision de lieu, de temps, réussissent néanmoins à éclairer le personnage d'Adrienne d'une façon brutale et toute nouvelle ! Ce qui ressortait était son côté désolé. Et puis, comme il arrive souvent avec ces sortes de révélations, l'éclairage allant bien au-delà de la zone révélée, ce qui entourait Ulric acquérait un autre rythme, une autre signification.

Jamais le décor dans lequel vivait Adrienne ne lui parut plus beau que ce soir-là.

Et ce qui, jusque-là, lui avait été obscur trouvait brusquement sa signification : toutes les données essentielles de l'existence d'Adrienne étaient exprimées entre les quatre murs de la pièce où il venait chaque soir, mais qui apparaissaient à Ulric dans leur vérité pour la première fois. Chaque objet trouvait son sens exact et une place précise dans son esprit.

Peut-être parce qu'il ne dormait pas.

Il se mit à faire la récapitulation de ses découvertes, les yeux fixés aux murs.

Son salon fait de paravents toujours en mouvement, perpétuellement menacé de changement comme un campement oriental, sur le divan cet amoncellement de coussins dans lesquels elle ne s'affalait pas, bien au contraire, se tenant toujours sur le qui-vive, dressée comme si d'une minute à l'autre elle allait lever le camp, tout emballer et disparaître, voilà qui illustre le goût d'Adrienne pour le provisoire.

Par la somptuosité des objets assemblés, elle manifestait avec une certaine ostentation qu'elle était devenue
l'égale des plus riches ; mais par la souveraine désinvolture avec laquelle ces objets étaient posés n'importe où,
parfois à même le sol, sans socles ni protection d'aucune
sorte, elle tenait à montrer qu'elle n'attachait aucune
importance à leur valeur et qu'ils n'étaient là que pour
son plaisir. Elle s'imposait de ne pas faire sentir l'argent.

On aurait été tenté de parler d'un certain négligé,
mais un négligé magnifique.

Ainsi les livres.

Disposés entre des objets somptueux, ils n'en étaient
pas moins laissés en vrac sur de simples planches. Et ce
désordre était, sans doute, sa façon de tourner en
dérision certaines bibliothèques où les livres sont tenus
sous verre et sous clef.

De même aucune des pièces de son pied-à-terre n'avait
de destination précise, l'une tenant lieu de l'autre, selon
sa fantaisie. On dressait la table ici ou là. Et comme
Ulric aimait cela ! Il lui fallait être sûre qu'aucune
méthode, aucun ordre établi n'avait pesé sur ce qui lui
était abri, gîte, tanière.

Enfin son mépris du consacré.

Cette volonté, partout exprimée, de se libérer de la
tutelle du passé et plus particulièrement de celle des
boiseries dont elle avait horreur. Elle avait épouvanté
Ulric en faisant un massacre de ce que certains styles
ajoutent aux murs : moulures, gypseries, plâtras. « Et il
faut vivre avec ça sous le nez, jour après jour ? Ah ! je ne
pourrais pas !... » Pour ne rien dire de la façon dont elle
avait traité le bon vieux style Biedermeier, si cher au
cœur d'Ulric. Pulvérisé à n'en rien laisser.

De tout cela, Ulric prenait lentement conscience. Mais
qu'était-ce que *cela* par rapport à ce qu'il ne s'expliquait
pas et ne s'expliquerait sans doute jamais ? Ce quelque
chose de nocturne en elle ? Comment expliquer le jeu

des dorures et des cuirs répété de pièce en pièce comme un motif obsédant, la profusion de miroirs, tout ce qui paraissait si résolument *étranger* autour d'elle ? Comme si l'inspiration lui en était venue d'un temps où elle aurait vécu, sans qu'on n'en sache rien, sous une tente dressée en plein vent ?

Tout le reste en somme, comment l'expliquer ?

Et les questions que se posait Ulric allaient battre furieusement contre ces murs qui, brusquement, se taisaient et cessaient de livrer le moindre message.

CHAPITRE   XII

L'ÉTÉ, les conversations, le langage des certitudes, tout glissait à l'automne.

Chez Lou, encore que personne ne doutât de la victoire, les raisons d'y croire n'étaient plus les mêmes. Les termes avaient changé. On ne mettait pas encore en doute la supériorité allemande : on s'interrogeait sur la capacité de résistance des Soviets, ce qui revenait au même. Et l'espoir des soulèvements populaires n'était toujours pas écarté. Mais l'espoir ? Qu'était l'espoir comparé aux certitudes de l'année 40 ? Un fer émoussé.

Tout glissait.

Les stratèges de salon faisaient état d'un désaccord dans le camp allié. N'y menait-on pas trois guerres opposées ? C'était deux de trop pour vaincre. La guerre américaine consistait à tenir le Pacifique. La guerre anglaise était limitée aux bombardements aériens. La guerre russe se bornait à contenir, vaille que vaille, le flot grondant des assaillants. Où était la stratégie commune là-dedans ?

Cette forme de raisonnement dénotait une nécessité

nouvelle : celle de forcer le consentement de l'interlocuteur. Quelque chose faiblissait.

Tout n'était que doute et fer émoussé.

Le jeune Richard Ducrecq était mort cet été-là. Cela
faisait une mère en noir que Lou rencontrait dans
l'escalier.

L'été 1942 fut aussi celui où l'on ne vit plus Ulric chez
Lou. Elle eut beau lui intimer, à plusieurs reprises,
l'ordre de se rendre à ses invitations, puisque tel était le
ton sur lequel elle s'adressait à ses fidèles, Ulric avait
toujours un alibi en réserve, déplacement, conférence ou
mission. C'était inattaquable et déplaisant. Disait-il
vrai ? S'il mentait et qu'on le voyait ailleurs ne risquait-il
pas de compromettre le fragile échafaudage sur lequel
reposait la gloire mondaine de Lou ? Question qui
méritait attention.

Adrienne consultée fit celle qui ne savait rien.

Mais il y avait anguille sous roche.

Car d'où venait le silence dans lequel elle s'enfermait ?
Quelque chose l'isolait, cet été-là, quelque chose d'infranchissable, une clôture invisible, au-delà de laquelle
on hésitait à s'aventurer.

Adrienne s'était rendue inaccessible.

Ces signes n'étaient-ils pas ceux auxquels on reconnaît une femme éprise ? Moins de goût pour sortir.
Aucune anxiété de se montrer. Une façon de décourager
les initiatives. Une manière agacée de faire entendre
qu'elle ne se laisserait pas déranger. Elle avait un secret.
Tout glissait.

En cette fin d'été, le colonel Pflazen perdit ses envies de conversation futile. Il ne parlait même
plus de misères biliaires. Plus de cure en vue. Il endurait sans mot dire les pires bâillements, il glissait,
cela ne faisait nul doute, parfois sec et cassant ou bien
puéril et désarmé, il glissait, cet été-là, à la plus sombre
anxiété.

« Notre mort nous a été signifiée. »

Ainsi s'exprimait le colonel Pflazen, tout en regardant ailleurs afin de ne pas *avoir l'air* de prendre Ulric à témoin, Ulric auquel pourtant il s'adressait.

Ces précautions devenaient nécessaires.

L'œil donc rivé à un angle impossible, le colonel Pflazen se parlait à lui-même.

« La vieille armée n'est plus, dit-il, avec une expression douloureuse.

— Puis-je vous demander respectueusement à quoi vous faites allusion ? » s'enquit Ulric.

Le colonel sursauta comme si la présence d'Ulric à ses côtés était le comble de l'inattendu.

« A quoi ? A quoi ? Mais certainement, certainement. Les gens qui mâchent leurs mots m'inspirent le plus vif dégoût, et j'ai confiance en vous, capitaine Muhlen. Il y a un lien entre nous. Le cheval peut-être... Enfin nos âmes sont sœurs. Que me demandez-vous là ? Ah ! oui. Je m'en vais vous répondre. »

Il prit Ulric par le bras et l'entraîna vers la fenêtre, puis il alla vers la porte et s'assura qu'elle était bien fermée.

« A quoi je fais allusion, mon estimé Muhlen ? A quoi ? Au discours du 30 septembre. Rien de moins. En déclarant que pour être officier il suffisait désormais d'être aryen et bon nazi, le Führer a signifié leur mort aux vieilles traditions prussiennes. C'est comme ça, jeune homme, c'est comme ça. Les Jeunesses hitlériennes pénètrent en force parmi nous. Mais ce ne serait encore rien si l'on ne tenait compte de ceci : pendant que la Gestapo revêt l'uniforme de la Wehrmacht, l'armée rouge, elle, se dépolitise et Staline décide de faire rentrer ses commissaires politiques dans le rang. Hé, hé ! Ils ont confiance, eux, ils ne redoutent ni leurs soldats ni surtout leurs officiers. Hé, hé !... Comprenez-moi : plus besoin de surveillance. Voilà c'est comme ça, jeune homme, c'est comme ça, notre armée devient brune. »

Et les larmes lui montaient aux yeux. Devenu très émotif. Tout glissait.

C'est que le doute commençait à faire son chemin.

En Provence, cet été-là, le gendarme Minelli n'eut qu'à se féliciter d'avoir quitté Marseille. Il avait décroché une affectation de tout repos : à la sortie d'Ollioules, un petit poste routier, avec deux hommes sous ses ordres. Ce qui faisait un vélo pour trois.

Mais il ne passait rien sur la grand-route, rien dans les chemins, rien dans le ciel.

Tantôt au soleil en lézard, tantôt à la fraîche, Minelli pouvait à loisir faire sienne l'idée d'un départ proche. Car ses espoirs demeuraient les mêmes : aller à Alger. Il ne lui restait qu'à se décider. Mais avec cette chaleur, avec tout ce temps à ne rien faire dans le crissant babil des cigales, il sentait ses résolutions s'évanouir. Il ne pouvait ni bouger ni agir. Il lui venait des idées de prolonger.

Encore un mois ou deux et l'on s'en irait en Afrique.

En attendant il rêvait. Non pas qu'il fût heureux. Il n'était pas question de ça. Il s'habituait. Tout glissait.

A Marseille, pour la première fois, de mémoire de client comme de tenancière, la maison Lhoste s'était mise en sommeil. Fermée cet été-là, son personnel dispersé. Mais Mme Lhoste n'était pas allée loin. Elle possédait, sur le chemin du Redon, un cabanon avec un bout de jardin qui allait buter contre le mur des carmélites. Et Mme Lhoste tendait l'oreille vers l'espace clos où les sœurs jardinaient. On disait, dans le quartier, que ce mur protégeait un luxe d'ombre, d'espaliers et de

tonnelles. Parfois on entendait des rires joyeux et des
claquements de sécateur. Parfois c'était le carillon léger
d'une cloche... Dieu ! Cette cloche comme un arc-en-ciel
entre les deux jardins, un monde de sons purs et
amicaux... Pourquoi fallait-il qu'à l'entendre Mme
Lhoste éprouvât le sentiment que la cloche lui faisait
signe et que ce son la concernait directement ? Un
bizarre chatouillement, comme une envie de pleurer.
Toujours cette cloche lui révélait des traces d'elle-même
à demi effacées, la mémoire d'un temps où la vie était
autre, aurait pu, et aurait dû le demeurer. Alors Mme
Lhoste écoutait longuement le tintement qui lui était à
la fois bonheur et tourment. Elle écoutait. C'était son
droit.

Mais tout de même... Mme Lhoste en vacances ! Je
vous demande un peu...

Ses clients la jugeait *beaucoup flemme.*

Parce que Précieuse cet été-là ne savait où aller elle
avait été promue gardienne d'un sérail vide.

La nuit, parfois, des habitués, qui ne voulaient pas
croire à la fermeture, s'acharnaient sur la porte et lui
infligeaient de terribles craquements. Ils cognaient et
recognaient. La maison en tremblait et Précieuse aussi.

Serge était tantôt là, tantôt ailleurs. Elle l'aimait plus
qu'il n'y paraissait et avait imaginé ces vacances comme
un temps vierge, lavé des flétrissures de son métier.

Mais Serge avait changé. Et quand Précieuse lui
disait : « Un jour tu me quitteras » il protestait à peine.
Un changement d'humeur. Un jour il s'adonnait à
l'étude de l'allemand. Un autre jour au russe. Entre eux,
cet été-là, tout glissait. Et puis il y a des signes auxquels
une femme ne se trompe pas : Serge s'était procuré un
gramophone. C'était clair, entre eux, cet été-là, tout
glissait et Précieuse se faisait triste.

Certains matins, le vent charriait des lambeaux de musique. Rien ne ressemblait autant à Serge que l'écho lointain de ces chansons : le piano de Charlie Kuntz, c'était Serge qui s'éveillait, la guitare de Django Reinhardt, c'était Serge qui se levait. Puis venaient Piaf ou Trénet et c'était Serge qui se lavait, se rasait, s'habillait, c'était Serge occupé, Serge l'esprit ailleurs et pour qui Précieuse n'était plus la folle surprise des premiers temps. Il avait changé. Mais il était encore là. C'était cela l'essentiel.

Précieuse gardait en mémoire des bribes de chansons, et dans le silence de la maison se les chantonnait pour elle-même. Alors tout recommençait. Sa voix lui rendait ce que le vent avait emporté : Django, Kuntz, Piaf, Trénet et Serge qui se levait, se lavait, s'habillait. Elle l'aimait. Elle l'attendait. Mais jamais elle ne pleurait et jamais elle ne se serait abaissée jusqu'à se plaindre.

Et c'était Précieuse, toujours elle, que Serge emmenait se baigner aux Goudes. Tout ce que la rue Venture ajoutait à son corps, la mer le démentait. Elle était cambrée comme une figure de proue. Ses jambes n'en finissaient pas d'être longues, d'être noires. Ses seins étaient des obus que ses maillots se refusaient à contenir. Elle bondissait de rocher en rocher. Elle plongeait comme une flèche et s'enfonçait dans l'eau claire. Chacun de ses gestes ouvrait sur une familiarité avec la mer, une intimité avec le soleil, le silence des pierres, et l'extrême chaleur. Comme une pureté perdue et brusquement retrouvée. Comme un parfum aussi. Des odeurs de la rue Venture rien ne restait. Le soleil chassait jusqu'au souvenir des robes qui sentaient le patchouli et la cigarette froide. Précieuse, sous le soleil, était pure comme l'olive ou la fleur d'amandier.

Des demoiselles *bien*, auxquelles leur père avait répété que Serge n'était pas *comme il faut*, les épiaient de loin. Les plus audacieuses approchaient, sous divers prétextes. Un jour ce fut Clairette. Elle fit l'étonnée : « Tiens, c'est toi !» Elle les dévisageait goulûment. Et Serge s'en moquait qui se sentait l'envie de taquiner Précieuse sous son nez, de lui faire toutes sortes de chatouilles, rien que pour l'entendre rire. Et Précieuse retrouvait sa gaieté. Et Serge en était soulagé.

Il avait souvent pitié d'elle.

Tout cela était loin d'être simple.

Alors il la raccompagnait rue Venture et passait la nuit dans la chambre aux pendouillis.

C'est en rentrant de la mer qu'il avait trouvé, cet été-là, glissé sous sa porte, un billet : *Je suis passée*, signé *Adrienne*.

Passée... Il attendit un peu. Il n'y avait aucun doute, elle allait revenir. Il attendit les yeux fixés sur le téléphone comme si de le regarder allait le faire sonner. Il attendit, assis derrière la porte, prêt à bondir d'une seconde à l'autre.

Mais elle ne revint pas.

Serge avait attendu encore. Il essayait de se convaincre qu'Adrienne, en voyage d'affaires, était retenue contre son gré. Puis, à la nuit tombée, un nouveau genre de supplice commença : l'impossibilité d'attendre.

Alors il était sorti.

Il avait erré d'hôtel en hôtel. Il avait fait les restaurants, les cafés du Vieux Port, fouillé les environs au volant de la Simca cabossée de Minelli. Il était allé d'Aix à Cassis en se disant que peut-être... Mais rien.

Enfin il s'était présenté, en pleine nuit, au domicile du représentant en parfumerie qu'il avait réveillé et terrorisé ; l'autre avait refusé d'ouvrir. Ils s'étaient parlé à travers la porte.

Adrienne ? Pas vue.

Elle n'avait fait que passer.

C'était bien ce que disait le billet : *Je suis passée*, signé *Adrienne*.

CHAPITRE XIII

A L'HEURE exacte où quelqu'un frappa, Serge se disait qu'Adrienne ne viendrait plus.

« Elle ne viendra plus. »

On frappa de nouveau. C'était elle.

Il eut juste le temps de se demander ce qu'elle allait penser. En plein midi le lit défait, les draps qui traînaient à terre, ses vêtements entassés sur une chaise, le gramophone posé en équilibre sur une pile de livres, avec un disque qui tournait. Et les volets fermés ? Et la lumière allumée ? Et la terrasse où rien ne poussait ?

Mais aussi comment prévoir ?

Il imposa silence à un débutant nommé Montand, poussa du pied le plateau qu'un pan de couverture escamota, tira sur le couvre-lit avec un geste de voleur.

« Voilà », cria-t-il.

On frappait encore.

« Voilà, voilà. »

Il alla ouvrir. Puis une angoisse étrange.

L'instant suivant tout se produisit en même temps. Il ne vit qu'une paire de lunettes à monture d'acier. Son bras tout entier fut immobilisé par une poignée de main qui se terminait en accolade, et le parler rocailleux de Miguel se mit à déferler sur l'appartement.

Toujours le même.

Toujours le même débit saccadé. A cette différence, cependant, que le français de Miguel n'était plus une langue assassinée, estropiée seulement.

Miguel cherchait un lieu où dormir. *Ouné planqué,* disait-il. Serge hésitait à lui offrir l'hospitalité, d'autant qu'il croyait sa présence à Marseille liée à celle d'Adrienne.

Mais il n'en était rien.

Cela faisait six mois que Miguel avait quitté son emploi. Sa vie avait changé. Et Adrienne ? Il ne l'avait jamais revue. Ils avaient dû se disputer.

« Comment va-t-elle ? »

Miguel répondait à demi-mot. Les sons filtraient comme à regret au travers de sa moustache, sans que son visage exprimât rien. Il avait l'air pressé d'en finir.

« Pas de souci à se faire », dit-il.

Serge se renfrogna. Il y a un tas de choses que j'aimerais savoir, se disait-il. Un tas de choses. Et puis c'est tout de même mon droit de poser des questions.

Il fallait que Miguel admette cela.

Mais Miguel n'admettait rien.

Il hochait la tête et répétait qu'il aurait aimé lui faire plaisir mais comment ? Les mois avaient passé. Alors il réussit à imposer à la conversation une de ces volte-face qui, précédée d'un silence prolongé, fait éclater la vérité aux oreilles des plus sourds.

Serge se glaça.

Impossible de se méprendre. S'il ne voyait pas dans son détail ce que le silence de Miguel sous-entendait, au secret de lui-même, il ressentait tout ce que cette attitude recelait d'inéluctable.

Adrienne menait une vie ennemie. Comment ? Avec qui ? Qu'importe. Il avait perdu Adrienne.

De ce jour, un souci constant d'éviter ce qui pouvait

amener la conversation sur elle, fit que son nom ne fut jamais prononcé. Mais ce silence mettait toujours plus clairement en évidence la gravité de ce qui lui était reproché. Si bien que, bon gré, mal gré, ne plus parler d'Adrienne ramenait quand même à elle.

Miguel excellait dans l'art d'interroger. Serge éprouvait comme un plaisir à se laisser faire. Ainsi Miguel apprit-il que Minelli avait quitté Marseille et qu'utiliser sa vieille Simca c'était lui rendre service. Les véhicules sans emploi risquaient, plus que d'autres, la réquisition. D'Ollioules, Minelli avait adressé à Serge un coupe-file avec, en bas de page, un joli gribouillis. Signature illisible mais permis conforme. En cas de contrôle et où qu'il soit, Serge avait de quoi esquiver les ennuis.

« Laisse-moi calculer », dit Miguel.

Il fallait être familiarisé avec le parler marseillais pour comprendre que *calculer,* tel qu'il l'entendait, signifiait *réfléchir.* Sous des influences nouvelles, le caractère insidieux de la conversation de Miguel n'avait fait que s'accentuer.

A présent Serge entraînait Miguel à la découverte de ses plus récentes occupations.

Il lui expliquait ce qui l'avait poussé à mépriser les conseils de son professeur, celui qui ressemblait à un mérou, et pourquoi, au lieu de se mettre au grec, il s'était laissé emporter par l'irrésistible envie d'apprendre l'allemand et le russe.

« Tu m'intéresses », dit Miguel.

S'agissait-il d'une simple curiosité ? Pas du tout. Cette brusque exigence répondait plutôt au désir de Serge de faire craquer le cadre trop étroit de sa vie. Projet d'exécution malaisée : en ce domaine comme en d'autres, l'époque n'offrait que restrictions. Pas un professeur en ville en ces mois d'été. Et puis, étudier le russe...

L'allemand à la rigueur, c'était d'actualité. Mais le russe ? *« Quoi que c'est cette ma'otte ?* avait demandé Précieuse. *Faut-y que tu bouilles. »*

Serge s'était obstiné.

Et il avait fini par trouver.

Deux hommes étaient prêts à l'instruire qui, tous deux, logeaient hors la ville.

Longue randonnée en tram. Cahoteuse exploration de la banlieue marseillaise, ponctuée çà et là de prétentieuses bâtisses, construites en début de siècle par les gloires du négoce. Signalées par le mot *château* sur les cartes d'état-major, sans doute à cause de divers hérissements projetés sur leurs façades, et de leurs trois étages, lieux de rencontre de toutes sortes de réminiscences latines ou gothiques, elles étaient plus simplement appelées *campagnes* par les gens du cru.

Quelquefois, rompant l'alignement, s'étalait un vaste morceau de prairie demeurée intacte, mouvante chevelure que brossait le vent.

Et Serge s'enthousiasmait.

Chaque expédition en banlieue était comme un voyage.

Son professeur de russe, de ces émigrés devenus soviétophiles avec la guerre, était placé jardinier, depuis plus de vingt-cinq ans, chez une riche veuve, dont la propriété jadis ruisselante de fleurs avait été lentement envahie par la culture du navet et de la pomme de terre. *Campagne Valjoly* disaient ceux du quartier. *Château Valjoly* disaient les cartes d'état-major. Constantin Petrokine était le nom du jardinier.

Ses leçons étaient prétexte à d'étranges réunions où l'on parlait russe autour d'une théière. Cela se passait dans une vaste lingerie, située en sous-sol. La veuve avait comme une spécialité de la domesticité slave. Participaient aux réunions *conversatives* de Constantin Petrokine un valet cosaque au crâne passé à l'émeri, sa grosse épouse, cuisinière et, montant de la cave, où ils vivaient

cachés, deux Ukrainiens qui avaient sournoisement
déserté les chantiers allemands du mur de l'Atlantique.

« Je sais », dit Miguel.

Il savait *(je sé)*. Peut-être avait-il logé par là.

Le professeur d'allemand était prêtre. Un Alsacien,
avec une mousse de cheveux blancs autour du crâne. Il
avait trouvé à se loger chez une autre veuve, voisine et
amie de la précédente. Logeaient là un tailleur grec, un
cuistot corse, une aimable Suissesse toujours pieds nus,
toujours en péplum, Isadora au rabais dont le studio
avait été fréquenté par plusieurs générations de dames
du Prado adeptes de la rythmique, un plâtrier espagnol,
une employée des Postes un peu malgache, tous sinistrés, tous victimes d'un bombardement dont le souvenir
n'était pas près de s'effacer. *Qué* Judas, ces Italiens...
Avoir fait ça quatre jours après la demande d'armistice.
Plus de cent morts, autant de blessés, un tas de maisons
éventrées. *Qué* Judas... Des faux frères. Voilà pourquoi
une abondante marmaille aux noms en *i* et en *o* avait
trouvé refuge à la *campagne* Valbelle, pour parler
comme ceux de Vaufrèges et du Redon, oui, une ribambelle de mioches bruns et bouclés logeait dans les
dépendances de cette imposante demeure.

Ferdinand Muller était le nom de l'Alsacien.

Mais les sinistrés l'appelaient familièrement le « père
Ninan ». Le prêtre faisait de son mieux pour se rendre
utile. On l'aimait bien dans le quartier. Il baptisait,
catéchisait, chantait la messe pour les carmélites, dont le
couvent était tout voisin. Il prêchait aussi la revanche :

« Il faut connaître la langue de l'ennemi », disait-il.

Alors il enseignait l'allemand.

Quelques demoiselles du Prado, que Serge rencontrait
dans le tram ou dans le jardin, quelques officiers
d'active reconnaissables entre mille, bien qu'ayant
renoncé à l'uniforme, montaient de la ville. Mais les
élèves les plus assidues de l'Alsacien étaient encore les
deux veuves qui, tout de noir vêtues et selon une mode

ancienne, venaient quotidiennement conjuguer ensemble des verbes irréguliers.

L'une et l'autre, sans qu'il ait demandé quoi que ce soit, avaient offert à Serge de quoi arrondir ses fins de mois. Un jour, s'improvisant cocher, il conduisait le cabriolet de la veuve du château Valjoly, qui allait en visite chez son amie du château Valbelle. Le jour suivant il en faisait autant pour la veuve du château Valbelle et suivait avec elle le même trajet mais en sens inverse.

Deux étonnantes vieilles dames.

« Je les connais », dit Miguel.

Il les connaissait *(jé lé conné).* Pas lieu de s'étonner. La campagne Valjoly, la campagne Valbelle, tout ça c'était dans le même coin.

Ce ne fut qu'au bout de plusieurs semaines, non pas de cohabitation mais d'apparitions successives de Miguel chez Serge, parfois se prolongeant plusieurs jours, parfois limitées à la nuit, que s'établit entre eux un climat fraternel.

Il y eut des hauts et des bas.

Tantôt la confiance était là et brusquement elle n'y était plus. Cela s'allumait de proche en proche puis s'éteignait, ne laissant place qu'à l'obscurité de la nuit et au silence de la chambre partagée. Serge dormait dans son lit en pyjama. Miguel, qui jamais ne se déshabillait, s'étendait sur le divan.

Un soir cependant, la confiance fut là, comme une vérité aveuglante.

Quel événement, quel étonnement violent allait jamais valoir pour Serge l'instant où les monosyllabes de Miguel coulèrent dans le noir avec le bruit sourd d'un monde qui éclate ?

Ce soir-là, comme à l'accoutumée, c'était Serge qui parlait et Miguel qui se taisait. Serge avait fait ceci et cela ; il était allé ici et là ; dans le tram archicomble était montée une belle fille aux cheveux de Gorgone, une fille dure comme du granit, qui s'était serrée contre lui, un *frotadou* à tout casser, c'était à en perdre son russe et son allemand, alors que justement il se rendait chez ses professeurs, et puis, hasard de la conversation, Serge avait demandé : « Et toi, Miguel, qu'as-tu fait ? A quoi t'occupes-tu tout le jour ? » Il n'y avait pas de quoi s'offenser. Et Miguel avait répondu :

« Moi, je sabote. »

Il l'avait dit (*jé saboté*). Serge dans son étonnement s'était écrié :

« Comment tu... Vraiment ? »

Miguel avait à peine desserré les dents.

« Oui, vraiment, je... »

Ce fut tout.

Martyre des mots étranglés !

Paroles torturées de n'être pas prononcées, franchise rongée de prudence, ô vilenie du soupçon maître de chaque instant, ainsi vivait-on.

Ainsi vivait une réfugiée nommée Josefina.

Elle passait pour avoir été victime des bombardements. Et muette de surcroît. Fallait-il qu'elle ait eu peur ! Brave Roseline qui s'était chargée d'une réfugiée. Car c'était elle qui la logeait et la nourrissait. Cela se passait dans un hameau des Basses-Alpes. Une femme, certes, très à plaindre, cette muette ; mais néanmoins un peu *arleri*, disait-on dans le pays. Se croyait-elle seule le jour où elle s'était mise à sauter très haut, en plein champ ? De grands sauts, les jambes écartées, comme bondit une chevrette et les bras en anse de panier, au-dessus de la tête. Un paysan l'avait vue. La pauvre...

La nuit, la nuit seulement, et tous volets clos, encouragée par Roseline, Josefina osait chanter dans sa langue, pour endormir le petit Charlet.

Spí synáčku spí...

Charlet fermait les yeux. Il avait une passion pour la voix de l'étrangère et pour les mots de cette chanson dont il se faisait répéter le sens chaque matin.

Spí synáčku spí...

La musique faisait se lever sur les songeries de l'enfant comme un vent de neige. Tout devenait blanc. Il s'endormait.

Ainsi vivait aussi Roseline.

Mais ce qu'elle réprimait était un cri de bonheur. Il fallait qu'il demeure inentendu ce cri, emmuré au très lointain d'elle-même, afin qu'il n'aille point peser sur les décisions de Minelli.

Elle était enceinte. Mais il fallait qu'il parte. Il fallait que Minelli parte sans savoir.

Ainsi vivait Roseline, lourde de toute la joie de ce cri, non crié.

Ainsi vivait le gendarme Minelli, à la croisée des routes, prisonnier de la peur de parler.

Il avait la tête farcie de courses secrètes, d'itinéraires confidentiels. Ainsi vivait Minelli que les blancheurs d'Alger hantaient toujours, Minelli plus seul dans son poste routier, plus seul, couché sur la pierre chaude, que dans le silence d'une caverne.

Roseline ? A qui s'en remettre ? A qui parler, bon Dieu, à qui avouer qu'il la laissait, à la merci de la moindre indiscrétion, en butte aux malveillances peut-être ? Soudain Minelli voyait Roseline désarmée, face au péril, Roseline donnant asile à une juive. Il avait envie de la prendre dans ses bras. Elle était la seule femme au monde, sa seule femme. Mon amour, mon amour... A qui confier Roseline ?

Ainsi vivait Charlet, le gentil Charloun, le *babi* des Minelli déjà muselé : ainsi vivait-il.

Malhabile de jambes comme de langue, il savait à peine parler, qu'on lui avait déjà renfoncé certains mots dans la gorge.

«Vas-tu te taire, petit malheureux!» Sa première chanson au Charlet, ses premiers mots prononcés, de ceux que les mères recueillent sur les lèvres de leur enfant et répètent avec orgueil, interdits ces premiers mots, étouffés. Ce qui lui avait échappé pendant qu'il attendait avec les femmes à la porte du boulanger, était un air bredouillé, à peine audible, la berceuse de l'étrangère, zozotée, zézayée.

Spí synàčku spí...

«Vas-tu te taire!»

Il s'était pris une de ces claques.

«Vas-tu te taire!»

Et les femmes d'intervenir : «Ne le crie pas comme ça, Roseline, il *n'annuye* personne ton petit, et c'est drôle ce qu'il gazouille.» Mais Roseline avait tenu bon, affirmant qu'il fallait une brave patience pour venir à bout d'un mioche aussi ficelle, et qu'il faisait le mal parlant à seule fin de l'enrager. Et *testard* avec ça : «Tu vas cesser de *reguigner,* oui ou non ?» Elle avait fini par l'emmener. Cette peur... Et Charlet qui pleurait, qui criait : «Mais *qué qué* fait ? *qué qué* fait ?»

Il ne se la méritait pas la claque, pauvre innocent.

Et les femmes du hameau de dire qu'un si long temps vécu à Marseille l'avait rendue bien colère, la Roseline. Et vous la trouvez pas un peu *gonfle,* vous ? Moi, elle m'a parue plutôt *enfle.* C'était donc ça qu'elle était si

tant nerfs, Roseline. Grosse sans doute. Enceinte quoi.
Un *pistachier* ce Minelli...

Ainsi vivait Miguel, Miguel l'errant, l'énigmatique.
Lui aussi supportait le poids et le goût amer des paroles
arrêtées.

Mais jamais ce goût ne lui avait paru plus amer et
jamais plus lourd ce poids que pendant la nuit où, rue
Venture, sa voix et celle de Serge avaient cherché à se
joindre dans l'obscurité.

Comme il le sentait brûlant l'adolescent auquel il
venait de révéler une part de vérité ! Et comme il
pressentait ce qui dans son passé à lui, Miguel, son
passé d'homme aux poings fermés, aurait pu être de
nature à le conquérir ! Lui dire : « Je suis... » Mais
patience, patience. Il fallait que l'incendie éclate de
lui-même et qu'il torde Serge et que sa grande flamme
aveugle l'emporte, comme elle avait emporté Miguel,
jadis à Barcelone.

Heureux ceux que n'embarrassaient pas les principes.
Heureux qui était né émeutier plutôt que soldat. Instruit
d'audace et non de discipline, résister leur fut facile.
Heureux les convaincus.

Miguel était du nombre.

Mais parce qu'un gel s'était abattu sur les hommes
d'après 40 il devait taire, comme autant de périlleuses
fanfares, les actions de son adolescence. D'autres étaient
morts d'avoir divulgué ce que Miguel aurait souhaité
que Serge sût.

« Ecoute-moi. Je suis de ceux que les gens de ta classe
honnissent. Sois averti. Car me suivre, c'est être honni à
ton tour. Les tiens te feront reproche toute ta vie de ne
m'avoir pas traité en chien enragé, et si tu es des nôtres,
un jour, ils t'identifieront à quelque monstre. Ecoute-
moi. J'avais ton âge. Le combat que je mène encore était

déjà engagé et les batailles livrées ne faisaient que rendre possibles d'autres batailles, jamais la victoire. Le succès nous fuyait comme une bête qui saigne et que l'on suit à la trace.

« J'étais à l'université.

« Nous y vivions les dents serrées. Tous ceux qui cherchaient à nous retenir, nos mères et nos maîtres, étaient nos ennemis. Je suis parti.

« Ce sont les volontaires des Brigades qui m'ont appris ce que combattre veut dire, et glisser la nuit dans les fossés, et ramper à la poursuite des mercenaires de la dictature dans les prés où j'avais joué enfant. Et c'est à eux que je dois de savoir que l'action sur un terrain de guerre est possible longtemps, très longtemps, lorsqu'elle dédaigne toutes les formes apprises, qu'elle en invente de nouvelles et que son unique enjeu est la mort. Je remercie le sort qui m'a fait affronter mes premiers combats sans autre aide que l'instinct des gens de ma race, héritière des paysans de Catalogne, des muletiers, des braconniers, des bergers de grands pâturages, car la vie d'aujourd'hui et ses ténèbres ne m'effraient pas.

« Toujours on m'a dit que je faisais plus vieux que mon âge. Mais à l'époque j'avais seize ans et encore de grandes bouffées de compassion envers moi-même. Tout ça m'a très vite passé. Ma jeunesse, je le savais, ne me donnait ni plus de droits, ni surtout plus d'espérances qu'aux plus vieux de mes compagnons, de mes camarades. C'était, tout juste, un permis de mourir d'un cœur moins harassé.

« Nous étions nombreux de mon âge. Personne ne s'apitoyait sur nous, et personne, jamais, n'aurait osé nous appeler *les jeunes*. Nous n'aurions même pas compris qu'on puisse nous infliger une aussi redoutable singularité. La guerre nous avait soustraits à ces sortes de gentillesses. Et je sais pourquoi je plains ceux qui ne connaîtront jamais l'exaltante injustice de voir leur jeunesse compter pour rien, et jamais non plus l'ivresse de cette découverte : que l'on est à seize ans l'égal de n'importe quel homme. Je les regarde comme des châtrés.

« Nous étions sans merci. C'est que les enfants font des justiciers implacables. C'est aussi que l'on croyait l'Europe avec nous. Pauvres de nous...

« Ecoute-moi, Serge.

« A ton âge j'avais déjà échappé à la fusillade, j'avais battu en retraite, tantôt aussi solitaire qu'un chat errant, tantôt réglant mon pas sur celui des hommes qui fuyaient les villes calcinées. J'avais déjà connu la faim, les camps d'internement, j'avais déjà mendié mon pain et volé des livres, j'avais vu mourir des enfants avec des cris d'enfants, des vieillards avec des silences de vieillards, j'avais vu couler des fleuves de sang et aujourd'hui je me sens vieux de ce sang comme s'il s'était tout entier déversé dans mes veines. »

Mais d'autres étaient morts d'avoir partagé leurs souvenirs. D'autres étaient morts d'avoir parlé. Et dans ces années d'écrasement il n'y avait personne à qui avouer sans danger que l'on était un républicain d'Espagne pour qui la lutte continuait. Tous les silences étaient traversés de paroles étouffées.

« Je cherche des carrières, des grottes, des cimetières, des ruines où cacher des munitions. Je cherche des caves où loger des étrangers. » Il le savait bien, Miguel, que ce n'était pas des choses à dire... A qui confier la vérité ? « Parmi les Alsaciens fuyant l'Alsace, parmi les réfugiés tchèques ou allemands, parmi les quatre mille Polonais qui se terrent en zone libre, parmi les juifs et les *politiques* évadés de Récébédou, de Gurs, d'Aulus, de Noé, de Rivesaltes, parmi les anciens des milices espagnoles ou les démobilisés de la Légion étrangère, parmi les déserteurs de la Wehrmacht, parmi tous ceux qui échappent aux recruteurs des commissaires du Reich, les Ukrainiens fuyant les commandos de Koch, les Slovaques fuyant la garde de Hlinka, parmi les rescapés des

razzias de Sauckel, parmi les soldats perdus, parmi tant
et tant de *Hiwis (1)* repentis, tant de transfuges, parmi
tant d'hommes trompés, ceux des légions caucasiennes,
ceux des bataillons cosaques du colonel Freytag-Loring-
hoven, parmi les réfractaires, les insoumis, les trahis, les
orphelins, les immigrants, les épaves d'une Europe
morte, parmi les hors-la-loi, les rebelles, se recrutent les
gens avec qui je combats. » Comment, n'est-ce pas,
comment dire ça ?

« Ils subtilisent l'essence dans les véhicules ennemis et
les armes dans les dépôts. Ils se font piqueurs de câbles,
spécialistes de la dérive et de l'écoute. Ils s'engagent
dans les chantiers. Ils y travaillent. Ils mettent les grues
en panne, ils truquent les dosages de ciment afin que les
casemates se fissurent et que la houle ne batte pas en
vain au pied des fortifications océanes. Ils s'introduisent
dans les gares. Ils y travaillent. Ils déboulonnent les
aiguillages, ils intervertissent l'ordre des expéditions afin
que les trains déraillent et que les marchandises parvien-
nent là où on ne les attend pas.

« Certains connaissent la manœuvre qui consiste à
faire sauter un char d'une seule grenade bien plantée,
d'autres savent, d'une arme jugée irrécupérable, tirer
une arme prête à servir.

« Ils l'ont appris en Espagne.

« D'autres ne sont là que pour prêter main-forte aux
étrangers. Ils vont dans le Nord. Ils se font embaucher.
Ils parlent en polonais aux mineurs polonais, en italien
aux Italiens, en slave aux Slaves. Ils encouragent. Ils
parlent. C'est leur travail de parler.

« D'autres encore sont là pour tuer.

« Pour ça seulement, tuer lorsqu'on ne peut plus faire
autrement ; c'est leur travail.

« J'en ai connu un qui, lorsqu'il voyait passer un

(1) On appelait *Hiwis* les Hilfswillige, des déserteurs ou des civils
qui de leur propre chef ralliaient les unités de l'armée allemande.

Allemand, était pris d'une telle envie de le descendre qu'il disait : «Ça me démange.» Il s'appelait...» Mais comment dire ça ?

Tout était terre de péril pour Miguel. Et il se taisait.

Telles étaient les contradictions d'un temps où l'on ne pouvait rien avouer à personne.

Aussi, le jour où il décida d'embaucher Serge, Miguel ne lui donna-t-il que des explications sommaires :

« Nous, on n'est pas dans la branche politique. On ne travaille pas dans le papier. On ne fait pas de la propagande. On ne se charge ni de tracts ni de journaux clandestins. On cherche des caches, on héberge, on camoufle, on récupère. On est un groupe de sabotage et de destruction, un groupe de combat.

« Si tu nous intéresses c'est parce que tu es jeune, que tu n'as pas de famille, et que tu as l'usage non seulement d'un logement mais aussi d'une voiture, qui sont le logement et la voiture d'un policier. Des garanties comme on n'oserait jamais en inventer.

« Tu feras des transports.

« Des petits transports dans la région.

« Les camarades qui te seront adressés ne manqueront de rien, pas même d'argent. Tu ne les reverras jamais deux fois. On les envoie ici et là. Ce sont des brûlots que l'on déplace. Ils auront, en poche, cartes d'alimentation, de savon, d'identité, feuille de recensement, certificat de travail et surtout de démobilisation, car c'est cela qui impressionne les gendarmes. Ils n'osent rien contre les démobilisés.

« Au pis, tu pourras toujours prétendre que tu as ramassé un type pour lui rendre service et que tu ne le connais pas. Tu pourras même le larguer, si ça se gâte. Mais tu verras, dans le Midi, tout se passe mieux qu'ailleurs. Elle n'existe pas, ici, la phobie de l'étranger. Du moins pas dans le peuple. Alors il ne faudra jamais t'affoler. Surtout si tu constates qu'en majorité, mes *liaisons* ont des accents étrangers. Il y en a parmi nous

qui ne parlent pas français. Il y en a des vieux, il y en a
des jeunes, il y en a aussi de très jeunes. Il y a de tout.
Alors t'affole de rien, pas même d'aller en prison.

« Parce que tout arrive en prison, surtout à Marseille,
surtout au fort Saint-Nicolas. Et puis là aussi il y a de
tout : des gaullistes, des collabos, des agents allemands,
des aventuriers, des caïds du marché noir, des indica-
teurs de Vichy. Une salade panachée. J'y ai été trois
mois. En cellule. Et tu vois, je suis là. C'est qu'on peut
tout faire en prison. On peut même s'échapper. Moi j'en
suis sorti plus informé que je n'y étais entré. Alors tu
vois !... »

Se détruisait peu à peu, tandis que Miguel parlait, ce
qui dans la mémoire de Serge prêtait encore une certaine
douceur aux jours de l'exode. L'homme qu'il écoutait
n'avait plus rien de commun avec l'adolescent qui ne
savait comment s'y prendre pour s'exprimer et agir en
chauffeur du haut monde.

Serge se demandait si le nouveau Miguel contenait un
peu de l'ancien.

Du Miguel qui avait joué au matador pour éloigner
d'Adrienne la vache folle, les mains levées, faisant sans
hésiter et sans sourire une cape de sa veste, de celui-là
quelque chose subsistait : la gravité. De celui qui avait
si promptement tranché le cou aux pigeons, le nouveau
Miguel avait aussi préservé quelque chose, la froide
détermination peut-être. Et puis un trait d'entente existait encore avec le compagnon de l'exode, celui dont il
avait, lors d'une nuit à la belle étoile, découragé l'aveugle vengeance. De la fureur dont il avait été si brusquement illuminé, à l'instant où les Marocains étaient sortis
de la forêt, il restait quelque chose. A voir le regard de
Miguel, à l'écouter, on ne pouvait en douter.

Mais l'autre, le Miguel tendre qui se manifestait
parfois, qu'était-il devenu ? Où était le jeune homme
que le souvenir rendait brusquement loquace et qui
s'animait en évoquant sa mère ?

Entendre Miguel parler de sa mère, c'était comme de la voir.

Elle était infatigable et chétive, n'ayant jamais eu son compte de rien, jamais son compte de nourriture, de confort, d'amour. Mais elle chantait en cousant. Et d'autres voix reprenaient son chant. Par la fenêtre de l'atelier, à travers la dentelle des rideaux qui la voilaient à mi-hauteur, Miguel en rentrant de ses cours devinait la silhouette des femmes, le nez baissé sur leur ouvrage. Et il entendait la voix qui chantait. Et les rires.

Elle était infatigable et travaillait de tout son corps, de toute son âme pour faire de son fils un étudiant, elle qui n'était jamais allée aux écoles.

Mais pouvait-on croire encore à ce Miguel-là ? Un Miguel dont le parler devenait léger, précis et qu'Adrienne hésitait à questionner de peur de rompre le charme.

Parfois il suffisait d'un rien pour qu'il renonce et se taise. Mais quand il était lancé...

Alors Miguel racontait comment parmi les clientes de sa mère, il y avait une certaine colonelle, deux gouvernantes sur leur déclin et une vieille fille qui était marquise. Et comment elles cherchaient à le séduire, du temps où il était livreur, avec des câlineries, des laits d'amande, des discours sur l'élite chrétienne et toutes sortes de gourmandises catalanes et comment, parfois, en sa présence, elles se débarrassaient de leurs robes pour faire l'essai de ce que la mère leur adressait, et comment elles disaient au livreur : « Allons agrafe-moi ça, et tire là-dessus... Tire encore... Encore » et comment Miguel, que ces peaux un peu suantes, ces seins énormes, ces croupes rebondies rendaient fou, les agrafait cruellement, les crochait de tous ses ongles, jusqu'au sang, jusqu'à les faire crier, et comment tirant sur les lacets à les casser, se pendant aux élastiques, il serrait les carcans à les étouffer. Alors elles criaient : « Arrête ! Arrête ! Quel gaillard, cet enfant ! Assez ! Tu me coupes

le souffle. » Et entre deux halètements murmuraient :
« Ce que tu es fort, Miguel ! Tu portes plus que ton âge.
Par moments, on te prendrait pour un homme. »

Et le gaillard-qui-portait-plus-que-son-âge considérait
froidement, longuement, l'essoufflée, la consentante.

Il faisait celui qui ne comprend rien.

Il s'en allait.

Parfois il regrettait.

Adrienne l'aurait écouté indéfiniment. Elle disait :
« Ah ! si les écrivains écrivaient comme parle Miguel ! »

Mais de ce conteur il ne restait rien.

En somme, tout ce que Serge cherchait à retrouver
était un Miguel accidentel, épisodique, à peine vrai, le
Miguel aux beaux récits, le Miguel d'Adrienne. Il fallait
en prendre son parti. Le vrai Miguel était devant lui et
pour le comprendre, pour trouver la force de le suivre,
mieux valait, comme lui, être plein de défiance à l'égard
des souvenirs, les éviter autant que possible, ne jamais
en parler.

En somme on en revenait toujours à cela : éliminer le
passé, effacer Adrienne.

« Il faut que je dorme, dit Miguel. Réveille-moi dans
une heure. »

Quand ce fut dit, il prit conscience d'un oubli.

« Bien sûr, tu n'écris rien, jamais. Ni une date, ni un
nom, ni un lieu. On compte sur ta mémoire, tu comprends ? A partir de quarante ans les méninges deviennent faiblardes, alors les gens oublient. »

Là-dessus il s'endormit.

L'heure passa.

Voilà qu'il fallait réveiller Miguel et Serge hésita
devant le corps couché qui avait l'air d'avoir enfin trouvé
un refuge : le sommeil. Il eut pitié. Il hésita. Il était
debout comme devant un tombeau où reposait un
Miguel disparu, celui qui, couché dans une sorte d'enfance, les yeux clos, par tout son corps, par ses genoux
repliés, ses souliers poussiéreux, son veston froissé, par

le désordre d'une mèche brune rabattue sur son front et, à sa joue, l'ombre grise d'une barbe de trois jours, par le vague sourire qui laissait ses dents découvertes et jusque par sa fatigue, le ramenait au temps d'Adrienne.

Que tout cela était loin.

Il se laissa aller à gémir : «Que tout cela est loin.» Les larmes lui en venaient aux yeux. Tout à coup il envia, avec un sentiment de dénuement presque physique, les nuits où, faute de mieux, il avait dormi sur la banquette de la voiture, les lieux médiocres où ils avaient trouvé à se loger au cours de l'exode et, pendant un instant très court dont il ne pouvait mesurer la durée, la minute incomparable où Adrienne s'était jetée dans ses bras.

Alors résigné, mesurant le temps et l'espace au-delà desquels Adrienne vivait détachée de lui, et comme étrangère, Serge posa sa main sur celle de Miguel.

Il se leva d'un bond.

Sur le pas de la porte il se ravisa.

«Encore ceci : dans l'organisation tu ne connais que moi. C'est tout simple. Alors adieu, hein? Et bonne chance. Quelqu'un viendra sans doute demain.»

A quel point Miguel faisait plus vieux que son âge...

Serge entendit dans l'escalier un pas qui s'éloignait. Il attendit que quelque chose ramenât Miguel, un oubli, une méprise, une précision supplémentaire. Mais il était parti pour de bon et Serge essayait de voir clair en lui-même.

Demain. Miguel avait dit : «Quelqu'un viendra sans doute demain.» Et Serge découvrait qu'en l'absence de Miguel, ce *demain* devenait réalité. Ce qu'il ne s'expliquait pas, c'était que l'avenir ait pu lui paraître sans menace aussi longtemps que Miguel avait été là. Mais il n'était plus temps de chercher à comprendre. Il s'agissait d'entrer dans une vie où il n'y avait place ni pour le rêve ni pour la flânerie, une vie rebelle au souvenir d'Adrienne, rebelle aux pensées qu'elle n'avait cessé, en dépit de l'absence, de lui suggérer.

Autre évidence : il était allé vers la mer, vers le soleil, vers la découverte d'une ville, vers des gens nouveaux, vers des langues inconnues, il était allé vers tout ce qui l'attirait, comme vers elle. Et ce qu'il ressentait maintenant ressemblait à la douleur ambiguë que laisse une foulure : Adrienne lui avait foulé le cœur.

N'y plus penser.

Va pour *demain* !

Ce que Miguel attendait de lui était sans équivalence. Cela nécessitait une sorte d'insensibilité, de combinaison inaltérable entre l'élan le plus irraisonné et la plus froide réflexion, et tout cela si envahissant que la personne d'Adrienne en était éliminée.

Soudain il sursauta. De l'autre côté de la rue venait un appel gazouillé : « *Se'ge, Se'ge.* » L'appel décrut. Il espéra : « Que ce soit elle, se dit-il. Ah ! pourvu qu'elle m'appelle !... Je veux que... Je veux que quelqu'un m'appelle. »

L'appel familier reprit. C'était elle. C'était Précieuse.

Serge cessa de raisonner, maîtrisa son mal comme il put et avec un visage pâli s'en fut là d'où la voix venait.

C'était évident : une nouvelle sorte de vie commençait et tout était prologue.

Il fallait vivre le cœur mis de côté.

Il avait tout eu ces deux jours-là. Il avait eu Précieuse sur laquelle il s'était jeté en voleur et qui, entre deux soupirs, ouvrait une bouche ébahie, Serge ne cherchant nullement à cacher sa hâte *(Quoi que c'est ce tou'billon ? Faut-y que tu bouilles !)*, il avait eu ses châteaux en banlieue, ses campagnes, son thé russe en sous-sol, il avait eu son heure d'Alsace et ses apartés avec ses chères vieilles dames, il avait tout eu, profitant de ce que

Miguel s'était absenté et qu'il n'attendait son retour que
pour le lendemain.

En règle générale quand Miguel annonçait quelque
visite, Serge ne songeait aucunement à Précieuse et
moins encore à sortir.

Il brûlait d'impatience.

Quel homme allait être l'inconnu qu'il attendait?
Quel parler, quel visage seraient siens? Et Serge serait-il
en mesure de deviner ce qu'avait été l'offense ou l'injustice, dont se nourrissait la vindicte de cet inconnu-là?

Avec les Espagnols c'était tout simple. Serge jugeait
d'après Miguel et devinait à quelle famille ils se ratta-
chaient aux premiers mots échangés. Avec les Français
aussi, cela allait de soi. Ils avaient une façon de dire
camarade qui rendait inutile toute question. Mais les
autres? Ah, pouvoir reconnaître un accent slave d'un
autre et se retrouver parmi tant d'inflexions germaniques. Mais comment? Souvent l'énigme restait entière
et les questions que se posait Serge étaient sans fin. Une
fois largué, qu'allait devenir l'inconnu qu'il avait vu si
brusquement apparaître? Le reverrait-il jamais? Quant
au défi presque intolérable de ceux qu'il abandonnait à
leur sort, bien qu'incapables de prononcer plus de trois
mots en français, cela le laissait bouleversé, absorbé
jusqu'à la fascination, au point que, les visages de
longtemps effacés, le mystère de ces gens occupait
encore sa pensée.

Mais les jours de liberté, comme tout se transformait!
Bien qu'il n'eût plus le cœur aussi léger qu'*avant
Miguel*, Serge, à peine libre, s'ébrouait comme un
poulain au pré. Il dérivait vers ses banlieues. Il s'aérait.
Il cherchait instinctivement lieux et gens pour qui rien
n'avait changé.

Et vivent les châteaux, les campagnes, les vieilles
dames!

Et voilà qu'après avoir conduit ses veuves de l'une
chez l'autre, moyennant une généreuse rétribution, voilà

qu'un soir, s'était tue la plus aventureuse des deux. La dame de Valjoly... Celle qui, sous prétexte d'exercer sa mémoire, récitait des poèmes tout au long du trajet, sans désemparer, et de préférence *Les Châtiments* ou *Les Quatre Vents de l'esprit*, en insistant sur les vers qui épousaient le mieux ses haines. Chaque mot sonnait comme une clameur contre le déferlement des armées ennemies — sourd qui ne l'entendait pas, dans son cabriolet — et Serge écoutait les mots qui volaient haut et la voix de la vieille dame, un peu sifflante, un peu nasale, qui semblait fuser au travers de son épaisse voilette :

> *Cinq cent mille bannis, cent mille massacrés,*
> *Dix mille brûlés vifs, rompus vifs, torturés...*

Sur quoi surgissait à tous coups le tram n° 24 qui se mettait à grincer, à tempêter et la vieille dame se retournait. Elle considérait avec hauteur la machine qui approchait à grand bruit de ferraille et sa voix forte couvrait celle du wattman indigné. Il s'époumonait. Il usait de toutes les ressources de la sublime familiarité marseillaise :

« Tu te lèves de là ? Tu vois pas que tu nous emm... commençait le wattman.

— ... *Tourbillon de bûchers sur les places publiques,* enchaînait la vieille dame — *Acre fumée, ayant des râles dans ses plis.* »

Et Serge de prendre la relève, de braver à son tour le wattman :

« ... *Cavalerie affreuse écrasant les villages — Feu, ravage, viol, le carnage, le sang* », récitait-il à pleine voix, car d'en avoir tant entendu faisait que, lui aussi, en savait un bout.

Et la vieille dame de s'écrier :

« Erreur ! Erreur ! Arrêtez ! Vous oubliez *les juges fatals* et *les dogues du meurtre.* Ce n'est pas une façon de traiter Hugo. Vous n'avez pas le droit. Reprenons. »

Mais ce soir-là, la vieille dame s'était tue. Puis avec des gestes aimables à l'égard du wattman qui pouvaient fort bien signifier : « Passez, mais passez donc... Vous voyez bien qu'il n'y a, aujourd'hui, aucun inconvénient à ce que vous passiez », s'adressant brusquement à Serge elle lui avait dit :

« J'ai connu votre père. »

Répondre : « Moi pas » et attendre froidement la suite.

Mais ce sont propos à contre-poil plus faciles à tenir devant qui on n'aime pas. Ce sont mots pour déplaire et manières anti-Prado.

Serge comprenait cela maintenant.

Il mûrissait.

Or, comme il éprouvait à l'égard de la vieille dame, de sa diction sifflante, qu'il croyait naturelle alors qu'elle était imitée de Sarah Bernhardt, de ses toques fièrement enfoncées à mi-front, de ses longs manteaux évasés, de sa canne, de ses manchons, quelque chose qui ressemblait fort à de l'affection, il réussit à garder son sang-froid et à ne dire que : « Ah ! vraiment ? » d'une voix détachée.

Mais à l'intérieur de lui-même quelle rébellion ! Comme il se détestait ! Comme il haïssait sa timidité, ses hésitations !

Avait-il bien entendu ?

Ils suivaient une traverse pavée et timidement pavoisée. C'était un 11 Novembre au rabais. Le cabriolet cahotait sur des hautes roues, le cheval, qui sentait l'écurie, tirait sur son mors, le soleil, une masse rosâtre, comme une grosse houri enveloppée de voiles orientaux, se laissait lourdement choir derrière l'horizon, le tram nº 24 les dépassait conduit par le wattman aux tutoiements outrageants, et assise, toute droite, il y avait la vieille dame en noir qui, à travers sa voilette, avait ou n'avait pas dit : « J'ai connu votre père. »

Là-dessus plus de doutes. Elle lui disait :

« Mais parfaitement. Il devait avoir vingt ans. J'étais de toutes les fêtes à l'époque et les réceptions que l'on offrait à l'escadre de l'amiral Avellane n'étaient pas de celles que l'on pouvait manquer. On y accourait du fond de la Provence. »

Elle se mit à raconter, de son angle à elle, une semaine féerique, une sorte de voyage de noces, de nouvelle lune de miel, ne cachant pas à Serge que son mari avait été un amant de première force, une beauté. Hommage vibrant. Mais au sujet de l'amiral, peu de choses.

« Chercher dans le dictionnaire », pensa Serge.

Cependant une évidence montait. A l'hommage de la vieille dame se mêlaient des précisions musicales — les marins en visite avaient tous la voix de Chaliapine — et géographiques — la ville du bonheur était Toulon.

« Quelles vacances... C'était à une réception chez le préfet maritime. J'ai de votre père un souvenir précis. Sa silhouette dégingandée se détachait parmi celles des autres officiers qui, à côté de lui, avaient tous l'air de vieillards chenus. Il avait de longues jambes, droites comme des joncs. Des pattes d'échassier. Il était blanc, gai et innocent. On eût dit Fortunio égaré parmi les midships de l'escadre russe. »

Les choses devenaient claires.

Serge comprit enfin.

Il n'aurait plus cette peur qui le tenait depuis le jour où sa mère lui avait dit : « Il faut que je t'explique... » sans rien expliquer. Un tissu de mensonges. Mais c'était fait.

Un apaisement incroyable, mêlé à une impatience d'en savoir davantage.

La vieille dame poursuivait.

« J'ai longtemps gardé l'aquarelle qu'il m'adressait fidèlement, chaque année, avec ses vœux pour le Nouvel An. Il peignait avec cette aisance des gens de son milieu qui ont appris jeune et auprès de bons maîtres. Ses cartes représentaient toujours la même pièce sous des angles différents. Un salon de Petrograd avec, sur des consoles, d'énormes vases Napoléon III, reproduits d'un pinceau minutieux, admirablement véridiques. La guerre a interrompu notre correspondance. En 1919 j'ai appris que seul, de sa famille, il avait échappé à la tourmente. Cette année-là, à la Noël, ses vœux venaient de Paris. Il me racontait son odyssée, et comment, étant basé en mer Noire, son croiseur avait trouvé refuge à Constantinople. Là, un ami de rencontre, un Géorgien qui faisait avec Tiflis commerce d'essence de rose lui avait avancé un peu d'argent et ils avaient fait route ensemble vers la France. Une fois à Paris, le Géorgien lui avait procuré un emploi modeste chez un parfumeur de sa connaissance. Je l'imaginais mal travaillant dans le musc et les extraits de fleurs, je l'imaginais mal dans le luxe parisien ou plutôt je ne parvenais pas à l'imaginer ailleurs que, droit, long et blanc, sur le pont d'un bâtiment de guerre. Et puis un an plus tard nous nous sommes revus à Vyx où je faisais une cure. On le disait très amoureux. Je l'ai rencontré souvent avec votre tante Adrienne et sa sœur, sans réussir à savoir laquelle des deux il aimait. On disait tantôt que c'était l'une, tantôt que c'était l'autre. Vous savez ce que c'est... Les villes d'eau. Ils avaient l'air si joyeux, si insouciants. Une bande à trois. Inséparables. Ils dansaient sans cesse ensemble et partout où ils se montraient ils faisaient sensation. Ils étaient une sorte d'attraction permanente. »

Eh bien, il fallait l'admettre et la dame disait vrai.

Le lendemain il annoncerait la nouvelle à Miguel. Il lui dirait : « Miguel, je suis russe. » Serge en fut tout réjoui. Aussi loin que sa mémoire remontait il avait eu le nom de Lenah en horreur, avec ce h final qui faisait faux. Or, l'ôter n'arrangeait rien — *Léna*, ou *Laina* ou encore *Lénat* — il avait tout essayé. Puis renoncé. Mais un jour, s'il le voulait, il en saurait davantage. Il saurait quel nom aurait pu être le sien. Un jour il interrogerait la vieille dame, à fond. Un autre jour, pas aujourd'hui.

Le retour. Le tram. La ville.

Une fois son domicile retrouvé, Serge s'effondra sur son lit et se refit pour lui seul l'historique de la journée. Cela commençait par : « Ouf ! Je suis russe » et se terminait par : « Et puis quoi encore ? » Car enfin on pouvait s'attendre à tout.

Deux surprises par mois, d'abord la rencontre avec Miguel puis les révélations de la vieille dame, à quand la troisième ?

Elle était pour le lendemain.

Elle s'appelait *Attila*, cette surprise-là.

Il n'y avait plus de zone libre.

A la demie de neuf heures les premiers détachements de la Wehrmacht pénétraient dans Marseille par la Rose et les Chartreux. Pas de vacarme. Une pétarade, un ronflement discret. Ce n'était que du léger, de l'infanterie portée qui défilait avec une régularité morne, des camions, des motos isolées, de la reconnaissance.

Vers dix heures le fracas se fit plus lourd et un autre cortège débouchait par le boulevard d'Athènes : les blindés, avec leurs équipages muets, posés comme des allégories sur leur socle.

Un dôme de nuages. Il pleuvait. Vus de la Canebière les chars, dominés par la pente déraisonnable de l'escalier Saint-Charles, avaient l'air, dans cette perspective bouchée, de sortir tout droit de la gare.

A la demie de dix heures il y eut les premiers lazzi.

« Vous êtes arrivés par le train ? » fut la question posée aux hommes des blindés.

Et aux pontonniers du génie :

« C'est pour faire un tour en mer que vous voyagez avec vos barques ? »

Et aux Allemands qui mastiquaient autour des roulantes :

« Profitez. Ça dure pas toujours. »

Cette brusque plongée dans la nargue faisait aux occupants l'effet d'un coup bas. C'était à l'émotion que l'on s'attendait.

Dès après l'armistice, la photo de « l'homme qui pleurait », prise au cours des adieux de Marseille aux régiments dissous, souvent reproduite, avait valu aux Marseillais une solide réputation d'émotivité. La lugubre grimace de M. Jérôme Barzetti, ses larmes coulant à verse, témoignait de la douleur de la France aussi sûrement que la coiffe noire et la cocarde des Alsaciennes avaient, par le passé, symbolisé le deuil et la fidélité des provinces perdues.

L'éventualité des larmes était donc la seule admise, ce qui n'était pas pour déplaire après l'atmosphère de Paris et son climat d'angoisse raide. D'où le maintien héraldique des envahisseurs, seule attitude possible quand il s'agit de défiler devant des populations consternées et de brunes *püppchen*, le mouchoir sous le nez, répandues sur le trottoir.

Au lieu de quoi la nargue. Pourquoi ?

C'est qu'il y avait à l'origine de ces prévisions une erreur de jugement que les officiers de la Wehrmacht n'étaient pas seuls à avoir commise. On s'était mépris sur ce qui avait causé le désespoir du « Marseillais qui pleurait ». Ce n'était pas seulement la défaite et la vision des drapeaux du 15e corps, défilant pour la dernière fois avant leur mise au camphre, c'était surtout de voir passer six fanions, cravatés de crêpe, qui repartaient pour l'Afrique. De quoi bouleverser une conscience marseillaise dont l'affectivité était brusquement confrontée avec la stupéfiante accélération de l'Histoire. Comme d'assister à un enterrement et de se trouver brusquement en présence de deux corbillards au lieu d'un. Car à mesure que passaient, à mesure que s'éloignaient ces fanions endeuillés, c'était une espèce d'Afrique familière, une Afrique accessible et amicale, tout un patrimoine de souvenirs et d'espoirs qui s'éloignait avec eux.

D'une certaine façon apparaissait la notion d'une Afrique lointaine, quelque peu étrangère, et avec elle une tristesse d'autant plus pénible que ses raisons profondes étaient vagues. Quelque chose était mort... Etre coupé de l'Afrique : la quintessence d'une punition, en comparaison de laquelle l'entrée de la Wehrmacht à Marseille n'était qu'une conséquence, combien prévisible, d'une guerre perdue de longtemps.

Ainsi pas de larmes : de la nargue.

Et que dire de la familiarité ? Elle aussi scandalisait. Des officiers s'entendaient tutoyer par des hurluberlus goguenards. Les tankistes étaient traités comme jamais ailleurs. Ils n'en imposaient pas et leur maintien figé, guigné par des flâneurs narquois, en devenait vaguement parodique. Marseille... Cet attrape-nigaud, cette mauvaise farce. De temps à autre les équipages risquaient au-dessous d'eux un coup d'œil perplexe.

« Alors, comme ça, on promène ? »

On se moquait d'eux. On leur manquait de respect.

A midi la population se vit gratifiée d'une ration de pommes de terre supplémentaire. Or, la nargue ne céda point. C'était à n'y rien comprendre.

Peu à peu, la ville fut submergée de soldats.

L'accès au port fut interdit. Ce n'était qu'un début. Les réquisitions commencèrent. Ecoles ; lycées ; hôtels. Puis les plus belles campagnes de la banlieue. Au château Valbelle s'installait un amiral qui laissait à la propriétaire l'usage d'une dépendance. Miguel qui se trouvait là *par hasard* aida au transport précipité des objets auxquels elle tenait le plus : effigies en marbre de Justin et de Pomponius Mela ainsi que quelques toiles aux dimensions imposantes : *Phocée consultant l'oracle de Delphes*, *Protis abordant avec ses galères dans la calanque Massilia*, *Les Noces de la belle Gyptis*, et puis

des portraits de famille en pied et grandeur naturelle, le
tout dû au pinceau d'Albert Besnard.

En début de soirée, Miguel débarqua rue Venture,
ainsi qu'il l'avait annoncé.

« Drôle d'armistice », dit-il.

Puis il alluma sa cigarette et se mit à fumer à petits
coups.

L'instant où Miguel s'installait pour *ne pas* parler,
paraissait toujours merveilleux à Serge. Au moment de
s'asseoir il disait : « C'est bien, chez toi », en promenant
sur l'appartement un regard de connaisseur.

Après quoi il se taisait.

Et Serge se disait que son laconisme ne lui pesait pas.
Mais jamais encore il n'avait eu, autant que ce jour-là,
le sentiment que ce qui les liait le mieux étaient ces
brefs échanges, entrecoupés de longs silences.

« Tout de même », dit Miguel.

Il avait traversé la ville et, aux commentaires qu'il
lâchait par bribes, Serge comprenait que l'atmosphère
restait tendue.

Toujours la nargue.

A sept heures Miguel fit un geste vers la radio.

« Allume un peu le poste », dit-il.

« *Lé posté* » se mit à grésiller puis d'un seul coup une
voix annonça que le couvre-feu avait été décrété.
L'asphyxie commençait.

« C'est des gens comme ça, dit Miguel avec un hoche-
ment de tête réprobateur. Nous, en tout cas, on est
peinard. Nous voilà bloqués. »

Le moment était venu pour Serge de faire la révélation
prévue.

« Dis donc, Miguel, qu'est-ce que tu dirais si j'étais
russe ? »

Pour la première fois il eut le spectacle d'un Miguel
interloqué.

« Si tu étais quoi ?

— Russe. Si je te disais que mon père était russe.

— *Jé té* dirais : compliments.
— Eh bien, je te dis : je suis russe.
— Alors *jé té* dis : compliments grands. »

On sentait que Miguel avait dans sa manche quantité d'expériences russes, qu'il hésitait à sortir.

« Après la guerre ce sera la bonne vie », dit-il.

Serge ne voyait pas bien le rapport. Mais l'essentiel était d'avoir réussi à l'étonner : Miguel n'en était pas encore remis.

Là-dessus Miguel s'allongea, comme un homme pressé de se saisir d'une nuit bonne à prendre. Mais il se releva aussitôt. Il hocha la tête :

« J'en ai connu des Russes, dit-il. Il y en avait de toutes sortes. Il y en avait des bien et il y en avait des mal. »

Puis il se rallongea. Au moment de s'endormir il répéta :

« Drôle d'armistice quand même. Voilà que tu es russe. »

A la demie de cinq heures, le 12 novembre, le maréchal von Rundstedt, les plus belles rides de l'armée allemande, schnauzer par le menton, boxer quant à la mâle crispation des lèvres et la puissance du cou, bull de par le front en plis, la chute oblique de la paupière et l'admirable ténacité du regard, de toutes les expressions qu'on lui connaissait, le commandant en chef du front de l'Ouest eut la plus pacifique, celle du cocker à la saison des accouplements : il avait gagné.

« Si des changements surviennent en Afrique il faudra *faire Attila.* » Cela faisait plus d'un an qu'Hitler exprimait la même hantise. Or, c'était fait. Parce qu'en Afrique, il y avait eu *Torch*, en France, le maréchal von Rundstedt avait fait *Attila*.

Et il était allé plus vite que prévu, plus vite que ne s'y attendait Hitler, plus vite que les Italiens qui n'avaient pourtant que peu de chemin à faire, ces lambins. Tandis que la Wehrmacht! Moins de vingt-quatre heures avaient été nécessaires pour effacer la France de l'armistice.

Le maréchal von Rundstedt était satisfait. Son journal de marche soulignait l'excellente atmosphère dans laquelle s'était déroulée l'opération : *L'armée française, loyale, aide les troupes. Pas la moindre résistance, pas trace d'incidents ; la police française est empressée et pleine de bonne volonté.*

Une ombre cependant : la nargue.

Il l'aurait volontiers passée sous silence mais comment ? Et qu'en auraient pensé ses chefs de corps ? Bien forcé d'en tenir compte : *L'attitude de la population est le plus souvent indifférente excepté dans les régions de Marseille et de Roanne ouvertement hostiles...*

Il ressortait, à l'évidence des rapports, que la nargue de Roanne était négligeable. Petite ville. Tandis que Marseille... A quel point cette nargue était contrariante ! Les chefs de corps en faisaient tout un plat. Ils insistaient sur ce que le supplément pommes de terre était demeuré inopérant. Des officiers bien impressionnables. Le lendemain, à l'heure du rapport, leur adresser quelques compliments pour commencer, sourire avec bonhomie, et puis attaquer sec. A cheval, messieurs !

Car enfin qu'était Marseille ?

Allons, allons ! Pas à hésiter. Commencer par de bonnes paroles, exprimées sur un ton de familiarité militaire, et puis les remettre vertement au pas.

Car enfin... Qu'était Marseille ? Un ramassis d'étrangers, rien de plus. Et de surcroît mal dosé. Excellent argument. Voilà qui méritait d'être mis en évidence : quatorze fois plus d'Arméniens que d'Allemands ; deux fois plus de Nord-Africains que de Suisses ; quatre fois plus d'Italiens que d'Espagnols, vous appelez ça une ville ?

Allons ! Ce qu'avait vécu la Wehrmacht, ce jour-là,

était aussi exaltant que de grandes manœuvres réussies et le maréchal von Rundstedt avait confiance.

Il avait atteint tous ses objectifs.

L'aube, sur la mer, portait des lauriers.

Marseille ? Il ne voulait même pas y penser.

Se coucher. Dormir. Il était temps, grandement temps.

CHAPITRE XIV

Plus l'averse était drue, plus les jours baissaient vite, plus était brumeux le vide de la ville, plus Ulric était heureux. Dans quelques semaines ce serait l'hiver. Et c'était cela qui lui plaisait.

Il n'était à son affaire que dans le froid.

Il lui arrivait d'aller à pied depuis ses bureaux de l'avenue Kléber jusqu'à l'hôtel de Paris. Qu'il ait à lutter contre le vent, que, le brouillard aidant, les arbres des Champs-Elysées en longue perspective fassent du trottoir une laie obscure dans laquelle il s'enfonçait, que la chaussée détrempée apparaisse dans la pénombre comme apparaît une rivière en crue, que ses bottes lui collent au mollet, et c'était du pur contentement.

« Bientôt il me faudra fourrer les mains au chaud de mes poches, se disait-il. Bientôt l'onglée, le sol crissant. »

Jamais il n'avait autant que ces jours-là l'impression de retrouver son *chez-lui* en retrouvant Adrienne.

Il l'imaginait tout le long du chemin, telle qu'elle devait l'attendre dans la brillance des miroirs. Il croyait sentir le poids de ses bras sur ses épaules. Alors tout devenait léger, irréel et c'était comme si le corps d'Adrienne était déjà à portée de son désir. Alors s'affermissait l'impatience d'arriver et renaissait son inquiétude. Qu'avait-elle fait toute la journée ? Disait-elle vrai lorsqu'elle prétendait n'être pas sortie, n'avoir vu personne ? Chaque jour elle lui répétait : « Oh ! non. Je n'ai vu personne. Pas mis le nez dehors ! » Il lui paraissait impossible qu'elle eût renoncé à Licia.

C'eût été trop simple. Trop simple vraiment.

Et, traversant Paris, Ulric se demandait si, survenant à l'improviste, il n'allait pas les surprendre ensemble, plus obsédantes et plus énigmatiques qu'à leur première rencontre. Licia avec son sourire indéchiffrable, dans tout l'éclat de ses vigoureux appétits, Adrienne plus désarmée, frileusement barricadée dans son silence.

Alors Ulric pressait le pas et, rejetant la tête en arrière, attendait que le froid de la pluie, la délicieuse pluie oblique qui l'inondait, l'ait rendu à une respiration heureuse.

C'est en rentrant à l'hôtel un soir, tout ruisselant et décidé à se changer au plus vite, qu'Ulric, ouvrant la porte de sa chambre, eut la surprise d'y trouver le deuxième classe Tadeusz Nár. Un géant, qu'Ulric connaissait depuis l'enfance, l'air toujours ensommeillé et avec cette sorte d'automatisme que laisse la condition domestique. Un réflexe ancien l'avait fait non pas rectifier la position à l'entrée d'Ulric, mais s'incliner légèrement, en disant : « J'ai cru pouvoir me permettre... »

Puis il rougit violemment.

Tadeusz Nár était un Silésien fixé en Slovaquie. Il avait servi aux Muhlen de forestier dans une chasse des Hautes Tatras jusqu'au jour où s'était manifesté son goût pour des activités que le comte Norbert jugeait répréhensibles. Tadeusz Nár était un redoutable poseur de collets. Il était aussi habile contrebandier et fournissait en *sliwowitz* les auberges de la région. Les choses

s'étaient gâchées lorsque le « quatre-vingt-dix degrés »
s'était mis à couler d'abondance dans les cuisines du
comte Norbert, si bien qu'au petit matin les maîtres
trouvaient ronflants ceux d'entre leurs gardes chargés de
les réveiller. Il fallait les empoigner sous les bras, les
traîner jusque sous la pompe et attendre que l'eau
agisse.

C'était intolérable. Une situation proprement anarchique.

Le comte Norbert assistait à la scène d'un œil sévère.

Enfin le bruit avait couru que Tadeusz Nár ne se
limitait pas au trafic de l'alcool. Il avait réussi à
expédier à Chicago, aussi aisément que s'il s'était agi de
vulgaires paquets, des Slovaques qui éprouvaient plus
d'attirance pour l'*american way of life* que pour l'armée
tchèque.

Le comte Norbert l'avait licencié.

« File ! Et qu'on ne te revoie plus. Va-t'en au diable.
Qu'est-ce que tu attends ? File à l'instant même,
c'est compris ? Sans quoi... Sans quoi... Allons
sauve-toi, crétin, avant que je t'envoie mon pied au derrière. »

Tadeusz Nár avait décampé avec une fille du village
enlevée aux bancs de l'école.

Et tout à l'avenant.

Une autre fille était enceinte, qui l'accusait.

Il laissait des dettes chez l'aubergiste. Des dettes de
jeu.

Ce Tadeusz Nár avait mécontenté tout le monde.

A quelque temps de là, la nouvelle s'était répandue
que Tadeusz avait épousé son écolière et qu'ils tenaient
ensemble une auberge où l'on trouvait de tout : cartouches, cire vierge, graisse d'ours, tabac autrichien, feutres
pelucheux venus d'Allemagne, courtes peaux de mou-
tons tannées par les bûcherons de Galicie, et truites
roses des torrents.

Une auberge frontalière.

Ulric et ses frères allaient parfois, en cachette de leur père, jusqu'à la clairière solitaire où Tadeusz Nár tenait commerce à l'enseigne de *L'Ours d'or*.

Ce n'était pas une cabane comme une autre et ce qui la distinguait laissait perplexe. Ni gaie, ni triste, tenant autant de la maison forestière que de l'auberge, avec deux façades contradictoires, toutes deux de bois mais l'une sombre, couleur de tronc moussu, l'autre fraîchement colorée et pimpante et un toit pentu allant d'une seule coulée de chaume jusqu'à l'herbe du pré, cela d'un côté, tandis que de l'autre il se donnait des airs de pagode, ce toit, offrant trois décrochements successifs en gaufrettes de bois, légères, crantées, dentelées, et cela jusqu'au couronnement final d'un petit bulbe, tout branlant et rafistolé, que ne sommait aucune croix. Mais la cloche, à quoi donc avait-elle servi ? A quels travaux, à quelles prières avait-elle appelé ? Maison incongrue. On se serait attendu qu'elle abrite quelque vieux croyant oublié sous sa couverture de chaume depuis le temps de Pierre le Grand, aussi bien qu'un bûcheron solitaire en mal de mauvais coups. A la fin des fins quelle race de maison était-ce ? Vue de loin elle ressemblait à une bête velue, embûchée dans la clairière. Pas rassurante.

Sans l'encouragement du mot *Hostinec* tracé en grosses lettres en travers de la porte on aurait hésité à y pénétrer.

Derrière son comptoir, Tadeusz Nár accueillait les fils Muhlen, sans s'interrompre dans son travail, mais avec une série de courbettes obséquieuses. Une fois ses *corbeaux* expédiés — c'était sa façon de dire pour *douaniers* — une fois sa clientèle satisfaite — et il s'adressait à chacun dans sa langue car en plus du tchèque, de l'allemand et de divers patois karpatiens, il savait servir de l'eau-de-vie aussi bien en yiddish qu'en polonais ou en ukrainien — une fois sa caisse faite et les couronnes rangées en pile, Tadeusz s'approchait du banc où les trois garçons l'attendaient, assis contre le poêle.

Deux édredons, deux oreillers fleuris pendus au plafond, selon la coutume slovaque, une grande paillasse roulée sous le banc, deux gobelets pendus chacun à son clou, étaient les seuls indices d'une vie conjugale.

Car Tadeusz Nár vivait à l'orientale disaient les uns, à l'ottomane disaient les autres.

A la tout ce que vous voudrez, mais le plus clair était que Tadeusz tenait son enfant d'épouse cachée.

Peut-être avait-il plusieurs femmes, une régulière et quelques concubines. Cela aussi se disait. A moins que la victime du rapt ne fût morte... Que ne disait-on pas ?

Les trois garçons laissaient le rêve leur errer par le corps. Assis contre le poêle ils sentaient que montait le long de leurs dos, avec la chaleur du feu, une curiosité folle. Tantôt ils se croyaient en visite chez Barbe-Bleue, convaincus que, dans le fond de la salle, la grosse porte verrouillée interdisait aux regards les plus macabres surprises. Tantôt ils s'attendaient que la porte s'ouvrît doucement et que fît son apparition l'écolière timide en bonnet de fourrure, voilée de rose et chaussée de babouches, la femme cachée, l'épouse secrète de Tadeusz Nár.

Et tous trois se laissaient aller à une béatitude délicieuse. Ulric, l'aîné, buvait son eau-de-vie très droit, le dos appuyé au poêle. Maximilián le rêveur levait les yeux au plafond et se laissait aller au plaisir d'imaginer l'écolière nue sous son édredon. Matyáš, l'impétueux, celui chez qui le sang maternel dominait, jouait très vite à tout ce qui était défendu : aux dés, à siffler une deuxième eau-de-vie, à dire des gros mots. Les autres riaient.

Il faisait bon chez Tadeusz Nár.

Enfin il arrivait.

Il disait : « Puis-je me permettre ? » en s'inclinant

légèrement, avant de les entraîner dans un appentis où il déballait ses richesses clandestines.

« Puis-je me permettre ? »

Il avait de tout. Jusqu'à des pièces de drap anglais. Jusqu'à des bonnets cosaques. Jusqu'à des écureuils et des aiglons en cage, puis-je me permettre...

Jusqu'à des oursons.

Toutes choses, dans cette guerre, étant imprévisibles, Ulric avait retrouvé Tadeusz à Paris, occupé à laver la voiture du colonel Pflazen, devant l'hôtel Majestic. Ses cheveux avaient un peu perdu de leur glorieux flamboiement : ils tournaient au blondasse. Il fleurait toujours l'eau-de-vie, et toujours s'inclinait de façon peu militaire lorsqu'il rencontrait Ulric.

Solide comme il l'était on se demandait comment il avait réussi à se faire verser à la compagnie du train. N'était-il pas suspect ? Mais qu'est-ce qui n'était pas supect avec Tadeusz ?

Et puis brusquement le deuxième classe Nár avait fait de discrets débuts de planton. Chaque matin, en ouvrant à Ulric la porte de son bureau, après les respects d'usage, il échangeait avec lui quelques propos sur les variations du temps. Puis il offrait ses services en s'inclinant : « Puis-je me permettre ? » Il débarrassait Ulric de son manteau, il tirait sur ses bottes, et allait les cirer en catimini dans un coin du bureau. Il se chargeait ensuite de son blanchissage, avec des remarques sagaces sur la force des habitudes et des respects renouvelés.

Ulric s'était laissé faire. Ses rencontres avec Tadeusz le laissait comme sous l'effet d'une saignée : cela le soulageait et le blessait.

Tadeuz lui rappelait son passé.

Ce qui aurait dû être doux mais ne l'était pas.

En somme Tadeusz le dérangeait. Il gâchait le silence de ce *no man's land* où Ulric réussissait à vivre calfeutré dans son amour pour Adrienne. C'est qu'il n'y avait de place que pour elle dans sa vie. Elle avait tout envahi. Et puis Tadeusz Nár parlait un allemand nasillard qui l'exaspérait. De plus, il avait des mains affreuses toujours moites, couvertes de vilains poils roux, enfin il lui déplaisait. Trop débrouillard, sous ses airs endormis. Et de quelle nationalité était-il ? Tchèque ? Slovaque ? Allemand ? Si bien que lorsqu'il avait annoncé qu'il partait en permission, Ulric lui avait glissé quelques billets dans la main en lui souhaitant bon voyage, sans plus. Il s'était bien gardé de lui demander où il allait. Il aurait aussi fallu lui demander quelle sorte de permission il avait. Suspect, tout ça. Peut-être l'écolière avait-elle accouché. Et après ?

On n'en serait jamais sorti.

Et voilà que Tadeusz pénétrait dans sa chambre, qu'il tournait en rond sans se gêner et qu'il allait falloir l'écouter avec ses « Puis-je me permettre ? », l'écouter au lieu de se changer en toute hâte pour courir chez Adrienne. S'il traînait trop, il l'enverrait au diable.

« Te voilà de retour, Tadeusz ? »

L'autre demeurait immobile, cherchant ses mots.

Son regard allait d'un coin de la pièce à l'autre. Un regard de chien battu. Il restait là, sans rien dire.

Puis à brûle-pourpoint :

« Ça sent le brûlé, mon capitaine », dit-il.

Il parlait les yeux plantés dans le tapis.

« Où ça ? » demanda Ulric.

Il le regardait en se demandant s'il n'était pas devenu fou.

« Au pays, dit Tadeusz.

— Quel pays ? demanda Ulric.

— Chez nous, mon capitaine, en Slovaquie.

— C'est donc là que tu es allé ?

— Non, mon capitaine, ma permission était pour la Silésie. C'est là que j'habite maintenant. Lorsque notre Führer a rendu les communautés allemandes à la mère patrie j'ai décidé que, tant qu'à être allemand, mieux valait s'en retourner en Allemagne. Alors j'ai installé ma petite Slovaque chez mes parents, avec mes gosses. Elle vient de m'en faire un troisième. Après la guerre, probable que nous retournerons en...

— Assez de bêtises », interrompit Ulric brutalement.

D'où venait-il que cette simple phrase : « Après la guerre », prononcée à la façon nasillarde de Tadeusz, le mettait hors de lui. Il en perdait le souffle. Et l'autre, avec sa gueule à l'envers, qu'avait-il à le dévisager ainsi ?

Alors Ulric plus calme :

« Qui te dit qu'elle finira jamais cette guerre ?

— Mon idée est qu'elle finira, répondit Tadeusz. C'est forcé. Toutes les guerres finissent. Et ni vous ni moi ne resterons dans le militaire, si je puis me permettre. Moi, ce que je veux, c'est retrouver mon commerce.

— C'est bon, dit Ulric avec une sorte d'indifférence. Mais qu'est-ce que la Slovaquie vient faire là-dedans, puisque c'est de Silésie que tu viens ?

— Ça veut dire que je suis passé en Slovaquie, mon capitaine, et par le Christ en croix je vous jure que c'était pas facile, pas facile du tout. Enfin je suis passé !

— Passé ? Comment ça passé ?

— Comme à l'habitude... A ma façon. Par les crêtes, mais avec plus de mal qu'avant, fit-il avec une grimace gênée. C'est que nous avons posé des rouleaux et des rouleaux de barbelé ces derniers temps.

— Nous, qui ? Qui ça nous ?

— Nous, les Allemands, mon capitaine.

— Bon. Et alors ?

— Alors ça sent le brûlé, là-haut.

— Le brûlé ? Qu'est-ce que tu veux dire ?

— Ça veut dire qu'il y en a qui ont fait les marioles. Veulent rien savoir. Veulent pas faire la guerre aux Russes. On dit que Mgr Tiso a quand même réussi à en lever cinquante mille. Mais y a toujours ceux-là qui veulent pas. Ils se cachent dans la vallée du Váh. Pas loin de chez vous. Pour les déloger c'est le chiendent, croyez-moi. La forêt, vous comprenez. Alors ça patrouille, ça patrouille.

— Tu veux dire qu'il y a des insoumis ?

— Une chose comme ça. Alors ça patrouille, ça patrouille. Une vraie pagaille. Mais, moi, il fallait tout de même que j'y aille. Ma baraque, vous vous en souvenez ? Elle est toujours debout, loué soit Dieu. Mais c'est vraiment loin, ajouta-t-il, avec une moue comme s'il allait pleurer. Terriblement loin et pagailleux, mon capitaine. Et solitaire. Y a plus du mouvement comme avant. Rien que du mouvement armé. »

Et toujours son regard planté dans le tapis. Je vais le congédier, pensa Ulric. Il a un grain.

« C'est très intéressant ce que tu me racontes là, mais je suis pressé. Il faut que je sorte, dit-il. Tu m'en diras plus long demain, Tadeusz. Tu peux disposer.

— C'est que j'ai une lettre pour vous », dit Tadeusz, en reculant d'un pas vers la porte.

Ulric avança sur lui et le saisit par la manche.

« Pourquoi ne m'as-tu pas dit ça plus tôt ? Qu'est-ce qui te prend ? Tu as vu les miens ?

— Je ne me serais pas permis, mon capitaine. Du reste il n'y avait personne.

— Personne ? demanda Ulric avec étonnement.

— Il y avait Bohush.

— Bohush ! Que diable faisait-il là-haut ?

— C'est là qu'il vit, maintenant. Il était seul. C'est lui qui vous écrit. »

Puis avec une mine épouvantée, il ajouta :

« Je me retire. A vos ordres, mon capitaine. Je me retire. Avec votre permission. Mes respects, mon capitaine. »

Blanc de peur. Ses lèvres tremblaient.

Il lui mit la lettre dans la main.

Ulric reconnut l'écriture appliquée qui deux fois l'an, par des vœux invariables, lui rappelait que c'était Pâques ou Noël, avec, en post-scriptum, une phrase, invariable elle aussi, au sujet de ses bottes, toujours fidèlement passées au Sidol, de ses chaussures toujours graissées, toujours prêtes à servir, l'écriture du vieux Bohush. Ulric se sentit frissonner. C'était lui, maintenant, qui retenait Tadeusz, lui qui le pressait de parler :

« Que t'a dit Bohush ? demanda-t-il.

— Il m'a donné cette lettre avec des recommandations. C'est des nouvelles de Prague. Puis il m'a dit qu'il se faisait vieux, et c'est vrai. Terriblement vieux. Alors qu'il espérait vous revoir au moins une fois, avant de s'en aller rejoindre monsieur votre frère.

— Rejoindre lequel de mes frères, et où ça ? » demanda Ulric.

Tadeusz se pencha en arrière comme s'il avait brusquement aperçu une mouche au plafond.

« Là-haut, dit-il d'une voix neutre... M. Maximilián. »

Puis il se mit à trembler.

Le réflexe insensé, inexplicable d'Ulric fut de se ruer sur lui, de le serrer au cou, de l'agripper solidement et, bien qu'il se défendît et qu'il répétât : « C'est tout de même pas de ma faute », de le frapper, de le frapper encore, d'en faire une loque grisâtre qui allait battre contre la porte, et de hurler :

« Répète ! Répète donc ce que tu viens de dire ! »

La tête rentrée dans les épaules, Tadeusz avait gémi : « Ça c'est passé à Prague », avant de tomber comme un sac.

Alors montèrent du couloir les bruits des voisins alertés. Deux officiers frappèrent à la porte. N'obtenant pas de réponse ils entrèrent.

C'était curieux.

Il y avait, au sol, le deuxième classe Tadeusz Nár saignant du nez dans un mouchoir. Il y avait une lampe brisée, et le capitaine Muhlen, une lettre cachetée à la main, complètement hébété, qui répétait :

« Ils ont tué Maximilián. »

La chambre d'Ulric, les meubles renversés, Adrienne qui attendait dans l'ignorance de ce qui s'était passé, tout s'effaçait devant le sombre envol des caractères noirs sur fond blanc. Et chaque mot de la lettre de Bohush apparaissait à Ulric comme l'annonce de la fin d'un monde.

A tous les étages de l'hôtel, des dormeurs inconscients reposaient. Personne pour les secouer, les réveiller en sursaut, personne pour leur dire : « Levez-vous, votre époque est morte. »

Ulric, lui, était averti. Son passé se défaisait maille à maille. Une torture. Il pensait à Maximilián.

« Pourvu qu'il n'ait pas souffert. Pourvu qu'il soit mort vite. »

Assis au bord de son lit, Ulric claquait des dents. Il fit un effort désespéré pour attraper sa capote, mais ses bras refusaient d'obéir.

« Il faut que je me mette debout, pensa-t-il. Il faut que j'essaie. Oui, je pourrai... Non, je ne pourrai pas. »

Il se leva et avança de quelques pas en zigzaguant. Le tapis semblait se dérober.

« Je vais me trouver mal », se dit-il.

Une force grandissante l'attirait vers le sol et il ressentait un froid intolérable. Alors pourquoi cette coulée de sueur ? Il était en nage. Après un moment de perplexité, Ulric, comme un boxeur se tient aux cordes, se cramponna des deux bras aux barreaux du lit, pour réussir à relire une fois encore les nouvelles de Bohême.

Honoré Capitaine, mon jeune Monsieur,

Tous les rosaires dits n'ont pu empêcher que la vie de monsieur Max lui soit prise. Depuis le malheur, il y a eu

*sans cesse de la mauvaise visite à la maison de Prague.
La vie devient terrible dans le Protectorat, il y fait un
silence de cimetière, et monsieur votre papa est sur pied
d'expédition depuis plusieurs semaines. Il va s'en aller à
Vienne où la sécurité sera meilleure. Mais il part seul.
Madame est à peine sortie du sanatorium. J'ai ordre de
l'attendre ici. Elle a déliré. Elle est très faible et refuse
de s'alimenter. C'est Metod, un de nos forestiers, et
Sláva la fille de chambre qui, conformément aux instructions de Son Excellence, vont l'accompagner. Ils
devraient quitter Prague demain, sous prétexte de
mariage. Il n'y aura pas de difficulté et nous ferons tout
notre possible pour que Madame retrouve la raison.
Mais je serai au regret, par sécurité, de m'abstenir
dorénavant de correspondre avec vous. C'est pourquoi je
rends grâce à la Providence qui a mis Tadeusz sur mon
chemin afin que je lui remette cette lettre. Elle vous
apportera, mon jeune Monsieur, avec les très funèbres
nouvelles, le souvenir plein de chagrin de votre dévoué*
                                        Bohush.

Dans son post-scriptum il était question de la pelisse
en loup qu'il avait mise au camphre.

Il y avait des hésitations et des ratures, Bohush ayant,
sans doute, cherché une formule protocolaire, sans la
trouver. Le mot *condoléances* s'était refusé. Peu-être ne
figurait-il pas dans son vocabulaire.

Pendant quelques secondes, Ulric crut entendre la
voix familière qui lui parlait comme lorsqu'il était petit.

Monsieur votre papa...

Et sa nausée le reprit.

Des souvenirs têtus flottaient vers lui, puis se dissipaient sans qu'il parvienne à les retenir. Un brouillard
dans l'esprit.

Mon jeune Monsieur...

Il le connaissait bien son Bohush, le dos légèrement
fléchi, le visage grave entre les ailes blanches de ses

favoris qui faisaient partie de sa livrée, au même titre
que son col cassé et son habit noir.

Elle est très faible. Elle a déliré.

Elle est folle... Folle, se disait Ulric. Elle, si saine,
devenue cette femme dont Bohush parle comme d'une
aliénée. Et il se répéta : « Une aliénée... »

Le lit tanguait. Et quoiqu'il essayât à calmer des deux
mains le terrible tremblement de sa mâchoire, il continuait à claquer des dents.

« Si j'étais auprès d'elle je saurais la guérir, se dit-il. Je
la guérirais. »

Il revoyait le rendez-vous de chasse avec sa pièce
basse, ses murs rafistolés, son grand poêle, et son cœur
se nouait. Le petite réception par laquelle on accueillait
la famille, à son arrivée, lui revenait en mémoire. Le
plus ancien des gardes, celui qu'on appelait le Maître
des forêts prononçait quelques mots de bienvenue. Après
quoi les forestiers tous ensemble criaient « Hourra » en
jetant leur chapeau en l'air. Puis le souvenir de cette
maison l'assaillait et il essayait d'en retrouver chaque
détail avec une obstination délirante. Je deviens fou,
songeait-il, moi aussi je suis fou. La maison était
partout.

Ce n'était pas à proprement parler une maison, la
meilleure preuve étant qu'il n'y avait pas de piano. Un
lieu de passage seulement. Et les chambres... Rien que
des niches boisées, agencées comme des cabines que l'on
quittait à l'aube pour les retrouver le soir, fourbu et
heureux. Et il pensa : « C'est là qu'elle va vivre, là que le
vieux Bohush va essayer de la soigner. Dans cet isolement. Ce bout du monde. »

Au fond des armoires traînaient toujours des prospec-
tus vantant tel vinaigre ou telle eau parfumée — et,
toujours, précisant que la duchessee d'Uzès, *qui savait
ce que c'était que le sport,* s'en faisait livrer plusieurs
litres par mois —, des notices pharmaceutiques aussi —
pour les pieds c'était le Corricide Russe *dont l'effet est*

unique, pour les mains la Pâte des Prélats qui préserve des engelures — tout venait de France, tout pouvait être choisi et commandé à l'aide d'un *catalogue bijou envoyé franco*, et tout traînait d'une saison sur l'autre parce que Joseph *le noir* et Joseph *le blond*, les deux gardes chargés de l'entretien, n'osaient rien jeter de ce qui était imprimé en langue étrangère. « Mon Dieu, permettez-moi de m'arracher à ma mémoire. »

Et l'odeur ? Sidol, graisse à chaussure et *Oriza flowers* à l'héliotrope blanc — *extrait pour le mouchoir* — son parfum. « Mon Dieu, je vous en prie, permettez-moi de... »

Il s'abandonna à l'odeur. Elle lui fit l'effet d'un coup de barre en travers de la nuque.

Alors il se mit à vomir. A grands coups.

Ulric se retrouva devant le téléphone, faisant machinalement le numéro d'Adrienne. Il disait : « Je ne peux pas venir. » Il répétait : « Je ne peux pas. » Il l'entendait qui demandait : « Qu'avez-vous ? Vous êtes souffrant ? » Il réussit à articuler : « Ils ont tué Maximilián » avant de raccrocher et de vomir encore.

CHAPITRE XV

CETTE nuit-là, comme les nuits précédentes, une impulsion étrange ramenait Ulric vers Adrienne tout au long d'une interminable insomnie.

Il entendit sonner une horloge. L'heure lui importait peu. Il vivait un temps qui, brusquement, n'était que vide. L'idée lui vint néanmoins de vérifier quel jour on était, quelle date. Il alluma la lampe posée près de lui. On était le 27 novembre 1942. Il éteignit. Mais il avait oublié le jour. Il ralluma. On était... Il oublia aussitôt. Et qu'est-ce que cela change ? murmura-t-il.

Il y eut ensuite deux heures insoutenables, dont chaque seconde lui retentissait en pleine poitrine. Il était sur son lit, immobile, incapable de proférer un son. C'était comme si on lui avait coupé la langue.

Il songea longuement à son enfance.

Et chaque fois qu'à l'image fraternelle de Maximilián se superposait, atroce entre toutes, celle d'un condamné à mort, Ulric sentait ces images confondues l'accabler du poids sans nom de leur fatalité.

La chambre sentait le vomi, le malade. Il alla ouvrir la

fenêtre. Mais l'odeur persistait. L'homme malade, c'était lui. Une envie brusque le prit de se rafraîchir, de boire, de boire encore, sans jamais s'arrêter. Il imagina toutes sortes d'eaux, celle d'un puits, d'une source, d'une cascade. Il se voyait couler au creux de cette eau, recueilli par elle, enfin entouré. L'eau avait une forme, une voix. On eût dit qu'elle le hélait du fond d'un bois.

Toutes les forces de son esprit appelaient cette eau, *Adrienne.*

Et cette nuit-là, comme les précédentes, Ulric, sans qu'on pût dire comment, suivit le réseau de couloirs déserts, d'antichambres écarlates, d'escaliers enchevêtrés. Un espoir fantôme guidait ses pas. Adrienne seule pouvait... Mais quoi ? Le vider de ses pensées, peut-être. Tarir le flot des idées noires ?

Or, Adrienne n'y était pas.

Elle était sortie.

Elle avait fait cela. Elle était sortie cette nuit-là, sans s'inquiéter de lui, sans se demander ce qui le retenait loin d'elle. Elle pouvait donc tromper. Ainsi elle avait fait cela. C'était la chute profonde, sans rémission.

Jamais plus, pensa Ulric.

Et pour mieux s'en convaincre il répéta à haute voix : « Jamais plus. »

C'était sans recours : il ne voulait plus la revoir. Jamais. Il était deux heures du matin et il avait pris cette nuit-là une décision irrévocable. On était le 27 novembre 1942.

Cette nuit-là, à Marseille, Serge rapportait à Miguel des renseignements qui l'affermissaient dans ses pressentiments.

Un second amiral avait logé à la campagne Valbelle.

« Ça fait un peu beaucoup d'amiraux », dit Miguel.

Et personne ne s'expliquait pourquoi ce marin com-

mandait à des fantassins. Cinq mille hommes environ,
en *feldgrau*, cantonnés à Marseille. Ils n'étaient
pas restés longtemps. A peine deux jours, pendant
lesquels les gradés avaient assidûment *fréquenté*
chez Mme Lhoste.

Or, ces messieurs n'avaient de fantassin que l'uniforme.

Un paquet d'enveloppes égaré, remis à Serge par
l'intermédiaire de Précieuse, en faisait foi : ils étaient de
la Kriegsmarine, ils arrivaient de Brest et faisaient
mouvement sur Toulon.

Les cinq mille fantassins étaient donc des marins.

Le commentaire de Miguel :

« Ils nous prennent pour des cons. »

Sur quoi, animé d'une loquacité inhabituelle, il avait
informé Serge qu'il allait le signaler comme une « antenne » (*ouné anténé*) hors de pair, un type vraiment gonflé
— « Pas étonnant que tu sois russe » (*tou sois rousse*) —
un gars destiné à rendre toutes sortes de services, et que
ce ne serait plus à des *petites transports* qu'on l'emploie-
rait dorénavant *(dorénavanne)*.

Jamais il n'avait parlé autant.

Les signes avant-coureurs de l'aube montaient lentement dans le ciel à l'instant où ils s'endormirent.

Cette nuit-là, à Vichy, le secrétaire général des Affaires étrangères avait été réveillé en sursaut. Le consul
général d'Allemagne lui suggérait une excursion en
voiture dans le département voisin. Il était trois heures
trente du matin.

Krug von Nidda, qui avait un message urgent à
remettre au président Laval, souhaitait que le secrétaire
général l'accompagnât. Il fallait donc se rendre au
château de Châteldon, enfermé dans le cercle de ses
murs, avec ses deux tours, la carrée et la ronde, ses toits

pentus dominant le moutonnement des arbres, calme
comme un château d'opéra. Il s'agissait aussi — mais de
cela Krug von Nidda ne disait mot — il s'agissait de
mettre le président Laval devant le fait accompli : les
S.S. du 1ᵉʳ corps blindé marchaient sur Toulon.

Bien qu'ignorant le pourquoi d'une démarche diplomatique à laquelle il participait à l'aveugle, ne se
doutant de rien, pas même que son rôle allait se limiter à
faire le héraut qui, pour satisfaire aux meilleures traditions lyriques, crie «Ouvrez! Ouvrez!» jusqu'à ce que se
lèvent les herses, le secrétaire général s'était habillé avec
soin, veillant à ce qu'en dépit de la hâte et de la surprise,
rien dans sa tenue ne démentît le style gourmé qui
convenait aussi bien à l'esprit de la révolution nationale
qu'aux traditions vestimentaires du Quai d'Orsay.

Il fallait vivre.

Or, rendant compte des récents entretiens qu'il avait
eus à Munich, le président Laval avait déclaré :

«Hitler a été *bien.*»

Et, comme ça, parce qu'Hitler avait été *bien* et
Ribbentrop *amical,* M. le secrétaire général s'était mis
en route, la moustache courtoise, au point du jour.

Instants d'aube non levée, où, sur les hauteurs dominant Toulon, vêtus d'un *feldgrau* d'emprunt, des hommes de la Kriegsmarine disent qu'ils se sont laissé
déguiser pour rien.

«C'est les S.S. qui y vont.

— Alors pourquoi qu'ils nous ont accoutrés?»

Des voix étrangères montent, dans le noir. Elles échan-
gent des propos fragmentaires que hachent de violents
coups de mistral. Certains propos se perdent dans une
discussion désordonnée, d'autres surnagent.

«Si les S.S. y vont, c'est que nous, on n'y va pas, dit
un marin invisible et sarcastique.

— Et pourquoi qu'on n'irait pas ? demande l'autre.

— Parce que tout ça c'est de la politique, ajoute quelqu'un.

— Pourquoi tu dis ça ?

— Je dis ça parce que c'est comme ça : les S.S. c'est le personnel politique. »

Et la première voix reprend, toujours sarcastique :

« Pour chopper la flotte au nid, faut un peu plus que de la politique... Faut s'y connaître, d'abord.

— Tu peux le dire », acquiesce une voix conciliante.

Et la voix sarcastique d'insister :

« Faut s'y connaître en ports et en navires.

— Alors, ça oui. Faut s'y connaître.

— Vont se faire torcher, les S.S.

— Ça c'est parler.

— Vont se faire baiser, ces tordus.

— Comme tu dis. »

Mais des voix épouvantées les font taire :

« Vous allez la fermer, à la fin ? Vont nous faire coffrer, ces abrutis ! »

Assez parlé.

« A demain », dit la voix conciliante.

Alors la voix sarcastique :

« Pourquoi que tu dis à demain, puisqu'on y est demain. Non mais quel con ! »

Ce n'était qu'un événement banal de la vie militaire.

Il était trois heures trente du matin.

Instants d'aube pâle où, dans son poste routier, le gendarme Minelli sautait hors du lit et à peine vêtu se précipitait à la fenêtre, instant de demi-obscurité sur Ollioules, de lueurs indécises, où, tiré de son sommeil, Minelli tendait l'oreille vers une vibration confuse qui, loin, très loin derrière les collines, résonnait comme le murmure d'une foule invisible.

L'œil enfin accoutumé à l'obscurité, Minelli constatait avec soulagement que ce n'était pas sur *sa* route que ça passait. Sa route c'était « la 8 », la départementale n° 8. C'était celle-là qu'il avait à surveiller et aucune autre. Or, il n'y passait rien.

Pendant un moment il lui semblait avoir rêvé. Cela aurait pu être un cauchemar ou seulement le vent. Mais de seconde en seconde la rumeur s'enflait. Quand elle cessait, on n'entendait plus que le ronflement des deux hommes dans la pièce voisine.

Il donna un coup de pied dans la porte.

« Allez, allez, fit-il. Qu'est-ce que vous attendez ? »

Les hommes apparaissaient ébouriffés, bouclant en hâte leurs culottes. Eux aussi écarquillaient les yeux. Mais cette fois la rumeur se faisait plus précise. On aurait dit du bois fracassé par quelque chose de lourd qui glissait.

Des chars.

Le bruit caractéristique des chars.

Du fond de son inquiétude Minelli vit monter le visage heureux de Roseline. Elle lui souriait et, quoique soumis à la douceur de ce sourire, Minelli eut la sensation qu'il allait devenir pour toujours inaccessible. Toutes sortes de problèmes pesaient brusquement sur lui. Dans ce tumulte l'Algérie lui parut, elle aussi, à jamais interdite. « Je n'avais qu'à y aller plus tôt, songea-t-il. Il fallait prévoir. Maintenant il est trop tard. » Mais en même temps il sentait naître une grande force.

Il regarda machinalement sa montre.

Il était quatre heures du matin.

« Ç'est sur la départementale que ça déménage », dit un des hommes.

Il y eut dans le poste un moment de panique.

Ils n'étaient que trois, dotés d'un armement dérisoire : un fusil mitrailleur, quelques munitions et un pistolet signaleur. Or il leur avait été clairement expliqué qu'ils n'étaient là que pour donner l'alerte au cas où se produirait, par voie de terre, une attaque des plus improbables et à laquelle personne ne croyait. L'Amirauté moins que quiconque.

Seule menace : les Anglais.

A Toulon on ne redoutait qu'eux, appelés, selon les cas, les *Anglo-Juifs* (expression cinq étoiles, pratiquement réservée à l'amiral commandant la flotte, souvent suivie de l'appréciation : « Ils nous en feront voir des vertes »), ces *canailles d'Anglais* (encore très huppé), ces *cochons* ou ces *salauds d'Anglais* (moins huppé, encore que très usité parmi les deux et trois étoiles) ou ces *pédés d'Anglais* (entre matelots seulement et ne témoignant pas forcément de sentiments anglophobes) auxquels venait s'ajouter la pire racaille, celle des *émigrés* toujours considérés comme « capables de tout ».

En prévision de quoi, le plan de mouillage venait d'être hâtivement modifié.

En somme, tout ce qui menaçait Toulon ne pouvait venir que du Royaume-Uni, c'est-à-dire de la mer. Dans ces conditions la défense terrestre était réduite au minimum et six gendarmes, — trois à l'est, trois à l'ouest — suffisaient amplement à assurer la surveillance de deux routes d'accès sur quatre.

Pourquoi deux routes seulement ? Parce qu'il semblait inconcevable que des armées modernes empruntent des axes secondaires. Alors à quoi bon surveiller des départementales ? Les nationales seules étaient gardées.

A tout hasard, et pour parer à d'éventuelles surprises, aux deux vélos dont avait été doté le poste routier du gendarme Minelli, étaient venues s'ajouter deux motos. Les seules motos dont disposait la gendarmerie locale. Après quoi, à quelque temps de là, les gens de la brigade avaient récupéré leurs vélos. Il fallait de l'ordre. Et tout à l'avenant.

Mais d'évidence, maintenant que la rumeur se rapprochait, ce qui progressait vers Toulon comme une marée descendante se risquait bel et bien sur des itinéraires secondaires et l'on percevait soudain très clairement d'où le bruit venait.

« Ils en tiennent pour la départementale, répéta l'homme au ton compétent. Ça a l'air de contourner Ollioules. C'est quand même bizarre. »

Minelli décrocha le téléphone :

« J'appelle la brigade. »

Il essaya le Camp, puis le Beausset sans obtenir réponse. Il se tourna, perplexe, vers ses compagnons.

« C'est tout de même drôle, dit-il. Qu'est-ce que ça veut dire ? Il faut prévenir Toulon. »

Mais Toulon ne répondait pas davantage.

« On a assez perdu de temps comme ça, dit Minelli. On a dû couper les fils. Je vais jusqu'à l'Arsenal. J'en ai pour dix minutes. Attendez-moi ici. Toi tu prends le commandement jusqu'à ce que je revienne. »

Il s'adressait au plus compétent des deux hommes, celui qu'on appelait *le Parisien* parce que « Ça c'est Paris » était son mot à tout. Il disait : « Ça c'est Paris » quand la soupe était bonne, ou : « Ça c'est Paris » pour saluer le beau temps.

Minelli se sentait inexplicablement calme.

Il savait bien que cette impression de vide au creux du ventre, c'était la peur. Mais tout au fond de lui-même le calme était toujours là.

Le Parisien dit seulement :

« Pour moi, c'est les Fritz. Trois jours qu'y en a plein le pays.

— Si je pouvais au moins deviner par où ils ne passent pas, dit Minelli avec un regard précautionneux autour de lui.

— Quitte pas la 8, dit le Parisien. Peuvent pas déboucher. T'es bon jusqu'à Toulon. Mais grouille, parce que j'te le dis, pour moi, c'est les Fritz. »

Il s'écoula encore environ une seconde avant que Minelli ait mis la moto en marche. La première explosion du moteur lui parut gigantesque.

« Faut pas que je fasse de bruit », songea-t-il.

Il alluma son phare. Puis il pensa :

« Faut pas que je fasse de lumière. »

Il éteignit.

Après quoi il fit ronfler le moteur sans trop appuyer, rien que pour l'éprouver. Cela donnait un raclement hésitant, un bruit minable, comme le grincement d'un moulin à café.

« Qu'est-ce que t'en dis ? » demanda Minelli.

C'était tout de même un drôle d'engin.

« Ça c'est Paris », dit le Parisien.

Il se voulait encourageant.

Minelli embraya.

Mais l'impression de vide au creux du ventre persistait.

La France dans sa bêtise, sa vertueuse et capitale bêtise, c'était Toulon dans la quiétude de ses amiraux endormis.

Car ils dormaient.

Personne ne pourra jamais dire le contraire.

Ils dormaient en pyjama. De quel sommeil ? Et quel nom donner à ce sommeil de momies vivantes, de fossiles doués de respiration, de corps ruminants nourris de précédents historiques, gorgés de trafalgars et d'aboukirs, de vieux morts, et de morts récents, tous victimes de la félonie britannique, et tous à venger ? Sommeil de clubmen, le cul écrasé dans leur fauteuil, sommeil de cercleux assoupis sur une poudrière, sommeil de plomb.

A-t-on jamais dormi d'un sommeil plus absurde ?

Si l'on se demande ce qui les faisait dormir, cherchons d'abord à mesurer l'usure. Celle que provoquaient leurs querelles — ils se déchiraient comme des damnés — et leurs jeux puérils — ils étaient prisonniers d'un intermi-

nable tric-trac d'étoiles. Et tandis qu'ils calcu-
laient : « J'ai trois étoiles, il en a deux ; il est ministre, je
ne le suis pas », une paralysie spectrale les figeait.

Cherchons aussi à imaginer l'orgueil en tant que
soporifique. L'élite ne se trompe pas. Or, ils étaient
l'élite. Donc ils dormaient.

Ils étaient ceux dont on ne pouvait plus se passer. Tout en eux plaisait. Jusqu'à la couleur de leurs
uniformes qui ôtait de la mémoire toutes les variétés
possibles de kaki. A une exception près : le kaki ma-
réchalesque qui par phénomène de daltonisme collec-
tif apparaissait bleu horizon. Pour ce qui était des autres, clair, foncé ou caca, on en avait soupé. En comparaison, chacun trouvait au bleu marine rehaus-
sé de la note d'or des boutons, une rigueur sans ba-
vure, qui faisait des marins les communiants du régime.

Une mystérieuse aimantation les entraînait à Vichy.
Ils étaient partout : dans la police, dans les préfectures,
dans les ministères, assis dans le chœur, faisant Au-
nom-du-Père, les jours de cérémonie religieuse, au premier rang des tribunes les jours de défilé, sur les
estrades, embrassant les enfants, les jours de fête populaire. Ils étaient ceux que la foule applaudissait et le
clergé bénissait, des hommes providentiels, des pièces de
rechange comme on n'en espérait plus. Jamais on ne les
avait vus, au temps de la déroute, charriant leur famille,
filant, en douce, au volant d'une voiture, ou marchant
au coude à coude avec d'affreux fuyards. Jamais ils
n'avaient été surpris montant à l'assaut de mandarins-
curaçao dans le désordre des terrasses ou dévalisant des
épiceries à la faveur du tohu-bohu de la défaite. Ils
n'entraient pour rien dans le secret déjoué des forteres-
ses ni dans les plans des blockhaus, forcés comme de
médiocres coffres-forts. Les matelots étaient purs. On ne
les imaginait que vêtus de blanc et d'azur, comme les
enfants de Marie. Quant à leurs chefs, ils avaient mené

sur mer des cérémonies guerrières, dirigées avec ordre, ils étaient excellents au bridge, et faisaient de beaux ministres.

Vichy exploitait le mythe de la flotte invaincue tandis que les amiraux exploitaient le mythe de Vichy.

C'était un des commerces comme il s'en établit, en temps d'épidémie, autour des bêtes pestueuses quand la faim pousse vers elles toutes les races de charognards. Chiens, hyènes, mouches, arrivent par paquets. Ils dépiautent le cadavre, l'attaquent, le dévorent, s'y vautrent. C'est comme une perte d'instinct. Ils mangent, incapables de flairer dans cette chair morte, la mort qui les guette. Ils mangent comme dormaient les amiraux.

Cette nuit-là dix-neuf amiraux et commandants de bâtiments dormaient, chacun à son bord, d'un sommeil imperturbable. Ils ne pouvaient être dérangés que par la voie hiérarchique.

Il aurait fallu plus qu'un gendarme.

Et qu'est-ce qu'il venait foutre, celui-là ? Je suis le gendarme Minelli... Je suis Fortuné Minelli du poste de surveillance d'Ollioules.

D'abord convaincre le factionnaire.

« Faut que je voie ton chef.

— Et le téléphone ? Tu connais pas ?

— Y en a plus de téléphone, hé, connaud. Faut que je voie...

— Il dort, je te dis.

— Faut que je voie... »

Il y a dans le regard de l'homme éveillé en sursaut une expression d'effroi qui n'est peut-être que le choc de la conscience retrouvée. Le lieutenant de vaisseau Morel entendait-il seulement ce que disait Minelli ? Je suis le gendarme... Bon, et après ? Qu'y a-t-il ? L'officier chargé de la défense de la porte Castigneau regardait l'estafette-moto qui venait le prévenir. Mais le prévenir de quoi, cré nom de Dieu ? D'un bruit. Un bruit de quoi ? De chenilles. De moteurs. Enfin, d'activité, vous voyez ce que je veux dire. Ça déménage. Du bruit, quoi... Et quand ça ? Il y avait de cela dix minutes.

« J'ai foncé. Je suis venu d'un trait. »

Oui, c'était bien Minelli, Fortuné Minelli, du poste routier d'Ollioules. Personne ne l'avait précédé à Toulon. Ni message, ni appel. Tous ceux qui avaient *vu* étaient pris. Minelli n'avait qu'*entendu* mais il était là, à la porte de l'Arsenal. Et que lui disait-on ? Que lui faisait-on savoir par la voie hiérarchique ?

« On ne réveille pas le préfet maritime comme ça. Du bruit, c'est parfois rien. »

Ordre était donné au gendarme Minelli de regagner son poste et, une fois là, de s'assurer que le bruit persistait. Mais... Il n'y avait pas de mais. Il y avait à vérifier que les rumeurs étouffées étaient de vraies rumeurs, les piétinements de vrais piétinements, les grincements de chenilles de vrais grincements, et les chars des chars.

Il aurait fallu plus qu'un gendarme... Mais la machine était en route, et Minelli avait été le premier et le seul à donner l'alerte. Certes, cette nuit-là, dix neuf amiraux et commandants de navire dormaient encore. Mais deux enseignes de vaisseau étaient sur le qui-vive pour avoir dit à un gendarme :

« Lorsque tu auras vu, reviens. »

Il était quatre heures du matin, les effectifs étaient au complet et le sommeil des amiraux commandait au sommeil de trente mille hommes. Ils se partageaient l'air de Toulon avec cette ferveur que mettent à dormir ceux qu'un ordre de vie immuable fixe dans leurs habitudes. Le sommeil, quoi de plus sacré ? Les matelots dormaient avec des soufflements et des murmures pareils à ceux de la messe.

Cela faisait plus d'une semaine que l'on exigeait d'eux, jusqu'à l'épuisement, la connaissance parfaite de manœuvres conduisant à l'anéantissement de la flotte.

Gestes déjà faits : charrier les explosifs, placer les charges à proximité des appareils à détruire, préparer les foyers d'incendie.

Gestes qui restaient à faire : détruire les tuyautages, démonter les clapets des pompes, arroser d'essence les foyers.

Mots à retenir : coupe de masse, coupe au chalumeau, pétardement et cette expression-ci : *prendre les dispositions finales* qui, dans sa sinistre tartuferie, évoque le vocabulaire concentrationnaire et ses *solutions finales.*

C'était exiger des matelots des gestes et des mots qui contredisaient l'image qu'ils se faisaient d'eux-mêmes. Ils étaient ce qui glisse et ne pèse pas. Ainsi se veut un marin. Ils se seraient prêtés volontiers à des ruses. Ils se seraient laissé passer aux pieds des chaussons de cambrioleur pour devenir ce qui trompe l'ouïe, ils se seraient laissé masquer d'azur pour être ce qui échappe à la vue. Ils rêvaient d'évasion. Au lieu de quoi on les conviait à une cérémonie humiliante et qui s'opérait avec des gestes d'une rare lourdeur : gestes de déménageurs, de fossoyeurs, de soudeurs de cercueil.

Mais qu'y pouvaient-ils ?

Les quelques durs qui avaient crié « Appareillage » au nez du commandant de la flotte, avaient été traités de mutins. Ils étaient une trentaine. On les avait coffrés.

Le reste dormait.

Il était quatre heures du matin et la mer était puissamment calme. Comme une qui renonce et n'éprouve qu'indifférence.

Les escadres étaient au mouillage. Chaque bâtiment à son poste : *Panthère* entre *Lynx* et *Tigre, Sirocco* précédant *Trombe* et *Foudroyant, Sirène* après *Thétis* et *Caïman.* Des mouettes se posaient çà et là, le temps de tracer un mouvant pavois. Puis elles s'envolaient dans un grand fracas d'ailes vers leur première pêche. La plus acharnée, celle de l'aube.

On n'entendait pas d'autre bruit.

Ainsi, des Sablettes au Mourillon, les bâtiments étaient alignés côte à côte, sans se toucher, comme les époux royaux sur le couvercle des sarcophages, et les amiraux et les commandants de la flotte dormaient, tandis que le gendarme Minelli tombait brusquement en panne à quelques rues de l'Arsenal.

Il fouillait dans sa trousse. Il cherchait un outil au moment où un ouvrier à bicyclette passa en trombe à côté de lui.

« Taille-toi, jeta-t-il en passant. Taille-toi... »

La voix était sans timbre.

Minelli entendit comme un bref aboiement : « Oua, Oua » puis plus rien. « Oua »? Il ne connaissait pas ce mot-là.

Il se retourna.

Trois tanks et des chenillettes débouchaient venant de l'est. D'un bond il se glissa sous un porche et poussa une porte qui se referma sur lui. Et curieusement, ce n'était pas : « J'ai vu » qui lui vint en tête mais : « *Ils* vont voir. » Et curieusement aussi, ce n'était pas d'avoir *vu* qui l'écœurait mais de n'avoir pas été cru.

Toutes les pensées qu'il avait jusque-là retenues s'étaient mises, d'un coup, à glisser d'elles-mêmes, hors de lui, et la culpabilité générale devenait soudain éclatante.

« Imbéciles, songeait-il. Sinistres imbéciles. »

Au-dessus de sa tête, la maison s'éveillait. Les gens ouvraient leur fenêtre, risquaient un œil et demeuraient stupides.

La rue vibrait secouée par le tressautement des chenilles.

Minelli se sentait de moins en moins capable de supporter la réalité.

C'en était effrayant.

Il demeura longtemps immobile, au creux tiède de la

maison inconnue. Il pensa que son devoir eût été
d'accomplir quelque action d'éclat. Monter sur le toit,
hurler, alerter la ville. Il n'en fit rien. Il fit ce qu'allaient
faire, quelques heures plus tard, plusieurs milliers de
marins : frapper à la première porte et demander à
troquer son uniforme contre un costume civil.

« Changer de froc. »
Minelli s'efforçait de ne penser qu'à ça.
Il se voyait à Alger.
Ah ! oui, Changer de froc et de vie.

Que font les dormeurs, les rêveurs ?
Des Sablettes au Mourillon à quoi rêvaient les amiraux ?
Les Marquis, les Dornon, les Laborde, les Robin, les
Guérin, tous endormis, à qui rêvaient-ils ? Il était quatre
heures trente du matin. On était le 27 novembre 1942. A
quoi rêvaient-ils ?
Sur le *Strasbourg*, l'amiral Jean de Laborde donnait à
une conférence qui s'était tenue à Paris quelques jours
auparavant la conclusion qu'elle n'eut pas mais qu'il
aurait souhaité qu'elle eût : une conclusion de sable et
de vent. Il libérait de leurs réticences les visages de ses
interlocuteurs allemands. L'affaire était rondement
menée.
Plus personne ne s'opposait à son projet.
Oh ! ce rêve qui retranchait de la conversation d'un
conseiller d'ambassade, le Herr Doktor Rudolf Rahn les
moindres traces de désapprobation, faisait des représen-
tants de l'Oberkommando, tous plus silencieux que des
bûches, des officiers souriants, oh ! ce rêve vertigineux
où jusqu'à l'ambassadeur Abetz, soudain affable, lui
disait : « Va ! »
Et il entrait en campagne.
Voici levée dans le ciel la main libératrice de l'amiral

des Forces de Haute Mer. Et tous les gestes qu'il faisait en rêve, tous les propos historiques qu'il tenait, tous les profils illustres, tous les visages de cinéma qu'il offrait à la lumière du désert, tous les projets de monument dressé sur l'infini des sables pour l'information des générations futures, étaient des gestes, des propos et des projets qu'il aurait eus si les Allemands de Paris s'étaient montrés plus coopératifs et si l'entreprise qui lui tenait tant à cœur s'était réalisée : reprendre le Tchad aux *gaulliens*.

Oh ! ce rêve ! Oh ! cette victoire ! Oh ! ces zozos enfin matés ! Et avoir pour allié, pour compagnon d'armes un héros à sa mesure : Rommel.

Oh ! ce rêve...

A quatre heures trente du matin, dans son P.C. du fort Lamalgue, l'amiral Marquis dormait encore. Mais il dormait mal. Quelque chose l'agitait. Quelque chose le forçait à récupérer une lettre, écrite il y avait moins d'une semaine. Ce quelque chose tenait du cauchemar. Qu'avait-il à s'inquiéter ? Rêvait-il ou ne rêvait-il pas ? Il avait écrit au président de la Chambre de commerce. Rien de plus. Alors pourquoi fallait-il que cette lettre lui paraisse une monstrueuse bévue ? Il s'y exprimait en toute franchise. Il avait écrit à cet homme sans importance : *Je peux vous garantir que jamais les Allemands n'occuperont Toulon...* C'est tout simple, il avait écrit le 20 novembre à M. Moreni : *Je peux vous garantir...* Après quoi, il avait signé de sa main amirale. Où était le mal ?

Mais l'amiral Marquis n'est plus assez jeune pour ces sortes de rêves et tout lui est cauchemar, ce qu'il a écrit, mais aussi ce qu'il lit sur le visage de celui auquel il s'efforce d'arracher cette lettre, et jusqu'aux mots qu'ils ont l'un et l'autre, et jusqu'à la discussion qui s'élève entre eux et qu'il croit entendre, cette discussion qu'il entend. Qu'est-ce qui le fait tressaillir et se dresser parmi ses oreillers ? On passe dans la pièce voisine. On

discute. Qu'est-ce que c'est ? Qui ose ? Que signifie ?
D'où vient cette lumière ? Et ces voix ? Pourquoi la porte
s'est-elle ouverte ?

S'il est assis dans son lit c'est qu'il est éveillé.
Pourquoi ? Et qu'est-ce qu'on lui veut encore ? Ah !
s'extraire du cauchemar.

« Amiral ! »

Un lieutenant de vaisseau paraît sur le pas de la porte.

« Amiral ! »

Il avance. Et derrière lui avancent deux soldats allemands.

L'amiral Marquis regarde se produire l'impossible.

L'espace d'une seconde il souhaita désespérément
continuer à croire qu'il rêvait encore.

Au premier son qui rompt le silence des collines, un
homme de la Kriegsmarine secoue son compagnon
endormi. La flotte se saborde.

Le compagnon ne bouge pas.

Il y a un peu partout des pieds, des bottes, des formes
humaines sous des manteaux *feldgrau*. Ils n'ont pas été
engagés, ils sont toujours vêtus d'un uniforme d'emprunt, et couchés à l'abri de hauts arbres dans un
paysage inconnu.

L'homme éveillé saute sur ses pieds et regarde Toulon,
au loin, là où les fumées s'élèvent.

Il répète :

« Réveille-toi.

— Pourquoi ? demande une forme sous un manteau.

— Ils ont manqué leur coup, dit l'homme.

— Qui ça ?

— Les S.S.

— C'est pas dommage, répond la forme, sans bouger.

Il y a une accalmie puis une violente explosion.

— Encore une alouette d'envolée, dit l'homme éveillé.

— Tant mieux », répond la forme immobile.

Les explosions se succèdent de plus en plus rapprochées.

« N'en prendront pas un seul intact, dit l'homme debout.

— Leur fera les pieds, dit l'homme couché.

— Qui sait quelle connerie ils auront faite ?

— Cherche pas, répond la forme couchée.

— N'auront pas neutralisé les téléphones.

— Sont bien capables, ces enfoirés.

— Connaissent rien aux transmissions, dit l'homme debout. Rien aux navires, rien aux ports.

— Connaissent rien à rien, répond l'homme couché.

— Fallait pas envoyer le personnel politique.

— Fallait pas.

— On est toujours du même avis, toi et moi. »

Ce que la forme couchée répondait se perdit.

Peut-être l'homme sous son manteau s'était-il rendormi.

Aujourd'hui, 27 novembre 1942, il ne fait ni nuit ni jour. Un épais matelas de fumée recouvre la rade. Sur la plage arrière du *Strasbourg,* l'amiral des Forces de Haute Mer s'assure que, conformément à ses instructions, la flotte a sombré droit.

Mais la *Marseillaise* ne se redresse pas. Hélas ! la *Marseillaise* reste bêtement sur le flanc.

Va-t-elle ? Va-t-elle se redresser au fur et à mesure du remplissage comme l'on fait le *Colbert* et l'*Algérie ?* Il attend. Va-t-elle ?

Non, elle ne va pas.

La *Marseillaise* est là, comme une bête lasse. Navrant. Elle ne se redressera pas. Elle ne coule pas *comme prévu.*

Alors l'amiral Jean de Laborde fait un rapide calcul. Quel est l'angle d'inclinaison de la *Marseillaise ?*

Environ 45°sur bâbord, hélas !

Il a horreur du désordre.

L'amiral de Laborde regarde cette *Marseillaise* ava-
chie. Ses yeux sont tristes. Il avait pourtant été formel :
il fallait couler droit. Bien droit. Compris mes petits ?
Mais que faire ? La *Marseillaise* s'est couchée. Et puis le
temps des réprimandes est passé. L'amiral de Laborde se
contente de refaire une dernière fois ses calculs. « Environ 45°... » Plus de doute. Alors il murmure :

« Hélas ! »

Sa vertueuse bêtise était colossale.

CHAPITRE XVI

RIEN, nul secours.

Avoir vécu ce qui vous laisse vide de tout et froid et seul, telle était l'expérience qu'Ulric venait de vivre.

Il était resté plusieurs jours sans appeler Adrienne, mais aussi sans recevoir d'elle le moindre signe. Ce tac-au-tac était un coup auquel, sans se l'avouer, il ne s'attendait pas. Adrienne n'avait-elle pas, dans le premier silence d'Ulric, saisi au vol la première occasion de le planter là ?

C'était évident.

Du reste comment s'était-il comporté, lui, dans le passé, avec celles qui l'embêtaient ? Pas autrement.

Rien, pas un mot, pas un appel. Il fallait s'habituer à vivre à quelques mètres d'elle comme si elle était morte. Car Ulric n'ignorait pas que la proximité de leurs logements respectifs ne ferait pas qu'ils se *voient*. Le fait qu'ils habitaient porte à porte n'y changeait rien. Ils ne se rencontreraient jamais. Toutes les grandes villes possèdent cette mystérieuse faculté de rendre invisibles, aux yeux l'un de l'autre, ceux qui ne s'aiment plus.

C'est tout simple, se répétait Ulric, elle ne me *verra* plus. Il fallait s'habituer.

Sans ressentiment tant il était triste, Ulric constatait que chaque heure qui passait le renforçait dans sa décision : se libérer. Il y avait plusieurs raisons à cela. S'étant offert volontairement à l'idée de rompre, mieux valait persister dans son dessein. Et se précisait aussi l'idée qu'ils étaient, l'un et l'autre, les fruits de passés trop différents pour qu'il ne manquât pas toujours quelque chose à leur bonheur. Adrienne aussi devait en être consciente puisqu'elle ne lui avait jamais fait confiance au point de lui dire la vérité sur elle-même.

Le peu qu'il savait d'elle... On en revenait toujours à cela.

Qu'elle n'ait jamais perdu pied, jamais ressenti le désir d'être à Ulric jusque dans sa vérité complète, sa vérité absolue, qu'elle ne se soit jamais laissé emporter au-delà des limites qu'elle s'imposait, preuve irréfutable de l'existence, en elle, d'une zone où Ulric n'avait pas accès. Etait-ce une zone interdite à quelques-uns ou interdite à tous ? Toute la question était là. Qui comptait pour elle ? Qui aimait-elle ?

Le peu qu'il savait d'elle...

Or, elle savait tout de lui, tout de sa famille, de son enfance, des femmes qu'il avait connues, tout de Josefina. Car il lui avait aussi raconté Josefina. Il lui avait même avoué que, d'une certaine façon, elle était toujours dans sa pensée. Adrienne l'avait écouté avec une attention froide.

« C'est que vous l'aimez encore », dit-elle.

Et elle avait ajouté, tout en le guettant intensément :

« Si un jour vous la retrouvez, il faudra vous marier. Et si vous hésitez je vous y forcerai. »

La réaction d'Adrienne avait provoqué des craquements entre eux. Par la suite elle lui avait marqué de la froideur, comme si elle en voulait à Ulric de sa franchise, et que de lui avoir dévoilé le *fait Josefina* eût été un manque de tact. Quant à lui, il avait été choqué qu'Adrienne eût disposé de lui de cette façon. Comme si ça allait de soi. A croire qu'elle ne l'aimait pas. Du reste leur avenir semblait ne pas exister pour Adrienne. Jamais elle ne lui avait dit : « Après la guerre, nous... » Avait-elle seulement dit : « Nous » ? Jamais.

Ils n'avaient donc pas d'avenir, eux deux.

Il fallait rompre avant de tomber dans le harassant marasme des fins de liaison.

Restait l'enfance.

Mais cela faisait plusieurs jours aussi qu'Ulric s'éveillait avec la même surprise : tous ses refuges s'étaient évanouis à la fois. Jusque-là, toujours, au réveil, même quand il avait Adrienne, surtout quand il l'avait contre lui, une première pensée faisait surface, qui était l'âpre et doux résidu d'un passé ancien. C'était persistant, immatériel et aussi immense que le souvenir. Cela s'accumulait entre eux, cela montait comme de l'eau dans une écluse et Ulric se laissait submerger. Toujours il hésitait à bouger, toujours à s'éveiller davantage, sachant qu'une fois la conscience pleinement retrouvée il serait face à cette vérité si dure : le temps auquel il pensait, cette enfance enchantée était finie. Mais enfin le passé avait été là, quelques instants prisonnier de leurs deux corps, c'était toujours ça...

Aujourd'hui, plus rien. Plus d'état intermédiaire. Plus d'alibi. La réalité prenait le pas sur le rêve. En un éclair, la notion *mort de Maximilián, douleur, folie de sa mère*, prenait possession de son esprit et il mesurait ce que ces deux événements, ajoutés à sa rupture avec Adrienne, avaient changé dans sa vie : il avait perdu la Bohême. Elle n'était plus l'abri, la terre de toutes les béatitudes qu'il recréait en pensée jusqu'à se persuader qu'il la retrouverait un jour.

Il était sans espoir. Son passé n'était plus qu'un souvenir cruel parmi d'autres.

La particularité d'Ulric résidait en ceci qu'évocation du passé en tant que refuge et volupté du présent, tout naissait à la fois, tout allait de pair, tout procédait de la même présence : Adrienne. Fort de sa détermination d'en finir avec elle, qui agissait sur lui comme le recul agit sur le regard du peintre, il devenait évident qu'Adrienne avait été beaucoup plus qu'une diversion, ou même qu'une possession. Ils avaient eu l'un de l'autre un plaisir parfait, presque incroyable. Mais ils avaient aussi pris un plaisir immense à des riens. Tout leur avait été plaisir et leurs rapports avaient eu une qualité vitale si forte qu'Ulric, malgré l'accablante certitude qu'elle avait profité de cette nuit de désespoir pour le tromper, ne parvenait pas à se déraciner d'Adrienne.

Et il se disait que jamais rien n'existerait en dehors d'elle.

Ulric en était là de son bilan. Il était tard. Il venait de se mettre au lit quand le téléphone sonna.

Il entendit : « Ulric ! Ulric, vous m'écoutez ? Je vous attends. » La voix d'Adrienne, profonde, pressante, avec une sonorité inquiète qui tremblait comme le feu : « Ulric, je vous parle, répondez-moi. » Il pensa : « Il faut résister. Il faut que je me raidisse contre cette voix. Il le faut, à l'instant même, sans quoi ce sera trop tard. » Mais il était trop tard.

Abattu, les bras en croix, dans le travers du lit, il se laissa aller à la voix d'Adrienne : « Venez vite. »

Une fois qu'elle eut raccroché il hésita encore. Il pensa aux résolutions qu'il avait prises quelques instants auparavant et comme il s'était senti ferme. Il ne voulait plus.

Mais il se releva plus enchaîné que jamais.

A quelques heures de là elle était dans ses bras.

Et tout avait recommencé comme avant.

Extraits des Cahiers d'Ulric

J'ai pensé : «Admirable!» Elle avait les cheveux défaits. Son visage était différent. Son regard aussi. Je ne sais pourquoi elle m'est apparue alors sans défense ou tout au moins comme n'ayant d'autre défense que ce recours spontané à la ruse. Elle m'accablait de reproches. Elle essayait de me mettre dans mon tort aussi instinctivement qu'un animal en danger fait le mort, qu'un caméléon cherche à se confondre avec la surface qui le porte. «Quelles nuits vous m'avez fait passer!» répétait-elle. Comment lui tenir rigueur? Elle m'ôtait les mots de la bouche.

Parmi ses griefs figurait celui-ci : puisque mon premier mouvement n'avait pas été d'accourir, c'est qu'elle n'était rien pour moi.

En s'emportant, Adrienne emportait les dernières défenses dressées entre elle et moi.

Elle ne cessait de répéter :

«Mais moi. Ulric, moi que suis-je pour vous? »

J'ai dit :

«Sachez que je suis venu. »

Alors elle s'est appuyée un instant au divan, geste que je ne lui avais encore jamais vu faire.

Pendant une seconde, elle ressembla à une nageuse qui reprend souffle et forces avant de repartir. Elle portait sur son visage les signes d'une extraordinaire jubilation. Puis elle se rejeta à nouveau dans le feu de la discussion.

Elle demanda :

«Et vous avez été surpris de ne pas me trouver? Sans doute m'avez-vous crue en état de dormir? Sans doute m'avez-vous imaginée paisiblement couchée, malgré ce qui arrivait? »

Et elle ajouta :

« *Ce que vous pourriez détruire, Ulric, si vraiment vous avez pensé ça.* »

Et ses larmes coulèrent. Je la regardais pleurer avec le souvenir de mon angoisse des jours passés. Je savais ma défaite consommée.

Il fallait néanmoins que je sache où elle était allée, et puisqu'elle décrivait cette disparition soudaine comme un coup de tête, une façon de se venger, je gardais un secret espoir. Elle ne manquait pas d'amis qui continuaient à recevoir et se plaignaient de ne plus la voir. Je demandai :

« *Qu'avez-vous fait ?* »

Il y eut un silence. J'attendais. Elle m'a regardé. Elle m'a semblé plus pâle, plus défaite qu'elle ne l'était quelques instants auparavant, mais aussi plus résolue. Il y avait quelque chose d'implacable dans son regard. Enfin d'une voix glaciale :

« *Je vous ai trompé.* »

Je criai :

« *Je refuse de vous croire.*

— *Libre à vous.*

— *Avec qui ?*

— *Vous ne le saurez pas. Ce que j'ai fait a été fait parce que vous m'avez humiliée et que je ne suis pas femme à le supporter.* »

Quelle humiliation ? De quoi parlait-elle ? Je répétai :

« *Je veux savoir.* »

Mais elle professait que ce que l'on ne dit pas n'existe pas. Elle refusait toute explication.

Il m'a fallu plusieurs heures pour qu'elle daigne m'expliquer de quoi j'étais coupable. Elle le fit en détail et avec passion comme tout ce qu'elle faisait. L'humiliation, à l'en croire, venait de ce que je l'avais jugée indigne de partager mon malheur. C'était donc qu'il n'y avait pas d'égalité entre nous et que les choses se rapportant à mon frère et ma mère n'étaient pas son affaire, *ce qui l'avait blessée plus qu'il ne lui était possible de le dire.*

« J'aurais pu en mourir », dit-elle.

Elle avait l'air sincère.

« Je sais, dit-elle. *D'autres vous auraient attendu. D'autres auraient espéré que, le premier choc passé, vous viendriez enfin. Mais moi, voyez-vous, ce que je souhaitais n'était pas que vous veniez enfin mais que vous veniez aussitôt. Je sais... d'autres auraient pris les circonstances en considération. Moi pas. Qu'y puis-je? Je ne suis pas une sainte. Puisque je ne vous étais pas essentielle j'ai cherché à me prouver que vous ne m'étiez pas indispensable. Et c'est le contraire qui est arrivé. Vous m'êtes indispensable, Ulric. Si je ne le savais pas, je le sais maintenant. J'ai passé le reste de la nuit à me demander ce que je faisais là, entre ces bras, dans ce lit. Toute la nuit à vous chercher, à me demander où vous étiez, ce que vous faisiez. »*

Ainsi pour la première fois elle me disait qu'elle m'aimait. J'évitais de juger. Je l'écoutais et je la croyais. Je me disais qu'elle n'avait pas complètement tort en me considérant coupable et que jamais plus je ne lui donnerais l'occasion de se venger ainsi.

Oui, elle m'était infidèle, oui, elle me l'avait dit, je le savais, mais j'acceptais Adrienne.

J'étais repris.

Et cette nuit-là la douleur que j'avais en moi et que je ne cherchais pas à cacher me la rendait comme je ne l'avais encore jamais connue : Adrienne brûlante de tendresse, jetée dans mes bras, Adrienne reçue en plein cœur.

Nous avons parlé tard cette nuit-là. Ou plutôt je l'écoutais car, pour une fois, de sa voix nette et basse, elle essayait sincèrement de me livrer une part d'elle-

*même. Et je comprenais mieux ce qui avait provoqué
son désarroi : elle m'enviait mon passé. Oui, c'était la
gaieté, l'insouciance, l'immense facilité dans laquelle
j'avais grandi et dont je lui avais si souvent parlé qui
l'avait émerveillée.*

Un tel contraste avec son enfance à elle.

*Bien que dans l'art de feindre elle fût supérieure à
quiconque, cela se devinait.*

*J'ai noté, telle qu'elle me l'a racontée, la mort de sa
mère et ce qui s'ensuivit. Parfois je me demande pourquoi. Que répondre? Pourquoi, oui pourquoi? Rien de
précis dans ce récit. Comme si les paroles d'Adrienne
réussissaient à dévoiler le cadre d'un passé mais que ce
cadre restât vide. Est-ce à dire que ses omissions étaient
plus révélatrices que ses demi-confidences? Il m'est
souvent arrivé de penser cela mais aussi le contraire.
Certains jours, ce récit me semblait de peu d'intérêt.
Quelque temps plus tard je retrouvais ces notes, je les
relisais avec passion et croyais toucher du doigt toutes
sortes de révélations essentielles. A quelque temps de là
le cadre me semblait plus vide que jamais.*

Telle a été ma vie avec Adrienne.

Et ainsi, sans fin.

« Vous, vous avez eu une mère. Moi je n'ai eu qu'une
femme enceinte. Sans arrêt. Tout le temps. J'étais
l'aînée, vous comprenez... L'aînée de huit enfants qui se
suivaient d'un an en un an et lorsqu'il y avait un peu
plus que cela entre mes frères et sœurs, c'est qu'un
nouveau-né était mort entre-temps.

« A dix ans je ne connaissais que cette raison pour les
femmes de se plaindre — une raison et une seule de se
lamenter, d'enlaidir, de pleurer puis d'être emmenée vers
un lieu dont on parlait entre voisines en termes apeu-
rés : l'hôpital.

« Ainsi je ne garde aucun souvenir particulier de la

maladie qui allait emporter ma mère. Je me souviens seulement qu'une fois de plus elle était enceinte et que son état était moins visible qu'à l'accoutumée. L'enfant ? Où le cachait-elle ? Pourquoi ne grossissait-elle pas ? Pourquoi ne se plaignait-elle pas que « son ventre la tirait », que ses jambes étaient lourdes ? Pourquoi ? Je me souviens aussi d'un pincement de lèvres qui m'énervait assez, et de son air effaré lorsqu'elle était prise de nausée et qu'elle essayait de contenir le haut-le-cœur qui lui tordait la bouche. Alors elle détournait la tête et, avec un geste d'impuissance, me disait d'aller jouer dehors. Mais je ne bougeais pas. Je restais plantée devant elle, têtue. Où étaient passés le gosse, le ventre, la boule ? Je la dévisageais. Je demandais : « Où c'est que tu l'as « caché, ce coup-ci ? ». Elle me disait : « Va jouer. » Mais je ne bougeais pas.

« Je me souviens du jour où une voisine est venue la chercher en catastrophe, et comment elle m'a confié la maisonnée. Je me souviens surtout de la nuit où la voisine est passée nous annoncer que notre mère ne reviendrait pas et comme elle a dit : « Soyez sages. On passera vous chercher demain. »

« J'avais dix ans. Pour moi, ma mère était partie. Je ne comprenais pas où.

« Quelle singulière complicité peut se développer entre frères et sœurs, au cœur d'une nuit problématique... Je crois n'avoir aimé les miens que cette nuit-là.

« Ensuite nous avons été séparés. A l'exception d'une de mes sœurs je les ai tous perdus de vue. Ils ont réapparu, un à un, lorsque j'ai commencé à être connue. C'était longtemps après. Je les ai ignorés. Après quoi, je les ai effacés, comme tout le reste. Ils me sont indifférents.

« Je cherche ce qui fit de notre maison un lieu de panique. Peut-être, plus encore que la disparition de ma mère, était-ce tout simplement qu'abandonnés à nous-mêmes, nous nous trouvions sans aide devant des objets

qui soudain cessaient de se prêter à leur rôle quotidien :
le bois refusait de flamber, les casseroles de chauffer, les
légumes de cuire. Une décrépitude brusque. Et le plus
petit qui hurlait de faim.

« Ici se place la déroutante volte-face qui fit de cette
peur de cette faim, une griserie, une folle récréation et, à
notre insu, un grand jeu de mort dont un de mes frères
prit l'initiative. Soudain nous avons mesuré la surprenante liberté qui nous était laissée. Personne pour nous
interdire de renverser la table, d'empiler les chaises et
quoi encore ? Tout ce que nous voulions. S'improvisa
alors un jeu comme seuls les enfants savent en imaginer.
Cela consistait à construire ce qu'on appela *notre Monstre.* Je vois encore la grosse pomme en guise de nez, le
coussin qui lui faisait du ventre, les brins d'osier qui lui
faisaient comme une perruque, le pot qui lui servait de
coiffure.

« Et nous l'avions assis la tête tournée vers la porte.
Un vrai monstre aux aguets. Cela devait ressembler à un
Arcimboldo funèbre dressé entre les murs d'une petite
pièce, irréelle à force de désordre. Objet inquiétant,
parce que né de la désappropriation de tous les éléments
qui le constituaient, mais un bel objet, de cela je suis
certaine, un bel épouvantail, impassible, éternel.

« Cependant il nous semblait qu'il manquait quelque
chose pour que soit portée au plus haut point la beauté
de *notre Monstre.*

« Ce « quelque chose » c'était la lumière.

« Nous lui avons donné à porter une lanterne.

« L'incendie éclata très vite.

« Il s'éleva dans un flamboiement et avec des crépita-
tions qui nous parurent superbes. D'autant que la
maison était en bois.

« Nous étions déjà sur le pas de la porte quand d'une
seule voix nous avons crié : « Auguste ! » C'était notre
dernier frère que nous avions laissé endormi sur le lit. Je
l'ai sauvé de justesse.

« Quand les voisins arrivèrent nous étions éparpillés dans la prairie, comme un essaim disloqué en extase devant notre maison qui flambait.

« Par la suite, il m'a été dit que j'avais étonné par la terrible fixité de mon regard. Je me suis souvent interrogée à ce propos.

« Et les causes de cette fixité me semblent être que là, sur cette prairie, devant une maison qui partait en fumée, devant ce passé qui disparaissait de façon irrémédiable, je prenais pour la première fois conscience de ce qu'allait être ma vie. J'imaginais presque la femme que j'allais être, rejetée, à jamais en marge, d'une solitude sans rédemption.

« Ainsi commença pour moi une vie indécise.

« Mon père m'oublia. »

Là, Adrienne s'est arrêtée.

Je lui ai dit :

« *Pour une fois vous avez parlé plus que moi.* »

Elle m'a répondu :

« *Je n'ai parlé que de ce dont vous m'aviez parlé vous-même : votre mère, vos frères. Voyez quelle enfance j'ai eue. Que de bouleversements, que d'événements imprévisibles il a fallu pour que nous nous rencontrions, vous et moi.* »

Lorsque je lui ai dit : « *Ne pense plus à tout ça, ma Bohémienne, nous allons être dans les bras l'un de l'autre, c'est cela qui compte. Viens* », *elle a paru étonnée. Elle m'a demandé :*

« *Suis-je vraiment votre Bohémienne ?*

— *Tu l'es nuit et jour.*

— *Alors, appelez-moi souvent ainsi.* »

Puis elle s'est tue un moment. Après quoi elle se leva :

« *Voici l'aurore* », *dit-elle.*

Ce fut une aurore douce et brûlante comme un oubli de tout.

De cette aurore date un rêve que j'ai refait souvent par la suite. Jamais tout à fait pareil sinon pour l'essentiel : Adrienne, petite fille, est pieds nus. Toute une marmaille l'entoure. La maison flambe. A l'instant où je m'élance pour tenter d'éteindre l'incendie, la maison prend la route. Je ne sais comment décrire autrement la vision finale de ce rêve où je vois distinctement la maison d'Adrienne s'éloigner sur de hautes roues et disparaître lentement tandis que je reste interdit, nu et seul, au centre d'un pré.

De cette aurore date aussi l'envie accrue de noter les bizarreries d'Adrienne. Je l'ai fait spontanément, presque chaque jour, comme le collectionneur achète, entasse, sans jamais s'interroger sur le pourquoi de ses collections.

Ainsi le jour où je l'ai vue dans son bain et où à mon grand étonnement, j'ai remarqué que ce bain était l'occasion pour elle de s'immerger complètement, la tête en avant, d'aspirer de l'eau par la bouche, par le nez, puis de la recracher le plus sérieusement du monde, et cela à plusieurs reprises.

Cette Adrienne au bain je l'observais dans ses moindres détails, aussitôt consignés dans mes cahiers.

Adrienne à genoux, au centre de la baignoire, son dos étroit, sa peau mate. Et la bizarrerie de tout cela, encore accentuée lorsque sortant de l'eau, les cheveux trempés, elle s'enturbannait de blanc. J'ai noté chacune de ses réponses et son étonnement devant mon air ahuri.

« Est-ce donc si étrange ? m'a-t-elle demandé.

— Je n'ai vu que les Arabes se laver ainsi.

— Où ça ?

— Dans la cour des mosquées.

— *Ah! vraiment* », *fit-elle comme si jamais personne ne lui avait fait pareille remarque.*

Elle ajouta :

« *Et pourtant je ne suis jamais allée en Afrique. Non, jamais. L'Islam et moi... Je ne vois vraiment pas le rapport.* »

Elle fronçait les sourcils comme à un problème difficile. J'ai cru pouvoir risquer une supposition.

« *Sans doute quand vous étiez enfant... Quelqu'un vous aura appris.* »

Elle haussa les épaules.

« *Qu'est-ce que vous allez inventer ? dit-elle. Comme si on nous avait appris quoi que ce soit. C'est tout à fait impossible, voyons, Ulric.* »

Puis avec un grand accent de franchise :

« *Je ne me baignais que dans les mares, vous savez.* »

Et presque aussitôt le visage d'Adrienne prit une expression scandalisée et je me sentis convaincu d'avoir grandement manqué aux convenances. Elle me regardait comme si elle venait de s'apercevoir de ma présence dans sa salle de bain à l'instant même. Elle me parlait comme à un intrus sur lequel elle venait de buter.

Du reste elle ne voulait pas être observée dans son bain.

Et puis elle affirmait que j'étais là sans sa permission alors que j'étais certain qu'elle m'avait appelé. Il me déplaisait de la voir changer aussi vite. Je cessai tout à fait de l'aimer. Jusqu'au lendemain.

Il me faut aussi évoquer un certain projet de promenade.

Cela ne nous était jamais arrivé de quitter Paris pour aller dans les bois, comme de bons bourgeois d'avant-guerre. Il neigeait, ce jour-là. Adrienne affirmait que c'était la première neige et qu'il fallait en profiter. Elle allait se procurer une voiture, un permis de rouler, de l'essence. Elle avait une petite réserve accordée à titre professionnel. C'était l'occasion ou jamais de l'utiliser. Il suffirait que je sois en civil. Elle voulait, disait-elle, me montrer sa forêt, son château. Car je n'étais pas seul à avoir des souvenirs de cette sorte. Longtemps elle avait habité une ancienne abbaye au fond des bois. C'était à l'époque de ses débuts, lorsqu'elle était arrivée à Paris en inconnue, venant de sa province. L'abbaye avait été une maison pleine de rires.

J'étais, cette fois, presque certain qu'elle allait en dire davantage. Mais c'était une illusion de plus. Je sentis le fil se rompre et ses confidences en restèrent là. Elle voulait me montrer une maison qu'elle avait aimée il y avait longtemps de cela. Et c'était tout. Elle ne voulait pas parler. Me montrer seulement.

Rien que me montrer cette maison, de loin.

Rien d'autre.

Un je ne sais quoi dans la voix d'Adrienne m'alertait. Cette maison avait été celle de Lewis. Brusquement je me souvenais. Je réentendais Licia : Lewis, l'homme de la plus triste société qui soit, celle des don Juans français... et ce qui suivit. Et tout le reste. Et Licia consolatrice d'une Adrienne blessée. Oui, le reste, tout le reste, le pire peut-être.

Et là-dessus, je repoussai l'offre d'Adrienne. Pas de promenade ce jour-là. Je ne me sentais pas de connaître cette forêt.

« Pourquoi ? » fit Adrienne en me questionnant du regard.

On aurait dit qu'elle se doutait de quelque chose.

« Parce que c'est au-dessus de mes forces.

— Pourquoi ? répéta-t-elle.

— Parce que cette forêt sera pleine de fantômes. Il y aura les vôtres et il y aura les miens. Les vôtres ne vous dérangeront guère. Ils m'ont l'air joyeux. Les miens auront tous les visages de Maximilián. La forêt nous a fascinés et cela depuis notre plus jeune âge. Je ne peux même pas imaginer combien de factions nocturnes, d'affûts sommeillants, d'aubes magiques nous y avons

vécus ensemble. Alors je ne pourrai pas... J'aurai sans cesse l'impression que la forêt dans laquelle je serai ne forme avec l'autre, la forêt perdue, qu'un seul trait poudré de blanc, tendu au travers de l'Europe, et qu'il suffirait de le suivre... Et ça non plus je ne pourrai pas.

— *Je comprends, dit-elle. Nous irons une autre fois. Quand vous irez mieux. Quand il ne neigera plus. »*

Elle avait l'air de croire qu'il suffirait que la neige fonde... Comme elle me comprenait mal!

Enfin, il y eut le jour où, pour la première fois, j'entendis Adrienne chanter. Elle allait et venait dans la pièce immense qui lui servait de magasin. Et ce qu'elle chantonnait, bouche fermée, était d'une étrangeté... Je restais, interdit, dans la pénombre. Elle ne savait pas que je l'écoutais. D'où lui venait cette chanson? J'ai failli crier : «Que chantes-tu là?» Je n'en ai rien fait.

Une fois rentré chez moi, j'ai essayé de noter la chanson d'Adrienne. Ce n'était pas facile. Je butais sur un intervalle qui revenait sans cesse : mi bémol, fa dièse, mi bémol, fa dièse. Quelle bizarrerie... Une seconde augmentée.

La chanson d'Adrienne avait quelque chose de tzigane.

Ainsi j'ai tout noté d'elle, consciencieusement, scrupuleusement. Pouvais-je deviner que pendant des années, ces cahiers allaient être notre seul lien? Et que de camp en prison, puis d'exil en exil ils allaient recréer pour moi, dans ma solitude, le mystère d'Adrienne tel qu'il s'était posé lorsque nous vivions ensemble? Mais je ne pouvais me douter que, loin d'éclaircir quoi que ce soit, chaque mot de ces cahiers allait me renvoyer au mystère d'une femme qui se donnait, se reprenait, paraissait et disparaissait à travers ses vérités et ses mensonges, et cela jusqu'à l'exaspération, jusqu'à la folie.

CHAPITRE XVII

MIGUEL avait lâché la vérité en un minimum de mots et
sur un ton indifférent. Il n'était pas homme à prendre
des gants. Et comment agir autrement ? On ne pouvait
tout de même pas expédier Serge à Paris sans l'affranchir.

Serge avait commencé par ne pas y croire. Il avait
demandé :

« Mais enfin, es-tu sûr ? Et cet homme, l'as-tu vu ?

— *Si.* »

Si, dans la bouche de Miguel, c'était moins qu'un
chuchotement, moins qu'un souffle. Il arrivait à faire *si*
sans remuer les lèvres, sans qu'un muscle de son visage
bouge.

Et s'il y avait eu malentendu ?

Miguel n'avait aucune envie de laisser Serge à ses
illusions : *L'amanne est allémanne,* dit-il. Cela sonnait
drôle. Serge n'était pas sûr d'avoir compris.

« C'est à cause de cet Allemand que tu l'as quittée ?
demanda-t-il.

— *Si* », dit Miguel.

Il avait levé sur Serge son regard d'ombre, qu'obscur-

cissaient de longs cils. Il y avait dans le regard de Miguel
quelque chose qui faisait qu'on le croyait. En dépit des
lunettes à monture d'acier, ses yeux étaient comme deux
puits qui lui trouaient le visage. Et là-dessous, des
pommettes saillantes, des joues creuses. Comment mettre sa parole en doute ? Bon Dieu, je donnerais n'importe quoi pour qu'il se soit trompé, pensa Serge. Je
voudrais croire qu'il s'est trompé, ne fût-ce qu'une
seconde.

« C'est un brun, dit Miguel.

— Tu crois qu'elle l'aime ?

— Elle est comme les gitanes.

— Et les gitanes sont comment ? demanda Serge.

— Elles n'ont pas de patrie.

— Adrienne est très belle, dit Serge.

— Elle l'a été.

— Moi, je trouve qu'elle l'est encore.

— C'est bien possible », dit Miguel.

« Putain, pensa Serge. Oui, putain, voilà le mot.
Garce, saloperie de garce. Mais je le regrette. Et puis ça
ne sert à rien de regretter. Ça ne m'empêche même pas
d'avoir honte. »

« Ça te fait vraiment quelque chose ? demanda
Miguel.

— Ça se pourrait... »

Et ses lèvres se mirent à trembler. Serge détourna la
tête.

« *Hola*, fit Miguel, *hola Sergé !* »

Il lui posa la main sur l'épaule. Il regardait Serge
gravement, attentivement :

« Serge, dit-il, tu m'entends ?

— Oui, Miguel.

— Tu es malheureux ? »

Serge pleurait sans bruit. Les larmes coulaient le long
de son nez. Il avait toutes les peines du monde à ne pas
sangloter.

« Je connais ça », dit Miguel.

Il parut hésiter. Puis sans regarder Serge :

« Tu as rêvé trop fort, dit-il. On rêve qu'on gagne et puis, rien, et rien et encore rien. Je connais... »

Il parut hésiter :

« Il faut avoir connu ça une fois dans sa vie, pour comprendre, dit-il. Moi je comprends et ça me fait plaisir de te le dire. Ça va ?

— Ça va, Miguel.

— Si jamais ça devait se passer deux fois dans la même vie, je me demande si on serait capable de supporter.

— Sans doute pas.

— Toi tu connaîtras sûrement d'autres rêves. De ceux qu'on réalise.

— Quelqu'un m'a déjà dit ça », répondit Serge.

Il pensait aux bords de Loire, et à la voix d'Adrienne : « Un jour tu verras toi aussi... La musique rose du marronnier. » Il souriait.

Le cap était passé.

« Il va falloir gagner », dit Miguel.

Avant tu te serais effondré, songeait Serge. Avant qui ? Avant Miguel. Il est clair qu'il te tient lieu de tout. L'image d'Adrienne s'est mise à pourrir. Laisse... Laisse pourrir. Fais comme si tu pouvais supporter. Cela réduit la désillusion à une banale péripétie. Tu avais mis en elle tous tes rêves. Elle n'en demandait pas tant. Elle a toujours obéi à ses caprices et tu le savais. Tu as tout confondu. A qui la faute ?

Il ne fallait pas te faire un monde de ce que tu étais seul à éprouver. Tes amours ? Une demi-nuit, pendant laquelle tu as cru t'offrir, comme un dédommagement royal, une femme qui était à la fois la mère qui t'a fait défaut, et la sœur irrésistible que tu n'as pas eue. Et

comme cela ne suffisait encore pas à effacer tes années
grises, tu es allé t'inventer une maîtresse mythique. Et tu
l'as attendue pour de vrai, ta conquête, convaincu
qu'elle allait accourir et se blottir dans ton petit *home*.
Couillon, va. Triste couillon.

Tu te voyais, vivant un grand amour dans ton deux-
pièces-terrasse. Ce que tu as pu rêver ! Tu te voyais digne
fils de ta maman, mitonnant des ragoûts, courant au
ravito... pour elle. Aïe, ma mère ! Et quand vous aviez
fini de boire et de manger, tu l'avais en rêve, toute à toi,
avec les volets mi-clos et les bruits de la rue, ta rue aux
voix sonores, aux mots comme des fanfares, tu l'avais
dans ton lit avec le joyeux parler de ta rue, le grincement
lointain des tramways et les odeurs aussi. Car il y avait
encore des odeurs à l'époque où tu rêvais le plus. Tu te
voyais, faisant des choses avec elle dans les odeurs
chaudes de la rue, elle Adrienne, en linge de soie, et toi,
penché sur elle, dans les odeurs d'huile, de friture de
tomates, d'oignons. Ce que tu as pu rêver !

Elle, tenue serrée dans la douceur des draps, à toutes
les heures du jour et par tous les temps, Adrienne les
jours de vent furieux, l'Adrienne de ces Pâques déchaî-
nées où la mer, noire de mistral, grondait jusque dans ta
chambre, la mer hérissée de mèches folles, échevelée,
striée de blanc, avec des frisons d'écume, la mer crêpue,
Pâques nègres, et elle, si douce, qui te disait : « Je
t'aime comme le vent », ce jour de Pâques, noires et
blanches. Elle venait presque chaque soir. Et quand elle
ne venait pas, tu t'endormais vêtu de son linge, en rêve,
sa chemise roulée en chèche autour du cou, certain
d'avoir, contre ta peau, quelque chose d'elle, son parfum, la caresse de la soie. Et le matin, à force de rêver,
elle était là et tu restais paralysé de bonheur, longtemps,
sans bouger, derrière les rideaux tirés, avec la brise de
mer pour les agiter mollement et la joie du soleil en
transparence, les grands rideaux blancs secoués par le
vent comme les étendards de ta reddition, comme les

symboles de la victoire d'Adrienne. Oh! Adrienne à
Marseille, dans ton lit. Oh! rare Adrienne!

Allons... Laisse-nous tranquilles. Et cesse de geindre.
Jamais elle n'aurait voulu de toi. Tu ne fais pas le poids,
bonhomme.

Elle n'en est pas encore à se servir aux portes des
collèges. Ni mère, ni sœur, ni gourmande de jeunes gens.
Tu as tout confondu. D'Adrienne, tu as fait une femme
trois fois imaginaire. Et tout ça, à cause de quelques
secondes de reptation aveugle en direction d'un corps qui
n'a rien éprouvé et n'a crié que de peur. Quelle absurdité!

La vie n'offre pas de dédommagements, hé fada.
Mets-toi ça dans la tête, une bonne fois. Maintenant tu
le sais. Et à qui le dois-tu?

A Miguel. Alors cesse de tout confondre. Il t'a ouvert
le chemin de la vie éveillée. Tu n'en rencontreras plus
comme lui.

Il croit à ce qu'il fait comme il croyait à l'Espagne :
son Espagne de républicain. Il te l'a dit joyeusement. Il
a le bonheur grave des convaincus. Il t'a dit : «Je crois
comme un prêtre sauf que je ne crois pas aux prêtres.»
Il t'a dit que si nous échouons il n'aura plus qu'à s'en
aller. Quitter Marseille comme il a quitté Barcelone et
recommencer ailleurs, contre les mêmes gens. Il t'a dit
que s'il fallait se battre toute sa vie, il était prêt. S'en
aller lui paraît naturel puisque ce serait pour continuer.
Jamais il ne t'a demandé si tu partirais avec lui. Jamais
il n'a cherché à t'endoctriner. Un jour tu lui as demandé
pourquoi. Il a répondu : «Pas mon boulot.» Son boulot
consiste à organiser le combat des étrangers. Rien
d'autre. Tu es donc avec Miguel, dans le camp des
étrangers qui sont *contre*. C'est clair, non? Tu es, avec
Miguel, *contre* les nazis et ceux qui sont *pour*.

Miguel, lui, est communiste. Il n'a jamais eu à te le
dire parce que, ça aussi, c'est clair. Ça se voit, comme le
nez dans un visage. Ceux que ça dérange, tu les emmer-

des. Tu es sous son commandement et tu emmerdes tous
ceux que ça dérange. Tu sais, du reste, qui tu déranges
et pourquoi. Tu sais comment vivent ceux que ça
dérange, et de quoi ils vivent. Tu les as vus vivre. Ils ont
cru que tu étais des leurs. Et il s'en est fallu de peu...

Maintenant ils te regardent de travers. Il y en a même
qui traversent la rue pour ne pas être obligés de te
donner la main.

Un jour, où tu es entré au Cintra avec l'ami de Miguel,
celui qui a un physique de picador en retraite, l'homme
rencontré sur le pont de la Loire, ce jour-là, une que tu
connais t'a fait l'œil de verre. Tu t'en fous... Fais comme
si... Il est vrai que le picador était habillé il fallait voir
comme. Et puis une tête pas ordinaire. Sinistre et plus
ratatinée qu'un citron. Avec un de ces galurins. Les Espagnols de Miguel ont parfois de ces gueules. A faire peur. Il
y a parmi eux des bougres dépenaillés. Oui, à faire peur.
N'empêche que le jour où une demoiselle du Prado, tout ce
qu'il y a de comme il faut, s'est mise à slalomer entre les
tables, un détour à tout casser, en dandinant du cul, rien
que pour vous éviter, toi et le picador en retraite, ça t'a fait
mal. Peut-être que c'était les consignes de monsieur son
père, à cette petite.

Ces gens-là attendent. Depuis Miguel, tu n'attends
pas. Chacun vit comme il veut. Mais, conviens-en, avant
Miguel, tu avais pour amis une bande de salauds pas
ordinaire. Tu as mangé à leur table. Ils t'ont confié leurs
filles. Tu les emmenais en promenade. Maintenant tu ne
pourrais plus. A qui le dois-tu ? A Miguel.

Il t'a donné la force d'être *contre*.

Et il faut que ce soit maintenant, il faut que ce soit au
moment où tu t'es fait à tout, aux missions qui, dans le
fond, te font horreur, maintenant que tu t'es fait à l'idée
que certaines gens devront être abattus et que tu en
connais la liste de mémoire — les socialistes vont essayer
de liquider Pucheu, mais nous on va faire Gassowsky,
Paul de Gassowsky, le chef de la Milice — comme de

mémoire tu sais aussi où vont être posées les bombes des
semaines à venir — hôtel Splendide, à l'heure du *five
o'clock* de ces Messieurs ; 2, rue Paradis, dans les
bureaux de recrutement de la L.V.F. ; dans les bordels
réservés des rues Beaumont et Lemaître, là où s'adres-
sent ceux de la Wehrmacht prêts à succomber aux
canailleries des « mamzelles » ; à la rédaction de *Grin-
goire:* la liste est longue et ce n'est qu'un commence-
ment — et c'est maintenant, maintenant que tu as
assimilé ce qu'il te faudra dire aux gens de Paris et
surtout ce qu'il te faudra essayer d'obtenir d'eux —
pourquoi Oberg est-il venu traîner ses bottes par ici,
hein ? Qu'est-ce que ça nous prépare encore ? Le Höhe-
rer S.S-und Polizeiführer à Marseille, « Pas pour manger
une aïoli » dit le vieux qui ressemble à un picador —
c'est maintenant que Miguel frappe à fond et te matra-
que avec l'*Allémanne* d'Adrienne. Et il te faudra vivre
avec cette dalle sur la poitrine. C'est tout de même trop.

Miguel dit qu'il a un nom impossible l'Allemand
d'Adrienne, un nom à tiroirs. Un noble *(ouné noblé)*. Il
dit aussi qu'elle aurait pu tomber plus mal. Et toi :

« Adrienne ne tombe pas : elle choisit.

— Exact », a dit Miguel.

Il lui fallait au moins ça, à Adrienne. Elle a fait
collection de *noblé* toute sa vie. Et ça va durer longtemps
cet appétit ? Elle n'en aura donc jamais assez ? Sacrée
Adrienne.

Encore une confidence de Miguel : un jour où il la
conduisait à une réception et qu'elle était, avec sa
cascade de colliers, toute frêle au fond de son énorme
voiture, comme perdue, la frange très noire en saillie sur
le front et avec des colliers et des colliers, ce jour-là
l'idée lui était venue que la femme qu'il conduisait était
Adrienne mais qu'elle avait été quantité d'autres femmes auparavant, et que ce n'était pas fini, qu'elle serait
encore d'autres personnes, une quantité d'autres personnes, et qu'on ne pourrait jamais se fier à aucune. Cette

pensée ne lui avait pas fait plaisir, à Miguel. Aussitôt il s'était dit : « Pourvu que je n'aie jamais à la haïr. » On n'aime pas haïr qui a été votre boire et votre manger.

Et tu te voyais débarquant chez elle à l'improviste, cette fête. Accueilli comme le petit Jésus. Et fier, si fier de la surprise que tu lui ferais. Fier, tu ne le seras jamais plus. Arrange-toi avec ça. Oh ! Adrienne pourquoi ?

Et maintenant, suffit, se répétait Serge. Laisse pourrir... Mais ce n'était pas si facile. Et ces pensées ne liquidaient pas tout.

Serge pesait les choses.

Deux jours qu'il était à Paris et déjà pressé d'en repartir. Ce qu'il avait vécu était différent de ce qu'il avait prévu. Rien à voir avec l'état d'exaltation dans lequel il était parti. Un mélange bizarre de fascination et d'écœurement.

Paris était un autre monde.

Il logeait à Levallois-Perret, chez des hommes de Miguel. Au-dessus d'un garage réquisitionné. Ce n'était pas pour rien qu'ils étaient placés là, ces deux Tchécoslovaques. Munis de faux papiers, deux mécanos, deux frères. Ils travaillaient en bas, sur les véhicules allemands. Lorsqu'ils remontaient, ils rapportaient de la nourriture, chapardée à la cantine. Assis en tailleur sur le sol, ils regardaient Serge manger, d'un regard appliqué, vigilant. Ils veillaient à ce que leur larcin disparaisse jusqu'à la dernière miette.

« Faut pas de traces », disaient-ils.

C'était en cas de fouille.

Serge ne se faisait pas prier. Il mangeait. Et chaque déglutition suscitait chez les deux garçons le même intérêt silencieux, presque grave. Ils demandaient : « C'était bon ? » S'il restait un bout d'os, un cartilage, quelque chose, ils allaient le planquer dans une cache ou le jeter dans la cuvette des W.-C., sur le palier.

Ensuite on jouait aux dominos.

Il n'y avait pas le moindre meuble dans la pièce. Rien que trois paillasses. Ils se chauffaient avec des briquettes en papier compressé. Des journaux allemands.

Mais leur aide s'arrêtait là.

Il était évident que, pour le reste, ils ne pouvaient être d'aucun secours. Ils étaient natifs de Pilsen.

Serge avait attendu une fois dans le square des Invalides, sous la pluie, une autre fois sur un banc de Sainte-Clotilde, les deux fois passablement désorienté, grelottant et sans cesse en train de se colleter avec la même question : « Faire signe à Adrienne ou pas. »

Ses *liaisons* avaient toujours été ponctuelles.

De ce côté-là pas de surprises.

Courrier, collecte, tout était allé finir en bonnes mains.

C'étaient plutôt les manières des gens qui l'avaient quelque peu abasourdi. Tous avaient ceci en commun : ils bavardaient excellemment. Très diserts, mais compassés et d'une tenue soignée. Cela le changeait du mutisme de Miguel, des visiteurs aux accents imprévisibles, des sandalettes, du feutre cabossé et de la lente gravité du vieux picador : le cahin-caha marseillais. Et ces gens étaient d'une courtoisie... Jamais Serge n'avait été l'objet de pareils égards. Il en perdait contenance.

Il pensait : « A quel point je me sens provincial ! »

Pas mal d'heures avaient été occupées à ce que ses interlocuteurs appelaient des *recherches*. Cherchaient-ils vraiment à savoir le pourquoi du voyage d'Oberg à Marseille ? Serge comprit d'évidence que l'on enquêtait non pas sur Oberg mais sur son compte à lui, Serge, avant de le brancher sur les informateurs susceptibles de le renseigner.

Le procédé ne l'étonnait pas. Avant de quitter Marseille, il avait été sommairement dégrossi. Une semaine d'instruction menée tambour battant. Une façon de bachotage.

Pas simple, sa mission. Elle n'était pas de la compétence de *l'organisation* de Miguel. Pour réussir il fallait tâter d'un autre tissu. Mais lequel ? C'était à décider sur place. Un magister, au parler sec, aux vêtements étriqués — sans doute un ancien du deuxième bureau qui travaillait en liaison avec les équipes franches — s'était chargé de préparer Serge avec des *premièrement*, des *deuxièmement* et une propension jubilatoire à parler par initiales. Les initiales devaient s'associer, dans son esprit, à une idée d'ordre, de bon ordre, d'entente tacite entre l'esprit imaginatif qui les avait imposées et l'esprit constructif qui les utilisait. Il usait des initiales comme un poisson de l'eau. Elles étaient son ordinaire, son petit loto personnel. Il s'y épanouissait.

« Il y a le S.O.E. (1) qui travaille pour l'I.S. (2). L'I.S. phosphore pour le compte des Britanniques. Rien de neuf à ça. C'est de bonne guerre. Je les connais, parbleu. Les ai pratiqués longtemps. Pas d'offense. Bon. Passons. Il y a les spécialistes du noyautage. Là vous avez vos chances. Ils ont les mains partout. Possible que ce soit sur le N.A.P. (3) qu'on vous branche. Possible mais pas certain. Il y a les agents de la F.L. (4). Tous aux ordres du roi Charles. Manquent de personnel. Essayeront de vous mettre la main dessus et s'ils savent quelque chose ne lâcheront rien. Chasse gardée. Il y a le S.R. (5) polonais dont le chef de famille réside ici. Des citoyens de première, mais qui ne peuvent rien pour vous. Et puis leur langue complique tout. Quand on leur demande d'en utiliser une autre, prennent ça pour une injure. Considèrent le polonais

(1) Special Operations Executive.
(2) Intelligence Service.
(3) Noyautage des Administrations publiques.
(4) France Libre.
(5) Service de Renseignements.

comme un dépôt sacré. Moi, je veux bien. Pas d'offense. Mais dans le renseignement vaut mieux se
faire comprendre... Bon. C'est leur affaire. Passons.
Enfin il y a *vous*. Personne ne peut nier que vos
G.S.D. (1) ont pris une sacrée avance. Et la M.O.I. (2),
donc. Et les èf-té-pé-èf (3), du camarade Miguel ?
Ça c'est des bonshommes. Parce que, comprenez-vous,
que mon client dépende de la Résistance politique ou la
Résistance militaire, moi je m'en tape. L'esprit de
chapelle, le genre ancien combattant, très peu pour moi.
La Résistance n'est pas un club. Faut savoir si
le bonhomme en a dans sa culotte ou pas. Tout est
là... Tout est une question de bonhomme... Bon. Ceci
n'empêche que vos gens, eux aussi, resteront court.
Ce que vous cherchez n'est pas dans leurs cordes.
Ne nous leurrons pas : pour élucider ce qui a causé le déplacement du général de police Carl
Albrecht Oberg il faudrait être branché directement
sur le ministère de l'Intérieur du Reich. Point à la
ligne. Reste l'armée. Des rombiers aussi capables qu'un
quelconque des seigneurs précités de noyauter un
service d'entretien, de rafler ce qui traîne dans les bureaux, et de vous alambiquer une analyse du contenu
des corbeilles aux petits oignons. Nous avons ici un
service de l'O.R.A. (4) qui est des plus fervents. Et j'en
passe... Car aucune chance que vous ayez quoi que
ce soit avec eux. Pas fous les *mirlitaires*. Cloisonnés
à bloc. Ne travaillant qu'entre eux. Des chefs !
Non, pour moi, vous serez mis en cheville avec de ces
traînards à double ou triple appartenance. De terribles faiseurs d'embrouille. Le pire pissouilli. La cuve à
potins. Mais qu'y faire ? Il n'y a pas d'autre solution.

(1) Groupes de Sabotage et de Destruction.
(2) Main-d'Œuvre immigrée.
(3) F.T.P.F. Les Francs-Tireurs et Partisans français.
(4) Organisation de Résistance de l'Armée.

Car aussi étrange que cela puisse paraître, il arrive souvent que l'on récolte dans un salon ce qu'aucun service sérieux n'est en mesure de trouver par ses propres moyens. Une des bizarreries du métier.

« Je ne vous envie pas. On va vous plonger en pleine merdouille. Et en avant ! Tête première dans le bourdalou. Alors courage, hein... Et bon bain. N'allez pas boire la tasse. »

Il ajouta que si Serge était porté sur la bagatelle il connaissait une adresse, genre hôtel de passe, où l'on pouvait se rendre *les yeux fermés* :

« Des paroissiennes tout ce qu'il y a de girondes et pensant *bien*. Aux heures de relâche on n'y parle qu'anglais. »

Il pouffa.

« Vous allez vous en payer », dit-il.

Puis il fredonna. Cela lui arrivait souvent. Tantôt il chantait :

> *Si les filles de joie sont jolies*
> *Si jolies...*
> *C'est la joie qui veut ça,*
> *C'est la joie...*

Tantôt il récitait *La Triste Fin d'Alcide Capitane*, la petite reine du trapèze.

Parfois il pouffait tout seul à des gauloiseries coloniales. Parfois aussi il débitait des histoires sans queue ni tête.

Il avait le goût des anecdotes.

Celle d'une majesté zouloue, qui n'avait porté de bottines qu'un seul jour, celui de sa mort, revenait souvent. Quand Serge entendait : « Il ne restait à Cittiwayo que ses bottines et ses yeux pour pleurer », c'était signe que la leçon était terminée.

Il s'attendait au pire. Mais le pire tardait. On le faisait
droguer.

Serge en était à croire qu'il allait rentrer bredouille
lorsqu'on lui fit savoir qu'on tenait son affaire.

Le mérite en revenait à une femme qui écumait les
salons de la collaboration. Une grande bringue facile à
reconnaître : la cinquantaine sonnée, plus de bouche
que de visage, une jument tout en lèvres avec une sorte
de génie pour susciter les confidences et encourager le
persiflage.

Le rendez-vous était à la terrasse du *Pam-Pam*. Serge
la vit arriver à vélo, les jupes au vent, avec un chapeau
très en avance sur la saison. Un printemps glacial. Le
couvre-chef lui parut extravagant. Mais elle avait une
excuse. Ce qui se déployait sur sa tête, la voilette
blanche en brouhaha et les éléments comestibles en
couronne, étaient leur signe de ralliement. Donc les
cerises-chantilly avançaient vers lui. Il se leva pour les
accueillir. Elles étaient en retard.

Serge avait attendu patiemment, presque heureux
d'être laissé tête à tête avec son obsession : « Voir ou ne
pas voir Adrienne. » Et maintenant il éprouvait une
frayeur puérile. C'était le pissouilli annoncé. Et il fallait
plonger.

Il n'avait pas le choix.

Sus donc.

Elle commença par lui proposer d'aller « bavarder en
amis » dans un endroit où il passait tant de gens que l'on
ne remarquait personne : le hall du Paris. Puis regardant Serge de plus près, elle lui dit d'une voix espiègle :

« Mais c'est impossible ! Nous ne pouvons pas nous

montrer ensemble... On croirait à un détournement de mineur. »

Serge respira.

Elle faisait des mines étonnées : « On vous embauche donc au berceau ? », lançait des minauderies : « Vous avez fait votre première communion au moins ? », prenait des airs attendris ; les cerises-chantilly s'inclinaient dangereusement, elles penchaient en direction de l'épaule de Serge, elles penchaient à se répandre. Lui se contentait d'observer.

Cinq minutes passèrent pendant lesquelles elle tenta encore quelques manigances :

« N'allez pas imaginer que je vais m'afficher avec un chérubin tel que vous. J'ai le souci de ma réputation, moi... »

Si Adrienne me voyait, pensait Serge. Si elle me voyait avec ce *caramantran(1)*. Mais il réussit quand même à trousser un compliment comme quoi c'était plutôt elle qui etc. Et lui qui, et en avant... Et ferme-la, vieille peau, cesse de me casser les pieds. Passons à table.

« Vous êtes trop aimable », dit-il.

Elle assura d'une pichenette l'équilibre des cerises-chantilly. Puis levant sur Serge un regard de fiancée :

« On m'appelle Lou, dit-elle. Allons chez moi. »

Ils s'en allèrent à pas lents avec le vélo entre eux, en garde-fou.

Que Paris était triste.

La ville n'a de spectacle que son commerce, songeait Serge. Or les vitrines sont vides. Alors rien à regarder. Brusquement l'idée *commerce* se mit à bouger en lui et

---

(1) Mot marseillais. (de *Carême entrant*). Désigne un mannequin carnavalesque que les marins avaient coutume de promener en cortège puis de jeter à la mer.

lui remit Adrienne en tête. Si elle me voyait... Si elle me voyait, escortant ma jument. Ah ! en finir ! Et l'autre qui n'avançait pas. C'était à désespérer. Non, mais quelle jument...

Elle s'arrêtait à chaque flaque, comme une monture rétive pique du nez, au passage d'une rivière. Elle inspectait le trottoir avant d'y risquer le pied. Le plan de marche, que les flaques sans cesse modifiaient, forçait Serge à zigzaguer à sa suite.

Brève explication au cours d'une halte sur un banc des Champs-Elysées.

« Mes chaussures », dit-elle.

L'indécision n'était qu'affaire de semelles.

Serge jeta sur les hautes socques un regard critique. Elles étaient maculées de boue et ça vous avait un de ces airs de pieds-bots, ces machins.

« Ça se déchire tout le temps », dit-elle sur un ton d'excuse.

A quelques mètres de là, nouvel arrêt. Quelque chose s'était détaché qu'elle avait ramassé vivement : un bout de semelle. Voilà que ma haquenée s'est déferrée, se dit Serge. Encore un timide essai. Mais le cheminement était devenu par trop pénible.

« Je vais continuer à bicyclette, dit-elle, nous nous retrouverons chez moi. A tout à l'heure. »

Là-dessus quelques phrases senties. A quel point elle aurait aimé faire route avec lui, mais à l'impossible etc. A deux reprises, elle utilisa le mot *gambader* qui dans sa bouche prenait un sens presque lubrique.

« Nous gambaderons une autre fois. »

Serge pensa aux filles de sa rue qui gambadaient pour de vrai. Elles portaient des sandales en rabane lesquelles, pour un rien, s'effilochaient.

Un jour, Précieuse : « Mes pompes partent en gruyère. » Sur quoi Miguel, la voix sinistre : « Si au moins c'était vrai. »

Serge entendait la voix de Miguel. Il voyait les longues

jambes de Précieuse, ses beaux pieds et le raphia qui s'effrangeait. Il voyait tout cela très nettement, debout, sur les Champs-Elysées. Au retour, songeait-il, je leur raconterai mon aventure parisienne. J'ai là de quoi les divertir.

Et c'était bon quand ils riaient.

Ni l'un ni l'autre n'avaient l'esprit à la plaisanterie. Alors quand Serge réussissait... Quand le rire de Précieuse fusait... Elle seule donnait un sens à l'expression *rire aux anges*. Le ciel n'avait jamais été bien généreux avec elle. Aussi quand l'occasion de se réjouir lui était donnée, c'était vraiment comme un alléluia de l'entendre, un hosanna plus cuivré que sa peau, une fête à tuer le veau gras, toute une messe chantée et si bruyante qu'elle ameutait les anges dans le ciel. Oh ! Précieuse, ma P'écieuse, mon cuiv'e doux ! Et le rire de Miguel ? Miguel riait du dedans, sans bruit. Ça se devinait au brillant des yeux. Quand, à sa façon, Miguel riait, c'était vraiment formidable. On n'entendait rien. Il avait conclu un pacte avec le silence. Lui aurait-on dit : « Chante, Miguel, chante en silence », Serge était certain qu'il aurait su.

Serge en oubliait sa jument. Pourquoi fallait-il qu'elle parle, celle-là ? Pouvait pas se taire ?

« Je m'en vais », dit-elle.

Mais elle ne partait pas. Quel opéra... Elle fixait une silhouette qui approchait. Non mais quelle traînarde ! Qu'attendait-elle, bon sang de bonsoir ?

Un officier allemand la saluait de loin, militairement. Il marchait à grandes enjambées, les mains dans les poches, en regardant droit devant lui, comme un promeneur pressé et qui ne souhaite pas être abordé.

Soudain elle s'élança.

« Excusez-moi », dit-elle à Serge.

Il sentait monter la honte.

« L'occasion est trop belle », dit-elle encore.

Une façon d'effroi qui rendait la parole impossible.

Serge aurait voulu crier : « Non ! Pas ici. Pas avec moi.
Plus tard. Ailleurs. Quand vous serez seule. Mais pas
maintenant. Vous m'entendez ? »

Mais il n'avait même pas dit : « Non ! »

Déjà elle enfourchait son vélo, et donnait à Serge son
adresse :

« C'est au second, j'y serai avant vous. »

Puis d'une voix de conspiratrice :

« Une vieille connaissance. Je vous expliquerai... Un
cas intéressant. Le coquin d'Adrienne... Son Allemand.
Intéressant, très intéressant. J'y vais. A tout de suite. »

Et ses jupes se gonflèrent.

Serge observa le bref conciliabule des cerises-chantilly
avec la haute casquette. Impossible de discerner les
traits. Le jour tombait. Grand, ça oui, et il avait l'air
pressé. Il vit le geste de l'Allemand pour héler un fiacre.
Un drôle de geste. Pas le geste auquel on aurait pu
s'attendre. Il agitait la main comme un chef d'orchestre
fait signe à son premier violon. A vous... Hep ! Hep !
Oui, à vous. Un geste précis et amical. Puis il s'asseyait
mollement au centre de la banquette. Il n'avait pas les
allures d'un homme de guerre.

Le cheval efflanqué prit un petit trot anémique.

Je n'aurais qu'à hâter un peu le pas pour réussir à le
suivre, songeait Serge. Il me conduirait jusqu'à
Adrienne. Mais il hésitait. Le fiacre fut long à n'être
plus qu'une tache noire, plus qu'une ombre qui s'effaçait du côté de la Concorde. Il hésita longtemps.

Ainsi c'était lui. C'était l'*Allémanne*.

Serge attendit un peu. Il attendait comme on tarde à
se lever après un mauvais rêve. Il se sentait égaré et sans
forces. Ainsi c'était l'*amanne*. Bien que chaque instant,
chaque jour l'eût préparé à ce moment, il lui semblait
éprouver une sorte d'impuissance désespérée. Alors il

s'obligea à parler comme Miguel. *Hola, Sergé !* Il eut un geste d'insouciance. *Hola !* Cela lui rendait ses forces. Or, il fallait passer la Seine et se presser. *Hola ! Hola !* Il se mit à courir.

En chemin il improvisa une marelle de son invention. Tous les cinq pas, selon qu'il se trouvait à pied sec ou bien, au contraire, au profond d'une flaque, il réglait son compte à Adrienne ou n'y allait pas.

« A cinq pas d'ici, se disait-il, si je me trouve à sec, aussitôt ma jument confessée, j'y vais ». Mais il entendait : *Plouf !* et n'y allait plus. A cinq pas de là, il cria : « Terre ! » et c'était Adrienne giflée, l'Allemand saisi à la gorge, ridiculisé. Il lui crachait au visage. Mais, cinq pas plus loin, il entendait *Plouf !* et songeait qu'Adrienne giflée ce serait trop ou trop peu. Allons, adieu, Adrienne. Il n'irait pas.

Et il recommençait.

Une fois, à l'instant de toucher terre, lui vint l'idée de tuer. Pénétrer dans leur chambre et les abattre était évidemment une solution. Ce fut bref. Six mois avec Miguel lui avaient appris qu'on ne pouvait tuer ou mourir que pour ce qui était pur.

Au *Plouf* suivant il les laissait vivre. Laisse ça, disait-il. Laisse. Commence par faire ce que l'on attend de toi. Après la guerre on verra. Mais l'après-guerre ! Il y avait loin de ce jour tombant à l'après-guerre.

Tout le trajet se passa ainsi, à aller de morts en vies et de vies en morts. Jusqu'au pont Alexandre, Serge s'en remit à l'eau comme d'autres au hasard de la roulette russe pour vivre ou mourir. Quand la pluie se mit à tomber à verse, Serge interrompit sa marelle.

Paris n'était plus qu'une flaque. Il renonça.

. . . .

Dialogues sur l'esplanade.
Un agent :
« Où allez-vous ? »
Serge indique la direction opposée à la Concorde.

« Par là, dit-il.

— Ah ! bon. C'est plus sain. Je craignais que vous n'alliez par là. »

L'agent montre la Concorde.

. . . .

Devant le ministère, un autre agent :

« Pourquoi courez-vous ?

— Je suis pressé.

— Vous avez loin à aller ?

— Non, je suis presque arrivé.

— Alors marchez comme tout le monde.

— Pourquoi ?

— Parce que tout ce qui court est suspect, compris ? »

Un silence.

« Ma parole, il faut être fou pour courir comme vous couriez. Vous n'êtes pas d'ici au moins ?

— Non.

— Eh bien, ça se voit ».

Je suis heureux que Minelli soit parti, songeait Serge. Il doit être en plein couscous. Je me demande quelle sorte d'agent il eût fait s'il était resté. Tout de même, je suis joliment content qu'il ne fasse plus ce métier.

Et il eut une pensée tendre pour Roseline.

Quelle femme, cette Linette. La rue Venture sans elle, ce n'est quand même plus tout à fait ça. Quelle femme ! Plus courageuse qu'aucune femme au monde. Rien que cette façon qu'elle a eue de se charger de la *fille* sans se soucier des conséquences. Et maintenant de porter le deuil, à ce qu'on disait. Avec les bas noirs, le crêpe et tout. Rien que pour faire croire à la mort de Minelli. Il aurait aimé la revoir, Roseline. Quelle femme ! Et la *fille* aussi.

Bon, songeait Serge. A quelques détails près, je regrette toutes les femmes que j'ai connues.

Et c'était bien ainsi.

. . . .

Ainsi tout le temps que Serge avait marché, il avait

pensé aux uns et aux autres. Juste avant d'atteindre la place, une phrase lui traversa l'esprit : *On ne tue pas à la légère.* Cela ne signifiait pas grand-chose et devint presque instantanément une autre phrase au moins aussi creuse que la précédente : *Adrienne mène sans équivoque une vie légère et périlleuse.* Il avait entendu ça quelque part. Mais où ? Sa mère sans doute, c'était bien dans sa manière.

Une vie légère et périlleuse.

Ces sœurs Chrétien, quand même. Serge répéta la phrase plusieurs fois, tout d'une haleine : *Adrienne-mènesanséquivoqueunevielégèreetpérilleuse. Adrienne-mène...*

Quand Serge arriva à l'adresse donnée, la place tout entière oscilla. A quel numéro était-il attendu ? Que lui avait-elle dit, cette jument ? Il ne le savait plus. Il n'avait qu'Adrienne en tête. Comme une paralysie de l'esprit. Elle, elle, Adrienne, et hormis elle, rien.

Il examina, d'un regard ahuri, les maisons toutes semblables, rangées autour d'une statue comme des douairières autour d'une table. La statue était celle d'une femme assise, aux airs de nounou. Ce qu'elle tenait à la main ressemblait à une planche à pain et elle tournait bêtement le dos à la seule chose qui méritait d'être regardée : le palais Bourbon.

Une drôle de place. Comme un théâtre désaffecté. Ou bien comme une arène trempée et vide de spectateurs. Serge en fit le tour au pas de course, certain d'y découvrir un signe, une plaque, un nom. La maison qu'il cherchait ne pouvait être que différente. Or elle ne l'était pas. Il revint à son point de départ. Etait-il devenu de ces hommes aux méninges faiblardes que Miguel redoutait tant ? « On compte sur ta mémoire. » Or, sa mémoire flanchait. Où était sa jeunesse ?

Une panique bleue.

Il garda espoir, crut à une mauvaise farce. Le numéro,

qui se tenait dans quelque recoin insoupçonné de son cerveau, allait bondir hors de sa cachette, à l'improviste. Mais rien ne bondissait. En désespoir de cause Serge se mit à interroger les concierges. La place était petite, il en aurait vite fait le tour.

« Je cherche une dame... Une dame... » Au diable, le nom aussi lui échappait. N'étant pas indispensable, il lui avait été à peine indiqué. Serge ne voyait qu'un remède : essayer. En lancer un bout et prier pour que le reste suive. Mais le reste ne suivait pas. C'était ça et pas ça : les concierges le recevaient fraîchement. L'une d'elles, émergeant de ses occupations, une vieille toute pâlotte, quand Serge commença : « Je cherche une dame d'Esqui... d'Esque... ou plutôt d'Esquarre. Non, non. Une dame d'Esquabeau ou d'Esquabou » lui répondit : « Quand vous aurez fait votre choix, revenez » et de lui fermer sa porte au nez.

Aussi, quel nom, se dit Serge. Et puis je l'ai rudement dérangée, la petite mère. Elle élevait des poules dans sa loge. Elle m'aura pris pour un inspecteur de l'hygiène. Et Serge songea aux propos qui s'échangeaient du haut en bas de l'escalier de la rue Venture entre les voix profondes des visiteurs et la voix céleste de Linette. C'était toujours des chamailleries sans fin à cause de la poussière ou d'une porte laissée ouverte, et toujours prétexte à paroles inouïes. Mais jamais on ne se fâchait pour de bon. Tandis qu'à Paris...

Paris n'était que flaque et grinche.

Alors, allant comme un enragé de porche en porche Serge s'en prit à Adrienne. C'est elle, la responsable, pensait-il. Elle, et personne d'autre. Je vais lui donner les noms qu'elle mérite, à celle-là. Il l'appela profiteuse, vendue, traître, criminelle. Il en fit une de ces *ennemies du peuple* dont parlait Miguel. Mais appliqués à Adrienne ces mots étaient odieux. Sans doute fallait-il se montrer moins sensible. Frappons plus dur, se dit-il. Il essaya. Il essaya avec des mots tels que *collabo* et *pourrie*. Ils lui arrachaient la bouche, ces mots. Il les sentait comme des banderilles dans le corps.

Un vain combat.

Aucune injure ne convenait, et bafouer Adrienne lui était impossible. Tout au plus parvenait-il à croire aux torts d'une femme, qui n'avait d'Adrienne que les apparences et qu'il pouvait à loisir traiter de tous les noms, alors que l'autre, son Adrienne, la seule vraie, demeurait indétrônable.

On ne croirait pas que quelques souvenirs puissent rendre, à ce point, la vengeance difficile.

Or il fallait une victime.

Serge retourna sa colère contre celle qui l'attendait. Victime de choix, cette jument. D'autant qu'il n'y avait pas à s'y tromper, elle ne méritait aucune estime. Il s'acharna. Il se voulut aussi injurieux que possible. Pas à se gêner avec elle, donc tu ne te gênes pas, se dit-il. Miguel sait être d'une violence extraordinaire, lui, quand il veut. Il a des colères meurtrières, alors, fais-en autant. Méprise. C'est nécessaire. Vas-y. Montre ta force. Méprise.

Mais il ne parvenait qu'à singer son pète-sec marseillais. Etait-ce explicable ? Sa pratique de la haine était courte. Il ne savait l'exprimer qu'avec les mots des autres. Eux seuls servaient son humeur. Excrément, bourdalou, pissouilli, se disait-il. Vas-y, c'est ça qui te manquait. Où crèches-tu, vieille cuve à potins, jument merdouillante ? Il exultait. Il lui fallait à toute force abhorrer quelqu'un.

Il explosa : « Vas-tu te montrer, grande salope ? »

Tu vas mieux, songeait-il, tu te reprends. Peut-être fallait-il que tu te purifies de cette façon-là.

Alors, quelque part en l'air, une voix le héla.

Dans l'entrebâillement d'une fenêtre un bras vigoureux s'agitait.

La merdouillante logeait au 4. Et, vue de la place, sa main au pouce tourné vers le sol avait l'air de voter la mort.

Serge, la tête à la renverse, la regardait comme on interroge le ciel. Je suis arrivé, se dit-il. Il éprouvait un bien-être difficile à contenir.

C'était comme de reprendre connaissance.

Rappelle-toi peu de choses, mais que ce soit clair.

Le point de départ c'est ce qu'a dit Laval : « On va épurer Marseille qui en a bien besoin. »

Ça, elle l'a entendu et tu peux être sûr que c'est vrai. Ensuite elle a cherché à faire pittoresque. Or tu te fous de savoir combien il y avait de personnes chez elle, ce jour-là. L'essentiel est qu'il y ait eu des témoins. Voilà pour la petite réunion intime où se trouvait Laval.

Passons au dîner où elle a rencontré ensemble von Spiegel et le comte de Thun. Elle s'est étonnée que le consul général d'Allemagne à Marseille et le consul adjoint se soient déplacés ensemble. Ce ne pouvait être que pour une affaire importante. Elle dit qu'ils sont venus *consulter*. Elle n'en sait rien mais là, elle devine vrai. Pour le reste, pour ce qui est des femmes qui étaient là, de celles qui étaient trop décolletées, du pâté apprécié au point que l'une des dames a demandé la permission de lécher son assiette et des applaudissements qu'elle a recueillis pour ce grand acte, pas ton affaire. Laisse tomber.

Reste la lettre d'Himmler à Oberg.

Il a certainement reçu cette lettre où il est question de Marseille puisqu'il l'a dit au secrétaire de la police française, ici même. Guère agréables ces sortes de lettres, alors pourquoi ce fonctionnaire l'aurait-il inventée ? Or, certains passages de cette lettre ont été cités en présence de Lou. Elle se souvient de la phrase : *La ville basse devra être détruite de manière que par le seul souffle des explosions ses habitants périssent (1).* Mais à cela il semble qu'on ait renoncé. Il n'est question maintenant que de l'arrestation des *grandes masses criminelles* et de leur transfert en camp de concentration.

De cela elle est certaine.

Et de ceci encore : Himmler envisage *un chiffre rond de 100 000 personnes environ.*

Tu feras bien de ne pas penser à ce que ces chiffres signifient, se dit Serge à lui-même. Enregistre le *chiffre rond,* enregistre-le comme si cela ne signifiait rien, sans quoi l'ignominie va t'envahir et tu ne seras plus en mesure d'enregistrer le reste.

Elle se souvient d'une citation en particulier. C'est qu'elle redoute les propos excessifs surtout lorsqu'ils sont tenus chez elle. Ces gens qui ne peuvent prononcer trois mots sans se croire forcés de crier, ça a mauvaise façon. Or, si elle se souvient aussi bien de cette phrase c'est parce que le ton sur lequel elle a été prononcée l'a vivement inquiétée. Or cette phrase est la suivante : *La porcherie de Marseille est une porcherie française. Après sa destruction, la police et la France comprendront qu'elles doivent au Reich la plus profonde reconnaissance.*

Serge pensait : ce que tu viens d'entendre, c'est toi et personne d'autre qui l'a entendu. Et ce que sous-entendent ces mots tu le sais aussi. La mort, évidemment. La mort inévitable. Les étrangers de Miguel menacés comme jamais ils ne l'ont été. Il n'y a plus que cela qui compte et partir... Prendre le train ce soir même.

Et pour commencer rompre cet entretien.

La gaudriole c'est pas ton rayon. Fais-le-lui comprendre. A ce moment, Serge entendit :

(1) Lettre d'Himmler du 18 janvier 1943.

« A propos du coquin d'Adrienne... »

Il se leva.

« Je suis affreusement pressé, dit-il.

— Si pressé que ça ? demanda-t-elle. Ne pouvez-vous pas me tenir compagnie encore un instant ? Nous pourrions faire ensemble une petite dînette. »

Elle s'attend que je paie en nature, se dit Serge. Cause toujours.

« Pourquoi pas ? Allons, laissez-vous attendrir, dit-elle, tout heureuse.

— Hélas », fit Serge.

Tu deviens formidablement théâtral, se dit-il. Tu as fait « hélas » comme au dernier acte de *Bérénice*. Adieu, madame.

Cette femme avait une langue funeste.

Une fois dehors, Serge respira.

Il se demandait comment il pouvait éprouver un tel contentement en dépit de ce que sous-entendaient les propos qu'il venait de recueillir.

Arrestations. Masses criminelles. Porcherie.

Il n'était plus possible de douter.

Et pourtant, ce qui dilatait sa poitrine était comme une satisfaction énorme, monstrueuse. Presque de l'enthousiasme. C'était la première fois, depuis son arrivée à Paris, qu'il respirait librement : il avait réussi. Seul un chasseur peut comprendre.

Serge alla à pied jusqu'au-delà des Tuileries. Il scrutait le plan du métro quand l'imprévisible arriva. Une main l'effleura. C'était Licia. Elle demandait : « Que fais-tu là ? » l'air jovial.

La tuile, pensa Serge. On ne rencontre jamais qui on voudrait. La surprise le rendait bête. Et puis il était furieux. Te voilà fait comme un rat.

La grosse femme avait l'air ravi. Elle répéta :

« Que diable fais-tu là ?

— C'est pour un extrait de baptême », expliqua-t-il en la regardant droit dans les yeux.

Des mots, encore des mots, n'importe quoi, mais que ça prenne. Allons, vite. Il reprenait courage.

« Parce que Lenah, vous savez, ça fait un peu juif. Alors à la faculté... Mon dossier... »

Il sourit. Très bien. Je tiens le filon, se dit-il. Excellent filon. Et il sourit encore à cette pauvre Licia si facile à berner, si crédule. Pour un peu il l'aurait plainte.

« Le plus sûr était de venir chercher ça moi-même, dit-il. Voilà pourquoi je suis ici. Je repars à l'instant.

— Quand es-tu arrivé ?

— Ce matin », dit Serge.

J'espère que ça prend, pensa-t-il. J'espère que ça prend. Il était si oppressé qu'il pouvait à peine parler.

« J'ai couru toute la journée », dit-il.

Licia l'observait.

« Ça se voit », dit-elle.

C'était agaçant cette façon de parler. Elle disait : « Ça se voit » comme l'agent de l'Esplanade des Invalides.

« Il pleut sans arrêt dans votre sacrée ville, dit-il.

— S'il ne faisait que pleuvoir, dit Licia, ce ne serait encore rien. Remarque, c'est par crise... Il y a des semaines à attentats. Après quoi, ça décroît. En ce moment c'est l'accalmie. Mais il faudrait quand même que nous songions à changer de quartier, Adrienne et moi. A propos l'as-tu vue ?

— Trempé comme je le suis je n'ai pas osé me montrer, dit Serge. Ce sera pour la prochaine fois. »

Et tout en parlant il continuait à penser : Pourvu que ça prenne. Il crut prudent de s'enquérir :

« Est-ce que tout va bien pour elle ?

— Ça va, dit Licia. Mais tu connais Adrienne. J'essaie de la convaincre de fermer boutique et de s'en aller. Je fais de mon mieux, j'insiste chaque jour et à chacune de ses visites, sans aucun résultat. Tantôt elle apparaît en début de journée, très tôt, avant que je sois levée. Tantôt c'est pour déjeuner. Ou bien elle passe faire la sieste. Enore heureux lorsqu'elle ne débarque pas en pleine nuit, sans prévenir, comme cela lui est arrivé dernièrement. Tu vois d'ici ma peur. Je me suis presque évanouie. Un coup de sonnette... Surprise que l'on n'apprécie guère de nos jours. Elle est entrée en coup de vent. Elle souffrait d'insomnie. Parfaitement. Madame avait décidé de coucher chez moi, comme ça, sans autre explication. Elle y est chez elle, c'est entendu. Mais cela n'empêche... Quelle peur ! J'avais le souffle coupé. Il faut des nerfs à toute épreuve avec elle. »

C'était le ton d'une mère qui défend son enfant. Une enfant gâtée. Tout ça à la station Tuileries, avec Licia en gros pardessus, sa voix râpeuse, sa plénitude saine, son beau teint, son regard de chatte à l'affût, et Serge qui se disait qu'il n'y avait plus rien à gâcher dans son amour pour Adrienne. Le mal était fait. Il n'avait plus envie de rien. Pas même de savoir comment elle vivait à Paris.

Mais Licia disait :

« Je te trouve maigrichon. Et ta mine n'est pas fameuse. Viens chez moi. Je t'offrirai à dîner. Nous boirons bien. »

Qu'ont-elles toutes ? Ce prurit à vouloir me nourrir, songeait Serge. Ai-je l'air si maigre que ça ? Toutes ces nourrices ne pensent qu'à me faire bouffer. C'est lassant. Sans compter que j'ai faim.

« Tu as grandi, disait Licia. Tu as changé. »

Serge pensa : « Et toi, tu as vieilli. Tu ressembles de plus en plus à un vieux matou. Quand tu parles de boire, tu fermes les yeux. Je n'ai pas l'esprit à boire, Licia, j'ai l'esprit à m'en aller. » Mais Licia continuait à l'observer.

« Tu as une de ces paires de jambes... On ne voit plus que ça, tes jambes. Tu ressembles à un héron.

— Je ressemble à mon père », dit Serge.

Il avait eu en disant cela un sourire de défi. Brusquement il avait résolu de l'attaquer à fond, de s'amuser un peu. Sa riposte laissait Licia sans voix.

« Les longues jambes, c'est de famille, dit-il encore.

— Par exemple... dit-elle. Te voilà bien renseigné.

— Plus que vous ne pouvez l'imaginer, dit Serge.

— Que veux-tu dire ?

— Ce que je dis. »

Et il avait souri encore une fois, un sourire malicieux, ravi de son coup de théâtre, ravi de la voir ahurie. Mais elle insistait : Serge devait monter chez elle. Il le fallait. On était à trois pas. Elle lui ferait à dîner, après quoi elle annoncerait à Adrienne une surprise, mais sans lui dire laquelle. N'était-ce pas une bonne idée ?

« Tu peux être sûr qu'aussitôt libre, elle viendra.

— Libre de quoi, demanda Serge, soudain machiavélique. Hein ? de quoi ?

— Tu la connais, elle a toujours quelque chose à faire. Un travail, un rendez-vous, va savoir... Mais elle viendra, tu peux en être certain, elle viendra.

— Une jolie farce », dit Serge.

Oh ! le vaillant matou, pensa-t-il. Toujours prêt à sauver son amie, toujours prêt à s'interposer. Et dans la minute qui suivit il s'abandonna, en esprit, au souper de Licia. Y aller. Etre heureux. Il aurait même voulu que ce fût tout de suite. C'était en effet à côté, l'endroit où elle habitait. Il s'en souvenait. Lorsque, enfant, on le confiait à Adrienne, c'était toujours chez Licia qu'elle l'amenait. La cuisinière polonaise accompagnait Serge jusqu'au bassin des Tuileries, un voilier sous le bras. Nous te regarderons de loin, disaient les deux amies. Il s'en allait en agitant la main.

Il était très famille.

Souvent à l'instant où son voilier virait de bord, et *toc*, d'un coup de perche bien dirigé, Serge levait les yeux vers le lointain balcon. Il aurait voulu être admiré. Un grand désir d'être applaudi à l'instant miraculeux où le cotre s'éloignait dans la gloire de ses voiles, d'être vu en pleine action, lorsqu'à plat ventre sur le rebord du bassin, les fesses en l'air, les bras enfoncés dans l'eau jusqu'aux coudes, brandissant sa perche, il ajustait son coup, et *toc*... Mais jamais elles n'apparaissaient. Il scrutait l'horizon, la main en visière, puis ne voyant rien il retournait à ses jeux. «Ces dames s'adorent» disait la grosse cuisinière assise sur son pliant. Il les retrouvait à la nuit tombée, enchanté et grelottant.

Licia fumait de longs cigares qui sentaient bon.

Joie du thé et du grand plateau, apporté par la cuisinière après que Licia se fut mise au piano. Permission de s'asseoir par terre en grignotant tout ce qu'il voulait. Et le chocolat bouillant, et les tableaux éclatants au mur comme autant de soleils, et les sons clairs qui s'égrenaient en gammes imprévisibles, en courtes roulades, les accords qui se détachaient sèchement puis s'enchaînaient. Que jouait-elle ? Allait-il jamais se souvenir de ce que jouait Licia lorsqu'il était enfant ? Recommencer tout ça. Retourner chez Licia. Eh bien oui, vivre de nouveau normalement. Il sourit. Alors il demanda :

«Est-ce que vous vous souvenez encore de cette sonate, vous savez ? Celle que j'aimais.

— Mais oui, voyons. Bien sûr. Je peux te la jouer tout de suite, si tu veux. Schubert... *Fa* mineur. Alors ? Tu viens ?

— Je regrette », dit-il.

Il avait l'air sincère.

«Je regrette vraiment, Licia. Mais le train part dans une heure et je dois être rentré demain. »

Licia comprenait. Elle disait : «Quel dommage ! » Elle ajoutait qu'elle n'y croyait pas tout à fait à son histoire d'extrait de baptême. Si ça n'avait été que ça il aurait retardé son retour. Puis elle risquait une taquinerie :

«Ce ne serait pas plutôt une brune, ce dossier qui ne peut pas attendre ? »

Mensonge pour mensonge, se dit Serge, celui-là en

vaut bien un autre. Il fit « Hé, hé ! » d'un air entendu.
Une jolie scène de comédie. Il refit « Hé, hé ! » dans la
meilleure tradition d'un théâtre qu'il ne connaissait pas,
mais qu'en jeune bourgeois doué, il inventait tout
naturellement. C'était du boulevard d'avant-guerre.

« Tu es pardonné », dit Licia.

Cette fois, il était cru.

« Et je ne te dénoncerai pas », ajouta-t-elle.

Cette fois, elle était crue.

« Je ne dirai à personne que je t'ai vu, pas même à
Adrienne.

— C'est ça, dit Serge. Pas même à Adrienne.

— A quoi bon ?

— A quoi bon, en effet. »

Suffit, se dit Serge. Tout est réglé. Elle ne te dénoncera pas. Rien de tel que la complicité. Maintenant il
faut t'en aller et aussi vite que possible. Mais il se
sentait vide et triste. Bon Dieu, je voudrais faire un vrai
repas, pensait-il. Je voudrais revoir, au moins une fois,
l'appartement d'Adrienne, tout ce luxe, cette pénombre,
les blocs de cristal sur les tables, les beaux chenets. J'ai
envie de bavarder, dire n'importe quoi, porter des vêtements neufs, bien boire, manger beaucoup, avoir chaud.
Au moins une fois. Mais cette vie ne sera peut-être plus
jamais mienne. Même quand la guerre sera finie. Même
si nous nous en sortons, avec Miguel. Même si nous
gagnons. Même si nous pardonnons. Oui, pardonner,
pour avoir moins mal. Oui...

Mais quelque chose lui disait que tout cela était le
passé et que la paix ne serait pas un retour en arrière.

Une fois encore il regarda Licia. Il ne la détestait pas.
Il était heureux de l'avoir revue.

« Allons, il faut que je m'en aille », dit-il.

Elle lui cligna de l'œil.

« Sois heureux, dit-elle, et fais-moi signe quand tu
reviendras. Nous dînerons...

— C'est ça, dit Serge. Ce sera pour la prochaine fois.

Nous dînerons. Je m'habillerai un peu mieux et j'essaie-
rai de faire impression sur Adrienne.

— Tu lui feras en tout cas plaisir, dit Licia. Elle
t'aime beaucoup.

— Et moi donc ! »

Serge soupira. C'était plus fort que lui, il oubliait.

CHAPITRE XVIII

LE colonel Pflazen avait convoqué Ulric de bonne heure. Il était en manches de chemise et pantoufles, avec une vieille capote jetée sur les épaules. Le lit n'était pas fait. Sur la table de nuit des portraits de chevaux, encadrés, les oreilles fièrement pointées, faisaient figure de photos de famille.

Un soldat entra portant deux tasses de café. Le colonel se tourna vers Ulric et porta prestement un doigt à ses lèvres. Une fois le soldat sorti, alors seulement il adressa à Ulric un sourire compatissant :

« Votre frère... Cette mort atroce... Vous avez toute ma sympathie, dit-il. J'aimerais vous en dire davantage. Mais cela m'est difficile. Je suis patriote, vous comprenez ?

— Je comprends, mon colonel.

— J'ai préféré vous dire cela ici plutôt que dans nos bureaux.

— Je comprends.

— Mon cher Mulhen, votre pugilat avec le deuxième classe Nár, tel qu'il m'a été raconté, est tout ce qu'il y a de détestable. Nous sommes étroitement surveillés. Je ne vous apprends rien, n'est-ce pas ? La Gestapo est partout. La seule solution est de prétendre que vous étiez soûl. Car je vais être forcé de faire un rapport. Mais c'est un motif que je n'aurais pas invoqué sans votre assentiment.

— Faites comme bon vous semble, mon colonel.

— L'alcool rend plausibles les nerfs irrités, continua le colonel Pflazen. Vous vous êtes certainement déjà fait la remarque. Mais l'affaire reste détestable. D'autant que votre victime ne m'inspire aucune confiance. Je me méfie des soldats en affectation spéciale. N'auriez-vous pas pu choisir quelqu'un de plus sûr à qui casser le nez ?

— Je ne l'ai pas choisi. J'ai frappé parce que la rage m'aveuglait.

— Détestable, répéta le colonel Pflazen. N'avouez cela à personne. »

Il se leva et alla chercher une bouteille entamée dans l'armoire. Puis il prit les tasses et se mit à les rincer dans le lavabo.

« Maintenant buvons, dit-il. En voulez-vous ?

— Pas le matin, dit Ulric. Ça me fait mal.

— Vous n'êtes pas le seul, s'écria le colonel. C'est du poison, ce machin-là. Mais par moments il faut ça. Tenez, buvons. Vous avez dû vivre un sale quart d'heure. »

Et il tendait une tasse de cognac à Ulric.

Ulric but lentement. Chaque gorgée lui faisait l'effet d'une traînée de feu. Le colonel, lui aussi, buvait en silence.

« Je me sens un débris », dit-il.

Oui, pensa Ulric. Il a le foie malade et je devrais lui dire de cesser. Mais à quoi bon l'empêcher. Ce que je pourrais lui dire ne servirait à rien.

« En voulez-vous encore, demanda le colonel Pflazen, tout en se resservant.

— Merci, mon colonel, vraiment pas.

— C'est bien d'être raisonnable. Je vous admire.

Parce que je sais ce que vous endurez. Moi aussi j'ai perdu un frère, Hans Joachim, mon cadet, et dans des circonstances comparables. Après ça, la vie n'a plus jamais été la même. Alors je sais ce que vous éprouvez. Je le sais. »

Il vida sa tasse.

« Bon Dieu que ça brûle, dit-il. Il n'y a rien comme le cognac français. Est-ce que votre frère a été inculpé et jugé ?

— Il a été exécuté comme otage.

— Le mien a été de la purge de 1934. C'était un antinazi convaincu. Moi j'étais déjà dans l'armée à l'époque, et déjà considéré comme un spécialiste en matière hippique. On m'avait souvent proposé des missions à l'étranger. J'avais toujours refusé. Je ne voulais pas devenir un débris... »

Il hocha la tête.

« Vous êtes terriblement estimé, mon colonel, dit Ulric poliment.

— Oui, oui. Terriblement estimé sur les hippodromes et dans les concours hippiques. Je suis devenu le juge suprême que l'on assied au centre des tribunes. Je suis un commis voyageur en chevaux. Mais ce n'était pas ça mon idéal, en 1934. »

La bouteille était vide. Il alla en chercher une autre.

« Rien de pire que cette drogue, di-il. Quand on commence on ne peut plus s'arrêter. Pour moi, l'idéal c'était l'avenir de la cavalerie. J'avais confiance. Et c'était cet espoir qui me faisait vivre... Vivre sans boire. Vous en voulez encore ? »

Pas si soûl pensa Ulric, ni aussi malade qu'il le dit. Un autre se serait déjà écroulé.

« Vous en prendrez bien encore une tasse, insista le colonel.

— Non », dit Ulric.

Il couvrait sa tasse avec la main.

« En 1934 quand je disais qu'une armée doit compter

plusieurs divisions de cavalerie, on me traitait de fou.
Mais je tenais bon. J'essayais de convaincre. A mes yeux
la preuve n'était plus à faire : elle était faite. Les succès
de la cavalerie rouge pendant la révolution russe avaient
été suffisamment révélateurs. Je rédigeais des rapports.
Je me tenais au courant. Je gardais espoir. Je ne buvais
pas. Vous auriez eu de l'estime pour moi, à cette
époque.

— Croyez bien que...

— On n'éprouve pas d'estime pour un débris », interrompit le colonel.

Il ôta sa capote d'une secousse, comme si tout ce qui
lui pesait tenait à ce vêtement. Il resta en manches de
chemise, grelottant. Le col de sa chemise était trempé.
Et il avait le teint plombé. Ce n'était pas bon signe.

« L'année 34 ne fut pas seulement l'année du drame
qui allait coûter la vie à mon frère. Il y eut aussi
l'intervention de Vorochilov au XVIIe Congrès. »

Le colonel Pflazen se mit à battre convulsivement des
paupières.

« Imaginez ce que j'ai ressenti quand j'ai lu : *D'abord
et surtout il faut mettre fin, une fois pour toutes, aux
théories délétères sur la substitution de la machine au
cheval et sur le déclassement de celui-ci.* Vous imaginez... Je croyais que cela suffirait et que nous ne
laisserions pas l'armée soviétique être seule à prévoir le
rôle de la cavalerie stratégique dans une armée moderne.
Illusion... Lorsque je faisais état de cette déclaration
devant les adeptes de la mécanisation à outrance ils
m'éclataient de rire au nez. Ils me parlaient comme on
pousse du pied quelque chose de négligeable. Un débris.
Ou bien ils tournaient la chose en plaisanterie. Ils me
disaient : « Va acheter des chevaux de parade,
« Pflazen, et pour le reste fous-nous la paix. »
Alors je me fâchais. Je criais : « Mes chevaux se
« nourrissent de peu. Tandis que vos chars ? Hein ?
« Vos chars ? Un petit trou dans un pipe-line et il

« ne reste plus qu'à en faire des clapiers à lapins... »

Le colonel toucha la main d'Ulric en homme qui cherche réconfort.

« Mon cher Muhlen », dit-il.

Il avait la main moite et glacée.

« Mon cher Muhlen », répéta-t-il.

Mais il paraissait peu curieux de savoir ce que pensait Ulric.

« J'ai tenu bon, dit-il. Mais bientôt je ne fus plus en situation de discuter. Hans Joachim avait été fusillé. Je n'avais plus qu'à me taire. Ce sang versé, le sang de Hans, mon cadet, le malheur de ce sang versé a fait de moi une feuille dans le vent, un débris. L'idée se précisait en moi que quelque chose avait pour toujours disparu et que ce quelque chose était l'Allemagne. La réalité politique de notre pays m'accablait. Je ne cessais de me répéter : « Comment ? Comment une chose « pareille peut-elle arriver chez nous, en Allemagne ? « Notre Allemagne si belle, si blonde, n'était-elle qu'un « monstre ? Quelle est la bête qui s'est éveillée en nous ? » Je savais que la mort de Hans était de ces secousses qui précèdent les tremblements de terre, un de ces premiers craquements : « ... Quand vous entendrez « un craquement comme jamais craquement ne s'est « fait encore entendre dans l'histoire du monde, sachez « que le tonnerre allemand aura enfin touché le but. »

— Qui donc a dit cela ? s'intéressa Ulric. Qui a dit cela du tonnerre allemand ?

— Heine. Quant à ce qui allait suivre... Cela aussi Heine l'avait prévu : « Alors s'exécutera, en Allemagne, « un drame auprès duquel la Révolution française ne « sera qu'une innocente plaisanterie. » C'est le drame que nous vivons aujourd'hui, notre drame, celui de l'Allemagne. Vous voyez, je n'ai pas toujours été le débris que je suis. »

« Le moral est bas, pensa Ulric. Il faut faire quelque chose. »

« Je suis loin de penser... »

Mais le colonel Pflazen l'interrompit encore.

« Pensez ce que vous voulez. Moi, je sais. Je suis un homme perdu. Mais je ne l'ai pas toujours été. Et à l'époque je lisais beaucoup et je ne buvais pas. Mais je ne pouvais pas m'empêcher de penser. Je pensais sans cesse à Hans et à ce premier craquement. Alors tous mes camarades m'ont conseillé de m'éloigner. J'ai fini par accepter. J'ai voyagé. J'ai accompli d'abord une première mission, puis une autre et une autre encore. Je ne vivais presque plus en Allemagne. Je montais lentement en grade et, lentement, je perdais tout espoir de réaliser de grandes choses. Lentement aussi j'ai pris le goût des longs repas, lentement je suis devenu le pilier des concours hippiques, des remises de coupe, des vins d'honneur, en un mot l'honorable débris que vous avez devant vous. C'est ma passion excessive pour les chevaux, pour la vérité des bêtes et des plantes, pour l'admirable fixité des choses de la nature qui m'a permis de survivre au mépris que j'éprouve envers moi-même. Tous mes derniers désirs sont là, dans cette passion, mes dernières envies de me battre, de hurler, de frapper. Mais y arriverai-je encore ? Vous avez devant vous un homme brisé, mon cher Muhlen. Un homme qui se méprise à se tuer. »

Il se ratatina dans son siège et ferma les yeux. Ulric pensa que le cognac avait eu raison de lui et qu'il allait tomber endormi. Au lieu de quoi, le visage brusquement empourpré, il se leva d'un bond et se mit à tourner autour de la table comme un fauve en cage.

« Voilà, dit-il à mi-voix, je m'en vais vous dire ce que je n'ai dit à personne. »

Il parut hésiter et regarda vers la porte.

« Vous n'avez rien à craindre, dit Ulric. Les deux portes sont fermées.

— Voilà. »

Le colonel Pflazen vida une tasse d'un trait.

« Je m'en vais vous dire... La guerre que je vis est celle que mènent nos adversaires. Et je n'en ai pas honte parce que cette guerre aurait pu être la nôtre et qu'elle me donne raison. »

Ulric écoutait le colonel Pflazen et, tout en l'écoutant, alla quand même s'assurer que les portes étaient bien fermées. Le colonel était debout près de la table, légèrement vacillant. Il parlait tout près de l'oreille d'Ulric. Il chuchotait.

« Savez-vous que les chevaux sont partout ? dit-il au comble de l'exaltation. Le savez-vous ?

— Où ça ? cria Ulric, qui se sentait devenir fou.

— A Kalinine, sur le front de la XXXIXᵉ armée, c'est eux qui ont sauvé la situation. Le ravitaillement n'arrivait plus. Les routes étaient impraticables. Alors *ils* ont créé des bataillons de chariots. Deux cent cinquante télègues sont passées là où les moteurs ne passaient plus. Les chevaux sont partout dans le camp adverse, le saviez-vous ? Ils sont vivants avec les vivants et morts avec les morts. Voilà ma guerre. »

Le colonel Pflazen eut un bref mouvement de la main vers la fenêtre et Ulric crut qu'elle allait s'ouvrir cette fenêtre, et laisser passage à un convoi blanc de neige, et que les chevaux allaient entrer dans la chambre, fumant des naseaux, dans un léger nuage né de la chaleur de leur souffle, comme une frange brumeuse allant de l'un à l'autre, comme une traîne perdue, flottant au vent de leur course.

« Voilà ma guerre, répéta le colonel Pflazen. Je la vis tous les jours à travers les rapports qui me sont adressés. Des documents pris à l'ennemi, des relevés de tables d'écoute, des comptes rendus d'interrogatoire, voilà ma guerre de rond-de-cuir. Je me déteste. Et savez-vous combien *ils* ont de divisions de cavalerie, eux ? Le savez-vous ? »

Ulric allait parler, avancer un chiffre. Mais le colonel

ne lui en laissa pas le temps. Il était rouge et tenait debout avec peine.

« Offrez-vous un godet, dit-il en se servant.

— J'ose vous conseiller... »

Ulric cherchait à lui arracher la bouteille.

« C'est bon, c'est bon, capitaine Muhlen. Vous êtes un homme raisonnable, contrairement aux apparences. Et moi, le gros rond-de-cuir à la coupe de cheveux réglementaire, moi je suis fou. Il ne faut pas m'en vouloir. Je ne peux plus me passer de ça. Du reste je me déteste et je me tuerai de toute façon. Alors que ce soit aujourd'hui ou demain, où est la différence ? Et puis j'ai beau boire, je garde toute ma tête. C'est le pire cette conscience insupportable qui refuse de se laisser trancher. Pire que tout. Ainsi regardez-moi. Je suis soûl, mais j'ai tous les chiffres en tête. Tous, mon cher. Et vous assistez à un long suicide manqué. Quelle horreur ! Imaginez que je ne réussisse pas. Imaginez ça : un débris qui ne peut pas, qui ne sait pas se faire disparaître. Un débris sans fin. Allons, allons, il suffit d'un peu de courage. »

Il eut un moment d'abattement, suivi d'un sursaut.

« Trêve de lamentations, dit-il. Cinquante divisions, voilà le chiffre. Voilà ce qu'*ils* ont et que nous n'avons pas. Oui, croyez-moi ou ne me croyez pas, cinquante divisions de cavalerie, c'est la stricte vérité : cinquante divisions qu'ils utilisent trois par trois. Soit des corps d'armée de 19 000 cavaliers dont 8 000 sabres. Qui dit mieux ? Et avec ça ils nous enveloppent, ils nous harcèlent. Rien ne les arrête, ni les marais ni les fleuves. Les chevaux trouvent des passages que, sans eux, les hommes ne trouveraient pas. Ils ouvrent des brèches dans nos défenses. Ils entraînent à leur suite des chiens qui se lancent contre les blindés avec des charges d'explosifs. Des chiens dressés. Quelle chasse, mon ami, quelle meute, quel hallali ! Ah ! rien que d'y penser, j'en tremble. J'en tremble d'effroi, de tristesse et de joie. Ils ont fait des animaux leurs alliés. Ils ont conclu avec les chevaux un pacte comme aucun peuple motorisé n'ose encore en imaginer. Mais où commence l'homme et où finit le cheval dans ce maudit pays ? Les cavaliers restent en selle trois jours. Les chevaux servent d'appui aux fusils et de rempart aux cavaliers. S'il s'en sortent, ils repartent. Ils ont de la neige à mi-jarret mais ils galopent, et les cavaliers debout sur leurs étriers nous encerclent, tirent, canardent, sabrent, achèvent tout ce qui cherche à décrocher. Pas de quartier, pas de sornettes, pas d'amusettes. »

Vacillant sur ses jambes en arceaux, le colonel Pflazen mimait la charge finale. Il la mimait d'une voix sonore, en s'empourprant violemment. Ses *hourra* cosaques étaient à frémir.

Ulric l'observait.

Il en a plus que sa dose, pensait-il.

Mais lorsqu'il était sur le point de s'effondrer, le colonel Pflazen retrouvait son équilibre comme par miracle, planté des deux pantoufles dans le tapis.

On aurait cru qu'il lui poussait des bottes.

« Pas de sornettes. Les sabres avancent entre les oreilles. Très loin. Regardez-moi. Comme ceci. Vous me suivez ? La pointe dépasse de beaucoup les nasaux. Ils galopent. Ils hurlent : *Hourra !* Et c'est la fin. La fin de ceux qui ont désespéré du cheval. »

Il eut un léger hoquet. Il était arrêté devant la table et ce n'était plus le colonel Pflazen qu'Ulric avait devant lui. C'était un vieillard furieux qui martelait la table du poing.

« Et puis on nous a menti, mon cher, on nous a menti sur toute la ligne. Car ces gens sont d'une élégance consternante, vous m'entendez ? Consternante. Ils portent des capes, mon cher, des capes jusqu'à terre. »

Puis il chercha à sautiller sur place sans y parvenir.

« Nous y voilà », pensa Ulric.

Il le rattrapa à bras-le-corps au moment où il allait tomber de tout son poids. Ulric le hala avec mille précautions et le lâcha dans son fauteuil.

Complètement ivre, le colonel Pflazen bafouillait :

« Je vous prie de m'excuser, capitaine Muhlen. J'essayais seulement de vous montrer ce que font ces gens-là entre deux combats. »

Et il se remit à chuchoter.

« Ils dansent, mon ami. Croyez-le ou ne le croyez pas, ils dansent et ils chantent, vous m'entendez ? Les rapports sont formels. Ah ! la vengeance du cheval est terrible. Nos éclaireurs les ont entendus. Je vous dis qu'ils dansent et qu'ils chantent. On a trouvé des accordéons dans les chariots abandonnés. Ils sont gais, vous comprenez ? Ils sont gais, eux, tandis que nos bonshommes sont sinistres. Voilà où ça mène de se comporter en motorisés intégraux. Vous le savez aussi bien que moi, mon cher, vous le savez, hein ? Cela conduit au désespoir. Pendant que les autres dansent, les nôtres, la tête dans les mains, écoutent tourner leurs moteurs. Nous sommes foutus, mon cher, foutus. »

Il y eut un court silence pendant lequel on n'entendait que la respiration haletante du colonel Pflazen.

« Malheur à nous, dit-il en fondant en larmes. Malheur aux hommes sans chevaux. Malheur à qui se déteste. Vous pouvez disposer, capitaine Muhlen. Vous pouvez... »

En sortant, Ulric s'efforça de refermer la porte sans bruit. Il lui semblait que le colonel Pflazen s'était assoupi. Mais on donnait un double tour de clef à la serrure.

Une seconde plus tard, il entendit un coup de feu et il eut l'impression que c'était son propre cœur qui s'arrêtait.

« Que se passe-t-il encore ? demanda un officier qui passait.

— Je ne sais pas. »

Ulric pressa le pas. Il ne tenait pas à être là au moment où l'on enfoncerait la porte. S'il y avait une chose qui était désormais claire pour lui c'était bien celle-ci : quand on se déteste autant on ne se rate pas.

Imaginez que je ne réussisse pas...

« Je lui dois de croire qu'il a réussi. Je le lui dois. Je le souhaite de toutes mes forces. Il avait une arme à sa portée. C'est une bonne chose d'avoir tout sous la main. Que tout soit prêt... Une bonne chose », répétait Ulric. Et l'on eût dit qu'il ne pouvait penser à rien d'autre.

Et si ?... Pas de sornettes.

Le colonel Pflazen s'était fait sauter la cervelle. Il ne fut pas remplacé.

CHAPITRE XIX

Et ce fut Ulric qui reçut à sa place rapport sur rapport. Il leur accordait une attention extrême. Mais le pays était ruiné. Il ne pouvait rien trouver, rien envoyer. Plus de chevaux, répondait-il. Les haras tombaient dans la misère. C'était une situation sans issue. Plus de chevaux. Alors le quartier général envoyait des types bizarres qui venaient contrôler s'il disait vrai. Des inspecteurs. Mais curieusement, au lieu d'aller enquêter sur place, c'étaient plutôt les agissements du capitaine Muhlen qu'ils venaient contrôler. Il s'entendait poser des questions embarrassantes sur sa famille, ses occupations parisiennes, ses fréquentations.

Et puis des officiers appelés en consultation à Berlin ne revenaient pas. La mystérieuse appendicite qui venait brusquement de priver le général baron von Falkenhausen, Militärbefehlshaber en Belgique d'un de ses fidèles compagnons d'armes, le général von Harbou, avait l'air de faire école. On allait en mission en Allemagne. On tombait malade. On mourait.

Au mieux, c'était le licenciement immédiat, sans l'ombre d'explication.

Ulric n'était plus sûr de rien.

Du côté d'Adrienne, c'était toujours le même océan de bonheur. Mais un bonheur étrange et qui, par moments, faisait mal. Elle l'aimait et jamais ne lui avouait ce qui, par le passé, lui avait si cruellement manqué : une enfance dont on pouvait parler. Il l'aimait et apprenait d'elle ce qu'auparavant il n'avait ni connu ni imaginé : la vie hors de toute convention. Telle était la force d'Adrienne. Les autres, lorsqu'il arrivait encore à Ulric de songer à elles, toutes les autres à l'exception de Josefina, lui semblaient avoir mené des existences d'une insupportable médiocrité. Toutes, des vies bornées, toutes.

Ulric pensait souvent à cela, allant et venant de la place Vendôme à l'avenue Kléber.

Adrienne, bien sûr. Il n'y avait qu'elle. Mais de quoi était-il sûr la concernant ? Elle était un tel mélange de contradictions. Et lorsqu'il était confronté, à l'improviste, avec l'une de ses contradictions, alors Uric constatait que tout ce qu'il croyait savoir était faussé. Et c'était cela sa souffrance, cette impression que celle qu'il chérissait n'existait pas, qu'elle n'était qu'*imaginée*.

Cette promenade en forêt de Compiègne qu'Ulric avait si longtemps repoussée, ils avaient fini par la faire. Elle avait insisté. Elle y tenait. Et puis la neige avait fondu. Mais on ne pouvait approcher de cette maison qu'elle tenait tant à revoir avec lui. Les routes d'accès en étaient interdites et les abords sur pied de guerre. Que s'y passait-il ?

Adrienne s'indignait.

C'était Royallieu le nom de l'endroit qu'elle voulait à toute force lui montrer, et il semblait que c'était aussi ce point précis et nul autre qui était interdit. A cause d'un camp.

« Un camp de quoi ? » demandait-elle, la voix scandalisée.

Ulric hésitait à questionner les hommes qui patrouil-
laient aux carrefours.

« Un camp de quoi ? » répétait Adrienne.

Ulric était en civil. Ce n'était pas un costume pour
aller au-devant d'une patrouille. Mais Adrienne n'en
démordait pas. Elle voulait savoir. Alors, ayant hélé un
jeune soldat qui, dans sa surprise, répétait : «Heu...
Heu... Qu'est-ce que c'est que vous voulez ? » le calot
posé comme sur un duvet de canard, Ulric cria d'un
seul souffle : «Je suis le capitaine Muhlen de la Waf-
fenstillstandskommission.» C'était long à crier. L'effet
général était celui d'un coassement et le ton
celui qui aurait convenu pour annoncer la pire punition. Cela non plus n'était pas dans sa manière. Il se
forçait.

Alors le soldat, figé au garde-à-vous, répondit précipi-
tamment aux questions de ce long brun qui se disait
capitaine et qui avait l'air de s'être égaré.

« Où va cette route ?

— *Aucampmoncappittainne.*

— Quel camp ?

— *Deprisonniermoncappittainne.*

— Des militaires ?

— *Nonnmoncapp...*

— Alors quoi ?

— *Civilsmoncapi...*

— La route est interdite ?

— *Interditemoncapitaine.*

— Pourquoi ?

— Hier, c'était pour remplir.

— Bon. Et aujourd'hui ?

— Aujourd'hui, c'est pour vider.

— Et ça va être long ?

— *Trèslongmon...*

— Pourquoi ?

— On fait de la place pour toute une ville.

— Quelle sorte de ville ?

— Une grande ville, *mona-ii-ai-ne.* »

L'innocence de ce regard, pensait Ulric, son accoutumance devant les convois qui cahotent, entre le camp et la gare, la gare et le camp. Et cette voix de canard, étranglé, débitant des ignominies que je lui arrache du bec. Et l'effroi que je lui inspire. Et combien il se fout des camions.

Eh bien, il fallait emmener Adrienne. Elle l'attendait dans la voiture.

Sur la route du retour, elle avait répété : « Quelle honte ! C'est odieux ! » Elle avait sa voix des mauvais jours. Ulric se demandait si ce qui provoquait son indignation était qu'il pût exister un tel camp ou bien seulement qu'il existât à Royallieu.

Mieux valait ne pas approfondir.

A l'entrée de la forêt de Senlis, ils décidèrent de s'arrêter et, malgré la pluie, d'aller à pied à travers bois. Le jour baissait déjà. Cette halte n'était pas raisonnable. Ulric hésitait. Mais Adrienne était formelle.

« Il faut avoir le courage, dit-elle.

— De quoi faire ? demanda Ulric.

— De mettre un point final. »

Ulric tressaillit. Il se demandait si c'était à eux qu'elle faisait allusion. A eux deux. Mais il n'en était rien. Voilà qu'Ulric avait, encore une fois, mal compris. Il ne s'agissait que de mettre un point final au mauvais souvenir que laissait Royallieu. Cette méprise l'éclaira sur l'ampleur de ses doutes. Il se dit : « Je suis sans cesse sur mes gardes. Pourquoi ? »

L'air était froid, chargé d'humidité et chaque laie, chaque percée ouverte dans la forêt se présentait comme une longue nappe de brouillard, tendue entre deux franges obscures. Des haillons de brume restaient vertigineusement accrochés à la cime des arbres.

Ils marchèrent longtemps.

Ce n'était pas si facile à mettre, ce point final, et les

surprises de Compiègne ne se laissaient pas liquider aussi aisément que tout ça.

Brusquement Ulric et Adrienne payaient. Mais quoi ? Chacun s'interrogeait en secret. D'avoir si bien réussi à vivre *en dehors*, peut-être, c'était de cela qu'ils étaient punis ? De l'euphorie de leurs tête-à-tête, lorsque, tous rideaux tirés, les lampes s'allumaient entre les murs dorés du logement d'Adrienne et que plus rien ne comptait, hormis eux ? C'était de cela, sans doute.

Ils avançaient, d'un bon pas. Et Ulric s'étonnait de se sentir si mal à l'aise, alors que, pour la première fois, il se trouvait avec Adrienne dans ce qui était le plus spécifiquement *son élément :* la forêt.

A quelque distance ils aperçurent des chevreuils qui disparurent comme effacés par la brume. Il y eut aussi, au détour d'un chemin, la brusque percée d'un soleil tout blanc et l'enchantement des gouttes comme des yeux de diamant fleurissant dans le noir des arbres.

Mais rien n'y faisait. La promenade était gâtée.

Et pour la première fois Ulric eut un pressentiment. Il se préparait quelque chose qui, sournoisement, commençait à les ronger. Il ne savait pas au juste quoi. Mais il eut très nettement conscience qu'il n'y aurait plus jamais de forêt avec Adrienne, plus de trouée brumeuse et de longues allées où marcher. Qu'est-ce que j'ai ? se disait-il. D'où me vient cette impression que nous *n'échapperons pas ?*

Ils continuèrent d'un pas machinal. Adrienne frissonnait. Il était très difficile de trouver quelque chose à dire.

« Je vous remercie, dit Ulric. Je vous remercie, Adrienne.

— Moi aussi, dit-elle. De tout. Jamais, avant, je n'avais vécu ainsi. Comme une autruche amoureuse, la tête enfoncée dans le sable. »

On sentait passer dans sa voix à elle une nuance de

peur. Et brusquement ils tombèrent, sans savoir comment, dans les bras l'un de l'autre. Dès lors ils ne continrent plus leurs gestes, leurs paroles. Les mots d'amour s'échappaient d'eux avec une force effrayante. Mais rien n'y faisait. Ils pouvaient se parler, s'étreindre, se désirer et cependant la tristesse persistait.

Le silence indéfinissable de la forêt les submergeait, ce silence qui est comme une respiration sans fin, coupée de minuscules bruissements.

Elle fut la première à se ressaisir.

« Je ne sais vraiment pas ce qui nous prend, dit-elle.

— Moi non plus, dit Ulric. Je me sens comme sur un quai de gare au moment où le train va partir. Il ne nous reste qu'à agiter nos mouchoirs. »

Mais Adrienne n'était pas de cet avis.

« Je crois plutôt qu'il ne nous reste plus qu'à faire nos comptes, dit-elle. Parfois j'imagine Dieu sous les traits d'une grosse caissière qui, du coin de l'œil, surveille les tire-au-flanc sans jamais les laisser échapper. Alors, Dieu, ou plutôt la grosse caissière crie : « L'addition, « monsieur. Vous oubliez l'addition. »

Elle esquissa un geste résigné et ajouta :

« Il va falloir payer. Le moment est venu. Nous avons jeté un défi intolérable, vous et moi. Notre amour était contraire à l'ordre. Alors... »

Une fois de plus Ulric tressaillit. Cela non plus n'était pas une remarque apaisante.

Il faisait presque sombre.

Ils s'étaient engagés dans un chemin creux qui serpentait entre deux hauts talus. La voiture n'était plus qu'à quelques pas. Soudain Adrienne s'arrêta. Il y avait, prisonnier des ronces, un petit amas de chiffons et de brindilles disséminés.

« Des gitans », affirma-t-elle, tout à trac.

Ulric l'écoutait ébahi. Parlait-elle sérieusement ? Et que voulait-elle dire ? Des gitans avaient campé là. C'était sans doute ce qu'il fallait comprendre. Du bout

des doigts, Adrienne montrait les chiffons, en répétant *là*
sur un ton de grande conviction.

« C'est certain ! » ajouta-t-elle en hochant la tête.

Cette fois ce fut un choc. Il était clair qu'Adrienne
était sûre de ce qu'elle avançait.

« Pourquoi des gitans ? demanda Ulric. Il y a aussi des
bûcherons dans les forêts, des forestiers, des gardes, je
ne sais pas moi... Des charbonniers. »

Mais Adrienne lui disait que non, du ton d'un examinateur indulgent dont l'élève trébuche sur une question
facile.

« Voyons, Ulric, vous savez bien qu'ils ne tressent pas
de corbeilles, eux. »

Et elle lui montrait dans la roncière des brindilles
d'osier que la pluie vernissait.

« Pas d'erreur, conclut-elle, c'est un fouillis gitan.

— Mais comment sais-tu ? demandait Ulric que les
connaissances d'Adrienne plongeaient dans un monde de
perplexité. Comment sais-tu ? » répétait-il, souriant malgré lui. Car à ces moments-là tout se mêlait, et si rien ne
le désorientait autant que les mystères d'Adrienne, rien
non plus ne le séduisait davantage.

« Il y a longtemps que je ne me trompe plus sur *ces*
choses. Il y a longtemps », dit-elle.

Ulric aurait posé volontiers quelques questions. Mais
il craignait de rompre le charme. Et puisque le charme
était là et qu'Adrienne se serrait contre lui et que le
froid de la nuit commençait à tomber :

« Rentrons, dit-il. Allons viens. »

Il lui passa un bras au creux de la taille. Elle
frissonnait, enveloppée autant qu'elle le pouvait dans sa
pelisse, avec ce geste pour tenir son col fermé qui lui
était habituel, ce recours frileux qu'il avait remarqué à
leur première rencontre. Elle collait au bras d'Ulric, se
faisant un peu porter, mais si légère. Elle ne pesait
vraiment rien. Et tout en marchant Ulric se demandait :
que me cache-t-elle encore ?

Et l'autre, là-bas, avec ses « on fait de la place, mon capitaine » que voulait-il dire et de quelle ville parlait-il ?

Ces mots restaient étrangement présents. Qu'ils étaient lourds, eux. Ils lui pesaient au crâne comme une migraine.

CHAPITRE XX

CE que Serge rapportait de Paris était plus qu'une menace. C'était la certitude d'un châtiment si aveugle et si vaste qu'on avait peine à l'imaginer.

Et pourtant, à l'angoisse que provoquaient ces nouvelles, se mêlait, au cœur de certains, comme un espoir que, tant que rien ne serait dit, quelque chose de plus complexe que l'oppression, quelque chose de plus ancien et de plus fort prévaudrait. Aussi deux tendances se manifestaient. Elles opposaient ceux qui espéraient encore à ceux qui n'espéraient plus.

Parmi les clandestins qui, réunis rue Venture, délibérèrent une nuit entière sur la conduite à tenir, Miguel fut de ceux auprès de qui les voix de l'espoir demeurèrent sans écho.

Il avait ses raisons.

Oberg était revenu. Des gradés de toutes sortes l'accompagnaient. Des gens de Berlin. De nombreux renseignements indiquaient qu'ils s'étaient rendus à une conférence avec des fonctionnaires de Vichy. Des détachements de police, en nombre encore mal déterminé, avaient pris leurs quartiers à Marseille. Cela nécessitait des aménagements, des réquisitions, tout un branle-bas qui n'avait échappé à personne. Des témoins oculaires signalaient, en plus des policiers français, un régiment entier de S.S. qui ne se cachait même pas : le 10e Polizei envoyé en renfort. Et des trains de marchandises attendaient. Plusieurs dizaines. A la gare d'Arenc, trente trains vides. Pourquoi ?

Pas un instant Miguel ne douta du sort qui attendait la Vieille Ville. Cela faisait des semaines qu'il vivait dans l'attente de la vague noire, prête à déferler. Et parmi ceux qui l'écoutaient, d'âge et de milieu divers, une dizaine d'hommes que Serge ne connaissait que par leurs pseudonymes — il y avait là un Danvers, un Germinal, un Philippe-Auguste, un César et un Brutus —, la plupart renforçaient Miguel dans ses appréhensions.

D'évidence la mort des vieux quartiers avait été décidée.

Dans cet enchevêtrement de ruelles, de maisons accolées, de porches rafistolés, de fenêtres énigmatiques, dans ce refuge ouvert depuis les premiers âges à tous ceux qui portaient en eux douleur, peur, faim ou goût de l'ombre, cohabitaient en profonde intelligence un menu peuple de marins, d'artisans, de pêcheurs, de poissonnières, de navigateurs, serveurs ou cuistots des paquebots désarmés, d'ouvriers, de mômes toujours à mouchailler dans les coins, de gargotiers liés à des taulières, à des roulasses, à des pégriots aux multiples spécialités et que le quartier protégeait comme un vaste camouflage, et puis d'honnêtes retraités de la douane et du tramway, mêlés à toute une foule de malchanceux, coloniaux déçus, faillis de l'épicerie en Orient, pionniers du cinéma fantaisie et de la carte postale suggestive, tombés sous la coupe d'un gouverneur à principes, modestes victimes d'une Afrique ratée, de la java sans femme, du musette sans alcool, du momi et de la mominette torpillés par un quelconque ramadan, mais aussi d'imposants malabars, authentiques mousquetaires de la braguette, et de gras-

ses nanas, au négligé magnifique, toujours d'attaque,
toujours en peignoir, championnes du raccroc aux carrefours et de la jacasserie inspirée, et puis, et puis quoi
encore, vivaient là un tas de braves gens, avec des récits
et des souvenirs, des vieux qui s'alignaient le long du
quai, au soleil de midi, des Italiens, des Espagnols du
temps des balancelles, qui en savaient sur les ports et les
vents autant qu'un livre d'instruction nautique mais qui
jamais n'avaient appris un traître mot de français, des
blanchisseuses, des bateliers, des Maltais qui sentaient le
commerce, des Indochinois taciturnes, des Antillais avec
des chaussures comme pour danser la biguine, oui, des
braves gens, quarante mille âmes environ qui formaient
avec les nouveaux venus, ces parias de la dernière heure,
ce troupeau humain chassé à travers l'Europe, un bloc
solide et chaud qu'aucun remous, aussi violent fût-il,
n'avait encore entamé.

On eût dit que se fondaient là toutes les races pour ne
plus constituer qu'une lourde écume fraternelle, un
bouillonnement sans nom, montant jusqu'au sommet de
cette colline, où les mots perdaient leur sens jusqu'à ne
plus exister — ainsi le mot *indésirable*, comme si l'air,
tout à coup, se refusait à transmettre certains sons,
tandis que d'autres se créaient qui ne figuraient dans
aucun lexique — une espèce inconnue, confondue avec
le désordre du linge jeté au travers des hautes portes
patriciennes comme une parure impudique, une foule
compacte, vivant au ras de la chaussée, enfoncée dans
ses propres odeurs, odeur chaude du goudron, odeur douceâtre de l'opium au seuil des fumeries, odeur noire venue
des docks, odeur des profondeurs, odeur portuaire, odeur
mère des cavités nourricières, ô ventre sans égal, ô
mémoire d'un monde en péril, c'était cela qui était
condamné, cela qui allait disparaître, cette *sauveté*.

Il semblait à Serge que ce quartier était une forteresse
et qu'aux yeux de tous, elle apparaissait protégée par
son ancienneté comme par une muraille infranchissable.

Il le pensait sincèrement. Il en était venu à douter que quiconque eût la volonté d'entreprendre une action militaire contre cette foule embusquée.

« Tu doutes comme tu pardonnes, dit Miguel, parce que tu n'as rien vu *(tou n'as rien vou).* »

A quoi, un jeune, dans les dix-huit-vingt ans, un garçon assez agressif et qui ne savait que tutoyer, ajouta avec une grimace ironique :

« Et puis tu crois à l'art avec un A majuscule, l'Art ! Eux pas.

— Aucun avis n'a été publié, aucune instruction, dit encore Serge. Rien n'est venu contredire le communiqué de la Préfecture mettant en garde contre les rumeurs alarmistes...

— Tu retardes de deux jours », dit le jeune.

Et à sa surprise, Serge apprit que la ville n'avait plus de préfet. Limogé. Il s'en était passé des choses pendant sa courte absence. Plus de préfet. La ville, sans le savoir, vivait entre parenthèses.

« Cela te paraît suffisant ? » demanda Miguel.

Il y eut un membre du groupe, le seul Marseillais présent, pour rappeler avec une expression véhémente que l'existence des vieux quartiers avait été, depuis longtemps, mise en question. Lui, bien sûr, était furieusement contre. Mais la destruction comptait de nombreux partisans dans le haut négoce, et, cela, depuis plusieurs mois. N'était-ce pas un repaire, cette Vieille Ville ? Là éclataient les rixes, de là partaient les mots d'ordre capables de projeter sur les beaux quartiers des foules incontrôlables, et c'était là, toujours, que la police négligeait de s'aventurer.

Ainsi les Allemands n'avaient rien innové en reprenant l'opération à leur compte. Ils trouvaient un terrain déjà aménagé, par une régie immobilière, tandis qu'une plume académique, et non des moindres, avait donné une justification lyrique à la destruction. Et dans quels termes ! Un bel outil de propagande.

Le Marseillais voulut, d'une voix furibonde, citer quelques passages de ce texte, mais son discours se perdait entre le rire et la rage. Tantôt il ironisait et l'on entendait *Suburre obscène... Enfer vermoulu.* Tantôt il écumait et Serge ne comprenait plus que la moitié de ce qu'il disait. *Quartiers patriciens abandonnés à la canaille et empire du péché...* obtinrent néanmoins un vif succès.

Oui, rage et rire se partageaient ses propos car rage et rire — le rire des gens qui cherchent à se rassurer — étaient contigus à l'époque et vivaient comme dans l'ignorance l'un de l'autre. C'était cela qui rendait la contiguïté possible.

Et puis qu'ajouter ? Tout était dit.

Il y eut pourtant une dernière tentative. Quelqu'un essaya de temporiser, un homme aux cheveux blancs. Il parla d'abord d'expériences anciennes et d'un passé diplomatique, sans plus de précisions.

« On aimerait se donner du recul, dit-il. Car tout cela pourrait fort bien n'être que provocation et fausses nouvelles sciemment encouragées. »

L'étranger parlait sur un ton d'extrême courtoisie. La voix discrète et un peu voilée imposait silence.

Bien qu'il eût un accent, sa manière de s'exprimer témoignait d'une parfaite connaissance du français. Accent indéfinissable. C'était un accent de partout et de nulle part, un accent qui faisait de la langue française *autre chose,* un parler universel, tantôt léger et flottant à travers le temps comme un oiseau, tantôt fier et droit comme une épée. Interrompant la rude polyphonie qu'exécutaient ensemble les hommes de la rue Venture, la voix de cet étranger s'écoutait comme un instrument ancien. Serge pensa que c'était cela, sans doute, le *langage diplomatique.*

L'homme émacié regardait tantôt les uns, tantôt les autres. Qu'allait-il se passer, demandait-il, si l'alerte donnée aux gens de Miguel se transmettait, en dépit des

consignes, au reste de la population, non pas du fait
d'indiscrétions, mais parce que le quartier menacé réagissait comme un corps unique dont tous les membres
étaient solidaires ? Les nouvelles s'y transmettaient avec
une rapidité inexplicable, n'est-ce pas ? En faisant filer
quelques-uns ne risquait-on pas qu'une crainte panique
gagnât les autres ? Et que se passerait-il si une fièvre de
départ, une agitation visible s'emparait du quartier ?
N'était-ce pas exactement *ça* que les forces de l'ordre
guettaient ? N'était-ce pas cela le prétexte providentiel
justifiant l'intervention ?

Que les gens des venelles cherchent à en sortir, qu'ils
se poussent au grand jour et deviennent aussitôt, aux
yeux de la Ville, ces *éléments incontrôlables,* ces masses
criminelles qu'on se proposait de déporter, c'était cela le
prétexte attendu. Il pouvait en témoigner. Il avait, à
plusieurs reprises, assisté à des événements semblables
dans son pays.

Quel pays ? Il ne le disait pas. Mais le vieil homme
avait répété comme s'il parlait à soi-même :

«On aimerait prendre du recul. Un temps de
réflexion. On aimerait.»

Il dit encore :

«Une heure vient où il ne sert de rien d'avoir navigué
longtemps et à travers tant de remous. Telle est l'heure que
nous vivons. Des temps nouveaux approchent qui, déjà,
réclament de nous des partis hardis. J'ai dit ce que je
croyais devoir dire. Il n'est jamais inutile d'envisager une
situation sous tous ses angles ; même quand le temps nous
est compté. Mais que mes raisonnements ne vous pèsent
pas. S'ils ne devaient servir que par antithèse et pour
mieux définir une décision contraire, je m'estimerais heureux. Car le contraire, c'est déjà une ligne de conduite. Or,
il est évident qu'il va falloir faire du neuf.»

Là il se tut.

Sur quoi le garçon qui ne savait que tutoyer dit fort
abruptement :

« T'es pas con, tu sais. »

Mais le temps de réflexion, la notion de recul ne
furent pas retenus. Le mot recul, aux dires de la plupart,
avait acquis en 1940 un sens qui le rendait impropre à
l'usage.

« T'es tout de même pas con », répéta le garçon en
manière de consolation.

Ainsi il devint inutile de rien dire de plus.

Tout était dit.

Le couvre-feu à peine levé, des formes invisibles
allaient et venaient dans les ruelles de la Vieille Ville. Il
faisait presque doux. Cela se passait rue Pavé-d'Amour
et rue de la Nuit. Cela se passait rue Caisserie pour ceux
que dominait la tour ajourée des Accoules. Mais il était
encore trop tôt pour entendre les cloches. Cela se passait
rue Fontaine-des-Vents et place des Treize-Coins pour
certains. Pour d'autres c'était rue Lanternerie. Cela se
passait pour Serge et pour ses camarades.

Cinq ou six garçons des équipes franches étaient là,
parmi les plus jeunes. Jamais Miguel ne s'était montré
aussi précis, aussi scrupuleux dans ses instructions. Mais
ce qui par-dessus tout rassurait, c'était la conviction
profonde attachée à ses moindres paroles et la confiance
qu'il témoignait. Quand les garçons avaient pénétré dans
le dédale qu'obscurcissaient les brumes matinales, à
cette minute-là leurs appréhensions appartenaient déjà
au passé.

Il fallait quadriller minutieusement. Il fallait passer
partout, comme si l'erreur ou l'oubli devait être irrémédiable. Il y avait une vingtaine de personnes à localiser
qui changeaient de logement chaque soir. Il fallait faire
vite sans affoler qui que ce soit. Il fallait parler peu et
bas.

Des bandes d'oiseaux de mer tournaient dans le ciel
au-dessus de la faction muette des guetteurs, au-dessus

des silhouettes qui rasaient les murs, glissaient dans l'ombre des courettes, s'arrêtaient, frappaient discrètement à des volets aveugles, à petits coups. Des bandes d'oiseaux de mer planaient. Et planaient aussi des nuages, légers comme des flammèches, au-dessus des visages brusquement rapprochés, des gestes d'incrédulité, des conversations qui s'engageaient, des propos scandalisés, de la surprise, des doutes parfois. Tu y crois, toi ? Tu crois qu'ils vont venir nous relancer jusqu'ici ? Cela se passait rue Bouterie, dont les lumignons ne rougeoyaient plus, cela se passait dans un coin qui sentait le pansement, le remugle médicamentaire, cela se passait place des Moulins, dans la pesante proximité de l'Hôtel-Dieu. Cela se passait pour des étrangers qui, en attente de papiers et d'identités, claquemurés dans l'intimité noire de la Vieille Ville, se découpaient brusquement sur le pas d'une porte, apparaissaient parfois à peine vêtus, parfois se servant d'une couverture comme d'un manteau, entendaient les mots d'alarme et disparaissaient aussitôt.

Des Autrichiens, des Allemands, des Alsaciens, des Lorrains, des Tchèques, des Polonais, les gens de Miguel, c'était ça. Des gens de vingt-sept nationalités différentes.

Ils quittèrent les profondeurs de la ville pour un nouveau refuge, celui-là d'une éclatante blancheur et comme déchiqueté par le vent, des lieux où la lumière explosait avec une violence inhumaine : les collines, les sommets échevelés qui dominent Marseille.

Après la nuit fourmillante, un monde nu.

Ils s'en allèrent en hâte.

Cela se passait dans des ruelles que la dynamite a effacées, mais cela se passait.

« Un jour il faudra trouver les mots », se dit-il.

Un jour il faudra que les gens sachent.

Serge ne cessait de se répéter les mêmes phrases depuis la minute où le régiment écussonné à têtes de mort avait pris position autour du Vieux Port, et où les chevaux de frise avaient été tirés des camions, puis dépliés et disposés en V.

Tout s'était déroulé très vite. La Vieille Ville était complètement isolée derrière ses barbelés et on ne pouvait pas plus s'empêcher d'évoquer une sorte de nasse, à la fois monumentale et dérisoire, que Serge de se répéter encore et encore la phrase : Un jour, il faudra que les gens sachent.

« Ça ne sert à rien de penser, se dit-il. Non ça ne sert à rien. A rien du tout. Essaie plutôt de regarder, de voir au plus profond. Et puis à qui penses-tu, lorsque tu penses *les gens?* »

Mais il ne pensait à personne en particulier. Il pensait au monde en général, à ceux que personne ne pouvait alerter, avertir, il pensait aussi au monde d'après-guerre, au nouveau monde, celui auquel Miguel croyait tant.

Il était seul à être resté parce qu'il était seul à ne rien risquer. Il savait que le Marseillais véhément, celui qui avait déchaîné les rires en récitant la condamnation académique, était à Marseille, lui aussi, et pour les mêmes raisons. Tandis que Miguel s'était éloigné et, avec lui, tous les étrangers. Les uns vers les collines et les autres, ceux qui risquaient le plus, vers les camps de l'intérieur, vers Gap, Digne et Oraison, là où se retranchaient les maquisards. L'organisation avait éclaté sur ordre.

Et bien lui en prit.

Car, Miguel à peine parti, la ville avait été passée au peigne fin, comme jamais auparavant, comme jamais ville en France. Visitée maison par maison. Une gigantesque chasse à l'homme, menée par la police française rue par rue, sans que jamais la police allemande apparaisse, et cela pendant deux nuits et un jour.

Seuls les quartiers résidentiels furent épargnés. La ville était coupée en deux : il y avait les quartiers livrés à la police et dans ces quartiers ceux pour qui l'heure de Dieu avait sonné. Ailleurs, en bordure de mer, dans les jardins, il y avait des demeures paisibles où l'on ne subodorait rien. Certains parmi ces favorisés ignorèrent jusqu'à la fin de leurs jours ce qui s'était passé à Marseille, ces nuits-là. D'autres l'ignorent encore, l'ignoreront toujours.

C'était comme si une bouche s'était ouverte, une bouche implacable et démente, qui aspirait un corps immense, membre par membre, la tête d'abord, puis les bras, puis les jambes, jusqu'à ce qu'ait disparu le corps tout entier. Parfois lourde de ce qu'elle avait dévoré, et lasse, la bouche marquait un temps d'arrêt. Son avidité se calmait. Alors, profitant de cette brève interruption, des camions l'aidaient à dégorger par un incessant va-et-vient entre le quartier visité et la prison. Là, derrière les murs bardés des Baumettes, la Gestapo attendait. Elle choisissait parmi les suspects ceux qu'elle souhaitait se voir livrer. En majorité des syndicalistes, des Juifs et des gens d'Europe centrale.

De déserteurs de la Wehrmacht, point.

C'était pourtant l'essentiel de la pitance attendue. Peut-être même était-ce la raison secrète de toute l'entreprise. Car les désertions s'étaient multipliées à Marseille.

Une rancune atroce s'installa. Plus que cela même. Une fureur implacable qu'une bombe, éclatant cette nuit-là, vint aggraver.

Il y a un vertige de vengeance, une sorte de tournoiement aussi irraisonné qu'une convulsion. Rien ne l'arrête. Et rien, en effet, n'arrêta la femme qui, un sac de plage à la main, était montée sur la plate-forme d'un tram, bondé d'Allemands. Ils cahotaient tous ensemble en direction des bleus immobiles et du cristal dur de l'Estaque. On rentrait du cinéma. Soudain ce fut comme

une allumette gigantesque s'allumant sous le plancher.
Comme un coup de grisou. La femme était descendue à
l'arrêt précédent, oubliant son sac. Mais les blessés
étaient là sur la chaussée. Et les gens qui couraient avec
un air de consternation indicible. Et les vitres arrachées.
Et la plate-forme disloquée. Et le sinistre affairement
des ambulances.

Il y eut, parmi les rescapés, un militaire dont le
témoignage fut retenu. Il révéla que la femme au sac
était belle, de cela il était sûr, qu'elle était brune et pâle
comme les mortes. Il révéla aussi qu'elle n'avait cessé de
lui faire du pied pendant tout le trajet. Il en avait été si
troublé qu'il en avait oublié son visage. Lorsqu'elle était
descendue il avait éprouvé dans tout son être un arrachement désespéré.

Il ne put en dire plus, sinon qu'il la revoyait en de
mauvais rêves et qu'elle lui apparaissait toujours sous
les traits de la Mort.

Ce n'est pas un signalement, lui dit-on.

Du reste cette brune d'une si exceptionnelle beauté ne
fut jamais retrouvée.

Pendant ce temps, à la prison, le tri se poursuivait. Il
n'en devint que plus impitoyable. Les suspects furent
dirigés vers la gare d'Arenc, puis hissés dans des trains
dont les portes à glissière se refermèrent sur deux mille
personnes environ. Première halte : le camp de Royallieu en forêt de Compiègne. Destination finale : Ora-
nienburg.

Restait la Vieille Ville. Là, les choses se passèrent
selon une tout autre méthode. Pour plus de sûreté,
l'opération fut menée de main allemande. Il était cinq
heures, le dernier jour des rafles, quand les mitrailleuses
furent mises en batterie et que le 10e régiment de police
S.S. se massa aux abords du quartier, le long des
barbelés.

Et c'est à partir de ce moment que Serge ne cessa de
se répéter : il faudra que les gens sachent.

Il traînait sur le quai d'en face. Il observait à distance. On entendait hurler des ordres en allemand, on voyait arriver des camions transportant des policiers français. Un anneau encerclait la Vieille Ville, un anneau gris-vert, et rien ne se passait.

Serge croyait à peine à ce qu'il voyait. Est-ce vrai, est-ce vrai ? se demandait-il. Tout est fini pour ce soir. Et c'est demain à l'aube que l'investissement aura lieu. Demain seulement. Car on ne saurait tenter une opération de ce genre à la nuit tombée.

Mais il ne coucha pas rue Venture, cette nuit-là.

Il alla demander asile à des sympathisants qui possédaient, quai de Rive-Neuve, dans l'ancien bâtiment des Galères, un entrepôt de fournitures marines. Les soupiraux à larges barreaux ouvraient sur le quartier menacé. Les murailles étaient énormes. On se serait cru dans une prison.

D'autres spectateurs, des inconnus, surpris eux aussi par le couvre-feu, se cachaient là, dans le noir. Personne ne parlait. De temps en temps quelqu'un se levait, se hissait sur la pointe des pieds et s'évertuait à apercevoir quelque chose, sans souffler mot. Puis revenait s'asseoir.

Lorsque Serge se hissa à son tour et que lui apparut la Vieille Ville dressée dans la grisaille de la nuit, il fut touché par l'étonnante beauté de cet amoncellement. Rappelle-toi longtemps, se dit-il. Rappelle-toi les tuiles roses dans le ciel. Rappelle-toi cette colline légendaire, cette pyramide modeste et qui, par moments, paraît immensément haute ; rappelle-toi l'irréalité de tout cela, et la vieille qui disait de sa ruelle : *elle assomptionne*. Rappelle-toi l'immobilité du ciel et son véhément silence. Rappelle-toi pendant que tu en as encore le temps, car, une fois le quartier disparu, rien n'aura plus le même sens.

Et la nuit vint.

Et il ne se passa rien.

Mais Serge accroupi sur un tas de cordages, la tête

appuyée au soupirail, se dit : « Je continuerai à regarder. Je ne peux rien d'autre, je le sais, mais je peux regarder. Ainsi je ne serai pas de ceux qui auront dormi. J'éviterai cette honte. »

Il y avait deux mondes brusquement. Le monde inerte de ceux qui dormaient. Et le monde d'en face, un monde d'angoisse et d'attente, confronté avec un destin incompréhensible. « Je suis heureux d'être éveillé, se dit Serge, et heureux d'être là. Je me sens comme un veilleur au centre d'une bataille. »

A travers les barreaux du soupirail, il vit nettement, de l'autre côté du bassin, la petite flamme que faisait une sentinelle avec son briquet.

Ils étaient quatre à fumer dans le noir.

Avec une bonne mitrailleuse, pensa-t-il. Et placé comme je le suis. En tirant avec soin. Il imagina l'envol des balles au-dessus des eaux du port. Il se voyait. Il imaginait les sentinelles courant sous le feu. Il pensait : *ces chiens.*

Au lever du jour, ce fut certain : il commençait à éprouver une haine insurmontable.

Rien n'avait été révélé.

Ainsi ceux des venelles vécurent-ils cette dernière nuit dans l'ignorance du sort qui les attendait.

Jusqu'au bout les gardiens s'étaient tus. Bouches scellées. Au lever du jour un certain affairement s'était manifesté aux abords des barbelés.

Les maîtres en cérémonies exterminatoires se préparaient à officier.

On vit passer des gradés et leurs acolytes. Ils marchaient lentement. On vit courir des caporaux. On entendit claquer quelques portes et le pas cadencé des hommes qui venaient relever les sentinelles. Ce fut tout.

Il fallait ce mystère pour que le troupeau humain

s'introduise sans cris dans la mort. Il fallait que, par glissements successifs, il aille du premier rassemblement à la dernière procession, puis jusqu'au dernier pacage et de là au supplice. Il le fallait. C'était une méthode qui avait, maintes fois, fait ses preuves.

Le monde des venelles se taisait. Mais on sentait monter la terreur. Le premier éveillé avait crié :

« Ils sont toujours là. »

Et la nouvelle, comme emportée par un vertigineux attelage, s'était propagée aussitôt. Cette voix, c'était comme si tout le monde l'avait entendue.

Alors on décida de ne pas ouvrir les boutiques, de ne pas envoyer les enfants à l'école, de ne pas sortir les tout-petits. Se calfeutrer chez soi. Et des centaines d'hommes et de femmes se mirent aux fenêtres. Et il y eut alors cette accumulation de visages au-dessus du silence des sentinelles. Il y eut ces façades cloutées de pupilles noires, d'oreilles, de nez, de faces sombres. Il y eut le souffle de ces bouches et la lourde interrogation des regards.

Il était six heures du matin quand une voix rauque fit ouvrir un passage dans le réseau des barbelés. Les chevaux de frise glissèrent sur la chaussée, lentement, comme un vaisseau prend le vent. Aussitôt la voiture des Actualités allemandes, son opérateur debout sur le toit, franchit le barrage et se mit à rôder comme une bête à la recherche de sa pâture. Puis la caméra s'immobilisa face aux venelles. Elle avait hésité longtemps avant de trouver son angle, mais c'était fait. Elle ne bougea plus. De l'intérieur quelqu'un cria : « Moteur ! » Et la caméra sur le toit entreprit de faire le chat. Un chat pacifique, qui ronronnait, ronronnait sans répit...

Parut une voiture à voix humaine, parut une deuxième voiture, puis une troisième, et l'on entendit : *Habitants du quartier, préparez-vous.*

Elles s'adressaient au monde des venelles.

Ceux des fenêtres battirent en retraite. De temps à autre on voyait passer un front d'enfant, bouger un bras d'enfant mais presque aussitôt une forme imprécise intervenait vivement et la fenêtre restait vide.

Cependant, la tête appuyée au soupirail et toujours à l'abri de l'ancien bâtiment des Galères, Serge demeurait aux aguets. Il essayait d'imaginer ce qu'il ne voyait pas. Il lui semblait n'avoir d'autre vie en lui que celle de ses yeux et de ses oreilles. Il se répétait encore et encore : « Il faudra que les gens sachent » et s'étonnait, une fois de plus, de l'extraordinaire haine qui lui fortifiait le cœur.

Toutes les voitures parlantes empruntèrent le couloir laissé entre les barbelés, toutes franchirent l'anneau gris-vert et la tenaille que formaient les S.S. avec leurs chiens, toutes pénétrèrent dans les venelles.

On les perdit de vue.

Mais deux heures durant on ne cessa de les entendre. Ce qui s'élevait des haut-parleurs, une psalmodie diffusée sur un rythme lent et un ton lénifiant, ressemblait à une monstrueuse dictée dont les phrases, inlassablement répétées, commençaient toutes par *Attention!*

Cela débuta par une annonce qui ne reçut d'autre réponse qu'un silence d'une solennité douloureuse.

Attention!

Il fallait évacuer sur l'heure.

Vinrent ensuite directives et menaces. Il était interdit de circuler. Toute personne trouvée en possession d'une arme serait punie de mort. Enfin, pour assurer la mise en condition des candidats à la déportation, les voix de la police française eurent recours à des subterfuges qui révélaient à quelle école elles avaient été formées. Pareilles, en cela, aux voix qui, dans les camps de la mort, recommandaient aux condamnés, à l'instant où ils pénétraient dans la chambre à gaz, de ne pas oublier à quel portemanteau ils avaient laissé leurs vêtements, à Mar-

seille les haut-parleurs recommandaient aux gens des
venelles de bien fermer leurs maisons en partant. *Attention ! Fermez vos portes à clef,* conseillaient les voix
lénifiantes aux habitants d'un quartier destiné à disparaître par la mine et le feu.

Et ce fut aux pleines lueurs du jour que le premier convoi descendit des ruelles. Dans les rangs
S.S. la déception fut immense : ce n'étaient que
des vieux et des vieilles, des retraités qui avançaient
avec une lenteur effrayante, chargés de balluchons
dérisoires, de couffins et de paniers à provisions.
On aurait dit des paysans allant à la foire. Un
cortège comme on ne pouvait s'attendre à voir
sortir de ce repaire. Où étaient les masses criminelles ?

Une vieille en noir, qui marchait seule et tenait serrée
contre elle la cage d'un canari, pria un jeune S.S.
d'éloigner son chien. Il aboyait à toute force. La vieille
parlait avec une sérénité confondante et d'une petite
voix enrouée.

« Fais-lui pas peur à ce petit », dit-elle en montrant
l'oiseau qui s'affolait.

Gêné, l'homme tira sur la laisse.

Les déportés s'amassaient, tant bien que mal, sur le
quai. Maison par maison le quartier se vidait. Il y eut
quelques corrections administrées à des enfants qui
cherchaient à s'enfuir, quelques mains happées par les
chiens, quelques femmes prostrées qu'il fallait porter,
des fillettes égarées qui pleuraient, des familles disper-
sées qui cherchaient à se regrouper pour *être du même
convoi,* il y eut des adultes, des jeunes gens, des jeunes
filles, mais les vieillards, les femmes et les enfants
demeuraient la majorité.

La déception était grande : on s'attendait à des criminels. Au lieu de quoi des vieux. Quelle sorte de tri
allait-on faire dans tout ça ? Ce n'étaient pas les wagons
à bestiaux qui manquaient. Mais de quoi les remplir. Il

y eut quand même encore un bon millier de suspects à diriger sur Royallieu.

Quelque chose, cependant, désarma momentanément le tout-puissant cercle des policiers français et de leurs surveillants.

Ce fut l'arrivée massive des prostituées.

Un grouillement d'insectes, sous une pierre levée, à l'instant où, tiré d'un monde obscur, il se trouve brusquement exposé à la lumière crue.

Le personnel d'une cinquantaine de maisons closes avait été groupé en une seule et longue colonne que précédaient les taulières.

Cela faisait un grand cortège de femmes qui avaient l'air inventées. Certaines cheveux défaits, d'autres avec des coiffures compliquées retenues par toutes sortes de peignes, elles avançaient ensemble sur leurs hauts talons. Il y en avait en tenue modeste, vêtues de sarraux noirs comme des orphelines, d'autres étaient en robe comme pour aller au travail. Elles portaient des fourreaux qui les moulaient à craquer et dont la fente latérale laissait entrevoir des dessous à histoire. Tout cela, ces parures extravagantes, ce quelque chose de nocturne dans le désordre, surgissant là, au milieu de cette misère, on ne savait trop ce que l'on voyait. C'était un coup de théâtre, l'entrée imprévisible d'un collège de sorcières, l'apparition de femmes capables de tout outrepasser.

Car elles vivaient au-delà de la peur. Et cela se voyait et cela s'entendait. Brusquement débouchaient des ruelles non pas des déportées moins encore des victimes : des furies. Une coulée vociférante. Elles maudissaient à grands cris, les bras étendus.

Et ce qu'elles déversaient sur les Français qui les rameutaient laissait leurs gardes sans voix. Des injures qui avaient l'air échappées de leur ventre. Des obscénités inimaginables.

Sous un pareil flot il ne restait qu'à tuer ou se taire. Or, le cheptel devait être ramené vivant, tels étaient les ordres. Alors enfermés comme ils l'étaient dans le cercle des S.S., les policiers français obéissaient et, sous le regard glacé de leurs surveillants, se taisaient.

Peut-être l'anneau gris-vert se croyait-il épargné. Et que pouvaient comprendre les Allemands à ce que hurlaient ces femmes ? Or, le flot sombre n'épargnait personne. Du fond de cette boue montait, en mots noirs, la vengeance de la ville. Et Serge, qui de loin entendait, se disait : « Nous avons eu au moins cela, on ne pourra jamais nous l'enlever. » Et les gens des venelles, eux aussi, se sentaient vengés. Certains hochaient la tête d'un air approbateur. D'autres souriaient quelque part, très loin, au fond de leur chagrin ; des vieux qui se souvenaient que ces furies les avaient laissés faire bien qu'ils fussent vieux, des jeunes qui s'étaient laissé faire bien qu'elles fussent vieilles.

Tous se savaient vengés.

Et les femmes continuaient à lancer des imprécations comme elles étaient seules à savoir en inventer.

Les premières explosions secouèrent la ville.

Toutes sortes de choses tombaient du ciel tandis que d'autres y montaient. C'était un va-et-vient de pierres, de tuiles, de bois. Des volutes de poussière s'élevaient au-dessus des ruelles. Tout sautait. Toits, balcons et murs. Tout éclatait.

Il y eut le sauve-qui-peut des rats et les cloches des églises qui, sous l'effet du souffle, se mirent à sonner d'elles-mêmes. Il y eut la course effrénée des hommes casqués qui ressortaient des ruelles avec un visage terreux.

Le châtiment dura dix-sept jours pendant lesquels les troupes allemandes s'acharnèrent. Ce qui pouvait être détruit le fut, rue par rue, maison par maison, juqu'aux fondations.

Un écrivain en uniforme suivit le saccage du bout de sa lorgnette. C'était un certain Walther Kiaulehn, envoyé spécial de *Signal*. Plusieurs comparaisons lui vinrent à l'esprit. Il avait pensé que le spectacle était terrible et enivrant comme un grand orage, comme un furieux cyclone. Mais c'était faire trop d'honneur à ces masures.

Il chercha autre chose.

Cyclone était pourtant le mot qui convenait.

Le 17 février 1943 la ville basse avait cessé d'exister. Personne pour lui rendre les derniers devoirs. *Signal* publia l'oraison funèbre dont l'homme à la lorgnette était l'auteur. Il écrivait : *cette fois l'aspirateur aura été plus grand que le tas d'ordures : tout s'est effondré.*

En ce bord avancé de l'Europe où de tout temps, s'était dressé comme un labyrinthe un vaste abri populaire, il n'y eut plus qu'un désert de ruines.

Et un espoir de moins pour les victimes de l'ordre allemand.

CHAPITRE XXI

Or les affaires de l'Axe étaient détestables.

Tout se fendillait, se craquelait, s'usait, les grands mots, les illusions, l'Ordre nouveau, la Triplice, le IIe Empire romain, la Grande Europe.

A quelques jours d'intervalle le châtiment variait de nom. Cela s'appelait Leningrad quand la Wehrmacht levait le siège et que les défenseurs affamés réussissaient à faire leur jonction avec les troupes de secours, Stalingrad quand le silence retombait sur l'élite de l'armée allemande et que von Paulus se rendait, Tripoli quand l'Afrikakorps de Rommel se dérobait et que la ville passait aux Anglais, c'étaient les mains baguées de Gœring s'agitant en vain devant les micros, sa face lunaire et les foules sans ferveur sous ses apostrophes.

« Qui donc aurait la témérité de douter de la victoire ? »
Les mains baguées étaient molles.

Et les explications ?

Au micro de Radio-Berlin celles du Haut Commandement : *Nous entrons dans la période frédéricienne de la guerre.* Mais les fantômes étaient sans voix.

Le Grand Frédéric n'intéressait plus personne.

L'armée rouge fêtait ses vingt-cinq ans et Hitler ses dix ans de pouvoir. Il se faisait lugubre. « Il n'y aura plus ni vainqueurs ni vaincus, proclamait-il. Il n'y aura que des survivants et des morts. » Jamais l'Allemagne n'avait connu plus sombre janvier. Plus de pertes dans les six premières semaines de l'année qu'au cours des dix premiers mois de l'offensive contre la racaille rouge. La machine de guerre tantôt enfoncée dans les neiges russes, tantôt enlisée dans les sables du Fezzan était prise d'un appétit terrible. Elle réclamait sans cesse des renforts, du sang neuf, du sang hongrois, roumain, italien. Elle exigeait qu'on l'aidât. Mais les hommes ne se laissaient plus emmener.

Alors on entendait des craquements.

Alors la digue faisait eau et la machine se grippait.

Janvier fut le mois de la révolte des vassaux.

Il y eut des pierres lancées à Budapest, des prêtres et des collégiens arrêtés, il y eut des émeutes en Roumanie, une sainte colère populaire, il y eut des cris dans les rues d'Italie, et à Berlin des généraux limogés. Von Bock avait disparu. Von Halder était remplacé.

Et naissaient les complots dans les états-majors. A Stockholm, les gens informés parlaient même de la naissance d'une junte. Mais était-ce vrai ?

A Paris la confusion dans laquelle on vivait était si forte, si quotidienne que les perspectives de la guerre en étaient par moments effacées. Epoque favorable aux amants en cela qu'à force d'imprévu elle rendait impossible l'épuisement des conversations. Le qui-vive en certaines circonstances est le plus solide des liens.

A elles seules, les lettres que le comte Norbert écrivait de Vienne auraient suffi, tant elles étaient singulières, à susciter l'anxiété d'Ulric et un sentiment de naufrage s'il n'en avait été par ailleurs si profondément conscient. C'étaient des lettres d'un autre temps. On aurait dit que des siècles le séparaient de son père.

Le comte Norbert avait toujours correspondu avec ses

fils en français. Il continuait. Si on lui avait dit qu'il commettait une grave imprudence et qu'il compromettait Ulric en agissant ainsi, il en aurait été le premier surpris. Existait-il une langue plus pratique ? La seule qui fût partout intelligible. Et qu'est-ce que la guerre y changeait ? Se gênait-on en 1916 ? Père et fils correspondaient bel et bien en français. On ne s'embarrassait pas de ces turlupinades au temps du coude-à-coude des Hohenzollern et des Habsbourg. Et le comte Norbert, qui, à l'époque, fidèle sujet de la Maison d'Autriche, se dépensait au 2e uhlans, n'avait pas eu à lire en cachette les lettres que lui adressait son père... En français, cela allait de soi.

Alors ? Pourquoi changer ? Hein ? Hein ? Servilité que ces précautions, simagrées.

Ulric recevait ces lettres comme des coups de fouet. Tantôt elles éveillaient un mal profond comme une ancienne blessure, quelque chose de lui qui s'était perdu, au point qu'il ne savait plus très bien ce que c'était. Tantôt le coup l'effleurait à peine. C'était un contact léger et brûlant qui l'obligeait à lire, puis à relire. Peu à peu il reconnaissait des mots, des expressions dont se servait sa mère, il se disait : « Telle est la langue que j'ai parlée enfant, elle m'a pénétré autant que le lait dont j'ai été nourri », et il lui semblait être de retour parmi les siens.

Je t'écris à bride abattue revenait souvent sous la plume de son père. Suivaient des propos d'une scandaleuse frivolité. *Le carnaval n'est plus ce qu'il était*, constatait le comte Norbert. Ou bien : *Hier nous avons improvisé des charades.*

Et pourtant le taxer de futilité eût été mal le connaître. La pudeur du comte Norbert et son code des usages lui interdisaient de laisser le malheur envahir sa correspondance. Comment Ulric l'eût-il ignoré ? Plus les sujets d'inquiétude étaient justifiés, moins il les laissait transparaître. Douloureux, il renonçait carrément à les

aborder. Il s'imposait silence. On atteignait alors un des
sommets de son art épistolaire : la lettre ne valait que
par ce qu'elle ne disait pas.

Aussi quand, dans ce pêle-mêle, parmi les conseils
saugrenus — *Faute de cheval, je m'entretiens en sautant
les bornes et les tables de café, j'espère que tu agis
pareillement* — ou, non moins surprenantes, ses remarques, lorsqu'il s'étonnait que les fonctionnaires autrichiens ne sachent point le tchèque — *Il m'a fallu
houspiller un de ces employés qui, en triple crétin,
voulait me forcer à mêler de l'allemand à mon bohême*
— quand parmi les nouvelles d'une ribambelle d'oncles
désignés par leurs seuls surnoms auxquels venaient
curieusement s'ajouter des précisions abracadabrantes,
telles que leurs grades dans des régiments disparus avec
l'Empire, leurs charges auprès de souverains détrônés,
leur appartenance à des ordres de chevalerie abolis —
ton oncle Taffy, le Toison d'or, écrivait-il, comme il
aurait dit le banquier ou le préfet — ou bien encore le
rappel de quelque caractéristique à laquelle le comte
Norbert attachait une importance particulière — *notre
bon oncle Luli, celui, tu t'en souviens, dont l'influence
sur les chiens hargneux est si extraordinaire* — aussi
quand dans ce hourvari Ulric ne trouvait pas un mot
concernant sa mère, il savait d'expérience que cette
longue parenthèse était le pire des aveux.

L'inconscience du comte Norbert avait quelque chose
de vertigineux. Un autre qu'Ulric se serait mépris,
croyant à de monstrueuses facéties. Ainsi Adrienne. Elle
s'épouvantait. Que la censure s'en mêle et plus rien ne
pourrait soustraire Ulric aux investigations.

« Il finira par vous faire tuer, disait-elle.

— Possible, répondait Ulric. Mais lui, au moins,
n'aura pas fait exprès. »

Adrienne ne disait rien. Quelque chose dans tout cela
la contrariait profondément. A ces moments-là il y avait
dans ses yeux un feu véhément.

Tout ce qui aurait pu être exprimé en clair coûtait au comte Norbert des périphrases inouïes. A peine s'il osait parler d'une mission de Croix-Rouge en Slovaquie qui n'avait pourtant rien que de normal. Sans doute le sujet était-il trop pénible. Ulric avait eu grand mal à déchiffrer toutes sortes d'énigmes auxquelles se trouvaient mêlées des personnes en blanc *avec sur le front et le poitrail la croix que tu sais.* Quel sens leur donner ?

C'était à se casser la tête.

Cette lettre lui avait causé un mal fou. Il dut s'acharner longtemps. Et soudain il avait vu clair : le comte Norbert l'avertissait qu'une ambulance avait ramené sa mère à Vienne. Il lui disait qu'elle était hospitalisée, qu'elle avait perdu la mémoire et qu'elle ne l'avait pas reconnu.

A imaginer que sa mère pourrait le regarder sans le voir, Ulric sentait un ressentiment sauvage lui traverser le corps. Une fois de plus, tout en lui craquait.

Et il n'y avait pas que cela.

Il y avait qu'au-delà du chagrin, du ressentiment, l'impression d'une étrange vacuité se précisait. Comme si ce qui avait fui la mémoire de sa mère et dont elle ne lui avait jamais parlé, les premiers visages de sa vie, les premiers jardins, ces joies inconnues d'Ulric, ces secrets, ces coins d'ombre jamais fouillés, tout ce dont il ne s'était jamais soucié devenait vital à l'instant où il le perdait.

Mais il arrivait que le comte Norbert renonçât à ses énigmes.

C'était toujours quand il aurait dû se montrer le plus prudent.

Alors, rebelle aux plus élémentaires précautions, il se mettait à écrire des lettres d'une transparence singulière.

A quelque temps de là, Ulric reçut un long billet dont l'enveloppe avait été maladroitement ouverte et recachetée. L'adresse était tracée d'une écriture à longue foulée, un peu pressée : le comte Norbert, un jour de bride abattue.

Un texte limpide.

Matyáš est notre nouveau brigand gentilhomme, disait la lettre. *Il s'est révolté contre les fouetteurs. Et le voilà dans la montagne, à la tête des mécontents.*

Pouvait-on être plus clair ? Et le comte Norbert, pour plus de précision, faisait des rapprochements historiques. Il comparait son fils à tous ceux dont les noms restaient liés aux pages sanglantes des insurrections slovaques. Il en faisait un Tököly au temps du pachalik de Budapest, un prince de haute Hongrie ayant les Turcs pour alliés ; Il en faisait un magnat et, avec l'appui de la France catholique, un nouveau Rákóczi ; il en faisait un fils de paysan dressé contre les seigneurs, et Matyáš se confondait avec le beau Jánosík, il lui poussait de longues tresses, il devenait le héros des ballades populaires.

Et Jánosík sommeille... chantaient les paysannes.

Alors Ulric imaginait, entre la Vierge et saint Joseph, aux murs des maisons proprettes et toutes coloriées, son frère Matyáš qui, sous les traits de Jánosík, le Robin des Bois slovaques, dominait, hache au poing, les édredons conjugaux.

Et Jánosík sommeille...

Une chanson perdue. Elle revenait de l'autre monde. Ulric la retrouvait, vers par vers. Il fermait les yeux et se la récitait. C'était elle. C'était elle pourtant. Elle s'accompagnait à coups de tambourin.

Ils tournent et tournent et tournent
Ah les gars hardis !
Hache au poing ils surveillent
Mais qui ? mais qui ?
C'est leur Jánosík, c'est lui
Qu'avec amour ils veillent
Ah les gars hardis !

Et les paysannes chantaient.

Et les danseurs bondissaient.

Et Ulric se disait que l'homme de métier, celui qui, le premier, avait lu cette lettre — car elle avait été censurée, cela aussi était clair — avait, à coup sûr, compris.

Plus de doute possible : Matyáš était dans le maquis slovaque. Ça aussi c'est trop. Ils ne me rateront pas. N'empêche que mon père a un rude aplomb. Ecrire des lettres pareilles. Et il dit tout. Il cite des noms. Autant de points de repère, facilement contrôlables. Et il se réjouit que Matyáš ait emmené avec lui le vieux Bohush. Il dit aussi que Joseph le blond et Joseph le noir, nos deux gardes forestiers, l'ont rejoint eux aussi. Il m'écrit : *Matyáš a tout son monde avec lui, Dieu merci.* Il croit peut-être que c'est pour lui cirer les bottes ou recharger ses fusils. Il imagine Matyáš entouré de ses domestiques, menant une petite guérilla personnelle comme on mène une battue. Et toute cette imagerie historique. Du niveau du certificat d'études. N'importe qui comprendrait. J'ai pourtant essayé de lui dire qu'il fallait que ça cesse. Mes messages ne sont peut-être jamais arrivés. Ou bien il n'y a pas cru. C'est plutôt ça. Mes inquiétudes lui sont apparues invraisemblables. Mais je ne lui en veux pas. Cette lettre, c'est lui tout entier. Il survit à une Europe en voie de destruction. Il faut le traiter en témoin d'une agonie et l'accepter ainsi. Ce n'est pas un personnage de vaudeville. C'est un rescapé.

Adrienne jugeait de la situation tout autrement. Elle demandait :

« Votre père n'est-il pas un peu fou ? »

Ulric répondait :

« Anachronique, plutôt.

— Qu'est-ce que ça veut dire ?

— Pour beaucoup de gens ça veut dire fou. »

Elle insistait.

« Je ne vous comprends pas. L'est-il ou ne l'est-il pas ?

— Disons qu'il est baroque.

— Baroque ou pas, moi, à votre place, je me sauve-
rais avant qu'il ne m'ait fait arrêter. Je déserterais... Je
prendrais la fuite. »

Elle semblait hors d'elle.

« Viens ma noire, ma violente, dit Ulric cherchant à
l'apaiser. Viens là... Approche un peu. »

Mais elle était de glace.

Alors il lui avait donné l'un après l'autre tous les
noms qu'elle préférait, il l'avait même appelée ma
Carmen, ma Bohémienne.

Ulric s'évertuait pour rien.

Il fallait qu'Adrienne comprenne. Alors, pour elle, il
avait reconstitué le comte Norbert morceau par morceau. Un vrai puzzle.

D'abord la part d'esprit oriental. Ah ! ce n'était pas la
plus simple à cerner. Il aurait fallu définir ce qu'il y
avait de ténébreux dans l'image paternelle, ce tout-puissant *rien* venu de l'Est. Puis éclairer la zone que
traversaient des courants généreux. Quand le comte
Norbert se réveillait libéral, c'était le sang slave qui
s'éveillait en lui. Mais il arrivait aussi qu'il se conduisît
en monarchiste. C'était quand la mélancolie du passé se
faisait la plus forte. Ces jours-là, il se sentait terriblement viennois. Alors il regrettait à en pleurer le temps
de l'allégeance aux Habsbourg. Et il aurait fallu analy-
ser aussi le courage croate, la fantaisie, l'esprit frondeur
des Magyars, les véhémences de l'homme de cheval plus
proches d'un ataman tartare que du *gentleman rider*
britannique auquel il croyait ressembler. Et dans ce
grouillement comment isoler la rigidité germanique ?
Comment l'opposer aux maniérismes du beau parleur,
aux inconséquences du grand seigneur multinational ?

Comment souligner l'*austrianité* du comte Norbert ?

Adrienne n'y comprenait goutte. Ulric avait beau
expliquer ce qu'il y avait de fascinant dans cette juxtapo-
sition d'appartenances contradictoires, et aussi dans
cette discordance profonde entre l'Europe dans laquelle

le comte Norbert aurait voulu vivre et celle dans laquelle il vivait, rien n'y faisait. Pour lui, c'était l'évidence. Pour elle, c'était un rébus. Elle demeurait fermée, inaccessible. L'écoutait-elle seulement ? On aurait dit qu'elle s'ennuyait. C'était étrange de la croire si proche et de constater, en des occasions pareilles combien ils étaient loin l'un de l'autre.

Et Jánošík sommeille... chantaient les paysannes.

Ce qu'il aurait donné pour qu'il cessât de le hanter, ce Jánošík de malheur.

Terribles sont les chansons quand elles intiment l'ordre de se souvenir.

A quelque temps de là, Ulric dormait, tenant Adrienne dans ses bras, quand il éprouva très distinctement la certitude qu'elle était éveillée. Et pourtant elle était couchée, comme à l'accoutumée parfaitement immobile, à la fois proche et distante, sa tête reposant au creux du bras replié, un peu roulée dans le drap et bien rassemblée, en tout point conforme à l'image d'elle endormie qu'Ulric aimait tant.

Il se mit à l'observer à son insu. Il voulait, alors qu'elle faisait semblant de dormir, la prendre en flagrant délit de dissimulation, savoir si, à ces moments-là, quelque chose de révélateur naissait sur son visage, un signe qui pourrait ensuite servir d'indice et rendre le mensonge reconnaissable à coup sûr. Mais il ne vit rien. Elle guettait à travers ses paupières mi-closes, d'un regard à peine dissimulé et très éveillé, était-ce mentir ?

S'il y avait quelque chose à découvrir à cet instant, c'était plutôt l'expression d'une tristesse singulière. Adrienne triste ? Ulric, soudain angoissé, renonça. Il se sentait indiscret. Il l'appela doucement puis il demanda :

« Qu'y a-t-il ? »

Elle le regarda, surprise de se découvrir observée.
« Je pensais à vous.
— Je vous connais mieux que vous ne croyez. Vous êtes préoccupée. Qu'avez-vous ?
— C'est de devoir parler.
— Parler de quoi ?
— D'une décision. Je vais cesser mon travail.
— Quand ? »
Elle hésita un peu.
« Là n'est pas la question, dit-elle.
— C'est pourtant celle que je vous pose.
— C'est un interrogatoire ? »
Il répéta :
« Je vous demande quand ?
— Demain », dit-elle.
Ulric, qui avait cherché à la surprendre, se sentait comme prisonnier du piège qu'il avait tendu. Dans le noir c'était lui qu'elle guettait, sur lui qu'étaient fixés ses yeux. Et voilà qu'à peine éveillé, le reprenait l'obsession du vide. Le vide jusqu'à la nausée. Adrienne était le puits sur lequel il se penchait. Un puits qui ne renvoyait ni son ni image.
« Il n'était pas dans mon intention de vous peiner. Je ne croyais pas que cela puisse vous être aussi désagréable, dit-elle.
— C'est que vous ne m'ayez pas averti. Quand on aime, on ne veut rien posséder seul, pas même une décision qui ne concerne que soi. On veut tout partager. »
Elle eut un haussement d'épaules.
« Aucun homme ne m'a proposé d'autre partage que celui de mon corps, dit-elle.
— Je ne suis pas de ces hommes-là, dit Ulric.
— Je vous l'accorde. Mais dites-moi ce que vous avertir aurait changé ? Et à quoi bon parler de ces *choses* ? J'ai réfléchi hier. Je vous préviens aujourd'hui. Ça se fera demain. Et après ? Les journaux en parleront

peut-être. C'est pour cela qu'il fallait que je vous avertisse. »

Sa voix montait dans le noir. Ulric l'écoutait horrifié. Voilà qu'Adrienne lui parlait comme par défi. Elle ne lui demandait pas son avis. Elle tranchait. Elle décidait. C'était un ton d'une sécheresse qui congédiait.

« C'est bien ça ! conclut-il. N'y aurait-il pas eu les journaux vous auriez attendu que je m'en aperçoive tout seul. »

Et il ajouta :

« C'est Licia qui vous a soufflé cette idée ? C'est elle, n'est-ce pas ? »

Il posait la question au hasard. Elle tombait dans le silence.

« Peut-être », dit-elle.

Une lueur de colère brillait dans ses yeux. Son visage avait changé. Quelque chose d'agacé et de dur la rendait méconnaissable et c'était cela qui épouvantait Ulric, cette grimace incompréhensible. L'espace d'une seconde il éprouva la tentation de l'empoigner puis d'abattre sa main ouverte en travers de ce visage, qui n'était plus celui d'Adrienne, et de l'effacer. Mais il l'imagina le lendemain, la face gonflée, le haïssant pour toujours et ne put s'y résoudre. Il renonçait. Pas longtemps. La vision d'une Adrienne enfin à sa merci le reprit avec la même rage. Le sang lui montait au visage. Il étendit la main en direction d'Adrienne. Peut-être était-ce à cela qu'elle s'attendait, après tout. Et Ulric pensait : la frapper ? Tant que ce geste n'aura pas été fait les choses resteront ce qu'elles sont : menaçantes, instables, indéchiffrables. Mieux vaut encore cette insécurité que le dénouement. Telle était la nature d'Ulric.

Il était épuisé. Tout tenait à l'immobilité de sa main.

Adrienne se leva, calmée par le silence et parfaitement consciente de ce qui l'avait menacée.

Ulric la vit, le dominant, son buste pris dans le drap comme dans un suaire. Il vit ses jambes, ses hanches, son ventre, il eut le fol espoir qu'elle allait approcher et qu'un accès de tendresse...

Il espérait encore à l'instant où Adrienne, comme elle aurait évité un cadavre, enjamba le corps d'Ulric sans le toucher ni même l'effleurer.

Il pensait : « Elle m'enjambe comme un vaincu. »

Elle le méprisait.

Les articles parurent comme prévu.

Adrienne en faisait des petites boules qu'elle roulait très fort entre ses doigts. Après quoi elle les jetait au feu.

« Qu'ils servent au moins à ça », disait-elle en regardant monter les flammes.

A la grande surprise d'Ulric, elle brûlait ces articles sans leur accorder un regard. Il y voyait une taquinerie alors que l'indifférence d'Adrienne n'était que conséquence de l'habitude.

On avait tant écrit sur elle, argumenté, jugé, elle en avait tant lu. A chaque changement de saison la même moisson de fadaises. Autrefois, oui, elle lisait. Maintenant plus. Au feu !

Comment Ulric aurait-il pu comprendre, lui qui, dès le matin, dans le secret de son bureau, s'était emparé de ces articles avec une avidité féroce ?

Il lisait ces journaux comme s'ils avaient été imprimés pour lui seul. Il y en avait de toutes sortes. Ceux qui accordaient à Adrienne une réelle importance déploraient sa décision. D'autres en parlaient comme d'une reddition inexplicable. Ça vous avait un petit air de faire-part. Ulric en avait la gorge sèche. On se serait cru en juin 1940. Adrienne se rendait ! Il y avait aussi des articles venimeux qui faisaient de cette clôture une désertion. Mais quel que fût le ton adopté, les uns comme les autres révélaient à Ulric une inconnue, cette

Adrienne dont il avait si mal mesuré l'étrange notoriété. Il tournait les pages de *Paris-Soir*, d'*Aujourd'hui*, de *Comœdia*, de *L'Illustration*, il y avait aussi un article dans *Je suis partout*. Ulric mesurait combien avait compté ce temps où il avait pu se mentir et croire qu'Adrienne n'existait que pour lui. Enfin... Pour eux deux. L'impression que, hors les heures qu'ils avaient vécues ensemble, Adrienne n'avait pas d'autre vie, perdait son sens. La vraie vie d'Adrienne était celle dont parlait la presse.

Et les grands mots pleuvaient.

La décision d'Adrienne exprimée brièvement, alors qu'elle émergeait de l'écume des draps : « J'arrête demain... » se traduisait dans le langage de la presse par des phrases telles que *Une grande dame s'en va*, ou *les Adieux d'une magicienne*.

Brusquement Ulric avait l'impression que sans Adrienne toutes les femmes seraient allées nues.

Il découvrait l'Adrienne des autres.

Ce n'était pas celle qu'il aimait.

Et une semaine s'écoula. Puis une autre. Puis un mois entier. Puis un autre. On approchait de l'été.

Et la santé allemande ne faisait qu'empirer.

Adrienne paraissait s'arranger assez mal de son désœuvrement. Ulric en concluait que quelqu'un l'avait incitée et qu'elle regrettait déjà. Ne pouvait-elle lui parler ?

C'était sûrement Licia.

Mais ni l'un ni l'autre ne se communiquaient leurs pensées. Lorsqu'ils se retrouvaient face à face le silence les dominait. Certains jours ce n'était pas supportable.

Ulric, plus qu'elle, ressentait l'infortune de ce silence.

Ils avaient eu tant à se dire !

Et voilà qu'elle entrait dans cette catégorie des femmes auxquelles on ne parle pas. Soudain dérivaient entre eux, comme des poissons morts, les mots perdus, le langage déchiré, pourquoi ?

Alors, la voyant soucieuse, Ulric disait :

« Vous avez l'air de regretter.

— Il me fallait plus de liberté », répliquait-elle.

De cette liberté, quel usage voulait-elle faire ? Elle lui disait encore : « Je ne vois que vous. » Elle le disait souvent. Devait-il la croire ? Ulric avait ses doutes.

Un soir, Ulric demanda :

« Qu'avez-vous fait toute la journée ? »

Elle répondit :

« Je ne veux pas y penser... »

Que comprendre ? Mais il y eut encore entre eux quelques belles nuits de désordre. Leur couple se reformait. Ils étaient de nouveau heureux.

« Vous voyez, disait-elle, libre, je vous aime mieux. »

Ulric était arrivé à cette certitude que la fidélité d'Adrienne était avant tout une fidélité à elle-même. Il essayait de se convaincre qu'il n'y avait rien d'alarmant dans sa brusque décision. Et en effet. Qu'y avait-il là d'extraordinaire ? Elle avait bien le droit, après tout, de se vouloir plus libre et cette liberté n'était pas forcément dirigée contre lui. N'était-ce pas précisément la femme libre qu'il avait préférée en elle ? Je suis assez sot pour ne pas m'émerveiller qu'elle n'ait abdiqué aucune de ses prérogatives, se disait-il.

Il cherchait à se rassurer.

Mais il avait beau faire, c'était étrange, cette liberté d'Adrienne, il ne l'aimait pas. Et le sentiment qu'elle était dirigée contre lui s'insinuait à nouveau dans sa pensée. Contre lui... C'était certain : elle lui échappait. Il passait ses journées à la chercher à tâtons. Il la suivait par la pensée de minute en minute. Il ne vivait que par elle. Pour un peu il l'aurait épiée, espionnée. L'idée lui venait de lui tendre des pièges, de la surprendre, de la faire suivre.

Il s'en défendit quelque temps.

Une fois de plus, comme au cours de cette nuit où il avait pensé : « Tout tient à l'immobilité de ma main », tout tenait à ce qu'il ne disait ou ne faisait pas.

Et voici qu'un matin... Il venait de la quitter à l'instant même. Il lui téléphona une première fois. Elle ne répondit pas. Il appela le portier. Elle était sortie. Ce qui amena Ulric à rappeler. Elle n'était pas rentrée. A la tombée du jour il l'imagina de retour. Mais le portier affirmait ne l'avoir vue de la journée. A l'heure habituelle, il se présenta chez elle. Elle lui ouvrit. Il l'embrassa. Ils dînèrent. Ils se couchèrent. Mais de sa disparition, rien. De confidences, point.

C'était certain : elle lui échappait.

Très vite, il devint impossible d'hésiter davantage. De toute l'histoire de leur amour il ne restait que le violent contraste entre ce qu'il avait été et ce qu'il était devenu.

L'heure de la séparation était proche. Ulric renonçait.

Il y avait eu place pour un bonheur vrai dans sa vie. Mais cet ersatz ? Et l'angoisse ? Ce n'était plus possible. Une sorte d'instinct que rien ne faisait taire avertissait Ulric qu'on ne peut vivre dans le doute constant lorsqu'on se sait menacé.

Or, ce qui pesait sur lui était plus qu'une menace.

Et puis il ne voulait plus de cette peur en lui qu'elle le trompât. Ce doute affreux, se disait-il, ce doute d'elle, de moi, de nous, de l'existence en général, ce doute à en avoir le vertige.

Il ne voulait plus de ce malaise dont il ne se remettait pas.

Il pensait à Matyáš dans sa haute vallée, il pensait à sa mère, à Josefina perdue, morte sans doute et d'une mort qui, à y penser, lui rongeait ses nuits. Face à cette angoisse, il n'y avait place ni pour un équilibre mensonger ni pour un vain combat. Adrienne avait été la seule joie qui lui restait. Jamais, se disait-il, jamais femme n'avait donné à un homme en danger plus belle vie. Elle était la guerre habitable. Combien de fois suis-je arrivé auprès d'elle étranger à tout, conscient, comme on peut l'être d'une plaie ouverte ou d'un déchirement du cœur, que le monde de notre enfance nous était arraché maille à maille. Et puis ? Et puis elle, Adrienne, avec ce souple génie qu'elle avait d'effacer le trouble, le vacillement. Mais cela aussi était fini. Ulric sentait qu'à cette confiance incompréhensible s'était substituée, pour toujours, une angoisse de plus.

Il y eut bien encore quelques remous entre eux, quelques reprises et encore quelques illusions. Mais le plan d'Ulric était fait. C'était comme une terre en formation, ce plan. Il flottait entre deux eaux prêt à apparaître. Il avait un nom que personne n'avait encore prononcé, pas même Ulric. Un nom tout prêt, comme le reste. Ce nom était Licia.

Ulric y alla.

« Je vous attendais », dit-elle.

A croire que jamais elle n'avait douté que le moment viendrait.

Une cannibale. L'appétit qu'elle mettait à écouter ! Elle happait les mots au vol. Licia avait l'air positivement affamée de savoir.

En sorte qu'au gré de cette attente effrénée tout fut très vite dit. Elle éperonnait la vérité avec allégresse. Toutes les formes de réserve cédaient.

« En somme vous souhaitez qu'elle parte ? »

Ulric parla de la guerre sans doute interminable. Il n'osait dire : perdue. Il ne cherchait pas à apitoyer Licia sur son propre sort. Et cette pudeur venait de loin... Mais il fit allusion aux dangers qui menaçaient Adrienne. Il redoutait les bouleversements. Il n'osait dire : les vengeances.

« Je pense, dit-elle, que ce sont là certaines de vos raisons.

— Les principales, dit Ulric. Il faut qu'Adrienne le comprenne.

— Ce sont aussi les miennes, répliqua Licia. Je me tue à le lui dire.

— A quel propos ?

— A tout propos... Chaque jour...

— Parce que vous la voyez chaque jour ? demanda Ulric. Chaque jour ? N'est-ce pas ? »

Licia eut un sourire narquois.

« Chaque jour », répéta-t-elle.

Et Ulric se raidit. Adrienne... A quel point elle lui avait menti !

Un peu moins de décorum, peut-être, c'était là une des seules surprises que lui réservait cette visite. Des fourrures éparses attestaient que l'hiver avait été rude et qu'on vivait dans l'attente du suivant. Un peu de négligé dans la chevelure. Plus d'abandon. Mais à ces détails près, Licia restait la même. De sorte que c'était comme de renouer un entretien brièvement interrompu.

« Personne ne peut décider Adrienne à quoi que ce soit, dit Licia, en détachant chaque syllabe du mot « Per-son-ne ».

— Pas même vous ?

— Surtout pas moi. »

Tout cela était un jeu cruel.

Et Ulric n'avait pas l'esprit à jouer.

Il n'avait pas non plus envie, comme à sa précédente visite, d'écouter indéfiniment Licia. Qu'avait-elle dit cette première fois ? Il se souvenait qu'elle avait donné vie à une foule de fantômes, parmi lesquels ceux de quelques amants d'Adrienne. Il se souvenait que les paroles de Licia, cette nuit-là, avaient été comme un fleuve, plus fort que ses réticences, plus fort que ses pressentiments et que toute la nuit il s'était laissé porter par le courant, puis emporté, pareil à une barque à la dérive.

Il l'avait écoutée, éberlué. En provincial. En étranger. Il croyait qu'elle lui ouvrait toutes grandes les portes de la victoire et, dans ce mot, Adrienne et Paris étaient confondus.

Or, Adrienne était une terre qui se dérobe.

Période frédéricienne, aurait affirmé la bande des joyeux stratèges de Radio-Berlin. Et ils auraient cherché à masquer l'échec. Mais pas Ulric. Oh ! les joyeux, joyeux stratèges ! Il se mit à ricaner hors de propos.

« Il faut qu'Adrienne parte », dit-il.

Il devenait brutal, cassant.

Licia faisait face. Quelle forte femme, pensait Ulric, jamais elle ne lâche un pouce de terrain, jamais elle ne renonce. Il lui faut marquer tous les points.

« Il faut qu'Adrienne parte et pourtant elle vous aime, dit-elle. Et c'est pour vous qu'elle veut rester. »

Le corps lourd, à demi couché en travers du divan, soulevait en respirant un pan de couverture.

« Il faut qu'Adrienne parte et c'est de moi que vous attendez ce que vous ne parvenez pas à obtenir d'elle », dit-elle encore.

Sur son visage, l'air de toujours, joie carnassière, violence inquisitrice et devant les raideurs d'Ulric toujours les mêmes ironies amusées. Où veut-elle en venir ? se demandait Ulric. On dirait qu'elle n'est pas plus sûre d'Adrienne que je ne le suis moi-même.

Licia ajouta que dorénavant Adrienne n'avait à compter que sur elle-même. Ses amis lui en voulaient. Ils se vengeaient, en suppositions, en calomnies de toutes sortes.

« Elle sert de cible, ajouta Licia.

— Mais enfin, de quoi se vengent-ils ? demanda Ulric.

— De votre secret, à tous deux. Leur neutralité ne s'achète qu'au prix de confidences. C'est un dû dont vous les avez frustrés. Ils se vengent de ce qu'ils ne savent pas. »

Ulric pensait qu'Adrienne allait devoir payer pour ce qui avait été une des vérités de leur vie, la base même de leur amour : le goût partagé du secret. Le tort qu'il lui faisait... Autour d'elle, gravitait une vie hostile et elle l'ignorait. Il ne se trouvait aucune excuse.

Alors il se mit à lui parler en pensée.

Il faut que tu partes, mon Adrienne. Et je vais t'y forcer. C'est le dernier service que je puisse te rendre. Si je devais brusquement ne plus être là, tu serais seule ici ; beaucoup plus seule que tu ne le crois, et en butte à des difficultés que tu n'imagines même pas. De cela, je m'en voudrais et tu m'en voudrais aussi. S'en vouloir... Imagine ça... Alors fais vite. Je t'en prie. Tu t'en vas pour nous éviter ça, à toi et à moi, pour nous éviter cet aspect-là de l'irrémédiable : la rancune. Tu t'en vas pour sauver quelque chose de nous. Pour le reste... Je ne sais pas ce que sera l'avenir, mais je savais de toujours qu'il fallait que je le vive sans toi. Alors je te remercie, Adrienne. Le temps nous est vraiment compté, tu sais. Je te remercie de partir. Je te remercie d'obéir. Tu vas me rendre l'avenir moins terrible. Je te remercie de comprendre, ma Bohémienne. Tu seras toujours là, au fond de moi, au plus profond. Fais vite, maintenant.

Il n'y avait plus de problème, plus d'Adrienne, plus rien. Ulric regardait Licia. Il dit :

« Que comptez-vous faire ?

— L'accompagner.

— Je comprends », dit Ulric.

Il avait répondu très vite et très vite compris. Elles allaient partir ensemble. Il avait compris que ce bourdonnement dans la tête, ce tremblement au bord des lèvres, ce silence qui montait en lui le vidant de tout, cette faiblesse, cette impression d'universel à-peu-près, c'était cela, l'absence d'Adrienne.

Mais il n'y avait plus à reculer.

Il dit encore, en cherchant un peu ses mots :

« Veillez sur elle, n'est-ce pas, Licia ? Veillez bien.

— Je n'ai jamais cessé », dit-elle.

Et une dernière fois Ulric pensa « touché ». Elle était terrible, cette Licia.

Alors une faiblesse monstrueuse l'accabla. Il ne se dit pas que lui, Ulric Muhlen, ou plus exactement lui, Ulric Muhlen de Horach Litič, officier de la Wehrmacht, qui aurait tant aimé porter le prénom pacifique d'Octavián et ne jamais quitter la Bohême, souffrait et perdait Adrienne injustement. Il n'eut pas une pensée pour le couple d'Adrienne et de Licia que sa défaite reformait. C'était une monstrueuse solitude qui l'accablait et rien que cela.

Une dernière nuit à goût de néant. L'attente du jour comme une attente sur un quai de gare. On sait bien que le train sera ponctuel et que le jour se lèvera. Alors on attend avec cette seule pensée : « Tout est fini. »

Adrienne en larmes.

« Tu me chasses », gémissait-elle.

C'était un peu vrai.

Ulric à côté d'elle immobile, insensible. Il se demandait pour la dernière fois : « Quel âge a-t-elle ? » Elle était secouée de sanglots. Elle répétait : « Je savais que cela arriverait un jour. » Elle pleurait comme une toute petite fille, sans la moindre retenue, la tête appuyée contre l'épaule d'Ulric qui lui essuyait le visage. Et plus ses traits se meurtrissaient, se boursouflaient, plus l'impression d'enfance s'accentuait. Et Ulric se disait qu'Adrienne était d'une espèce inconnue et qu'elle n'avait *pas d'âge*. Mais plus rien ne le touchait, pas même cet ultime mystère. Toute émotion s'était retirée de lui. Seule régnait dans le vide de son cœur sa décision irrévocable. Mais pouvait-il seulement parler encore de son cœur. C'était comme si on le lui avait arraché. Par moments, le sentiment de ce qui *avait été* prévalait avec une intensité presque intolérable. Alors Ulric pensait que sa rupture avec Adrienne ressemblait étrangement à un suicide. Les gestes qu'il faisait, les paroles qu'il prononçait, tout s'accomplissait comme *en dehors* de lui.

Vers une heure du matin elle pleurait toujours. Mais quand Ulric fut levé et prêt à partir, elle passa de l'abattement à une extrême agitation. Elle allait et venait, vêtue d'un long peignoir. Elle ouvrait et fermait les tiroirs, contrôlait le contenu de ses bagages. Il fallait qu'Ulric l'aide à boucler un sac, il fallait qu'il trace en grosses capitales l'adresse à laquelle elle pourrait lui écrire. Il fallait qu'elle se recoiffe en éparpillant sa frange à deux mains. Et c'était, sous un nouvel aspect, encore une Adrienne inconnue, sans défense, parlant d'un départ qui lui inspirait le plus vif effroi.

«Tu vas me laisser seule et j'ai peur, dit-elle avec lassitude. Et pourtant je devrais avoir l'habitude... J'ai toujours été seule. C'est terrible, non ? »

Et lentement, fixant ses yeux dans les yeux d'Ulric elle ajouta :

«Enfant déjà, je me sentais chassée. »

Elle lui avait dit quelque chose de semblable il y avait de cela longtemps. Il pensait à cette nuit de confidences où elle s'était agrippée à son bras. Il pensait à sa voix quand elle avait avoué : «Ces gens-là nous jetaient des pierres.» Il entendait la confession étouffée, la voix fiévreuse : «Oh! Ulric, Ulric, quelle horreur la vie... » Il l'entoura de ses bras. Ce fut le premier geste tendre de cette nuit. Il l'entourait, parce que cette peur qu'elle exprimait lui était insupportable. Elle demandait : «Que vais-je devenir sans toi ? » d'une voix si douloureuse. C'était comme de l'entendre crier, comme de voir son sang se répandre. Il l'entourait de ses bras et lui parlait pour la faire taire, pour ne pas l'entendre. Il lui disait qu'elle n'avait rien à craindre. Rien. Il ajouta :

« Je serai là... Il ne faudra pas me chercher. Mais je serai là, quelque part dans la gare. En civil. Tu comprends ? Je te suivrai des yeux. Je te protégerai de loin. Tu n'auras qu'à imaginer que je marche à tes côtés. C'est promis ? »

Elle se taisait le front posé sur la poitrine d'Ulric qui serrait sa tête dans ses mains.

Il l'embrassa.

« Que nous est-il arrivé ? » demanda-t-elle.

Elle le regardait avec la gravité des enfants et un étonnement qui écrasait.

Il l'embrassa encore gravement, longuement.

Ce fut le dernier geste tendre de cette nuit-là.

Et puis la gare, comme une sphère grise sillonnée de voies qui se divisaient et se subdivisaient en longs cordons d'acier, une vaste fourmilière bondée de mouvements humains qui brusquement se brisaient et se figeaient en petites masses distinctes, collées à la surface des quais.

Ulric guettait le passage d'Adrienne ou plus exactement ses sens guettaient Adrienne, c'est-à-dire ses yeux, ses oreilles, les traits de son visage, tandis que son esprit flottait d'un bout de la gare à l'autre, au gré d'un tourbillon intérieur qui ôtait à ses pensées toute consistance. Une des particularités de cette bizarre matinée, où le monde autour d'Ulric semblait partir à la dérive, était que par certains aspects la vie à l'intérieur de la gare continuait à se dérouler normalement. Ainsi les voyageurs marchaient comme à l'habitude, d'un pas qui était un pas de tous les jours. Ils avaient l'air de savoir où ils allaient. Il y eut même des retardataires qui débouchaient au pas de course, semblables en cela à tous les retardataires dans toutes les gares du monde. Soudain retentit un appel. Une voix répétait : « En voiture... en voiture », sur un ton d'indifférence qui est celui de tous les employés des chemins de fer. C'étaient de vrais employés, marqués du même signe et coiffés de la même casquette, si bien qu'on croyait, en les voyant pour la première fois, les avoir connus de tout temps. Et les pendules fonctionnaient. En vraies pendules de gares elles avaient l'air aux ordres des employés. Elles sonnaient avec une obéissance remarquable à l'instant précis où sur les quais retentissaient les coups de sifflet.

Ulric entendit sonner le premier coup de dix heures. Vint le deuxième, puis le troisième, puis six, puis dix et le silence.

L'heure de souffrir, pensa Ulric.

Quand enfin Adrienne parut, il s'en fallut de peu qu'il ne la vît pas : tout dansait devant ses yeux.

Et Licia ? Fallait-il la reconnaître sous les traits d'un robuste chasseur coiffé d'un chapeau rabattu sur le visage ? Car c'était elle cette personne au pas lourd qu'Adrienne suivait comme par punition. C'était Licia.

La dernière vision qu'Ulric eut d'Adrienne rendait incrédule. Ce corps, entrevu un court instant à travers les vitres de la salle d'attente, cette mince silhouette blanche qui se hâtait et se perdait dans la marée confuse des têtes et des dos, était-ce *cela* Adrienne ? C'était elle, puis ce n'était plus elle, puis c'était elle encore. Et chaque fois son image, un peu « bougée » et comme kaléidoscopique, semblait due à la superposition involontaire de deux clichés incertains.

Quelques points précis néanmoins. Ils avaient la fulgurance d'un coup d'épée. C'était le casque sombre des cheveux empiétant sur la pâleur du visage, soudain si net que, vu de près, il aurait semblé moin réel. C'était une démarche. Cette petite tache blanche avait un balancement de hanches irréfutable. C'était aussi une interrogation du regard, geste brusque de la tête qui pivotait de droite à gauche, puis de gauche à droite. Elle me cherche, pensa Ulric. Elle a l'air de crier : « Au secours. »

Il en ressentit une émotion qui le cloua sur place.

Enfin, en un point éloigné d'un cordon nébuleux qui était un quai, Ulric vit une main, la main d'Adrienne, levée au hasard, sur la marée des têtes et des dos, puis emportée par le courant grouillant des voyageurs. Une main de noyée.

Par cette main aussi elle me cherche, se dit Ulric, par cette main elle salue ce que nous avons été, elle et moi, notre alliance, le temps d'elle et de moi.

Par cette main...

Et il n'y eut plus que cela dans l'esprit d'Ulric, l'appel de cette main tendue, sa fragilité, sa pulsation, il n'y eut plus que cet adieu de visible, de perceptible, comme une bulle à la surface d'un liquide en effervescence.

A côté de lui quelqu'un disait : « Le train part... »

QUATRIÈME PARTIE

UNE NUIT SANS FIN

« Qui a dit que les autres étaient moi ?
Ce n'est pas vrai, les autres ne sont pas
moi. Les autres sont si nombreux, si puissants, si vrais que c'est comme si je
regardais, une nuit, la marche du ciel
où sont les étoiles. »

J. M. G. LE CLEZIO,

Le Livre des fuites.

CHAPITRE XXII

UNE nuit sans fin. Fallait-il espérer, fallait-il croire ?

Et les combats ? Et les combats qui devaient être livrés *avant que les feuilles ne tombent.*

L'automne était passé. Les arbres avaient fleuri, puis reverdi. Et si ce n'était que mots pour rendre la mort moins difficile ?

Mais vous les affamés, les juifs, vous les enfants aux bras levés, et vous les clandestins, vous les Miguel et les Serge entre vie et mort, mais vous ? Et vous, les indifférents, les réfléchis, enfoncés dans les ténèbres de l'attente, ô professeurs, qui n'avez rien dit, rien fait, et vous ?

L'ironie de tout ça...

Les villes croulaient et les professeurs se taisaient avec un air de dire « je pense ». Mais la vérité était dans le silence de ceux qui se battaient, entre les mains, dans le regard de ceux qui se vidaient de leur sang. L'Europe devenait une bouillie innommable tandis que les professeurs « pensaient ». Mais la vérité était dans la bouche de ceux qui criaient : il n'y a pas, il ne peut y avoir de paix.

Et la violence montait.

Quelque part en Bohême, un poète, que les signes de

la putréfaction générale hantaient, et qui de toutes ses forces préparait l'avenir, tentait d'en esquisser le mystère :

J'aurai des enfants, dit la Mort.

Ailleurs — où exactement ? Peu importe — dans un point quelconque du brouillard européen, dans l'air lourd des chambres, dans le carcan des lits, dans la prison étroite des maisons, sous le couvercle rabattu des toits, comme des pierres tombales sur les têtes réunies et les sueurs conjuguées, ailleurs au chaud de quelques ventres, prenaient doucement forme les contestataires de l'an 68.

Ailleurs c'était la guerre, les gens sans repos.

L'ironie, oui, l'ironie des guerres et leur malédiction infinie. Quand arriva une lettre disant qu'Adrienne était en Provence et qu'elle attendait Serge pour le temps des vacances, il y avait longtemps qu'il avait été absorbé par l'action de Miguel et de son *organisation*, longtemps qu'il ne pouvait se satisfaire que d'elle.

La voie était tracée : elle conduisait à l'insurrection.

Le temps d'Adrienne était passé.

Si bien que Serge, de prime abord, l'aurait volontiers déchirée cette lettre et sans la lire.

Mais il dut se résigner.

« Tu ne peux pas ne pas savoir où elle est », disait Miguel. *(Tou né pé pas né pas...)*

Penché sur l'enveloppe, à regarder l'écriture qu'il voyait pour la première fois mais qu'il reconnaissait rien qu'aux lettres renversées, pataudes, comme un champ en friche avec des pâtés çà et là, des mots en herbe folle, et où seuls les chiffres avaient une magistrale assurance, cette écriture qui avait aussi été celle de sa mère, Serge hésitait.

Soit. Tout bien pesé il fallait ouvrir et lire — Adrienne

était aux environs d'Aix ; son adresse était Domaine de Malvine, route du Tholonet ; elle y demeurerait aussi longtemps que durerait la guerre ; avec Licia — il fallait refermer adroitement, remettre le tout dans la boîte et quitter la rue Venture, sans esprit de retour. Adrienne était un obstacle et peut-être un danger. C'était bien ça la malédiction des guerres, acharnées à détruire, à séparer, moitié d'un côté, moitié de l'autre.

Mais on se résigne difficilement.

Si Serge se laissait aller à imaginer Adrienne, ne fût-ce qu'un instant, vivant au pied de la Sainte Victoire, là où les oliviers avancent à la rencontre des cimes de pierre, l'instant n'en finissait plus. Alors il lui fallait aussi imaginer la maison, posée dans le demi-cercle des pins, des cyprès, les taillis d'yeuses et d'arbousiers, il lui fallait suivre le chemin qui montait entre les vignes, grimper les marches d'une terrasse et s'enfoncer dans un labyrinthe de pensées extravagantes, et puis quoi encore ? On n'en serait jamais sorti... Il était perdu d'avance.

Alors il effaça Adrienne d'un revers de main impitoyable.

Quand un noir absolu eut raison d'elle, c'était l'automne, c'était l'hiver, et Serge ne gardait d'Adrienne qu'un sillon d'amertume aux coins des lèvres, à peine visible, un début de vieillesse...

Il n'était jamais retourné rue Venture. Il habitait avec Miguel au Redon. Mme Lhoste, qui leur avait toujours épargné questions et répliques, prêtait une pièce du *Petit Sahara*, ce cabanon où elle venait parfois passer la journée...

Après le 27 mai, ses visites s'étaient faites plus fréquentes.

Elle n'était pas seule à fuir la ville.

Frappée au hasard et de très haut, tous les objectifs manqués, et pour finir trois mille morts, c'était la Pentecôte 1944 telle que l'avait vécue Marseille. Six cents enterrements par jour et il avait fallu rembourser les représentations de Mme Popesco. Un vrai massacre. Mais Mme Lhoste arrivait au Redon, toujours aussi désinvolte, en robe à ramages.

Elle disait :

« On s'est fait salement arroser... »

Ses cheveux, à l'ondulation serrée, qu'elle portait relevés en houppe, étaient laissés vagues sur les épaules, dans le style qu'en langage de l'époque on disait *américain*. «Comme les pélots» précisait l'homme qui l'accompagnait, toujours le même. Puis il soupirait : «Qu'est-ce qu'on a pris !» Un grand type maigre, sanglé de noir qui la suivait avec le couffin à provisions. Il avait le sérieux de l'emploi, une chevalière en or, l'accent corse et, les jours de relâche, quelque chose comme de l'humour.

Ces jours-là on ouvrait le salon algérien.

Un bien grand mot pour désigner une modeste véranda qui abritait une table, un rocking-chair et quelques fauteuils en osier. Par les chauds après-midi de juin, à l'heure où le soleil cinglait, quelques verres colorés projetaient au sol un damier tricolore.

A cela se limitait la note mauresque.

L'intimité était complète. L'homme de confiance ôtait sa veste et se coiffait d'un couvre-chef en forme de casque fait de paille et de jonc tressé. Mme Lhoste se mettait en peignoir. Confidences brèves sur les nouveaux dangers du métier. Elle se félicitait d'avoir échappé aux réquisitions. Dans les maisons à l'usage exclusif des occupants, les attentats s'étaient multipliés. Parmi les victimes certaines avaient d'étranges noms.

Il y avait la petite Imperia Casa qui avait trouvé la mort dans le bordel de la rue Lemaître.

«*Bombé* du 4 janvier», précisait Miguel à mi-voix.

Il y avait aussi Benita Italia disparue sous les décombres de la rue Beaumont.

«*Bombé* du 2 mai», renchérissait Miguel.

Il ajoutait que la ville avait eu droit, ce jour-là, à un

véritable feu d'artifice. « *Dé bombé* partout... » Chez les francistes, au groupe Collaboration, au siège du Rassemblement national, chez les jeunes de l'Europe nouvelle, tout le même jour... Miguel se rengorgeait.

Et Mme Lhoste était portée à un sentiment de déférence envers cet invité taciturne, mais si précis en matière d'explosions. Elle admirait que Miguel fût en mesure de fournir une liste dont l'exactitude ne semblait nullement la déconcerter.

Mme Lhoste donnait les marques d'une véritable érudition méditerranéenne. Elle avait des théories sur l'évolution des prénoms. Ainsi, elle avait connu un temps où les Italiennes, qui lui arrivaient de Tunisie, s'appelaient toutes Liberta... Elle avait même compté une Matteota parmi ses pensionnaires. C'est que le quartier de la Petite Sicile penchait pour le socialisme.

Puis, passé le temps de la vieille garde, elle avait vu débarquer des Benita, ainsi nommées en hommage à Mussolini. C'est que les Italiens de Tunisie se ralliaient au fascisme.

Enfin, il y avait eu, contemporaine des premiers rêves africains du Duce, cette Imperia dont Mme Lhoste n'avait pas voulu. Une gamine qui se prenait les pieds dans de fausses dates, une fieffée menteuse, à coup sûr mineure. « Les faux-poids, disait Mme Lhoste, très peu pour moi. » Alors la petite Imperia avait trouvé à s'employer ailleurs, pauvre môme...

Mais sa fin n'inspirait guère de pitié.

« *Minor* ou pas la voilà *morté*, disait Miguel, les dents serrées. *Ouné fascisté dé* moins. »

C'était aussi l'avis de l'homme de confiance, qui disait : « Mauvaise viande » sur un ton plus professionnel que politique.

On s'échauffait.

Mme Lhoste faisait mine de s'indigner. Mais elle était aguerrie et ne détestait pas que l'on se montrât agressif même par temps chaud.

« Ce qu'ils sont mauvais, mes hommes... »

Elle exhalait de longs soupirs de contentement.

Puis on s'apaisait, et l'on attendait, pour bouger, que l'ombre eût fait bleuir la montagne.

Mme Lhoste nourrissait *ses hommes* du mieux qu'elle pouvait, sans équivoque ni camaraderie. Elle répétait volontiers que Miguel et Serge avaient l'âge d'être ses fils. Quant à l'homme de confiance, il ne l'appelait que « Madame Blanchette ». Jamais la moindre familiarité.

Les heures que Serge et Miguel vécurent là évoquaient l'attente dans un pavillon de convalescents. Une sorte de vide. Parfois volait, par-dessus le mur bas, le tintement joyeux du carillon des carmélites. Le son des cloches restait longtemps suspendu dans l'air. A l'heure des adieux, quand le moment approchait d'aller au terminus attendre le départ du « numéro 24 », Mme Lhoste conjurait le mauvais sort en faisant les cornes des deux mains, signe qu'elle n'était point dupe quant aux périls qu'encouraient ses locataires.

Mais pas un mot là-dessus et jamais une question.

Il arrivait aussi que son compagnon fût retenu en ville.

Ces jours-là, c'était accompagnée de Précieuse que Mme Lhoste venait au *Petit Sahara.* Serge attendait avec impatience le moment où elle se retirait en demandant qu'on ne l'éveillât point. Alors, avec Précieuse, il suivait un mauvais sentier tout en caillasse, qui allait droit dans les collines.

Ils s'arrêtaient, à l'ombre de quelques pins, assez rabougris, et que le mistral avait presque couchés au sol. Il y avait là une pièce d'eau, vaste mais un peu abandonnée. Elle servait de réservoir aux châteaux du voisinage. Le rebord, par endroits descellé, provoquait des suintements et l'éclosion vigoureuse d'une végétation qu'on ne voyait que là. Herbe, mousse, fleurettes inconnues, menthe sauvage et chèvrefeuille qui embaumait. L'eau était d'un sombre... Elle attirait toute une gent ailée, libellules et éphémères qui venaient y étancher leur soif.

C'était si inattendu cette frange liquide qui s'écoulait avec un bruit de source et le frémissement continu des élytres au-dessus de l'eau. Tout autour, c'était à perte de vue des crêtes dentelées, fouettées de vent, une solitude infinie. Et le charme de ce maigre bouquet d'arbres attaché à un pli de rochers ne pouvait trouver de comparaison que dans la voluptueuse surprise que suscitent les oasis.

Serge et Précieuse s'étendaient dans l'herbe, cette rareté. Il y en avait juste pour deux. Précieuse criait « Au lit ! » avec un rire un peu précipité. Et quand ils se relevaient, l'herbe gardait fidèlement leur marque.

Alors, main dans la main ou mains ailleurs, ils regardaient les libellules suspendre leur vol pour s'accoupler l'espace d'une seconde, couchées sur le bleu du ciel, puis s'arracher l'une à l'autre et, avec une hâte impérieuse, cueillir, en rase-mottes, une goutte d'eau.

Précieuse les appelait les demoiselles.

Ses yeux suivaient ces assauts brefs comme l'éclair.

« C'est pas du travail », disait-elle d'une voix que le dédain assombrissait.

Elle levait une main désapprobatrice.

Et quand une libellule se posait, le temps de se sécher les ailes, de faire crisser et miroiter leurs surfaces nervurées, puis de s'arquer, pour que sèche aussi cette guimpe d'azur qui gaine étroitement les libellules de la tête à la queue, alors Précieuse, s'écriait :

« Oh ! Se'ge ! Ce qu'elles sont belles les demoiselles ! Oh ! ces co'sets qu'elles po'tent ! Oh ! ces co'sets ! »

Alors elle faisait des vœux pour qu'après la guerre, tous les corsets soient bleus.

Serge connut dans ce pli de rochers des moments de vrai bonheur. Il lui semblait que tout lui appartenait, la colline surchauffée et ses divines odeurs, l'ombre, la bénédiction de l'eau et, derrière les collines, blanches à fermer les yeux, les cabanons assoupis et modestement fleuris, et loin, beaucoup plus loin, la mer écumeuse qui déferlait et plus loin encore la ville invisible, son fief, oui, sa ville où le soulèvement se préparait.

Ces jour-là, il s'émerveillait que ce fût encore si doux de caresser Précieuse, encore et toujours si doux de respirer sur sa peau sombre ce qu'avait laissé de parfum l'herbe où ils s'étaient couchés. Ces jours-là Précieuse avait goût de résine et de menthe sauvage. Ce qu'elle sentait bon... Des feuilles restaient collées à ses cheveux que Serge ôtait une à une. Il l'aimait bien ces jours-là...

Après quoi il l'entraînait dans le chemin raviné où le bruit de leurs rires et la cascade des cailloux que déclenchait leur course semaient la panique parmi les lézards.

Au *Petit Sahara*, Mme Lhoste et Miguel jouaient au loto.

CHAPITRE XXIII

LORSQUE Ulric se retrouva seul, sa première impression fut le soulagement. Il commença par s'en étonner, puis s'aperçut que les instants les plus douloureux de sa vie lui avaient souvent laissé le même sentiment.

A douze ans déjà, quand il avait été, entre les murs du collège des Cadets, comme un prisonnier dans sa cellule, puis lorsque la guerre avait éclaté et qu'il s'était retrouvé officier dans la Wehrmacht. Dans les deux cas, le soulagement venait de ce qu'il fallait vivre dans le malheur au lieu d'être soumis à sa menace. Tout à coup, comme un vent glacé, le malheur avait été là, dans chaque pierre d'un bâtiment, dans l'uniforme des pensionnaires, dans les voix qui lui criaient aux oreilles ; et il n'y avait plus qu'à faire front. Une autre fois le malheur avait été dans l'éclatement d'un conflit qui brusquement interdisait à Ulric de se croire ou se dire ce qu'il n'était pas. Il n'était plus bohème, tchèque, morave ou slovaque : la guerre faisait de lui un Allemand.

Et maintenant encore, Adrienne, sa grande passion.

Tout ce qu'il avait enduré cessait. Cela s'achevait par une rupture qu'il pouvait se donner l'illusion d'avoir provoquée. Alors, après l'effrayante tension des jours passés, après le doute, la jalousie, Ulric était comme transporté d'un monde brûlant dans l'apaisante fraîcheur d'un paysage nocturne. Il passait d'une angoisse sans remède à une sorte de nuit. Le soir était tombé. Il pouvait enfin songer à son passé, évoquer son enfance et se consacrer aux batailles de sa vie quotidienne.

Telle fut, dans son apparence première, la souffrance d'Ulric et telles furent ses pensées.

Mais au bout de quelques semaines, la pensée d'Adrienne recommença à le tourmenter. Ulric ne savait pas à quoi cela tenait, mais il sentait l'altération progressive de ce qu'il avait pris pour une guérison. Cela surgissait on ne savait d'où, parfois quand Ulric se croyait plus sûr de lui qu'il ne l'avait jamais été, parfois en pleine conversation et quand il s'imaginait totalement occupé par son interlocuteur. Alors il restait cloué sur place, privé de la moindre volonté : Adrienne était en lui.

Parmi les remèdes, il trouva un secours inattendu dans une pensée nouvelle : Adrienne partie, facilitait plutôt qu'elle ne compromettait la découverte des secrets de sa vie.

Ulric mit au service de cette recherche tout ce qui lui restait d'énergie.

Sa vie était transformée.

Il fit preuve d'une sociabilité qu'on ne lui connaissait plus, renoua successivement avec ses aristocratiques cousines en qui il avait placé tant d'espoirs aux premiers temps de son arrivée à Paris. On le revit chez Maxim's occupé à nourrir ces jeunes dames, puis à les abreuver de champagne. Il renoua aussi avec Lou. Et tout cela, la tête froide et dans un but unique : se procurer enfin des clartés sur un passé qu'il se mit à fouiller avec l'acharnement d'un fou.

De telles curiosités, aussi longtemps qu'elles peuvent être assouvies, exercent dans la bonne société un

extraordinaire attrait. Ensuite elles paraissent suspectes... Mais on n'en était pas là. Ainsi ce que cherchait
Ulric procurait à ses interlocutrices un plaisir sans
limites. Il arrivait même que les réponses précèdent les
questions.

D'une façon générale les cousines manquaient de
précision. Les renseignements qu'elles prétendaient donner n'étaient que caquetage. Elles déballaient une ample
provision de maris volés, d'amants éconduits. Que de
divorces Adrienne avait provoqués ! Pour ce qui était des
passions il y avait bien eu ce grand duc qui, lui, semblait
un fait établi. Mais, sorties de ce tsariste, jamais les
cousines ne réussissaient à associer de façon certaine le
nom d'Adrienne à celui d'un homme qu'elles avaient
connu.

Si bien qu'Ulric n'obtint jamais de réponse satisfaisante.

Alors pressées de questions, assiégées comme de pauvres crabes dont un ennemi cherche à percer la cara-
pace, bousculées par le bouillonnant désir d'Ulric et ne
comprenant rien à sa soif de vérité, les cousines, auxquelles ses impatiences paraissaient manquer de tact —
elles disaient : *son côté boche* — finissaient par s'effrayer de ce qu'elles avaient affirmé, cherchaient à
revenir sur des expressions telles que *poule* ou *femme
brûlée* et d'une façon ou d'une autre se rétractaient.

Avec Lou, les choses se passèrent autrement.

Elle opposa aux questions d'Ulric le sourire indulgent
de la femme qui sait tout et ne veut rien dire. Cette
soudaine retenue découlait non point d'un souci de
discrétion, qui n'était pas dans sa nature, mais d'un
calcul et de la certitude que cette façon d'agir était le
seul moyen d'exciter son intérêt.

Mais cela supposait aussi qu'elle lâchât quelques
informations, comme par inadvertance.

C'est en l'une de ces occasions qu'elle fit allusion à
l'âge d'Adrienne. Son âge ? Ulric sursauta. Lou laissait

entendre qu'il s'était épris d'une femme de vingt ans son aînée sans doute, et peut-être plus... Mais à la surface de ces confidences jamais une date n'émergeait.

Lou se servait du mot *âge* pour traduire quelque chose de vague, une série d'impressions où l'année présumée de la naissance d'Adrienne se trouvait en relation étroite avec des événements de la fin du XIXe siècle. Mais si secondaires... Ce que disait Lou avait trait au demi-monde plus souvent qu'à l'histoire.

Des noms de femmes épars. Elle ne livrait guère plus.

Que fallait-il comprendre ?

Tout ce qu'enregistrait Ulric prenait une signification bouleversante qu'il lui fallait aussitôt éclaircir. Ainsi ce coup de canne reçu par Mlle Pic, de l'Odéon, et qui l'avait envoyée toute saignante à l'hôpital ? C'était un mystère dans lequel il s'abîmait parce que Lou insinuait qu'Adrienne avait dû naître cette année-là. Mais lorsque Ulric prononçait tout haut le nom de cette artiste, jamais il ne rencontrait quiconque ayant d'elle la moindre notion. Et Blanche Miroir ? Et cette Blanche qu'un amant jaloux avait gratifiée d'une balle dans la nuque avant de se faire justice ? Et cette Blanche ? Ulric avait soigneusement noté son nom. Elle avait chanté Offenbach avec un filet de voix et un petit nez frémissant. Mais personne ne se souvenait d'elle.

Il planait sur les recherches d'Ulric quelque chose de délirant, d'éperdu. C'est la raison pourquoi ses échecs successifs ne le découragèrent point, exactement comme on fait durer un rêve tout en ayant conscience de son absurdité. Ainsi, chercha-t-il, sans la trouver, l'année où une certaine Emma Cruch avait été poursuivie pour dettes, puis celle où mourut la belle Gaby qui avait débuté au Châtelet dans un rôle de nourrice, enfin en quelle occasion le roi de Suède avait porté des diamants en guise de boutons de bottines. Pour éblouir Sarah Bernhardt, affirmait Lou. Et elle sous-entendait clairement que cette année-là dans une ville inconnue et à une date non précisée naissait... Mais les caprices du roi de Suède n'avaient laissé de traces ni dans les manuels ni dans les mémoires.

Et Ulric s'entêtait. « Serais-je sur le point d'aboutir ? » se demandait-il.

C'est alors que Lou, pressentant qu'Ulric s'essoufflait et mesurant les conséquences que pourrait avoir son découragement, en conclut qu'elle devait donner rapidement un tour nouveau à ses confidences. Il ne lui fallut pas longtemps pour passer du demi-monde à des vues plus générales.

En l'entendant affirmer qu'Adrienne avait su porter en elle et exploiter, tout au long de sa vie, le monde tel qu'il lui était apparu au temps de sa petite enfance, un espoir fou s'empara d'Ulric. « Tous les adolescents ou presque, disait Lou, ont des souvenirs qui remontent à leur premier âge et tous les adultes s'en étonnent, alors qu'eux-mêmes, au même âge, n'ont pas échappé à cette particularité de la mémoire. Adrienne, elle, a su, mieux que quiconque, ressusciter dans leur originelle fraîcheur ces souvenirs-là. Non pas le souvenir des cols baleinés et des faux culs, certes, mais celui des uniformes. Elle naissait à l'époque où tout se simplifiait. Moins de brandebourgs aux dolmans, moins de boutons dorés, moins de tresses aux épaules... Moins de tout ce dont Adrienne a fait la parure de ses grandes tenues. »

Et Ulric s'empara de ces brandebourgs, de ces boutons et de ces tresses comme un voleur des plus belles fleurs d'un bouquet. Il déposa son larcin au plus secret de lui-même, avec mille précautions. Il l'aurait caressé, dorloté comme un malade, il l'aurait veillé et pressé sur ses lèvres s'il avait pu.

Cette fois, il en était certain, il tenait là un atout inéluctable. Si vif fut le bonheur éveillé par cette certitude qu'Ulric en demeura quelque temps sous le coup. Ainsi son désir d'être enfin possesseur d'une part de la vérité d'Adrienne prenait-il la forme d'une douce paralysie.

Ulric cherchait à imaginer ce que serait le regard d'Adrienne à l'instant où il lui avouerait : « Je sais. » Il y songeait sans relâche. Il lui écrivait en pensée. Il lui parlait. Il l'appelait : « Ma licorne, ma fée... » Il s'attendrissait : « Pourquoi ces mystères, ma sotte... » Il lui disait que son âge ne changeait rien au désir qu'il avait d'elle, rien à leur intimité ni à ce qui les unissait, et que toute autre considération, indigne d'un amour tel que le leur, n'aurait relevé que du plus sordide esprit comptable. Et puis, après lui avoir beaucoup parlé, quand la nuit tombait, il s'accoudait au balcon.

Alors tout ce qu'il voyait, la colonne Vendôme, les oiseaux, chaque bruit, chaque passant et, au ciel, toutes les constellations avaient le visage, la démarche dansante et le parfum d'Adrienne.

Il avait faim d'elle. Faim d'une faim inconnue.

Puis vint le temps d'une mise en ordre et de l'exploitation de ce larcin où se résumaient ses espoirs. Plus intraitable que jamais, Ulric voulut interroger certains habitués de chez Lou. Il rechercha avec insistance une compagnie qu'il avait fuie jusqu'à en être grossier. Il harcela les amateurs de ce que le comte Norbert appelait « la conversation flanc-droit-flanc-gauche », les stratèges de salon, ceux qui refaisaient en paroles et analysaient les campagnes d'Hitler.

L'indifférence qu'Ulric leur avait témoignée se mua en intérêt passionné.

Sans se soucier du sentiment pénible qu'il suscitait, ni du ridicule qu'il pouvait y avoir à s'attaquer à des problèmes aussi vains, Ulric leur parla brandebourgs, boutons, épaulettes, simplification des dolmans, suppression de la grande tenue dans l'infanterie, disparition du pantalon garance, et tout cela comme si sa vie en dépendait. Il les menait durement et d'une voix impérative. Il exigeait des dates qu'on ne lui donna pas. Car ses curiosités eurent pour conséquence immédiate d'éveiller les soupçons. Qu'avait-il à poser toutes ces questions ?

En d'autres circonstances, il se serait trouvé parmi ses interlocuteurs quelqu'un pour reconnaître dans ses curiosités et la *furia* avec laquelle il cherchait à les satisfaire, les manifestations d'une manie inoffensive dont étaient souvent atteints les aristocrates de l'ancienne Autriche-Hongrie : la manie de l'uniforme. Mais le salon de Lou, par sa composition, n'offrait de terrain propice qu'à la corruption. On y rencontrait des trafiquants de toutes sortes. Que pouvaient-ils comprendre à Ulric, ces gens ?

Et puis les jugements des amis de Lou comptaient déjà l'adjonction de considérations inavouées. Comme une secrète réserve à utiliser en cas de faillite allemande. Le vent tournait. Il fallait prendre des distances et certains se disaient que peut-être... Enfin qu'un jour ou l'autre dénoncer allait s'avérer profitable. Ulric s'offrait. Qu'un Allemand posât des questions aussi absurdes pour dissimuler ses véritables intentions, c'était ce qu'il fallait, au plus vite, éclaircir.

Pouvait-on prévoir ? Et qu'était l'honneur pour ceux de chez Lou ? Tous avaient souhaité la victoire de l'Allemagne, tous y avaient travaillé. Mais voilà que fort soudainement, c'eût été trahir que de révéler à un Allemand l'année où l'armée française avait renoncé à une double rangée de boutons.

Ulric se mit à désespérer. Et aussi à haïr. Haïr l'état militaire, sa condition d'officier, enfin tout ce qui était sa vie. Ce qui n'excluait pas qu'il se haït lui-même. Jamais le geste du colonel Pflazen ne lui avait inspiré plus de respect.

Quand passait un officier, il s'arrachait à l'inévitable rencontre. On le voyait hésiter, puis filer comme un lièvre à l'approche d'une voiture. Ulric disparaissait dans diverses caches, ascenseur, escalier, au détour d'un corridor, dans les toilettes. Il lui arrivait aussi de s'enfermer dans sa chambre à double tour et de ne franchir le seuil de la salle à manger qu'à l'heure où ses camarades en sortaient. On le croyait malade. Et il l'était. Il ne mesurait pas lui-même à quel point.

Dire qu'il était blessé au cœur ne serait pas faux à condition toutefois de ne pas considérer Adrienne comme seule responsable. L'époque y entrait pour beaucoup. Ulric était malade d'incertitude.

Lorsqu'il pénétrait dans un bureau les conversations s'arrêtaient. Il avait surpris aussi des regards qui ne trompent pas. Un jour il s'aperçut que sa chambre avait été fouillée. Et puis d'autres lettres étaient arrivées ouvertes. Il se sentait surveillé, humilié, mais il ne s'indignait même plus.

Un jour cependant, il eut un sursaut. Il fut tenté de connaître les raisons de tout cela. Quelle sorte de bête était la police ? Ulric avait dans l'idée un gigantesque mille-pattes creusant des tranchées souterraines. Mais se pouvait-il que la bête fût aveugle au point de s'acharner dans son travail de sape alors qu'il n'y avait plus rien à saper ? A quoi bon creuser une terre qui brûlait ?

On était en juin 44, à quelques jours de l'été.

Les Anglais étaient à Caen, les Américains à Cherbourg et les contre-attaques de Rommel demeuraient sans effet. En Italie, Kesselring avait perdu le tiers de ses effectifs. Il renonçait à défendre Florence. En Méditerranée, l'île d'Elbe était aux mains de de Lattre. En Russie blanche les divisions de Zakharov et de Rokossovski venaient d'enfoncer cette ligne qu'Hitler avait appelée *le rempart de la Patrie allemande.* L'Europe tout entière était prise de convulsions. Mais à Paris la Gestapo fouillait les tiroirs.

Ulric se rendit chez un de ses rares amis, un Viennois qui, selon la terminologie militaire, se trouvait à Paris en état de demi-réforme. Bon pour un service limité. Il

avait été affecté à l'état-major administratif du Militärbefehlshaber.

Il donna à Ulric quelques apaisements. Il y avait
effectivement un dossier qui circulait à son sujet,
mais l'ami veillait. S'il en dépendait de lui, ce dossier
n'était pas près de faire surface. Et puis, il ne contenait pas grand-chose. De toute évidence une poignée
de délateurs avait valu à Ulric d'être considéré en
suspect politique.

« Il va sans dire que les autorités militaires n'attachent
guère d'importance à ces sortes d'accusations, conclut
l'ami. Elles savent à quoi s'en tenir.

— Ce qui n'empêche pas la police d'agir à sa guise »,
dit Ulric.

Et de nouveau il avait devant les yeux l'image du
mille-pattes, aveugle et sourd, une affreuse bête en
mouvement continuel.

Son ami le considéra avec étonnement.

« On te voit bien nerveux depuis quelque temps. »

Ulric fut obligé de dire qu'il avait peur.

« Si tu as peur, alors *ils* viendront », dit l'ami.

Toute la réflexion d'Ulric demeura un moment arrêtée
sur cette phrase : *alors ils viendront*. Il en était convaincu. Il était lucide jusque dans sa peur.

L'ami le regardait avec insistance.

« Il faut tenir, tu comprends ? Etre prudent et tenir... »

Mais Ulric n'avait pas l'air de comprendre. Aussi
l'ami avoua-t-il avec quelque brusquerie qu'il se préparait de grands changements.

Cela faisait plusieurs semaines, qu'aux moments les
moins attendus, on respirait autour du Militärbefehlshaber un air de conspiration. Mais qui était dans le secret
et qui ne l'était pas ? Ulric en aurait volontiers entendu
davantage.

« Tu te méfies de moi, dit-il.

— Je ne peux pas entrer dans les détails », dit l'ami.

Il se récusait.

« Il faut que je file, dit-il encore. Mais toi... Toi, souviens-toi de ce que je t'ai dit. »

Les deux hommes s'embrassèrent.

Ce n'était pourtant plus dans leurs habitudes.

Et cette accolade conduisit Ulric à se souvenir d'anciennes images. Elles dataient du temps où le petit Viennois passait l'hiver à Prague. Tous deux patinaient sous le pont Charles. Ils avaient exactement le même âge l'ami et lui. Deux gosses. Chaque jour ils se retrouvaient à Kampa, chacun aux ordres de sa gouvernante.

« Otez vos manteaux. »

Ils restaient là, à se regarder en chandail et culottes courtes, avec des bas de laine qui leur montaient jusqu'au haut des cuisses. Tous les petits patineurs, sur la Vltava étaient vêtus de même. Ça faisait des jambes d'un drôle... A l'ami surtout, qui était plutôt malingre. De drôles de petites pattes, toutes maigres. « Ton ami est monté sur allumettes », disait la comtesse Norbert.

Et les gouvernantes :

« Mettez vos gants. »

On les emmitouflait dans des cache-nez, on rabattait les cache-oreilles des casquettes, et en avant... Ils fourbissaient leurs patins. Le serrage des bottines était affaire de sentiment. Certains jours plus, d'autres jours moins. Puis ils s'élançaient. Au-dessus d'eux dans un majestueux et théâtral alignement les trente statues de l'immense pont semblaient adresser au ciel de dramatiques supplications. « C'est pour que nous ne tombions pas », disait l'ami.

Et Ulric, à chaque volte, à chaque huit, et surtout au moment difficile de la valse, lorsqu'il fallait glisser sur un seul pied, le temps de compter « Un, deux, trois », levait les yeux vers la statue la plus proche. « Sainte Luitgarde, soutenez-moi ! Un, deux, trois... Et vous saint Jean de Matha et saint Félix de Valois, et saint François le Séraphique et vous, et vous saint Yvan avec le Turc et saint Wenceslas et saint Sigismond, vous tous, un, deux, trois, protégez-moi ! »

Lorsqu'une statue se montrait par trop inopérante, Ulric et l'ami la mettaient en quarantaine. C'est ainsi qu'après une chute spectaculaire, on laissa saint Judas Tadeusz, sans lui adresser un regard jusqu'à la fonte des glaces.

Quand sonnaient cinq heures, il fallait se séparer.

« Embrassez-vous », disaient les gouvernantes.

Rien n'était certain. Pas même la chambre qui vacillait.

Et impossible de comprendre comment Tadeusz était entré. Il avait l'air expulsé de l'obscurité. Tout juste un peu ivre, il disait : « Puis-je me permettre ? » avec un tremblement des lèvres.

Ulric était sûr d'avoir fermé à clef.

Exaspéré, il comprit que des changements s'étaient produits dans sa chambre pendant son sommeil. Pourtant encore à demi conscient, il doutait que la forme dressée comme une colonne au pied de son lit fût bien Tadeusz Nár. « Qu'y a-t-il ? » demanda-t-il en s'éveillant davantage. Si c'était Tadeusz, il était décidé à l'envoyer coucher à coups de pied. Mais ce qui frappa Ulric était que le visage de Tadeusz semblait figé par une énorme méchanceté. Il en était risible.

La deuxième chose qui le frappa fut que Tadeusz Nár avait quatre visages, ce qu'il se refusa à croire. Tadeusz ne pouvait pas avoir quatre visages, c'était parfaitement impossible. Et la dernière chose fut qu'il y avait quatre hommes dans sa chambre : Tadeusz, et trois inconnus qui lui disaient de se lever et de s'habiller.

Alors Ulric s'éveilla complètement.

L'un des hommes s'asseyait et allumait une cigarette. Un autre allait vers la porte et poussait le verrou. Le

504

ELLE, ADRIENNE

troisième vérifiait la fermeture des volets. Tadeusz gardait son immobilité de colonne, toujours avec la même expression de défi.

« Tu n'es pas dégoûté », lui lança Ulric en se levant.

Dans l'obscurité une voix rogue disait :

« Taisez-vous et faites ce qu'on vous dit. »

C'était l'homme de la fenêtre ou bien celui de la porte. Impossible de préciser.

Mais le ton était familier.

C'était une voix de caserne, la voix qui faisait manœuvrer dans le froid de l'aube, celle qui vérifiait la propreté des chaussettes et ordonnait d'abaisser les caleçons.

C'était une voix qui fait d'un homme un torchon.

« Maintenant ils sont venus », pensa Ulric.

Tandis qu'il s'habillait et bien qu'il eût toutes sortes de pensées en tête, Ulric sut de science assurée que la destruction de son être avait déjà commencé.

CHAPITRE XXIV

LE repérage des lieux, les habitudes de l'amiral Menche étudiées jour après jour, celles des officiers aussi, leurs conversations fouillées, ce qui se murmurait dans la maison noté, Miguel tout ça, Miguel.

Et puis une conversation avec la vieille dame en noir, celle de Valbelle.

Cet appartement qui avait été sien pendant quarante ans, la vieille dame s'y serait retrouvée les yeux fermés. Complice ou pas ? Affectueuse en tout cas et pleine de compréhension. *Ouné grandé dámé,* disait Miguel sans desserrer les dents. Il aimait les femmes de cette trempe. Ils formaient une paire d'amis.

La vieille dame n'avait connu que bonheur dans cet appartement et elle était heureuse de le décrire à Miguel, d'en exalter le confort, les portes dérobées et aussi la double alcôve, la vaste chambre, le salon de repos avec ses enfoncements où des palmiers en pots encadraient de profondes bergères, houssées de blanc, et se pliaient et se dépliaient d'une pièce à l'autre les paravents, auxquels étaient fixés des éventails et des photographies serties de soie.

Mais Miguel ne s'intéressait qu'aux placards.

Lorsqu'elle en fut là de sa description, il pria poliment l'heureuse vieille dame de se rappeler si l'un des placards ne contenait pas un coffre. Il avait deviné juste. L'un des placards contenait effectivement un coffre-fort de petites dimensions. Il datait du temps où la vieille dame était jeune, où la ville était gaie, les fêtes nombreuses et où les jolies femmes portaient beaucoup de bijoux. C'était fou ce que son mari l'avait gâtée. Il aimait admirer sur elle tout ce qu'il lui avait offert. L'aurait-elle laissé faire... Elle souriait.

Ce que Miguel était venu chercher était une confirmation plutôt que la révélation d'un secret. Il savait parfaitement à quoi s'en tenir au sujet de ce coffre. Mais il ne pouvait s'attendre qu'on lui confiât un double des clefs.

Aussi vit-il avec surprise la vieille dame étaler, un à un, les trésors que recelait une grosse enveloppe. Elle retrouvait les clefs des malles, celles des valises, les clefs inconnues, qu'elle gardait toutes ensemble attachées à l'étiquette INUTILE, les clefs des armoires, des resserres, des caves, et puis l'unique, la plus précieuse, celle dont personne ne suspectait l'existence, brillante et plate comme une ablette, la clef du coffre, que, soudain grave et un peu rougissante, elle offrit à Miguel avec un geste qui allait pour toujours lui rester en mémoire.

Il pensa que ce devait être avec ce geste et cette même expression que les reines, jadis, apposaient leur sceau au bas des traités.

Il voulut remercier.

« Laissez », dit-elle.

Toute-puissante entente, sans qu'un mot fût dit.

Plusieurs raisons s'opposaient à ce que Miguel opérât. Il ne faisait que de brèves et irrégulières apparitions au château. Tandis qu'on ne pouvait s'étonner que Serge fût là. Et c'était cela qui avait emporté la décision.

Quand Miguel lui eut expliqué comment devait s'exécuter le projet, Serge connut un état nouveau et fort étrange. Il se sentait divisé. Il existait un autre Serge à ses côtés, plus tendu que lui et dont le cœur battait plus vite. Ce Serge-là vivait avec un roulement de tambour continuel à l'intérieur de la poitrine. Et celui dont la pensée et les battements de cœur avaient gardé leur rythme habituel, observait son double sans tendresse.

Il se disait : « Je demeure solide et froid. »

Mais la violence qu'exerçait sur lui l'état fiévreux de ce second impalpable finissait par l'énerver. Quand il s'imaginait franchissant la porte qui conduisait au *Secteur interdit*, puis s'introduisant dans l'appartement de l'amiral Menche, tandis que ce double obsédant allait forcément chercher à le presser, le bousculer, alors Serge se disait que l'essentiel allait être de surmonter l'impatience de l'autre.

Vint le jour redouté, puis l'instant terrible dans la chambre, que Serge atteignit sans avoir été aperçu.

Le mistral soufflait. Il fallait fermer chaque porte derrière soi avant qu'elle ne claque et agir plus vite que le vent. Le temps semblait avoir changé de rythme et s'être mis à galoper furieusement. Mais il n'y eut point de conflit entre les deux Serge. Ils agissaient de concert, l'un pressant le mouvement, l'autre se ménageant de brefs instants de réflexion.

La chambre était bien telle que Miguel l'avait décrite, chaque chose à sa place, les bergères entre les palmiers en pots, les paravents dépliés et toujours porteurs des photos de famille. A part deux cantines posées dans une embrasure de fenêtre, l'amiral n'avait ni ajouté ni ôté quoi que ce soit. Et pourtant des détails imprévus prirent dans l'obscurité un caractère peu rassurant. Une alcôve derrière ses lourds rideaux, et dans cette alcôve une pendule qui martelait les secondes. Ce tic-tac inof-

fensif donna autant de terreur à Serge que s'il eût décelé
la présence de l'amiral et entendu le bruit régulier de sa
respiration.

Un peu plus loin, ce fut la crainte que la serrure eût
été changée qui se mit à tourmenter Serge à mesure
qu'il approchait du placard. C'était une crainte oppres-
sante et qui n'était pas sans analogie avec ce que l'on
peut éprouver au volant d'un engin lancé sans frein dans
une course folle.

Au-delà des murs une porte invisible battit. Serge
retint son souffle, en proie à une terreur panique. Il
resta quelques secondes immobile au milieu de la chambre, la main refermée sur son revolver, envisageant avec
une lucidité parfaite ce qu'allait être sa capture.

Puis il se remit en marche.

Tandis qu'il avançait et pendant les quelques secondes
qu'il lui fallait pour atteindre le point où tout allait se
décider, il entendit que s'enflait le roulement de tambour
dans la poitrine de son double, ce qui l'encouragea à
penser que c'était l'autre qui avait peur et pas lui. Non,
non, pas lui, l'autre, toujours l'autre... Et il se cramponna avec acharnement à cette pensée.

Une main se détacha de lui. C'était une main qui
cherchait à ouvrir un placard. Serge la vit, cette main, et
il vit aussi qu'elle n'arrivait à rien. Alors, avec un esprit
de décision surprenant, elle alla chercher un couteau au
fond de sa poche et la serrure fut fracturée en un éclair.
Dans le couloir il y eut à nouveau un claquement sec.
Mais la main continuait à agir comme si plus rien ne
pouvait l'arrêter.

Dès lors Serge n'eut qu'à obéir. Tout pliait devant un
automatisme impitoyable. Il se voyait tel qu'il était,
debout devant un placard forcé, et dans le fond, comme
séparé de lui par des lieues et des lieues d'obscurité, le
coffre. La clef, prompte et obéissante, alla se glisser
dans la serrure. Les quatre combinaisons possibles flottaient à portée de mémoire et les chiffres se présentaient

les uns après les autres en bon ordre. Serge les accueillait avec stupeur. Il travaillait comme par enchantement. C'était la deuxième combinaison qui était la bonne, et la porte s'entrouvrit silencieusement.

De tout cela jaillit la certitude qu'il avait réussi. Mais il n'éprouva ni ivresse ni exaltation.

Serge considéra avec perplexité d'abord ses mains, qu'il regardait comme s'il les voyait pour la première fois, puis les documents dont il fallait qu'elles s'emparent. Et dans l'excès de son émotion, ses mains lui apparurent comme deux objets étrangers qui s'agitaient au bout de ses bras. Ses mains ? Deux inconnues.

Il eut encore une hésitation, encore un doute. Au dernier instant, allaient-elles faillir ? Mais les mains de Serge allèrent jusqu'au bout de leur tâche. Il vit les documents qui se collaient à elles comme la limaille à l'aimant.

Trois jours plus tard Londres remerciait.

Trois jours plus tard Serge pensait : « C'est plutôt gai, non ? » Une vraie chasse au trésor.

Peu à peu se dévoilait toute l'affaire.

Le 21 juillet 1944, des plans avaient été dérobés dans la chambre de l'amiral Menche. Ils concernaient le port de Marseille et certains aspects de sa défense maritime. Inquiétude et fièvre. Visages fermés. Plus possible de pénétrer à Valbelle sans sauf-conduit. La vieille dame elle-même... Des hommes de la Kriegsmarine devant chaque porte.

A quelques jours de là un message de l'O.K.M.(1) parvenait à Valbelle.

Or l'une des réussites du père Muller avait été d'inspirer aux Alsaciens et aux Autrichiens du Service des transmissions un rare esprit de pénitence. C'était à

_____
(1) Oberkommando der Marine.

l'église du couvent des carmélites, assis dans son confes-
sionnal, que le père Muller prenait connaissance des
dépêches allemandes presque en même temps que ses
voisins de Valbelle.

Vous êtes sous les ordres de l'amiral Weyer. C'était ce
qu'annonçait le message. Que comprendre ? L'amiral
Menche avait-il été relevé de ses fonctions ? Muté ?

On s'attendait à des adieux rigides, à des dos tendus,
champagne, *prosit,* un chapelet d'éclatements secs et de
verres levés, enfin quelque sinistre festivité comme la
salle à manger du château en avait déjà connu. Mais
rien de pareil.

Vint la nuit que des pas précipités interrompirent.
Vint la nuit aux voix assourdies, où l'on posta encore
plus de sentinelles aux portes du *Secteur interdit.*

Vint la nuit du 23 juillet.

Des hommes, qu'éclairaient les phares d'une voiture,
convoyaient avec précaution on ne savait quoi de pesant.
Le père Muller suivit l'événement du mieux qu'il put.
Mais ce n'était pas facile. Il observait de sa fenêtre, à
l'abri du rideau.

Quelque chose tomba qui se mit à traîner. Le point
lumineux d'une lampe l'éclaira brièvement. Ça avait
l'air d'un pied. Il y eut des ordres brefs. Des voix
répétaient par intervalles : « Pas comme ça... Plus
haut. »

Le père Muller n'en vit pas davantage. Le paquet
avait été introduit dans l'antichambre et le silence était
revenu. Mais le père Muller resta à sa fenêtre jusqu'à
l'aube.

C'est alors qu'il vit passer quelqu'un qui courait et
criait : *Unmöglich... Unmöglich (1)...* en battant l'air des
deux bras. Le ton ne trompait pas. Ce n'était un cri ni de
fureur ni d'affolement mais de douleur. Puis la même
silhouette repassa plus lentement. Un marin portait un

_____

(1) « Impossible... Impossible... »

uniforme plié sur le bras. Et le père Muller reconnut l'ordonnance de l'amiral Menche.

A partir de là tout s'embrouillait. On ne discernait plus les causes.

Ainsi le père Muller.

Il savait bien pourquoi il priait. Comment ne pas prier pour l'amiral Menche qui passait pour un homme compréhensif, voire antihitlérien ? Mais pourquoi l'émotion ? Etait-ce *Unmöglich* crié sur ce ton ?... *Unmöglich*... Le père Muller sentait des larmes rouler le long de ses joues. Il devenait sensible. Il avait changé.

Peut-être qu'il vieillissait.

Unmöglich...

La consigne de silence fut si bien respectée qu'il y eut, jusque dans l'état-major, des officiers qui croyaient l'amiral à Berlin alors qu'on l'avait trouvé mort dans un hôtel d'Aix-en-Provence.

C'est ainsi que Serge put se demander : « Ai-je tué ? » Et cette question se mua presque aussitôt en une monstrueuse détresse. L'horreur le taraudait. Il apprit ce qu'étaient les nuits sans sommeil, passées tout entières le cœur serré à se répéter qu'il avait contraint un homme au suicide.

« C'est le métier », répétait Miguel, mais sans excès de conviction.

Et Serge pensait : « Qu'il aille au diable ! » Mais bien sûr il ne le disait pas.

Miguel, lui, savait exactement à quoi s'en tenir.

C'étaient de rudes débuts pour Serge, trop rudes peut-être. Et toute la nuit tournait autour de Miguel la même pensée : il avait commis une faute, il avait trop exigé.

Ainsi Miguel aussi... Personne ne dormait. Et tout ça pour rien.

Car ce n'était pas un vol de documents qui avait provoqué ce suicide mais une bombe, celle du comte de Stauffenberg au Q.G. d'Hitler.

L'amiral Menche était du complot de juillet.

Mais comment savoir ? C'est vrai qu'on ne discernait plus rien. Vrai aussi que tout s'embrouillait, comme un écheveau mal enroulé.

L'époque se défaisait.

Cependant, à la même date, et pour les mêmes raisons, un des conjurés, le plus convaincu d'entre eux peut-être, Karl Heinrich von Stülpnagel, Militärbefehlshaber en France, faisait arrêter sa voiture sur les champs de bataille de Verdun et s'éloignait de quelques pas. Puis il se détournait pudiquement. « Comme pour pisser », devait dire plus tard son chauffeur. Au lieu de quoi, face aux épaves de l'autre guerre, aux casemates défoncées, aux culasses rouillées, face à cette terre comme remuée par une houle mortelle, il se logea une balle dans la tête, sans réussir à se tuer.

Il avait été appelé à Berlin. Sa décision avait été prise en chemin, le 23 juillet. Il fut hospitalisé à Verdun, aveugle et grièvement atteint.

Cependant qu'en Belgique, un homme qui, pendant un temps, avait eu sous ses ordres un officier nommé Mustafa Kemal et ailleurs, et plus tard, un autre nommé Tchang Kaï-chek... un homme qui vous lisait le chinois comme personne et le japonais par-dessus le marché, un homme... Mais qu'est-ce que cela changeait ? Il était suspect. Ce juillet-là, à Bruxelles, derrière son pince-nez notarial, le général baron Alexander von Falkenhausen attendait qu'on eût statué sur son cas. Il lisait Confucius : *Tout pouvoir use. Le pouvoir absolu anéantit,* une pensée qu'il méditait souvent et qu'à l'occasion il citait. Pas étonnant qu'Hitler l'ait détesté. Alors, en juillet, on l'avait destitué, après quoi on l'avait mis aux fers.

Ce 23 juillet-là, à Paris, l'officier attaché à l'état-major de Stülpnagel, l'ami d'Ulric, son ami aux jambes maigres, le petit patineur qui croyait si fort aux vertus protectrices des statues de Prague, ignorant tout du suicide de son chef mais se sachant en aussi grand péril que lui, détruisait une valise entière de documents dans une cheminée de l'hôtel Raphaël.

Listes, ordres d'appel, adresses compromettantes, tout y passait.

Il ne s'agissait pas d'hésiter ou de relire, il fallait brûler. Ça, et ça, et encore ça. Allez... Au feu ! Pas le temps d'invoquer sainte Luitgarde. Adieu, les espérances ! Il fallait brûler jusqu'à réduire en cendres. Il fallait brûler ou bien prison et mort violente.

Ainsi les révoltes étaient brisées.

Cependant les salons de Valbelle prenaient un air de fête. Tout un état-major, le gratin de la marine allemande en Méditerranée, se préparait à recevoir dignement le successeur de l'amiral Menche. Protocole des grandes circonstances : présentation des officiers, discours, champagne, petits-beurre, *prosit* en l'honneur de l'amiral Weyer, compliments interminables et suffocation dans les uniformes de cérémonie. La canicule.

Cependant que ce jour-là à Marseille, dans un café du Vieux Port, Adrienne attendait. Une Adrienne durcie, changée, un peu amaigrie. Perdu cet air victorieux de jadis. Que se passait-il ? Elle dépérissait d'ennui. D'ennui et d'angoisse. « Mais qu'as-tu ? » demandait Licia. Elles se regardaient quelque temps, immobiles, et Licia écarquillait les yeux devant cette Adrienne inconnue, qui parlait d'une voix sans douceur et, chaque matin, guettait le facteur comme une jeune fiancée. C'était donc plus grave qu'elle ne l'avait cru, Ulric ?

Atteinte dans sa tendresse et se sentant trompée, Licia entraînait Adrienne à Marseille, comme pour la guérir.

Et, à la terrasse du Cintra, Adrienne s'inquiétait.

Serge ? Ulric ? Qu'étaient-ils devenus ? Personne ne l'aimait. Elle comptait les jours. On était le 23 juillet. Quel sale été ! La guerre lui faisait horreur, encore que dans la rue on l'admirât... C'était peu et pourtant... C'était ça qui la guérissait, ça et rien d'autre.

Ainsi quand elle passait, les hommes, parfois, cessaient de parler. Elle en tremblait de plaisir. Parfois aussi un parleur se muait en suiveur. Il la serrait de près et lui disait à voix basse des mots brefs qu'elle entendait à peine. Mais elle savait... Elle savait à la voix, au souffle, elle savait au pas comment un homme allait chercher à l'aborder. Et son pas à elle restait vif. Elle parvenait toujours à le semer. C'est donc qu'elle n'était pas si vieille... Ah ! Marseille, Marseille !... Pas qu'elle en fût folle de cette ville, non, mais elle y respirait mieux.

A Aix, la maison était *d'époque*, il y avait des gypseries aux murs, des trumeaux au-dessus des portes, des Pomones fessues et des Flores rêveuses autour d'une pièce d'eau. Au goût du XVIIIe, tout ça. Des mièvreries. Elle n'aimait que ce qu'elle inventait. Un mélange vrai, toutes les époques mêlées, il lui fallait ça pour se sentir vivre. Tandis que le XVIIIe. Rien que du feston. Pouah... Mais Serge ? Mais Ulric ? Quel été... Mon Dieu quel sale été !

Et c'est cet été-là que le général Schaefer, sur qui allait peser la tâche ingrate de défendre Marseille, perdit espoir de pratiquer son sport favori. L'équitation, sa passion. Il fallait y renoncer. Plus rien n'était sûr. Car, alors qu'en ce juillet, il avait pris la résolution de se faire expédier son cheval, il n'avait vu arriver que son palefrenier. Et dans quel état ! Choqué au dernier degré. Incapable de terminer une phrase. « Les maquisards... Du plastic sur la voie... » On le comprenait à peine. « Un cheval qui... Des canons si fins... J'ai dû l'achever. Enterré sur place. Un mètre soixante-dix au garrot... » Allons, qu'on me fasse hospitaliser cet homme.

Ce qui n'empêchait pas le général de se traiter de tous les noms. Il fallait être fou ! Qu'avait-il eu besoin d'exposer son précieux, son vaillant Greif ? Greif par Gidran, pur-sang arabe, et Familie, palatine à robe sombre, étoile et raie. Greif, hongre bai du haras impérial de Deux-Ponts. Franchissait un mètre soixante comme une fleur, et solide avec ça, jamais une défaillance. Pendant la campagne de France, les vétérinaires eux-mêmes ne tarissaient pas d'éloges. Une forme olympique. Greif avait atteint la Loire au petit trot de promenade.

Mais une telle violence aussi, comment prévoir ? Ces chiens de maquisards, ces chiens ! Mon pauvre Greif ! Tant de dangers auxquels il avait échappé ! Rescapé du front russe, mais oui, Greif, l'été précédent, quand une mauvaise blessure avait expédié le général à l'hôpital. Séparés en moins de deux. Etait-ce pour toujours ? On ne pouvait en douter. Et, quelques mois plus tard, en décembre... Cette surprise ! « Suis arrivé avec cheval » disait le télégramme. Le général avait cru à une mauvaise plaisanterie. Mais Greif était bel et bien de retour. Le palefrenier l'avait ramené jusqu'à Francfort. Ramené clandestinement, du front de l'Est, et juste à temps pour fêter Noël ! Un peu là, ce palefrenier. En aurait remontré à n'importe qui. Et dire que ces chiens... Comment croire à un univers où l'on s'en prenait aux chevaux ?

Plus rien n'était sûr.

Ainsi Rommel. Que faisait donc Rommel ? Voilà que

le verrou de Caen avait sauté. Et Rome perdue. Et les
Polonais à Ancône. Les Polonais ? D'où sortaient-ils,
ceux-là ? Et Kesselring ? Qu'allait faire Kesselring,
adossé à sa Ligne gothique ? Toute l'horreur, toute
l'humiliation de l'époque. Et maintenant mon cheval.
Ich hatt'einen Kameraden... Mon pauvre, pauvre cheval.
Hélas ! J'avais un camarade nommé Greif, tranquille à
toutes les allures, et on me l'a tué.

   Telles étaient les pensées du général Schaefer, en ce
juillet-là.

CHAPITRE XXV

Extraits des Cahiers d'Ulric

CE tas recroquevillé, c'est moi.

Le résidu que je suis voyage en petite vitesse. Je devrais normalement être porteur de plusieurs étiquettes car j'ai été, à plusieurs reprises, mal dirigé. PRIERE FAIRE SUIVRE... Alors on m'a réexpédié. C'est ainsi que je suis allé à Dachau et de là à Innsbruck. Autrement dit, ma carcasse, réduite à son poids jockey, mais n'ayant pas encore renoncé à ses exigences d'avant, mon corps qui a sans cesse faim ou soif, mes soixante-dix kilos de chair suante, plus trois kilos d'effets personnels, bottes comprises, le tout contenu dans un cachot mobile de vingt mètres carrés, se fait cahoter aux frais de l'Etat grand allemand.

Ce regard que je ne connaissais pas, c'est mon regard d'après. Si je vis, si ces gens continuent à hésiter à me tuer, je devrais désormais vivre avec cette fissure en moi. D'un côté avant, de l'autre après.

Mais peut-être que ce regard n'est que l'effet momentané des coups.

On dit bien qu'on a les yeux battus... Et après ? Après ça passe... Mais suis-je après ! Le train à peine arrêté, ne va-t-on recommencer ? Ton frère ? Mes tortionnaires n'avaient que ce mot à la bouche : « Ton frère. » A coups de pied dans le ventre. Ton frère... J'ai dit : «Je suis officier. » Ils m'ont rétorqué : «Et après ? »

J'ai le souvenir persistant d'avoir sans cesse pensé à Matyáš, à lui, et à l'envie de me protéger la tête, les yeux, le ventre, mais on m'avait lié les bras. Ton frère, où est-il ? Il croyait que je savais. Dis-nous où il est... Et à chaque coup faisait écho un nom familier. C'était comme si la Slovaquie avait servi à me fracasser le corps, comme si on me l'avait imprimée sur la peau à coups de trique. On me torturait. J'entendais craquer mes os. J'entendais : Nitra, dis-le qu'il est à Nitra... Et chaque lieu, chaque ville était coup. J'entendais Barje-nov, et puis Vranov et encore Bariska Bystrica et je criais : Achevez-moi ! On m'enfonçait les z sifflants, les r roulés, les consonnes enchaînées de ma langue secrète, je la sentais qui m'entrait dans le corps avec un paroxysme de souffrance. Ton frère... Je saignais. Ma peau restait accrochée à des mots rocailleux qui jadis avaient signifié cimes radieuses, lacs glacés, clairs torrents, bonheur, et qui maintenant ouvraient des plaies dans mon corps. Combien d'hivers avais-je passés là-bas, combien d'automnes ? Je suffoquais. Je hurlais. J'enten-dais : le Hron, le Váh, dis-le que c'est là... Des fleuves m'emportaient. Chaque vallée était un val sans retour. Oui, c'était bien avec ces mots qu'on cherchait à me tuer et c'était terrible de mourir, terrible de mourir de ces mots-là. J'essayais de reprendre mon souffle. Je n'y voyais plus. J'avais deux bourrelets à la place des yeux.

On me laissa un répit et j'ai pensé qu'après tout, la Slovaquie n'étant qu'une petite nation, il allait bien falloir qu'on s'arrête. Ils ne recommençaient pas. C'était donc fini. Et j'avais comme un élan de reconnaissance à l'égard des Slovaques qui avaient tellement moins de

vallées où cacher leurs frères, tellement moins de pics...
Tellement moins que les Russes, que les Grecs, que...
Mais ils recommençaient. Ton frère... Et je m'évanouis.
Alors ils ont cessé.

Maintenant c'est fait. Maintenant je suis après, *j'ai*
tenu et je sais ce que c'est. J'ai toujours su qu'ils
viendraient. Ils sont venus. Et je sais.

Je sais aussi que la captivité est un univers d'absur-
dité. Les gestes ne m'apparaissent plus que dans leur
inutilité. Rien ne vaut la peine de bouger et cette
impuissance est la deuxième prison du prisonnier, sa
prison intérieure. C'est aussi l'une de ses défenses.
Bizarre comme ça aide de ne plus avoir envie de rien,
pas même d'Adrienne. Son souvenir me traverse briève-
ment sans jamais se fixer ou me tourmenter. Je ne
souffrirai plus jamais d'une femme comme j'ai souffert
d'elle, maintenant que j'ai souffert autrement.

Lorsque je me souviens d'elle c'est pour me répéter :
rappelle-toi, rappelle-toi que tu l'as aimée. Et cela, uni-
quement quand mes gardiens sont distraits. Car par leur
seule attention ils me paralysent l'esprit.

Mes gardiens ont seize ans. Des Bavarois avec de
grosses mains pataudes et des yeux de rapace. Sans
doute des recrues de notre plus récente mobilisation
totale. Durant la nuit, l'un se couche, le nez dans sa
couverture, et s'endort d'un bon sommeil d'enfant,
tandis que l'autre, son revolver posé sur les genoux,
sursaute au moindre de mes mouvements. Au matin, je
les entends discuter entre eux. Ils ont les mêmes ambi-
tions : être envoyés rapidement dans une école pour y
recevoir un enseignement spécial, *et de là dans une*
division S.S. parce que, disent-ils, c'est ce qu'il y a de
mieux.

Je les écoute. Ils ont le sérieux paysan.

C'est la 19ᵉ division S.S. de montagne qui leur fait
envie. Elle vient de faire mouvement sur la Slovaquie, il
y a de cela deux semaines et par une de ces chaleurs...

Mais on n'a pas voulu d'eux. Il y a pourtant un tas de gars du pays dans cette division-là. Mais on n'a pas voulu d'eux. Trop novices. J'écoute. J'apprends. J'enregistre. La guerre m'a appris à écouter.

Le plus jeune dit qu'on n'y expédie que des durs, en Slovaquie, des terribles, comme ceux du bataillon musulman. T'es pas fou ? demande l'aîné. C'est pas le bataillon musulman c'est la Légion arabe qui est en Slovaquie, rien que des gens ramassés dans les camps français, certains sont nés au Sénégal... Et pourquoi pas en Chine ? demande le plus jeune. Eh bien justement y en a. Tu veux peut-être dire des Annamites ? Annamites ou Chinois... Parce que pour toi c'est tout comme ? Tu es vraiment inculte, ça on peut le dire.

Enfin ils finissent par s'accorder sur le fait suivant : c'est bien le régiment des musulmans S.S. qui est en Slovaquie. Pour ce qui est de la Légion arabe, erreur, elle est ailleurs. Elle est en France, engagée contre les terroristes, dit l'un. Contre les maquisards grecs, dit l'autre.

Chamailleries, chicanes reprennent aussitôt. Et j'écoute. Ils ont une façon de se disputer si familière. Ce parler mi-paysan, mi-soldat. Ces voix mornes. Ils bavardent comme s'ils étaient attablés à l'estaminet du village. Ils tuent le temps. Il ne manque que le demi de bière et l'assiette de bretzel.

J'écoute.

C'est-à-dire que j'enregistre chacune de leurs paroles.

Je suis comme un naufragé qui, après une longue solitude, se verrait brusquement offrir un journal. Je cherche à épuiser les nouvelles qu'ils détiennent. Que disent-ils ? Qu'il y a de tout dans le maquis slovaque. Jusqu'à des Français, dit l'aîné. Pourquoi pas des Chinois, demande le plus jeune.

C'est un véritable soulèvement, à ce qu'on dit, et les gars en ont plein les bottes. Vivement qu'on y aille, dit le plus jeune. Ils vont revenir avec plein de médailles, dit l'autre du ton où, en temps de paix, il aurait dit plein de sous.

J'observe mes gardiens. Je les vois comme ce qu'ils sont : deux garçons sains, deux jeunes et vigoureuses plantes. Ils sont insouciants et heureux. Et maintenant les S.S. vont se charger de bien remplir leur vie.

Pauvre Matyàš... Tant de jeunes forces concentrées contre toi. Que vas-tu devenir, dans ton refuge, près du petit lac d'un vert noir où nous montions ensemble ?

Et, face à mes gardiens, j'éprouve la même aversion qu'à voir des assassins. Leurs grosses mains pataudes ? Sont-elles plus fortes que les mains de Matyàš ? Leurs yeux de vautour ? Ont-ils meilleure vue que lui ? Leurs jambes robustes, leur solidité montagnarde... Et chaque mouvement de mes gardiens, chaque éclat de voix, chaque regard me fait tressaillir, comme si toute manifestation de vie, en eux, aggravait la menace qui pèse sur Matyàš.

Ah, Matyàš, Matyàš, mon frère... .

J'aurais voulu parler à Matyàš, le mettre en garde, lui demander : que vas-tu faire de Bohush, mon frère, notre vieux Bohush ? J'aurais voulu lui dire qu'aucune des défenses naturelles de ce promontoire abrupt où il se prépare à subir un assaut, n'est de nature à rebuter ses assaillants. Ces éboulis, ces escarpements, ces murailles rocheuses, dressées au-dessus des torrents, trouées de grottes, comme des façades aveugles, ce chaos théâtral ne te protégera pas, Matyàš. Si tu les connaissais... Ce sont à peine des hommes. Ce sont des bêtes de guerre, des rapaces, des animaux acharnés. J'aurais voulu lui dire : tu es léger comme le vent, Matyàš, et comme lui indomptable, ils sont coulés en béton. Tu es violent et sans cruauté ; tous leurs actes sont cruauté et je le sais, moi qui te parle. Tu tiens moins à la vie qu'au goût de la risquer. Ils ne tiennent qu'à la vie et pourraient arracher les tripes de qui voudrait la leur ôter. La lutte n'est pas égale, Matyàš. La bravoure, tu comprends... La bravoure

*c'était bon pour les champs de bataille. Notre époque est
à l'extermination. C'est un mot qui exclut la bravoure.*

Et puis il n'y a plus de parti adverse.

Il n'y a que des assassins.

*Une des étrangetés de mon voyage est que l'on ne sait
jamais où l'on va.*

*Dans les Dolomites, affirme l'aîné de mes gardes. Et
pourquoi pas en Chine, demande le plus jeune.*

*Soudain le train ralentit, s'arrête, siffle, repart, c'est
qu'on approche d'une gare. On épie des bruits, des
signes, et l'on attrape au passage un morceau de ciel. Et
parce que la lucarne est grillagée, le ciel l'est aussi.
Alors on attend comme au fond d'un coquillage, à se
demander, la tête pleine d'une houle sans nom, s'il n'y a
pas, à l'autre bout, oreille humaine dans laquelle crier :
«Au secours!»*

*Est-ce un morceau de ciel allemand, autrichien, polo-
nais? Est-ce un bleu français? La lucarne va-t-elle livrer
quelque indice, un poteau, une façade, un toit? En
quelle langue la voix du chef de gare viendra-t-elle vers
nous?*

*Au fond de moi, souvent remuait le fol espoir d'enten-
dre ce mot superbe : Royallieu. Cette illusion... Il serait
temps que je mette ordre à tout ça. Mais peut-on
renoncer aux sornettes qui rassurent?*

*Enfin, ce matin vers cinq heures, à l'instant où le
train ralentissait, des pas ont résonné le long du wagon. Des voix suivaient les quais, des voix pacifiques
qui me rappelaient celles des sacristains de Rome à
l'heure où, dans un bruit de clefs, ils annonçaient :*
Chiusura.

Or j'ai entendu crier : Piano.

*Ce mot, à cette heure et dans ces conditions, était
déconcertant comme aucun. Piano... Piano...*

La lucarne livrait un morceau de ciel d'un bleu soutenu : un bleu de théâtre.
Nous étions en Italie.

Ainsi se terminent les cahiers d'Ulric qui, après Dachau, après Innsbruck, se retrouvait, toujours prisonnier des S.S., dans un camp des Dolomites.

Ces témoignages sont les seuls que lui ait inspirés une détention qui allait pourtant se prolonger près d'un an et dans les conditions les moins prévisibles.

Transporté de fort en fort, avec d'autres détenus qu'il fallait comme lui soustraire à l'avance des Alliés et aux attaques des partisans, Ulric profita d'un court passage dans un camp de montagne pour tenter, avec succès, d'alerter un détachement de l'armée Kesselring, dont il avait repéré la présence dans le voisinage. Bien qu'épuisés, les officiers de la Wehrmacht, qui battaient en retraite depuis Vérone, décidèrent d'attaquer le camp S.S. et de délivrer les suspects qui, moins de vingt-quatre heures plus tard, tombèrent aux mains des Alliés.

De prisonnier de la Gestapo Ulric devint prisonnier des Américains.

Ceux-ci le cédèrent aux Anglais qui le livrèrent aux Français.

En tout une vingtaine de prisons et même un procès seule n'était rien en comparaison. Mais qu'avait-elle eu ceux qui le faisaient. Un dossier Muhlen contenait de vagues accusations d'espionnage.

Mais jamais une confidence d'Ulric à se sujet, jamais un mot dans ses cahiers.

Sans doute ces quelques témoignages fragmentaires — mis à jour une fois la paix venue — ont-ils été,

« aux pires moments », une façon de se délivrer. Il est probable aussi que son étrange odyssée rendit par la suite impossible de noter quoi que ce fût.

A moins que *l'état d'impuissance,* auquel il se réfère comme à l'une des défenses du prisonnier s'étendant à l'écriture, n'explique son silence.

CHAPITRE XXVI

Mon Dieu comme elle avait rêvé...

La solitude au réveil, c'était cela le pire. S'endormir seule n'était rien en comparaison. Mais qu'avait-elle eu à rêver autant ? Elle s'était réveillée ne sachant plus où elle en était.

Ses jambes fuselées, presque frêles, n'étaient plus les jambes à ne jamais demeurer en place, les jambes vigoureuses de la fillette qui l'avait visitée cette nuit. Les épaules non plus. Les seins peut-être... Elle n'avait jamais eu beaucoup de poitrine. Et les mots ? C'était le parler de son enfance qu'Adrienne avait entendu en rêve, la seule langue qu'elle eût aimé oublier. Alors pourquoi avait-il fallu qu'elle l'entendît ?

Parce qu'elle était seule cette nuit, point d'autre raison.

Quelle étrangeté... Car enfin elle n'avait pas de mémoire à perdre là-dessus. Et Licia ? Que faisait-elle ? Elle aurait dû être rentrée de longtemps, Licia.

Adrienne était assise au bord de son lit, les jambes pendantes. L'orchestre des cigales s'accordait et le jardin n'était déjà que vacarme. A un éclat plus vibrant sur la terrasse, à une ombre plus nette sous les stores, elle découvrait tout ce à quoi se devine, en Provence, une chaude journée d'août. Parfois un craquement léger au-dessus de la fenêtre l'avertissait qu'un oiseau était venu chercher l'ombre à l'abri des tuiles. Parfois elle se demandait ce qu'elle faisait là, dans cette haïssable maison.

Un an, un an déjà qu'elle trouvait les nuits longues. Et voilà que, profitant d'une absence de Licia, des ombres étaient venues la héler, et pas seulement l'ombre de cette fillette qui fuyait l'école où, pour elle, les participes ne s'accordaient jamais comme il le fallait, mais tant d'autres. Que lui voulaient-elles ? Mon Dieu, comme elle avait rêvé... Et que le courant était violent qui l'avait traversée. Mais qui vous parle de courant ? Ce qui l'avait surprise était un tourbillon irrésistible, une véritable trombe. Elle avait été enveloppée, puis entraînée suffocante vers le fond de sa jeunesse, de son enfance. Une torture. Les villages du passé avaient défilé un à un, dans la poussière blonde des routes. Elle avait revu les éventaires dressés au chevet des églises et d'autres en plein vent, face aux hôtels de ville, bouffis d'importance. Elle avait vu la campagne s'ouvrir au ras des grandes rues. Elle avait rêvé vrai. Ce qu'elle avait revu n'était pas l'enfance qu'elle se donnait en paroles. Pas de fillette galopante. Pas de prairies violettes. Mais sa mère adoptive aux cheveux noirs.

Et soudain la chambre s'était mise à ressembler à une salle d'école à l'heure de la dictée. *Plusieurs personnes...* Vous y êtes ? Je répète : *Plusieurs personnes dignes de foi*, virgule, *ont vu Jeannot et Colin à l'école d'Issoire en Auvergne*, virgule, *ville fameuse dans tout l'univers par son collège et ses chaudrons*, là-dessus la classe s'esclaffait parce que Adrienne avait quinze ans et qu'elle ne savait pas écrire. Blessure durable.

Alors était né l'esprit de révolte. A cause des rires et de la malveillance. Et elle avait revu l'adolescente déjà enfermée dans la solitude, et qui se sentait *rejetée*.

Ensuite le curé.

Celui d'Anteil à moins que ce ne fût celui de Saint-Amboix ou peut-être celui de Saint-Austremoine. Il se tenait sur sa porte, et agitait un encensoir, bien que l'église fût vide. C'était pour attirer la noiraude qui refusait d'entrer.

Encens, encens et encore encens.

Tu vois, disait le prêtre, c'est pour toi ce parfum, c'est pour que tu sois heureuse, ici. Allons, viens... Alors elle était entrée. Mais la vilaine odeur du curé l'avait aussitôt chassée.

Les siens l'appelaient « Nez Fin » dans leur langue. Elle les détestait. Les vieilles surtout qui la surveillaient sans cesse. Sa dissimulation inlassable, quotidienne, les étonnait. Elle fuyait par chacun de ses gestes, chacune de ses paroles, on ne savait où. Partir... Quitter ces gens. Et quand les siens la croyaient embauchée dans une ferme ou louée sur les *faïsses* (1) à faire quelques sous, c'était souvent quand un garçon du pays l'avait emmenée en promenade. Au retour, les vieilles l'injuriaient. Elles étaient fines mouches. Et ça jargonnait... Il fallait les entendre. Mais elle avait déjà la curiosité du plaisir. Et peur de rien. Alors elle les regardait fixement sans répondre, avec une impertinence insoutenable, après quoi elle leur riait au nez.

A cet instant, elle s'était réveillée le temps de constater que Licia n'était toujours pas là. Dormir ? Elle réussissait tout juste à dormailler.

Et un second rêve l'emportait.

Celui-là horrible, tout en violence, dents et griffes, un

(1) Terrain agricole formé de plusieurs terrasses superposées ou *faïsses* en patois cévenol.

rêve affreux où on l'empoignait à bras-le-corps. Soudain elle reconnaissait le fermier à son haleine empuantie. Toute sa vie elle avait redouté l'idée de retomber entre les mains d'un homme comme celui-là, décidé à la violer, à l'étrangler, et bien qu'elle sût la chose exclue, elle le revoyait. Elle revivait en rêve ce qu'il avait dit et fait et se réveillait hagarde, la bouche sèche, comme après une lutte. D'où venaient ces ombres ? Elle n'en pouvait plus. Elle était certaine d'avoir pleuré. Et Licia ?...

Alors la peur l'avait prise. Autour de la maison, on sentait la guerre à des va-et-vient furtifs, des présences silencieuses et jusque sous les arbres du jardin glissaient des ombres maléfiques. Elle était allée de pièce en pièce, s'assurant de la fermeture des volets et des portes, tout ça dans le noir et se répétant qu'elle n'avait peur de rien. Mais Licia ? Que s'était-il passé entre elles ? Quoi de plus sûr que Licia dans sa vie ? Aucun homme ne l'avait détournée d'elle, jamais, pas même Ulric. Lui était-il arrivé malheur ? Une dispute à propos d'Ulric, voilà ce qui avait provoqué sa furieuse sortie. Une dispute, oui, et Adrienne avait vu Licia se dresser soudain hargneuse et changée. Licia était trop possessive, trop jalouse. Adrienne se sentait épiée et, devant une Licia qu'elle ne reconnaissait pas — une Licia hostile dont les yeux brillaient d'une fièvre bizarre — vaguement désorientée. Dans ces moments-là, seule l'habitait une envie éperdue, plus profonde que tout : fuir, disparaître pour toujours.

Rien de nouveau à cela, murmurait-elle. C'est arrivé plus d'une fois... Mais une voix intérieure, infiniment plus assurée que ce murmure, témoignait du contraire. Il se préparait quelque chose. L'heure avait sonné. L'heure de quoi ? Elle avait peur. Peur pour Licia qui était à Marseille, pour Ulric qui était allemand, pour Serge qui avait disparu. Qu'avaient-ils tous à partir, à s'en aller ? On la délaissait. Elle était seule.

C'est alors que survint... Ah ! celui-là ! Elle n'y pensait jamais. C'était lui pourtant. Son père. Le voyant, elle comprit qu'elle s'était rendormie.

Un troisième rêve l'avait emportée.

Elle ne savait d'où le père arrivait ni ce qu'il désirait. Sans doute manger. Il était d'humeur rugissante, avec une malice dans le regard. Et cette bouche lippue... Une bouche de mensonge et d'excès. Sa seule vue l'épouvantait. Dès son enfance elle avait pris sa mère en pitié. Un beau séducteur, ma foi... Aussi, à peine avait-elle reconnu l'infatigable procréateur qu'elle s'était enfuie et l'avait laissé seul à brailler. Impossible de se rappeler la suite.

Qu'avait-elle entendu, dans ce rêve ? Qu'avait-elle dit ? C'était étrange de ne pas se souvenir. Jamais, pour Adrienne, cela n'avait été un problème de se rappeler ses rêves. Qu'est-ce donc qui rendait si difficile de retrouver le fil de cette nuit ?

Ce qui, par la suite, était venu à elle venait du meilleur de sa vie. Le meilleur du rêve toujours échappe. Et ce n'était plus un cauchemar qu'elle avait fait. A quoi donc avait-elle rêvé ? Au printemps. Au temps où elle était allée vers un nouveau destin. Ce qu'elle avait fait ? Elle avait appris à rire. Elle avait entendu d'autres langues, connu d'autres villes avec une préférence pour les garnisons. Ah ! elle avait vécu, risqué, aimé ! Et la musique. Ce qu'elle avait pu aimer les marches militaires, le sourire éclatant des marches, toutes si joyeusement inoffensives. Et les soirs de concert dans le parc ! Des nuits si douces que rythmaient le claquement vif des cymbales et l'orage amical, le grondement pour rire des grosses caisses. *Nana-poum ! Nana-poum !* Ah ! les marches ! A l'instant où les villes oubliées étaient tombées en poussière, elle s'était réveillée pour de bon.

Mais Serge ? Mais Ulric ?

Alors elle était restée là, les jambes pendantes, s'attardant sur ces rêves, les vidant comme un abcès, pour ne plus avoir à y revenir et parce qu'il fallait se débarrasser de ce qui restait en elle de cette petite fille.

A la tombée du jour, des pas dans le jardin.

C'était Licia.

Il y avait d'étranges lueurs dans le ciel. Licia arrivait, à bout de force, avec un tremblement bizarre dans la voix, et le ressentiment d'Adrienne s'apaisa. « Viens », lui dit-elle. Elles entrèrent ensemble dans le silence morne de la maison.

Adrienne écoutait Licia le cœur lourd. Elle lui disait : « Tu as bien fait de revenir... Repose-toi, maintenant. » Mais quelque chose s'était éteint, et cette réconciliation était chargée de nostalgie.

Licia disait qu'elle avait marché longtemps.

Et pourquoi, tout ça, pourquoi ? demandait Adrienne.

Parce que quelque chose commençait, elle ne savait pas au juste quoi... Parce que la ville vivait terrée, que les carrefours étaient inondés comme si un fleuve de bombes s'y était répandu, que les Allemands arrachaient aux passants vélos, motos, charrettes, parce qu'elle avait vu mourir un homme...

Certaines rues étaient barrées. Des jeunes gens à plat ventre attendaient derrière des sacs de terre. Elle en avait vu à l'affût derrière un cheval crevé. Elle avait assisté à des choses effroyables. Et l'odeur. Des rues entières sentaient la mort. C'est pour cela qu'elle était revenue. Et toutes les glaces lui renvoyaient la même image d'elle, celle d'un visage crispé, aux yeux de peur.

« Repose-toi », répéta Adrienne.

Lentement Licia avait repris ses esprits. Elle avait ouvert les fenêtres et laissé entrer le vent. Mais tout lui faisait peur, même le vent. Aix est calme, disait Adrienne. Licia n'y croyait plus, au calme. Tu dis ça... Tu dis ça...

« Alors raconte encore », dit Adrienne.

Sur la place des Quatre-Dauphins qui n'était que silence, Licia avait vu à peu près ceci : une belle maison et par l'entrebâîllement des volets un homme assis devant sa radio, qui riait et pleurait tout à la fois, un homme qui n'en finissait pas de répéter : *Le torrent fait un bruit de tonnerre,* et cela sans se soucier d'être vu, d'être nu, et que les gens s'attroupent. Sur quoi Licia avait demandé ce que signifiait cette phrase. Il lui avait été répondu que le *signe* était donné.

Les mots eux-mêmes s'organisaient autour d'axes inconnus et l'on ne savait plus ce que l'on entendait.

C'était folie pure partout.

Ainsi donc Licia était arrivée à pied.

Le lendemain était un 15 août et Marseille immobile, les rues désertes, les magasins clos. Sur les hauteurs de la Bonne Mère, ni cloches ni processions.

Les Alliés avaient débarqué sur la côte des Maures.

Une puissante armée.

Il ne faisait ni nuit ni jour à l'heure où les hommes avaient touché terre, les uns à Cavalaire, les autres à Sainte-Maxime, d'autres encore à Beauvallon.

De formidables grondements ébranlaient le ciel et quelques heures suffirent à transformer la plage en un immense bivouac. De loin c'était sans couleur avec par moments un reflet vif et argenté. On aurait dit un banc de poissons, échoué là, au pied des vignes.

Et passaient d'étranges véhicules.

Ils allaient, avec une aisance féerique, de la côte aux navires mouillés dans la baie. Puis ils revenaient lourdement chargés. C'était incongru et follement excitant cette caravane flottante. Les autos allaient sur l'eau. Elles naviguaient vraiment... Quant aux embarcations, il leur poussait des roues.

Mais on n'approfondissait pas.

Parmi les soldats qui débarquèrent, les uns avaient une démarche glissante, un casque profond et rond. Il y en avait aussi qui ne cessaient de mastiquer, c'étaient les Américains.

Seuls les Noirs chantaient. Mais à mi-voix.

Il y en eut enfin qui marchaient la jambe plus tendue que les autres, le cou plus raide. Ceux-là se penchèrent, prirent dans leurs mains quelques grains de sable et les portèrent à leurs lèvres.

C'était à cela que l'on reconnaissait les Français.

Et puis, à ce que la tambouille, pour eux, était sacrée. Les Anglais, eux, c'était le thé.

Une puissante armée.

Puis débarquèrent des hommes couleur d'écorce.

C'étaient les Marocains.

Leurs robes épaisses descendaient à mi-mollet et parfois leur couvraient la cheville. Elles avaient le pouvoir de les rendre invisibles. Le tissu, d'effet prodigieux, faisait qu'aussitôt dans une forêt, ces hommes se confondaient avec elle, devenaient fût, tronc, broussaille, souche, être ligneux.

Il faudrait décrire ce tissu, car l'avenir n'offrira plus jamais de vision semblable.

C'était plus râpeux qu'une bure, de ton indécis et, sous certains éclairages, surgissait d'un lacis de laines une large rayure, ni tout à fait noire, ni tout à fait brune.

Il faudrait signaler aussi ce qu'avait de monacal le capuchon que, par nuit froide ou venteuse, ils rabattaient jusqu'au ras des yeux et à l'abri duquel ils se sentaient comme dans une tente fermée. Alors, ce qui demeurait visible n'était plus qu'un nez en croc et une barbe de crins sauvages prolongeant le menton d'une pointe plus acérée qu'une proue. Ce capuchon, une fois rabattu, leur prêtait un aspect fantastique et, à la vérité, lorsqu'ils émergeaient de la nuit, vêtus de la sorte, il n'existait pas de soldats plus magnifiques.

Qui veut comprendre clairement à quoi ressemblaient ces hommes, doit sans cesse évoquer l'image d'un loup. Qui veut comprendre, doit savoir qu'une fois assemblés et prêts à monter en ligne, ils formaient une troupe si différente du reste de l'armée qu'on aurait pu croire qu'elle n'en faisait pas partie.

Dire ce qu'avait de particulier leur pas.

Un pas léger de grimpeur. Le pas inlassable des bergers. Un pas qui ne froisse ni les feuilles ni l'herbe des prés. C'était apparemment un don. Mais si on scrutait cette démarche de plus près, on comprenait qu'elle était l'effet d'un état de conscience particulier relatif à la marche, exigeant d'elle qu'elle ne laisse point de traces.

Et puis comme ils tenaient leur fusil. Par le canon, la crosse appuyée à l'épaule. Puisque c'est ainsi qu'ils avaient coutume de circuler pendant les longues étapes nocturnes, et que cette façon de porter un fusil leur était aussi habituelle qu'au clubman le geste de glisser deux doigts dans le gousset de son gilet. Il aurait fait beau voir qu'on le leur interdise. Ce n'étaient pas des hommes à qui imposer des raideurs prussiennes.

Ils formaient un corps de volontaires. Ils étaient cent vingt mille environ, et, pour la plupart, natifs de l'Atlas. Jamais ils n'avaient marché au pas, pénétré dans une caserne ou entendu hurler un caporal. Au pire des batailles, on se limitait à leur donner des directives, jamais des ordres. Le magnétisme qui les orientait était aussi évident dans le choix qu'ils faisaient du terrain que dans la fulgurante vitesse avec laquelle ils en surmon- taient les difficultés.

Au combat ils portaient casque anglais. Le contraste qu'ils formaient avec les Britanniques — dont la mesure, soigneusement pesée, tenait à leur faculté de donner à tout couvre-chef la valeur d'un commandement moral — venait de ce que les Marocains arboraient ce casque avec un dangereux relâchement, volontiers penché sur l'oreille, elle-même ornée d'un anneau doré. On ressentait à les regarder une étrange impression.

La guerre, avec eux, était *autre chose.*

Au repos, à l'heure où étaient mis en mots et en chants la douleur, la joie, les événements de la veille, le passé, l'avenir, enfin tout, ils se déchaînaient et dansaient en levant haut les genoux. Lorsqu'ils célébraient la victoire, c'était une active gaieté. Mais parfois une humeur de sacrifice les dominait. Alors passaient dans leurs chants des mots de nuit et de mort. Certains se coiffaient de calots multicolores, plaisamment brodés. D'autres quittaient le casque pour le turban qu'ils portaient légèrement rejeté en arrière, et que la convention du moment voulait plat, tordu en serpillière et plus tortillé qu'une fougasse.

Parfois, par beau temps, ils y piquaient une feuille.

Les soirs de *fiesta* c'était une fleur.

Mais cette facétie était dénuée de toute morbidesse. Aucune de ces langueurs défaites qui coulent avec les perles des turbans hindous. La fleur sur eux devenait un ornement viril.

La fleur, aussi, était *autre chose.*

Aux premiers temps de leur aventure, ils s'étaient présentés en savates, que dans leur langage ils appelaient *bel'ra.* Puis ils avaient été dotés de chaussures américaines dont ils s'étaient très vite débarrassés, affirmant qu'elles prenaient l'eau et qu'elles ne leur avaient valu que misères sur les hauteurs, où ce qui pénétrait était neige et glace. Alors ils avaient trouvé plus expéditif de déchausser l'ennemi, qu'il fût prisonnier, blessé ou mort. Par chance ils avaient aussi mis la main sur des stocks.

Ainsi débarquaient-ils en Provence, portés par des

véhicules américains, casqués à l'anglaise, vêtus en
Africains, mais chaussés à l'allemande.

Tout dans leur armement sentait la variété admise,
sinon appréciée. Ils n'avaient jamais été traités en
réguliers, et les autorités américaines avaient longtemps
hésité à équiper des *sauvages* dont l'allègre et facétieuse
insouciance les avait plus d'une fois choquées. Mais il
n'entrait aucune malveillance dans ces réserves. Des
scrupules plutôt. De la prudence aussi. Un peu d'ahuris-
sement parfois. Aussi les hommes des tabors étaient-ils
passé maîtres en chapardise. Et leur génie en la matière
avait par ses inspirations soudaines quelque chose
d'aussi libre et d'aussi exaltant qu'une création poétique.

La meurtrière randonnée qui les avait menés de
Salerne à Rome leur avait donné plus d'une occasion de
juger à leurs dépens de la qualité des mortiers italiens.
Et il en avait été de cette arme comme des chaussures
allemandes... Ensuite, ils firent l'essai d'un certain pistolet mitrailleur... Cette prise de cadence... Quel enchantement que les armes allemandes ! Bientôt ils n'en voulurent point d'autres.

Et tout à l'avenant.

O chapardeurs, ô fureteurs dont les vêtements flottants dissimulaient un butin inavouable. Ainsi ce blessé
qui, une fois déshabillé, se révéla enveloppé comme
une momie d'une bonne douzaine de dessous fémi-
nins. O maigre chapardeur devenu croupionnant, be-
donnant et qu'il fallut, une fois pansé, enrouler à nouveau car il ne voulait renoncer à aucune de ses trouvail-
les.

« Cette chemisette, goumier, qu'en as-tu à faire ? Elle
est toute trouée. »

Il relevait le mot d'une voix surprise.

« Pas trouée, disait-il, blessée.

— Et ce jupon ? Que t'en semble ? Vois comme il est
taché.

— Je ne vois pas de tache, répondait-il, c'est mon sang. »

O digne, digne chapardeur dont la voix exprimait tant de surprenantes certitudes.

Six motrices tirées à bras et l'insurrection commençait.

Il y a des villes où se lèvent les pavés. A Marseille, c'étaient les tramways.

Les portails du dépôt avaient volé en éclats sous la pression du gros serpent de fer. Pour une chicane, c'était une chicane. Comme une énorme souricière ouverte à l'est.

Six motrices, oui, six motrices tirées à hue et à dia par les employés eux-mêmes. Une fois la barricade en place, personne n'en croyait ses yeux. Plus moyen de passer. Les habitants du quartier étaient accourus en quantité. On avait échangé avis et conseils. Il fallait boucher un peu plus par ici et moins par là. L'affaire avait été rondement menée et entre amis : la barricade était en place, haute, rébarbative, exemplaire.

Plus tard, surgirent des gens qu'on ne connaissait pas. Eux aussi voulaient... Mais on n'avait rien à en f... Alors on les avait postés en sentinelles sur les toits avec mission de siffler à la moindre alerte. Parce que pour ce qui était des armes... Tout juste un lebel pour trois.

Cela se passait du côté de la rue de Pologne, enfin à la Capelette, si vous préférez. Un lieu très peuplé. Aux murs deux affiches se faisaient face. L'une polycopiée appelait à l'insurrection. L'autre, imprimée, était allemande et très brève. Elle promettait, en cas de soulèvement, un châtiment impitoyable. Mais, châtiment ou pas, la barricade était là, et personne ne pouvait le nier.

Alors à quelques rues de là, comme pour ne pas être en reste, les cheminots apparurent qui poussaient un wagon. Hé, hé, messieurs les traminots! C'était une sacrée prise. Ils l'installèrent en travers du boulevard Rabatau. Pour une barricade... Mais d'armes toujours point.

Vint l'heure de la première embuscade. Sur les toits, les siffleurs signalaient un camion. On s'attendait qu'il aille à grand fracas buter contre la barricade. Il n'en fut rien.

C'était un camion de munitions, un véritable arsenal. Ses occupants tournaient en rond et cherchaient un garage. Satisfaction leur fut donnée. Courtoisement accueillis ils furent dépannés avec célérité. Un raccord de rien. A l'instant où le véhicule se trouva en état de repartir, on alla discrètement donner l'alerte. Autour de la barricade, les francs-tireurs prirent position. Ils avaient à peine assez de munitions et il fallait que tous les coups portent.

Les coups portèrent.

Il y eut bien deux soldats effarés qui réussirent à s'enfuir. Mais ils n'allèrent ni loin ni longtemps. Ils furent poursuivis jusque dans le lit malodorant d'une sorte de rivière qui passait par là. Et rattrapés.

Et aussitôt contraints à travailler.

Il fallait réparer le véhicule, les armes récupérées... Il fallait. Il n'y avait pas à discuter. Les autres étaient morts. Eux n'étaient que prisonniers. Encore que les gens du garage ne disaient jamais *nos prisonniers*. Ils disaient : *nos spécialistes*. Toujours ce mot, jamais l'autre.

Comme une coquetterie.

Ainsi s'allumaient des foyers, çà et là. Les uns, dans la périphérie, rendaient périlleux les abords principaux, les autres, en plein cœur, paralysaient les centres vitaux. Il faisait mauvais traverser la ville. Marseille devenait un vaste coupe-gorge.

Alors commencèrent les combats. Il y eut des batailles rangées, des barricades contre-attaquées, il y eut un char

engagé contre ceux de la Capelette, et un puissant tir
d'artillerie dirigé sur les patriotes du Moulin de la Palud.

Il y eut des morts.

Et la ville se dressa.

Trop tôt sans doute. Les Alliés avaient à peine débarqué. Beaucoup trop tôt. Mais elle se dressa à la fois
contre la division qui la tenait sous le double cercle de
ses blockhaus et contre sa garnison de fusiliers et
d'artilleurs de marine. Elle se dressa contre vingt mille
hommes. C'était criticable et par moments démentiel.
Mais c'est précisément ce qui désorientait. La folie de
tout ça.

Qui n'a vu un véhicule ennemi hésiter devant une
barricade comme hésite un taureau au sortir du toril,
freiner des quatre roues face à l'inqualifiable, et se vider
de tous ses occupants à la fois, ne sait pas jusqu'où peut
aller la stupeur sur un visage humain.

« Ça la leur coupe », disait Miguel.

Et effectivement.

Le 20 août 1944, le général de division Hans Schaefer
fut informé qu'il était placé à la tête des forces terrestres
maritimes et aériennes de Marseille et de sa périphérie.
D'un homme allait dépendre le sort d'une entière division, la sienne, la 244 d'infanterie qui tenait le secteur
de Marseille, et aussi celui de toute une armée, la XIXe
armée allemande dont le quartier général était à Avi-
gnon. Avec ses neuf divisions, réparties entre l'Italie et
l'Espagne, cette armée attendait du général Schaefer
qu'il *s'enkyste* et immobilise, aussi longtemps que possible, les Forces alliées. De lui dépendaient aussi les
destinées d'une masse énorme de soldats, certains pleins

de force et d'expérience, d'autres jeunes et non aguerris, de nombreux régiments, les uns solides et fanatisés, les autres regroupant des unités écrasées ailleurs, des bataillons disparates, des survivants que plus rien ne pouvait stimuler.

Telle était la signification d'une dépêche laconique signée von Menstein. Le message précisait en outre que Hans Schaefer avait mission de tenir la place jusqu'à la dernière cartouche, selon l'ordre exprès du Führer.

Dans les milieux *bien*, on savait que le général Schaefer avait à son actif un passé honorable, enrichi de prouesses hippiques. Cela était essentiel. Mais on disait aussi qu'il était plus instruit que ne le sont d'ordinaire les militaires. C'était un homme qui avait fait ses humanités... Dans le clan des patriotes on laissait entendre qu'il était condamné à mort par un tribunal soviétique pour massacres et tortures. Mais de ces deux versions, laquelle était la vraie ? Les deux, affirmait Miguel *(lé dou)*.

Et ce jour-là à dix-huit heures, le général Schaefer transporta son P.C. dans un ouvrage fortifié du cap Janet. Cela ressemblait tantôt à une prison, de celles que l'on visite en rêve, avec des tunnels interminables et des salles superposées, tantôt à une gigantesque basilique souterraine, au point qu'on n'aurait pas été supris d'y entendre murmurer des prières, et cela tenait, par endroits, du château féodal percé d'étroites meurtrières au travers desquelles apparaissait d'un bleu ineffable, divinement calme et douce comme la soie, la mer parfaite d'août.

En vérité c'était un abri pour sous-marins.

La crainte des terroristes enfermait les Allemands dans leurs points d'appui. Et c'était cela la victoire des patriotes, plus que les tués ou les armes enlevées.

Dans le même temps, et ne disposant encore que du tiers de son armée, sur la côte des Maures, le général de Lattre de Tassigny ordonnait un vaste mouvement tournant afin d'isoler dans leurs places fortes les défenseurs de Toulon et de Marseille. Il comptait principalement sur les *supplétifs*. Il fallait entendre par là les Marocains.

C'était quelque peu abasourdissant. Ni les mulets ni les camions n'étaient arrivés.

Les hommes des tabors furent expédiés par la montagne avec pour seule consigne ceci : aller vite et conduire cette manœuvre au pas de course. Ils n'étaient pas l'aile marchante de l'armée, ils en étaient l'aile galopante.

Pour que les choses soient plus claires, il leur fut précisé qu'il fallait répéter la performance qui leur avait si bien réussi en Italie. La course *par le djebel*, compris ?

Et les choses devenaient claires, en effet. *Djebel*... On pouvait désigner ainsi ce qu'ils avaient sous les yeux. La même odeur sauvage, la même sécheresse, le même silence brûlant. La montagne c'était leur domaine aux hommes des tabors et le massif des Maures ne leur paraissait pas un obstacle insurmontable. Ce n'était ni les falaises du Tizi n'Test, ni les hauteurs de Bou Iblane, mais un *djebel* néanmoins, et des piliers de pierre où le ciel restait accroché.

La nuit venue, dans l'obscurité tiède, ils partirent donc à la recherche des meilleurs raccourcis. Ils avançaient par d'étroites tranchées. Toujours les poussait le tourment d'aller vite, toujours ils bondissaient au plus abrupt, comme une marée brune qui s'infiltrait sous le ciel sombre et, de-ci de-là, parce que tout avec eux était merveilleusement simple et qu'ils apportaient à chaque détail d'une action un ton de conviction enfantine, ils posaient, sans prétexte apparent mais bien en vue, une boîte vide. Elle marquait leur choix entre les sentiers sinueux et à demi effacés qui s'offraient à eux. Car il fallait penser aux autres, ceux qui venaient derrière, lourdement chargés, il fallait penser à eux... Etranges conquérants qui semaient des *beans* et dont le geste rappelait obstinément celui du Petit Poucet.

Au petit matin ils avaient vécu toutes sortes d'étonnements. Il y avait eu ce minuscule hameau, comme oublié du monde, d'où était sorti un groupe d'hommes, accompagnés de femmes et d'enfants. L'ennemi, démuni d'artillerie et complètement affolé, venait de décrocher. On les avertissait ; tout le monde criait. Les hommes portaient leurs médailles. Parmi les vieux, il y en avait un très décoré qui ondulait entre les rangs avec un drapeau. Celui-là pleurait. D'autres avaient déniché des fusils. C'était inouï ce rassemblement formé comme par enchantement dans cette solitude et ce demi-jour. Les femmes étaient comme un ruisseau au premier soleil du printemps, comme un glaçon prêt à fondre : entre larmes et rires. Cette fête ! Les hommes des tabors n'étaient pas plus tôt apparus qu'elles s'étaient massées aux abords du hameau dans une immobilité qui trahissait un mélange de crainte soucieuse et d'hésitation, puis elles avaient couru à leur rencontre en criant : « Les Maures, les Maures ! » et les avaient embrassés. Cette fête ! Mais les gradés s'étaient gendarmés. C'était peu de dire que ces embrassades retardaient et puis... Et puis, les demoiselles, cessez donc d'embrasser les soldats. C'est pas des poupées.

Non loin de là, ils avaient bivouaqué à proximité d'une assez singulière bâtisse qui semblait embusquée aux revers du dernier versant des montagnes. Ceux qui l'habitaient avaient avec les goumiers un air de famille. Une poignée d'hommes qui portaient d'amples vêtements de laine. En outre ils étaient pour la plupart barbus. Peut-être des gens de mosquée ? En tout cas des gens d'honneur : ils avaient offert l'eau de leur puits. Après quoi ils s'étaient donné l'accolade et avaient entonné des chants assez solennels qui se déversaient si régulièrement qu'ils avaient l'air de les savoir par cœur.

A cet instant les hommes des tabors avaient jugé opportun de chanter eux aussi. Ils mirent dans leurs improvisations l'essentiel de ce qui avait nourri les conciliabules de l'attente.

Ils commencèrent par osciller en silence jusqu'à ce que s'établisse entre eux cette communication mystérieuse qui leur permettait d'investir en un seul chant tout ce qu'ils avaient appris ou vécu ensemble.

O Allemand! Quand Dieu t'a permis de dominer, il fallait faire main douce! lança une voix isolée.

Puis elle marqua une pause.

Et de nouveau s'éleva cette voix placée entre gorge et entrailles :

O Allemand! Qu'as-tu fait?

Et vint en réponse le chant profond de la troupe qui épaule contre épaule et avec une poignante véhémence, répétait :

Tu as laissé les femmes avoir faim.

Quand le chant cessa on entendit les voix unies des moines qui sous les hautes voûtes du monastère rendaient grâce.

Alors les hommes des tabors reprirent leur bondissante marche.

CHAPITRE XXVII

RIEN de surprenant, tout de même, comme l'humeur légère avec laquelle Serge accomplissait ses missions. Ce n'était pas par vengeance qu'il agissait mais plutôt par un désir de punir et de gagner. Venue du fond de l'enfance et des jeux, c'était une façon de penser : « Attends un peu... Tu vas voir. »

Fanatisme ? Meurtre ? Il laissait ça à qui s'y entendait plus que lui. Mais il lui arrivait de s'interroger sur la signification de ses limites et souvent avec une violence désespérée. Parfois il se dégoûtait. Il se croyait lâche.

Sa tâche consistait à maintenir une liaison entre Miguel, divers groupes de combat et un poste émetteur que l'on ne trouvait jamais deux fois au même endroit.

Il allait d'un point de la ville à l'autre, à pied, en rasant les murs. Quand il avait réussi, il lui semblait avoir joué un bon tour aux Allemands.

Il fallait passer au large de la Canebière, il fallait se méfier des rues qui avaient l'air désertes et ne l'étaient pas, il fallait éviter les pochards, les égarés toujours prêts à faire usage de leurs armes, il fallait garder en tête les signes, les codes — ainsi une maison dont tous les volets étaient clos, sauf un, signalait une adresse *brûlée* —, il fallait... Une notion de vaste jeu de l'oie à l'échelle d'une cité, avec ses cases interdites, ses puits, ses prisons, s'attachait irrémédiablement à des équipées à travers la ville où les contrastes se faisaient de jour en jour plus violents.

Sur la mer ce n'étaient qu'épaves, coques retournées, navires coulés bas.

Depuis la veille l'amiral Weyer faisait sauter le port, avec un soin... Tous les vingt mètres une mine de mille kilos. Une désespérance d'abattoir. Et rien n'était triste comme ce moignon tendu vers le ciel au-dessus d'un tas de ferraille. Là encore on évoquait une bête assommée. C'était tout ce qui restait du transbordeur.

Quant à Miguel, où qu'il siégeât, cela prenait aussitôt l'allure d'un quartier général. Les nouvelles affluaient. Tel groupe en difficulté, tel quartier demandait des renforts. On entendait monter du fond de la fièvre populaire des noms empanachés d'on ne savait quelle allégresse marseillaise. Des voix généreuses, au fort goût de terroir, annonçaient tout à trac : « Tante Rose réclame des hommes. » Et ce n'était pas un code. C'étaient de vrais noms, des noms de quartiers, de banlieue. Brusquement ils dominaient tout, ces noms, et il n'était plus possible à Serge de s'arracher au pur théâtre de ces journées, plus possible d'imaginer tante Rose autrement que sous les traits d'une solide commère, retranchée derrière ses fourneaux, plus possible, comme si, du fait de quelque tacite et mystérieuse règle du jeu, Miguel seul devait mesurer le tragique de l'heure et la vivre les dents serrées.

Que voulez-vous qu'il y fasse, Serge ? Il était comme ça.

Il fallait entendre quelle sonorité prenait dans la bouche des messagers le nom de Charlemagne Carlo...

Juché au faîte d'une maison il avait abattu le conducteur
d'une voiture allemande. Le combat était engagé, il était
seul, et Serge entendait réclamer haut : « Des munitions
pour Charlemagne. » Les hommes de Miguel se précipi-
taient.

Charlemagne sur un toit... Après ça, tout pouvait
arriver.

Et tout arriva.

Coup sur coup, des messagers annoncèrent que les
patriotes avaient pris le pouvoir, que la chasse
aux fonctionnaires était un devoir sacré et que le
préfet Maljean, aussitôt capturé, avait été livré à
un certain Trompette qui l'avait *cadenassé dans un
moulin.* Quelque chose de fruste et de joyeux allait
de pair avec les épisodes les plus angoissants de la
résistance marseillaise. Car enfin ce n'était pas un
succès négligeable que celui des milices socialistes. Le
préfet sous clef, c'était la fin de Vichy. Mais ce n'étaient
pas les événements en tant que tels qui fascinaient Serge
et moins encore leurs conséquences politiques. Ce qui
comptait, c'était la musique des mots, le langage particulier dans lequel ces événements étaient relatés —
musique et langage qui s'inséraient dans un système de
représentation auquel un reste d'enfance accordait de
merveilleux pouvoirs. Au lieu de penser : « Fin de
Vichy... » venait à l'esprit de Serge la vision combien
réjouissante du mauvais préfet, assis dans la farine. Ou
alors il pensait : « Trompette... » et un frémissement lui
passait sous la peau, c'était comme d'entendre sonner
une charge. Apparaissait alors un preux d'un genre
nouveau, une sorte de d'Artagnan en bras de chemise
ferraillant sur le seuil de son moulin. Le chevalier
Trompette... Personnage au moins aussi fascinant que le
Charlemagne perché, nouveau Tarzan.

L'imperméabilité de Miguel à cet aspect-là de l'insurrection était totale.

La gravité, l'énorme gravité espagnole l'avait totale-

ment submergé. Mais il n'en voulait pas à Serge d'être
autrement. Bien au contraire.

Un jour que le vieil Espagnol à la gueule de picador
disait à Serge sur un ton de reproche :

« L'heure n'est pas à rire *(riré).* »

Miguel avait rétorqué :

« Tais-toi. La gaieté révolutionnaire ça existe. »

Puis il ajouta :

« Lénine aussi était gai. »

Son débit saccadé avait lentement diminué ; comme
l'eau d'un robinet que l'on ferme peu à peu. Il s'exprimait par paroles brèves, jetées sans hésitations
et parfois sèchement. Des hommes de nationalités diverses entraient et sortaient. Les Espagnols disaient
salud. Certains ajoutaient *salud camarada.* D'autres ne
disaient rien. Miguel les faisait tranquillement fouiller
lorsqu'il ne les connaissait pas. Après quoi il leur
donnait la parole.

Et que ne faisait-il pas tranquillement ?

Que des hommes du Schutzkorps aient été capturés et
parmi eux un môme de quinze ans, et les deux mots « à
liquider » avaient froidement fusé sans que Miguel ait eu
à desserrer les lèvres.

Sa grosse moustache brune prenait toute la place sur
son visage. Elle n'avait plus l'air poussée par erreur.
C'était la moustache d'un homme mûr, sur un visage où
l'enfance s'était évanouie.

Parfois, très rarement, lui échappait un geste du
passé, que Serge reconnaissait aussitôt. Ainsi le geste
d'ôter ses lunettes et d'en essuyer vivement les verres
afin de se donner un temps de réflexion.

Alors Serge sentait que montait en lui, comme un
brouillard, le souvenir de *la route d'Adrienne.* Cela
n'allait guère plus loin... Mais c'était juste assez pour
qu'en cet instant Adrienne réapparût toute et ce *rien*
était comme l'imperceptible fissure qui, brusquement,
expédie un navire par le fond.

Adrienne... Serge se retenait à deux mains pour ne pas se précipiter à Aix et s'assurer qu'elle était à l'abri.

Dans la cuisine il n'y avait qu'un homme debout. Les autres étaient couchés sur les tommettes. Ils dormaient. D'autres étaient assis, dos au mur. Ils regardaient l'homme debout, devant son fourneau. Un plaisir de le voir faire. Personne ne savait, comme lui, utiliser le marc trois fois de suite et que ça ait encore du goût. Sa spécialité au picador.

Parfois ça sentait même le café.

Dans la moiteur tricolore du salon algérien, deux guetteurs se faisaient face. Légèrement décalés l'un par rapport à l'autre, chacun dans son coin et le fusil mitrailleur posé en travers des genoux, l'un surveillait les collines et l'autre la route.

Toujours ensemble.

Ils s'étaient connus à l'orphéon de l'Estaque et depuis ne se quittaient guère.

On les appelait les *fifraires* à cause d'un air qu'ils vous avaient, on ne savait trop de quoi, un air vif avec quelque chose d'aigu comme le son du fifre, une façon de rire aussi, la bouche un peu de travers, à croire que la grimace du *fifraire* leur était restée sur les lèvres. Mais il y avait bien d'autres raisons de les appeler ainsi, entre autres qu'ils étaient maigres, ça oui, maigres à pleurer. Enfin c'était leur nom.

Quelque temps auparavant Serge, qui les connaissait bien, les avait observés, alors qu'ils montaient la garde. Ils jouaient à un jeu, aux lois mystérieuses. Pas un geste. Pas un mouvement. Des mots seulement. Serge avait entendu.

« Alors ? Qu'est-ce qu'on fait ?

— Le farci.

— Bon. Vas-y...

— Je hache. A toi...
— Je râpe. A toi...
— Je safrane. A toi...
— Je fais le coussin...
— Moi je couds et je mets sur le feu...
— Mais pourquoi que tu le forces, le feu ?
— J'sais pas. »

Serge s'était vainement tourmenté l'esprit pour trouver un sens à ces propos.

Les fifraires jouaient à *imaginer* qu'ils cuisinaient.

Serge leur avait demandé ce qu'ils faisaient dans le civil.

Ils avaient répondu :

« On a toujours eu faim. »

Mais ce jour-là, ils ne jouaient pas. A peine s'ils parlaient. Cette chaleur, maman ! Les guetteurs s'épongeaient le visage en cadence. Et l'autre qui faisait un feu d'enfer... Il fallait être fada.

« Hé, le Rouge ! »

Un des guetteurs avait hélé le picador, sans tourner la tête.

« Qu'est-ce que tu lui veux, au vieux ? demanda l'autre, le regard fixé droit devant lui.

— Qu'il cesse de nous enfumer, non ? Et puis j'ai soif. »

Au bout d'un moment il cria :

« Hé, le Rouge, cesse de touiller ta saloperie de café.

— Tu l'offenses, dit l'autre.

— Ça l'offense qu'on l'appelle le Rouge ?

— Mais non, qu'est-ce que tu vas chercher...

— Alors quoi ?

— Parle-lui marseillais, au lieu de faire le distingué. Laisse-moi faire. »

Et sans quitter des yeux la montagne il cria :

« *Ho lou Rougé ! Aduse nous à béure. Creban eici* (1). »

_____

(1) « Hé, le Rouge ! Apporte-nous à boire. On crève ici. »

L'Espagnol avait quitté sa cuisine. Il leur avait servi un fond de pastis. Puis, très digne, était retourné à son fourneau.

« Tu vois... Il faut savoir le prendre », dit le guetteur sans tourner la tête.

Et il ajouta :

« Ça tape, hein ? »

Les deux copains se faisaient face.

C'était tout de même pas ordinaire cette guerre. Voilà deux heures qu'ils étaient là à ne pas quitter des yeux l'un les collines, l'autre la route. Pas ordinaire. Et le cabanon de Mme Lhoste transformé en cantonnement clandestin. Pas ordinaire.

« Tu parles d'un cirque. »

Le guetteur regardait droit devant lui, en direction de la route.

« De quoi on a l'air, je te le demande, dit-il encore.

— De deux cons tricolores », répondit son copain.

Et l'autre, sans tourner la tête :

« Des comme tu dis, j'en ai jamais vu... »

Il prit un temps de réflexion.

« Pour moi, on a plutôt l'air de deux langoustes, bien cuites... »

Mais la voix contrariée de son ami l'avait interrompu :

« Parle pas de nourriture, comme ça, à l'improviste... C'est trop terrible. »

Dans la cuisine, le café chauffait doucement. C'était long à faire. Toujours le même danger qu'à force de laisser chauffer ça fasse comme une pommade qui colle aux dents. Mais le picador ratait rarement son coup.

« Question fumée il est champion », remarqua-t-on côté collines.

Et, la voix dirigée vers la route :

« On se fait enfumer comme des poutargues, ici... »

Mais cette voix-là s'arrêta tout net en disant :

« Excuse-moi. Ça m'a échappé... »

Alors l'autre :

« Les types dans le désert voient de l'eau au moment de mourir, toi c'est plutôt des poutargues. Tu débloques.

— Pas étonnant avec ce que je vois.

— Ça défile ?

— Ça n'arrête pas.

— Tout ça, c'est pour Carpiagne, dit le guetteur des collines.

— Tu crois ? Et les camarades du Cabot ? Pourraient pas se remuer un peu ? C'est des nouilles ces types-là, de vraies nouilles. »

Il eut un sursaut.

« Pardon », dit-il.

Un silence tomba... Le temps de se ressaisir. Car côté route on n'en démordait pas et le guetteur demanda :

« Pourquoi se retenir ? »

L'autre hésita, mais on sentait que c'était pure forme.

« Tu crois ? demanda-t-il.

— Essaie au moins.

— J'ai pas le moral... »

Il allait allumer une cigarette quand une voix scandalisée l'en empêcha.

« Tu ne vas pas te mettre à fumer au moment de manger, j'imagine ? Allez... Faisons-nous la vie belle... Jouons. »

Et l'autre n'avait pas résisté.

Alors ils s'étaient mis à jouer, l'un les yeux fixés sur la route, l'autre sur les collines. Ils jouaient *à manger*.

Et Serge les écoutait qui lui aussi avait horriblement faim.

Il entendait :

« A toi, nom de Dieu.

— Ça me chavire.

— A toi, je te dis.

— Le cœur me manque. »

Ensuite vinrent des mots qui faisaient lever toutes sortes de souvenirs si mordants, si parfumés que Serge, suspendant son souffle, son regard arrêté sur le vide du ciel, s'attendait à voir passer les sons dont se nourrissaient les guetteurs, en plats fumants, en assiettes pleines à ras bord, en tables portant tous les dons de la terre et de la mer réunis.

Les *fifraires* jouaient face à face sans jamais se regarder.

Miguel, lui, se taisait.

Et ce qui étonnait Serge était d'avoir deviné que son silence avait un caractère inhabituel. Il pensait : « Il a quelque chose dans sa manche. » Aussi quand il entendit : « Et ça nous avancerait à quoi qu'elle se fasse tuer ? » fut-il à peine surpris. Adrienne... Elle renaissait entre eux comme une ligne de vie longtemps effacée.

« Il y a un temps pour tout, dit Miguel. Un temps pour se venger, un autre pour oublier. »

Puis il hésita.

« Si tu savais en Espagne... Pour sommaires, elles étaient sommaires les exécutions. *Jé té lé dis.*

— Alors ? Tu crois que c'est mieux que j'y aille ? demanda Serge.

— *Jé* crois, fit Miguel. *Jé* crois, *Sergé.* »

Puis très calme :

« Va-z-y demain et reviens aussitôt. »

Ils parlèrent encore un moment. Il fallait s'assurer de la sécurité d'Adrienne. Si Aix devenait intenable, qu'elle aille vers le Nord. Les Américains étaient déjà à Draguignan.

De la ville lointaine montait, à intervalles réguliers, le bruit d'explosions qui se répercutait dans les collines, puis s'étouffait dans un borborygme majestueux.

« C'est ici que ça risque d'être long, dit Miguel. Très long même, ça oui. »

Il avait hoché la tête d'un air sombre.

On pouvait imaginer une sorte de Stalingrad.

Et c'était cela qui hantait Miguel, cela qui faisait passer dans son regard une lueur d'angoisse : que la résistance allemande se prolonge. Il entendait par là qu'elle se prolonge non pas seulement à Marseille mais partout ailleurs. Cette hypothèse détruisait un espoir immense et naïf. Car toute idée de victoire faisait lever dans son esprit le mirage de la chute de Franco.

Parfois il s'exaltait. Sa chimère l'emportait. Il se prenait à penser que l'effondrement était proche. Un écroulement spectaculaire. Alors Miguel avait un geste obscène : *Les nazis, comme ça.* Aussitôt il entrevoyait l'enivrante conséquence de ce bouleversement : *Franco cuit.* Dans la bouche de Miguel cela donnait : *il sera coui jé té lé dis, coui.. coui...* On en aurait ri si ce qui le déchirait n'avait été si visible. C'était cette idée et aucune autre qui le torturait. Quelle foi est la sienne, se disait Serge. Cette pensée ne le quitte jamais. Miguel est au-dessus de tout, se répétait-il avec une certitude grandissante. Il l'aurait suivi jusqu'au bout du monde. Il le lui dit :

« Je te suivrai jusqu'au bout du monde, Miguel.

— En attendant, demain tu vas à Aix, répondait Miguel. C'est plus sûr... Et puis savoir si ça existe le bout du monde. »

Comme tous les jours vers trois heures le père Muller vint aux nouvelles.

Il parut ses cheveux blancs en broussaille avec plein de poussière sur sa soutane. Car chaque après-midi il allait, en suivant les traverses, de son église à Valbelle et de là à Valjoly. C'était ce qu'il appelait « sa tournée de vieilles dames ».

Dans les grandes maisons de pierre, l'élégance s'en allait en lambeaux. Ce qui s'alignait dans les salons où, par les beaux après-midi de printemps, la jeunesse des premières années du siècle avait pépié et sautillé, étaient des rangées de pots de chambre et des piles de matelas. Car les cabanons du voisinage, construits à la va-vite et dans le seul but d'abriter des aïolis dominicaux, étaient devenus le refuge d'innombrables familles. Mais ils n'offraient pas un abri bien sérieux. Alors les veuves se chargeaient d'héberger une partie de ces couvées. Pour la nuit tout au moins. D'où fourmillement et désordre.

La guerre avait tout dévoré. Les fleurs des jardins étaient mortes sous l'assaut vainqueur des légumes, et dans les grandes maisons de pierre, devenues de vastes caravansérails, seuls les murs gardaient les souvenirs des temps d'abondance. Eux seuls portaient encore témoignage d'une époque heureuse où avaient fleuri le négoce et un goût vif pour l'Orient. Là restaient accrochés les tentures de Karamanie, les châles des Indes, les tombées de cachemire, les chapelets turcs aux miroirs et les lanternes de mosquée au plafond.

Et puis les vieilles dames...

Toujours des voilures sombres à leurs toques, toujours des jupes jusqu'au sol.

Elles demeuraient soucieuses de leurs toilettes auxquelles le deuil conférait un caractère éternel et fortifiant. Droites, pareilles à des stèles, plus frêles certes, plus immatérielles qu'aux premiers temps de la guerre, elles apparaissaient néanmoins plus fortes d'avoir été celles qui n'avaient jamais cessé de se souvenir, d'attendre et d'espérer.

« Elles tiennent solide », disait le père Muller.

Malgré ce qui lui pesait de responsabilités aux épaules, et malgré la tension d'une existence qui exigeait qu'il rusât sans cesse, rien ne satisfaisait Miguel autant que ce qui concernait ses vieilles voisines.

D'une certaine façon elles devaient lui être nécessaires.

« *Raconté* », disait-il au père Muller.

Il disait aussi :

« Va-z-y... »

C'était bizarre ce tutoiement. Les autres lui donnaient du Don Nando, au père Muller. Mais pas Miguel. Rien qu'un tutoiement. Va-z-y. Il l'écoutait avec attention puis, quand tout était dit, Miguel encore :

« Ça *cé dé* femmes ! Ça oui, *dé* femmes ça... »

Après quoi, il lui arrivait de s'enrouler dans une couverture et de s'assoupir. C'était sa façon de donner congé. Le père Muller s'en allait. Les guetteurs redoublaient de vigilance dans le silence irisé de la véranda. Le picador reprenait ses va-et-vient, mais sur la pointe des pieds, cette fois, et avec des grâces de demoiselle.

Quiconque aurait passé à proximité du pavillon dressé en retrait du jardinet désert, l'aurait cru inhabité.

A la nuit tombée, sans que le moindre indice filtrât au-dehors, la machinerie se remettait brusquement en mouvement. Dès l'aube ceux de la cuisine s'ébrouaient en premier. Miguel s'éveillait ensuite et toujours de la même voix étonnée constatait : « Tiens ! J'ai dormi. » On secouait Serge. Aussitôt la vie reprenait et avec elle l'inquiétante dérive. Vivres, munitions, tout s'épuisait.

Et chaque soir était *le grand soir*, chaque nuit comme une interminable embuscade.

Par-dessus tout, Serge admirait que Miguel pût conserver intacte cette sorte de conviction totale, sans cesse exprimée, qui agissait sur son entourage à la façon d'un fluide. Rien ne l'ébranlait, pas même l'étude des cartes, et moins encore ce qu'elles révélaient de menaces. Lorsque Serge l'observait, penché en avant, appuyé des deux coudes sur les larges feuilles assemblées, il ne pouvait s'empêcher de penser qu'à cet instant Miguel pesait *réellement* sur les événements.

Miguel lui avait montré comment s'articulait la défense ennemie. Sur la carte, cela se décomposait en un univers de taches, liées les unes aux autres jusqu'à former un double cercle autour de la ville : la ligne extérieure, dessinée en pointillé, étant comme une ceinture massive que bouclaient de puissants cadenas à Aubagne, à Cadolive, à Septèmes et aussi à Carpiagne — ce camp, lové dans la blancheur des collines, dont on voyait, du cabanon de Mme Lhoste, la route d'accès serpenter à flanc de rochers —, la ligne de défense intérieure, plus large et plus obsédante, hachurée en tous sens, évoquant davantage le tracé d'un piège, dû à l'invention de quelque maniaque, quelque chose comme deux nasses posées sur la ville, deux nasses géantes qui béaient au ras de Saint-Julien et d'Allauch, sans rien révéler des batteries qu'elles recelaient, ainsi les batteries du Canet, du Racati, de la Rose et celle du Merlan, ou, plus redoutables encore, celles de Notre-Dame, ou enfin les batteries qui, logées aux forts Saint-Jean et Saint-Nicolas, dominaient le port, implacablement. Elles étaient pareilles à un bouquet de canons dans le ciel ces batteries, braquées sur toutes les issues à la fois, qu'elles fussent maritimes ou terrestres. Et ce qui créchait comme monde là-dedans, et les stocks qui s'y entassaient... Impossible de s'en faire une idée.

A vrai dire personne n'en savait rien.

Mais ce que nul n'ignorait, c'était que les troupes d'assaut étaient à pied d'œuvre. On connaissait approximativement les positions qu'elles occupaient, cette nuit-là, proches des lignes ennemies, à les toucher. Cela on le savait.

Et aussi que ces troupes étaient françaises.

Car une liaison avait été établie.

Un homme seul par le dédale des faubourgs, seul par les chemins tortueux, un homme courant et rampant au

couvert des fourrés, était allé jusqu'à Gémenos transmettre le message des clandestins : *Faites vite.*

Ils appelaient à l'aide. Un véritable S.O.S.

La réponse, dans cette nuit d'anxiété, claquait comme
un pavillon noir au mât d'un navire. *Tenir.* Cela tournait
à la folie : *tenir?* Mais avec quoi? Et combien de
temps? *Tenir un jour entier et encore une nuit.* C'était
un ordre.

L'armée faisait entendre une voix dont on avait
presque oublié le son tranchant et nu. Comme de
recevoir un coup de poing, cette voix : *tenir...* Et puis un
colonel... Longtemps qu'on n'avait rien vu de semblable.
Un vrai avec le croissant sur le képi ciel, les décorations
en triple rang et un parler pointu. Il vous jetait les mots
du bout des lèvres. Une bouche en coup de sabre.
Longtemps, longtemps qu'on n'avait pas entendu ça.

L'émissaire était revenu interloqué. Tout recommençait, qu'il disait. L'Afrique, le garde-à-vous d'un
type dépenaillé, rectifiant la position en catastrophe
devant un gradé au visage carré qui se présentait :
«Colonel Chappuis du 7ᵉ tirailleurs. Je vous écoute...»
La discipline, oui la voix de la discipline. C'était ça qu'il
avait entendu. Tout recommençait.

L'aube trouva Serge rivé à l'abstraction des cartes,
fasciné par la gamme infinie de leurs zébrures, leurs
mouchetures, pareilles à un rébus dont les signes, indéfiniment répétés, auraient tous signifié *Mort.*

CHAPITRE XXVIII

Une fois de plus l'insomnie l'avait chassée de son lit. Adrienne s'était levée, avant le jour. Elle s'était habillée puis elle était sortie.

Comment faire pour continuer à vivre ? Ces temps pour rien, ces craintes sans cesse répétées, et l'attente interminable. Soudain Adrienne s'aperçut que ce qu'elle endurait n'était rien d'autre que le mal dont on l'avait si souvent tenue pour responsable. C'était donc si terrible que ça l'incertitude ? Elle s'en voulait. Elle plaidait coupable.

Elle retrouvait, dans la mémoire de certains regards, le reflet exact de ce qu'en cet instant elle éprouvait : la crainte de l'inconnu. Elle revoyait Ulric, les lèvres closes sur les reproches qu'il ne lui faisait pas, les questions qu'il taisait, Ulric, barricadé dans sa décision d'en finir. Et elle se revoyait, bâillonnée, cherchant, sans les trouver, les mots d'apaisement qu'il attendait, son désir, son amour tout d'elle parti, dans l'incapacité soudaine de promettre, de tenir, de mentir.

Face au destin qui avait été sien Adrienne s'accusait. Ce qu'elle découvrait était son appétit de liberté, tou-

jours dressé entre elle et le bonheur, comme une puissance étrangère. Elle le maudissait. Elle aurait voulu
l'arracher de son corps et en perdre le goût pour
toujours. Soudain elle voyait clair. Sa vie s'était passée à
mesurer son pouvoir d'arrachement et cela jusqu'au
délire, jusqu'aux pires chagrins. Et toujours elle avait
compté sur le hasard pour lui offrir celles des joies qu'il
réserve à ceux qui tiennent l'habitude pour une triste
contrefaçon du plaisir et que de successives solitudes
n'effraient pas.

Et voilà que la vie la trahissait.

Plus rien de neuf. Toutes les journées pareilles. Ulric
était le sentier dont elle n'aurait jamais dû s'écarter. Elle
avait été téméraire. Elle avait trop aimé l'imprévu et les
surprises. Et puis elle avait compté sans la guerre.

Mais aussi quelle guerre... Jamais aucune guerre au
monde n'avait été plus longue ou plus ennuyeuse. On ne
pouvait même plus prétendre l'ignorer. C'en était obsédant. Elle arrivait de partout à la fois. On l'entendait
bondir au-dessus des collines avec une violence d'enragée, un tas de grondements, de vibrations de toutes
sortes, des bruits bizarres et des odeurs à faire peur.
Comme si plusieurs incendies faisaient rage à la fois,
certains au nord, d'autres au sud ou qu'un tremblement
de terre sévissait tantôt d'un côté, tantôt d'un autre,
quelle guerre embrouillée...

Adrienne avait flâné autour de la pièce d'eau sans lui
accorder le moindre intérêt. Un peuple de statues donnait au jardin un sens qui ne lui convenait pas. Elle
n'aurait jamais cru possible de haïr un jardin à ce point.
De vieux tritons, aux joues gonflées comme par un gros
chagrin, rongés à la fois par le temps et la mousse,
avaient l'air d'échanger, aux quatre coins du bassin, les
marques d'une civilité verdissante. Ils lui semblaient
absurdes. Et ce bassin avec son air de fête un jour
d'orage, tous ces bras qui n'étreignaient rien, et ce
bassin... Elle s'était toujours méfiée des eaux dorman-

tes. Toujours des taches suspectes à la surface de ces
eaux-là. Elle leur prêtait des pouvoirs maléfiques. Il lui
fallait l'eau qui brûle les étapes, celle qui ne se laisse
jamais rattraper. Elle raffolait des sources et des cata-
ractes.

Alors elle avait contourné la maison et s'était réfugiée
dans les demi-ténèbres de l'arrière-jardin. Là elle s'était
blottie dans une chaise longue.

Enfant, déjà, elle connaissait la tentation des cachet-
tes, — disparaître, se terrer — et ce qu'elle attendait de
ce rond-point ombreux était de la rendre au sentiment
d'émerveillement éprouvé jadis, en des lieux semblables.
Les arbres de haute futaie, leur toute-puissance, leur
secret, la splendeur théâtrale des flots de ronces et de
clématites qui pendaient aux branches et flottaient
comme la chevelure d'une noyée, c'était cela qui l'attirait. Cela, et l'insurpassable parfum qu'exhalait ce
fouillis.

Elle avait en vain cherché à le définir. Elle y avait mis
une insistance singulière. Son seul plaisir à Malvine.

Adrienne avait passé là de longues heures, le nez au
vent. C'est vrai que son seul bonheur était là, au fond de
ses narines lorsqu'elle humait à pleins poumons la
délicate haleine des arbres, cet air divin qu'elle aurait
tant voulu dérober et emmener, très loin. Ah ! ce parfum ! Ce qu'elle aurait donné pour le tenir prisonnier au
creux de sa main et le garder là, prêt à servir... Elle
l'aurait porté au bal, avec des émeraudes ou bien nue
pour sortir du bain, en wagon aussi pour lutter contre
les écœurements, elle l'aurait mis dans ses cheveux
comme un diadème, à sa boutonnière comme une fleur,
à son chapeau comme une plume, autour du cou comme
des perles, elle en aurait abusé les jours de mauvaise
humeur, elle lui aurait trouvé un nom comme un coup
de foudre et les promeneurs se seraient arrêtés pour le
lire sur les murs, elle lui aurait donné un flacon en
forme d'étoile, d'un cristal si fin et de ton si changeant

qu'il en aurait été invisible, elle l'aurait aimé à la folie, elle en aurait fait son secret, l'effluve de sa chair, puis l'objet d'un commerce afin d'accroître sa fortune.

Mais il était clair que le mystère de cet arôme était impénétrable. On ne perce ni la magie de l'ombre ni celle de l'air sauvage et personne, jamais, ne fixera ce qui monte de douceur d'un sol, d'un tronc corseté de lierre, d'une pierre enrobée de mousse, ou ce que trahit de violence la sombre mêlée des plantes.

Adrienne subissait en silence les parfums noirs de la terre et l'énigme qu'ils lui posaient la retenait indéfiniment.

La guerre emplissait le ciel d'un grondement d'avions, alors elle avait regardé le ruissellement des branches comme si elle ne devait plus les revoir.

Puis elle avait fermé les yeux en se disant que la terre allait peut-être éclater.

Le plus raisonnable était de dormir.

Ce sommeil, elle alla le cueillir au profond du ciel. Il venait lentement. Il glissait de la cime des arbres dans un bruit ténu, un murmure de feuilles à peine froissées. Elle l'accueillit tout entier dans le silence de son corps. Il venait des sources de sa vie. Il lui rendait de vieux rêves et la douceur des nuits à la belle étoile.

A peu près vers le même temps Serge quittait la ville.

Il avait filé par le réseau capricieux des rues détournées jusqu'aux faubourgs et de là jusqu'aux hauteurs rases, au-delà desquelles commençait la campagne. Il avait filé à l'écart des grandes routes et partout les signes de vie avaient disparu. Les hommes, les femmes, l'humanité entière vivait-elle engouffrée dans les abris ? Pas moyen de s'expliquer comment tant de gens étaient parvenus à se loger sous le béton des rues. Mais il n'était plus temps de chercher à comprendre quoi que ce soit.

Ce jour-là, soumis à la préoccupation de mener à bien ce hasardeux voyage, Serge avait traversé des espaces pétrifiés. Il lui semblait être parti depuis une éternité. C'était difficile, vraiment, de se convaincre qu'il avait parcouru non pas une immense étendue de façades muettes et de champs déserts, mais seulement les quelques kilomètres qui séparent Marseille d'Aix-en-Provence.

Serge n'imaginait pas qu'on pût aller aussi vite. Il regardait droit devant lui et ce qu'il apercevait était ceci : une barrière en travers du ciel, une sorte de chaîne rocheuse.

Il en était tout décontenancé. Comment aurait-il pu se douter que ce sentiment d'égarement n'était dû qu'aux hordes d'interdits pulvérisés, aux vastes étendues de sentiment, aux lieues et aux lieues d'imagination parcourues ? C'était tout cela qui lui opprimait l'âme, c'était cela et rien d'autre. Il était comme tiré hors de lui-même par la gêne presque intolérable de ce qui s'offrait : revoir Adrienne.

Et voilà que, sans presque savoir comment, surgissait la certitude d'être arrivé. Car cette surface azurée faite on ne savait de quelle substance, de quelle effervescence soudaine dans l'air brûlant, c'était bien la Sainte Victoire telle qu'elle apparaît aux premières lueurs du jour, levée comme un piédestal au-dessus du vide.

Alors, profitant de l'épaisseur d'un fourré, Serge avait garé sa Simca, méticuleusement, vérifiant à plusieurs reprises la parfaite impénétrabilité de ce camouflage. C'est qu'il y tenait terriblement à cette voiture. En le rattachant à l'univers de la rue Venture elle appartenait à ce qui était déjà de lointains souvenirs. Il ne s'éloigna qu'après avoir constaté qu'il était impossible à un *passant* de la découvrir. Mais aussitôt il se demanda : « Quel *passant* ?... » Le vide semblait régner partout. Pas un bruit, pas une âme, pas même une maison mainte-

nant, rien que la montagne dans son immobilité souveraine.

Ce n'était plus la guerre qui remplissait l'espace de
son ouragan, c'était le néant, la terre désertée.

Serge se mit en chemin.

Un sentier s'embranchait là, qui se dirigeait en ser-
pentant vers les hauteurs. C'était une coulée d'ombre.
D'épais buissons l'enserraient étroitement. Chaque fois
que le regard de Serge se posait sur ce foisonnement où
dominaient les pins mais où s'élevaient aussi les chênes
verts et les genévriers, il était pénétré d'un sentiment
d'étouffement. Etait-ce l'absence de perspective ?
Etait-ce l'atmosphère irréelle de ce sentier dont le sol,
recouvert d'un épais tapis de lierre et d'épines, absorbait
le bruit et jusqu'à l'empreinte des pas ? Serge avançait
sous la poussée d'une angoisse grandissante.

Un écriteau l'arrêta où se déchiffrait malaisément le
mot de : MALVINE.

Sous ce mot figurait une flèche pointée en direction
d'un coteau tout proche. Malvine... Tel était le nom du
domaine où les hasards de la guerre avaient conduit
Adrienne. Mais aucun réconfort ne semblait naître de ce
mot. Et Serge avait pensé que ce devait être terrible,
pour elle, de vivre, comme ça, perdue au milieu de ces
espaces immobiles. Terrible cette solitude... Il pensa
aussi : « Rien ne la protège. » Et brusquement, prise dans
la forêt comme dans une ample cape, la maison fut là. Un
seul étage sous la ligne rose des tuiles et, aux fenêtres
closes, des volets verts. Adossée à la montagne, dont les
nervures abruptes et les pierres étincelantes traçaient
au-dessus d'elle une sorte d'auréole baroque, elle dominait une longue pièce d'eau qui lui servait de miroir.
C'était un étrange jardin. Enfoui comme il l'était au sein
des collines, il semblait un peu triste de se voir ainsi
relégué, ou planté par erreur.

Serge quitta le sentier et se dirigea lentement vers une
haute grille qu'il s'étonna de trouver ouverte. Cela lui

déplut. Non moins surprenant le silence qui accueillit les coups de heurtoir répétés dont il ébranla la porte d'entrée. Il contourna la maison et trouva une cloche qu'il secoua avec toute la vigueur possible. A vrai dire il se sentait effrayé par le bruit qu'il faisait. « Un bruit à réveiller un mort », se dit-il, tandis que ses yeux erraient sur la façade à la recherche du volet qui allait claquer, de la croisée qui allait s'ouvrir. Laquelle de ces fenêtres était celle d'Adrienne ?

Il fit encore : « Hou-ou-Hou-ou » du plus fort qu'il put. Mais rien.

« Comme elles dorment ! se dit-il. A moins qu'elles ne soient parties. »

Il retourna sur ses pas et, sous les arbres, vit deux chaises longues, posées côte à côte, avec un air d'abandon où se mêlait un reste de vie. Les cousins conservaient, marquée en creux, la forme profonde d'un corps. « Elles sont donc là », pensa Serge qui frappa de nouveau à l'entrée principale puis, d'un geste machinal, fit jouer la poignée.

Soudain, alors même qu'il allait renoncer, Serge prit conscience que cette porte n'était pas verrouillée et la facilité avec laquelle elle s'ouvrit le laissa interdit.

Il demeura quelques instants sur le seuil, hésitant à entrer.

Un mouvement rapide l'anime.

La lumière grise de la peur efface de son ondoiement toutes traces de cette fierté dansante qui avait si fort séduit Ulric. C'est pourtant avec les mêmes muscles qu'Adrienne fuit, mais agités d'un interminable frisson, avec le même corps, mais terrifié.

Elle fuit.

Licia... C'est cela qu'elle fuit. L'horreur de tout cela.

Elle cherche à disparaître. Son visage est enfoui dans

un amas de végétaux moisissants, humus, limon, feuilles
mortes. Licia... Ah! non. Les gestes par lesquels elle
cherche à chasser cette pensée, ces gestes qui témoignent
d'une dérisoire impuissance sont ceux de la peur. Ce
sont aussi les gestes qu'ont, face à la mort, quelques
êtres très jeunes et quelques animaux. Les enfants des
hommes, les chats parfois.

Adrienne cache sa tête sous son bras replié, elle
ramène sur elle quelques poignées de feuilles, comme un
linceul qui s'effiloche.

Elle tremble.

Adrienne terrée, criminelle, Adrienne dans l'abîme des
broussailles comme un nageur dans l'obscurité des
grands fonds, Adrienne qui rampe et rampe encore,
toujours plus loin, Adrienne qui fuit pour ne plus
entendre, Adrienne qui n'entend plus.

A peine si elle savait comme elle avait abouti dans ce
terrier tête basse et tout d'une traite, sans se poser une
question. Mais mal éveillée, ça oui, et épouvantée. Elle
s'était glissée sous les ronces avec la détermination d'une
couleuvre. Puis elle s'était aplatie, les bras repliés,
cherchant de toutes ses forces à ne pas respirer, à ne pas
penser, à n'être plus rien que le morceau de terre qui la
recevait. Avait-elle seulement pensé à Licia? Penser
c'était négliger, pendant une fraction de seconde, de
retenir son souffle, c'était haleter, c'était mourir. Alors
elle ne pensait pas.

Et dire qu'au début elle n'avait même pas eu peur.

Pas eu peur quand, dans un demi-sommeil et bien
avant le lever du jour, elle avait entendu du bruit dans la
maison. C'était Licia, parbleu. Pas eu peur. Après ça la
porte s'était ouverte. Alors elle avait pensé : « Elle
s'agace quand je sors. Ce lit vide à côté du sien... Elle dit
que je lui gâche ses nuits. » Et une seconde plus tard :

« Bah ! Qu'importe ? » Nul doute que Licia allait la rejoindre et que le jour se lèverait, comme chaque matin, sur deux corps étendus côte à côte mais distants et ne se regardant point, deux corps sur des chaises longues, pareilles à des barques échouées.

Le pis était qu'Adrienne soupçonnait Licia de l'épier. Car enfin elle s'éveillait comme si quelque chose dans l'obscurité de leur chambre dénonçait Adrienne.

C'était toujours comme ça que se passaient les choses. Toujours quand Adrienne, enfin isolée, invisible derrière la muraille des arbres, s'était à peine assoupie, toujours à cet instant que Licia approchait à pas de loup.

Elle laissait traîner un mince filet de clarté sur les graviers, dardait sa lampe sous la tombée des feuilles et apparaissait, au bord des larmes. « Tu ne devrais pas... » Sur son visage, sur ses épaules, Adrienne ressentait le frôlement du faisceau lumineux comme une secousse. A mesure qu'avançait Licia, tout ce qui l'avait protégée disparaissait. Et quelque chose en elle se révoltait. Licia était le reproche de tous ses matins. Elle faisait fuir les fées. L'œil aigu de la lampe profanait l'obscurité de ce lieu privilégié qui, mieux qu'une chambre noire, révélait à Adrienne ses plus secrètes pensées. Et le regard de Licia faisait le reste...

Adrienne se sentait dépossédée.

C'était terrible à dire mais elle ne tolérait plus le ton de sa vie avec Licia. Elle ne supportait ni les allusions ni les propos aigres-doux. Et quand Licia cherchait à se ressaisir, qu'elle essayait de ressusciter l'univers de camaraderie, d'heureux abandon, de douceur, d'attendrissement qu'elles avaient éprouvé l'une pour l'autre, le remède était pire que le mal. Pourquoi, mon Dieu, pourquoi ? Adrienne aurait tant souhaité trouver quelque chose d'apaisant à dire, ce matin-là. Ce matin où la guerre, au loin, tombait comme une trombe sur la ville. Ce matin-là surtout...

Mais elle savait que c'était impossible. Le fond restait froid.

Et tout en s'attendant à voir surgir Licia d'un instant à l'autre, Adrienne mesurait combien son amie avait changé. Elle avait vieilli d'un coup, de ce vieillissement particulier qui peut aussi laisser sa trace sur un visage de vingt ans. Une trace indélébile. Peut-être à la trahison d'un geste, d'un rien, Licia avait-elle perdu espoir. Car ce qui frappait Adrienne, ce changement si évident ne tenait ni à l'âge ni à la guerre mais à la douleur. Licia souffrait. Elle souffrait comme une bête. Et Adrienne, atterrée, n'y pouvait rien.

Et là, brusquement, la peur.

La peur, une peur panique l'avait prise à l'instant où elle avait pensé : « Mais que fait Licia ? » Pas de graviers crissants. Pas de traînée lumineuse. Point d'ombre dominatrice entre les cordeaux des buis. Pourquoi ?

Et presque aussitôt la peur l'écrasait.

Des voix qu'elle ne connaissait pas.

Il y en avait plusieurs, beaucoup peut-être, avec quelque chose de rauque qui bousculait l'air. Elles semblaient sortir des murs.

Quelques secondes pour comprendre ce qui se passait de l'autre côté de la maison : Licia avait dû trouver ces gens devant la porte. Elle avait dû... A moins qu'ils n'aient tout bonnement sonné.

Des voix inconnues demandaient à Licia :

« Qui êtes-vous ? »

En un éclair, Adrienne avait compris. C'était elle que l'on cherchait, elle, Adrienne, et personne d'autre. Elle aurait voulu courir, parler mais ce qu'elle éprouvait la paralysait et bien que son esprit fût traversé par toutes sortes de décisions il restait tout à fait vide. Debout, dressée en sursaut elle n'était, en vérité, ni debout ni couchée, mais, comme une femme prise entre deux eaux et sur le point de se noyer, sachant de moins en moins où elle en était, à chaque instant plus submergée, esclave de ce qui lui entrait par les oreilles, explosait dans sa tête, la glaçait, ces voix, toutes ces voix.

Et rien ne sortait d'elle, ni un mot ni un geste.

Son cœur battait ailleurs, très loin, de l'autre côté des murs. Il s'était retiré d'elle. Il battait dans la poitrine de Licia.

Oh ! que tout se taise.

Ne plus entendre.

Mais les murs laissaient filtrer des sons qui avaient tous le même sens. Des sons qui voulaient dire haine, comme une longue expectoration. Et c'était cela qu'entendait Adrienne, le son, le souffle rauque, le langage de la haine auquel s'opposait faiblement une voix sans tranchant, qui n'était plus tout à fait celle de Licia. Une drôle de voix tranquille, distante, une voix d'extra-lucide ou de jeune aveugle, une voix blanche, le naufrage d'une voix.

Il lui semblait qu'on interrogeait une enfant.

On lui demandait :

« Quel est votre nom ? »

Et bien que la voix de Licia fût faible Adrienne l'entendait comme de tout près. Elle répondait :

« Je m'appelle Adrienne... Je suis couturière. »

Il y a des mots qui vous transpercent, si vite qu'il n'en reste rien. Rien que la douleur.

Tout le temps Adrienne se demandait si elle avait réellement entendu.

Et comment n'aurait-elle pas entendu ?

Quand la haine fait crier des mots tels que putain, salope, baiseuse de Boche, truie, ces mots qu'il faut bien écrire puisqu'ils étaient criés à Licia et que d'autres femmes, des femmes nues, sauvagement battues, des femmes qui trébuchaient et que la foule hilare conspuait, harcelait, des femmes ensanglantées ont été, elles aussi, appelées putain, salope, baiseuse de Boche, truie, à ces mots personne n'échappe. Rien n'a été inventé contre eux, ni abri bétonné ni refuge et Adrienne les entendait.

Après ça, il y eut l'horreur finale. Il y eut la voix qui semblait fracasser les murs de la maison.

« Tiens, ordure ! Prends ça !... Et ça ! »

Deux coups de revolver puis le cri déchirant, un cri qui ne voulait pas mourir mais que la mort bâillonnait, et le hideux silence.

Le gravier crissait.

Un inconnu disait :

« C'est la guerre. »

Et Adrienne s'était glissée sous les ronces.

Un corps abattu, une femme dans sa dramatique nudité semblait s'être arrachée d'un vêtement qui, répandu à terre, y laissait un sillage blanc. Le visage était dérobé sous la masse des cheveux. Seuls les bras étaient couverts.

Ce qui d'abord parut à Serge une inconnue se révéla dans la pénombre de l'antichambre être Licia. « Licia ! » Impossible. Et pourtant... Il l'appela. Il l'appela encore.

Alors il vit la blessure et, dans un miroir constellé, la trace des balles.

Serge chercha à soulever Licia. Trompé par une certaine moiteur à la nuque, il doutait encore. Mais la terrible fixité du regard... De dessous le corps filtrait une tache brune.

Par les couloirs vides, par les pièces désertes, Serge s'enfonça dans le silence de la maison. Il n'avait plus conscience de rien. L'horreur chassait la peur. Elle lui bourdonnait aux tempes. Elle formait comme un gel qui l'aveuglait. Tout se brouillait. Il aurait cherché sans voir s'il avait pu, il aurait erré par la maison les yeux fermés tant il craignait que la mort nue, cette impudique vision, ne se confondît brusquement avec Adrienne.

Il s'obstina longtemps.

L'horreur... Il n'y avait place que pour elle dans cette maison. Elle surgissait derrière chaque porte, au fond de chaque armoire, dans l'entrebâillement des rideaux, elle tombait des murs où la moindre tache était suspecte.

L'horreur et le dégoût étaient partout.

Serge interrogea la maison, pièce par pièce.

Il s'obstina jusqu'à forcer les portes condamnées, jusqu'à les enfoncer à coups d'épaule, sauvagement, c'était plus fort que lui, il aurait tout brisé s'il s'était laissé aller.

Alors qu'il explorait la cave il crut entendre respirer... Et la peur revint en rafales. Elle résonnait dans sa poitrine si fort qu'il dut s'appuyer au mur. Il flageolait. Jamais il n'avait connu ça. J'ai peur, se dit-il, j'ai une peur atroce. Je ne suis donc qu'un lâche, un sale lâche. Que signifiait ce bruit ? Mais le bruit était un leurre. La cave était vide. Il soupira d'aise.

Pas trace d'Adrienne.

Et Serge ne put se défendre d'un espoir fou que rien ne justifiait, un sentiment sans fond ni forme mais qui lui broyait le cœur.

A l'instant de partir, il vit une nappe laissée à l'abandon sur une table. Ce corps nu, là... Cette chair... Il fallait envelopper, couvrir, il fallait masquer. Cette nappe sur elle, il fallait...

Licia ne fut plus qu'une masse blanche, une forme confuse sous un drap.

Alors, une dernière fois par la porte ouverte, il cria le nom d'Adrienne en direction des bois.

Voici comment elle apparut, silhouette figée dans l'attitude hésitante et légèrement tremblée d'une bête aux abois, forme pâle et floue. Elle apparut comme prise au piège des arbres.

Une revenante, pensa Serge qui courut vers elle.

Allait-elle s'éclipser et disparaître ? Mais Adrienne devenait de plus en plus proche, de plus en plus vraie. C'étaient comme deux dessins, se confondant peu à peu : le contour du souvenir avec celui de la réalité. Par l'enroulement pâli d'une écharpe, par un collier à son cou, elle émergeait de l'improbable.

Soudain ils furent face à face.

A quoi s'attendait-il, Serge ? Il lui prenait la main comme il lui aurait dit « Ne craignez plus... ». A quoi s'attendait-il ? A de la tendresse, à de la gratitude ?

Ainsi, Serge s'attendait à tout sauf à ce qu'il allait trouver chez celle qui le dévisageait si impitoyablement, froide et hostile. Elle demandait :

« Que viens-tu faire ici ? »

Il répondait : « Je suis venu... » croyant l'émouvoir. Il renouvelait sa tentative : « Je suis venu... », sans pouvoir en dire plus, soudain désarmé par son air d'arrogance. Mesurait-elle ce qui se jouait derrière ces mots, ce qu'ils traduisaient de doutes brusquement surmontés ? Je suis venu... L'écoutait-elle seulement ?

Du regard, Adrienne fouillait l'incognito d'une tenue qui paraissait née d'une incursion dans le *no man's land* du vêtement. Ce polo douteux, ce bleu d'ouvrier, ces sandales, dénonçaient Serge plus sûrement que ne l'auraient fait une arme ou la trace d'un uniforme. Rien n'échappait à Adrienne. Ce qui passait inaperçu aux yeux de la plupart, devenait, à ses yeux à elle, d'une éblouissante évidence. Serge était du parti de ses ennemis. Sa vérité lui collait au dos. Elle l'aurait reconnue entre mille.

Et maintenant voilà Serge balbutiant : « Je suis venu... », tandis que chaque regard d'Adrienne perce un peu plus profondément son secret. « Je suis venu », dit Serge comme il aurait dit : « Je suis nu. » Il se sent démasqué. Il répète encore et encore: « Je suis venu Adrienne, je suis venu. »

Et plus bas, comme une confidence il dit :

« Je suis venu vous chercher. »

Que dire d'autre ? Il a murmuré cette phrase au prix d'un grand effort. Au vrai, peu lui importe ce qu'il dit. Ce qu'il a envie de crier est si différent. Ah ! oui, si différent. Et c'est justement cela l'horreur. Cette nécessité de taire tout ce qu'il voudrait crier, alors qu'elle crie ce qu'il ne voudrait pas entendre.

Ainsi donc, plantée devant lui, Adrienne crie :

« N'essaie pas de m'expliquer... »

Sa voix monte, peu à peu. Serge la reçoit poussée par la rafale d'une colère véhémente.

« Je sais pourquoi tu es ici, dit-elle. Je sais aussi pourquoi tu n'es venu qu'aujourd'hui. Ma conduite te scandalisait, n'est-ce pas ? Dans ce cas il fallait être scandalisé jusqu'au bout et ne jamais revenir. Allons, va-t'en... J'ai tout deviné depuis longtemps. »

Serge sent que tout craque et se lézarde, que tout disparaît dans ces paroles prononcées. Il lui en veut, d'un coup, affreusement. Il demande :

« Que dites-vous ? Comment osez-vous...

— Je dis que ceux qui ne mesurent pas jusqu'où peut aller l'horreur de ce qu'ils déchaînent sont des héros manqués. Que cherchais-tu en venant ici ? Le beau geste ? Trop tard, Serge... Il fallait prévoir... Prévoir et savoir que l'homme est une bête répugnante. Alors cesse, veux-tu, cesse de jouer les sauveurs. Tout est dit. Tout est résolu. Ton sauvetage est une mascarade et j'ai toujours eu les travestis en horreur. Ta place n'est plus ici. Retourne chez tes amis... »

Immédiatement Serge voit ce qu'aurait fait Miguel. Il aurait quitté Malvine à l'instant même. Il aurait abandonné Adrienne à jamais. Par prudence. Pour ne pas être tenté de la frapper, de l'injurier. Voilà ce qu'aurait fait Miguel.

Et d'autres que lui ? D'autres l'auraient tuée.

« Suivez-moi », dit Serge.

Il la regarde, mais d'un regard ennemi.

Elle avait hanté les jeudis de son adolescence. Mais qu'en restait-il ? Elle avait régné sur lui jusqu'à ce jour. Chaque émotion, ses pudeurs, ses doutes, tout dans sa vie avait porté sa marque. Et jusqu'à ses dégoûts — ce dont il s'écartait étant ce qu'elle aurait, de toute évidence, méprisé. Et jusqu'à ses secrets... Elle était demeurée liée à chaque heure, à chaque jour vécu avec les gens de Miguel. Mais il y avait malentendu. Rien ne restait de cette femme si jamais elle avait existé.

Pourquoi les mirages ? se demandait Serge. Toujours ils me sont montés à la tête. Pourquoi ?

« Suivez-moi », répète-t-il de la même voix sèche.

Il la domine. Il lui impose silence. Il l'arrache au couvert des arbres. Elle le regarde.

Elle demande :

« Et Licia ?

— Nous ne pouvons plus rien pour elle. Allons, venez... »

Elle tremble. Elle est dans un état d'effroi qui interdit toute question. Elle ruisselle de larmes. Cette femme qui pleure... Est-ce qu'il rêve ? Ils se regardent comme s'ils ne se connaissaient pas. Lui, si fort soudain. Elle qui s'accroche, elle, Adrienne, si démunie, si vulnérable, avec ce visage jamais vu, ce regard de noyée qui le fixe.

Il la guide hâtivement, il la précède dans le sentier.

Elle ne lutte plus et Serge sait où il va. Il conduira Adrienne jusqu'au-delà du mur par-dessus lequel vole, parfois, l'appel léger d'un carillon. Le reste sera l'affaire du père Muller, se dit Serge. Il accueillera Adrienne. Il la cachera. On peut compter sur lui.

Ils roulent maintenant.

Des fumées planent comme un dais dans le ciel matinal. Elles pèsent sur la ville.

Adrienne tend l'oreille. Les bruits de la guerre se rapprochent. Par moments, vaincue, elle suffoque et Serge l'entend sangloter. Alors seulement il a pour elle un geste de tendresse aveugle. Il pose sa main sur la sienne sans la regarder. Mais rien de plus. Ils roulent en silence.

Serge se souvient des paroles dites à Malvine. Il sait qu'un mot de plus suffirait pour que cette femme qui lui fut tout ne lui soit plus rien.

Le silence dans lequel il s'est retiré n'est qu'une façon de dénier à Adrienne le droit de se faire haïr.

CHAPITRE XXIX

Chaque fois qu'il s'agissait des tirailleurs on parlait de *boucler.*

Ainsi s'exprimaient les instructions. Bouclez... Parfois le mot était *coiffer.* Allons, coiffez-moi ça.

Des blindés on attendait qu'ils fixent.

Quelque chose de capillaire dans tout ça. On n'aurait pas parlé autrement de mater une tignasse, de la tailler, de la réduire. Tenez, voilà le dernier mot lâché : réduire. Pour cela on comptait sur les goumiers. Au corps à corps, à la grenade... Réduisez, réduisez... Galopade effrénée à laquelle l'ennemi ne s'attendait certes pas.

Et que pouvaient un Schaefer, un Wesphale, un von Hanstein, que pouvaient-ils, face aux Africains ? Il aurait fallu des vétérans de la campagne d'Italie, de ceux qui avaient déjà tâté du goumier du côté d'Ausonia ou d'Espéria. Or il n'y avait point de ces gens-là en garnison à Marseille. Ou bien il aurait fallu plus d'expérience... Avoir un peu vécu du côté de Bône ou de Bugeaud. Mais ces gens avaient été partout sauf là.

Ce qui s'affrontait étaient deux mondes différents,

deux espèces humaines dont jamais encore les chemins ne s'étaient croisés.

Il y eut donc comme une grande danse du scalp menée autour de la ville, un cercle tracé à un train d'enfer. En interdire l'accès et empêcher les renforts de passer, hein ? Surtout pas de renforts. Allons, bouclez...

Voilà les hommes du colonel Chappuis, voilà les tirailleurs du deuxième groupement tactique. Ils escaladent le plan de l'Aigle, ils coupent à travers le massif de l'Etoile. Tout cela vertigineux. Ils font l'ascension du Pilon du Roi. Alors ça ! On ne s'y attendait quand même pas. Et la poisse était que la radio ne *suivait* plus... Deux jours sans nouvelles. Soudain une espèce de rumeur... Des voix... Où étaient-ils ? Mais où êtes-vous, sacré nom de Dieu ? Parlez plus fort. Assurément les tirailleurs ne parlaient pas que pour eux-mêmes, mais c'était tout comme. Par défiance des écoutes allemandes ils utilisaient des mots durs et secs, des mots bizarres sur lesquels soufflait un vent torride. Il fallait, pour comprendre, avoir appris ça tout jeunot, ou avoir fait campagne en Italie, ou bien être né du côté de Bône ou de Bugeaud. Le sabir nord-africain... Qui le connaît, sait bien qu'il y a peu de chances pour qu'un homme de Düsseldorf ou de Brême puisse en tirer profit. Langue où un village était toujours un *douar* et une masure un *gourbi* et, de plus, où s'infiltrait la Provence par les plus subtils canaux.

Si familier que fût à certains ce parler-là, il ne devenait intelligible qu'avec l'aide d'une carte. Elle seule donnait la clef de ces devinettes, de ces rébus, d'un grand tumulte de métaphores venues des contrées arides, des ravins de fatigue et de faim où ces hommes étaient nés. Eux, c'est-à-dire les tirailleurs, faisaient savoir... Plus fort, nom de Dieu. Pas étonnant qu'il leur ait fallu trente-six heures... Ils devaient être aux quatre cent mille diables. Plus fort, compris ? « On a franchi le *djebel dial sarek,* est-ce clair ? » « On tient *l'affra dial*

m'rbet, compris ? » Quoi de plus simple ? Ils appelaient,
dans leur langue, *montagne du Brigand* ou *trou du
Marabout* ce qui, dans la nôtre s'appelait crête du
Voleur ou grotte de l'Ermite. C'était aussi, comment
ne pas comprendre, c'était la route d'Aix coupée,
celle de Salon interdite, c'était les fils du désert prêts
à attaquer la ville à revers, c'était, enfin, l'affaire *bou-
clée*.

Mais il faut tenir compte des coquetteries d'une armée
qui par certains aspects appartenait déjà à un autre âge.
En elle se mêlaient une envie irrépressible de risquer sur
le terrain ce qui était au-delà du raisonnable, le désir,
en somme, de vivre cette guerre avec panache et
celui de n'en jamais convenir. Et puis le goût d'en
dire moins... Rapports et journaux de marche prati-
quaient résolument l'*understatement britannique*.
Peur de passer pour des fous... On gomme, on ponce,
on lime, on appuie sur les contours, avec ce qu'il
faut de grisaille pour que disparaisse le côté échevelé
de tout ça.

Ainsi fait-on silence sur le détail de certaines actions.

Ainsi en advint-il de la prise de Marseille, campagne
coloniale et acrobatique, dont le caractère indéfinissable
se prêtait mal à illustrer des thèses ordonnées.

On ajoutera, pour plus de singularité, qu'il n'existe
guère d'exemples d'un général de division se glissant à
l'intérieur d'une ville sur les talons de quelques éléments
avancés, déployant ses cartes, rassemblant ses officiers
et s'y installant une bonne fois et cela bien avant que la
ville ne soit prise.

C'est pourtant ce que fit le général de Monsabert, le
23 août au matin. L'inquiétude qu'on allait avoir de
lui... Avait-il perdu le sens ? Ne risquait-il pas de tomber
aux mains des Chleuhs ? Enlevé, kidnappé, plus de
général, plus de *petit père Monsabre*. Vous parlez
d'un coup bas... Les agents de liaison en avaient des
sueurs.

Car il aurait suffi d'un tir d'artillerie bien réglé, d'une manœuvre hardie, il aurait suffi...

Mais Schaefer n'était pas Rommel.

N'empêche qu'il y en avait qui n'y croyaient pas. Le général ? Rue Sylvabelle ? Devenait-on fou ou quoi ? Et puis, plus d'erreur, c'était lui. Il s'était montré au balcon. Moustache de châtelain, carrure agricole, sa badine et ses gants glissés en sandwich jambon-pain de mie sous l'aisselle, vissés là, inamovibles, c'était lui. On l'acclamait.

Le plus bizarre était qu'à l'autre bout du port le général Schaefer attendait toujours d'être attaqué entre les murs de sa casbah et que toutes les batteries allemandes dominant Marseille, toutes sans exception, restaient à prendre. Impossible de l'oublier... Partout des maisons pas mal froissées.

Mais ce qui paraissait plus difficile à croire, c'était qu'un Français, un simple capitaine, eût réussi à lui parler, au général Schaefer. On le disait. Mais personne ne l'avait vu, alors... Prétendre que, de son propre chef, il avait fait irruption à la grand-poste, tenue en force par l'ennemi, et qu'une fois là il avait convaincu les Allemands qu'ils n'avaient pas mieux à faire qu'à se rendre... Un capitaine, rien de plus, un simple capitaine à la poste Colbert... Un peu fort de café, bon Dieu de bois. Quand les gens du général Sudre avaient appris ça ! Hors d'eux les motorisés. Littéralement éructants. D'autant que la grand-poste, la poste Colbert, tout de même... Un simple capitaine... Entre nous, ça ressemblait à quoi cette démarche ? Avec des zigotos de ce calibre, allant quêter les redditions à domicile, on risquait de ne plus faire un seul jour de guerre.

Existent encore des généraux, devenus inoffensifs avec l'âge et nourrissant des espérances du côté du Quai

Conti, qui, lieutenants à l'époque, étaient occupés à
fixer l'ennemi dans le triangle Aubagne-Gémenos-La
Bédoule. La fureur les reprend, aujourd'hui encore, rien
qu'à entendre le nom du capitaine qui... Crosia était son
nom. Capitaine Crosia du 7ᵉ R.T.A. Un visage carré, un
regard bleu, la robustesse d'un bûcheron. Guère fait
pour le côté africain de tout ça. Né en Lorraine. Or voilà
un homme dont le métier était le renseignement. Ce qui
l'amenait forcément à se mêler aux francs-tireurs.
L'éventualité que *Colbert* se rendît était fréquemment
discutée. Plein d'Autrichiens, là-dedans, en plus des
Allemands. Plein de Lorrains et d'Alsaciens.

Une fois dans la place, le capitaine Crosia avait usé de
toute son éloquence. Une homélie très convaincante : il
était prêtre dans le civil. « Ville encerclée... A quoi bon
mourir ? Forces supérieures en nombre. Qu'une solution : déposez vos armes. » Et un bluff fou, par-dessus le
marché.

Et c'est à ce moment-là qu'il avait entendu une phrase
du genre : « Dites ça au général vous-même. »

Ainsi le capitaine Crosia avait bel et bien échangé quelques mots avec le général Schaefer. Par téléphone. Il avait
été jusqu'à lui fixer rendez-vous. Le général acceptait de
rencontrer les Français le jour même, non sans avoir répri-
mandé, et avec quelle violence, l'Allemand qui avait eu le
front de lui conseiller de se rendre. Lâche. Traître.
Vermine... L'autre regardait le téléphone, plus raide
qu'un piquet et si pâle qu'on aurait pu croire que la
mort elle-même venait de lui apparaître. Mais quelle
importance... Rendez-vous était pris.

Et *Colbert* se rendait.

La rencontre ? Un fiasco, un dialogue de sourds.

Schaefer proposait une trêve, Monsabert exigeait la
capitulation.

La voix restait aux canons.

Certains reprenaient leurs sens.

Et la position du général de Monsabert, en ville, demeurait aussi précaire qu'au matin de ce jour.

Car, des quatre verrous qui interdisaient les accès de la ville, un seul avait sauté, celui d'Aubagne, ouvrant cette brèche qui avait permis à quelques blindés de déboucher sur la Canebière et au général de se glisser jusqu'au cœur de la ville. Mais cette trouée, si sommairement ouverte, rien ne permettait d'affirmer qu'elle ne se refermerait pas, et rien non plus d'espérer que les verrous de Cadolive ou de Carpiagne se laisseraient forcer plus facilement.

Or, l'armée d'Afrique venait de vivre à Aubagne une aventure qui laissait perplexe.

« Moments critiques » comme devaient en convenir par la suite les journaux de marche des tabors. Toujours l'*understatement*... Car à Aubagne le tragique de la chose avait été tel qu'après avoir relevé une compagnie de zouaves, trop éprouvés pour continuer, les hommes du colonel Boyer de Latour avaient été contre-attaqués jusqu'à l'intérieur de leur P.C. Tout le monde aux fenêtres. Un de ces trafalgars... Il avait fallu que radios, brancardiers et ordonnances, tous, s'en mêlent pour réussir à faire reculer l'assaillant. Jusqu'à Mama le Pacifique, jusqu'au bon Mama serveur au mess, qui bien que ne disposant que d'une pelle-bêche... Il en avait asséné un coup sauvage, atteignant un *feldgrau* en pleine poire. Ensuite il l'avait égorgé. Celui-là quand on touchait à ses assiettes... Et les goumiers de faire main basse sur les chaussures. Neufs les souliers du blond, mais on avait eu chaud. Et puis quelle casse !

Un cauchemar, Aubagne.

De loin, pourtant, ça avait l'air gentil avec ce coup de vert que vous envoyaient les arbres, ce coup de vert tendre qui caressait l'œil. Et puis le scintillement des roubines dans les prairies. Oui, tout ce vert coupé d'eau.

Au sortir des collines, c'était comme de changer de pays. Mais alors de près... Ces cabanons qu'il fallait prendre un à un. Les habitants avaient été les premiers à accourir. Toutes sortes de gens. Des gens très modestes parfois, et à peine armés. Mais résolus. Un bûcheron avec sa hache. Des garçons bouchers avec leur coutelas. Et puis des marchands de fruits arméniens, très noirs de cheveux. Aubagne était tout pour eux. C'était là qu'ils avaient grandi, là que pour la première fois ils avaient pu se payer un bout de jardin.

Et puis aussi des gens d'une autre classe.

Un comme ce fermier, M. Bagnes, venu faire le coup de feu avec son jeune fils et puis un certain Bourgeade qui s'offrait comme guide. Pierre Bourgeade. Un homme de lettres très comme il faut. Et avec une veine !

Alors là, une baraka extraordinaire. Mais cela ne changeait pas grand-chose au fait qu'Aubagne était un cauchemar. Impossible de faire plus de dix mètres sans aller buter contre un treillis ou une haie. Autour de chaque jardinet, des clôtures métalliques au travers desquelles Allemands et Marocains se fusillaient à bout portant. Ça baroudait comme jamais en Italie.

Allons, il faut venir à bout de cette résistance. Finissons-en, messieurs. Réduisez, oui, réduisez...

Ainsi fut fait.

Le soir venu, on savait exactement ce qu'en avait coûté Aubagne et qui avait payé. Les goumiers du colonel Boyer de Latour. Les cadres aussi. Mercier par exemple, l'adjudant-chef Mercier, tué. Et puis, Leblanc, l'adjudant-chef Leblanc du 14e tabors. Une balle en plein cœur. Et puis Schneider. Pas possible ! Pas le petit sergent Schneider, pas ce gosse. Oui, Schneider. Vingt ans... Et on n'était toujours pas au bout du compte. Parce que le ramassage en terrain miné, c'était pas du gâteau.

« L'action a été très vive. »

Ainsi s'exprimait le journal de marche.

Quant aux goumiers, une fois le calme retrouvé, ils avaient chanté. mais sans lâcher leur fusil ni ôter leur casque. Et pas bien haut ni des chants bien gais. Ils avaient chanté presque sans rompre le grand silence des collines.

Qui n'a vu Marseille n'a rien vu, avait lancé une voix isolée.

Et elle encore :

Les bois et les jardins portaient de jeunes morts, ah, des morts jeunes et beaux!

La troupe avait enchaîné. Elle avait répété inlassablement :

Ils sont restés sans sépulture.

A mi-voix mais avec leurs gorges de vivants.

L'odeur, cette nuit-là, l'odeur de sanie et d'éther, de sang et de sueur, l'odeur de l'antenne chirurgicale.

A couper le souffle.

Des blessés partout, étendus au sol, appuyés au mur, les chirurgiens ruisselants, les brancardiers torse nu. Il avait fallu demander des renforts jusque dans les couvents.

Un lâcher de bonnes sœurs en bonnet ciel.

Extraordinaire comme elles s'y étaient vite mises. Elles avaient l'air de ne pas entendre, de ne rien sentir et de n'avoir jamais transpiré. Un printemps, ces femmes-là. De grands yeux lisses, une douceur dans la voix... Et une façon d'obtenir ce qu'elles voulaient avec un « Doucement garçon, doucement ». Encore que souvent il n'y eût plus rien à obtenir.

Plus qu'à leur fermer les yeux aux garçons.

Et puis des infirmières de haute volée étaient arrivées de Marseille. Un rude périple... Mais il n'y paraissait rien. Repassées, amidonnées, souliers immaculés, pli réglementaire au tablier. Des techniciennes.

Des spécialistes de l'hécatombe avec des diplômes et des états de service dans de précédentes guerres. Quelques-unes étaient décorées. Médailles obtenues en la fleur de l'âge. Enfin une façon d'être, comment dire ? Le genre 14-18.

A l'instant où elles pénétrèrent sous les guitounes, parmi ces tables recouvertes de linge sanglant, il y eut, dans l'énorme désordre kaki, un temps de flottement. Des lampes accrochées un peu partout, les unes haut, les autres posées au sol près des brancards, diffusaient une lumière vacillante qui, par contraste, faisait paraître ces visiteuses encore plus étonnantes qu'elles ne l'étaient.

Les nouvelles venues semblaient introduites par erreur, ou mal dirigées et destinées plutôt à une garden-party dont la consigne aurait été, pour les dames, de venir en Edith Cavell ou en reine des Belges. On avait peur de les tacher.

S'adressant aux goumiers elles croyaient nécessaire d'adopter le parler poilu. Ils n'y comprenaient goutte et, d'instinct, cherchaient des yeux les religieuses. Dépitées, elles témoignaient néanmoins plus de sympathie aux goumiers qu'aux jeunes ambulancières du corps expéditionnaire. Le mauvais genre de ces filles ! Mais à quoi bon en parler... Voilà des petites qui ne portaient même plus le voile. Et pour ce qui était de la correction, c'était fini, bien fini.

Où était l'Afrique de Lyautey ?

Cette phrase, elles se la répétaient tantôt comme un *De profundis* tantôt comme un vœu pour que renaisse vite le Grand Homme et avec lui le Bon Arabe aux yeux de gazelle, le brave bicot, si dévoué, si reconnaissant, si attaché. Ah ! oui, ça surtout... Si attaché... Hélas ! Une de ces dames s'étant laissée aller à soupirer : « Même plus moyen d'obtenir une Velpeau bien roulée » avait obtenu pour réponse :

« Velpeau de mes deux. »

Un infirmier indigène... L'Afrique de Lyautey était morte.

Mais une fois encore le Bon Arabe avait payé de sa personne et Aubagne était libérée.

Toute la blancheur du monde.

Sans doute une ancienne carrière mais depuis long-temps désaffectée, si bien qu'une façon de patine empê-chait que l'on fît la différence d'avec le reste. Oui, sans doute ça : une excavation dont la ville avait tiré sa substance.

Il y avait quelque chose d'infiniment troublant dans ce chaos rocheux. Comme une banlieue barbare levée aux confins de l'autre, celle sur laquelle se refermaient les grilles hautaines des châteaux et les portails plus modestes des cabanons. Jusqu'aux limites de l'horizon, le champ de vision n'offrait que parois abruptes, piliers massifs, piquetés jusqu'à hauteur de ciel d'excavations de toutes sortes, trous, plates-formes, les plus petits signes d'horizontalité, la moindre surface plane servant d'appui à des plantes que la soif pâlissait. Une concré-tion de la pierre cette végétation. Elle y était attachée avec une violence singulière et l'on pouvait empoigner cette broussaille, s'y accrocher comme à la laine d'un mouton, elle ne cédait pas. Tout ce qui réussissait à vivre sur ces sommets faisait corps avec la roche.

Ainsi les gens de Miguel.

Ils étaient à flanc de montagne, chacun à couvert d'une brèche. Comme des saints dans leur niche, se disait Serge et il regardait Miguel qui, à un mètre de lui, ne disait rien. Seuls ses yeux riaient. Malgré la fatigue qui le marquait, il avait un air de fête. Jamais encore Serge ne lui avait vu cet air-là. A peine un plissement de paupières, un éclair bref au-dessus des jumelles, mais où se lisait tant de joie.

Miguel regardait Serge et il riait.

Puis il se remit à surveiller la route au loin, la route de la Gineste, blanche entre des rochers blancs.

Elle apparaissait parfaitement nette au-dessous d'eux. Elle traversait d'un trait lisse les derniers cabanons, puis faisait une boucle vers le col avant d'enjamber la crête et de disparaître. Mais rien, pas même la route, n'avait l'air tout à fait vrai, ce matin-là. Il semblait que la réalité fût un peu effacée par le monde irrationnel que les gens de Miguel portaient en eux.

Ils étaient cinq à voir la vie de haut.

Partis du Redon aux dernières heures de la nuit, Miguel, le vieil Espagnol, Serge et les *fifraires* avaient vu le jour poindre, chacun avec une ample provision de grenades leur pesant au côté — ce que Miguel appelait *lé piqué-niqué.* Soudain les collines avaient été touchées par un bref flamboiement. Le monde s'éveillait. Mais le blanc avait très vite repris le dessus, un blanc de craie plus cruel que tout, une pâleur étrangère à la vie.

Et Serge avait pensé : « Nous voyons ce que nul ne voit. Nous sommes seuls à ces hauteurs. A quelques mètres de la crête, il n'y a que nous. Que nous... Ah ! que je suis heureux ! » Une allégresse inexplicable. Il lui semblait n'être qu'un corps léger qui flottait dans l'air.

Les autres étaient dans la carrière comme au fond d'une crypte. Une vingtaine d'hommes, cachés là, avec un armement hétéroclite. Récupérés, parachutés, Stengun, F.M. 29, mortiers... Mais pas de portage possible le long de cette paroi. Ceux d'en bas attendaient un signe de Miguel pour s'élancer les uns avec le matériel lourd par l'ancien chemin d'exploitation qui montait à découvert vers la crête, les autres pour se jeter en fourrageurs le long de la route afin de prévenir une éventuelle sortie de la Kriegsmarine.

Car de Valbelle pouvait venir la mort.

Mais qu'était Valbelle ?

Un cercle rouge sur les cartes des nouveaux débarqués, le cercle qui isolait tant d'autres châteaux de la banlieue marseillaise, celui des marquis de Forbin à Saint-Marcel, des marquis de Foresta à la Nerthe et d'autres et d'autres encore. Que de châteaux...

Alors Valbelle ?

Un cercle rouge parmi d'autres.

Mais pour ceux qui y habitaient il en allait autrement. Qu'était ce mot pour eux, qu'était Valbelle, en cette nuit du 24 août ? Un mot comme un serrement de cœur, quelque chose comme un dernier tête-à-tête.

Et la vieille dame de Valbelle avait passé cette nuit-là au piano. Non tant pour le plaisir de faire de la musique que pour se rassurer. Son piano... Dans quel désordre elle vivait ! Ainsi son amie, sa vieille amie de Valjoly. Huit jours qu'elle ne l'avait vue. Oubliées, coupées du reste du monde, toutes deux seules devant leur passé, séparées. Mais elle ne pouvait s'empêcher... Elle la *voyait*. Elle voyait sa vieille voisine, elle l'entendait, dans ses salons dévastés, récitant *Sonnez, sonnez toujours, clairons de la pensée*, fidèle à son cher Hugo, fidèle à la diction heurtée de la grande Sarah, Sarah l'unique, l'irremplaçable, faisant siffler les consonnes parmi les réfugiés sans linge et sans toit. *Sonnez, sonnez toujours...* Mais peut-être était-elle en danger, elle aussi ? Elle lui avait avoué que sa domesticité slave s'armait. N'y pas penser... Elle ne voulait pas se laisser émouvoir.

Face à son clavier, la vieille dame en noir avait, cette nuit-là, attaqué son nocturne avec un fortissimo que la partition n'indiquait pas. Les notes volaient claires sous les branches des pins. Mais on aurait dit qu'elles s'inséraient artificiellement entre les bruits de la guerre. Toute la douceur de Valbelle s'était éteinte. Les notes... Les notes. Des pièces antichars avaient pris position devant la maison et d'étranges bûcherons travaillaient dans le parc. Les notes... Ces coups de pioche ! On creusait des tranchées. Les notes, pour l'amour de Dieu...

Une nuit avait suffi pour faire de Valbelle un camp retranché.

Cependant l'état dans lequel était Serge ressemblait fort à de l'impatience. Que son rôle lui paraissait simple ! Il se répétait : Simple comme bonjour... Je reste embusqué ici et les *fifraires* aussi. Nous protégeons la montée du groupe de combat vers la crête. Un jeu d'enfants. Bien se caler et balancer *lé piqué-niqué* sur le premier salaud de fils *dé la grandé Puta* qui ose s'aventurer dans la carrière. Ceci afin que les hommes puissent *rocker* leur matériel sans risquer de se faire canarder dans le dos. Aussitôt fait, nous décrochons et allons rejoindre Miguel qui, entre-temps, aura déclenché l'assaut.

Il se disait aussi que s'il devait mourir, sa mort ne pèserait à personne. A moins que Précieuse... Oui Précieuse, son beau corps offensé mais infatigable, Précieuse, ô ma P'écieuse, jamais je n'aurai d'amie comme toi, pensa-t-il. Jamais...

Dans la lumière blafarde du petit matin Serge apercevait, loin à sa droite, la pièce d'eau que frôlait le vol des libellules sous la tête inclinée des pins. Ils avaient ri sous ces arbres. Tout était vert là, et blanc à quelques pas. Un jour ils s'étaient baignés. L'eau était d'un frais... Et l'odeur à l'heure où le soir descendait... La menthe, le chèvrefeuille, et Précieuse agenouillée qui se séchait. Qui sait où elle est ? Quelle merveille que cette Précieuse ! Ah quelle merveille ! Serge adressa au réservoir lointain et aux trois pins que le mistral avait tordus un regard qui était pure reconnaissance.

Nul ne savait quand se déclencherait l'attaque.

Les tabors du général Guillaume étaient en marche depuis le début de la nuit. Ils devaient atteindre le col

aux premières heures du matin, mais comment prévoir ?
Cela dépendait d'une quantité d'impondérables dont
tous ceux de la carrière étaient avertis.

Miguel avait assuré, lui-même, une liaison la veille au
soir.

Il était revenu passablement surpris. Serge l'avait
entendu qui confiait au vieil Espagnol : « Ça recommence, je te dis. Les mercenaires, les Maures, tout...
Rien n'a changé. » Le picador avait hoché la tête d'un air
sombre. Il avait demandé :

« Et les tanks ?

— Quels tanks ? avait répondu Miguel. Tu rêves ! »

Des tanks... Pas plus de tanks que de mulets. Les
hommes arrivaient à pied et ils n'avaient rien bu depuis
la veille. Pas un point d'eau dans la région. Et puis le
terrain ! Impraticable par endroits. Le lieutenant-colonel
Edon avait demandé des guides que Miguel avait four-
nis. Mais qu'est-ce que cela changeait ? Tous les sentiers
étaient minés. Ensuite le feu avait pris aux broussailles.
L'air était dangereusement échauffé. On sentait que les
pierres et jusqu'à la terre elle-même risquaient aussi de
flamber comme du bois sec. Alors il avait fallu prendre
de la hauteur. Ça donnait plus d'aisance. Mais les crêtes
étaient solidement tenues et aussitôt occupées, aussitôt
contre-attaquées. Sans parler des châteaux. Ainsi la
Gelade. Quel os ! Tout ça pour dire qu'il était impossible
de savoir à quelle heure ils arriveraient. Rien n'était sûr.
Rien...

Une énorme désapprobation sous le vaste galurin noir.
Le picador avait demandé :

« Pas de tanks ? Mais qu'est-ce que c'est que ces
gens-là ? Des *guerrilleros* ?

— Je te dis que c'est des Maures, répondit Miguel. Et
puis ne t'excite pas. Et parle moins fort. »

Le vieux avait soupiré.

« Les tanks... A croire que nous ne les aurons jamais
avec nous, les tanks. Jamais... »

Il avait l'air profondément choqué. Comme quelqu'un auquel on a manqué de parole.

Miguel examinait toujours la route dans ses jumelles. Soudain il les tendit à Serge : « Tiens, dit-il, regarde... » Quelque chose avançait. Quelque chose de parfaitement impensable : une charrette anglaise débouchait du Redon, au petit trot. Puis elle s'engageait dans la traverse de Valbelle.

La vieille dame de Valjoly.

A la façon dont elle avait empoigné les rênes on sentait une volonté inébranlable. Son visage apparaissait si clairement que Serge en fut presque effrayé. L'avait-il jamais aussi bien vue que ce jour-là ? Je n'ai pas su la regarder quand il était temps, pensa-t-il. Violemment il se le reprocha. Puis il se donna pour excuse qu'elle n'avait peut-être jamais eu ce visage-là. Etait-ce la souveraineté de la toque, plantée sur le front comme une tiare, la dignité de l'attitude — la vieille dame trônait seule au centre de la banquette — étaient-ce le voile noir que le vent du matin agitait et la fascination qu'exerçait cette silhouette solitaire émergeant d'un silence pétrifié, ou encore l'effet du sillage de poussière que, du haut de sa voiture, la vieille dame dominait telle une divinité assise sur une nuée, elle avait brusquement l'air millénaire. Elle arrêtait le temps.

Et devant cette image où se mêlaient si fortement la magie de la vie et celle de la mort Serge abaissa ses jumelles.

« Je ne veux pas voir ça, dit-il à Miguel. Il va lui arriver malheur. Je... »

Une rafale secoua la crête et Miguel se dressa sur ses coudes.

« L'heure approche, dit-il. Les voilà.

— On les reçoit au 75 », chuchota le picador avec une grimace d'inquiétude.

Et tout redevint silencieux.

La vieille dame avait disparu.

Quelque part du côté de Vaufrèges un coq chantait. C'était un chant d'allégresse incroyable que l'on ne pouvait se rassasier d'écouter. Mais vers les sommets plus rien. Le silence.

« Ils s'y sont mal pris », dit le vieux.

Et de nouveau il eut un air de blâme.

« Laisse-nous tranquilles avec ton pessimisme », répondit Miguel.

Mais le bruit reprit et, dans l'ombre des rochers, Miguel se leva.

« On y va », dit-il.

Puis regardant Serge :

« C'est *vou ?* demanda-t-il.

— C'est vu, dit Serge. Personne ne bouge avant que les autres ne soient en haut. Ne t'en fais pas.

— Eh bien, allons, dit Miguel. *Salud, Sergé* et à vous aussi garçons, bonne chance et *salud.* »

Serge le regarda se glisser avec précaution entre les rochers, le picador sur ses talons. Et en cet instant il s'avoua que cette place, juste derrière Miguel, était la seule qu'il aurait souhaité occuper. « Ma place », pensa-t-il.

Ensuite ils disparurent.

Ceux de la route pouvaient atteindre leur position de combat sans se découvrir. Ils y allèrent par petits paquets, en laissant des vides entre eux.

Le groupe se scindait, s'étirait puis se contractait brusquement.

La gorge un peu sèche, tendu vers ce mouvement, collé à lui de tous ses nerfs, Serge suivait du regard. Enfin le groupe tout entier s'immobilisa. Braquées sur Valbelle, les mitrailleuses étaient en position, dans un creux de terrain. Ceux de la route étaient en place.

Deux faces maigres, de cette maigreur comme une

meurtrissure que laisse une enfance promise à la faim, des touffes de cheveux noirs s'échappant de deux bérets identiques, les *fifraires* tendaient le cou eux aussi, tantôt vers la route, tantôt vers Serge qui ne put s'empêcher de sourire. De la brèche où ils s'abritaient fusait toute une télégraphie muette qui signifiait : « Ça marche... Ça marche. » Ils paraissaient au comble de l'excitation. Deux gosses hilares, pensa Serge. Il oubliait qu'à quelques mois près ils avaient tous trois le même âge.

Pendant de brefs instants rien ne se passa. Seul le canon continuait à tonner par-delà la crête et les *fifraires* à s'ébrouer de joie au couvert des rochers. C'était une veillée d'armes inexplicablement gaie où se mêlaient de façon presque inquiétante une espèce d'agressivité anarchique et de demi-inconscience.

Soudain Serge vit une dizaine d'hommes, la tête rentrée dans les épaules et courbés en deux, qui couraient vers la crête aussi vite qu'ils le pouvaient. Brusquement, comme une main énorme qui se serait abattue sur les trois garçons à la fois, la guerre était là, à quelques pas, et dans cette écrasante certitude tout s'abolissait. Ce n'était plus une action à laquelle on pouvait s'intéresser de loin. C'était *leur* guerre. Ils allaient la vivre. Déjà ils lui appartenaient.

Sur la mince arête du chemin, ceux de la crête formaient un trait noir qui se déplaçait à une vitesse stupéfiante. Le trait noir était tantôt visible tantôt invisible selon que les hommes grimpaient à découvert ou qu'ils reprenaient souffle derrière les quelques blocs rocheux qui s'offraient en cours de montée. Un train pensa Serge... Un petit train humain, s'essoufflant de tunnel en tunnel, terriblement vulnérable et fragile. Serge crispait les poings. A un moment donné, il se surprit tandis qu'il priait avec ferveur : « Mon Dieu ! Faites qu'ils arrivent. » Qu'est-ce que Dieu vient faire là ? se demanda-t-il avec étonnement. Est-ce que je deviendrais pieux ? Mais les gens de Miguel allaient sans

anicroches de la carrière à la crête et les *fifraires*
redoublaient de hourras silencieux. On voyait bien qu'ils
jubilaient.

Et tout semblait dormir à Valbelle.

Serge se penchait et mesurait du regard combien il
restait d'hommes prêts à s'élancer quand il entendit un
son qui montait du vide à petits coups brefs. Le
carillon... Les cloches... Jamais auparavant elles
n'avaient sonné avec cette véhémence. Le père Muller,
probable. Mais que sonnait-il ? Ça existait donc, le
tocsin ? Bon Dieu, cette voix. Comme un chagrin sonore.
Comme de se réveiller en sursaut. Rien ne pouvait
empêcher que se recomposât pour Serge la voix véhémente qui le poursuivait depuis la veille. Adrienne...
C'était terrible. Elle était là. C'est elle, pensa Serge
irrésistiblement. Enfin, à peu près... Je la reconnais. On
dirait qu'elle me parle. Peut-être cherche-t-elle à m'aider ? De toutes les voix qui montent de la ville, je
n'entends que la sienne. Rien qu'elle. Et sa pensée alla
d'un bond jusqu'au clocher qui brillait dans le soleil,
telle une aiguille plantée, bien droit au point précis où se
trouvait Adrienne. Aussitôt, ce qui l'avait éloigné
d'Adrienne, opposé à elle, lui parut contestable.

C'était hier, se dit-il.

Or, hier était un non-sens, hier était *déjà* absurde.
D'une absurdité aussi évidente que la mort de Licia.

Il revit Adrienne dressée au seuil des bois avec ce
regard froid, cet air de justicier, les lèvres serrées sur sa
peur. Un instant lui revint le souvenir des mots ven-
geurs, du dernier trajet ensemble et comme il l'avait
haïe. Voilà, se dit-il, c'est vécu. Je ne peux plus corriger
cette haine, vivre mon silence autrement, m'expliquer,
effacer, je ne peux plus. Mais pourquoi, pourquoi ? Lui
crier : « Je vois tes raisons, Adrienne. Je les vois, enfin.
L'essentiel est de vivre. Et, moi aussi, je vais vivre. Je
vais vivre et gagner. Comprends-tu ce que cela veut
dire : *vivre, gagner ?* Pour les gens de Miguel ? *Vivre,*

gagner, comme un espoir fou, comme un bonheur
attendu toute une nuit. Ah ! comprends-moi, Adrienne,
comprends-nous... » Et aussitôt pensé, ce *nous* le plongeait au plus profond d'une complicité, perdue depuis
l'enfance. Nous, c'était Miguel, les gens de Miguel. Il n'y
avait qu'eux.

Une bouffée de vent apportait une odeur de jardins,
de plantes arrosées. Elle flotta un instant et aussitôt se
perdit dans l'air embrasé. Le canon grondait toujours, et
la voix saccadée du carillon continuait d'annoncer ce qui
semblait l'heure de l'école plutôt que celle de la guerre.
Le bruit, les odeurs, ces cloches comme les voix de la ville
immense et d'Adrienne confondues, la banlieue aux
maisons basses, si distinctes, si proches dans la clarté du
matin, tout se mêlait dans l'esprit de Serge pour former
en une fugace vision ce qui lui parut être, sans nul
doute, le passé.

Un instant avait suffi pour qu'il fût là, ce passé,
calme et féroce.

Alors Serge pensa : déjà... Il cherchait sa vie loin
derrière lui. Déjà le passé s'annexait Adrienne.

Au fond, se dit Serge, je n'ai vécu que ce rêve, comme
une prison. Quel désert... Quelle pauvre vie... Tout cela
aura duré le temps d'une guerre. Est-ce la peine d'y
penser ? Il fixait le vide. Notre guerre... Il en avait la
gorge nouée. Tout s'achevait, se voilait et puis le soleil
était aveuglant.

Alors, dans un silence subit, il entendit les *fifraires*
qui d'un claquement de doigts lui faisaient signe. Dans
la carrière, un dernier groupe attendait, genoux en terre.
Pas une tête ne dépassait. Et Serge eut brusquement
honte. Honte de ses fantômes comme jamais. Il y avait
décidément au fond de lui des ombres qu'il n'aimait
plus. Le plaisir de fausser compagnie à tout ça. Semer le
passé... En finir. Et puis gagner, oui, gagner la guerre à
tout prix.

L'instant d'après Valbelle ouvrait le feu.

Sur le chemin de crête, un qui courait tomba d'un coup, à la renverse, en immense stupéfaction, puis, comme une pierre, roula jusqu'au fond de la carrière.

Le feu de Valbelle était rapide et précis. Il venait frapper contre la paroi rocheuse pour éclater ensuite en feu d'artifice. A un sifflement échevelé qui filait au-dessus de lui et lui emplissait les oreilles, Serge comprit que la crête aussi était balayée et de près. Comme par un vent inconnu... Mais trop tard, Miguel était déjà loin.

Rejoindre, pensa Serge, il fallait rejoindre. Et surtout ne pas s'affoler. On s'y attendait un peu que Valbelle mette le paquet, non ? Alors rester calme. Ça n'en finissait pas de claquer. Serge vit les *fifraires*, tassés sur eux-mêmes en travers de la brèche, la tête de l'un proche des souliers de l'autre. Mais la vision qu'il en avait était confuse. D'épais nuages de poussière qui se levaient en tempête, flottaient longtemps dans le soleil. Serge étouffait. Il y eut un nouveau fracas, cette fois prodigieux. On aurait dit que la carrière s'ouvrait en deux. Serge se répéta : sortir de là. Il se le répéta comme en rêve, et comme s'il s'agissait d'un autre que lui. Sortir de là... C'était bien simple. Son seul passage était un peu plus bas, à moins d'un mètre de distance, entre les rochers où les deux garçons aplatis au sol se tenaient immobiles. Les rejoindre. Ensuite ? On voyait, on devinait qu'à partir de là, en s'y prenant prudemment, il était possible de déboucher en contrebas de la crête puis de filer sur le versant opposé. On va s'en tirer, pensa Serge. Cette fois c'est certain. A condition de faire vite, on va réussir. Mais pour cela il fallait d'abord que les deux autres se bougent, qu'ils se poussent un peu. Ils obstruaient le passage. Serge profita d'une brève accalmie pour les héler. On n'allait quand même pas rester là toute la journée. Valbelle s'était tu et un léger tintement métallique, reconnaissable entre mille, tranchait à nouveau le silence. Encore elles, ces cloches, encore la voix d'Adrienne, pensa Serge. Tu ne pourrais pas te taire,

non ? Mais il souriait en lui-même. Quelle galopeuse ! Il
riait presque. T'as pas honte ? Tu viens me relancer
jusqu'ici, hein ? jusqu'au bout ? Trop tard, ma chérie.
J'ai autre chose en tête. Décrocher, se répétait-il, décrocher tout de suite. Et les *fifraires* qui ne bougeaient
toujours pas. Serge les voyait comme au travers d'une
avalanche. Non mais quels froussards, quels corni-
chons... Ça ressemblait à quoi de faire le mort dans ce
trou ! Serge les héla encore. C'était comme de crier dans
un tunnel à l'instant où passe un train. A des sifflements
stridents succédaient de gigantesques chocs. La carrière
partait en lambeaux. Des fragments de rochers volaient
légers comme des papillons. Et Serge sentait le sol
vaciller sous ses pieds.

Soudain le saisit l'idée que les bousculer un peu ne les
tuerait pas, ces deux nigauds. Leur tomber dessus,
qu'est-ce qui l'empêchait ? Pas à hésiter. Il allait les
surprendre. Et puis tant pis. Prendre son élan et... Un
jeu d'en... Mais ses jambes étaient flasques.

Il se décida néanmoins.

A sa stupeur Serge se retrouva à califourchon sur
deux corps inertes.

Ils étaient tombés en avant les bras repliés sur la
poitrine, dans une attitude de soumission apeurée. Le sol
était criblé d'éclats. Serge pensa : « O mon Dieu, ils sont
morts et je vais mourir aussi. » Il se pencha davantage et
vit leurs visages enfouis dans la poussière, avec une
vilaine grimace : un air de blâme venu de l'autre vie.
Serge observa encore que le pire était précisément cette
grimace de gosse molesté, ce rictus de faiblesse résignée,
c'était cela le pire, la mort comme une gifle, une de plus,
la dernière, mais celle-là sans appel et puis aussi les
bérets, ô mes camarades fallait-il ces bérets comme sur
les quais de l'Estaque un jour de mistral, enfoncés
jusqu'au ras des oreilles et qui, pareils à deux boules
miraculeusement restées en place, faisaient paraître les
corps prostrés, enfarinés, à peine plus pathétiques que

ne l'avaient été les *fifraires* avant que la vie ne les ait quittés. Fallait-il ? Cette partie perdue... C'était cela qui n'était pas acceptable, l'injustice... Comment supporter, se demandait Serge, comment accepter qu'ils soient là, comme deux loques dans la poussière ?

Un fracas venant de l'est arracha Serge à son hébétude. Cette fois c'était eux... C'était le col de la Gineste attaqué, c'était, sur l'autre versant, et encore invisible, la masse sombre des goumiers accourant du fond de l'horizon, c'était eux dans leur furie noire, eux exaspérés par la soif, jetant les sacs, devançant les mitrailleurs, c'était une fois encore le corps à corps, le combat à la grenade, à la baïonnette, c'était le verrou de Carpiagne défoncé, l'ennemi pris de flanc, culbuté, balayé du plateau, mais on n'allait pas en rester là, et c'était une hallucinante poursuite afin d'interdire à l'adversaire le repli sur Valbelle, c'étaient les cris de ceux que l'on achevait à l'arme blanche, l'écho de ces cris épouvantés dans l'infinie blancheur des collines, c'était pour les uns la ruée vers le bain de Précieuse, et l'émeraude de l'eau reflétant le cercle des faces embroussaillées, c'était la lente progression des éléments de reconnaissance, comme une danse hésitante, une pavane incertaine qu'interrompait sèchement le tir des casemates indiscernables et le chancellement de ceux qui... — l'adjudant Wolf sautant sur une mine, le capitaine Huot tombant blessé au ventre, le lieutenant Franconi tué — c'était, là-bas, en haut du col, la courbe crayeuse de la route soudain avalée par le flot fabuleux des assaillants, c'était la clameur des tabors à qui la Ville apparaissait enfin, le cri hallucinant de ceux qui dévalaient des hauteurs et qui chargeaient, c'était cette charge torrentielle d'où surgissaient, comme d'un orage, les mots *Allah-ila-Allah*, c'était le crescendo de cet *Allah* hurlé, repris par les collines et répercuté à l'infini, l'interminable *la-a-a-a* des hommes bondissants, ces sons inconnus, cette chevauchée jamais imaginée qui projetait Serge dans un

temps nouveau et lui arrachait des lèvres quelque chose
comme un bégaiement : « Vraiment ! Vraiment... » Il
haletait. Son regard parvenait avec difficulté à assumer
le prodige. C'était eux...

Rejoindre, courir, il se levait quand tout fut balayé.
Une brûlure. La question : « J'ai mal mais où ? » L'impossibilité d'y répondre. D'où souffrait-il ? D'où ? Il
essaya de contenir son mal des deux mains mais, vite
épuisé, renonça. Et la certitude que quelque chose en lui
s'était définitivement enrayé le saisit. « C'était prévisible,
pensa-t-il, mais que cela m'arrive à moi ! Ce n'est quand
même pas croyable... » Il tenta de se soulever, surpris
que son corps se souciât si peu de lui obéir. « Je veux... Je
veux », pensait Serge. Ses membres en décidaient autrement. Ses jambes surtout. Qu'avaient-elles ? Alors Serge
s'abandonna, sans cesser, toutefois, de fixer la route,
comme si de la regarder allait hâter l'arrivée des secours.
Ah ! il aurait bien appelé la route à l'aide s'il avait pu :
« Au secours, la route au secours !... » Mais là encore, que
d'étrangetés... Les images se dissipaient aussitôt aper-
çues en de successives surimpressions. « Heureux, pensa-t-il, encore heureux que mes oreilles... » Car bien qu'il
ne *cherchât* nullement à entendre, le moindre son avait
une durée infinie. Que ce fût la clameur des tabors, les
tirs de Valbelle, ou le tintement des cloches, seuls les
sons l'empêchaient de sombrer. « Ça va... Ça va », se
répéta Serge. Voilà qu'il avait parlé aux cloches comme
il aurait parlé à Adrienne. Il avait dit : « Ça va, ça va, tu
l'auras ce dernier mot... Tu l'as déjà. » Il avait même levé
la main. Il avait fait au carillon un signe amical. C'était
rassurant. Du reste il n'allait pas si mal. Sa réflexion
demeura tout entière concentrée sur cette pensée : il
pouvait parler, il n'allait donc pas mourir. Il ferma les
yeux. Pourquoi chercher à voir ? Les sons lui suffisaient
qui formaient autour de lui un domaine où rien, pas
même l'impotence qui le clouait au sol, ne l'empêchait
d'intervenir. A certains bruits il parlait durement. A la

guerre il disait : «Allez-vous vous taire, à la fin ? » Il
menaçait Valbelle : «Assez... Ça suffit, maintenant !
Qu'on ne vous entende plus. » A la petite cloche nostalgi-
que et fidèle il disait : «Coquine... Je te nomme coquine. » Mais parlait-il ou croyait-il parler ? Il eût aimé
savoir... C'était comme ces silhouettes dont il ne parvenait pas à saisir la signification. Elles se penchaient. De
cela il était certain. Elles se penchaient sur lui. Qu'at-
tendaient-elles ? Malgré le flamboyant soleil, il fit effort
pour se convaincre qu'il ne s'agissait pas d'imagination.
Un visage approchait qu'il regarda bien en face. Mais
comme les larmes lui montaient aux yeux il les ferma,
sans réussir à chasser la vision d'un adolescent casqué.
Que venait-il faire là, celui-là ? Serge reconnaissait
l'enfant en kaki, le soldat fantôme des bords de la Loire,
qui lui ouvrait tout grands les bras, avec son éternel
sourire pâle au coin des lèvres. Curieux... Le sens de
cette apparition lui échappait. «Et après ? se dit-il.
C'était sûr qu'il réapparaîtrait... Un Maure. Miguel
avait bien raison de dire que rien n'a changé. »

Mais les pensées comme les images dansaient devant
les yeux de Serge qui se disait : «Pourvu... Pourvu... »,
sans réussir à achever. Sans doute se passait-il quelque
chose d'atroce pour que sa tête se vidât aussi soudainement. «Que vais-je devenir, si ma tête... » se demandait-il. Au même instant, la pensée relative à Miguel lui
revint : «Pourvu que l'avenir ne le déçoive pas, se dit-il.
J'aurais tant voulu... » Mais partout des trous. Que se
passait-il ? Voilà que paroles et pensées s'échappaient.
«Où en étais-je ? Ah ! oui... tant voulu être comme lui...
Fort... Convaincu... Peut-être n'ai-je rien été. » Quelque
chose lui battait dans la tête. Il perdait conscience. Mais
il parvenait encore à penser : «Rejoindre. Envie terrible
de rejoindre. » Il se prodiguait des encouragements, il se
parlait doucement, comme à un enfant paresseux, il se
disait : «Allons, viens maintenant. Sois gentil. Presse-
toi. » Il se répondait : «Je viens... Je viens. » Il jouait à se

tromper. Pour rien. Se soulever lui était impossible. Alors il gémissait.

De vagues visions s'interposèrent néanmoins, lui laissant encore pour quelque temps, l'illusion qu'il vivait. Ainsi une charrette. Où allait-elle encore ? Une forme blanche, assise entre deux formes noires, s'en allait au galop. Avait-il vu seulement ? Eh bien, pourquoi s'étonner ? Les gens de Valbelle fuyaient. C'était tout simple. Pas de quoi étouffer. Car il étouffait, il le sentait bien. Elles partaient toutes les trois ensemble, comment n'y avait-il pas pensé ? Adrienne et les deux vieilles dames partaient et il étouffait. Plus de doutes, on avait réussi à le tuer... Et maintenant ? Elles... Enfin, elle, Adrienne l'abandonnait, aux confins de la Ville dans tout ce blanc, dans tout ce bruit.

Bientôt la cloche fut la *seule* chose audible. Mais si lointaine...

L'instant d'après il glissait. Eh bien, eh bien, cela aussi était tout simple. Pourquoi lutter ? Glisser. Glisser encore. Glisser toujours plus vite. « Regarde, disait-il, regarde, je glisse. Je vole. » A qui s'adressait-il ? Il percevait très confusément que, bien que différents les uns des autres, ces mots n'avaient pourtant qu'un seul et même visage. « Qui es-tu ? » se demandait-il. Puis un nom lui vint aux lèvres que personne n'entendit.

Il était midi dans le ciel quand toute pensée le quitta.

Une semaine s'était écoulée depuis l'instant où, à la Capelette, traminots et cheminots avaient dressé les premières barricades. Huit jours de combats opiniâtres dont le bilan s'établissait aussi simplement qu'un compte de cuisine en maison bourgeoise.

Dépenses

Goumiers tués.	*150*
Goumiers blessés	*530*
Total.	*680*
Officiers blessés.	*17*
Officiers tués	*7*
Total	*24*

Pour ne parler que de la piétaille militaire.

Quant aux pertes des partisans personne n'en avait la moindre idée.

Mais l'acquis ? Vingt et un mille prisonniers auxquels venaient s'ajouter deux cents officiers et trois généraux. Et puis, le butin. Deux cents chefs-d'œuvre de canons, des stocks immenses, des munitions, des armes, des vivres. Et les trophées ? Arrachés aux vivants, aux morts. Quand il ne s'agissait que de boutons ou de pattes d'épaule ils étaient expédiés en terre africaine accompagnés de poétiques commentaires, dictés avec grand soin et force exagération. Faut-il, goumier, faut-il vraiment écrire *ô merveille !* chaque fois qu'est mentionné le mot *munitions ?* Il le faut... Mais on ne disait rien des coupables chaparderies, rien des longs caleçons de couleur tudesque dont les Marocains apprécièrent longtemps la qualité et qui repassèrent le Rhin sur jambes goumières.

« Je demande, pour la nuit qui vient, un armistice permettant l'élaboration d'une reddition honorable... Sans quoi nous nous battrons jusqu'au dernier homme. »

Schaefer avait capitulé le 25 août à la nuit tombante.

Le matin suivant les troupes défilèrent.

Le pas des goumiers étonna ; il n'avait rien de militaire.

Parce que l'été était chaud on avait ressorti les *bel'ra*. La ville applaudissait des guerriers en savates. Le vent de mer, passant sur eux, rabattait des relents de fauverie. L'eau manquait. Et puis la chaleur et la hâte favorisaient des odeurs qui faisaient dire aux populations libérées : « Ils sont bien braves mais ils sentent. »

On les embrassait néanmoins et, afin de prouver en quelle estime Marseille tient les gens de couleur, on leur donnait du *Monsieur le Goumier*, sur un ton de cérémonie.

Inodores, les chars se détachaient sur fond de bleu.

Une multitude, venue des banlieues, avait passé la nuit à se donner un air de fête et chercher qu'offrir aux combattants. Plus de fleurs. Les jardins étaient dévastés. Des Arméniens en armes tendaient des confitures. Des vieilles distribuaient des baies sauvages et des arbouses à peine mûres.

Au Prado, le soleil d'août, jouant au travers des platanes, posait des écharpes d'or sur les lits des enfants. C'était un quartier où l'expresion *mourir de sa belle mort* avait encore un sens. Mais le port... Une désolation de l'autre monde. Quarante navires de haute mer coulés. Pour ne rien dire des chalands et des bateaux de servitude qui couronnaient d'épines le bleu de l'eau. On en comptait plus de deux cents.

D'honnêtes gens s'effrayaient d'un déferlement populaire dont l'enthousiasme s'exprimait de façon fort intempestive. Un souffle martial balayait la Canebière. Les pistolets partaient tout seuls. Ceci pour dire que la gueusaille inquiétait. D'évidence le nombre des résistants avait augmenté dans des proportions inexplicables.

Aux balcons, des femmes de qualité répétaient les gestes que quatre ans plus tôt elles avaient faits pour accueillir le maréchal Pétain. Mouchoirs agités, applaudissements et larmes essuyées à la dérobée.

Cette nuit-là fut la dernière que les Marocains passèrent à Marseille. Il fallait se hâter. La course entre Alliés était engagée. La course pour le cœur de l'Europe : Berlin, seule prise qui donnât droit à parler haut et fort. Et les gouffres se rouvraient sous les pieds des combattants, les vieilles dissensions renaissaient, toujours les mêmes... Oh ! Miguel ! Voyez comme tout recommence et qui guérira jamais l'Europe d'elle-même ?

On laissa néanmoins aux tabors du général Guillaume le temps de commémorer leur victoire par des danses brèves et des chants appropriés.

L'humeur des Marocains n'était pas aux cabrioles. Ils entrèrent dans la danse mais à pas lents.

Tant ont disparu, tant d'autres continuent fut le thème lancé d'une voix grave.

Et les goumiers chantaient. Ils tournaient. Ils levaient les genoux non par gaieté mais par fierté. Ils s'abandonnaient à la danse en vainqueurs.

Dans certaine campagne de la banlieue, certain château où la domesticité en armes tirait des salves d'honneur et fêtait les guerriers, à grandes rasades, entre deux strophes de *Bojé Tsaria Khrani,* certaine dame, experte en poésie, écoutait chanter les tabors. Des officiers qui bivouaquaient dans le parc tenaient auprès d'elle le rôle de traducteurs, sur le ton léger et un peu persifleur qui était le leur. «*Tant ont disparu, tant d'autres continuent,* répétaient-ils après les goumiers. Pas mal, pas mal du tout. Ils sont en forme, nos bonshommes. Le baroud leur réussit.» Et la dame de Valjoly remarquait que ces guerriers-là paraphrasaient inconsciemment Saadi.

«A moins qu'ils n'aient lu Pouchkine», ajouta-t-elle en manière de plaisanterie.

Elle s'adressait à un auditoire de choix. En plus des officiers de l'état-major du général Guillaume et parmi

eux un *neveu du Maréchal* — Lyautey, bien sûr, on n'en
connaissait point d'autre à Valjoly —, elle hébergeait sa
vieille amie arrachée à Valbelle aux pires moments et
puis une protégée du père Muller, une réfugiée :
Adrienne. Je vous présente une fée. Adrienne, vous
connaissez notre grande Adrienne ? Toujours aussi
belle... Oui. Personne n'ignorait qui était Adrienne
Chrétien. Mais pour ce qui était de l'œuvre où Pouchkine citait le poète persan alors ça... Pas qu'on soit
inculte mais nous les militaires... Pouchkine, connais
mal. L'auditoire donnait sa langue au chat.

Ah ! il s'agissait bien de Pouchkine ! Ce qu'elle s'en
fichait d'Alexandre Serguéiévitch, Adrienne. Au moins
autant que de ce Saadi. Le seul poète qu'elle eût aimé...
N'y pas penser. *Tout un tendre passé, tout à coup
devenu comme un panorama de marbre.* Mais n'y pas
penser. C'était un nomade que l'hiver chassait dans les
rues. Il cherchait des épaves dans le ciel et voyait des
diamants pendre aux gouttières des toits. N'y pas penser.
C'était le passé. Comme Malvine. Comme cet affreux
couvent qu'elle avait quitté juste à temps.

Et bientôt elle retournerait chez elle. Ce besoin qu'elle
avait de Paris. Bientôt elle reverrait sa rue, ses livres, elle
retrouverait le témoignage silencieux des glaces, la
caresse des lampes, l'or des murs, les profonds canapés.
Son campement... A quel point tout cela lui manquait !
Une fois de retour, elle se terrerait. Les hommes avaient
de drôles de mémoires. On pouvait se fier à leur faculté
d'oubli. Alors elle se terrerait le temps que les mémoires
se rouillent. Du reste il n'y aurait pas de victoire. De cela
elle était certaine. Mais savoir... L'impuissance où elle
était de savoir où était Serge, où était Ulric, c'était cela
le terrible. Mais savoir...

Adrienne, sagement assise entre les vainqueurs, les
mains jointes sur ses genoux, toute de blanc vêtue,
faisait mine d'écouter celle qui se souvenait d'*Eugène
Onéguine* et qui répétait :

Beaucoup ont disparu, d'autres poursuivent le voyage.

Mais savoir... Savoir si Serge, ce gosse, ce bout d'homme, ce fou pardonnerait. Elle soupira, sachant bien qu'elle n'en doutait pas. Il n'était pas changeant, ce garçon. Et Ulric ? Reviendrait-il à Paris dormir avec elle ? Savoir... Elle était malcontente. Tout ça n'était pas pour demain et il fallait faire effort sur soi-même pour écouter ce qui se disait dans cette curieuse demeure. Dommage que l'accueillante hôtesse crût bon d'user de la diction sifflante qui avait été celle de la haïssable Damala. Alors celle-là... Ce goût qu'elle avait pour les robes *à-la-quelque-chose.* Le plus souvent vêtue à la Théodora. A tomber raide d'horreur. Jamais pu la souffrir... Et puis *Athalie,* en 1920. Elle y était allée avec... Une de ces rigolades. Très démodé tout ça. Tandis que l'accueillante hôtesse, elle, avait du style. Garder en tête cette curieuse longueur... L'utiliser à la première occasion. Car une fois les mémoires rouillées on se remettrait au travail. Que la nuit était chaude !

Sur les hauteurs de Vaufrèges les goumiers chantaient.

Tant ont disparu, tant d'autres continuent.

Allons, elle reverrait Paris.

Dieu seul est vainqueur.

L'étrange aventure, ces voix sorties des Mille et Une Nuits, pourquoi ? Et cette certitude en elle qu'il n'y aurait pas de victoire. C'était peut-être la faute de ces voix. Elles affirmaient que Dieu seul... Longtemps qu'elle n'en avait entendu de semblables, très longtemps. C'était quand elle était allée en Afrique. Par défi. Voulait s'arracher, une fois pour toutes, à... Mais il était venu la rejoindre. Leur chambre donnait sur de vastes fontaines. Elle s'y était baignée nue. A genoux dans l'eau. Les cheveux prisonniers d'un gros turban en éponge. Ce qu'il avait ri ! Et la voix du muezzin, haut cachée dans le ciel. Cette voix... Cette voix...

Tant ont disparu, chantaient les goumiers.

CINQUIÈME PARTIE

LA MORT DIFFICILE

« Rien ne prépare mieux à la littérature
que les guerres. Toutes les paix sont sten-
dhaliennes. »

PAUL NIZAN,

La Conspiration.

CHAPITRE XXX

AINSI s'achevaient des temps cruels, à Marseille, une nuit d'août, où plus rien n'était guerre et rien non plus paix.

Tandis qu'en terre slovaque cette nuit-là... L'Histoire, quand même, comme elle sait s'y prendre ! Déjà le 25 août, des escarmouches comme pour fêter la prise de Paris. Mais la nuit du 28... Venant de Bohême, de Pologne, de Hongrie, des troupes allemandes. Alors Matyáš... Comme si l'air, les fleuves ou les bois avaient transmis l'appel d'une jeunesse à une autre, et qu'à peine tombée, la fièvre des gens de Miguel se rallumait ailleurs. A toi, Matyáš, à toi... Et puis soudain, là, l'Islam. Temps insensés ! La répression aux mains des musulmans, le fantastique de ces Bosniaques combattant sous le double signe du svastika et du cimeterre : les Handshar (1) en Slovaquie. Qui invente plus fort que l'Histoire ? Qui ose davantage ?

(1) Himmler approuva la création de la 13e- division S.S. dite « Handshar » du mot turc pour cimeterre. Elle rassemblait environ 20 000 musulmans bosniaques.

Les mêmes illusions, les mêmes espoirs. Mais, s'ajoutant à cela une confusion jamais égalée. Et puis une passion... Quoi d'étonnant ? On était au cœur. Ainsi le refuge des partisans, leurs Carpates, leurs chères Tatras, recelaient aussi, entre les flèches sombres des sapins, le cœur de la Slovaquie, son cœur noir. A toi, Matyáš, à toi ce cœur et l'audace de l'avoir choisi, car rien ne t'y obligeait.

Se dire hongrois... Le cas de Matyáš était prévu et la possibilité lui en était donnée de naissance. Mais c'était précisément cela qu'il ne supportait plus. Les manigances du comte Norbert... Comment s'empêcher de rire devant cette notion de cette patrie de rechange à endosser comme une chemise neuve puis à jeter une fois usée ? Pas moyen non plus d'éprouver sympathie ou estime pour un Etat qui en était encore à jouer sur les mots, un Etat aux frontières barbelées, *oui, mais* perméables, aux prisons pleines, *oui, mais* souples, et allié de l'Allemagne de surcroît, *oui, mais* neutre à l'égard de la France, un pays sans côtes et sans flotte *oui, mais* aux destinées duquel présidait un amiral, puisque tel était le cas de la Hongrie, cette Cacanie, cette plaisanterie...

Matyáš ne pouvait plus se dissimuler vers quoi allaient ses pensées. Et ce n'était certes pas vers la Hongrie du régent Horthy, vestige d'un temps où tout n'avait été que mascarade, faux nez au bal et fausses ruines au jardin. Soudain voici que les jardins semblaient faux et les ruines vraies. Aussi vraies qu'était révolu le cosmopolitisme du comte Norbert, ses ruses de caméléon. Allons, il n'y avait plus à en douter. Né avec plus d'un passeport en poche, Matyáš n'avait qu'une patrie, il était tchèque.

Cependant, assez curieusement, s'il raisonnait faux, le comte Norbert inventait juste. Cela avait toujours été le cas dans les lettres qu'il avait adressées à Ulric. Car ses inventions, exprimées en français avec les conséquences que l'on sait, se trouvaient toutes confirmées par les faits. Comment, après cela, s'étonner du tort qu'elles

avaient causé à son fils ? Et à Matyáš ? Le comparant à
Jánošik il avait cru le protéger. Au lieu de quoi il le
donnait. Jánošik ! Ce nom dont le comte Norbert avait
fait si grand usage, convaincu que le souvenir du
brigand-gentilhomme dormait oublié entre les pages des
vieux livres... Il avait fallu que ce fût le nom sous lequel
s'étaient groupés les premiers partisans. Et c'était aussi
une tactique « à la Jánošik » que préconisait la voix de la
Slovaquie libre. Alors, dans les lettres du comte Norbert,
ce nom... Tout était crime et il fallait si l'on voulait
survivre, savoir se taire.

Ainsi Matyáš, qui au cœur noir des forêts, vivait
coupé de tout.

A toi, Matyáš, à toi ce lieu de confusion où
se dénouaient les mauvais liens — quand ? une nuit
d'août — à toi le beau destin d'y susciter assez d'incertitudes pour consommer la rupture entre l'Allemagne et
ses vassaux, le Reich et ses Roumains, le Reich et ses
Bulgares — quand ? à l'instant où Serge mourait — à
toi le courage de te vouloir de ceux que l'Occident
n'avait cessé d'humilier, de berner et qui comptaient si
peu... Te souviens-tu de ce Français d'avant-guerre :
« Où est-ce au juste *votre* Slovaquie ? » Ce *votre* comme
un haussement d'épaules... A toi Matyáš, à toi le
carrefour des dernières routes.

Une banlieue de l'Europe.

Enclave ouverte, rivage où l'on échouait comme drossé
par des courants contraires, chacun avec son drame
propre, modelé par lui intérieurement et extérieurement.
Arrivèrent ainsi des hommes surgis des marais fronta-
liers avec des visages de cauchemar, des errants dont on
ne savait rien et pas toujours de la première jeunesse,
des misérables n'ayant même plus de souliers, des
tziganes que les Allemands pourchassaient et aussi des

transfuges de la brigade Dirlewanger. Qui ne cherchait à
échapper à l'Oberführer Dirlewanger, toujours maudis-
sant et menaçant ? Etait-il fou ? On le reconnaissait à
son singe familier, porté comme un col de fourrure,
autour de sa tête et de ses épaules. Et la cruauté de cet
homme... Et la grossièreté de ses mœurs... Aux yeux
d'un officier de la Wehrmacht, la chienlit intégrale.
Mais qu'est-ce que cela pouvait bien faire à un Dirlewanger ? Il fallait être ce qu'il était pour commander à
une tourbe sauvage où se trouvaient mêlés repris de
justice et communistes mis là pour-être matés... Et de
déserter, bien sûr, la racaille comme les politiques, mais
assurément pas pour les mêmes raisons.

Enfin là, à cette minute, et sur cette terre menacée des
Français.

Quand on vous dit que l'Histoire...

Des Français vivant une aventure comme personne ne
saura jamais en imaginer, ouvriers fuyant les usines
d'armement, officiers échappés des camps de Pologne,
militaires, gradés ou non, venus par la frontière hongroise sous la conduite d'un technicien de l'évasion, un
lieutenant de La Roncière repris à son onzième passage,
c'était cela les Français de Slovaquie : une jeunesse,
mise à combattre à peine arrivée, et qui toujours
demeura groupée, aux ordres d'un seul homme, lieutenant en France, chef de bande en Slovaquie.

Sublime galimatias qui plonge ce fils de général en
pleine insurrection militaire, place ce cavalier sorti de
Saint-Cyr, ses hommes et aussi son interprète, Vladimir
Nicolaïevitch Iersov, ancien officier du tsar, sous le
commandement d'un colonel de l'armée rouge et fait,
enfin, de Georges de Lannurien, hobereau de Morlaix et
Breton de bonne souche, le chef des Français de la
brigade Stefanik.

Enfin ceci : Stefanik. Voyez quel nom était celui de la
brigade où aboutissaient nos Français. Voyez ce nom ! A
quelles nouvelles aventures allait se trouver associé,

longtemps après sa mort, Milan Štefanik dont le destin,
tout de dangers, de courses périlleuses, de missions
secrètes et de folles passions, est un vertige.

Ainsi se battait-on au nom de celui qui, né près de
Myjava, dans les années 80, avec des idées qui n'étaient
pas celles de l'empereur d'Autriche, s'en vint en France
où il étudia les étoiles et devint assistant à l'observatoire
de Meudon ; qui, s'étant fait français autour de 1915, fut
promu officier dans notre armée, et ne s'en retrouva pas
moins, à trois ans de là, général dans la jeune armée
tchèque mais toujours vêtu de bleu horizon ; qui, nommé
par Masaryk ministre de la Guerre, fut tué à trente-neuf
ans, par méprise. Abattu au-dessus de sa Slovaquie
natale dans l'avion inconnu, l'avion étranger qui le
ramenait de Sibérie. Un avion français...

Cette mort, on serait tenté de dire qu'elle survint pour
le malheur de l'Etat tchèque mais aussi pour celui de
Matyáš et de la génération qui allait, un quart de siècle
plus tard, défendre les espérances de ces régions du
monde.

Et de prendre pour nom Štefanik, n'était-ce pas une
façon de le dire ?

Car assurément, s'il eût vécu, sa terre natale n'eût pas
sombré dans le désenchantement ni participé à ce qui
allait se jouer sur son sol. L'entreprise de Mgr Tiso...
Cette farce brechtienne. Des prélats, tantôt bénissant
tantôt saluant à l'allemande, des gouvernants en soutane
se portant au-devant des héros de la répression, afin de
les décorer de leurs pieuses mains.

Vint ensuite l'heure des *Te Deum*.

Ainsi, rien, sans doute, n'eût empêché qu'en cette nuit
du 28 août, pesât sur Matyáš et ses compagnons la
fatalité de se battre comme ils l'ont fait, et dans des
conditions aussi désespérées. Rien non plus que le corps
nazi démantelé eût un dernier sursaut. Mais, si Štefanik
eût vécu, il n'y aurait pas eu des Slovaques parmi ceux
qui pourchassaient Matyáš, pas de Slovaques parmi les

tortionnaires. Et de cet août, il n'aurait eu ni à vivre ni à effacer la honte.

Des officiers entassés sur des banquettes pourpres. D'autres allant chercher quelque réconfort entre les panneaux marquetés du wagon-restaurant. Le *general-leutnant* Otto avec sa femme. Tous descendus de force.

A quoi pensaient-ils ceux qui, dans la touffeur de l'été, obstruaient les tunnels, et arrachaient aux banquettes de l'Orient-Express des officiers sanglés dans leurs meilleurs uniformes ? La mission militaire allemande en Roumanie, de cette fine fleur à laquelle une fréquentation prolongée des chancelleries et des antichambres royales confère une manière d'innocence, une ingénuité aggravée. Muets de surprise, pour la deuxième fois en moins de vingt-quatre heures. Car la veille, déjà, à Bucarest, le roi Michel... Passé en quelques heures de l'état de belligérant actif à celui d'allié dans le camp opposé. Le Reich demandait des comptes. Rien de sinistre comme ce voyage. On allait s'en expliquer à Berlin.

Le chef de mission, les officiers, la femme, tous alignés le long de la voie, tous confrontés avec la vérité profonde de ces forêts. Abattus sur place, la nuit du 25 août.

Tels étaient les insurgés slovaques, les compagnons de Matyáš.

Voilà ces hommes. Les voilà n'écoutant que la sombre protestation qui les hante, les voilà occupant des usines qui, toutes, selon la volonté des gouvernants en soutane, avaient été cédées à des sociétés allemandes, filiales des Hermann-Gœring-Werke, aciéries, fonderies... Mesuraient-ils le risque ? Et que dire de ce qu'ils réfutaient ? Le sursaut allemand... Ils n'y croyaient pas. Ils ne voulaient pas y croire. Essayez. Essayez aujourd'hui encore. Pas un Slovaque, pas un jeune homme de l'été

44, pour admettre qu'un Malinovski, qu'un Tolboukhine, qu'un seul des généraux qui commandaient aux
quatre fronts d'Ukraine n'ait été invincible. *Le prestige...* Ce que ce mot a signifié dès cette époque et ce
qu'il couvrira par la suite, d'erreurs, d'errements.

On était en août. L'été slovaque, le lourd été des terres
centrales, célébrait son plein avènement. Et les compagnons de Matyáš croyaient l'heure venue. Or, l'offensive
soviétique s'enrayait. Elle s'enrayait sur la Vistule, où
l'armée Koniev ne disposait que d'une fragile tête de
pont, et aussi dans les Beskides, où des divisions allemandes opposaient à l'avance des chars de Petrov une
résistance insurmontable. Un mois plus tard, il allait en
coûter aux Russes plus de cent mille morts pour ne PAS
déboucher. L'offensive avait définitivement échoué.

Rien ne servirait d'en dire davantage. Il est clair que,
jugée avec le recul des années, l'insurrection slovaque
semble suicidaire, clair aussi qu'elle échappe au récit et
constitue comme le dernier défi d'une jeunesse refusant
par avance le rôle des héros dont on enseigne l'histoire.
Ce que fut son combat... Comme un ordre de silence
lancé à qui tenterait de soustraire ces hommes aux
seules exigences d'une impérieuse fatalité. Et que malgré cela... Mon Dieu, la honte ! Quand on lit ce qui se
publie là-dessus... Les armées d'Ukraine arrêtées sur
ordre, l'a-t-on assez exploitée cette légende ! Et en quel
mépris Matyáš doit-il tenir d'aussi médiocres racon-
teurs ! Car ceux qui lui reprochent d'être ce qu'il est
là-bas aujourd'hui, un communiste, ne comprendront
jamais combien les fatigues endurées, l'angoisse, sa fuite
en rond qui le fit aller, sans cesse poursuivi, d'un bord à
l'autre de son étroite patrie, et ainsi jusqu'à l'épilogue
sur l'Ypel, jusqu'à cette minute de triomphe que fut la
jonction avec les Russes, loin de lui ôter l'espoir lui
inspirèrent de certitudes que le monde allait enfin
changer.

Voici des mots, Matyáš, qui te sont dédiés. Ils se

voudraient à l'image d'une main assez puissante pour
arracher à l'oubli ceux des tiens qui sont morts se
sachant d'avance trahis, tous ceux dont la gloire ne vit
aujourd'hui que sur des pierres perdues dans les fourrés,
des plaques enfouies sous les ronces, menacées par la
mousse et l'eau des torrents, d'étranges stèles, alignées
comme des idoles et ne jetant le deuil que sur les bêtes et
les bois.

Et se confirmèrent, une fois de plus, les dons du
comte Norbert ainsi que l'étrange faculté qui était
sienne. Car lorsque, sans en rien savoir, il avait écrit :
Matyáš a tout son monde autour de lui. Dieu merci!
cette phrase, qui avait fait sourire Ulric, était bien le
reflet de la réalité.

Matyáš n'avait été séparé ni de Joseph le blond ni de
Joseph le noir. Ils étaient là tous deux. Et comme par le
passé, comme du temps où, bottés et vêtus de vert, ils
assumaient les fonctions de forestiers, on ne les désignait
que par leurs prénoms. Aussi continuaient-ils à s'écrier
d'une seule voix : « Lequel ? » chaque fois qu'ils s'entendaient appeler.

Personne ne connaissait comme eux la forêt. Personne
n'était lié au sol par des affinités plus profondes.
Chaque froissement de feuille, la moindre branche
brisée leur étaient signe ou message. Ils déchiffraient
l'humus, la terre noire, la bruyère, la neige ou la boue,
ils y lisaient comme une voyante dans la paume d'une
main.

L'officier dépêché par l'état-major russe — on disait
tantôt *l'Organisateur,* tantôt *l'Instructeur* — ne fut pas
long à apprécier de telles capacités.

La tâche qui incomba aux deux Joseph fut celle de
guides.

Ils s'y montrèrent inégalables.

Ce qu'on exigeait d'eux ne leur semblait que la transposition, en plus périlleux, d'un emploi qui avait toujours été le leur, et les vastes régions où ils opéraient la version agrandie des propriétés du comte Norbert.

Joseph le blond et Joseph le noir apportèrent à l'accomplissement de leur tâche ce sérieux, cette gravité maniaque qui est celle de tout homme chargé de protéger un univers de branches et de taillis, qu'il soit forestier ou garde champêtre. Le parachuté y vit l'indice irréfutable de leur foi politique. Il les encouragea. Les fit monter en grade. Mais en vain chercha-t-il à les guérir de l'étrange habitude de crier « Lequel ? » chaque fois qu'il s'adressait à eux.

Le vieux Bohush, lui aussi, résista à ces temps de révolution.

Longtemps il fut de ces hommes vivant hors de tous chemins, de ces gardes demeurés sur des domaines dont les maîtres étaient absents... Espaces si ténébreux, si secoués de bise et de vent que les forces de l'ordre ne s'y aventuraient pas.

Bien que Bohush eût passé l'âge d'être forestier et que la région n'en eût jamais connu de semblable — devenu très maigre, il flottait dans une antique pelisse dont les trous laissaient échapper par touffes une peau de loup échevelée — la vue d'une carabine à son épaule, les favoris qui moussaient à ses joues, sa toque, d'un luxe déconcertant, qu'il portait comme une pièce de livrée, tout cela semblait prouver qu'il avait appartenu à la domesticité de quelque haut personnage et que c'étaient là les marques de sa fidélité.

Jamais ne s'ouvraient les volets de la maison de bois où il logeait. Il y vivait toutes portes closes. Mais chaque nuit elle était visitée, chaque nuit la salle lambrissée, les anciennes chambres d'enfants reprenaient vie et le poêle ronflait.

Au jour elle se vidait.

Elle n'avait été d'abord qu'un lieu de passage. Trois jeunes filles d'un groupe sanitaire y firent une brève halte. Envoyées par Matyáš... Trois étudiantes au visage de porcelaine que le comte Norbert aurait, sans doute, appelées « des charmantes ». C'était sa façon de dire pour les femmes difficiles à situer.

« Faites-moi l'honneur... »

Bohush s'était incliné et les avait installées de son mieux.

Et puis était arrivée une Slovaque de l'étranger. Par Beyrouth et la Turquie, disait-elle. Une personne tout en jambes. Elle portait un feutre masculin et de gros gants. On aurait pu la prendre pour un homme. Mais dès qu'elle ôtait son chapeau...

Celle-là Bohush l'avait jugée du premier coup d'œil.

Une femme qui n'aurait pas déparé les parties de chasse du passé. En temps de paix, il lui en était arrivé tous les ans des comme ça... Tous les ans, par l'express de Prague.

La dame bavardait à ravir. Bohush l'avait écoutée, debout, devant un grand feu de fagots. Dehors, la lourde pluie slovaque frappait de plein fouet et le jour tombait. Le pire moment, le plus cruel... Qu'il pût en être arraché, comme par enchantement, faisait comprendre à Bohush ce qu'il y avait de changé. Il lui semblait en avoir fini avec l'angoisse. Cette femme... Le bien qu'elle lui faisait. C'était comme naguère, les mêmes propos, le même baroque, la même folie.

Devant tant de souvenirs brusquement ressuscités, Bohush sentait sa propre attitude, toute de gravité et de raideur, lentement se relâcher. Soudain, à sa vive surprise, il entrevoyait la possibilité de s'asseoir. Il eut même, hors de tout motif, le sentiment que la chose était envisageable.

Enfin, pour l'une ou l'autre de ces raisons, il s'assit.

« De ma vie... » disait la dame.

De sa vie elle n'avait aimé un homme autant que...
Puis dans un cri elle avait ajouté : « Qu'un cheval,
comprenez-vous ? » S'il comprenait ! Auprès des Muhlen
depuis cinquante ans comment n'aurait-il pas compris ?
Un demi-siècle, c'est quelque chose... Un demi-siècle au
service d'une famille où bon nombre de nuits de noces
s'étaient terminées à l'écurie parce qu'une jument pouli-
nait. S'il comprenait ! Il en avait tant vu. La jeune
épousée, les cheveux défaits, apparaissant dans la stalle
comme une somnambule, avec, sur elle, ce désordre qui
ne trompait pas, mais digne et domptant son dégoût
devant la litière souillée, la jument hors de souffle, et le
mari qui s'affairait. Et le lendemain matin, à l'heure du
chocolat fumant et des tartines au lit, ils étaient à
nouveau face à face, Bohush son plateau à la main, elle
toute pomponnée, affichant l'air étonné qu'elles avaient
toutes, ces matins-là, un air de ne pas comprendre ce
que faisait un corps d'homme endormi auprès d'elles. Et
les divorces ? Peu nombreux. Mais toujours provoqués
par la disparition nocturne du conjoint. Au-dessus de
l'amour conjugal, il y avait les chevaux chez les Muhlen.
Trop de chevaux. Plus de cent parfois. Alors, peu à peu,
les relations entre époux se tendaient. Toujours des
histoires de boulets douloureux, d'emplâtres, toujours les
palefreniers introuvables, sans doute soûls dans un coin,
et Bohush appelé en catastrophe pour mettre l'eau à
chauffer, tenir doucement le sabot du blessé, le flatter à
l'encolure, tout ça à la lueur d'une lanterne, tout ça d'un
long, d'un compliqué. De sa voix polie mais obstinée,
Bohush demandait : « Et votre dame, mon jeune monsieur, attendra-t-elle ? »

Parfois elles attendaient... Parfois pas.

C'était comme ça, chez les Muhlen.

Alors, maintenant, Bohush aurait voulu ne pas permettre à son corps de respirer, au feu de pétiller, tant il

lui était doux de n'entendre que la voix de cette femme et ce langage amical.

Elle l'affirmait. Le tendre, l'irremplaçable compagnon des plus belles années de sa vie, avait acquis une culture musicale. De plus il savait danser. Bohush avait accueilli la confidence avec un sourire. Alors elle, pour le convaincre, là, face au feu, s'était levée et courbant le cou, creusant le rein s'était mise au pas espagnol. Une flamme étrange passait dans ses yeux. Elle parlait à voix basse ; elle s'adressait à un absent. Elle disait : « A nous deux... A nous deux. » Puis elle murmurait : « Aleph... » Bizarre. Sans doute un mot inventé comme en ont les amoureux entre eux.

« Aleph... » répétait-elle.

Des larmes coulaient sur son visage et Bohush en eut aussi.

Comme elle dansait !

Bohush croyait revivre les grands soirs de la maison, quand, sur un ton solennel, étaient proclamés les résultats de la chasse et qu'un vieux kapellmeister s'agitait dans la loggia. « Honneur aux vainqueurs ! » criait le Maître des forêts et l'orchestre allemand attaquait le *Ballet équestre* de Johann Heinrich Schmelzer... Dans le fond de la pièce une longue glace reflétait les silhouettes des valseurs, comme ce soir la danse solitaire d'une femme, bien jambée, piaffant sur fond de flammes.

Bohush avait pitié d'elle. Elle dansait, mais ses larmes coulaient. La comtesse Norbert était au moins aussi folle, se disait Bohush. Parfois elle se mettait au piano, appliquée comme une enfant, avec plein de grelots aux poignets pour évoquer une troïka au galop. Au moins aussi folle... Mais je me suis toujours bien arrangé de ces femmes-là. Elles ont plus de bonté que les autres.

L'inconnue s'était rassise. Elle guettait Bohush intensément. Elle demandait :

« Est-ce que vous me croyez maintenant ? »

Elle sifflait les airs qu'*il* avait aimés. Dvorák et la Marche de Radetzky. Un cheval extraordinaire.

Danser, danser... Et pourquoi pas, après tout ? Savait-il aussi monter les escaliers, ce cheval ? Il semblait à Bohush que dans une région, limitée au sud par la forêt de Bohême et au nord par les monts Sudètes, tous les chevaux naissaient avec ce don. Il en avait vu jusqu'à douze à la fois monter le grand escalier de pierre, l'escalier d'honneur. Avec quelle aisance ils s'étaient arrangés des marches, quelle facilité... De leurs sabots ils arrachaient aux dalles des étincelles ! Ah ! les chevaux ! Ils avaient précédé le prêtre de quelques minutes seulement. Et Bohush revoyait la vaste chambre sur le palier du premier et le parquet sur lequel il s'était échiné. Il n'était que *toilette-kammerdiener* à l'époque, attaché à la personne de l'aïeul. Il avait frotté des deux mains, à genoux dans la chambre aux rideaux tirés, un *Pater* aux lèvres. Quel âge pouvait-il avoir ? Quinze ans peut-être. Des deux mains à la fois, oui. Sacré parquet ! Dix-huit cent quatre-vingt-dix... C'est ça, pas loin de quinze ans. L'année précédente il était encore aux cuisines, et c'est seulement l'année d'après qu'il avait été promu *travelling-valet* de l'aîné des fils, le comte Fido, un grand maigre, qui, vingt ans plus tard, l'avait emmené faire la guerre avec les Autrichiens. Pas moyen de discuter. Il avait bien fallu y aller. Tout cela s'était terminé dans un camp de prisonniers du côté de Vladivostok. Au retour, Bohush avait été cédé au petit-fils, qui venait de se marier. Là, changement de direction, le comte Norbert avait fait de lui son maître d'hôtel. Les années avaient passé... Mais Bohush revoyait le parquet. Il revoyait aussi, le dominant et pointées vers le plafond, les terribles semelles. C'était tout ce qu'il apercevait du défunt, ses semelles, mais il pouvait sans mal imaginer le reste : ses bottes — il les avait si souvent cirées — la vide, reçue en diverses occasions dans le derrière, sans vraie méchanceté, et aussi l'autre, la pleine, à laquelle restait fixée la jambe de bois.

Couché sur son lit d'apparat, le vieux comte Taffy venait de mourir. Bohush préparait la chambre pour les derniers honneurs. Pas le temps de rêver. L'archiduc héritier annonçait sa venue pour le lendemain, en début de matinée. On n'avait pas eu à le chercher loin. Il chassait le cerf sur ses terres de Konopiště. Guère populaire à l'office. *Grosses Moustaches*, c'était le surnom qu'avait reçu l'archiduc. Bohush ne l'appelait jamais autrement. Un type bizarre, *Grosses Moustaches*, coléreux comme pas deux, battant ses forestiers et ne supportant pas d'être dérangé à la chasse. A supposer que François-Ferdinand arrive plus tôt que prévu ? Il fallait faire vite. Bohush avait les bras rompus. Le parquet était d'un crotté... Quoi d'étonnant ? Après ce qui s'était passé... L'écurie alignée des deux côtés du lit, voilà ce que Bohush avait vu. Le vieux l'avait exigé. Qu'y pouvait-on ? Il avait encore sa tête et tandis qu'on le confessait, tandis qu'il communiait, les chevaux n'avaient pas bronché. Bonne Bouche surtout, sa jument, qui, la crinière enjolivée de nœuds noirs et la queue aussi, toute frisotée, baissait la tête. On aurait dit une veuve. Sûrement qu'elle comprenait. Mais le parquet... Pas fait pour ça. Les sabots avaient laissé des traces profondes, irréductibles.

Là où les étalons s'étaient battus, les onglets avaient sauté et la forme du fer tout entier était restée découpée dans le bois. Un désastre. A la tête du lit, Bohush avait nettement reconnu les sabots de Grand Coup. C'était lui qui avait commencé. Le va-et-vient de l'encensoir... Peut-être ça qui l'avait énervé, la fumée qui lui montait aux naseaux. Mais plus probablement la présence de Boris son vieil ennemi, son rival de toujours. On le savait qu'ils se détestaient, ces deux-là. Ils s'étaient pris à pleine bouche. Toute la domesticité courait avec des brocs.

Soudain le moribond s'était arraché de ses oreillers avec un geste qui avait été par la suite sujet à discussion. Supposait-il qu'on attendait de lui qu'il intervînt une dernière fois ? Certains l'avaient vu rassembler ses rênes, d'autres cravacher son édredon. Le prêtre, saisi de peur, s'était mis à bafouiller. Alors le vieillard d'une secousse violente avait donné des jambes à fond, comme s'il avait voulu exiger de son matelas une façon de galop. Après quoi il s'était affaissé, de l'écume aux lèvres. Mais seul le docteur s'en était aperçu. Le comte Taffy mourut tandis qu'on séparait les chevaux.

Un rude bonhomme, songeait Bohush. A plus de quatre-vingts ans il enlevait Boris par-dessus le passage à niveau. Mais le parquet... Il aurait fallu raboter. Cette fatigue... Et, presque à son insu, Bohush répéta à haute voix :

« Cette fatigue... »

L'inconnue s'était rassise, ses longues jambes repliées, comme une sauterelle que la chaleur aurait engourdie. Elle répétait très doucement :

« Il faudrait vous reposer... »

Bohush souriait.

« C'est une fatigue d'il y a cinquante ans », dit-il.

Alors elle s'était tue. Il ne fallait ni bouger ni parler. Il fallait laisser Bohush s'évader lentement, tranquillement, de plus en plus loin.

Quelque chose l'avertissait qu'il ne pouvait rien lui arriver de meilleur.

Et en effet. Bientôt après, Bohush fermait les yeux. Peut-être la dame le croyait-elle endormi comme un vieux, au coin du feu. Il n'avait fermé les yeux que pour mieux se souvenir. Alors très simplement, très naturellement, Bohush avait retrouvé le temps de ses quinze ans et une émotion qui, à l'époque, lui avait paru démesurément grande. C'était lui qui avait habillé son maître, lui seul qui l'avait boutonné dans sa tenue de général et lui avait passé au cou l'ordre de Marie-Thérèse. Il se revoyait, des larmes lui tombant sur les doigts. Le vieux, malgré les coups de botte, avait toujours été bon pour Bohush. Que serait-il devenu sans les Muhlen ? Pris par l'armée ? Incorporé de force ? Il ne se connaissait pas de famille. Bohush avait été ce que l'on appelait au château *l'orphelin de l'année*, un de ces adolescents trouvé errant, recueilli d'abord par le prêtre, puis choisi, le soir de Noël par le comte Taffy en personne, après la messe de minuit. Chaque année, les cuisines du château accueillaient ainsi un petit inconnu qu'on laissait d'abord manger à sa faim et qu'ensuite on formait pour tel ou tel emploi.

Dieu, quel galopin il avait été ! Cette émotion quand le comte Taffy l'avait désigné du doigt. Il n'était alors qu'un garçon fruste et solitaire. Cinquante ans avaient passé. Devenu le *Bohush des Muhlen* il n'était pas près d'oublier cet instant-là.

Oui, le comte Taffy avait été bon, très bon pour lui. Il lui avait tout appris. Bohush lui devait parmi les meilleurs moments de sa vie.

Ainsi le comte Taffy l'emmenait en promenade, bien que faire un tour de pays, le nez au vent, perché sur le siège d'une voiture à côté du maître, n'entrât point dans les attributions du *toilette-kammerdiener*. Ces jours-là, ils allaient jusqu'à un petit bourg de Bohême et de là jusqu'au champ où le comte Taffy avait perdu sa jambe. A moins de trente kilomètres du château. Emportée par un boulet, la jambe. Etrange que ce fût là sa promenade préférée. Parfois il emmenait des amies, des parentes, des tapis et aussi un pique-nique. Sur place il y avait un monument que Bohush avait longtemps cru consacré au souvenir de la jambe perdue et qui, en réalité, était un monument aux morts. Il y avait aussi un vétéran qui faisait visiter le champ de bataille aux étrangers, d'une voix chevrotante. Il pleurait au mot *défaite* et se mettait au garde-à-vous chaque fois qu'il prononçait le nom du comte Taffy. Mais celui-ci ne le laissait jamais placer

plus de deux mots. A peine le vétéran ouvrait-il la
bouche que le vieux lui arrachait la parole. Le comte
Taffy faisait toutes sortes de plaisanteries. Il cherchait à
effrayer les dames, qui écarquillaient les yeux. Il montrait le monticule au sommet duquel il avait attendu à la
tête de sa brigade de hussards. Puis, par la voix et le
geste, il transportait son auditoire au cœur du drame.
On voyait se déclencher l'attaque prussienne, les troupes
autrichiennes étaient bousculées, l'air vibrait du crépite-
ment des cartouches, un boulet sifflait, le comte Taffy
s'écroulait, on l'amputait sur place, l'empereur François-Joseph avait perdu une bataille et les dames sortaient leur mouchoir.

Alors, avec un grand rire, le comte Taffy montrait
l'arbre sous lequel son ordonnance avait enterré la
jambe arrachée. Il attrapait Bohush par l'oreille et
toujours s'esclaffant disait :

« Si tu creusais la terre à cet endroit, petit, tu trouve-
rais une troisième botte à cirer... »

Le fait qu'il parlât ironiquement d'un pareil malheur
provoquait toujours chez Bohush la même stupeur.
Comment était-ce possible ? Bohush se disait : « Drôle
d'endroit où venir en pique-nique. C'est sans doute qu'il
n'attache pas à cette jambe autant d'importance que
j'en attache aux miennes. Ce doit être comme ça les
héros. »

Mais la jambe disparue continuait à le hanter.

Il se sentait assis sur un lieu de massacre. Le moindre
pli de terrain lui ôtait l'appétit. Il croyait y retrouver la
forme d'un cadavre couché au sol. Et Bohush se rappelait, aussi nettement que si cela avait été hier, sa frayeur
lorsque, déployant le pique-nique, il sentait une bosse
sous le tapis. Toujours il pensait : « Aïe ! La botte...
C'est la botte qui repique. »

Ainsi songeait-il.

Tout cela était étrange et cruel et lointain.

« Me voilà presque aussi vieux que le comte Taffy

lorsque je l'habillais pour la dernière fois », se disait Bohush. Mais, quasi surnaturel, émergeait de lui avec une force illimitée le bonheur tel que l'avait éprouvé, jadis, un adolescent timide, le jeune valet qui s'entendait offrir un tour en voiture.

La dame s'était retirée.

Bohush était toujours plongé dans ses pensées.

On lui avait dit souvent que le petit bourg où le comte Taffy allait en pique-nique était cité dans les livres. Mais jamais l'idée, pourtant simple, d'ouvrir un de ces livres ne lui était venue. Il préférait s'asseoir seul, dans un coin, et se souvenir. Ah ! comme son cœur battait à l'instant où dans les corridors du château retentissait la forte voix du comte Taffy :

« Fais atteler, Bohush... Et vite. Nous allons à Sadowa. »

Tout à coup le nom du petit bourg courait jusqu'au fond des cuisines. Sadowa... Sadowa... On-va-a-sa-do-wa.

Un mot qui faisait lever des fantômes.

Souvent Bohush se le répétait en essayant d'y mettre la même intonation que le comte Taffy. Sa-do-wa ! C'était comme de l'entendre encore. Sa-do-wa-a-a...

Alors ? A quoi bon les livres ?

CHAPITRE XXXI

HELAS ! ces rares soirées n'eurent pas de suite. La dame, une fois partie, ne revint jamais. Sans doute expédiée ailleurs. La Slovaquie vivait des temps tourmentés.

Après la débâcle, quand les survivants du groupe Jánošík, les Russes du colonel Velicko et les hommes de Lannurien — sur deux cents Français, la moitié avaient péri — quand tous eurent quitté les vallées, certains soirs, le rendez-vous de chasse devint leur refuge et Bohush une sorte de factotum.

Imperturbable, assis sur la dernière marche de l'escalier, Bohush, dès l'aube, nettoyait avec une conscience d'artiste les brodequins des visiteurs. Aux premiers éveillés il confiait, d'une voix mesurée, ses réflexions sur le rôle de la chaussure dans les époques bouleversées. Mais rien n'aurait pu empêcher qu'il réservât à l'usage exclusif de Matyáš ses fonds secrets, brosse douce, os, dernier chiffon, rognure de savon noir et, plus précieux que tout, un reste de cirage qu'il appliquait sur les bottes éculées de Matyáš comme s'il s'était agi d'un saint chrême. Matyáš souriait : « Ah ! Bohush, Bohush ! Tu es ma nourrice », disait-il. Et souvent par la suite, il l'appelait du nom qu'il lui avait donné par jeu. Ma nourrice... Bohush aussi souriait. Ce Matyáš, quel fou...

Qu'y avait-il de changé pour Bohush ? Il était bien un peu plus voûté, un peu plus maigre chaque jour. Mais rien ne l'ébranlait. Et par ces temps de disette, quand on le voyait pénétrer dans une pièce, le visage impassible entre les ailes blanches de ses favoris, on l'imaginait aussitôt un plat à la main.

Jamais Bohush ne lâchait du regard la ligne délicate et incertaine qui marque la limite entre ce qu'un serviteur de qualité doit et ne doit pas voir. Jamais il ne manifestait le moindre étonnement. Il laissait errer ses yeux pâles sur des situations des moins ordinaires et à force de naturel réussissait à les rendre banales.

Ainsi les révolutionnaires.

Peut-être, comme on le disait au village, y avait-il effectivement des révolutionnaires dans le pays. Mais de tous les nouveaux vocables, celui-là était de ceux que Bohush n'employait pas. Des révolutionnaires ? Ceux qui employaient ce mot lui donnaient un sens déplaisant, quelque chose comme... Mettez suspect, mauvais plaisant, blanc-bec, propre à rien. Des révolutionnaires ? Allait-on appeler ainsi les compagnons de Matyáš ? Pas Bohush. Qu'ils fussent russes ou français il accueillait les partisans avec les égards qu'il avait témoignés jadis aux hôtes étrangers du comte Norbert. C'est qu'il voyait en eux une race nouvelle d'*invités*. Il leur accordait tous les mérites. Mal chaussés, insuffisamment nourris, lourdement armés, trouvait-on parmi les invités du passé un seul qui les valût... Bohush s'exaltait. De braves garçons... Oh ! ce n'était pas à lui de s'étonner que la liste des amis de Matyas comptât des Russes en aussi grande quantité et tellement moins d'Anglais que par le passé. Pas à lui, non plus, de se formaliser qu'ils prolongent leur séjour et s'incrustent au-delà des limites habituelles.

Cela ne regardait que Matyáš. En l'absence des autres, c'était lui le maître désormais et le devoir de Bohush se limitait à assurer la survie d'une maison avec laquelle il s'identifiait. Son rôle ? Maintenir, et que tout demeure en place pour *après*.

« Après quoi ? » avait demandé Matyáš.

Il était impossible. Il prétendait qu'il n'y aurait pas d'après. Ce Matyáš... Toujours le même. Mais bon avec ça, et toujours s'inquiétant de son vieux Bohush.

« Tu n'es pas trop malheureux ? » lui avait-il demandé un jour.

Bohush avait répondu :

« Je serais mille fois plus malheureux ailleurs. »

Et en effet. Il s'y faisait. C'est que sans le savoir, Bohush, pour qui tout était style, commençait à trouver *son style*. Son style de guerre.

Longtemps plus tard, pendant la période ascendante de sa carrière politique, Matyáš eut à célébrer la mémoire de ses compagnons. Discours devant des tombes, plaques à dévoiler. De Bohush, Matyás disait : « Sous le frac noir il y avait l'âme forte d'un paysan... » et tout en prononçant ces mots Matyáš pensait : « C'est bien un peu pompier, mais il faut ça. Et puis Bohush aurait été content au mot âme... Un mot qu'il aimait tant. »

« Sur mon âme, monsieur... Sur mon âme. »

Le problème de Bohush était plutôt un problème de langage. Domaine où des consignes précises lui faisaient cruellement défaut. Ce n'était pas le comte Taffy qui l'aurait laissé aux prises avec de telles difficultés. Mais Matyáš, lui, avait d'autres idées... Aussi Bohush s'efforçait-il de saisir au vol des changements qui ne pouvaient lui échapper. Oui vraiment, les temps changeaient. Alors Bohush calquait ses façons de faire sur celles de Matyáš. Pas toujours facile. Il ne paraissait pas convenable à Bohush d'adopter intégralement le langage familier et chaotique du plus fou des jeunes gens de la famille... Tutoyer, lui ? C'était là un choix absolu qui lui inspirait la plus vive méfiance.

Aussi, le jour où s'adressant au commissaire politique, un Soviétique installé à demeure, il réussit à l'appeler « Camarade » tout en respectant strictement l'usage de la troisième personne, fut-il pour Bohush un jour d'extrême satisfaction.

« Le camarade commissaire pouvait-il ? » Bon ça, très bon, se disait Bohush.

Ou : « Le camarade commissaire ne pouvait-il pas ? » Meilleur encore.

Bohush respirait. Les traditions étaient sauves et cette façon de parler assurait au personnage taciturne et insituable qu'était le commissaire une dignité d'*invité* que le tutoiement de Bohush lui aurait à coup sûr ôtée.

Quand Matyáš passait la mesure, Bohush affichait une expression qui signifiait : « Mon service m'interdit de participer à ces sortes de conversations. » C'est avec ce masque-là qu'il écouta Matyáš le jour où cherchant à simplifier leurs rapports il avait dit à Bohush :

« Tu peux m'appeler Matyáš, tu sais... »

Autorisation dont Bohush s'était bien gardé de faire usage, la jugeant intempestive.

Mais il s'était permis de rire.

La surprise de Matyáš avait été si grande qu'en entendant pour la première fois monter de la gorge de son vieux domestique ce bruit étrange, qu'il prit d'abord pour un hoquet puis pour une indisposition plus grave, il se demanda : « Mais quel bruit est-ce là ? »

Bohush riait.

Jamais il n'avait ri en présence d'aucun de ses maîtres. Mais ce jour-là il riait. Il riait à gorge déployée : « Ha ! Ha ! Vous me faites rire, c'est bien vous, ça ! Ah ! Mon jeune monsieur ! » Il riait.

Et de ce jour le pli fut pris : Bohush riait à tout propos.

Il riait au nez du curé doyen qui encore que bien

pensant — c'est-à-dire pensant comme Matyáš — avait la manie de faire des moulinets avec son parapluie, il riait aux plaisanteries du camarade commissaire, il riait avec les Russes, avec les Français, il riait avec les Slovaques qui l'appelaient « Camarade nourrice », il riait avec les partisans.

Ce qui lui plaisait aussi, c'était d'être seul à pouvoir aller au village. Personne ne se méfiait de lui. Il avait l'air si vieux. Le chemin descendait en lacet. Tout au fond de la vallée on entendait la Váh dévaler entre les rochers. Bohush vêtu de son invraisemblable pelisse, qui faisait de lui une sorte de promeneur en robe de chambre, marchait très lentement. Dès que les lacets cessaient, il abordait une ligne droite et le village était là.

De loin ce n'était que ça : un village, rien de plus.

De près, c'était la vie, l'endroit où le silence prenait fin. Jamais comme ces matins-là Bohush n'avait le sentiment d'être indispensable. Que feraient-ils sans moi ? songeait-il. Qui vous apporterait les nouvelles, hein, les garçons ? hein ? hein ? Allons, vieux Bohush, tu es encore utile.

Il riait tout seul.

Un jour de décembre, Bohush observa les allées et venues de troupes inconnues. Leur bivouac avait un caractère insolite. C'étaient des soldats qui parlaient une langue qu'on ne comprenait pas. Les Slovaques leur trouvaient un drôle de teint. Une drôle d'odeur aussi. Ils sentaient la graisse de mouton. D'où venaient-ils ? Personne n'en savait rien. A la surprise générale on les vit prier tous ensemble, front contre terre.

Bohush fut témoin de l'étrange événement qu'il relata à Matyáš, le soir même, et en ces termes :

« Monsieur, j'avertis Monsieur que sont arrivés au village des espèces de Tatars qui ôtent leurs bottes pour dire leur prière et lèvent le derrière vers le ciel. »

A aucun moment de l'insurrection, Matyáš et ses compagnons n'avaient risqué la mort de plus près. Ils partirent le soir même. Le thermomètre indiquait —15°. En uniforme d'été et sans ravitaillement, ils installèrent des abris en haute montagne. Puis ils se scindèrent par petits groupes et, avec les Français et les Russes, entreprirent la fuite en rond, la longue marche qui, au cours des quatre mois qui suivirent, allait leur permettre d'échapper au massacre.

Et le matin suivant, les musulmans S.S. se mirent à courir en file indienne par les rues du village, puis à se glisser dans la forêt.

Ce matin-là ils n'avaient qu'une mission de reconnaissance. Ensuite viendrait le temps de la répression. Brûler... Procédé fruste mais efficace. Ne rien laisser derrière soi. Réduire en cendres ce qui pouvait servir d'abri.

Ce matin là, les fonctionnaires de Mgr Tiso reçurent l'ordre de fournir des guides aux soldats venus purger, nettoyer, guérir.

Des gardes de Hlinka s'offrirent.

Il fallait aussi des informateurs, des agents de liaison. Il y eut encore des « gardistes » pour assumer ces emplois.

Ce matin-là à l'aube, Bohush se réveilla seul dans la maison désertée. « Est-ce possible ? pensa Bohush. Tout le monde est parti. »

Il se sentait dans cette maison toute fermée sur elle-même, comme dans un navire perdu sur l'océan irréel des bois.

Bohush savait qu'il n'était plus d'âge à lutter contre ce qui dorénavant allait tenter de forcer les portes et les volets clos de sa maison. Ce qui allait entrer serait la mort. Eh bien ! Eh bien, mon tour est venu, se disait-il. Il faut que tous les hommes meurent. C'est bien ainsi.

Mais il sentait sa gorge se serrer. Matyáš était parti...

Alors Bohush endossa sa peau de loup, se coiffa de sa toque et ouvrit la porte toute grande. Une envie le

prenait de sentir sur son visage l'air sauvage de la forêt.
Il lui semblait qu'il pourrait s'y enfoncer comme dans
une eau calme et que quelque chose en lui s'y étanche-
rait.

Et la nuit des arbres entra, avec le froid, avec le
silence des taillis sans oiseaux et de la terre gelée.

Matyáš est loin, pensa Bohush. Et il répéta à haute
voix : « Mon garçon est parti... » tout en prenant un
fauteuil. Il l'orienta de façon à pouvoir apercevoir les
crêtes au-delà desquelles se cachaient Matyáš et ses
compagnons. Puis il allongea ses jambes et s'installa
avec quiétude dans l'attente de ce qui devait s'accomplir.

Peu après Noël Budapest était encerclée et les armées
du maréchal Malinovski avaient enfin atteint le Danube.

Les premières patrouilles russes commencèrent à faire
leur jonction avec les groupes de partisans slovaques. Et
ce qu'il y avait de moins sûr dans l'armée allemande
lâcha pied presque aussitôt : les effectifs « noirs », les
troupes parallèles.

La peur chassa des avant-postes et des fortins isolés
toute une humanité douteuse, inquiétante, qui se mit à
couler au travers des futaies slovaques, dans une hâte
pleine de pressentiments. On eût dit que des bêtes
quittaient leurs tanières. Ce que l'on entendait monter
des sous-bois renforçait cette impression : une palpita-
tion confuse comme l'envol brusque d'une troupe de
chauves-souris. La forêt se vidait.

Ce fut le moment que choisit Matyáš pour aller aux
nouvelles. Il n'avait pas revu Bohush depuis près d'un
mois.

Il venait de très loin, en suivant les crêtes, et s'attendait à revoir, dans une trouée où le brouillard parfois
s'accumulait, émerger le toit de la maison, ses faîtages et
les pignons qui portaient, comme des bouquets, des bois

de dix-cors. Un peu plus bas, à la hauteur des premières
granges, devait apparaître dans une échancrure de ciel
l'église du village, accrochée au-dessus d'une gorge.

Mais il n'y avait ni toit ni grange ni église.

« Ce n'est jamais que le brouillard, se dit Matyáš. Ce
serait étonnant qu'en cette saison il n'y en eût pas. »

A sa surprise il s'aperçut qu'il ne croyait pas lui-
même à ce qu'il disait et qu'il lui semblait arriver en
pays inconnu. Il regardait sans comprendre. Il promenait sur ce paysage familier où brusquement manquaient des repères essentiels, un regard incrédule et qui
ne *voyait* pas. Il tendait l'oreille. Il lui semblait qu'il
aurait dû entendre quelque chose. Mais tout était
endormi. Le brouillard, pensa encore Matyáš, comme si
n'était responsable du silence général que la ouate grise
uniformément répandue sur la vallée.

Il lui parut ensuite que tout allait très vite.
Une odeur... Comment n'avait-il pas senti le feu plus
tôt ? Et ce qu'enregistraient ses yeux lui assenait
un choc en plein front. Matyáš vit des flammes
qui s'élevaient au-dessus de la forêt. C'était impossible... Une flamme dans la trouée où il avait cherché
le toit, une autre vers les granges et d'autres très
hautes, très lentes, qui s'épaississaient le long de la
Váh.

Incapable de faire un pas, Matyáš regardait. Il fallait... Il fallait intervenir. Mais avec quoi ? Alors annoncer le drame. Mais à qui ?

Un bourdonnement lourd montait de la route.

Les Handshar décrochaient.

A ce moment-là Matyáš imagina qu'il avait la possibilité de sauver Bohush. Il essaya de crier son nom. Puis il se
précipita dans le chemin. Mais il ne put s'approcher à
moins de cinq mètres. La maison flambait de partout à
la fois.

Matyáš, hébété, écouta longtemps le bois craquer.
C'était fait, pensait-il, plus rien ne pouvait le défaire. Il

s'éloigna du pas hésitant d'un homme qui ne sait pas où il va.

Par moments il s'arrêtait. Il se retournait, puis il repartait. Il se sentait pris dans les remous d'une colère glaciale. Il repassait dans sa tête les événements des derniers mois. C'était impossible... Il y avait une erreur, une fausse manœuvre, un oubli, une initiative qu'il aurait dû avoir et qu'il n'avait pas eue. Il avait *abandonné* Bohush.

Soudain, arrivé à mi-chemin, il se dit : « Sans doute ne suis-je devenu un homme qu'aujourd'hui... Sans doute étais-je, jusqu'à cet instant, l'enfant qu'il croyait voir en moi... » Cette pensée lui était venue brusquement sans aucune raison. Elle l'aida à prendre conscience que le dernier lien était rompu et qu'avec Bohush, ce qui le retenait encore de s'engager plus à fond venait de disparaître.

Une fois arrivé sur la crête, il s'arrêta longuement. Les incendies avaient cessé et toutes les fumées se confondaient. « Laquelle est Bohush ? » se demandait Matyáš. « Laquelle ? » Puis, levant les yeux vers le ciel, il pensa : « Ah ! ma jeunesse ! Adieu. Adieu... »

Mais quelques planches restaient debout et le feu repartait.

« Aussi longtemps que tremblera une flamme, même hésitante, même mourante, aussi longtemps que s'effilochera une fumée, que palpitera une braise, je ne bougerai pas », se dit Matyáš. Et il resta là les yeux ouverts sur un vide qui se creusait à chaque instant davantage.

Quelques heures plus tard, le feu cessait complètement et Matyàš, qui n'avait pas quitté des yeux la trouée de brouillard par où Bohush avait quitté ce monde, crut voir crouler le dernier symbole de son passé.

Alors l'Allemagne perdit la guerre.

Alors les mécanismes de l'Histoire, que le hourvari final avait quelque peu faussés, retrouvèrent leur précision.

Tous les héros eurent des noms.

C'étaient les éclaireurs Mikhaïl Egorov et Melitov Kantaria qui avaient hissé le drapeau soviétique sur les ruines du Reichstag, personne ne pouvait l'ignorer.

Les événements, comme des photos de baptême, venaient à peine nés, prendre place dans les cadres qui leur avaient été préparés. Ils étaient tous fils légitimes de Yalta. Leurs parrains, qui certains jours s'aimaient et d'autres moins, veillaient à ce qu'ils se comportent en adultes. Pas de compromis, pas de polissonneries, les enfants...

Alors les événements obéissaient et, conformément à ce qu'avait promis Churchill, *Berlin, Vienne et Prague furent à ceux qui y étaient arrivés en premier.*

Alors les Français des maquis slovaques, les hommes de Lannurien, les Russes de Velicko, les Yougoslaves de Deretič mais aussi les errants, les soldats de nulle part, les combattants sans adresse purent déposer les armes. Et ceux d'entre eux auxquels les conférences de paix n'avaient pas dévoré leur patrie songèrent au retour.

Parce que le sang ne coulait plus, l'Histoire reprit ses dandinements, son ronron, elle ménagea des surprises, des rencontres, comme un prestidigitateur sait tirer de ses mains nues un vol de colombes. Il y eut bien quelques maladresses. Parfois, au lieu de la colombe souhaitée apparaissait un objet incongru qui se cassait au sol avec un vilain bruit. Les parrains tressautaient.

« Ecrasez », ordonnaient-ils. Et d'afficher le fier sourire de qui vient d'avoir sa denture refaite. Il fallait que crût à ce sourire. Allons, allons souriez, semblaient-ils dire. Vous êtes vivants et c'est fini. Personne n'y croyait tout à fait...

Au Q.G. du 2e front d'Ukraine, c'était aux soins d'un maréchal soviétique ayant servi en France au temps de

l'autre guerre que furent confiés les Français de Lannurien. Rodion Malinovski, natif d'Odessa, et volontaire en
17 dans la Légion étrangère, était ce maréchal-là. Il
dirigea sur Bucarest les quatre-vingts survivants de la
brigade Stefanik.

Un train les emporta.

Mais les banquettes sur lesquelles ils voyagèrent,
rembourrées à souhait et d'un rouge que l'usure rendait
incarnadin, et les panneaux historiés qui décoraient
leurs compartiments, ces marqueteries d'essences claires, faisaient que ce train n'avait l'air destiné ni à ceux
qu'il transportait ni aux paysages qu'il traversait. Il
aurait fallu des gares aux larges marquises, déployées
sur les quais comme des papillons. Il aurait fallu dans
ces gares des employés pacifiques et qui, à force d'em-
bonpoint, ressemblent à des potirons ou à de bons gros
poufs Biedermeier, posés par inadvertance le long des
voies. Il aurait fallu, enfin, le salut qu'en chaque gare ils
adressaient jadis à ce train, le geste de leur main replète
levée sur le ruban des rails comme pour bénir. Mais rien
de semblable. Les gares étaient en ruine, les quais
déserts. C'était un train fantôme, le train d'une Europe
morte, c'était l'ex-Orient-Express.

Après Bucarest, Odessa, la poussiéreuse.

En mer Noire un navire attendait les Français, un
navire quelconque qui, bien entendu, était anglais. La
route du commerce avec l'Orient, le vieux boulevard
était à peine rouvert. Et puis en bordure de route les
terres, les îles, les ports stratégiques étaient encore sujets
à chipotage entre parrains. Rien de très défini. La
traversée fut longue.

Le 5 juin 1945, un port français vit arriver des
passagers fourbus, un port quelconque qui, naturellement, était Marseille. Le prestidigitateur mijotait ses
effets.

Cela faisait cinq ans tout juste que, pour ces hommes,
l'exil avait commencé. Ils étaient maigres, ils avaient

couleur de guerre comme la plupart de ceux qui débar-
quaient. Mais, plus que tout, leur donnaient un air
d'absence les souvenirs qu'ils ne pouvaient partager.

Personne ne savait de quel orient ils revenaient.

Ni discours pour les accueillir ni fanfares. Les cérémonies, les uniformes c'était pour d'autres.

Cependant, des officiers, des camarades s'intéressè-
rent au combat qu'ils avaient mené. En Slovaquie ?
Cette idée ! On les questionnait. Un général : « La
Slovaquie de Tito, c'est bien ça, n'est-ce pas ? » Et les
autres, presque tous les autres : « Où est-ce au juste
votre Slovaquie ? »

Tout recommençait.

Le monde allait comme avant.

Non loin du quai où avait accosté un navire en
provenance d'Odessa, Miguel attendait et regardait. Il ne
faisait plus que cela : attendre, regarder. Il avait trouvé
une place de chauffeur. Mais son esprit était ailleurs.

Le pavillon contre lequel, chaque matin, il rangeait sa
voiture, était dressé au centre d'un désert. L'état de
préservation relatif de la vilaine petite bâtisse, qu'un
jardinet et deux arbres faméliques séparaient du quai, à
force de surprendre suscitait la méfiance. Sans rien dire,
la voyant, on pensait : « Que fait-elle encore debout,
celle-là ? »

C'était un quartier où l'habitude exigeait du regard
qu'il ne rencontrât que ruines.

Avant que d'abriter un bureau d'ingénieurs, le pavillon avait été l'objet de successives réquisitions qui
l'avaient marqué de leur désordre. Il en paraissait
ébranlé, rongé par on ne savait quelle lèpre ou quelle
médiocrité militaire.

Tous les jours Miguel arrivait devant le bureau de ses
patrons avec la même pensée. « Cette maison nous la

croyons debout, en vérité elle est détruite. Elle a toujours été laide, là n'est pas la question. Mais peut-être une lampe a-t-elle brillé derrière cette fenêtre. Peut-être une femme a-t-elle guetté là, chaque jour, le retour de l'homme qu'elle aimait. Peut-être, à peine le seuil passé, cet homme la prenait-il dans ses bras, peut-être étaient-ils jeunes et avaient-ils un enfant. Peut-être, la nuit venue, parlaient-ils de l'avenir... Les événements ont tout balayé et cette maison n'existe plus. Je suis comme cette maison. Le monde en tournant m'a écrasé. »

Souvent un planton sortait avec un pli. Parfois c'était le patron ou ses adjoints. Toujours des réunions, des conférences. A la Direction du port, Miguel. A la Préfecture, Miguel. Miguel déposait ses passagers, cherchait un parking et attendait.

Sa mère avait quitté l'Espagne. Elle vivait avec lui et la vieille dame de Valjoly les logeait tous deux. Ils avaient une maisonnette pour eux seuls, isolée au milieu des pins.

La corsetière de Barcelone s'était remise au travail.

Les dames en noir étaient parmi ses meilleures clientes.

Les relations entre républicains d'Espagne et domesticité tsariste avaient, au début, manqué d'aménité. Quelques heurts au cours desquels les uns avaient été traités de fascistes, les autres de rouges. La corsetière de Barcelone, parlant de la guerre civile, disait toujours « la bonne guerre » par opposition avec les autres, les guerres de conquêtes qu'elle appelait « les mauvaises... » Les tsaristes, eux, avaient là-dessus des idées différentes. Tout avait commencé comme ça. Mais la vieille dame en noir était intervenue et, s'adressant aux deux camps à la fois : « Je vous interdis de vous disputer, dit-elle. Vous êtes beaucoup trop tristes pour ça... » Dans les deux camps on était convenu qu'elle disait vrai.

Elle leur distribuait des poèmes comme les dames de l'Armée du Salut distribuent des Bibles.

Il arrivait que seul, à la terrasse d'un café, ou même en plein milieu d'une conversation, Miguel détournât la tête brusquement, les yeux vides, laissant une phrase inachevée et son interlocuteur dans l'embarras. A qui lui demandait : « Qu'as-tu ? » il répondait : « *La honté.* » Quand on parvenait à lui en faire dire davantage il ajoutait : « Je me demande toujours jusqu'à quel point peuvent se déshonorer des hommes d'État. » Mais le regard glacé de Miguel, son regard noir disait avec force qu'une fois la limite atteinte il ne perdait pas espoir que le feu reparte de lui-même. On imaginait aussi que dans cette éventualité Miguel serait à nouveau ce feu.

Le dur moment pour lui était quand se posait le problème de la casquette. Obligatoire. Stipulée par contrat.

Sa mère, avec une expression de tendresse pour ce fils auquel elle portait une sorte de dévotion, réussissait à s'emparer de la casquette à peine Miguel de retour. Elle allait, comme une chatte aux prises avec une charogne, la dissimuler, au fond d'une armoire. Le lendemain, à l'heure du départ, Miguel hurlait :

« *Mama, la casquetté !* »

Elle accourait, l'objet scandaleux pudiquement enveloppé dans du papier. Et d'une voix pleine de sollicitude disait : « Miguel, j'y ai aussi mis *Adelante...* » Qu'il y eût dans ce paquet le journal des exilés républicains devait en rendre l'ouverture moins pénible.

Sur le pas de la porte une femme usée, vieillissante, sa mère, adressait à Miguel des gestes d'adieu qui étaient des gestes de jeune fille un peu perdue, un peu désarmée. Miguel aurait voulu ne plus partir, rebrousser chemin, s'asseoir avec elle au soleil, et longuement, avec des mots très simples, parler du temps où ils avaient tous deux espéré. Mais il n'en était pas question.

Coiffé d'un béret basque Miguel courait à son travail. Une fois au milieu des ruines, où se dressait comme un lambeau de vie le vilain pavillon, Miguel, assis sur un bloc de béton, déployait son journal. Quand résonnait le pas du patron il repliait *Adelante*, coiffait sa casquette et, stoïque, s'enfermait dans les murs familiers de sa prison. Alors commençait un jour comme les autres, vécu tout entier dans le noir silence des pensées sans écho.

CHAPITRE XXXII

ROULÉ de ville en ville, de prison en prison — la plus correcte ayant été, à Graz, une prison anglaise, la pire une prison de Bratislava, la plus récente une prison française à Innsbruck — Ulric avait connu l'abîme d'une détention sans espoir. Dix-huit mois... Cela semble court. Mais quand il pensait à la suite interminable des jours du passé, il se demandait comment il avait trouvé la force de les vivre.

Un dossier l'avait suivi par voies allemandes, de Paris jusque dans le nord de l'Italie. Là, les archives de son lieu de détention étaient tombées aux mains de la VIIIe armée britannique. Par un mystère que peut seul expliquer un souci d'ordre, mêlé au goût de la justice, qui plus qu'ailleurs se trouve chez les Anglais, le dossier d'Ulric, au lieu d'être dirigé sur l'une de ces coopératives du malheur où étaient expédiés tous les documents récoltés, fut adressé directement aux officiers chargés de statuer sur son cas.

Ceci se passait à Graz où Ulric se trouvait face à une sorte de tribunal d'honneur de caractère très victorien.

Deux capitaines, désignés d'office pour assurer sa

défense, étaient prêts à le faire acquitter à condition,
toutefois, qu'il ne pût être considéré criminel en son
pays d'origine.

La double nationalité d'Ulric intriguait.

Rien ne pouvait troubler davantage et lever plus
d'étonnement dans un tribunal britannique que le camé-
léonisme du comte Norbert. Aussi Ulric eut-il droit à un
dernier interrogatoire dont le sens général était : « Comment peut-on être *convertible* ? »

Sa réponse : « Ceci est une affaire de famille », donnée
sur un ton de dignité un peu sèche lui valut des
appréciations favorables.

Une dernière fois, les juges prirent en considération
l'aisance de l'inculpé, le bon accent qui était sien, une
vareuse ayant atteint un degré d'usure prestigieux, mais
de bonne coupe et à laquelle deux boutons laissés
ouverts sous le col conféraient un négligé de haute
qualité, une dernière fois ils posèrent un regard bienveillant sur une moustache qui exprimait à la fois dandysme
et mélancolie et, tout aussitôt, ils livrèrent Ulric aux
Tchèques.

Très britannique aussi la manière dont l'un de ses
défenseurs, tout en lui disant : « Je vous vois mal parti...
Bratislava est sous pouvoir bolchevik. Les choses s'y
passent tout autrement qu'ici », remit à Ulric un costume civil, veste qui sentait le tabac de Virginie, pantalon de couleur indécise. Il fallait ça là-bas, paraît-il,
pour faire moins mauvais effet. Comment ne pas le
croire ?

Bratislava était toujours la ville noire, sévère, enfumée *cette grande salle, basse de plafond,* dont se souvenait Ulric. Mais ce n'était plus la ville de la modération,
le fief de la demi-mesure qui avait fait d'elle, jadis, une
capitale de l'*esprit cacanien,* selon Musil. L'air y était à
la révolution.

Ulric y fit deux mois de cellule.

Il était incarcéré dans les sous-sols d'un ancien dépôt

de munitions. Aux étages supérieurs, siégeait un tribunal populaire. Dans les bâtiments administratifs, au fond de quelque chose qui eût ressemblé à une cour si des véhicules de toutes sortes n'y eussent été rassemblés, siégeaient les tribunaux militaires. Des soldats ennuyés montaient la garde dans les couloirs, parfois des hommes en civil, l'arme à la bretelle. Un roulement sourd et confus venait des escaliers annonçant une activité qui ne cessait ni de jour ni de nuit.

Quand un gardien lui adressait la parole, Ulric sursautait, comme un homme tiré d'un cauchemar. Qui eût jamais pensé cela ? se disait-il. Ma langue secrète, entendue ici, ici...

Il avait progressivement perdu le sommeil. Ses nuits se passaient à s'enliser dans les souvenirs. Mais, peu à peu, son désespoir avait pris un caractère nouveau. Ce qu'il ressentait n'était plus ce qu'il avait ressenti dans le train cellulaire, aux premiers jours de sa détention, moins encore l'accablement éprouvé au cours des semaines écoulées. C'était un désespoir tout frais, tout rajeuni comme il n'en avait connu qu'au prytanée de Wahlstatt en Silésie, lorsque le jour se levait et que les barreaux de son lit lui apparaissaient comme les grilles d'une prison. Toutes les aubes de ces années-là, ces aubes grises revivaient à Bratislava. Elles le rendaient à ces regrets d'alors, aux premiers bruits de la maison perdue, à la pluie fine de l'arrosage matinal, aux chiens qui aboyaient, au choc sourd des seaux que charriaient les palefreniers, les gros seaux de bois ceinturés de fer, aux portes des stalles qui claquaient, au passage furtif du préposé aux feux, entendu dans un demi-sommeil chaque matin, à ses coups de pique venus de la pièce voisine à travers une lucarne qui perçait le mur comme le tour d'un monastère, à ses coups répétés, résonnant jusqu'au profond du poêle qui ressemblait à une gigantesque pièce montée, un gros gâteau de porcelaine fourré de charbon. Et le bon ventre du poêle, ce ventre serviable,

gonflé, vernissé se mettait à chauffer et voilà où la nuit
finissait. « Ah ! Seigneur, assez... Prenez pitié, se disait
Ulric. Sortir, fuir d'ici. » Son cœur bondissait, comme
jadis, vers les forêts, ses forêts... Faire vite. Allons, la
ville me connaît, se répétait-il. Revoir la forteresse,
trônant sur sa colline, retourner à l'hôtel où nous fîmes
halte, tous trois, avec elle. J'avais mangé trop de soupe
aux fruits. Piquer à travers les vignes en direction du
nord. Surprendre ceux de Modra, puis ceux de Budme-
rice, revoir Matyáš, lui dire : « Mais non, tu ne rêves
pas, me voilà... » et aller ensemble jusqu'au village
nommé Harmonia, et, comme avant, dire : « Asseyons-
nous, veux-tu... » et discuter comme avant... Parfois
Ulric se levait pour mieux lutter contre ses pensées.
Parfois des sanglots l'étouffaient. Je faiblis, se disait-il.
Alors il se recouchait et cherchait le sommeil. Mais
l'insomnie lui garantissait que la nuit tout entière
passerait ainsi à mesurer combien ses chances étaient
minces. Tchèque, on pouvait l'accuser de trahison, il
risquait d'être pendu. En tant qu'Allemand... Le camé-
léonisme du comte Norbert n'était plus payant, plus
payant du tout.

Presque aussitôt, Ulric se redressait et d'autres pensées le courbaient en deux comme un homme qui a
perdu le souffle. Il revoyait... oh rien, une île sur un bras
du Danube, des pas sur le sable d'une allée, ou moins
encore, à peine quelques traces sur la pelouse, la traînée
blanche que laisse un magnolia qui défleurit. Alors
soumis, abandonné à la douleur de se souvenir, Ulric
renonçait et docilement attendait l'aube.

« C'est moi », dit-elle.

Il la considéra longuement et d'un regard assez misérable. On lui avait annoncé la visite d'un membre de la commission des Prisons. Le gardien avait ajouté : « La camarade est une authentique résistante... » Une camarade comme les autres, avait pensé Ulric qui avait déjà vu défiler la camarade de la commission de l'Hygiène, celle de la commission d'Enquête et combien d'autres ? On aurait dit que cette prison n'était contrôlée que par des femmes.

Quand elle était entrée, Ulric n'avait vu que ceci : pas d'uniforme. Que lui importait le visage ? Mais elle était restée plantée devant lui. Le visage ? Hâlé... Un regard de guerrière. Le visage ? Ulric avait eu grand mal à y mettre un nom. La jupe avouait des nostalgies équestres. Elle seule engendrait les souvenirs. Aleph parut en premier. Puis Ulric entendit quelques notes frappées d'une main maladroite sur un mauvais piano. Une voix disait : « C'est au Maroc que je l'ai rencontré. » Et c'était elle. Elle, ces quelques minutes de tentation qui lui avaient fait oublier Adrienne, elle, le bonheur de galoper en plaine de Crau et d'enlever une belle étrangère, brève envie, sa parenthèse nîmoise.

Ils restèrent face à face, sans trouver un mot à se dire. Le geste d'Ulric pour lui offrir un siège resta à l'état d'ébauche. Le seul tabouret dont il disposait était scellé au sol. Alors Ulric demanda des nouvelles d'Aleph en faisant effort sur lui-même. C'était replonger très brusquement dans la vie ordinaire. Elle se décrivit, le cœur brisé, Aleph avait été réquisitionné par les Français à peine arrivé en Afrique, et, dans un même souffle, elle ajouta : « J'étais divorcée, maintenant je suis veuve » mais ce n'était plus d'Aleph qu'elle parlait, c'était de son mari. Il avait été tué à Bir-Hakeim.

Ce fut tout pour ce jour-là.

Elle revint, distante, lointaine. De dix minutes en dix minutes, elle levait en quelques mots hâtifs les dernières inquiétudes que pouvait causer à Ulric le sort d'Aleph. Redevenu un démon... Elle l'avait revu, une fois ou deux, à l'ombre des eucalyptus, le regard fou, le poil brillant. Il améliorait la race chevaline aux haras de Temara. Satisfait, Ulric risqua un : « Ah ! bon » rassuré qui la mit hors d'elle. « Le revoir dans ces conditions... J'en aurais pleuré. » Toujours les grands mots... Toujours aussi folle. Elle n'avait pas changé. Il ne restait à Ulric qu'à attendre la visite suivante.

Elle revint presque chaque jour. Elle fit déceler chez Ulric toutes les maladies qui pouvaient justifier ses visites. Après dix-huit mois de régime pénitentiaire les prétextes ne manquaient pas. Elle était pleine de détermination et d'une froideur comique. Elle a changé, elle a quand même changé, se répétait Ulric qui s'interrogeait sur cet air nouveau, cette nouvelle *manière*. Etait-ce sincère ? A moins que ce ne fût que prudence, défiance. Il y avait un judas dans la porte où l'œil du gardien venait s'inscrire à intervalles réguliers.

Ulric, à la voir souvent, en vint très vite à perdre de vue l'exacte frontière entre les moments où il pensait à elle et les moments où elle était là. C'étaient de singuliers rapports que les leurs. Elle était attentive en dépit de sa froideur. Parfois le regard farouche se dérobait et Ulric retrouvait les grands yeux dont la muette question l'avait fait rêver à Nîmes. Alors il se disait : « Je ne m'étais pas trompé... C'était bien une femme comme je les aime... Une femme pour moi. » Et ceci encore, dans ses rares moments d'optimisme : « Tout pourrait recommencer. » Il lui arrivait même d'en rire : « Je suis inguérissable, se disait-il. Toujours cet appétit de bonheur... »

Mais rien ne recommença.

A quelques jours de là les débuts de l'instruction, les premiers interrogatoires, les prémices du procès et l'angoisse que tout cela éveillait, donnèrent à leurs conversations, déjà brèves, un tour encore plus hâtif. Ulric eut le pressentiment qu'un terme allait être mis à ses visites. Le souhaitait-elle ? A moins que ce terme ne lui fût imposé. Il l'interrogea, cherchant à lui rendre la réponse facile. Peut-être allait-elle être empêchée ? Ce n'était pas ça. Il fallait... Son procès allait commencer. Alors... « Alors quoi ? » demanda Ulric sans impatience mais son cœur battait à grands coups. Il savait qu'il lui fallait entrer dans une nouvelle forme de solitude, celle qui allait naître de son absence. Alors ? C'était aussi ça l'horreur de sa vie, ses détresses successives, accumulées depuis des mois, l'impression que sa vie se décidait en dehors de lui et que, toujours, on lui cachait quelque chose. Il pensait : Je suis traité en mourant. Ceux auxquels on ne dit que la vérité pour *leur bien*. Peut-être suis-je déjà condamné... « Alors ? » demanda-t-il une dernière fois. Elle répondit : « Des amitiés trop précises vous feraient du tort. Il faut que les arguments invoqués aient l'air de venir d'eux-mêmes, tout naturellement... Vous allez être présenté en victime du système d'avant... Une victime. Et puis les Français vont demander votre extradition. Et notre République ne la refusera pas. Les Français nous ont beaucoup aidés, ici. On ne peut rien leur refuser. » Alors elle cessa de le regarder, se troubla et ajouta : « De toute son âme votre frère... »

Et ce jour-là, elle lui parla de Matyáš.

Il présidait le tribunal populaire. Il s'appelait d'un autre nom. Ulric sentait une douleur énorme lui brûler la gorge. C'est l'insomnie, se disait-il. Mais il savait bien que non. Matyáš était là, à l'étage au-dessus. Les pas qu'il entendait la nuit, c'était peut-être lui. Il demanda, parce qu'il fallait bien dire quelque chose :

« Et je ne le verrai pas, n'est-ce pas ? »

Elle ne lui répondit pas.

« Vous lui direz que je n'ai pas cessé de penser à lui, dit Ulric.

— Je le lui dirai, répondit-elle. Lui aussi pense à vous. »

Puis elle ajouta :

« Nous allons nous marier, lui et moi.

— Je vois, dit Ulric. Qu'au moins un de nous soit heureux.

— Pour vous aussi ça va s'arranger... » commença-t-elle.

Il l'interrompit.

« Rien ne peut s'arranger pour moi.

— Pourquoi ? demanda-t-elle. Est-ce possible que vous n'ayez pas compris que Matyáš... Que l'extradition... »

A ces mots il l'interrompit encore.

« Là n'est pas la question, dit Ulric. Matyáš peut me sauver la vie, il ne peut pas me rendre une patrie. »

Toujours la même douleur au fond de la gorge. Alors Ulric ajouta :

« Je ne suis plus de nulle part, vous comprenez ? Dites à Matyáš... »

Il lui serra la main.

Innsbruck, c'était bien un peu l'opérette.

Dans leur petit morceau d'Autriche, les Français, alpins pour la plupart, occupaient et régalaient des personnes de tous rangs. Juillet s'achevait en tendres soirées. Déjà se confirmaient les parties de chasse de l'automne. Vous pensez bien que les chamois... Des épouses, on parlait peu. Allaient-elles venir ou pas ? Rien encore n'avait été décidé.

La paix avait trois mois et la mésentente entre parrains... Mais en cela, comme pour le reste, c'était *oui* un jour, et *non* le jour suivant.

Or, ce vague, loin d'étonner les Autrichiens, semblait résulter d'un climat de sage irrésolution qui, face à des difficultés séculaires, avait toujours été le principe des fonctionnaires de la double monarchie. Un héritage en somme, venu on ne savait trop d'où, du ciel peut-être, où planait encore le souvenir d'un aigle ayant la tête ainsi faite qu'il pouvait mener deux rêves à la fois. Alors décider ? A quoi bon...

Ainsi l'Autriche. Complice ou victime ? Question qui fut laissée dix ans en suspens. Dix ans... Le temps pour la patrie de Dollfuss d'être occupée par tous les alliés à la fois. Mais, au fait, était-elle coupable ou pas ?

Et c'était aussi la question que se posait, à Innsbruck en 1945, la justice militaire face au dossier d'Ulric. Victime ou complice ? A n'y rien comprendre. Que les Tchèques aient tant insisté pour que soit extradé cet Allemand contre lequel aucun chef d'accusation ne pouvait être retenu... Qu'avait-on à faire là-dedans ? Et puis, au fait, était-il allemand ? Un jour c'était *oui*, et *non* le jour suivant. Un cas étrange, troublant. On ne savait quel parti prendre. L'atmosphère était à l'incertitude.

Ulric fut conduit devant un colonel agacé.

« Je ne vois pas », disait-il.

Et qu'aurait-il pu voir ? Tout lui paraissait d'une égale démence, qu'Ulric ait dû son malheur aux Allemands, que d'aussi médiocres dénonciations aient pu suffire à le faire arrêter, mais aussi que les Anglais... Tous les mêmes. Pas une pièce au dossier pour justifier leur décision. Des incapables, des amateurs. Et les Tchèques par là-dessus... Il y avait de quoi hausser les épaules.

« Je ne vois pas », répéta-t-il.

De ce *je ne vois pas* Ulric se faisait une musique. Plus profonde était l'obscurité dans laquelle se débattaient ses juges, plus proche était sa liberté.

En effet, la remise de peine dont il fit l'objet ressembla fort à un acquittement.

Réservé, jusque-là, prudent, silencieux, Ulric se fit audacieux. Dans un français sans défaut, l'élève de

Célestin Flambée s'adressa à ses juges. Que contenait son dossier? Cette inquiétude lancinante, intolérable, qu'il traînait depuis des mois, ce doute intolérable, il s'avisait qu'une simple question allait peut-être y mettre un terme. A moins que... il demanda :

« Quelles sortes d'accusations ont été portées contre moi ?

— Des ragots, bougonna le colonel. Des parlotes de salon, des mouchardages. Du pas propre... »

Puis il ajouta sur le même ton d'ennui:

« Mais que vous ayez eu à Paris de tristes fréquentations, ça oui... »

Et il tendit à Ulric un paquet de lettres.

Parmi ces dénonciations qu'il y en eût une... Ulric eut peur comme jamais de sa vie. Le temps de vérifier, le temps de se haïr pour avoir imaginé chose pareille, le temps de feuilleter ces lettres et de reconnaître les noms de qui, chez Lou, lui témoignaient le plus de sympathie — et avec ça, l'air de sincérité qu'avaient ces gens ! — le temps... Ah ! et puis quelle importance. Ce qui comptait c'est que parmi ces lettres il n'y en eût point d'elle.

« Je savais, se répétait Ulric. Elle au moins, elle... »

Il était libre. Mais le tenaient au monde de si faibles racines ! Et là, soudain cette pensée, apparue sur le seuil de l'oubli comme une visiteuse nocturne, cette pensée harcelante, impérieuse, c'était Adrienne. Plus qu'elle face au vide terrible qui s'ouvrait, plus qu'elle dans son cœur mort, elle Adrienne, sa vraie joie, sa vraie douleur.

Ensuite Vienne.

Mais plus rien n'était surprise pour Ulric, ni les armées des maréchaux Malinovski et Tolboukhine, seules à occuper la ville, ni le chaos des rues, la foule des fantassins et des cosaques, couverture en bandoulière, le va-et-vient des civils qui déménageaient, ni le manège des chars et des pièces d'artillerie ni même — ô Pflazen, ô vous défunt Pflazen — le cirque des petits chevaux qui trottinaient hirsutes, Ulric en avait tant vu.

Seul le comte Norbert pouvait encore le surprendre. Il ne s'en priva pas.

Au seuil du bâtiment où son père avait trouvé à se loger, un portier obstiné répétait :

« Il vous attend au cercle.

— Où ça ? » demandait Ulric abasourdi.

Il restait cloué au sol, les bras ballants.

« Où ça ? »

Le portier insistait :

« Monsieur votre père est au cercle. »

Ulric se rendit à l'adresse indiquée faisant effort pour effacer de son visage un indicible effarement. Il éprouvait une difficulté insurmontable à se figurer que ce qu'il avait sous les yeux, c'était la paix. Mais quelle paix ?

« Par tous les diables ! » s'écria le comte Norbert.

Il ouvrait des yeux ronds, comme en proie à une vision, et s'approcha d'Ulric pour s'assurer qu'il ne se trompait pas.

« Par tous les diables, répéta-t-il, c'est bien toi ! »

Puis il se passa les mains sur les yeux, mais son regard continuait à s'embuer. Alors il serra Ulric très fort dans ses bras et par cette rude accolade entre deux corps qui n'étaient plus qu'os et angles, quelque chose se dissipait. Quoi au juste ? Peut-être l'impossibilité de parler.

L'interminable séparation n'avait à présent guère plus de conséquences que n'en aurait eu un silence trop prolongé. La guerre n'était plus que cela, un arrêt, une panne. La machine repartait.

« Tu es à ton poids jockey », disait le comte Norbert.

Ulric répondait par une louange identique. Les propos se retrouvaient où ils avaient été laissés.

Et hennissaient par les rues les petits chevaux vainqueurs.

Mais voici ce que, de but en blanc, Ulric entendit :
« *Ils* ont aussi des chameaux », disait le comte Norbert.
Cela se greffait, sans transition aucune, sur l'émotion
des premiers instants, *Ils,* bien sûr, étant les Soviétiques.
Le ton se teintait d'admiration. Transport de munitions,
disait le comte Norbert. A l'en croire les chameaux
s'étaient arrêtés à Berlin. Et comme Ulric demandait :
« Où avez-vous pêché ça, mon père ? » le comte reprenait
ses explications avec une fébrilité accrue. Il manifestait
son étonnement devant les lacunes d'Ulric. S'il savait
d'où je viens, pensait Ulric, s'il savait... Mais le comte
Norbert était intarissable. *Ils* avaient aussi pour mascot-
tes des gosses trouvés errants, des fils de partisans, des
orphelins ramassés en Ukraine, un peu, comme jadis,
notre pauvre Bohush... Ulric le savait-il ? Et c'était
justement auprès d'un enfant de treize ans que le comte
Norbert avait glané d'aussi surprenantes informations.
Le gosse portait un énorme fusil et des jumelles. Jamais
un enfant ne ment sur l'essentiel, affirmait le comte
Norbert. Et quoi de plus essentiel que des chameaux
pour ce gosse ? Or, il était formel. La caravane avait fait
toute la route depuis Stalingrad.
« Alors tu vois, disait le comte Norbert, d'une voix
triomphante, des chameaux... *Ils* ont aussi...
— Je vois, répondait Ulric avec lassitude. Je vois... »
Mon Dieu, comme mon père a souffert, songeait-il en
l'écoutant.
Là-dessus, la même voix fébrile l'encourageait à revoir
tout le cousinage, et plus particulièrement un jeune
parent du camp allié, sachant siffler, que c'était à se
tromper, un canari, un merle, si bien qu'il n'y avait pas
plus grand don Juan par la ville car avec le manque
d'orchestres... Ah ! comme il souffre, se disait Ulric.
Cette volubilité puérile, ces propos insipides sont ses
seuls moyens de protection. Il est prisonnier de son code.
Bon. Bon. Admettons qu'il soit sans défense. Et en ai-je,
moi, de la défense ? Moi qui l'écoute. Et mon père parle.

652   *ELLE. ADRIENNE*

Et il me casse la tête avec le *cousinage* pour ne rien dire
de ma mère. Son code... Son code... Sans ce corset
peut-être s'effondrerait-il. Ah ! comme il souffre ! Sa tête
branle un peu. Il n'attend ni affection pour le consoler
d'avoir perdu Maximilián, ni questions sur ce que va
être sa vie, dans ce monde éclaté. Et il parle, il parle.

Alors, interrompant le bavardage du comte Norbert,
Ulric demanda :

« Et notre mère ?

— J'y vais chaque jour. Je puis tout endurer, sauf ça.
Tout... Elle est malade, si malade. L'imprudence de
Maxy... L'affliction, tu comprends.

— Je comprends, dit Ulric. Mais il ne faut pas qu'elle
meure. J'irai la voir avec vous. »

Alors seulement il s'aperçut que, parlant de la mort de
Maximilián, son père ne disait jamais que *l'imprudence*
ou *l'accident*. Il s'aperçut aussi que lorsque le comte
Norbert se taisait, un perpétuel tremblement agitait ses
lèvres. C'était à peine visible. Peut-être était-ce la raison
pour laquelle il parlait tant. Ce tremblement... Le comte
Norbert devait être d'avis que cela n'était pas convenable.

Le plus terrifiant était la vitesse avec laquelle le temps
passait. L'armée faisait des heures un usage beaucoup
plus lent.

Un jour le comte Norbert :

« Si jamais tu revois le colonel X... demande-lui donc
comment était née sa mère.

— J'aurais du mal, père.

— Et pourquoi ?

— Il est mort, père.

— Tiens, tiens. Regrettable, fit le comte. Ainsi nous
ne saurons jamais. »

De cela aussi Ulric avait perdu l'habitude : les incongruités de son père. Plus elles se faisaient grinçantes, intempestives, plus les silences d'Ulric se prolon-
geaient.

A pied, lentement, il allèrent une dernière fois de son domicile au cercle. Le souffle doré de l'été viennois glissait sur des ruines.

« Le cher *comte Léon* aurait trouvé pas mal à raconter », dit le vieil homme, avec un rire amer.

On sentait qu'il cherchait à donner une base à la conversation.

Des soldats passaient. On entendait le charroi d'une lourde vie militaire ébranler les rues, et, brièvement, un claquement sec de sabots sur l'asphalte : les petits chevaux soviétiques, au jarret court, la crinière en bataille. Mais le comte Norbert regardait la ville d'autrefois. Souvent il faisait allusion à ce que personne, sauf lui, ne pouvait voir, des monuments, des quartiers entièrement disparus.

« Je dois partir », dit Ulric.

Son père chercha une réponse donnant la mesure de son désarroi.

« Bien regrettable. »

Puis il ajouta :

« ... en quelque sorte. »

Ulric allait s'installer en Allemagne afin d'y vivre sur sa pension d'officier.

« Regrettable, répéta le comte Norbert. Tout à fait... »

Et soudain :

« Tu n'auras rien perdu dans cette guerre à condition d'avoir compris que personne ne l'a gagnée... Du reste il n'y a plus de vainqueurs dans les conflits actuels. Ceux qui le croient se trompent. Moi aussi je l'ai cru, autrefois. Mais maintenant je sais. »

Ils arrivèrent bientôt dans le voisinage du cercle.

Pour la première fois le comte Norbert semblait *voir*.

« Que de ruines, dit-il. Mais qu'il ait fallu que je sois devenu l'une d'elles pour que naisse l'ordre nouveau... Et pour que Matyàš... Malgré tout, je suis heureux pour lui, très heureux. »

Il passa son bras anguleux sous celui de son fils.

« Me crois-tu au moins ? Tu me crois, hein ? je suis sincère... Ah ! tu doutes, dirait-on ! Et pourtant j'approuve Matyåš. Je l'approuve de tout mon cœur. »

Il se tut un instant et ajouta :

« Matyåš va devenir quelqu'un. Ça aussi, je le sais. Mais pourvu que cette femme de cheval ne lui fasse pas de tort... »

Le comte Norbert réduisait son passé en cendres. Il précipitait ce qu'il avait le plus aimé au fond d'un puits.

Une fois arrivé, Ulric demanda :

« Mais vous père ! Que puis-je pour vous ?

— Rien, dit-il. Je n'ai besoin que *d'être* et ce ne sera pas si facile. Peut-être les temps nouveaux vont-ils aussi me refuser ça. Mais ne t'afflige pas pour moi. Nous autres, enfin les hommes de ma génération, nous avons nos pique-niques, tu sais... Tu vois ce que je veux dire ? A moins que de n'avoir pas connu ton aïeul t'empêche de comprendre. Le grand-père Taffy... Oui, on nous a élevés dans l'idée que ce qui faisait comme un caillou dans une chaussure, une bosse en somme, était un morceau de vie perdu. Toutes les bosses font mal, toutes. A chaque instant, il faut fermer les yeux. Chacune d'elles est comme une ruine, cachant un de nos mille passés. C'est sans doute affreux de vivre ainsi, mais c'est ça, notre Europe. Que quelqu'un dise : « Te souviens-tu ? » et, vite, il faut se préparer à avoir perdu ce dont tu es prié de te souvenir. Moi, dans ces cas-là, je me mets au piano et tout de suite je cajole un vieil air... C'est un objet si fidèle, le piano. Nous en avons un, au cercle. Alors, voilà, ceci est ma réponse : il n'y avait pas que le grand-père Taffy à avoir perdu quelque chose d'irremplaçable. Tous, toi comme moi, nous allons vivre un long pique-nique à Sadowa. Mais toi, Ulric, ne te laisse pas sombrer. Tu n'es pas Matyåš, c'est entendu, mais tu as de la force. Tu en as. Et puis les êtres humains t'appartiennent autant qu'à lui. Ils sont tous bons à regarder. N'oublie pas ça, il faut les regarder sans arrêt.

Moi, je ne peux plus. Trop tard. Ma vue baisse. Mais quand même, de là-haut, je regarde et parfois... »

Le comte Norbert montra les hautes fenêtres du cercle dont les vitres brillaient au soleil. Elles avaient l'air accrochées par erreur sur la façade lézardée dont la couleur ancienne s'en allait en trous et en taches.

« Oui, souvent, de là-haut, je regarde. Je vois passer les soldats, les petits chevaux et je me dis tiens, tiens quand même... Comment être sûr de quoi que ce soit ? »

Il y eut un bref silence.

Sans doute le comte Norbert cherchait-il une formule de circonstance. Il fallait se séparer. Mais l'émotion, cette fois, aurait été déplacée. Il fallait se limiter à un geste vague de la main et il était déjà sur le pas de la porte quand il se ravisa.

Il considéra son fils quelques secondes, hésita, et dit enfin :

« A propos, mon petit, ta Josefina est en ville. Arrivée hier, la chère enfant. Mon Dieu, comme elle a changé ! Ah ! nos Juifs, nos pauvres Juifs... Elle a réussi à nous retrouver avec l'aide d'une de ces organisations... Tu vois ce que je veux dire, hélas ! une de ces collections de majuscules américaines. »

Il s'interrompit brusquement.

« Alors tu peux décider ce que tu voudras, puisque cette liberté du moins nous a été laissée. Chacun, dans un pique-nique, peut encore, à l'instant de s'asseoir, choisir la bosse qui fait le moins de mal. Si ta Josefina te paraît être l'une d'elles je comprendrai. »

Il fit de nouveau un signe de la main avant de disparaître sous le porche.

C'était la douce Josefina de jadis, la pointe du pied en dehors, la démarche légère, mais son corps n'exprimait que désarroi.

C'était la tendre Josefina de toujours mais où était la folie des premiers jours et la musique galopante des soirs de Prague ?

Ulric entendait, comme posé sur le pas de Josefina, l'écho d'un autre pas. Quand elle parlait, une voix parlait dans la sienne qui ne disait pas les mêmes choses.

Il l'épousa néanmoins.

Ils s'établirent dans une petite ville rhénane, dressée sur une levée de terre en bordure de la Lahn. Elle s'y reflétait, semblait-il, avec l'air d'émerveillement des gens qui ont déjoué la mort. C'était le décor le plus apaisant que l'on pût concevoir, une villégiature pour convalescents, le visage d'une Allemagne paisible et musicale assurant à Ulric un chalet où vivre et à Josefina des festivals où danser. Les toits pointus, les balcons fleuris, sur une colline, la silhouette préservée d'un vieux burg, tout cela, par un paradoxe, faisait davantage ressentir la présence, aux alentours, de l'autre Allemagne, celle où les bombes et le feu avaient imposé un silence de cimetière. Ainsi Ulric et Josefina, qui n'en étaient plus à un paradoxe près, vivaient-ils comme des touristes entre les affiches contradictoires, proposant aux uns les gentillesses doucereuses d'une opérette aux charmes de longtemps éprouvés, ses ruisseaux, ses clochettes, aux autres une descente aux enfers. Il ne leur restait, selon une technique éprouvée, qu'à se détourner de ce qui pesait le plus. Il leur fallait surtout maintenir entre eux un dialogue dont l'étrangeté tenait à ce que l'un et l'autre faisaient semblant de vivre, alors que pour l'un comme pour l'autre il ne s'agissait plus que de durer. Et puis croire... C'était peut-être ça le plus difficile. Croire... Forcer l'imagination à prendre le pas sur le souvenir, croire à ce qui renaissait sous leurs yeux, recomposer à partir d'images nouvelles une Allemagne où le goût de rire était si fort et de boire et de chanter, toute cette jeunesse qui s'embrassait sur la Lahn et plein de barques où l'on se parlait comme dans les *Lieder*.

D'Ulric ou de Josefina qui trichait le plus ?

Etait-ce Josefina qui jamais ne s'attristait, pas même lorsqu'il fallait tourbillonner puis s'incliner et faire la révérence à des rangs de fauteuils vides, Josefina qui, chaque matin allait « s'entraîner » comme elle disait, un portefeuille à musique sous le bras, le maillot, les jambières, le serre-tête, les chaussons, la tenue de combat des ballerines bien pliée au milieu des partitions ? Mais tout le travail du monde n'aurait pu lui rendre ce que la vie lui avait arraché : sa magie.

Ou bien était-ce Ulric le tricheur, quand écoutant Josefina il ne semblait occupé que d'elle, tête et cœur, alors qu'il guettait l'instant de solitude où allait renaître le souvenir retrouvé d'Adrienne ? Mais il lui fallait le vide pour cela et le silence. C'était une rencontre que tout menaçait. Un bruit, parfois, suffisait pour que s'effaçât comme un mirage sa terre promise. Parfois c'était le retour inopiné de Josefina qui posait sur lui un regard étonné et demandait :

« Mais où étais-tu ? »

Où il était ? Sur le champ de ses batailles privées, parbleu... Cette question... A Sadowa, son Sadowa bien sûr. Car Adrienne, maintenant n'était plus que cela, une conquête incertaine, un moment d'espoir entre une victoire et une défaite. Mais il aurait fallu s'expliquer. Alors il allait au plus simple. Il disait :

« Oh ! nulle part... Enfin j'avais dans la tête une sorte de... Mon père aurait utilisé un jeu de mots pour te dire où j'étais. Mais c'est une expression qui n'a plus de sens ici. Il aurait dit... »

Et Ulric attendait que Josefina fût repartie pour se murmurer : « Nous avons nos pique-niques, que diable ! »

Il ne se demandait même plus quel âge pouvait avoir Adrienne ni ce qu'avaient été ses origines. Son passé aussi l'occupait moins. A chaque changement de saison les journaux de Paris parlaient d'elle. C'étaient d'assez

pauvres nouvelles qui valaient plus par la façon dont
elles lui entraient dans le cœur que par ce qu'elles lui
apprenaient. C'était aussi un signal entre eux d'où
émanait une joie comparable à celle que l'on éprouve
quand tombe la première neige ou qu'apparaissent les
bourgeons. Alors Ulric pensait : « Voilà Adrienne »
comme il se serait écrié : « Mais voilà l'hiver... Voilà le
printemps » avec cette paix au cœur et cette douceur de
velours que fait naître le lent écoulement des saisons.
Car on ne s'interroge pas sur elles. Les saisons... Qui
pense à l'âge des saisons ? Elles s'en vont et reviennent
comme Adrienne dont la jeunesse et le constant renou-
vellement n'avaient rien à voir avec le temps. Peut-être
appartient-elle à une espèce fabuleuse, se disait Ulric,
licorne, sphinge ou phénix.

A son retour, Josefina trouvait Ulric, sur le canapé,
dans un grand désordre de revues.

« Sais-tu qu'en France, cette année, la mode est
tzigane ? » disait-il.

Il y a des phrases, comme ça, qui ont l'air de ne
vouloir rien dire. Mais Josefina savait ce que signifiait
pour lui le souvenir des routes moraves et des femmes
aux longues jupes. Elle le connaissait son Ulric et puis
ce ne sont pas là des images que l'on perd si facilement
que tout ça.

Enfin, après des années de cette vie... Seulement,
voilà... Pouvait-on appeler cela vivre ? N'était-ce pas
plutôt ce qu'à la rigueur on aurait pu appeler *l'outre-vie*
d'Ulric... Donc, après bien des années Ulric décida
d'aller à Paris. Très compréhensible, disait Josefina.
Mais elle n'avait qu'une envie : se jeter à genoux et
crier, crier jusqu'à ce qu'il renonce.

« Très, très compréhensible », répéta-t-elle.

Sans doute le pense-t-elle, se disait Ulric. Mais
alors ce désespoir, sur son visage ? Elle disait que ce
n'était rien. Bonne et douce Josefina qui comprenait
tout.

Et l'absence d'Ulric se prolongea trois mois. Une de ses amies se mourait, une grande amie, une amie des jours noirs. Il lui fallait rester auprès d'elle jusqu'à la fin et Josefina comprenait. Elle comprenait : « Reste, je comprends », écrivait-elle.

Mais distinguait-elle, elle-même, d'où lui venait cette indulgence qui avait goût de chagrin ? De tout ce qui, en elle, n'était pas Ulric... C'était de là que venaient l'indulgence et les larmes obstinées qu'elle ravalait. D'un temps où l'appelait ma douce, ma fée, ma Josefina-aux-beaux-bras, son père en chapeau plat et manteau pelucheux, ce long manteau qui jusqu'à Marseille avait gardé l'odeur des nuits de Prague, la lourdeur enfumée des tavernes, Abel Chapirak, son père, digne fils de Chemariah qui avait vendu du duvet en Ukraine, ô Pappy, mon Pappy toi, toi qui jusqu'à la mort auras été seul... Où es-tu ? Non il ne fallait pas qu'Ulric se presse. Il ne fallait pas que cette amie...

Mais à quelque temps de là il revint.

Adrienne était morte.

Prenaient fin avec elle la suspicion, la jalousie à visage de chat et les nuits longues, peuplées de doutes, sûrs de leurs droits. Voilà de quelles pensées la mort d'Adrienne libérait Ulric. Mais jamais ne se laissèrent exorciser les dialogues avec l'absente.

Une nuit, sans s'éveiller, Ulric avait demandé : « Qui diable es-tu ? » et Josefina avait compris que cette question ne s'adressait pas à elle. Comme la nuit où il avait crié : « Assez ! Assez ! Quand auras-tu fini de mentir ? » Il s'était réveillé en sursaut, prétextant un mauvais rêve, mais c'était dit.

Tout au plus Josefina risquait-elle une plainte, lorsqu'elle ne savait vraiment plus quelle idée fixe occupait Ulric.

« Ah ! je t'y prends encore », disait-elle.

« Allons, bon, pensait Ulric, je l'ai encore blessée. Mais ce n'est pas ma faute. Je n'ai trahi personne, trompé personne. C'est la faute de la vie.» Il s'excusait en pensée. Pardon, ma douce. Mais l'incident se reproduisait. Ulric entendait à nouveau : «Ah ! je t'y prends» et se disait : «Que je meure s'il doit en être toujours ainsi.»

Il refusait, avec un étonnement indigné, la lente transformation qui s'opérait sur la personne de Josefina. Ce visage offensé qui brusquement se crispait, la voix geignarde qu'il ne lui connaissait pas. Avec une horrible candeur, elle lui avait avoué : «Je ne me sens plus la même.» Et puis des détails, des choses qu'on ne raconte pas, des choses sans importance et terribles. Un jour cet aveu, articulé d'une voix angoissée : «J'ai les jambes lourdes.» Là-dessus un geste pour se tâter les mollets, et deux larmes. Ulric, atterré, revoyait une enfant de Prague aux grands yeux, qui s'envolait hors des coulisses, légère comme un duvet que l'air emporte. Il entendait, à l'orchestre, les bravos discrets des connaisseurs. Alors l'enfant faisait sa révérence et l'ombelle du tutu s'épanouissait au sol. Alors, l'enthousiasme des galeries allait crépitant entre les dorures du plafond, tandis qu'un jeune homme, en habit noir, se disait : «Elle ne salue que moi.» Mais où était la triomphante Josefina ? Ulric lui en voulait atrocement. Où était-elle ?

Parfois, trouvant un livre ouvert, Josefina remarquait un passage souligné, quelques mots marqués d'un coup d'ongle brutal. C'était ce qui avait arrêté Ulric. Car il lui arrivait souvent d'abandonner un livre en plein milieu pour ne jamais le reprendre. Josefina cherchait à comprendre. Elle se lançait dans des lectures fiévreuses. Notamment un roman de Tynianov qui l'occupa plusieurs jours consécutifs tant il y avait de marques tout au long de ce texte. Elle croyait lire *la Mort du Vazir-Moukhtar*. Mais était-ce lire ? C'était chercher Ulric, désespérément.

Ainsi, dans une conversation entre le ministre du tsar Nicolas Ier et le shazadeh Abbas-Mirza. Parce que Ulric avait souligné : *Ses mensonges avaient tous les mérites de la sincérité et l'on découvrait à la fin qu'ils étaient vérité,* la pauvre Josefina avait complètement perdu le fil et n'avait fait que se répéter sans cesse la même question : à quel menteur, à quelle menteuse pensait-il ?

Ailleurs c'était encore un secret d'Ulric qui surgissait lorsque Josefina, au comble de l'inquiétude et de la confusion, au lieu de voir une tribu tzigane camper à proximité du Quartier général du comte Paskevitch ne voyait plus qu'Ulric la trompant. Il avait souligné la phrase : *Viennent rendre visite au régiment des beautés aux hanches dansantes vêtues d'élégance millénaire.* Et en marge il y avait posé un grand A.

Plus loin, enfin, Josefina avait cru trouver la preuve de son infortune. Un large trait encadrait ces quelques mots : *Sous lui s'ébattaient des hanches pâles, à l'âpre teinte des errants,* accompagnés de ce commentaire : *Me in Paris 1942.* Josefina s'en était détournée comme d'une inconvenance.

Parfois s'échappait des livres abandonnés une nuée de griffonnages. Parfois c'était plus que cela. Il suffisait de toucher aux livres dont Ulric ne se dégoûtait pas, aux romans de Joseph Roth ou de Herzmanovsky-Orlando, au Théâtre d'Odön von Horvath ou de Hugo von Hofmannsthal, pour que se répandent au sol d'abondantes notes. Josefina en faisait des petits tas. Elle les rangeait, elle les classait sans y comprendre goutte, mais sans ignorer non plus qu'Ulric avait chargé ces brouillons de raconter son histoire. Pauvre Josefina à qui la mort d'Adrienne n'avait pas rendu Ulric... Pauvre Ulric qu'elle ne laissait jamais seul devant sa mémoire.

Un jour, Ulric avait repris des mains de Josefina ce qu'il appelait *ses chiffons.* Il avait parlé sur un ton qui ne se discute pas :

« Jette ça, Josefina. »

Elle avait répondu :

« Je ne peux pas. Ce serait comme de jeter ta vie. »

Ulric s'était presque fâché. Il avait dit :

« Ces chiffons ne changent rien. Ma vie est déchirée. »

Alors Josefina s'était résignée. Elle avait jeté par-dessus le mur du jardin un plein panier de griffonnages. Ils avaient d'abord fait un joli nuage, puis ils étaient allés se poser sur la Lahn comme un vol de mouettes. Ulric avait regardé. Il avait observé que le trait blanc tombé sur la rivière, c'était sa vie en mille morceaux. Il observa aussi que les morceaux flottaient un instant, que d'autres coulaient, que d'autres encore étaient emportés par le courant. Quand il n'eut plus sous les yeux que l'eau claire de la Lahn, Ulric prit conscience que ce qu'il avait appelé sa vie s'était retirée de lui. Il regarda Josefina et montrant la rivière lui dit :

« Regarde... Plus de vie. »

Elle avait beau ne pas s'y résoudre, c'était pourtant cela l'insupportable vérité.

Panarea 1966 — Le Pontet 1971.

TABLE

PREMIERE PARTIE

HIER L'EUROPE

DEUXIEME PARTIE

LES GENS D'UN CERTAIN TEMPS

Chapitre VI

Marseille, l'été où Serge se sent coincé. Un mode

TABLE 665

TROISIEME PARTIE

LES SURPRISES DE COMPIEGNE

TABLE 667

TABLE 669

TABLE 671

Chapitre XXXI

Chapitre XXXII

IMPRIMÉ EN FRANCE PAR BRODARD ET TAUPIN
Usine de La Flèche (Sarthe).
LIBRAIRIE GÉNÉRALE FRANÇAISE - 6, rue Pierre-Sarrazin - 75006 Paris.

ISBN : 2 - 253 - 00571 - 1 ◈ 30/3494/9